有爱的青春陪伴者

你偏爱的我都有（上）

消失绿缇 著

花山文艺出版社
河北·石家庄

图书在版编目（CIP）数据

你偏爱的我都有：上、下册 / 消失绿缇著. -- 石家庄：花山文艺出版社，2022.10
ISBN 978-7-5511-6267-8

Ⅰ. ①你… Ⅱ. ①消… Ⅲ. ①长篇小说－中国－当代 Ⅳ. ①I247.5

中国版本图书馆CIP数据核字(2022)第157922号

书　　名：	你偏爱的我都有(上、下册)
	Ni Pian'ai De Wo Dou You （Shang、Xia Ce）
著　　者：	消失绿缇
责任编辑：	董　舸
特约编辑：	张　磊
责任校对：	郝卫国
装帧设计：	刘　艳　姜　苗
封面绘制：	小石头
美术编辑：	胡彤亮
出版发行：	花山文艺出版社（邮政编码：050061）
	（河北省石家庄市友谊北大街330号）
销售热线：	0311-88643221
传　　真：	0311-88643225
印　　刷：	长沙鸿发印务实业有限公司
经　　销：	新华书店
开　　本：	880mm×1230mm　1/32
印　　张：	16
字　　数：	450千字
版　　次：	2022年10月第1版
	2022年10月第1次印刷
书　　号：	ISBN 978-7-5511-6267-8
定　　价：	62.80元（全二册）

（版权所有　翻印必究·印装有误　负责调换）

- Chapter 1
  她比蛋糕甜 /001

- Chapter 2
  打翻醋坛的祁总 /019

- Chapter 3
  吻我一下 /037

- Chapter 4
  不可能不动心 /054

- Chapter 5
  为她而来 /077

- Chapter 6
  叫老公 /097

- Chapter 7
  替姐姐出头 /111

- Chapter 8
  我喜欢 /131

- Chapter 9
  委屈 /159

- Chapter 10
  祁老师好 /180

- Chapter 11
  明目张胆的偏爱 /196

- Chapter 12
  宣示主权 /212

- Chapter 13
  唐让让的男朋友 /251

- Chapter 14
  宠溺 /283

- Chapter 15
  不小心喝醉了 /303

- Chapter 16
  自由恋爱 /321

- Chapter 17
  喜欢的感觉 /344

- Chapter 18
  无可替代 /368

- Chapter 19
  温情一刻 /389

- Chapter 20
  我们结婚吧 /411

- Extra 01
  小公主 /437

- Extra 02
  一念真心 /456

- Exclusive Extra 01
  梦境之中 /492

- Exclusive Extra 02
  打拳记 /500

目录 /contents

Chapter 1
她比蛋糕甜

五黄六月。

挂在头顶的电风扇孜孜不倦地拧动着身子，甩下来的热风掀翻了不少散落的碎纸屑。

哪怕坐着一动不动，也能感觉到背后的汗一层一层往下流。

学生会会长站在门口，吹着过堂风，抖着粘在皮肤上的衣服。

"大家把衣服领一下，然后就到各自负责的区域吧，时间紧任务重，麻烦大家了。"

众人纷纷走上讲台，无精打采地从成沓的廉价订制工作服里抽出一件来，看也不看地塞进包里，转头往外走。

会长挡在门口，苦口婆心道："我知道大家有情绪，但谁让我们是学生会呢，大家别忘了，我们是代表学校出征的！"

会长说得大义凛然，但只要盯着他那张潮乎乎的脸片刻，就能发现，圆框眼镜底下，也是一样呆滞疲惫的神色。

但没办法。

高考结束，一年一度的争抢学苗大战又开始了。

不仅是T大、P大这种顶级高校有招生的压力，他们A大同样有。

隔壁南华大学就是A大强有力的竞争对手。

两所大学都是综合性大学，教授数量、学生人数、校园占地面积、校史校迹……总之各个方面都拉不开哪怕微毫的差距。

唯一不同的是，在高考之前，Ａ大因为一件恶性事件上了热搜。

虽然当事人已经被严肃处理，学校上上下下整改了一番，但仍然避免不了这次事件在广大网友心中产生的恶劣影响。

同样的选择摆在面前，哪个学子会选择刚刚传出丑闻的Ａ大呢？

学校没办法，除了在各个平台加大宣传推广力度，还要求学生社团、班级支部起带头作用，向社会展示Ａ大学子的爱心与热心。

然而大部分班级支部和学生组织都没当回事儿，他们跑去社区，拎个扫帚，拍张照片，草草了事应付检查。

于是压力还是落在了体量最大，和校领导联系最密切的学生会身上。

会长绞尽脑汁，搞出了一个"鼓励抱抱"的活动。

简而言之，就是上街拥抱忙碌的陌生人，给人如春天般的温暖。

然而，现在都入夏了，广大劳动人民已经热得焦头烂额，根本不需要温暖。

平时就连碰碰胳膊都嫌黏得慌，谁还愿意去抱一个满身是汗的火炉呢？

这还不算完，为了证明他们认真完成任务了，拥抱之后，陌生人需要在那件廉价制服上签名。

这要求，简直比街头发小广告的都离谱。

唐让让长叹了一口气，把下巴垫在硬邦邦的桌子上，双手无力地耷拉着，鼓起嘴巴嘟囔："我真的不想去。"

这么热的天，她只想窝在宿舍里，开着空调，抱一个西瓜，一边看剧一边吐籽。

陶可摸了摸唐让让蓬松的、仿佛做了玉米烫一样的头发。

"没办法，谁让我们当初脑抽报了学生会呢，赶紧去领衣服吧。"

教室里剩下的人不多了，在会长虎视眈眈的目光下，她们不得不磨蹭到讲台前，拎起一件套在透明塑料袋里的衬衫。

唐让让打了个哈欠，刚要把衣服往自己的背包里面塞，陶可诧异地望向她，疑惑道："让让，绿色是男生的衣服啊，红色才是我们的。"

唐让让的手指一顿，睡意瞬间消散了。

她不自在地眨了眨眼睛，看了看手里的衬衫，手心渗出了汗。

"无所谓吧，拿大一点儿可以多签几个名字。"她故作轻松道。

反正衣服还有剩余，男生的份数够了，她执意把绿色这件揣进了背包里。

陶可也没有多想，叹息道："你想得也太美了，还多签几个名字，我看就张熙媛能签得多一点。"

张熙媛是她们这届最出名的美女，而且唱歌好听，是不少人的女神。

唐让让妈妈以前和张熙媛爸爸是一个单位的，所以两人从小就认识，只不过关系一般。

唐让让背起书包，朝大门口走去，含糊道："万一别人签的字大呢。"

陶可赶紧跟上她的脚步。

她们被分配的地点是京市有名的商圈，无数写字楼和商城围绕在周边，可以说是最容易见到人的地方。

两人下了地铁，找了一个还算背阴的大楼，然后把背包放在地上，非常羞耻地套上了那件印有 A 大学生会 logo 的衣服。

绿色的衣服果然大，垂下来盖住了唐让让的短裤。

唐让让眯着眼，向四周看了一圈。

哪怕站在阴凉处，中午的光线依旧很足。

唐让让的眼睛不太受得了这种亮度，时间长了就会发酸流泪，于是她掏出眼罩，戴在了眼睛上。

热气蒸腾，她的汗很快就流了下来。

陶可站在距离她不远的地方，一会儿摇摇手幅，一会儿往唐让让那里扫一眼。

如她们所料，除了一些看热闹的人愿意给她们一个眼神外，大部分人都只是低着头匆匆而过,片刻都不愿意停留。

街头拥抱这种活动,第一次弄大家还觉得新奇,弄多了就没意思了。

一个拥抱而已,并不会让人对这个世界的看法产生改变,也不会因此就觉得自己的痛苦消失殆尽了。

唐让让的脸被热得通红,额前的碎发也被汗水打湿了。

整整站了一个半小时,她们的腿都有点儿僵了,但仍旧没有一点儿收获。

陶可实在待不住了,对唐让让说道:"我去买两杯奶茶,你站这儿别动啊。"

唐让让乖乖道:"常温的。"

陶可抹了一把汗:"知道啦。"

她说完,就往对面的商城里跑去。

唐让让听到陶可离开的声音,百无聊赖地晃了晃胳膊,用手幅充当扇子,给自己扇着风。

反正也没人来跟她们互动,唐让让琢磨着,等陶可回来,她们干脆回学校得了。

手幅扇的风杯水车薪,好在此时树枝晃动,一阵强风吹过,多少带来一丝清凉。

天上的云层格外稀薄,分散在太阳周边,飘来飘去,在地面拉扯出一个个奇形怪状的阴影。

写字楼里走出来几个穿着正装的白领,簇拥着一个让人很难忽视的男人。

男人穿着黑衬衫,单手插在兜里,因为天气炎热的缘故,不得不解开了领口的两颗扣子,扣子松散开,锁骨和颈窝时隐时现。

他步子迈得不大,似乎格外关照身后踩着高跟鞋的助理。

随着他迈步的动作,轻薄的西裤微微扯起,隐约能看到黑亮皮鞋上侧的精致踝骨。

他长着一张很令人振奋的脸,看过之后,难免会调动起自己多年阅读

霸总小说的经验，和这张脸进行一次无差别的匹配。

最重要的是，他看起来一点儿也没有距离感，脸上始终挂着如沐春风的微笑，似乎是个谦和有礼、有涵养没脾气的好老板。

他微一侧头，看见了站在写字楼外广场上的唐让让。

唐让让松松垮垮地站着，一会儿扭着酸痛的腰，一会儿活动着麻木的腿。

活动的手帕被她叠成了一顶小帽子，扣在了自己头顶上。

她单手扶着帽子，仰起头，另一只手指着太阳的方向，手指头一点一点，嘴里念念有词。

"祁总，车已经开出库了，我们……走吧？"

助理犹豫着提醒了老板一声，毕竟老板已经盯着那个女学生的方向好久了。

这不太像祁衍的风格，他从来没对什么事物表现出明显的喜好。

人也一样。

祁衍眼神一沉，淡淡道："等等。"

说罢，他径直朝唐让让的方向走了过去。

唐让让被眼罩遮着眼睛，听力却变得格外敏锐。

她一下子就察觉到有人朝她走过来了，而且听这个皮鞋的声音，一定不是陶可。

于是她手忙脚乱地把帽子摘下来，举起皱皱巴巴的手帕，朝声音的方向晃了晃。

皮鞋的声音越来越近。

唐让让赶紧背出早已准备好的台词："我是Ａ大的学生，我们学生会在办一个叫'鼓励抱抱'的活动，如果您愿意的话，我可以给您一个拥抱，希望您能感受到一点儿温暖。"

一步，两步，那人走得更近了。

唐让让能感觉到，他就站在自己面前，相隔不过二十厘米的距离。

她迟疑地张开双臂，微微前倾身子，小心翼翼地朝前面抱去。

很快，她的手指就触碰到了顺滑的布料，手臂一点点缩紧，她将这个人牢牢地抱住了。

他身上的肌肉很结实，也很匀称，她的手虚虚搭在了男人腰部往上一点点的位置。

不用看，她也能感觉得到，这人的身材很好，个子也比她高得多。

最可贵的是，他身上没有一丝汗液的味道，很清爽干净。

唐让让抱得还挺舒服，手指有点儿舍不得抽走。

耳边传来一声低低的轻笑，震得唐让让半边身子都酥了。

她有点儿尴尬地后退一步，撤回了自己的手。

也是，人家倒是挺干爽的，但她可流了不少汗呢，胳膊上也黏糊糊的，别人肯定觉得难受。

唐让让有点儿不好意思，但她的任务还没有完成。

她赶紧从兜里掏出来一支签字笔，在自己的裤腿上擦了擦，递给面前的人。

"还要麻烦您在我衣服上签上名字，谢谢了。"说罢，她扯起自己身上那件肥大的绿色制服，方便对方签字。

祁衍停顿了片刻，这才打开笔帽，飞快地在上面写了几个字。

写完之后，他把笔盖好，还给了唐让让。

唐让让情不自禁地露出一丝甜笑，语气诚恳道："谢谢，太谢谢了！"

过去这么长时间，总算让她逮到一个爱凑热闹又不嫌麻烦的人。

可惜了陶可，就这么错过一个好机会。

因为这个人的鼓励，唐让让总算再次调动起做任务的积极性。

她扬起脖子，张开双臂，直挺挺地站在原地，像个人形立牌似的，等待着接二连三的拥抱。

然而接二连三的拥抱没等到，她等到了陶可兴奋的呼喊。

"让让，我买奶茶的时候拥抱了两个人，我觉得我们可以到商场里去，

里面还有空调！"

她拎着两杯鹿丸可可鲜奶，朝唐让让跑了过来。其实所谓的两个人，就是奶茶店的店员，她用买奶茶跟人家交换拥抱，开辟了崭新的完成任务思路。

唐让让不甘示弱，伸出白乎乎的食指，指了指自己的肚子。

"看看，我也有喔。"

陶可跑到了她身边，低头朝她衣服上看去，然后"扑哧"一声笑了。

"唐让让你在搞什么鬼啊？"

唐让让的那件绿色衬衫上，被黑色签字笔写了格外明显的三个字：

"不许抱。"

摘掉眼罩后，强烈的光线刺得唐让让睁不开眼睛。

缓了好一会儿，她才终于能不发花地看清外面的景象。

她低下头，看了看身上的制服。

怪不得她等了这么半天都没有第二个人来响应活动，看见这三个字，怎么可能还会有人拥抱她。

只是这个字迹……唐让让有些愣怔，四下搜寻起那个人的身影来。

陶可吸溜着奶茶，不解道："谁给你写的啊？是不是有人恶作剧？"

唐让让摇摇头，喃喃道："很像我认识的一个人。"

她没想到，自己竟然还能一眼认出他的字。

他的字一直就好看，不像她，总是写得圆滚滚。

只是那个人真的是祁衍吗？

他们有多久没见了呢？

她都快不记得了。

他们曾经做过三个月的男女朋友，那时候唐让让还什么都不懂，祁衍闯入她的生活，她就顺理成章地对他动心了。

青春年少，她想不到更深远的未来，她只知道自己喜欢祁衍。

但有些事情，不是她不愿意想就可以的。

唐让让眨眨眼，很快回过神来。

虽然自己提出分手后，他们再没见过，但是唐让让一直关注着他的消息。他特别厉害，十九岁就开了自己的公司，二十岁就已经在京市商圈小有名气了。

只需要关注各类财经媒体就能知道他的动态，但这些也都是他想让人知道的消息罢了。

至于他不想让人知道的消息，不想让人了解的面孔，都被深深地隐藏在伪装下。

"怎么这样啊，那你还怎么做任务？"陶可一手举着奶茶，一手扯了扯唐让让肥大的制服。

这三个字真是写得无比霸道，占据了将近一半的空间，以特别嚣张明了的姿态告诉别人，不能拥抱唐让让。

唐让让伸手摸了摸衣服上的字迹，蹙了蹙眉，嘟囔道："算了，我不做任务了。"

如果真是祁衍，他不想别人抱她。

他不想，她就不做。

以前她总喜欢跟祁衍对着干，但现在不了。

陶可咬着吸管，犹豫道："不做不太好吧，要是别人签了好几个，就我们俩没有……"

唐让让从她手里拿过另一杯鹿丸可可鲜奶，插上管，猛地吸了一口。

"不就是个学生会嘛，又不影响毕业。"

陶可本来心里还在剧烈挣扎着，一听唐让让这话，瞬间也没了斗志。

就是，这大热天的，辛辛苦苦释放这种悬浮爱心，要是晒黑了得花多少面膜保养回去。

"那行，我也不做了。饿死我了，咱俩去吃点东西吧？"

一提到吃的，唐让让挑了挑眉，眼底闪烁着愉悦的神色。

她从小到大唯一的爱好就是美食，当初的志愿也是做一个美食家。

只是因为色盲的缘故，她和这个职业失之交臂，后来听从妈妈的安排，才报考了A大的管理系。

两人一拍即合，拎起背包，兴奋地跑进了商场。

选吃的就简单了，只要跟着唐让让走，就一定能选到味道不错的东西。

正值饭点，排队的人不少，她们不愿意等，就选了一家尚有空位的川菜店。

两人都能吃辣，点了一份毛血旺，一份蟹黄豆腐。

蟹黄豆腐并不是用蟹黄做的，用的是咸蛋黄。

咸蛋黄过油翻炒之后，浇进滑嫩的豆腐块里，泛着鲜艳明亮的油光，上面还立着两三只嫩得透明的小虾仁，在暖灯的照耀下显得格外诱人。

唐让让吸了吸鼻子，抬头问道："我开直播了？"

陶可夹了一块毛血旺，点头："行啊。"

唐让让在"呦呦视频"做吃播，倒不是为了赚钱和成为网红，就是单纯分享自己每餐吃的东西。

由于她吃东西的样子很香很满足，让人看着有种莫名的食欲，所以最近一段时间，她的粉丝量涨得很快。

唐让让打开直播之后，粉丝们很快涌了进来，纷纷拿好自己的外卖，准备一边看直播一边吃。

【让让今天中午吃什么呀，我已经端好凉拌苦瓜等着了！】

【水煮生菜准备好了！】

【白煮蛋加水果沙拉准备就绪！】

【黄瓜小番茄已经拿出来了，就等播主开吃了！】

【各位姐妹要不要这么狠，就只有我在吃冷面吗？】

【楼上的碳水敌军，就不要来我们贫民窟炫耀了！】

……

唐让让的大部分粉丝都是准备瘦身减肥的女孩子，为了节食，每天吃的东西都很寡淡，所以她们只能看唐让让吃东西的视频刺激自己。

临近盛夏，正是需要露肉的季节，唐让让的频道格外红火。

唐让让并不多说话，她盛了一大勺蟹黄豆腐到自己碗里，豆腐和咸蛋黄各一半。

豆腐块颤颤巍巍地晃动着，顶着摇摇欲坠的蟹黄，被唐让让一口含进了嘴里。

她满足地微眯起眼睛。

豆腐烧得很嫩，嫩而不散，蟹黄咸淡正好，混合着清淡的豆腐，顺着食管滑进胃里。

唐让让舔了舔唇角的汤汁，抿了抿红润的嘴唇，表情好似一只嗅到了薄荷的猫。

【让让吃东西真是一如既往地香啊，妈妈流泪！】

【没有播主我真的坚持不下去，播主怎么吃得这么香啊！】

【每次看播主吃东西我就觉得超级幸福，连嘴里的凉拌苦瓜都甜美了起来！】

【让让多吃点，千万别饿瘦了！】

【姐妹，让让要是这么吃都瘦了，我们可太惨了呜呜呜！】

…………

唐让让看见留言，故意端起碗里的肉，在镜头面前晃一晃，然后得意地吃进嘴里。

毛血旺里的午餐肉又热又辣，正好混合着米饭一起咽进去。

光是看着就知道很好吃。

粉丝们默默咽口水，看着自己面前的清汤寡水，气鼓鼓地提醒唐让让小心婴儿肥的脸蛋。

她们一边假装生气，一边给唐让让刷礼物。

【系统：恭喜，Q送给您一架宇宙飞船！】

【系统：恭喜，Q送给您一架宇宙飞船！】

【系统：恭喜，Q送给您一架宇宙飞船！】

【呜呜呜土豪姐妹Q又来了，这是要包养让让啊！】

【比不起比不起，吃黄瓜小番茄的我看不懂姐妹的豪气！】

【Q姐又来了，姐你看看我，我也能吃！】

【你们怎么知道Q是姐姐呢，万一人家是妹妹呢？】

【比我们有钱的都是姐，我Q姐人美钱多！】

……

唐让让无奈道："都说过不用给我刷礼物了，谢谢Q，但是真的不用。"

一个宇宙飞船一千块，是直播平台最大额的打赏。

Q一连给她刷了三千块，这比她兼职一个学期的家教钱还多。

但礼物的钱唐让让从来没揣进自己口袋，而是直接捐给了免费午餐机构。她觉得自己也没付出什么劳动，不能接受别人的打赏。

吃饱之后，唐让让摸了摸鼓起来的肚子，和粉丝们道别，果断地下了播。

"我们回学校吧，晚上我还有个家教要做。"

陶可嘀咕："你说你要是不把直播的钱捐出去，还用做什么兼职啊。"

唐让让把那件被祁衍签名的制服脱下来，叠好塞进背包里，随口说道："我又不缺钱，这不是增加社会经验嘛，我们工商管理和你们专业学经济的不一样，将来找工作很难的。"

陶可耷拉着眼睛，叹了口气："彼此彼此吧。京市好大学太多了，就咱们学校，经济学完了也找不到工作。"

唐让让回道："那也比我们强一点儿，下学期我准备报个经济双学位。"

陶可眼前一亮："真的，那说不定有些课我们可以一起上呢。"

唐让让一弯眼睛，露出两颗尖尖的小虎牙："那就最好了。"

京市快速路上，一辆黑色保时捷里，祁衍按了按被晃得有些发酸的眼睛，抬手关掉了直播界面。

他的电脑屏幕上，一堆工作软件和文档中间，夹着一个看起来格外突兀的"呦呦直播"。

他轻轻合上笔记本，脸上温柔的神情顷刻间消失殆尽。

"还有多久？"

祁衍往座位上一靠，食指随意敲打着窗沿。

他的手指修长，骨节微白，指甲圆润整洁，就连敲击的节奏都和秒针的抖动相符。

这个人，从里到外，从上到下，无一不是完美的。

助理缓过神来，立刻道："有点儿堵车，但十分钟之内肯定能到，祁总饿了吗？"

祁衍漫不经心地朝车窗外看去，眉头微皱，眼底是让人捉摸不透的深沉。

"没有。"

助理不明白，既然不饿，为什么要看这种吃播，而且每天都要准时看。

难不成是喜欢主播？

她被自己的想法吓了一跳，但很快就自我否定了。

不可能，祁总注定是要跟名媛闺秀成双成对的，一个网红，够不上祁总的家世。

"前两天您母亲发邮件来，叮嘱您要按时吃饭。"助理小声道。

祁衍和他母亲孟溪则的关系并不好，两人很长时间没有见面了。

前两年祁衍经济上一直受着家里的掣肘，但他也只用了短短一年的时间，就彻底摆脱了资金受缚的窘境，并且以可怕的速度，超越了孟溪则。

这中间受了多少苦，挨过了多少危机，助理都是看在眼里的。

她只是不明白，祁衍如此有韧性，有手腕，像个机器一样飞速消耗着自己，到底是为了什么。

毕竟，他看起来无欲无求。

见祁衍没理她，助理意识到自己不该逾矩提起孟溪则。

于是她缓和气氛道："祁总，那个主播是谁啊？吃东西真的挺香的，

我也想关注一下。"

祁衍轻抬眼,手指轻轻滑过窗玻璃,喃喃道:"我的娃娃。"

助理怔怔道:"什……什么?"

她总觉得自己应该听错了,这种称呼,这种语气,还有祁衍不经意流露出的占有欲,都让她感到十分陌生。

祁衍很快收敛了情绪,淡淡道:"晚上的会议取消,我要去Ａ大一趟。"

正巧,车子开到了国际贸易中心大楼,司机跑下车给祁衍拉开车门。

祁衍理了理西服,抬腿下车,微不可闻道:"娃娃在外漂泊久了,该捉回来了。"

夜晚温度降了下来,空气里混合着一股沁人心脾的青草香气。

唐让让上完了家教课,拎着包散漫地往公寓区走。

起初她并没有发现身后跟着一辆车,毕竟现在时间还早,路上的行人和车都不少。

唐让让属于从小到大没遇到过什么逆境的孩子,戒备心很弱,容易对陌生的人和环境产生信任。

直到那辆车刁钻地停在了她面前,她这才后知后觉地意识到什么。

车窗贴着膜,她看不清里面的人。

唐让让舔了舔下唇,微微倾下身子,眯着眼,努力朝车窗里张望。她有点儿好奇,这是什么人,非要把车开在自行车道上。

祁衍坐在车里,静静地看着车窗外张望的唐让让。

隔着一层薄薄的玻璃,他和唐让让的距离不过半米远。她微张着唇,眉头微皱着,脸颊在夜色里都白得发光。她好奇心就那么大,一点儿都察觉不到危险吗?

祁衍的手攥得紧了,身体里瞬间涌起一股将她拽进来、禁锢在双臂间的冲动。

他一向能克制自己的欲望,但此刻竟然有些失控。

她就像一只贸然闯进圈套的兔子，在猎人给她留足了逃跑时间的情况下，依然傻兮兮地研究一些无关紧要的东西。

祁衍抬手，扣住了车门。只要他稍一用力，就能推开这层屏障，真正将她扯到自己身边。

他刚思考到这里，身体已经率先做出了行动。

唐让让看着看着，没想到车门突然推开了。她本能地站直身子，往后撤了一步。

大概是意识到自己方才的做法不太礼貌，所以唐让让并没有朝车内看。她只瞄到一双擦得锃亮的漆黑皮鞋，还有因为坐姿被扯起来的西服裤腿。

很精贵的皮鞋，很精致的踝骨。

唐让让准备绕过车子，从另一边走过去。谁料她刚迈出一步，胳膊就被一只宽大的手掌给抓住了。

随即，一股大力硬生生地将她拽进了车里。

"喂！"

唐让让毫无防备，甚至还被磕了下头。就在这几秒之内，她迅速想到了很多事情。

灯火通明的大街上，来来往往的行人身边，A大学生宿舍区附近，竟然有人敢公然违法犯罪吗？为什么挑她下手呢？

她普通家庭，身材也不高挑，黑夜里看不清长相，只能看到她一头的玉米卷。她应该毫不起眼，毫无吸引力才对。

唐让让感觉自己坐在了一个人的腿上，这双腿坐起来并不算舒服，因为对方的肌肉很结实，和坐在石板上没什么两样，甚至还有些硌。

唐让让惊魂未定之下，抬眸一看，愣住了。

她喃喃道："祁衍？"

大概是关注他的新闻实在太多了，所以唐让让一眼就认出了他。他长得比之前更好看了，轮廓更深邃，身材更高大，力气也更大了。他还是穿得这么正式严谨，西装、衬衫，领口别着一枚金色的领针。

还有……微微滑动的喉结，喉结上面是——

"唔！"

唐让让还没来得及仔细打量他，祁衍突然扳过她的后颈，将她拉扯到眼前，咬上她的嘴唇。他的手劲不小，捏得唐让让根本动弹不了，她细白的脖颈毫无防备地落在他手中。只要他想，甚至可以抓破她的皮肤。

祁衍的吻也不算温柔，他甚至有些报复性地想让唐让让痛一点。

唐让让心乱如麻，完全没有任何精力思考。她想不到自己能再见到祁衍，更想不到他们一见面就是这种状态。

其实祁衍已经很克制了，他知道自己和正常人不一样，从小到大巨大的心理压力让他个性变得偏执，而太过偏执的占有欲会伤害到唐让让。

他忍住不去找唐让让，但这段时间，他没有一刻忘记唐让让和他说分手的场景。看起来那么坦荡自然，那么理直气壮，那么毫不留恋。他压抑了数月的愤怒没在此刻尽数爆发，已经是相当克制了。

他亲了个彻彻底底，无所顾忌。她的嘴唇还是那么软，像颤动的果冻。她的皮肤也很细腻，浅浅薄薄的一层，脉搏的跳动在他掌心中变得越来越快。

唐让让的太奶奶是法国人，她算是八分之一中法混血，所以天生皮肤奶白，瞳色发淡，睫毛又卷又翘，头发也跟洋娃娃似的蓬松毛糙。

他说这是他的娃娃，也不算夸张。小时候的唐让让，长得更像娃娃，好看到让人想把她藏起来。

司机全程没有说话，而是默默拉上了隔板，似乎全然不知道发生了什么。他跟着祁衍太久了，知道真正的祁衍是什么样，绝不像祁衍外表看起来那么谦和温柔。

半响，祁衍才心满意足地松开唐让让。

唐让让急促地呼吸着，胸膛剧烈起伏，她的嘴唇湿润，眼角也被激出了生理性眼泪。

祁衍在思考她会怎么办。是愤怒，吃惊，还是害怕？是从他腿上飞快地逃走，还是反过来狠狠地捶他一拳？

结果唐让让眨了眨眼睛，抬手抹了下嘴唇，蒙蒙道："我是不是该说一句好久不见？"

大概是刚被吻过，情绪和身体还不正常，她的声音又尖又细，跟小奶猫似的。

祁衍抬手，撩起她的头发，自然地帮她理了理，低声说道："没有好久不见。"

只有她不在意他，每天都在没心没肺地吃喝玩乐。他却一直在留意她的动态，她去了哪所大学，她有没有遇到困难，她生活得好不好，他都知道。

唐让让抿了抿唇，眼珠滴溜溜乱转，后知后觉道："那个……我们现在的姿势是不是不太合适？"

还有刚刚那个吻，也不太合适。他们已经分手了，甚至算得上陌生，以至于她连祁衍的身体都没感觉出来，上午拥抱的那个人，就是祁衍吧。

祁衍没回答她的话，只是手上一用力，将她抱起来，放到了另一边。

唐让让感受了一下腰间的手劲儿，吐了吐舌头，暗暗给自己揉了揉。

"今天上午在CBD，我那个拥抱活动，抱的是不是你啊？"唐让让硬着头皮缓解尴尬。

她也不知道为什么缓解尴尬的该是自己，明明做出逾矩行为的是祁衍。但是她又不能跟祁衍讲道理，刚刚强吻她的祁衍好像变了一个人，现在他又恢复了斯文谦和的模样。

更何况，她并不讨厌祁衍的吻，他身上有种很好闻的味道，像淅沥沥雨后浓郁的青草香。

祁衍转过脸来，看着唐让让，眼底带着让人看不透的深沉。

他淡淡道："不是。"

唐让让努力挤出一丝笑，弯了弯眼睛，心中腹诽，不是才怪呢，撒谎都不带眨眼的。

"我看出你的字了。"她又补充了一句。

"嗯。"祁衍不冷不热地回道，似乎毫不在意这一声"嗯"推翻了他

方才的否认,"下午我有急事要办,没来得及找人看着你,后来你跟别人拥抱过吗?"

这质询的语气,简直像家长在训小孩子。

唐让让绷紧了唇,眨了眨眼。才刚刚救起的一点气氛,又瞬间滑回了冰点。这要是承认了,岂不是让她特别没有面子?

于是唐让让梗着脖子道:"抱了,很多个,络绎不绝,怎么了?"

祁衍闻言,眯了眯眼睛,随即发出一声轻笑。他抬起手,用拇指指腹擦了擦唐让让充血未消的唇角:"傻子,激怒我有什么好处吗?"

唐让让被他危险的神情弄得惴惴不安,于是歪了歪头,躲开他的手指:"也没什么坏处。"

祁衍收起手,坐直身子,淡淡道:"这两天我很忙,你乖一点,周五晚上我来接你,好好讨论一下我们的关系。"

唐让让不知道该说些什么,他的话好像太理所当然了,但明明很奇怪,他们能有什么关系?

难道祁衍是想跟她复合吗?

期待的一瞬间过后,唐让让心中又变得酸涩,她没办法跟他复合。

祁衍给了司机一个眼色,司机立刻发动车子,缓缓向学生宿舍门口开去。

车子停在了A大公寓区门口,路过的学生们狐疑地打量着这辆迟迟未动的豪车,保安挥着手里的小牌子,示意它别在这里停留。

唐让让想赶紧下车,只能答应祁衍的要求。

"好……吧。"她看起来镇静,实则方寸大乱,连指尖都是发麻的。

司机听闻,立刻推门下车,轻轻给唐让让拉开了车门,极其绅士地做了个请的手势。

门外的热浪涌了进来,冲淡了车内绵延不绝的冷气。

"晚上吃了什么?嘴唇是甜的。"祁衍在她要抬腿下车的时候,突然随意地问了一句。

唐让让生怕他又把她给抓回去,所以有问必答:"是MOONCAKE 小桃红蛋糕，学生家长请我吃的。蛋糕上是用豆沙裱的花，和真的一样，特别漂亮，还……挺好吃的。"

祁衍点点头，默默记在心里："知道了。"

Chapter 2
打翻醋坛的祁总

唐让让下了车，一个人站在原地，伸手摸了摸自己的嘴唇。上面仿佛还有祁衍留下的温度，让人难以忽视。

她正走神，突然感觉肩膀上搂过来一只手。

"让让，发什么呆呢？"过来的是和她同系的室友，杨齐琦。

唐让让平时跟陶可玩在一起多，杨齐琦则和另外一个室友沈莫颜走得近。虽然一个宿舍的关系都不错，但是哪怕四个人之间，也是能分出亲疏远近的。唐让让有些僵硬地放下手指，拨浪鼓似的摇了摇头："没事。"

杨齐琦不太认得车，也不知道方才唐让让下来的那辆值多少钱，她随口道："你还打车回来的啊？"

唐让让有些心虚地咳了一声："是啊，走得有点儿累。"

晚上洗澡的时候，唐让让偷偷对着浴室里的镜子看了一眼。腰侧尚有两个淡淡的红印，是他把她抱到一边的时候，捏出来的痕迹。

唐让让深吸了一口气，缓和下有些发热的侧脸，决定不再想今天的事情。

祁衍说周末来接她，但她并不准备去。他们分手的原因还依旧存在，并且会永远存在，所以没有结果的事情，她不应该再招惹。

下定决心之后，唐让让竟然觉得有点儿委屈，心里发酸。

她又安慰自己，俗话说得好：

"恋爱跟喜欢的人谈，婚姻跟适合的人结。"

"爱情，只是生命中的一部分，切莫将其当作你的全部。"

"不在任何东西面前失去自我，哪怕是教条，哪怕是别人的目光，哪怕是爱情。"

给自己灌了一肚子鸡汤之后，唐让让自我麻痹地回了房间，把浴巾一甩，爬上床睡觉。

躺在床上，唐让让来回翻腾，半天也没有睡意。

祁衍按住她亲吻的感觉实在是太清晰了，清晰到，她好像产生了他就在身边的错觉。

鸡汤好像也不太管用了。

第二天一早，学生会会长发短信召集大家开会。不用猜，肯定是要验收昨天活动的成果了。

唐让让捏着那件被祁衍写了字的衣服，硬着头皮和同样划水的陶可坐在了最后一排。

让她们感到绝望的是，好像每个人的衣服上都签得满满的，也别管是真正的陌生人，还是找人瞎写的，总之诚意十足。

不出陶可所料，张熙媛衣服上的名字是最多的，多到都快挤不下，连衣服本身的颜色都要盖住了。

会长推了推小眼镜，带头鼓掌，重点表扬了张熙媛的"爱岗敬业"。

张熙媛羞涩地笑了笑，一捋耳前的碎发："别这么说，其实我也没花太多时间。"

她的确不用花太多时间，只要大美女往路边一站，肯定有不少人愿意跑过来抱一下的。

唐让让用下巴抵着桌板，尽量降低自己的存在感。

然而说来说去，还是轮到了她。

所有的人里面，除了张熙媛因为美而受人关注，就剩唐让让因为可爱

而引人注意了。

因为沾了混血的边儿,她哪怕不是大众推崇的骨感身材,也是很多男生心仪的类型。

"唐让让,你的成果怎么样?"

会长将饱含希望的目光投向唐让让,就连张熙媛也好奇地朝她看了过来。

唐让让的头更疼了:"我没签多少。"

她垂着眸,心虚地绷紧双腿,拼命把那件衣服往书桌里塞。

会长豪迈道:"拿出来让大家看看!"

唐让让:"……"

显然,事后唐让让被单独留下来谈话。

会长推了推眼镜,正色说道:"你在衣服上写这种话,是要跟我对着干吗?"

唐让让靠在桌边,手里把玩着衣服上垂下来的小带子,诚实道:"不是我写的,是我抱的那个人写的。"

会长环抱着双臂,严肃地对唐让让说:"我不想听理由,你知道等新生入学后,我们就要评选各部门新部长了吧。"

唐让让默默点头,下一届新生来了,她们就可以升一级了。

部委可以很多,但部长就只有三个,学生会的职权很大,所以竞争还是很激烈的。

"你这个态度,你觉得我有可能选你当部长吗?"

唐让让摇头。

她其实没想过当部长,竞争部长之后,大三又要竞争主席,她不喜欢太激烈的竞争,该是她的,她会努力去做,如果希望不大,那就算了。

她不是那种会为了选票笼络其他学生会成员的人。

"哪怕你不想当部长,这一年部委的绩分也不要了吗?"

唐让让抬眸，神情有些紧张。这个分她是绝对想要的，因为社团活动的分数会加在成绩分上，影响综合测评的名次。

只有排名靠前的人，才能得到奖学金。唐让让想拿国奖，就必须拥有不拖后腿的社团分数。

会长冷哼一声："你自己好好想想吧。"

从阶梯教室出来，唐让让发现陶可一直在门外等着她。

陶可担忧地看了她一眼："会长说什么了，没太狠吧？"

唐让让身子绵软地靠在陶可肩上，沮丧道："他要扣我的社团分数。"

陶可一顿："啊，那你这一年不是白跑腿了！"

唐让让在陶可肩膀上晃了晃脑袋，也不知道该怎么办才好。

陶可安慰似的拍了拍她的背："算了算了，我们先去吃饭吧，外面新开了一家粤菜馆，听人说还挺好吃的，今天我请你。"

唐让让刚想开口说自己没什么食欲，手机突然响了起来。她摸出来一看，是妈妈。

陶可小声问道："谁啊？"

唐让让做了个"我妈"的口型，然后接通了电话。

"喂？"

唐雅芝乐呵呵道："让让，吃饭了吗？"

唐让让："没有，正准备和同学去吃呢。"

唐雅芝一边开车一边解释道："明轩回来了，正好我和你爸约他们一家一起吃饭，你们俩也好久没见了吧。"

陈明轩是唐让让的发小，当时小区里面有不少孩子，唐让让是他们的老大。

陈明轩是最听她话的一个，也是她之前最好的朋友，后来他出国去念大学了，两人偶尔也会联系。

提到陈明轩，唐让让自然而然地笑了出来："那行吧，我和我同学说

一声。"

陶可倒是无所谓,唐让让不在,她正好去食堂。

学校门口,唐雅芝果然在路边等着她。

刚一见面,唐雅芝就感叹道:"你别说,两年没见,明轩长得可高可帅了。"

唐让让毫无察觉地点点头:"还行吧,我又不是没看过他朋友圈。"

太过熟悉的人,就已经分辨不出什么帅不帅了,他们从小玩到大,彼此之间太了解了。

"我看明轩就挺帅,又帅又懂事,我要是有这么个儿子就好了。"唐雅芝意味深长道。

唐让让没在意,敷衍道:"行行行,那你去问他愿不愿意做你儿子。"

唐雅芝抿唇一笑:"明轩肯定愿意。"

车子停在一家茶餐厅门口,唐雅芝锁好车,挽着唐让让一起往里走。

和服务员说好提前预订的位置,她们走进了一个小隔间。

之所以说是小隔间,是因为这个隔间里充其量只能坐下四个人。

但他们两家吃饭,少说也要坐一个大包厢吧。

唐让让愣了,扭头看向妈妈:"这能坐下吗?"

唐雅芝含糊道:"你先坐着等等,明轩他妈刚刚发短信,说单位有点儿急事,可能不来了。"

唐让让狐疑地打量着唐雅芝。

刚发短信说不来了,但你这小隔间是早早订好的呀!

唐雅芝往外望了望,然后拍拍唐让让的肩膀:"他妈不来了那我也不在这儿吃了,你和明轩一起吃吧。"

正说着,一个男生从外面走进来,双手插兜,穿着一身清爽的短袖。

唐雅芝笑眯眯地说:"明轩来啦,你和让让吃,阿姨有点儿事,先回家一趟。"说罢,她不由分说,利落地从陈明轩身边闪身而过,一溜烟儿跑了。

唐让让瞠目结舌道:"她在搞什么啊!"

陈明轩朝唐让让一笑,目光温柔道:"让让,好久不见了。"

他出国两年,才放假回家一趟,的确是好久不见。但大概是因为太熟悉了,所以唐让让总有种前两天才见过他的错觉。

唐让让弯了弯眼睛,往沙发上一坐,放松地跷着腿:"搞得这么正式干什么。既然就咱俩了,那就少吃一点儿。"

陈明轩没有坐在对面的椅子上,而是绕过桌子,坐在了唐让让身边:"你想吃什么都可以。"

唐让让翻看菜单的动作一顿。她突然觉得有些不自在,陈明轩怎么坐她身边了呢,明明对面有那么大的地方。

陈明轩自然而然道:"我也看看菜单。"

唐让让顿时了然,把菜单推过去,跟他一起看。

"要两份冰火菠萝油,烧味五宝拼盘,浓香咖喱斑鱼腩煲,一份港式丝袜奶茶。"陈明轩翻看了一圈,抬头对一边的服务生道。

他点的菜,都是唐让让爱吃的。

唐让让默默把菜单合上:"这些两个人就够了。"

陈明轩靠在沙发上,并没有要起身的意思。

他注视着唐让让,柔声问道:"国内的大学怎么样啊,有新的好朋友了没?"

唐让让单手拄着下巴,一边翻看着手机,一边回道:"有啊,叫陶可,我们俩经常一起出去玩。"

陈明轩若有所思地点点头,又问:"那有男朋友了没?"

唐让让手指一顿,睫毛微微颤了一下,摇头笑道:"别逗了,谁能看上我啊,这么能吃。"

陈明轩也笑,他枕着双臂,露出短袖下紧实的身材。

这是他在国外找教练练过的,初见成效。

但唐让让的目光专注在手机上,并没往他这边看。

陈明轩提示道:"你就不问问我在国外过得怎么样?"

唐让让停下手里的动作,侧过头看他:"我看过你朋友圈啊,不是过得很好嘛!"

她话音刚落,热腾腾的菠萝油已经端了上来。

陈明轩推到她面前来:"快吃吧,你最喜欢的。"

唐让让嗅了嗅菠萝油甜丝丝的香气,果然有了食欲。

"介意我开直播吗?"

他们之间太熟悉了,唐让让觉得用不着客气。

陈明轩一挑眉:"我知道直播在国内挺火,原来你也做主播啊。"

唐让让点开软件,把手机立在自己面前,调整了一下位置,回他:"也不算吧,就是随便玩玩,没有认真做。"

很快,粉丝们陆陆续续地涌了进来。

唐让让见一切都调整好了,对镜头里面道:"Hello,大家好,今天我和好朋友出来吃饭了,这个是菠萝油。"

她说罢,把黄油片小心翼翼地塞进了菠萝包里面。

依靠菠萝包的余温,将黄油片融化,混合在面包上。黄油的奶香和菠萝包的香甜混合在一起,散发出让人难以忽视的香气。

唐让让吸了吸鼻子,觉得那股味道直冲进胃里。她满意地舔了舔下唇,方才被会长批评的郁结终于消散了。

她伸手捏起菠萝包,对着镜头晃了晃,然后张开嘴,露出两颗小虎牙,朝菠萝油咬了上去。

香甜的味道瞬间溢满了口腔,有细碎的渣渣从她手边滑下来,菠萝包被烤得外酥里嫩,口感正好。

唐让让满足地眯起了眼睛,卷翘的睫毛仿佛也受到了鼓舞,上下扑扇着。

她吃过一口,用手擦了擦红润的嘴角,准备看一眼粉丝给她的留言。

陈明轩静静地望着唐让让吃东西的模样,突然宠溺道:"其实,今天她们是让我们来相亲的。"

唐让让的表情瞬间僵在了脸上。

和一个自己从小玩到大,几乎了解对方成长过程中每个细节的人相亲,光是想想,就能恶寒出一身冷汗。

唐让让僵硬地转过脖子,看着陈明轩,喃喃道:"不是,她们疯了吧!"

陈明轩盯着她的脸看了几秒,继而漫不经心地笑着,耸了耸肩:"谁知道她们怎么想的呢,可能觉得我们俩玩得好吧。"

唐让让垂下眸,有些生气地放下菠萝油,绷着一张脸,连眉毛都快立起来了。

"玩得好又不是适合谈恋爱,我妈真是的。"

陈明轩这才刚回来,就让他们俩这么尴尬。

唐让让愤愤地吐槽着唐雅芝,瞬间也没有继续直播的欲望了。

但是作为一个主播,她还是有一定职业操守的。

镜头对面那么多姐妹等着看她的视频吃饭,她总不能就这么一走了之。

于是唐让让努力克制住自己的情绪,尽量让自己的脸色没那么难看。

陈明轩轻轻一笑,在唐让让肩头拍了一下,借力坐直了身子。

"就是,家长们的想法都跟我们有代沟了,国外的年轻人都是先'爱'后婚的,他们知道都得吓坏了。"

唐让让觉得自己跟陈明轩之间的一丁点疏离感顷刻间消散了。

果然是她这么多年的好朋友,始终跟他站在统一战线上,连想法都一致。

于是唐让让也拍了拍陈明轩的膝盖以示安慰:"等我回家跟唐雅芝女士好好说一说,你也别有负担。"

陈明轩弯了弯眼睛,靠得离唐让让近了一些,轻飘飘道:"哪能啊。"

直播间里的粉丝已经涌进来很多了,有些后来的不知道发生了什么,还在四处问。

先进来的粉丝在帮忙解释,直播间里其乐融融,直到——

【Q:呵呵。】

由于 Q 经常给唐让让打赏，所以他在唐让让的直播间里权重很高，粉丝榜始终占据着第一位，字体也是完全有别于其他粉丝的深红色。

这是平台给氪金粉丝的福利待遇，为的是能让他们和播主一对一互动。

只不过之前 Q 从来没有行使过这个权利罢了。

察觉到 Q 的语气不善，其他粉丝也有点儿发蒙。

【我发现 Q 生气了，是不是不想让让谈恋爱啊？】

【Q 是妈妈粉？】

【Q 可能年纪大了，不知道呵呵的含义吧，我妈妈也不知道。】

唐让让见话题越来越偏向她的现实生活，于是赶紧拉回正题。

"大家不要闹了，我们俩是从小玩到大的朋友，关系特别好，不分男女的那种。"

陈明轩听她这么说，喉结轻轻地滚动了一下。

"是啊，小时候我们还经常在对方家里吃饭，唐让让总是吃得特别多。"他跟着解释道。

唐让让的心情总算恢复了正常，虽然家长们在背后添乱，但是还好没影响到他们的友谊。

正巧这时其余菜也端了上来，咖喱的奶香味儿随着热气溢散出来，唐让让蠢蠢欲动。

陈明轩不动声色地给唐让让挖了一勺咖喱，他的一只手出现在了直播间。

手上还戴着一只浪琴腕表，让他这个神秘人士显得多了几分庄重和贵气。

唐让让吃东西的时候专心致志，一句话都不说，鱼肉弹软可口，薄而不散，配着咖喱里面的蔬菜一起吃，有种奇特的香味儿。

吃了一会儿，陈明轩随口说道："我在大学的两个室友都有女朋友了，就剩我一个单身狗。"

唐让让嚼着米饭，漫不经心道："放心啦，你肯定很快就能找到女朋友的,你人这么好。"

陈明轩若有所思地点了点头,把奶茶往唐让让面前推了推。

唐让让正好有些口渴,于是顺手接过奶茶,含住吸管,咕嘟咕嘟喝了几口,然后舔了舔嘴唇。

这家的奶茶不是特别甜,但味道很浓郁。

唐让让喜欢一切甜品饮料,被奶茶的味道刺激了一下,她就觉得格外满足。

陈明轩唉声叹气道:"我跟他们吹这次回家是来见国内女朋友的,他们都不信,刚才还在宿舍群笑我,你看。"

陈明轩把手机亮给唐让让看。

唐让让放下杯子,扫了一眼。

陈明轩没说谎,群里的另两个人正在笑骂他吹牛。

"让让,你声音好听,你帮我气气他们,在群里发个叫我男朋友的语音呗。"

偌大的办公室里,祁衍靠在沙发上,默默地攥紧了手指,虽然表情上看似没什么变化,但他的眸色立刻阴沉了许多。

明媚的阳光从落地窗外洒进室内,在灰色的毛绒地毯上,投下一层暖黄色的光晕。

光线被窗棂阻挡,排成一条笔直的线,祁衍刚好坐在阴影里,鞋尖触碰明暗交界的边缘。

心理治疗师推了推眼镜,轻咳一声:"祁先生,我们是不是可以专心一点儿?"

他还是第一次碰见一边接受心理疏导,一边观看直播的客户。

但谁让人家给的工资高呢,哪怕干得再憋屈,他也不舍得走。

祁衍收回看向唐让让的目光,垂下眸,若有所思地揉捏着手指,心不在焉地对心理治疗师道:"你继续说。"

心理治疗师整理了下情绪，温和道："你小时候曾被诊断出情感障碍，共情能力很弱，缺乏同情心，但现在这种情况有所缓和，一定是有原因的。"

祁衍闭了下眼，再一抬眼，他已隐去了方才愠怒的神色，似笑非笑道："你怎么确定我有所缓和呢？"

他一向是个情感淡薄的人，他冷漠、克制，他的所有温和，所有谦逊都是伪装出来的。

心理治疗师谨慎地伸出手指，指了指视频里眨巴着大眼睛的唐让让。

"你的智商很高，伪装能力很强，这也是情感障碍人群的特点，但刚刚你明显有些嫉妒了，嫉妒得恨不得甩开我，去把她捉回来。"

作为心理治疗师，他十分善于察言观色，哪怕一点点的表情变化，他都能察觉出端倪来。

方才祁衍紧绷的手指，冷冽的神情并没有逃过他的眼睛。

祁衍没有反驳，只是变得有耐心了些，他又放松身体，靠在了沙发靠背上。

心理治疗师这才继续道："本来你的个性、人格、认知已经成型了，很难改变，这样的情况我们一般只能劝导客户，尽量不要尝试走歧路，去触碰法律的底线，要对自己有所约束。但你不一样，你有感情归属，有人可以牵动你的情绪，影响你的行为，甚至时常让你做出情感大于理智的事情，你还是能改变的。"

祁衍轻笑，手指一下一下敲打着膝盖，反问道："你又怎么知道，刚才我不是在伪装呢？"

心理治疗师闻言微怔，背后莫名渗出些冷汗。

他后知后觉地恐慌，自己的确没办法确认祁衍是不是在伪装。

因为以祁衍的定力和心理承受能力，恐怕连专业的测谎仪器都无法辨认他的真实反应。

而且，以祁衍的身份喜欢一个主播，这不合常理。

祁衍放下腿，站起身来，随意地挽了挽衬衫的袖子，露出一截结实白净的小臂。

"以后你不用来了。"

心理治疗师彻底慌乱了,他抿着干涩的唇,眼神里泄露出了自己的无助。

"你说对了,我没有伪装,并且准备去算账了。"祁衍说罢,径直走到门边,头也不回地甩门而去。

玻璃门甚至轻微晃动了几下,才彻底恢复平静。

心理治疗师的手机振动了一下。

他僵硬地低下头,用指纹解了锁,看到自己的银行卡里进账了一大笔收入。

祁衍虽然说是去算账,但其实是找一个借口从冗长的心理调节上脱身出来。

这是他母亲孟溪则给他安排的调节师,他并不太信任。

也幸好,唐让让的回答在他尚可接受的范围内,不然,他也不清楚自己会不会一时冲动,打碎唐让让正常的交际圈。

当然,适当的提醒还是必要的。

茶餐厅里响起悠扬的小提琴声,伴随着午后燥热的气浪,让人有些昏昏欲睡。

唐让让听到陈明轩的话,立刻蹙起了眉,别扭道:"我不合适吧。"

陈明轩把手机放到唐让让脸前,央求道:"就是一条语音啊。还是不是哥们儿了,这点小忙都不帮,就看他们笑我。"

唐让让表情有点儿挣扎,犹豫道:"但我们确实不是男女朋友啊。"

陈明轩坐直身子,正色道:"我们当然不是了,谁想跟自己发小做情侣啊,那人生还有没有一点新鲜感了。"

唐让让忙不迭地点头:"就是啊。"

陈明轩眨了眨眼,继续鼓动她:"所以本来就是假的啊,你那么认真干什么?"

唐让让沉默了片刻，和陈明轩对视了一眼。

伪装好朋友的情侣，这种事似乎挺常见的。但她总觉得，如果这种忙都能帮，那感情一定没有朋友那么简单。

她和陈明轩就只是好朋友，再没有别的什么，连让人误会的话，也不可能有。

"算了，你还是找别人帮忙吧。现在不是有伪音软件吗，你自己也可以的。"

她一边眨巴着眼睛，一边往自己嘴里塞着水果。

陈明轩的笑意僵在了脸上，他悻悻地收回手机，轻声问："让让，你是不是有喜欢的人了？"

唐让让闻言，一时失神，不小心咬到了腮肉。咬的力度还挺大，一阵刺痛袭来。

她垂着眼睛，一连往嘴里塞了好几块西瓜，撑得她原本就有些婴儿肥的脸蛋更加圆鼓鼓。

唐让让嚼着西瓜含混不清道："我这儿做吃播呢，别聊天了。"

陈明轩顿了顿，只能咽下了几乎脱口而出的话。

从茶餐厅离开，唐让让先是给唐雅芝打电话，大发了一顿脾气。

"妈，你的培训机构是不是太闲了，怎么还有闲心掺和我的事，我才多大啊！"

唐雅芝也挺委屈，用她的话说，陈明轩是她从小看着长大的，孩子又优秀懂事，跟唐让让也一直玩得特别好，两人知根知底地谈恋爱，家长最放心了。

"知根知底地谈恋爱最无聊了，我跟陈明轩根本就不可能，我们俩是好朋友！"

唐雅芝心底一阵失落，明明觉得两家能结亲是皆大欢喜的事情，结果没想到孩子反应这么强烈。

她倒不是非逼着唐让让谈恋爱，就是觉得女儿太单纯，太容易被骗，所以希望有个好男生照顾女儿。

"知根知底的无聊，那你说你喜欢什么样的？"

唐雅芝一句话怼过来，唐让让顿时卡壳了。

她一时之间说不出话来，但是眨眨眼，脑子里又浮现出祁衍的样子。

她的指尖轻微地抖了抖，理直气壮道："我喜欢嫁入豪门行了吧！"

唐雅芝气得胸口有点儿疼，声音也大了起来："唐让让，我跟你好好说话呢，你就当玩笑吗！"

连妈妈也觉得是玩笑。

好像真的是玩笑呢。

唐让让心里说不出的憋闷，干脆对着电话凶巴巴道："您先管管我姐吧，她分手之后可就再也没谈过恋爱！"

挂断电话之后，唐让让靠在路边的木椅上发呆。

她刚刚好像有点儿过分了。

唐汀汀分手这件事，是他们家的忌讳。

毕竟谁能猜到一个看似明朗热情的小职员，是星创传媒顾家的干儿子呢。但以她姐的高学历和工作能力，也不至于配不上他。

两人分手后，唐汀汀似乎对这件事异常敏感，谁也不能提。

她有些郁闷地抓了抓头发，为什么她们姐妹两个在谈恋爱上都这么多灾多难。

自从她让陈明轩别聊天后，陈明轩的脸色就差得吓人，大有跟她绝交的意思。

虽然唐让让有点儿愧疚没有帮他，毕竟他们是从小玩到大的，连零食玩具都不分彼此的朋友。

可叫陈明轩男朋友这样的话，唐让让根本无法说出口。

她平时虽然喜欢给自己灌鸡汤，但是也十分清醒地知道，自己喜欢的是谁。

她从口袋里抽出一条口香糖，撕开包装袋塞进了嘴里。

她揉了揉眼睛，熟练地吹出一个泡泡来。口香糖的黏性太差，泡泡很快破裂，贴在她的嘴唇上。

唐让让仰着头，看着脑袋顶上土黄黯淡的柳树条，难得嫌弃自己。

为什么偏偏她是色盲呢。

还是十分罕见的，作为女生的色盲。

这意味着，如果她非要跟祁衍在一起，他们的后代，大概率也会是色盲。

唐让让嘟了嘟嘴，对着郁郁葱葱的"灰黄色"大柳树道："Je déteste le daltonisme（我讨厌色盲）。"

她拍拍屁股站起来，准备去学校图书馆自习。

不管怎么样，感情都是虚的，只有奖学金是真的。

刚走到学校大门口，手机突然振动起来，是个陌生号码。唐让让以为是快递，所以想也没想地就接了起来。

"你在哪儿，我去接你。"电话刚一接通，对面就毫不客气地询问了起来。

唐让让一顿，有些诧异道："祁衍？"

虽然她从来没有告诉祁衍自己的电话号码，但是对他来说，找她的资料大概也不算什么难事。

"报位置。"

祁衍似乎没什么耐心，语气却又很平静。

唐让让踌躇道："不是说周末再找我吗？"

虽然说她周末也并没有想见他，但是起码还有时间找理由推辞。

现在，她还没想好怎么拒绝最得体。

自从分开之后，他们再也没联系过，她觉得他们可能永远不会有什么交集了。

但是现在他想要联系了，就可以肆无忌惮地闯进她的生活，毫不顾忌她的情绪。

她也不知道自己是该坦然接受，还是拒绝，总之心情复杂到一团乱麻。

"等着，不许乱跑。"

说罢，祁衍就挂断了电话。

唐让让："……"

这人总是知道怎么惹人生气。

唐让让叹了口气，开始郑重思考自己现在把手机交给陶可，然后扭头就跑的可能性有多大。

可惜她没多少时间考虑这种可能性，祁衍的车很快就到了。

只是这次，车上除了祁衍，还有一个打扮得格外精致的女人。不仅好看，似乎还十分听祁衍的话。

也是，谁能不听祁衍的话呢，他根本不允许有人不按他的计划执行。

唐让让舔了舔下唇，垂着头，情不自禁地往后缩了缩。

在高校门口，出现这么一辆豪车，还是接一个女生，总会让人多想一二。唐让让不想染进这样的花边新闻里。

祁衍是登上各种金融杂志的天才投资人，她是一个再普通不过的大学生。

如果不是当初唐雅芝在祁衍家做过一段时间的保姆，她和祁衍，永远都不可能认识的。

"上车。"

祁衍放下一半车窗，微仰着头，用高深莫测的眼神望着唐让让。

助理忙不迭从副驾驶跑下来，给唐让让拉开了车门。

助理的心情甚至有些激动，这是那个做吃播的主播，老板果然对她心怀不轨。

唐让让没动。

助理八卦之心熊熊燃烧，她瞄了一眼自己的老板。

祁衍轻描淡写道："不热吗？"

唐让让谨慎道："我去图书馆就不热了。"

她不想跟祁衍走。

助理看看这个看看那个，僵在原地不知所措。

祁衍倒是没生气，他交叠着双手，搭在自己膝盖上，手指放松地敲打着，淡淡道："这样啊，看来这么多年过去了，你已经忘了我的习惯。"

他侧过脸对助理道："走吧。"

助理当然没走，如果这点眼力见儿都没有，她也当不了祁衍的私人助理。

助理表情挣扎，真挚委婉地劝说："祁总，这样不好吧，明明一两句话就能解决的事情，为什么要闹这么大呢？"

说罢，她开始给唐让让使眼色。

唐让让彻底呆住了，喃喃问："闹这么大？"她好像也没做什么伤天害理的事情啊。

助理小跑过去扯扯唐让让的袖子，挤眉弄眼道："别惹他生气了，快上来吧。"

唐让让犹疑不定地望向助理。

看助理的表情，似乎是在帮她，虽然她到现在都不清楚，自己怎么招惹祁衍了。

唐让让被助理拉扯着坐在了祁衍的身边，祁衍似乎很放松，但并不一定是真的。她永远猜不透他真正的情绪。

"你要带我去哪儿？"她扭过身子，忐忑不安地问。

祁衍微不可见地一勾唇，突然揽过唐让让的脊背，往自己怀里一带。他的力气很大，唐让让根本来不及反抗，趴在了祁衍腿上。

祁衍穿着一条黑色西裤，坐在车子上时，西裤绷得很紧。虽然他常年健身，但因为工作实在太繁忙，他甚至有点儿偏瘦。

唐让让心乱如麻，挣扎着想立刻爬起来。

可他的手仿佛带着火苗，轻而易举地触发了她的燃点，并且迅速蔓延至全身。

她就像一只被扔在锅里烤得上下翻腾的虾，没有水，没有空气，烈火灼烧，唯一的支撑就是身后的那只手。

她觉得她快要热死了。

这车里除了司机，还有助理，他们都在看着，都在听着，她根本无处遁形。

唐让让恨不得自己能有个乌龟壳，可以迅速把脑袋缩起来。

可那个让她如此尴尬的当事人，却仿佛什么事都没发生似的。

祁衍抚摸着唐让让的后背，仿佛在抚摸自己最珍爱的娃娃，心里愉悦了几分。

他终于把自己的娃娃重新抓回了手中，她还是那么乖巧，哪怕心里骂他无数遍，也不会从嘴里说出来。

祁衍终于松手将她放了。

唐让让立刻像被烫了手一样，退出去好远。要不是车门已经锁了，或许她能立刻从车上跳下去。

祁衍很满意，却没有表现出来，只是轻描淡写道："声音这么好听，叫声老公来听听。"

唐让让的耳尖红得好像要滴血，身子忍不住轻轻地颤抖了一下。

Chapter 3
吻我一下

被戏弄了一路,唐让让才发现,车子并没有开向公司,而是转入郊区,开到了祁衍家的独栋别墅。

她的心情有点儿复杂。

她对这栋别墅的印象很深刻。

大概在她六七岁的时候,唐雅芝因为学生家长诬陷,被学校委婉辞退,一时之间找不到工作,就在祁衍家做了一段时间的保姆。

那时候她放学早,唐汀汀又还在上课,家里没人照顾她,唐雅芝就把她带到别墅。

原本是想让她坐在小板凳上安静地看书,可惜她闲不住,趁妈妈不注意就到处乱跑。

她误打误撞地跑进了祁衍的书房。

其实现在想一想,那时候祁衍的眼神还是很排斥的,只不过她当时没有自觉,还硬要跟他做好朋友。

她吃着祁衍的巧克力,睡着祁衍的床,还吵着让祁衍给她做烤扇贝。

一切都那么理所当然,直到后来被祁衍妈妈孟溪则发现,把唐雅芝给解雇了。唐让让小时候不懂,长大一点儿后,就慢慢理解了孟溪则。从祁衍童年那个严苛的学习时间表上可以看出,她的出现,的确影响了祁衍进步的步伐。

所以她特别没良心的,就再没去找过祁衍。她当时想得特别简单,反正她又不止祁衍一个朋友,而祁衍没了她,又可以好好学习了。后来就是长大后,祁衍来找她,他们……

"怎么,不愿意进来?"祁衍熟练地输入了密码,大门"啪"一声弹开了。

唐让让眼尖,她不小心瞄到了别墅的密码,似乎和当年的一模一样。她垂着眸,目光闪烁。

她依稀记得,孟溪则解雇唐雅芝的时候,就已经将密码改掉了,她再也输不进去了。

祁衍推开门,里面飘出来一股淡淡的皮质味道。

唐让让默默跟着他,一步迈了进去。

别墅里的样子没有变化,还和当年一模一样。

客厅的地板上铺着一块波斯地毯,是纯手工绣的,哪怕是当年,这一块也得几十万块钱。墙壁上挂着和装修风格相得益彰的油画,大多是孟溪则从国外拍回来的,用投资的眼光看,现在随便拿出一幅来,可能都价值不菲。

路过客厅,旋转式的乳白色楼梯下面,是极好的躲猫猫的地方。以前,唐让让总喜欢躲在那里。深红色沙发的后面,摆着一架钢琴,钢琴右侧,是祁衍给她做烤扇贝的厨房。

她没想到自己会记得这么清楚,毕竟,这也是十多年前的事情了。越是想得清楚,她心里就越疼。祁衍是个极其注重品位的人,这别墅里的家具样式都是十多年前的了,再好的材料也开始老化过时,他却一件都没有换过。

他这么做,除非是还怀念着什么。可他怀念的,偏偏唐让让给不了。

祁衍单手抬起琴盖,手指在沉重的乳白色琴键上抚摸片刻,灵活地弹了一段节奏。唐让让觉得自己的心开始跟随着那段节奏跳动,时快时慢,节奏一停,好像她的心跳也快要停了。

她站在客厅中央，戒备地问道："不是……要去办公室吗？"

祁衍把琴盖合上，双手撑在上方，抬眼望着唐让让。阳光从他背后的落地窗照进来，将他的影子拖得很长，可惜，他的正脸却不偏不倚地落在了黑暗里。

祁衍声音低沉："我做不到。"

唐让让的手指紧紧攥住裤腿，喃喃道："什么……做不到？"

祁衍勾唇一笑，坦然承认道："你在我身边，我做不到认真工作，从来都是，你不知道吗？"

从小到大，唐让让在他身边，他永远无法全神贯注地做别的事情。他只想看着她，只想陪着她。

唐让让不知道该说什么。她一颗心软得稀巴烂，方才的气愤在顷刻间消失殆尽。但她也不像小时候那么单纯，什么情绪都写在脸上。

唐让让故作轻松地耸了耸肩，睁大眼睛四处瞄了瞄："现在看还是觉得你家真大，好像什么都跟小时候一样，就我们不一样了。"

她说完，就立刻抿紧了唇，但眼睛仍然四处打量着，努力装作自然的样子。

祁衍静静地望了她片刻，才缓缓道："本来是想周末跟你说，但因为某些原因……提前了。"这个原因当然就是陈明轩。

祁衍小的时候就知道唐让让有一大帮朋友，那时候他也表现出了嫉妒，甚至还为此跟唐让让生了几天气。可后来心理医生告诉他，这种行为是错误的，是病态的。如果想继续和唐让让相处，就要克制自己的独占欲，因为所有东西都不会是独属于一个人的，包括唐让让。

祁衍认可自己在情感上的认知和普通人不同，为了尽量伪装得和别人一样，所以他压抑自己。结果十多年过去了，当年的朋友却还在得寸进尺。

唐让让心中叹气。祁衍做事永远都讲究效率，雷厉风行，似乎他们之间这么难以理清的情感问题，他也要在几天之内解决。

祁衍站在钢琴台上，要比唐让让高好多。他还是那么好看，眼窝深邃，睫毛纤长，经过精心打理的头发柔软地垂在额前，给他增加了几分平易近人的和气。他的喉结也格外迷人，藏在浅白细腻的皮肤下面，轻轻地滚动，如果亲上去，就会激动地绷紧，再缓缓地放松下来。

夏季温度高，所以如果不是在正式场合，祁衍习惯解开两颗衬衫的扣子。仗着他的身材好，便露出锁骨和一小截颈窝，诱惑别人的眼睛。起码唐让让就很受这种诱惑，盯着他，一时有些出神。

祁衍似乎很满意唐让让这种看着他发怔的眼神。他突然直起身，将右手伸进裤兜里，攥紧。

"唐让让，你现在过来吻我一下。"

只要你吻我一下，以前的事情我可以不追究，我可以立刻在你面前跪下求婚。

手心里的戒指冰凉且坚硬，钻石的轮廓摩擦着他柔软的掌心。明明是天大的赌注，他脸上却丝毫没有表现出来。

唐让让被这个过分的要求弄得局促不已，她甚至向后小退了一步，尴尬道："祁衍，你别这样，我们已经分手了。"她以为他又要用霸道的要求欺负她，所以想也没想地拒绝了。

祁衍目光微垂，眼底泛起一片深沉的灰。他的手微微松开，那枚精致的戒指从他的指缝里滑下："如果你是介意我母亲……"

唐让让立刻纠正道："和阿姨没关系，是你的占有欲太强了，让我觉得不自由，没有喘息的空间，而且时间都被你占用了，我那时候压力很大的。"

让她离开祁衍的理由太多了。他的个性，他的捉摸不透，他的不解风情。当然，还有她自己的学习任务，考试成绩，家庭压力。

总之，她能编出一万个言之凿凿的理由来。

唐让让身心俱疲，这次可能要彻底惹怒他了，不知道他会怎么折腾她，凭祁衍的势力，想闹个人仰马翻丝毫不费力气。

谁料祁衍只是将手抽了出来，没有强迫她，也没有惩罚她，而是恢复了一如既往的骄矜疏离的模样。

他嗤笑道:"既然你想得这么清楚,又何必关注我的消息呢?"

如果不是看到唐让让偷偷关注着他的消息,他也不会一时冲动定制了这枚戒指。他很善于揣摩人心,却唯独不懂唐让让。

唐让让的脑子"嗡"了一声,祁衍知道她看他的采访,搜他的名字,买有他采访的杂志了?

她努力让自己镇定下来,抿了抿红唇:"我只是下学期想申请经济双学位,所以提前关注了一些这方面的新闻而已,你……你又太出名,不可能看不到的。"

近些年,祁衍的确在投资圈混得风生水起,甚至还被某财经杂志评为让所有女人求之不得的顶级大人物。因为他年纪还轻,大家都默认他现在肯定不会结婚。

偏偏他十分严于律己,将百分之百的精力放在了工作上,所以,那些对他有心思的姑娘,不止一次私下抱怨过,最求而不得的男人就是祁衍了。

祁衍没说话。

唐让让盯着那块花地毯,总觉得斑斓的花朵上仿佛酝酿起了一个逐渐扩大的黑洞,带着致命的引力,快要将她吸食进去。

她稳了稳心神,柔声细语道:"下周我有三场专业课考试,还有一堆东西没有复习,这些课都挺重要的,而且关系到绩点,我可不可以回去复习了?"

她说完之后,好似等待审判的罪犯,忐忑不安到了极点。

祁衍继续笑,笑得冷冽刺骨:"我耽误你的时间了?"

你不是,你没有!唐让让恨不得给自己裹上一层壳,来抵御祁衍可怕的眼神。但她委婉地点头:"有点儿。"

祁衍听罢,用指节在钢琴盖上敲了敲:"送唐小姐回学校。"

他敲的声音很大,门外的助理都能听得到。可想而知,他的骨头会有多疼。

唐让让担忧地望向了祁衍的手指。如果是小时候,她肯定急匆匆地冲上去，扯起祁衍的手，张嘴给他吹吹。

可惜再也回不去了。

助理踩着十厘米的高跟鞋，依旧能使命必达，风风火火地从外面冲进来，不晃悠，不慌张，带着标准的微笑，看向唐让让，说："唐小姐，车已经准备好了。"

看见助理，唐让让有点儿脸红，虽然她也知道，祁衍的助理一定嘴特别严，情商特别高，似乎不会让她感到尴尬。

她回头看了祁衍一眼，但祁衍没看她。她想，大概，这辈子再也没有机会回到这栋别墅了吧。

到了 A 大门口，助理偷偷打量唐让让的脸色，扯出一丝笑容："再见，唐小姐。"

唐让让跟助理摆了摆手，车子很快开走了。

A 大校外有不少推车卖小吃的，浓郁混杂的香气飘出去好远。

唐让让喜欢小吃，并且不挑。高档的茶餐厅她愿意吃，普通的路边摊她也喜欢。冬天的时候每次走过学校门口，她都会随手买一串冰糖葫芦。

夏天的冰糖葫芦容易化，所以老板还带了一个冷柜，把糖葫芦放在里面冰着，一口咬下去，冰冰凉凉的，好像吃着山楂味的雪糕。唐让让的胃不好，吃太凉的会肚子疼，所以到了夏天只能忍痛割爱。

但今天她鬼使神差地要了一串，捏在手里，都能感觉到那股森森的寒气。她咬了一口含在嘴里，不甜，酸到了极致，酸得人想流泪。

唐让让抹了把眼睛，拿起手机对着糖葫芦拍了一张，然后发到了呦呦直播自己的主页上。

配文：学校门外的糖葫芦，老板少加糖了，很酸。

很快，有粉丝给她留言回复。

【啊让让，我们学校外面的糖葫芦也超酸的，酸哭了！】

唐让让一手举着糖葫芦，一手托着手机打字。

【是啊，酸哭了。】

周六的清晨，校园里有种别样的宁静。唐让让窝在自习室里，和陶可一人占着一排座位，桌面上摆满了书。

陶可下周一就要结束最后一科考试了，唐让让还要拖到下周三。所幸大三的大部分学生都已经放假回家，大四的也已经搬出学校。校园里少了一半的人，空旷的自习室只有她们两个。

陶可学累了，伸了个懒腰，抬手拍了拍唐让让的肩膀："对了，你最近怎么都没有直播啊？"

唐让让端起书，往后靠了靠身子，简短道："太忙了，没有心情。"反正她也不是专业做主播的，平时想播就播，不想播就不播，其实在平台上成绩并不算太好。前几天她偶尔上了一次，发现自己的频道排名已经掉得没影了，连粉丝都少了很多。

陶可若有所思："哎，周三下午你去哪儿了啊，怎么没来找我？"

周三，唉，发生太多事了。唐让让惆怅片刻，含糊道："随便逛逛，陪我发小。"

她也不是想骗陶可，只是她和祁衍的事情解释起来太复杂，太让人心累。现在不是很有情绪讲，毕竟复习最重要，奖学金最重要。

大好的周末，她们在自习室里从早待到晚，唐让让本来就毛糙的玉米卷显得更膨胀了，仿佛顶着一个燕子窝。

好在努力都没有白费，背的都考了，蒙的都对了，她答得很不错。

她倒不是对当学霸有多执着，主要是不想让唐雅芝再操劳。

她们家的条件在京市也就是垫底水平，所以唐让让不准备再从家里要钱了。

国奖虽然不多，但加上她做家教的钱，也够平时花了。

考完试，唐让让正整理书包。张熙媛从最后一排走了过来，她一边走一边撩着乌黑柔顺的长发，微扬着脸，仿佛一朵盛开的百合。

张熙媛她爸跟唐让让她妈原先是一个学校的同事，所以两人之间总会有比较，唐让让想要奖学金，张熙媛也想要。

她以为张熙媛是来问她考得怎么样的。

结果不是。

张熙媛："让让，我听说陈明轩从国外回来了，而且还特意跟你一起吃饭？"

唐让让把笔袋揣好，抬了一下眼："啊，是。"

小时候陈明轩就一直跟在唐让让屁股后面跑，他们跟张熙媛关系都一般。但是长大了，就比小时候圆滑多了，没那么爱憎分明，谁都可以交流一下。

张熙媛暧昧地笑笑，甚至还用胳膊肘撞了一下唐让让："我听我爸说陈明轩喜欢你啊，而且喜欢好久了，你们俩什么时候开始的？"

唐让让顿了顿，心平气和道："我们没开始过。"

虽然因为他们经常在一起玩，小时候开玩笑的人不少，但那也只是玩笑而已。

那种小鹿乱撞的心情，她只对祁衍有过。她也是个俗人，看着祁衍的脸，看着祁衍的风度和气势，很难不对他动心。

可惜啊。

张熙媛竟然表现得比唐让让还要遗憾一点。

她拔高声音吃惊道："为什么啊？陈明轩多好啊，学习成绩不错，又是在外留学，而且脾气还好，主要你们从小就在一起玩，他可会让着你了，什么都不跟你争，好吃的都给你留着，这种男人你不留下还等什么啊？"

唐让让轻蹙着眉，一言难尽道："他这么好，不然介绍给你？"

张熙媛的脸色一僵，掩饰性地笑笑："我怎么可能呢，他可是你青梅竹马。"

唐让让体贴地说："你这么漂亮，陈明轩一定会喜欢上你的。这样，趁他还没回国外，我安排你们两个见一见。"

张熙媛的笑意彻底消失了，表情疏离："我又不喜欢他。"

唐让让一脸坦然地点头："好巧，我也不喜欢他。"

阳光映在唐让让脸上，比张熙媛白了好几个度。

张熙媛："我就是好言劝你。陈明轩这个水准的男生，错过了可能就没有了，以后还不一定碰上什么样的呢。"

"哦，谢谢你，你也是。"唐让让漫不经心道。

张熙媛沉默地看了她几秒钟，一甩手走了。

陶可从门口溜进来，正撞上张熙媛差到极点的脸色，她莫名其妙："张熙媛这是怎么了？"

唐让让耸了耸肩，说："对着我一顿夸我发小，我说介绍给她，她就生气了。"

陶可撇了撇嘴，愤愤吐槽："张熙媛野心可大呢。你知道我们专业前几届的朴金晴吧，长得挺漂亮，听说打进了上流圈子，跟一堆大人物都是朋友，她就是张熙媛偶像，张熙媛才看不上你发小呢。"

唐让让眨眨眼："什么算是上流圈子？"

陶可揽着她的胳膊，语重心长道："金融圈，可乱了呢。"

唐让让："可学金融的不都是各个学校的尖子生吗？"

"拜托，进入社会了谁还管你是不是尖子生。这个圈的风气就是这样，谁不得随波逐流，你随便去CBD的酒吧逛一圈，无数网红打扮得花枝招展，就等着人上钩呢。"

唐让让有些一言难尽："张熙媛应该不是这种人。"

陶可点头："她当然不会像网红似的。我不是说她偶像是朴金晴嘛，朴金晴可是靠实力上位，光有一张好脸蛋只能白白被人骗。最近听说朴金晴好像到一个投资公司任职了，因为瞄上了人家的老总，但具体是哪个还不知道。"

唐让让不禁想到了祁衍。他应该也算是大人物了，毕竟占据了那么多金融杂志的头版头条。

想要借着他上位的人应该也很多吧。

有点儿酸是怎么回事?

唐让让生气地掐了自己一把。你酸你活该,不许酸了!

期末考后,一般要面对两个选择。

一是麻溜儿买票回家;二是未雨绸缪,提前开始苦兮兮的实习生活。

唐让让两个都没选,窝在学校专心预习双学位的课程。

放假前已经报了名,现在还在审核,按照往年的规律,她应该能通过。毕竟比经济系少学一年的课程,唐让让不想只混个毕业证,于是从陶可那里借了书,自己先看着。

陶可在忙着学英语,报了班,每天都要去上课,晚上才回学校。

自由散漫的假期里,唐让让终于有心情继续直播。她开播后,粉丝陆陆续续回来了,但声势要比以前小多了。有些已经减肥成功的,就不用再看唐让让的吃播了。

没有新人涌入,老人也一直在流失,直播间里荒凉了不少。唐让让盯着粉丝列表里灰暗下去的名字,说不失落是不可能的。毕竟,时间久了,她也把他们当朋友了。

"今天吃的是澳门味道,滑蛋牛肉粥,招牌葡式蛋挞,澳门驰名猪扒包,都不是大菜,但我很喜欢吃。"唐让让打起精神,移动着镜头,让大家都能看清。

【让让似乎很喜欢粤菜呀?】

唐让让看到了,立刻回道:"是喜欢清淡一点儿的,但什么都可以吃。"

她拿起勺子,轻轻搅动滑蛋牛肉粥。

粥上面附着的麸皮被她按进里面,受热之后,迅速柔软下来,贴在白花花的米粒上。米粥中间还浮着一颗橙黄色的滑溜溜的生蛋。

唐让让将滚烫的米粒浇在滑蛋上,借着米粥的余温,将蛋弄成半熟。

氤氲的热气飘上来,轻轻附着在她细腻的皮肤上。唐让让贪婪地吸了

一口热气，情不自禁地咽了咽口水。

她又捏起了葡式蛋挞。蛋挞里面的奶香味很浓，外皮酥酥脆脆，烤得金黄，只要稍用力，就会扑簌簌地掉渣。

唐让让张开嘴，咬了一大口。香甜的味道溢满了口腔，她鼓着嘴，飞快地咀嚼着，热腾腾的蛋挞被她几秒吞进了肚子。随即，她情不自禁地探出舌尖，舔了舔嘴唇。

"这次是刚烤出来的蛋挞，还很烫，但是超级好吃，酥皮很脆，里面的蛋心又滑又好吃，你们有时间也可以来尝尝。"

蛋挞给人的诱惑本身就足够强烈，再加上唐让让吃得香，一般这个时候，粉丝们都会兴奋地给她刷礼物。

【对了，土豪姐妹Q好久都没上线了。】

【我也发现了，没有Q氪金，让让的排名都下滑好多了。】

【Q呢？我一直以为Q是真爱的，不会也走了吧。】

……

粉丝排行榜里，Q排在第一个。Q的头像是一朵玫瑰花，娇艳欲滴，红得肆意张扬。只可惜现在一片灰蒙，沉寂在浩如烟海的网络世界。

唐让让迟疑了一下，朝那个熟悉的ID望了望。

如果说所有粉丝里面，给她留下印象最深的，大概就是Q了。Q从来不说话，一直是用钱在刷存在感。

唐让让不贪财，也不媚粉，从来没对Q另眼相待过。或许对方觉得付出和收获不成正比，所以才决定走了吧。

结束直播后，唐让让习惯性地去自己的主页上看了看。这才发现，网站的管理员给她发来了一条私信。

"你好播主，为了答谢您为平台做出的杰出贡献，现赠予您枫蓝慈善晚宴入场券一张，请您按时入场，注意穿着得体服饰，祝您玩得愉快！"

时尚圈经常会举办慈善晚会，到场的有娱乐圈正当红的明星、商界精英、以及行业顶尖人才，还有一堆八竿子打不着的网红。捐款是一方面，但拓展人脉则是更重要的目的。如果能借助这一晚结交几个名人，以后可能会有难以想象的助力。

想从别人身上获得东西，当然也得拿出别人需要的东西来交换。

这些网红之所以能获得参与慈善晚会的名额，都是所属公司砸了钱的。为的就是让她们涨涨身价，挤进更高端的圈子。至于如何挤进去，靠谁挤进去，就要凭自己的努力了。

然而这样的机会，无论如何也不会轮到唐让让。她的直播虽然很火，但也排不进前十，有的是好看的主播死死压在她上面。

而且她从来不接任何商业合作，所以除了打赏的分成外，平台不能从她身上多赚一分钱。

这个机会，几乎不可能落在她身上。

然而平台小秘书萱萱很快就给了她答案。

萱萱："恭喜哦，您可以开始准备枫蓝慈善晚宴啦！"

唐让让："我不会唱歌不会跳舞，除了吃什么都没干过，为什么选我啊？"

萱萱："你的频道很火，而且长相符合平台用户的审美，平台有投资意向。"

这次的确是个难得的机会。可惜唐让让半点参加晚宴的经验都没有。哪怕去了也是溜边一站，当个只会鼓掌的观众。

唐让让："我别浪费这个机会了，还是给别人吧，我很佛，不想出名。"

萱萱："你也别拒绝得太早，去了还有平台的赞助奖金呢。考虑考虑吧，还有一个月的时间。"

萱萱说完，就去忙别的事了，剩下唐让让一个人对着那条消息发呆。

但她并没有发呆太久，就被陶可怒气冲冲的微信消息吸引了注意力。

陶可整整打了一百多个感叹号，连发了七八个发怒的表情，最后给唐让让留下一句话。

"你快去看张熙媛的朋友圈，气死我了！"

张熙媛放出了一张电子表格，看模糊程度像是偷拍，但依稀能看清是学生会会长给各部长和部委的打分表。

张熙媛配文："不负努力，继续前行，真是太感谢浩哲哥啦！"

陈浩哲给了她满分。这些分在期末综合测评的中，将起到很大的作用。

唐让让仔细找自己的名字，最后一个，零分。

真是不留情得明明白白，她这一学年所有的努力，为学生会跑的腿流的汗，都白费了。

张熙媛这是明白地告诉唐让让，这次的国奖，注定没有唐让让的份儿了。

唐让让举着手机，眼睛一眯，颇有气势地冷哼一声，然后转头就特别没骨气地去找萱萱。

唐让让："萱萱姐，枫蓝慈善晚宴确定是有奖金赞助吗？"

萱萱："对，赞助大概一万，但如果你要租更贵的衣服和车，可能就要自己掏钱了。"

唐让让喜极而泣："这么多啊，正好抵上我的奖学金了，我一定去！"

随便走一遭就能拿到一万块的赞助，她还有什么可犹豫的呢。

萱萱："既然你决定了，那就要开始准备了哦。虽然还有一个月，但瘦身美容什么的，都要提上日程啦！"

唐让让捏捏自己的小肚子，理直气壮地说："别看我脸圆哈，其实我不胖。"

丽茂中心的云顶咖啡厅里，祁衍正靠着椅子轻抿一杯咖啡。他难得有片刻的休闲时间，但哪怕是喝咖啡的时候，助理也在一旁汇报日程安排。

"下个月顶峰国际酒店有一场枫蓝慈善晚宴，您需要带女伴吗？"助理说完，小心地打量着祁衍。

祁衍从来没明显表现出对哪个女人的兴趣，出席各种晚宴也从不带女伴，所以这次能成为他女伴的人，一定会变成大家关注的焦点。

祁衍微一挑眉，倦倦地揉了揉眉心："主办方怎么要求的？"

助理连忙道:"没有说一定要带女伴,但是我了解了一下,其他老总可能都会带。"

祁衍想也没想地拒绝:"不带。"

助理心中感叹,果然跟她想的一样,除了那个小主播,大概谁都无法让祁总大动干戈地去追。

助理把其他事项交代之后,就悄悄地离开咖啡厅,回了公司。谁料刚进公司大门,她就被人给拦下了。

助理推了推眼镜,反应过来,灿笑道:"朴主管,有什么事吗?"

朴金晴矜持了一下,伸手挽了挽耳际的波浪卷,抿唇笑道:"我收到了枫蓝慈善晚宴的邀请函,刚听说祁总也要去,正好想去问问祁总有没有找女伴,如果没有的话……"

她说一半留一半,相信助理也明白她的意思。

朴金晴的业务能力还没显现,却有一个华丽的个人简历和能唬人的巧舌,所以她顺利地过了人力那一关,被聘为祁衍公司风控部门的主管。

她到这里来没有别的意思,就是为了祁衍。

朴金晴希望自己能够成为祁衍的左膀右臂,为他的公司开疆拓土,更希望走进他的生活。

她相信,从他的工作伙伴做起,一步步夺得他的信任,早晚有一天,祁衍会对她动心的。只是她没想到,这个机会来得这么快。

得知祁衍会去枫蓝慈善晚宴后,朴金晴花了十万元买了入场的名额和服化车服务,如果她能成为祁衍赴宴的女伴,那他们的关系岂不是可以更进一步?

助理一听便知道朴金晴是怎么想的。说实在的,跟在祁衍身边两年,不死心往上扑的人不知道有多少,最终不还是铩羽而归。

这些女人都不知道关键问题。

祁总心里有人了,又怎么可能在别的女人身上浪费时间。

助理笑眯眯道:"女伴是没有的,不过祁总说了,他不需要女伴。"

朴金晴一愣，但很快就恢复了自然。她还没有这么急不可耐，赴宴不带女伴也是很正常的操作，要是所有大老板都有主儿了，让那些明星网红对谁献殷勤去。

"好，我知道了，谢谢你。"说罢，朴金晴踩着高跟鞋优雅地离开了。

一个月的时间转瞬即逝。

唐让让为了迅速减轻体重，吃了一个月的小番茄魔芋丝。她平时一直吃得多，突然少吃，营养跟不上，体重很快就降了下来。摸摸胸脯，唐让让能感觉到手底下一条一条的肋骨，硬邦邦的。

她租的衣服也送到了，两千块钱一晚上，外加包车，比大部分人的便宜多了。她并不想出风头，只要规规矩矩，看起来不太丢人就好。

唐让让提前半个小时赶到酒店，大厅里空落落的，只有酒店外面挤满了来赴宴艺人的粉丝。

她听着背后疯狂的尖叫声，抬腿迈进了电梯。

电梯门缓缓关闭，唐让让终于开始紧张，没想到今晚赴宴的明星这么多，怪不得萱萱说这是个难得的机会。

按照服务生的指引，唐让让一边捂着胸口，一边往里走。她以前没有穿过礼服，不知道这裙子领口居然开得这么低。

虽然这再正常不过，但唐让让就是不太适应。

走到宴会厅门口，她先是谨慎地张望了一下。红毯和幕墙刚刚布置好，媒体工作者们倦怠地坐在凳子上，等着明星们到来好开工。

一看唐让让，就有人大声吐槽道："怎么一个个的都是网红啊，明星什么时候来？"

有人冷哼一声回道："且等吧，这个场合，谁压轴谁就赢了。"

唐让让心中了然，走进宴会厅，果然进来的都是所谓的网红。有熟悉的面孔，也有其他平台签约主播或者自己烧钱来的网红。

枫蓝慈善晚宴是最严肃最注重辈分的地方，这里不单是按嘉宾的人气分排座位，更重要的，是看资历。

　　前排位置，大多分配给了资历深，但已经有些过气的明星，或者那些上了年纪的老总。可这帮小网红不管这些，对她们来说，越靠前拍照就越有面子，趁着现在没人，她们一窝蜂地拥到了前面，纷纷举起手机，捧着尖尖的瓜子脸，对镜头摆出一个灿烂的笑。

　　唐让让没有经验，就稀里糊涂地跟着人往前走。但她走得慢，人家都拍完回去了，她才走到前面。她甚至还因为偷看前面桌子上的菜单而多逗留了几秒。

　　"喂，这是你站的地方吗？"身边传来一声没好气的苛责。

　　唐让让错愕地歪过头，凝着眉，心里有些不快。虽然她知道主播在这里的地位低，但有话不会好好说吗，为什么一定要羞辱人呢。

　　"晚宴是你家开的吗，你管我站哪儿？"虽然她平时比较"佛"，但现在是代表呦呦直播出席晚宴的，如果被奚落了，认怂了，传出去对平台也不好，所以她仗着胆子怼了回去。

　　她表面看着气势很足，但心里特别慌。对面是个格外精致的大美人，高定星空裙，精致的妆发明显费了很大工夫，难不成是哪个明星吗？

　　唐让让迅速搜刮自己的记忆，好像对这张脸没什么印象。

　　朴金晴也没想到唐让让会怼回来，一个小网红而已，能来这种场合看一眼就不错了，到底是谁给她的胆子觉得可以做枫蓝的主角了？看来现在这帮小姑娘是越来越没眼色了。

　　门外陆陆续续往里进人，随着明星们的到来，媒体的采访和直播也终于开始了。

　　朴金晴双手叉着腰，冷冰冰地警告道："你要站就靠边站，这里是祁总的位置！"

　　祁总？

　　京市能有几个有头有脸的祁总？

　　唐让让蓦然睁大了眼睛，睫毛飞快地颤抖了几下，心里仿佛落了一块

沉重的石头。

完了完了……

谁能想到他会来呢。

唐让让下意识地低下头,去看椅子背后贴着的名字,是两个潇洒的烫金大字——祁衍。

她身后突然传来一个低沉的声音,漫不经心道:"我的位置怎么了?"

Chapter 4
不可能不动心

唐让让浑身一抖，绷紧唇线，机械地转回头。

所以说人在倒霉的时候，从来没有柳暗花明，往往都是重蹈覆辙。

她猛地咳嗽一声，顺势捂住脸。要是巴掌大到可以把整个头都捂住，就最好了。

可惜现实总是给人迎头一击。她眨巴着眼睛，和祁衍来了一个对视。

他本就黑亮的眼睛映着大厅里暖黄的灯光，显得更加有烟火气。为了降低身上的疏离感，他甚至配了一副平光眼镜，将自己冰冷的眼神稍稍遮掩起来。

唐让让怔忪地望向他颀长的脖颈，真白嫩啊，像容易被妖精盯上的唐长老一样。她要是妖精就好了，妖精不用负责任，吃了豆腐转身就猫进深山里面，找都找不着……

越是紧张就越容易想入非非，唐让让脑子一转，飞速地消耗着身体里的糖分，她这一个月节食，还没有兔子吃得多。

"咕噜——"

肚子不堪饥饿，吵嚷起来。

唐让让从脖根儿一直红到耳朵尖，隐约听到祁衍发出一声轻嗤。随即，他就像不认识唐让让一样，目光毫无波动地从她身上扫过，落到对面的朴金晴身上。

朴金晴的眼睛都直了,祁衍身穿量体剪裁的 Ralph Lauren 西装,搭配 Silvano Lattanzi 的尖头鳄鱼皮鞋,气质足够吊打全场大多数男明星。

他几乎完全符合她对男人的所有向往,年轻、英俊、富有、与众不同。

"祁总,您可能还没见过我,我是公司新招的风控部门主管,我叫朴金晴,真是没想到您也会出席这场晚宴,我……"朴金晴眼底含笑,嘴角微翘,喋喋不休地套近乎。

祁衍不耐烦地打断她的话:"我问我的位置怎么了?"

朴金晴立刻感觉到了他的腻烦,笑容也开始不自然起来。或许是祁衍见到了她方才咄咄逼人的样子,这才心生不悦。她掩饰性地抚了抚发丝,堪堪解释道:"这位小姐赖在这里不肯走,我来提醒她别为了发朋友圈影响了晚宴的秩序。"

唐让让翻了个白眼儿,但祁衍在这里,她实在没什么心情跟朴金晴争辩。他方才的样子,大概也是不想跟她有什么交集。

也对,明明是她亲手推开了他,他那么骄傲的人,就应该一辈子都不搭理她,既然这样,他误不误会又有什么关系呢。

唐让让蹭了蹭手臂,微垂着头,默默往后排走。

祁衍眼睛一眯,抬手抚了抚腕表,冷冰冰道:"这里也不是朴小姐的位置吧。"

"啊?"朴金晴怔了怔,脸上的表情有些绷不住了。她自从来公司后,一直听人说,祁衍为人非常谦和,从来不刁难员工,连说话都温和得体,十分受大家喜爱。

所以她不明白,为什么大家口中像个圣人似的祁衍,却对自己这么刻薄。她明明长得够美,学历也不低,比祁衍身边的大部分女人都强。

朴金晴百思不得其解,但也不敢再围在祁衍身边,只能不尴不尬地走开了。

唐让让一走回网红座席区,立刻就被围住了。

"那女的是谁啊，瞧不起网红，她又是什么东西。"

"我看她脸好僵啊，也不知道动了多少次刀了。"

"姐妹你别担心，一会儿快结束了我带你冲上去拍照，保证图又美又清晰。"

唐让让在座位上坐好，摇摇头：“我没事，谢谢你们。”

同平台的雅美撞了撞她的胳膊："那可是祁衍哎，你竟然没碰他一下。"

唐让让侧过脸，疑惑道："为什么要碰他一下？"

雅美"啧啧"两声："这种人物，平时想见都见不到，多少明星想方设法搞他的手机号，如果我是你，刚才肯定偷偷碰一下，吸点儿仙气。"

唐让让顿了顿，小声嘀咕道："我碰过，没什么仙气。"

雅美满脸不信，扭了扭纤细的腰肢，仰着下巴，仿佛一朵盛开的向日葵："吹吧你，他能给你摸？大白天做什么梦呢！"

唐让让趴在桌面上："说了你也不信，是他主动接近我的。"

那时候，唐让让是全小区的孩子王，身边朋友一大堆，祁衍只是个被圈在家里没日没夜学习的小可怜，如果不是唐让让，他的童年几乎没有一点儿小孩子的乐趣。

雅美坐得离她远了一点儿，撇着嘴角道："行，有一天你要是还能让他接近你，跟姐说，姐直播用 YSL 画《清明上河图》。"

雅美是个美院毕业的美妆博主，品牌赞助的口红有的是，《清明上河图》她也能画。

等她说完，晚宴也正式开始了。

晚宴的菜品是西河餐饮负责的。有西河烤鸭，鲍汁扣鲍仔，黄焖鱼唇，还有鲜嫩多汁的新鲜刺身。众人惊喜地赞叹，相视而笑，然后纷纷将筷子伸向了蔬菜沙拉。吃了一口小番茄后，她们默契地放下筷子，补了口红，掏出手机合照自拍。

唐让让依依不舍地把自己的筷子从鲍鱼上抽回来，在众人或惊讶、或嫌弃的眼光中，馋得双眼噙泪。

吃都不能吃好，活着还有什么乐趣，冻死算了。她抱着双臂，往桌子下缩了缩。室内冷风太强劲，仿佛寒冬腊月。

主持人上台，笑逐颜开地操着播音腔，介绍到场嘉宾。

整个过程其实挺无聊的，而且十分漫长，室内温度也越调越低。

男士们都穿着西装，所以感觉还好，那些穿着礼服小短裙的女士就辛苦了，哪怕冻得浑身起了鸡皮疙瘩，还是要镇定地鼓掌，面带微笑地配合着镜头。

唐让让平时是个小暖炉，周身热乎乎的，但大概是这一个月把脂肪都饿没了，所以无热可发，只能把自己抱成一团，摩擦生热。

祁衍靠在软椅上，拧起了眉。他也感觉到温度太低。身边坐着的女星都不得不叫来助理，给自己披上一件早已准备好的外搭。

那个小傻子，一定没有这种先见之明。

他微微侧头，用眼角的余光向后看了一眼。

唐让让在很远的后面，低垂着眼睛，无精打采的模样。她抱着双臂，不住地摩擦着，大概是冷得狠了，都快要缩到桌子底下去了。

她看起来瘦了好多，连婴儿肥的脸蛋都变尖了，在一众浓妆艳抹的女人当中，白得发光。

朴金晴一直关注着祁衍，当然注意到他回头了。她不由得有点儿紧张，坐直了身子，挺起胸脯。这时候也顾不得冷了，她一定要把最得体的姿态，最优雅的模样展现在祁衍面前，来掩盖她方才给祁衍留下的坏印象。

祁衍在看什么呢？不管看什么，这个方向，一定能看到她。

朴金晴正想着，祁衍突然从座位上起身，凝着眉，走过来。

朴金晴紧张地颤抖着睫毛，随着祁衍的靠近，她觉得自己冻得冰凉的手脚终于回温了。她深吸一口气，眼底露出掩饰不住的倾慕。

祁衍的神情深不可测，他一边走着，一边摸到西服纽扣上，手指灵活地一用力，纽扣解开，他利落地将那件价值不菲的外套脱下来，搭在小臂上，露出里面单薄的黑色衬衫。衬衫紧紧贴在他身上，勾勒出他柔韧的腰线，宽阔的脊背,还有扁平的小腹。

这个人,比朴金晴想象的还要性感,一举一动都引人遐思。然而很快,这个性感的男人毫不犹豫地从她身边走过,毫不留恋。

朴金晴的喜悦瞬间凝固,随之而来的,是无尽的失望。不是她,那能是谁?谁能让祁衍中途离席,这么急切地赶到身边?

很快,她就有答案了。

祁衍径直走到了唐让让身边,对身边震惊的目光不屑一顾。他垂眸望着唐让让,眼中带着让人猜不透的情绪。

唐让让仰起头,眼眶湿热,不知所措。

他轻叹一声,将那件西装轻轻地搭在了唐让让裸露的肩膀上。一瞬间,带着男人体温的外衣,驱散了所有寒冷。

"祁衍……"她小声叫他的名字。

这份众目睽睽之下的关怀实在有些分量,唐让让只觉得心里软得一塌糊涂。

还不待她多感动两秒,祁衍的目光落在她柔软的胸脯上。粉白色的小礼裙紧紧束着她的腰肢,一路蔓延向上。其实她的身材很好,玲珑有致,皮肤白得像炼乳。

祁衍眼神一沉。

他到底在隐忍什么?唐让让就是个满肚子心灵鸡汤的小佛陀,不逼着,不强迫着,根本就不肯往前挪一步。

想罢,他伸手揉了揉唐让让圆润的耳垂,语气不容置喙:"晚宴结束后,等我。"

不待唐让让拒绝,祁衍已经转身回座位了。

一众网红主播当场石化,朴金晴更是脸上的粉都惊掉了。还是雅美最先反应过来,发出了真情实感的感叹。

打脸来得如此猝不及防,祁衍不仅摸唐让让了,还亲手给唐让让披了衣服。

雅美晃了晃脑袋，觉得自己的认知被重新刷新了。她亲切地拉住唐让让的手："姐妹儿，你到底有什么隐藏身份，快交代吧，是书香世家还是亿万富翁？"

唐让让缩回手，无奈道："我什么都不是，你们别这样，像看大熊猫似的。"

雅美羡慕道："我寻思祁衍都不一定能给大熊猫披衣服。"

唐让让："……"

怎么问唐让让都不说，大家心里都猜测，唐让让大概是祁衍金屋藏娇的小情人，所以才这么不好意思开口。

雅美亲切地揽住唐让让的胳膊，大有一副两人已经是好闺蜜的模样："让让，明天晚上看我直播，给你画《清明上河图》。"

唐让让勉强弯了弯眼睛："不用了，我知道你是开玩笑的。"

雅美摆手："谁说我是开玩笑的，几根口红算什么，以后还得麻烦你照应。"

唐让让歪了歪脑袋，莫名其妙道："我能照应你什么？"

雅美意味深长地一笑，手指点了点唐让让的手背："装什么糊涂，你不知道祁总是我们平台最大的投资人吗？当初呦呦直播就是他一手扶持起来的啊，不然怎么打得过那么多直播平台，一跃成了第一。"

唐让让："……"

她当初选择"呦呦"，真的只是因为学生会拉过"呦呦"的外联，"呦呦"赞助了不少钱，所以她才对这个平台印象深刻。至于是谁投资的，谁会去关心呢。

雅美盯着唐让让看了片刻："你真不知道啊！"

唐让让点头。

雅美心道，也不怪祁衍会选择唐让让，就这种傻白甜，当情人最合适了，玩腻了随随便便就能甩开。

她终于觉得唐让让有点儿可怜，有心指点一两句，但两人的关系又没熟到那个地步。

　　捐款环节结束后，整个晚宴也接近了尾声。
　　大部分人的目的已经达到，开始着急离场。
　　最先离开的当然是明星，出席越晚离席越早，才能体现咖位。
　　坐在后排的网红都不舍得走，趁着混乱，一窝蜂地跑到前面去，合照的合照，要联系方式的要联系方式。
　　雅美当然也踩着高跟鞋冲过去了，一时间，后面就只剩下了唐让让。
　　唐让让眼疾手快地将筷子伸出去，把自己觊觎很久的鲍鱼夹进面前的瓷碟。鲍鱼白嫩嫩的肉上还滴着黏腻的汤汁，飘着一股浓郁的香气。可惜都凉了，如果刚端上来就能吃最好了。
　　她毫不犹豫地咬了一口，肉质依旧滑嫩弹牙，微微有些咸。不过她饿得肚子直叫，也顾不得这点缺陷了。
　　她正低着头认真吃着，朴金晴默默走到了她身边。
　　朴金晴拉过一把椅子，坐下看着她淡笑。
　　"小姐，还请你不要介意啊，我不知道你跟我们祁总的关系这么好。"
　　唐让让的动作顿了顿，漫不经心地"哦"了一声，然后继续吃。
　　唐让让又不傻，她知道朴金晴在暗示自己什么。一个男人都不愿意让你以女伴的身份出席正式场合，那就是不承认不负责的意思。但她和祁衍不是这种关系，而且祁衍也不知道她要来，就像她不知道祁衍要来一样。
　　唐让让嘴里鼓鼓囊囊，脸上倒是没写着一丝伤心："我不介意啊。"
　　朴金晴想笑，她也真的笑出来了，只不过不是刚刚和善的笑，她现在眼里装满了堂而皇之的看不起。
　　"既然不介意，那你就继续吃吧。"朴金晴阴阳怪气道。
　　唐让让一听她这么说，反倒放下筷子："我吃饱了。"
　　朴金晴还想明里暗里奚落唐让让两句，谁料刚张开嘴，就感觉到背后一股寒气。她僵硬地回头，发现祁衍正单手插着兜，蹙眉望向她。

朴金晴立刻站起身来："祁总。"

祁衍微一眯眼，冷淡道："你在干什么？"

朴金晴双手相互揉捏了一下，解释道："我看这位小姐还没走，就想过来道个歉，刚刚语气不太好。"

祁衍懒得多理朴金晴，直接走到了唐让让身边。然后他自然而然地从桌面上拿起纸巾，捏住唐让让的下巴，给她擦了擦嘴角。她红嘟嘟的嘴唇上沾了汤汁，油亮亮的，显得唇珠更加细腻精致。

"第一次见到有人在慈善晚宴吃得这么香。"他一边给她擦着嘴角，一边嫌弃道。但正常人都听得出来，嫌弃里面，不自觉地带着一丝宠溺。

唐让让躲着他的手，卷翘的睫毛微抖，给自己辩解："我太饿了。"

朴金晴突然觉得自己十分多余，好像根本插不进这两人之间。当然，祁衍也没有给她些令人期待的关注。

她不尴不尬地站在原地，唐让让却堂而皇之地享受着祁衍的呵护。

"那祁总，我就先走了。"朴金晴抿了抿红唇，不自在地往后退了几步。

祁衍连个语气词都没回朴金晴，朴金晴有些郁闷地走了。

唐让让站起身来，眼神四处乱飘，手指轻轻捏着蓬松的小裙子，轻声说道："谢谢你的外衣，我要回学校了。"

祁衍嗤笑一声，把给唐让让擦过嘴的纸巾轻轻放在桌上，沉声问道："过河就拆桥，还有没有点儿良心？"

唐让让耳根发热，鼓着嘴道："我怎么……怎么过河拆桥了？"

祁衍顿了顿，拉过她的手腕："跟我过来。"

他不由分说地将她拉出宴会厅，目不斜视地绕过一众开始收器材的媒体，乘上电梯，直至酒店的套房区。

唐让让的手腕被他攥得有些发疼，他用了很大的力气，想要逃跑是绝对没有可能的。

"祁衍，你要带我去哪儿？"她小跑着跟上他的步伐，高跟鞋也是租的，而且特别高，她跑得跌跌撞撞。

话音刚落,祁衍停在一个房间门口,输入密码开了门。

唐让让想也没想就扒住门框,说:"不行,你冷静一下,我还没做好准备!"

祁衍静静地望着她几秒:"你想到哪儿去了?"

唐让让狼狈地贴着墙,面红耳赤,仿佛喝醉了酒。她咽了咽口水,胸脯轻微起伏,眼底泛着一层水光,磕磕绊绊道:"我以为……你想那什么。"她的声音越来越低,纤细的小腿绷得紧紧的,不安地相互摩擦着。

祁衍突然揽住她的腰,一用力,将她整个人抱起来。

"你想对了。"他扣住怀里软绵绵的唐让让,将她抱进了屋里。

唐让让果然瘦了不少,连分量都变轻了,肥嘟嘟的脸蛋也远不如以往圆润,只是依旧精致得像个洋娃娃。

"我们分……分手了。"唐让让心惊胆战地提醒他。

她生怕激怒祁衍,让他更肆无忌惮地动起手来。

房间里很暖,祁衍将唐让让身上的西服剥掉,露出里面的小裙子。裙子实在清凉,唐让让的皮肤贴在祁衍的衬衫上。他的衬衫材质极好,哪怕被她挤压了半天,也没有变形。

薄薄的衬衫上,带着他的体温。

祁衍将她放在床上,俯身欺了上去,他的目光里带着执拗和欲火,嗓音沙哑道:"我要'报酬'。"

他低下头,想含住唐让让的唇。

唐让让慌不择路地躲开:"我吃了烤鸭和鲍鱼,还抹了口红。"

虽然被他擦了,但是不可能擦干净的。谁也不想给喜欢的人留下不好的印象,唐让让也是,所以对此,她绝不退让。

祁衍见她把脑袋歪到了一边,露出白皙的侧颈,便伸手上去抚了抚。

唐让让的脉搏,在他掌心下跳跃,他仿佛掌握了她的生命。他们贴得太近,所以她的每一次急促呼吸他都能感受得到,很真实,很迷人。

祁衍承认自己濒临失控，为了做一个大众意义上的好人，让他注定一辈子要和自己的欲望抗争。

"抱歉，其实只是想单独跟你说说话。"祁衍缓缓起身，坐在一边，垂眸失落。

唐让让也忙不迭地从床上爬起来，理了理已经凌乱的发型。方才被祁衍一压，做过的造型彻底乱套了，但她也无暇顾及自己的外表。

唐让让忐忑不安地用指甲轻轻抠着膝盖。似乎用力太猛，被她抠出好几个小小的指甲印，有些微的刺痛，但能让她迅速地清醒过来。天知道再见到祁衍，她有多开心，开心到，她觉得自己快要没有定力了。

唐让让心绪焦灼地挣扎着，如果……她试试跟祁衍在一起呢？

她的野心逐渐大了起来。她慢吞吞地跪坐起来，朝祁衍身边爬去。反正他们还年轻，离结婚还有很遥远很遥远的距离，只要现在能享受恋爱，以后再说以后的事情。

但唐让让一边爬着，脑子里却依次浮现出孟溪则、唐雅芝，还有她自己的脸。

孟溪则看着她，没有温度地笑道："你是一个很乖的女孩子，我不必多说什么，你心里清楚什么是祁衍最好的选择。"

唐雅芝怒气冲冲，一边抹着泪一边喊道："你看看你姐姐，再看看你！我们家永远不攀高枝，永远不让别人瞧不起！"

而她自己，还是一脸倔强懵懂的稚嫩模样。她蹲在地上，抱着膝盖，慢慢地抬起头，眼里没有过多悲伤，只是有些惊慌和困惑，她嘴唇动了动，喃喃道："原来这就叫色盲啊，我以为能看见颜色的就不会是色盲呢。"

…………

唐让让停了下来。

她的冲动和这些记忆交织在一起，占据了她所有的精力。

其实她相信任何一个选择都没有对错，因为本身爱情在人的一生中，也就是一部分而已，没有爱情，人也不会得病，也可以好好地活下去。

唯一遗憾的是，选择带来的后果。她能承受的后果，远远比祁衍小得多得多，这是不公平的。

唐让让想着想着，心底的那点冲动的火焰又渐渐熄灭。

她离祁衍只有不到二十厘米的距离，只要安静一些，她甚至能听到祁衍的呼吸。

祁衍目光沉静地注视着她，就是要看看她想做什么。虽然他面色平静，但是紧绷的肌肉出卖了他。

唐让让垂着眸，棕色的瞳仁映出祁衍的样子。她的眼睛仿佛浸在水中的琥珀，清澈透明，直达内心。她微微抿了下唇，在唇角挤出两个米粒大小的梨窝，卷曲的睫毛忽闪忽闪，吸引着祁衍的注意力。

祁衍眼中一沉，突然一把抓住她的手腕，向自己拉过来。

唐让让身体的重量都压在两只胳膊上，如今突然被人扯走，维持不了平衡，跟跟跄跄地趴在了床上，差一点儿就把手按在了要命的位置。为防引起更大的"灾难"，她歪了歪身子，把柔软的被褥压出一个浅坑。

祁衍低头，在她唇上轻碰了一下。

唐让让呜咽了一声，祁衍这才缓缓说道："我以前受了心理治疗师的误导，但今后不会了。

"我不会再让你来吻我，只要我记得吻你就够了。

"你是我的，从来都是我的。"

唐让让觉得自己浑身的力气都消失了。突然之间，她觉得特别对不起祁衍。她侧着脸和祁衍对视，看着他好看的眉眼，精致的轮廓，也嗅着他身上像是阳光的味道。

匆匆十多年，他们相处的时间不多，但好像生命里已经写满了这个人。祁衍的存在感太强了，她永远都不可能不对他动心。

唐让让一时动情，用下巴蹭了蹭祁衍的颈窝。

祁衍的皮肤有点儿凉，仿佛凉丝丝的果冻。在晚宴上，他把西服外衣给了唐让让，自己冻了好久，到现在都没有彻底暖回来。

"我是你的。"唐让让鬼使神差地喃喃道。

祁衍的手紧了紧，骨节微微发白。他沙哑着嗓子喃喃道："再说一遍。"

唐让让紧紧闭上了眼睛，她恨不得像只小乌龟似的缩到壳里面，这种话，她绝对不能说第二次。

祁衍抚摸着她的长发，随后轻轻捏住她的手指，眼底的深情快要溢了出来："再说一次，我想听。"

唐让让感受得到心里的纠结逐渐松散开来，她仅剩的一层外壳被慢慢剥去。接下来，她就再没什么防备了。

她的睫毛一直在抖，眼睛里氤氲着水汽。她讷讷道："你别太过分了。"

她的裙角被压得褶皱，头发的造型也乱七八糟，饶是这样，在祁衍眼中，也有种别样的可爱。

祁衍嗓音微哑："是啊，我一直都过分，你知道的。"

他直起身子，温柔地望着唐让让。

祁衍对自己的要求严格到变态，就连身材也是，他的身上没有一丝赘肉，每一寸皮肤都紧实柔韧，尤其是腰腹，流畅的肌肉线条让人移不开眼睛。

唐让让不由自主地移开了目光。

祁衍是真好看，不管是那张惹人遐思的脸，还是隐藏在衣服下的完美身材。

祁衍戳了她一下："喜欢看吗？"

唐让让轻咬着下唇，用被子蒙住脸和眼睛，缩成一小团，窝在祁衍怀里，仿佛撒娇的小猫似的，不敢看他，却敢试探性地用小爪子招惹他。

祁衍摸了摸唐让让柔软蓬松的头发，眼底的颜色更深沉了些。他们自然而然地拥抱、接吻。那些痕迹浅浅的，仿佛轻轻一抹就可以完全消除。但这晚上的记忆却很深刻，深深地印在了唐让让心里。

然而最后一刻，唐让让突然的腹痛让一切不得不戛然而止。

她实在是情绪紊乱，手脚都变得笨拙起来，跟跟跄跄蹦跶了几下，一脚踩在了裙边，手上没注意，依旧向上猛提。

刺啦!

粉白色小礼裙外的纱网被扯开一道口子，纱网薄薄一层，上面还粘着细碎亮片，如今被扯裂，垂在裙边，仿佛一张廉价的渔网。

唐让让定睛瞧了瞧，恨不得"哇"的一声哭出来："我辛辛苦苦饿了一个月，连块红烧肉都不敢吃，好不容易才穿进去这件衣服。我还要上网学餐桌礼仪，学化妆，我踩了一晚上高跟鞋，脚踝都要折了，晚饭都没有吃饱，我这么努力，现在还要倒赔钱……"

唐让让越说越委屈，想想这件衣服的标价，她的眼泪扑簌簌掉了下来，果然老祖宗说得好，乐极生悲。她的一万块补助金不仅没了，可能自己的补课费都要赔出去。

祁衍虽然没当场笑出声，但眼底还是蓄满了浓浓的笑意。他靠在床上，衬衫衣角下面，是紧绷着的坚硬腹肌。

笑硬的。

"你求求我，我帮你还。"

唐让让扭过身，觉得自己实在太丢脸。她把眼泪抹了抹，固执道："我们之间不能涉及金钱交易。"

祁衍也没坚持："嗯，真有原则，好在价格也不贵，一万五吧。"

唐让让哀怨地看了祁衍一眼："你能不能不要幸灾乐祸。我都不知道今天来到底是为了什么，又受累又赔钱，早知道我就不来了！"

祁衍目光柔和了下来。

或许唐让让误打误撞地过来，是命运给他们的机会吧。如果没有今天，祁衍不知道自己连她吹着冷风都会心疼。

他根本不能放弃唐让让。

A大宿舍十一点关门，时间晚了，所以祁衍把唐让让送回了家。唐家住在春光里小区，算是京市有些年头的老小区了。虽然这些年升值得厉害，但房子属于不动产，也没对他们的生活起到什么帮助。

小区外头哈欠连天的保安大概也没见过这种豪车停在小区门口，他走出值班室，背着手，小心翼翼地把伸缩门打开，看着祁衍开了进去。

祁衍淡淡道："不太安全，连身份都没核实。"

唐让让嘟囔道："还好吧，老小区了，邻里之间都认识。"

祁衍随便扫了一眼，看似不经意道："房租便宜，所以租户很多，构成复杂，摄像头有不少死角，小区灯不够亮。"

唐让让表示不解："你怎么知道摄像头有死角？"

祁衍轻笑："我母亲在商圈树敌太多，小时候养成的习惯。"

唐让让扭过头来，有些好奇地问："你是说绑架吗？"

祁衍沉默了片刻，没说话。

唐让让悻悻道："你别送我到门口了，要是被我妈或者邻居撞到就不好了。"

她还没想清楚该怎么跟家里说。兜兜转转，还是祁衍，唐雅芝女士肯定很难接受，更年期加上自尊心太强，要是被发现了更难应付。

祁衍把车停在了唐让让家楼前的路口，打开了远光灯。唐让让想下车，被祁衍给扯了回来。他搂住她的脖颈，手指轻轻摩擦了一下："明天我会去国外出差，大概30号回来。"

唐让让点点头，糯糯道："好啊。"

祁衍好像跟妻子报备的丈夫，想到这一点，唐让让又开始不好意思。

祁衍将她拉近，在她唇边落下一吻："乖一点，剩下的事情我会安排好，你只需要安安心心上学。"

唐让让不知道祁衍有什么可安排的。但他说的话总没错，所以唐让让点头如捣蒜。

"知道了。"

祁衍松开她，从她手里抽过手机。按着她的手指解了锁，他径直翻到通讯录，熟练地输入自己的号码，很快弹出唐让让给他的备注。

10086。

祁衍眯着眼，唇边挂着玩味的笑。

唐让让尴尬不已，慌忙去抢手机，一边抢一边磕磕绊绊地解释着："你太出名了，不……不能怪我。"

祁衍姑且没跟她计较。他单手制住唐让让，另一只手熟练地改着备注——老公。

改过之后，他把手机还给唐让让："不许换，不然找你算账。"

唐让让看着那两个字，觉得手机仿佛着了火，握都握不住："你备注这个……被别人看到了怎么办啊？"

祁衍毫无人性："自己想办法。"

唐让让哀怨地看了他一眼，默默揣好手机，下了车。

小区里的路灯果然是暗的，所以显得他的车灯格外亮。她走在祁衍车灯照耀的范围里，就像走在他布好的包围圈。

唐让让上楼之后，给祁衍发了一条信息，然后佯装无事地敲了敲门。

唐雅芝打开门，还有点儿惊讶："哟，你怎么没在学校啊？怎么还穿成这样啊？我看看，裙子是坏了吧。"

唐让让往旁边避让了一下，含糊道："我没事，今天学生会有散伙晚会，我们表演节目了。"

姐姐唐汀汀抬起头来，盯着唐让让看了一眼，轻描淡写道："巴黎世家，学生晚会？"

唐让让顿时局促地攥紧了手指，她没想到今天姐姐也在家。

姐姐是个大忙人，平时天南地北地出差，经常不见人。她从小优秀，考试从来都是第一，毕业之后，也迅速成了公司的骨干。如果不是因为那个男人，那姐姐简直是最让人羡慕的女人。

唐雅芝不知道是什么，莫名其妙道："你说什么家？"

唐汀汀望着唐让让片刻，移开了目光："没事，正好这牌子我熟。"

唐雅芝打量着裙子："什么牌子啊，贵不贵？哟，我看这怎么都扯坏了呢？你快换下来，妈给你缝缝。"

唐让让赶紧抱住自己的裙子："不用缝不用缝，那个……我用做家教的工资买的，不贵。"

唐让让的表情管理太差，让唐雅芝看出了猫腻。

唐雅芝转头问唐汀汀："你认识，这衣服多少钱啊？"

一阵急促的铃声响起，唐汀汀抬起手指，朝唐雅芝和唐让让做了个噤声的动作。

她走到窗口，接起电话。

"什么？被拍到了？"

唐汀汀深吸了一口气："你告诉张棽琰，想做偶像就憋住她那颗活蹦乱跳的少女心，实在憋不住，回家抱孩子也行！"

说罢，她毫不客气地挂断了电话。

公司给她的这个新人她实在是不喜欢，本事没多大，全靠人设。要是听话也就算了，偏偏还到处招摇，这才过了两个月，和男人私会就被拍到三次了。

现在选秀节目还没结束，为了公司的利益，这时候不能放弃这个新人。助理每次都愁眉苦脸地给唐汀汀打电话，麻烦她想办法公关一下。

唐汀汀刚放下电话，唐雅芝的炮火立马对准了她："你说说你，还让人家回家抱孩子。你都多大了，连个对象都不找，你是想急死我。"

唐让让吓了一跳，赶紧拦住："妈，你别说了。"

唐雅芝不知道，唐让让却知道。唐汀汀是彻头彻尾的柏拉图，根本就受不了男人触碰的。这是唐汀汀心里的隐痛，但除了唐让让，没人知道。

唐雅芝叹了一口气，又指着唐让让："你看你妹妹现在都有苗头了，你都不着急。"

唐让让突然被点名，吓了一跳，心虚道："我怎么就有苗头了？"

不是吧？妈妈知道祁衍的事情了？

唐汀汀也疑惑地望着唐让让："谁啊，大学同学？"

唐雅芝笑道："是明轩。你看到桌上的燕窝和白酒没，那都是明轩送的，他对你妹妹可上心了。"

唐让让心里一沉，表情不悦："我都说了，我跟陈明轩不可能。"

陈明轩竟然在她不知道的情况下，往家里送东西？他到底什么意思？

唐雅芝睨了她一眼，冲卧室里喊："唐明治！唐明治你给我起来！你说说陈明轩这孩子怎么样？"

唐让让她爸睡得昏天黑地，呼噜声从卧室传到客厅，压根没听到唐雅芝的叫喊。

唐让让烦躁道："妈，你赶紧给人家还回去，别闹了，我找时间好好跟他说说。"

唐雅芝最近情绪波动很大，有点儿伤心道："让让，妈妈是在乎这点儿礼物吗？我是担心你的幸福。"

说罢，她偷偷望了一眼唐汀汀。她生怕二女儿也像大女儿一样，被人骗，被人戏弄感情，最后破罐破摔干脆不谈恋爱。

"感情总是能培养出来的，我和你爸爸也是日久生情。婚姻哪有那么多的爱情，都是磨合和习惯，明轩真的很合适，他能一辈子照顾你。"

唐雅芝说陈明轩的时候，唐让让满脑子都是祁衍的样子。现在她妈这么心仪陈明轩，大概是不会同意她跟祁衍了。

"平心而论，你的条件能和明轩在一起就不错了，眼光别那么高啊。"

这话唐汀汀不爱听了，反驳道："让让什么条件，怎么就眼光高了？"她特别不喜欢妈妈那套门当户对论。

唐雅芝瞪唐汀汀："你最没资格说这句话！我们家就是普通家庭，我还从体制内退了，家里也没有太多钱，给你们的助力也少，让让就读个普通大学的管理，将来也就找一个小公司当文员。明轩在国外读的名牌大学，还是学的计算机，将来肯定能进什么500强，年薪几十万，不比让让强多了。"

唐汀汀不屑一顾："几十万在你眼里就算多了，想听听我的工资吗？"

唐雅芝一摆手："你跟让让不一样。让让没你那么见多识广，容易被人骗，将来安安稳稳过日子我就满足了。"

唐让让脑袋都大了："什么乱七八糟的，我怎么容易被骗了？"

唐雅芝心直口快："当年，祁家那小子随便一忽悠，你就成天想着找人家玩，连学都不想上了！"

突然提到祁衍，唐让让的心抽了一下，表情明显不自然了许多。

唐汀汀若有所思："哦，祁衍啊，我们公司他也投资了点儿，年纪轻轻，过分厉害了。"

唐让让心里疯狂点头。是吧是吧！他超厉害的！但是她脸上可不敢表现出来，只能轻描淡写："是吗？那多好啊，早知道我当时就应该跟他一直在一起，是吧妈？"

唐雅芝想都没想："你跟他最不靠谱了，人家多成功跟咱都没关系。"

唐让让暗暗叹了口气，脱了鞋子，往自己房间走："反正你别想我跟陈明轩在一起。"

洗漱后，唐让让躺在床上，怔怔地望着天花板。

她想了片刻，一骨碌坐了起来。犹豫了一会儿，她给陈明轩发了一条消息："我有喜欢的人了，东西明天还给你。"

唐让让在家里睡了一晚上，第二天早晨醒来，枕边叠着她的裙子。唐雅芝已经缝好了，整体看上去，惨不忍睹。甚至因为这件衣服的胸部太低，唐雅芝还加了一层蕾丝花边。

唐让让揉了揉太阳穴，认命地联系商家理赔。

陈明轩现在肯定起床了，但是他一直没有回唐让让的信息。不说接受，也不说不接受。

家里待着太无聊，唐让让约陶可出去吃火锅。

她们找了家新开的火锅店。

火锅店挺热闹，一进去两人就闻到了浓郁的香味。

照惯例点了鸳鸯锅，清汤用来喝，辣汤用来涮。服务员一边将棕红色的香茶倒进牛油锅底里，一边跟她们介绍："我们店的茶也是特色，添汤都是添的茶水，一会儿你们也可以喝一点。"

说罢，趁着清汤开始咕嘟的时候，服务生给她们一人盛出一碗来。汤是清的，里面漂着两片芹菜叶，轻轻嗅一嗅，带着醇厚的香气。汤底不咸，触碰味蕾的一瞬间，便散发出了牛肉的味道。那股香味在嘴里停留很久，咽下去后，甚至有点儿想念。

唐让让眼前一亮，拍拍陶可："真的好喝！"

服务员一笑："乐山最出名的就是跷脚牛肉，也是我们家的特色，推荐您点这个英雄牛肉涮，只需七秒就可以吃了。"

陶可利落地点了菜，点完和唐让让吐槽道："让让，英语真的好难啊，我现在背得快要吐了，我一点也不想出国了。"

唐让让抬眸一笑，露出两颗小虎牙："那以后我陪你练啊，跟你用英语说话？"

由于唐明治在她小时候就中英法三种语言混说，所以唐让让一直有良好的语言环境。她和唐汀汀的英语和法语都很好，哪怕有时候不会写，但也听得懂。

陶可叹了一口气："可别了。我除了学英语就是跟你在一起，要是你还天天跟我说，我真是一天都摆脱不了英语了。"

唐让让把茶碗挪到陶可面前："你先喝一口，我把直播开着。"

她把手机固定在对面，熟练地点进呦呦直播，还没开播，就看到雅美戳她。

【让让来，你美姐给你画《清明上河图》了！】

唐让让不得不点进了雅美的直播间。

一见她来了，雅美将她"抱"上了嘉宾席："各位，我今天就是为了她开播的哈，让让房间号4739××××，你们也记得关注。"

雅美到底是大流量，一声号召，唐让让的频道瞬间从百名开外上升到了前五十。

唐让让在嘉宾席上可以说话，于是赶紧道："你别浪费口红了，真的

我开玩笑的。"

陶可也凑过来看热闹。

雅美拿起一根YSL小金条,在面前的纸上比画了一下,说:"我就画个局部哈,好久没画画了,可能记不太清了。"

雅美到底是美院毕业的,绘画功底很扎实。虽然用口红作画不容易控制粗细,但是乍一看,还是能看出古代的市井小巷。

唐让让一边吃着涮牛肉,一边替雅美肉疼。雅美已经用了三根口红了,一张纸才差不多画完。

评论里面有人看得开心,有人大呼心疼,一时间,雅美频道的热度冲到了排行榜第一,打败了始终严守第一宝座的林湄湄。

林湄湄急得要死,一直催促粉丝快点给她刷礼物。可惜雅美的举动太猎奇了,吸引的路人很多,还有不少唐让让的粉丝也挤进了她的直播间。直播间粉丝量持续上涨,短短一个小时,就多了一万人。

一直到雅美下播,林湄湄也没超过她。

林湄湄连笑都挤不出来了,即使她已使出浑身解数,始终被压一头。她气得连招呼都没打,干脆直接下播了,留下一脸莫名其妙的粉丝。

平台也给雅美的直播间放了礼花,庆祝她荣登第一,同时枫蓝慈善晚宴的奖励金也到账了。

雅美对着镜头猛亲了好几口,惊喜得连脸上的粉都快掉了:"让让你真是我的小福星!我们有时间一起玩啊!"

唐让让喝了一口茶,咽下去,认真说道:"好呀,我火锅都吃完了,先下啦。"

开学前一天,唐让让收到了雅美寄来的画。她现在才知道,雅美是T大美院的,国内最好的美术学院。

雅美挑选了个水粉色的边框,贴了膜,弄成了小装饰品。

唐让让把这幅画放在了自己宿舍的学习桌上,看着也赏心悦目,这可是好几根YSL的奉献呢。

陶可提醒唐让让，双学位课程可以申请了。而且她还把唐让让介绍给了自己专业的老师，以防他们在面试的时候给唐让让出难题。

幸好，唐让让的绩点不错，英语能力也强，所以没怎么费力，就通过了面试。

等双学位的名单下来，唐让让发现张熙媛也报了。

陶可听说了之后，深深地翻了个白眼儿："张熙媛是不是暗恋你啊，还追着你不放了。"

唐让让无奈地耸耸肩："无所谓，她愿意报就报吧。"

陶可阴谋论："我觉得她肯定在会长面前说你坏话了，不然不可能给你零分的。为了自己得国奖，拉低你的综合分，太恶心了。"

唐让让用勺子挖着西瓜，把厚厚的头发绑在头顶，一点儿也不注意形象。

"大概我太幸运了，所以必须有人添点儿堵，调剂一下生活。"

陶可嘟了嘟嘴，抢过唐让让的勺子吃了一口，口齿不清："我可不觉得。对了，你听说我们学院的大事儿没？"

唐让让张着嘴，等陶可喂了她一口西瓜，才擦了擦嘴角问："什么大事儿啊。"

陶可兴奋道："嘿！院长可牛了，你知道下学期他把谁请来给我们上公开课吗？"

唐让让摇摇头："谁啊？"

陶可拍了拍唐让让的桌子，眉飞色舞道："祁衍！"

杨齐琦和沈莫颜齐齐转过头来。

沈莫颜吃惊道："是那个才二十多岁，资产成谜，投什么赚什么的祁衍吗？！"

杨齐琦捧着水杯，星星眼："不，是那个家财万贯而且长得帅智商高的祁衍！"

陶可得意道："但是他只给我们专业上课哦。哎，让让，好像你们双

学位也可以听，但要早点儿去抢座，不然就得站着了，你要知道，谁不想通过这个机会被大人物认识呢，到时候一个offer发过来，告别后半生的烦恼。"

唐让让捧着西瓜，咬着勺子，彻底石化了。

陶可拍了下她的脑袋："你有没有认真听啊，我们好好表现，跟老师搞好关系，就算没有offer，能去实习也好啊！"

唐让让半天都没缓过来，神情复杂道："我觉得，他是冲我来的。"

杨齐琦"扑哧"一笑，给了她个嫌弃的眼神："你清醒一点，最近偶像剧看多了？"

沈莫颜似笑非笑："他冲张熙媛来的还差不多，我听说张熙媛有个认识的学姐就在祁衍公司工作。"

陶可不乐意了："男神才看不上张熙媛那样的女生呢，我们让让还差不多，看这小混血，多可爱啊是不是？"

她捧着唐让让婴儿肥的脸，亲昵地揉了揉。

杨齐琦双手抱拳："行行行，你俩继续做梦，我去图书馆自习了。"

沈莫颜跟杨齐琦关系最好，也拎起了包："你们慢慢幻想，我也走了哈。"

门"嘭"的一声关上，陶可甩了甩胳膊，撇嘴："喊，做梦怎么了，做不到还不能想了？"

唐让让凝着眉，翻开手机通讯录，找到了祁衍，她看着"老公"两个字，不自在地摸了摸下巴。

唐让让犹豫了一下，担心祁衍正在开会，所以不敢给他打电话，于是给他发短信："你要来我们学校开公开课？"

过了几秒，祁衍就给了回复："嗯，还算关注我的消息。"

唐让让心虚，要不是陶可随口提到，恐怕祁衍从国外回来，唐让让都对此一无所知。

"好像是给主专业上的哈，我们双学位应该不用去。"当祁衍的学生，实在是太尴尬了,她才不要去。

祁衍垂眸看着唐让让发过来的信息,轻笑一声。

会议室里其他主管面面相觑,不知道到底是谁的消息这么有分量,让祁总暂停了会议。

祁衍动了动手指,给"我的洋娃娃"回:"任何人不上都无所谓,你必须去。"

唐让让苦着脸噘了噘嘴,觉得自己和祁衍复合的决定还是太草率了。

Chapter 5
为她而来

开学第一天,唐让让起了个大早,学生会通知她帮忙纳新。

大一新生刚来,学校里显得热闹了很多。学姐学长们已经各种淡定,但新生对什么都感兴趣,还经常三五一群地在校园里拍照。

学生会最鸡贼的一点,是要在纳新任务完成之后,再投票选举新一任的部长和主席,榨干老部委的剩余价值。

但唐让让已经知道自己无缘部长,才不会上赶着去受罪。这还要多谢张熙媛的心急,早早把打分表发在了朋友圈里,让唐让让心寒。

唐让让不去,陶可自然也不去。陶可将来是准备留学的,社团工作有一年就够了,再干也不会对申请有什么帮助。

所以唐让让心安理得地对着镜子,学化妆。

她以前没在意过这方面,仗着年轻,皮肤状态本身就好,所以不化妆也没什么。但祁衍点燃了她久违的少女心,她也想变得更美一点。

她从雅美那里要来了一大堆美妆教程,又看了不少入门级的化妆视频。

唐让让发现,上妆和作画的感觉差不多。粉底、阴影、高光,鼓弄一番之后,她疲惫地放弃了。果然化妆不是一朝一夕可以修炼成功的,像她这种没有一点基础的,化了比不化难看多了。

她刚放下眉笔,学生会会长陈浩哲一个电话就打了过来。

唐让让蹙眉看了片刻，还是拿起了电话。

"喂，会长。"

陈浩哲正站在通信公司送的凉棚下面，用扇子扇着风，气喘吁吁地问："你们部长没给你发信息吗，还是你没收到？"

唐让让捏着一块卸妆棉，一边擦脸上的痕迹，一边回道："收到了，但是我今天要出校，就不能去帮忙了。"

陈浩哲皱了皱眉："要出校？你明知道学生会人手不够用，什么事不能推一推？"

唐让让沉默片刻，耐着性子道："已经跟朋友约好了。"

陈浩哲一副官僚做派，他推推眼镜，然后深吸一口气，用手指砰砰点着桌子："现在纳新是头等大事，你这边赶紧解决一下，还有你室友陶可，你们俩的工作现在都是别人在帮你们做！"

陈浩哲急得不行，学生会虽然说起来好听，但其实在纳新中并不算有优势，像青协、记者团、艺术团都要比学生会更特色鲜明。

职能不占优势，就得需要人推荐。这其中呢，女生推荐的，显得更有可信度。就张熙媛一个人，短短一上午，就能拉来二十几个投申请的新生，唐让让那一副招人喜欢的长相，肯定可以出很大的助力，但她偏偏没来。

"我们已经不是学生会的人了，怎么还有工作？"唐让让屁股都没离开椅子，她往窗外望了一眼，浓烈的日光灼烧着大地，斑驳的树叶投射出稀疏的阴影，阴影里面站满了人。他们呆滞着，仿佛蒸锅里麻木的螃蟹。

陈浩哲一顿，磕绊了一下："什么叫不是学生会的人，你们还没开始选部长呢！如果再这么消极下去，你……"

"我不想当。"唐让让平静道。

陈浩哲脸色一僵："什么意思？"

"我不想当部长，而且你也不会让我当，不然也不会给我零分。"她语气平淡，一点生气的意思都没有。

本来不想挑明说的，但是陈浩哲不依不饶，她觉得有点儿虚伪。

陈浩哲不说话了,他那个打分表是直接发给团委老师的,唐让让怎么会知道?

他绞尽脑汁回忆,他除了……给张熙媛看过一眼,就没再告诉过别人。

陈浩哲承认自己有点儿喜欢张熙媛的外貌,但张熙媛是肯定不愿意跟他在一起的,不过没关系,他能从她那里得到些与众不同的关注就够了。听着张熙媛一口一个哥,春风拂面浅笑嫣然的模样,陈浩哲特别有成就感。

一定是张熙媛把分数告诉唐让让了!

"那就这样了,学长再见。"

唐让让也没给他留多少尴尬的时间,直接把电话挂断,开始整理背包,她今天约了跟雅美见面。

唐让让穿了件嫩黄色的T恤,白色短裤,露着一双又白又细的大长腿,优哉游哉地出了门。

走到宿舍楼下,她看到了学生会搭的棚子。那些立志于竞选部长的人,正卖力地宣传着,热得满头大汗。

张熙媛也累得够呛,正趴在桌上,身后有个男生给她揉着肩膀。

看见唐让让,张熙媛立刻坐直了身子:"让让,你上午怎么没来啊,是生病了吗?"

她也知道唐让让不会来,但这句话一问出去,学生会的那些人纷纷用谴责的目光看着唐让让。

唐让让瞥了张熙媛一眼:"没生病啊,我睡觉来着。"

张熙媛撇了撇嘴:"大家忙活半天了,还没吃饭,正好你来了,不如就帮……"

张熙媛捏起一沓传单,想递给唐让让。

"不帮。"唐让让一甩背包,潇洒地赶地铁去了。

张熙媛的手僵在了半空,最后悻悻地缩回来。

她望着唐让让的背影,然后转头对其他人笑意盈盈道:"让让可能有心事,脾气不好,那我们就多做一点儿吧。"

她刚说完，连笑容都没收回去，就见其他学生会成员纷纷低下了头，凝着眉看手机，根本无暇顾及她。

张熙媛不明所以，便也凑到一个人身边看。唐让让把除张熙媛和会长外的其他学生会成员拉进了一个新群，没说话，直接放了那张打分表。打分表上一目了然，除了张熙媛，没有人得到满分。

张熙媛的脸色一下子变了。

唐让让含着一根棒棒糖，一边哼着歌，一边解散了群聊。

唐让让和雅美约在了一家手工咖啡厅。

三十分钟后，雅美姗姗来迟。她新烫了头发，远远望去，仿佛一只擦了粉的大金毛。

她一撩头发，坐在了唐让让面前，然后立刻掏出粉底补了个妆。见脸上的妆没花，她才心安理得地凑到唐让让身边：“我的小福星，今天打扮得很清纯哦。”

唐让让抿了口清水：“别这么叫我，那是你自己画得好。”

雅美一副大姐大的模样，打了个响指叫来服务生，点了单。

服务生走后，雅美对了对手指，抬起化着浓重眼影的大眼睛，小心翼翼地问："让让，最近你没受什么影响吧？"

唐让让迷惑道："什么影响啊？"

雅美叹了口气："就林湄湄的粉丝啊。我上次热度不是把她压了嘛，她就煽动粉丝去咱们俩的频道捣乱骂人，我脸皮厚无所谓，但你还是大学生呢，怕你有心理负担。"

唐让让歪着脑袋，重复了一遍："林湄湄？"

雅美"啧"了一声："频道第一，你忘了，那个翘臀娃娃音。"

唐让让想起来了："哦，可我最近都没直播，所以还没发现。"

雅美若有所思，说："这样啊，那正好，反正那帮人污言秽语的，特别恶心。"

唐让让弯了弯眼睛,睫毛骄傲地卷起来:"没关系啦,其实我也不是很在意,只要不涉及三次元就好。"

网络事网络毕,不影响她的现实生活,她也管不了那么多,毕竟嘴长在别人身上,人家要发泄,你越拦越反弹。

雅美想了想:"那来直播吧。"

唐让让一愣:"播什么?"

"你不是很久都没播了嘛,总要固固粉。你就专注吃,我在旁边画你怎么样?正好来一次线上联播。"

"行啊。"

一切准备就绪,两人把直播打开。

"大家好,今天直播吃一点甜品,和雅美在一起,我吃甜品她画我,算是第一次一起直播吧。"唐让让上线之后,跟粉丝解释道。

雅美也把头凑过来,依偎在唐让让的肩膀上,跟直播间里的粉丝打了声招呼。

雅美跷着腿,叼着笔,熟练地在纸上定好比例。她作画的时候显得格外认真,甚至连镜头都不怎么看,一直在对比着唐让让的轮廓。

直播间里很快吸引了大量粉丝,屏幕被刷得根本看不清说了什么。

唐让让一边小口吃着慕斯,一边问雅美:"你画画这么好,为什么不去做自己专业呢?"

雅美捏着笔,轻轻扫着阴影,嗤笑一声:"设计是要灵感的好不好,哪有直播这么实在。小朋友,等你大学毕业就知道了,工作没那么容易,还是直播最轻松了。"

唐让让舔了舔勺子,漫不经心道:"你可别鼓动我,我还准备当白领呢。"

雅美摇了摇头:"果然是小朋友。白领有什么好,又累又被人管着,看起来风光,其实还不是在京市租房子。除非你跟领导搞好关系,不然说不定什么时候就被开了。哦对,你可能没这个烦恼。"

雅美突然想起来，唐让让和祁衍的关系不一般。

唐让让并不知道雅美怎么想，她看了一眼频道内的粉丝人数："好像有点儿爆了啊。"

她的直播间还从来没这么热过，大概是上次雅美直播给她作画的效果太好，所以不少人都记得，这次一听说她们两个合体，就迅速摸来了。

平台也是麻利，一看她们受欢迎，就立马给唐让让上了推荐，在主页广告位反复推送。

很快，唐让让的热度就刷新了平台纪录。

雅美画完之后，把画纸举到镜头前："当当当！"

画上的唐让让只露出一个侧脸，她微微弯着眼睛，神情兴奋地望着面前的那块小蛋糕。她的嘴角翘起，贝齿轻咬着下唇，一副迫不及待的活泼模样，生动又可爱。

这次线上联播的效果非常好。

唐让让一本正经地吃，雅美在一旁插科打诨逗大家笑，直播到了最后，平台又给她们放了礼花。这说明，她们爬到了第一的位置，持续了一个小时。

【笑死了，长得也就普普通通，竟然能获得这么大的热度！】

【无聊！刷榜了吧！】

……

突然的恶意刷屏，打破了直播间的和谐，而且弹幕的话越来越过分，言谈间都是辱骂唐让让和雅美的话。

刷得太多了，很难不让人注意。雅美蹙了蹙眉，看了唐让让一眼。虽然她们的粉丝很快就帮着骂了回去，但是直播间的气氛却剑拔弩张起来。

雅美淡定道："大家别生气，是黑子来捣乱了，不要给黑子眼神。"她一边安慰着粉丝，一边偷偷用自己的手机查了查。

看过之后，她附在唐让让耳边低声道："林湄湄也在直播！"

怎么这么巧，随便选的一个时间，竟然又撞上林湄湄。

林湄湄的粉丝显然把雅美和唐让让的组合当成了对家，一看林湄湄被

压了，立刻过来骂人。另一方面，林湄湄在直播间里也跟她们较劲，她甚至放出了打赏第一就可以赢得当她一天男朋友的机会。

宅男们振奋鼓舞，头脑发热地给林湄湄砸钱。

林湄湄靠着打赏票，排行慢慢爬了上来，又压在了唐让让、雅美她们上面。

雅美："至于嘛，好像谁非要跟她争第一似的。"

唐让让有点儿头疼："你说，她会不会觉得我们故意针对她？"

雅美皮笑肉不笑："肯定呗，毕竟她除了出卖色相，也没别的本事了。"她的声音有点儿大，被来频道的黑粉听了个真切，对方立刻回林湄湄的频道打小报告。

林湄湄如今重新夺回了第一，正春风得意，阴阳怪气道："恐怕是有些人吃不到葡萄说葡萄酸。"

黑粉们又风风火火地跑回来，告诉雅美和唐让让，林湄湄说她们嫉妒。

雅美的眉毛瞬间立了起来，她挺着胸，咬牙切齿道："我要不是穷，我就跟她'对刚'了！"

话音刚落。

【系统：恭喜，Q送给您一架宇宙飞船×520！】

唐让让的头像上闪过一道金钱的光辉。

雅美看清楚金额后，真情实感地说了一声："五十二万！这是什么神仙粉丝啊！"

直播间的其他粉丝也沸腾了。

【呜呜呜，土豪姐妹家里有矿吗？】

【我觉得好感动，Q来给让让撑腰了，Q是让让死忠粉啊！】

【天啊！五十二万，我不配跟Q待在一个粉丝榜！】

【对不起，我乘了十遍，还是不敢相信自己的眼睛。】

【Q对让让真的是真爱了，不舍得让让被人骂，被人压一头，直接砸了五十二万，对方连还手之力都没有了。】

……………

　　真正头脑发热到极致的粉丝还是少数。五十二万一出，林湄湄的宅男粉也冷静了下来。人家一出手就是五十二万，拼得过吗？比得起吗？再这么下去，身家都没了！于是他们默默地停下了刷钱的步伐，心灰意冷。

　　林湄湄也呆住了，她不敢相信唐让让竟然有这么土豪的粉丝。除了吃惊之外，她甚至还有些嫉妒。

　　凭什么？

　　凭什么这种有钱的粉丝不是她的？

　　林湄湄咬了咬牙，看着自己粉丝榜上的那些人，突然觉得分外恶心。怎么就没有一个人可以出手阔绰一点，给她撑撑腰，长长脸。

　　五十二万她也出得起，可以找人帮忙代刷。但是，一旦拼起来，最后砸进去的可就不止这些钱了。一场PK下来，损失个几十万，实在得不偿失。以林湄湄的财力，恐怕不是那个Q的对手。她也只能忍气吞声，匆匆给了个肚子疼的理由，下了播。

　　唐让让则蒙了，她只知道Q是她忠实的支持者，平时也总毫不顾忌地给她刷钱。但一两千也就算了，现在一出手就是五十二万，有点儿超出她的接受能力范围了。她经常看新闻，有小朋友偷用妈妈的银行卡，给喜欢的主播打钱，万一Q就是其中某个熊孩子呢？

　　她赶紧联系萱萱，想让平台把钱退给Q。

　　半晌，萱萱回复她："不用担心，平台私戳了Q，对方是成年人，且负担得起。"

　　唐让让忐忑道："真的吗？"

　　萱萱点头："当然是真的，不信你也可以问他。"

　　唐让让并未注意这个象征着性别的人称代词，她惴惴不安地点击了Q的头像。

　　私聊界面雪白一片，Q除了给她刷钱外，并没有和她聊过什么。她对于Q的了解，仅限于有钱，而且对方不爱说话，平时也不在直播间闲聊。

或许 Q 并不会回复她。

唐让让踌躇了片刻，谨慎地打了一段话：

【Q 你好，我非常感谢你维护我的行为，但这些打赏实在是太多了，我不能要。你可不可以告诉我一个账号，我把我能提出来的钱还给你。至于平台那部分分成，我就没办法做主了。】

很快，从来不发消息的 Q，回复了唐让让的私信：【别多想，我只是无法接受你在钱上输给别人，毕竟这玩意儿，我有的是。】

第二天中午，唐让让应祁衍要求，主动给他打电话。

她躺在床上，跷着脚丫，把手机枕在耳朵下面，带着浓浓的鼻音问道："你明天就要到 A 大上课了吗？"

祁衍把手搭在键盘上，蹙眉问："感冒了？"

唐让让摇了摇脑袋，倦倦地仰躺在床上："没睡醒呢。"

不知道为什么，她最近似乎很嗜睡，身体一直又乏又酸，仿佛血液都停滞了。

祁衍轻轻"嗯"了一声："那就睡吧，我凌晨下飞机，九点去上课。"

唐让让揉了揉眼睛，嘟囔道："我已经睡了十二个小时了。"

祁衍将手臂拄在办公桌上，揉了揉眉心，眼底溢出暖意："就当是替我睡的吧。"

祁衍已经快两天没怎么睡过觉了，实在困得不行，就在椅子上躺一会儿。需要处理的事情太多，他有个毛病，很难相信别人的决策，所以基本都会自己过问一遍。好在，他从小就习惯了将时间一再压缩，只不过现在从被人强迫变成了自愿。

生活其实很无聊，这一点祁衍在六岁的时候就有认知。不过有唐让让就很好，她总是能让他变得有所期待。

唐让让严肃道："我不替你睡，你自己睡，世界每一秒都有人累得猝死，你别不当回事。"

祁衍纵容道："好。"

他能这么听话地答应，唐让让倒是有些吃惊。其实她和祁衍的相处一直比较古怪，她私心里觉得祁衍才是个小公主，需要被哄着。

小时候唐让让一旦交了新的好朋友，祁衍就会不开心，因为祁衍只有她一个朋友。所以唐让让就要追在他屁股后面哄，发誓跟祁衍天下第一好。然后"祁公主"才不情不愿地跟她和好，好像她占了多大便宜似的。

"工作狂真的能放下工作吗？"唐让让轻声问道。

"能，怕你成寡妇。"

祁衍把电脑合上，站起身，往卧室走去。他解开外衣，掀开被子，竟然真的躺在了床上，准备睡觉。

祁衍那边正是黑夜，他睡觉了，唐让让就该起床了。

"晚安。"她挂断电话，挣扎着在床上翻腾了一阵。

还是困得有点儿晕。

沈莫颜刚从外面买午餐回来，隐约听到了宿舍里的聊天声，她漫不经心地问："让让给谁打电话呢？"

唐让让糊里糊涂道："祁衍。"

沈莫颜扭过头看了她一眼。

唐让让紧闭着双眼，下巴压在枕头上，圆润的脸蛋都快被挤扁了。

沈莫颜摇摇头，轻笑了一声，真是睡迷糊了。

又过了一个小时，唐让让终于蓬头垢面地下了床，拖着酸软的身子去了水房。

她对着镜子照了照，皮肤还是很白，脸却依旧圆圆的。玉米卷蓬松着，眼睛水润明亮，睫毛浓密卷曲，仿佛刷了睫毛膏。

唐让让捧着脸扭了扭屁股，对自己的外貌颇为满意，然后顶着支棱起来的两根呆毛，回了宿舍。擦完护肤乳她才发现，手机里有个未接电话。

是陈明轩。

唐让让蹙着眉，想了想，还是决定给他拨回去。十多年的老朋友了，

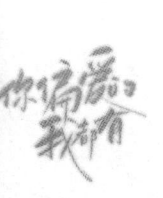

他们之间不至于这样。

陈明轩很快就接了,他的声音里带着笑意,软声软语道:"我还以为你不会接我电话呢。"

唐让让解释:"我刚起床。"

陈明轩沉默了片刻,轻笑了一声:"可我之前打你电话占线。"

唐让让:"……"那时候她正在跟祁衍聊天。

不待唐让让张口,陈明轩就自顾自地接了下去:"没关系,你不用多想。"

唐让让垂眸道:"你打电话给我是?"

陈明轩:"我下周就要回国外了,可能又一年不能回来。我好不容易回来一趟,你不带我去逛逛你们大学?我听说 A 大还挺美的。"

"逛我们大学?"

"行吗?"陈明轩忐忑道。

"可以啊,不过 A 大肯定不如你在国外的大学,其实很普通的。"

陈明轩见她答应,笑了:"我就是没念过国内的,比较好奇你们上课的环境。"

他们约好了下午两点校门口见,唐让让转回头来对沈莫颜道:"对了,你学生卡可不可以借我一下,我有个朋友要来 A 大逛逛。"

A 大的图书馆,必须要刷学生卡才能进。沈莫颜下午不准备出去了,外面太热。于是她把卡抽出来,递给唐让让:"男朋友?"

唐让让摇摇头:"不是,就是从小玩到大的好朋友,在国外读书。"

"哦……"一见没有八卦,沈莫颜兴趣索然。

午后的阳光格外强烈,云层稀薄,根本遮不住太阳的半寸光辉。柏油路上黏糊糊的,沥青仿佛都有点儿化了。

每年京市的温度都不比南方城市低,白白占了个北方的位置。

等她到了校门口,陈明轩已经站在那里等着了。他穿着短袖、八分裤,戴着一顶遮阳帽,一副朝气蓬勃的模样。

祁衍就不这样,他总打扮得十分成熟,看着好像她的领导似的。

唐让让走过去,递给陈明轩一瓶水:"你怎么到这么早?"

陈明轩笑了笑,没答。

唐让让耸了耸肩,开始给他介绍:"A大有两个校区,一个在市里,一个在郊区,郊区的更美一点,虽然大家都不愿意去。我们学校这边最好的地方就是图书馆了。冬暖夏凉,桌子都是那种老式私塾风格的,学习特别有感觉。

"那边还有个大喷泉,节日的时候会开彩灯,平时也就那样,不过还是有不少人愿意在那儿拍照,拍出来效果还是挺好看的。

"对了,学校最近开了个雕塑展览,学生刷学生卡免费看,最主要是在室内,不热,不然我先带你去看雕塑吧。"

唐让让事无巨细,认真地给陈明轩讲着自己的学校。

陈明轩不怎么说话,就只是淡淡笑着,有时候应声"好"。

讲了一会儿,唐让让觉得有点儿尴尬。他们全程无交流,完全是一个人自说自话,一个人无脑应和,像两个尬演的相声演员。不知道为什么,她似乎再也没办法跟陈明轩像以前那样相处了。

从她察觉对方喜欢自己开始。

雕塑馆里的学生不少,里面有唐让让认识的人。唐让让大方地跟人家打招呼,也没觉得带着陈明轩有什么好局促的。

逛了一圈之后,唐让让请陈明轩在学校食堂吃香锅。

食堂里的学生就更多了,大家低头不见抬头见,这里就像360度无死角的全方位监控室,没有任何关系能在食堂里藏匿。

唐让让喝着酸梅汤,安安静静地吃着饭。

张熙媛不知道从哪里凑了过来,一屁股坐在了唐让让身边:"哟,陈明轩?"

陈明轩看见她,也立刻反应过来:"喔,好久不见。"

张熙媛笑意盈盈，意味深长地朝他眨了眨眼："行啊你，来逛Ａ大都不跟我说一声，只找让让一个人，见色忘义啊。"

唐让让皱了皱眉。

陈明轩接收到了张熙媛的眼神，笑着客气道："我就是临时决定来看看，怕你忙，才没叫你的。"

张熙媛当然不生气，陈明轩要是真找她，她还嫌麻烦呢。

"没事没事，你和让让好好玩，我就是看见你们俩……挺开心的。"

唐让让瞥了张熙媛一眼，气定神闲道："这么开心，不如晚上你陪陈明轩转转，我还有作业没写。"

张熙媛笑容一收，连连摆手："不不不，我今天晚上也好忙，明天的公开课，我还要预习一下呢。"

公开课，当然是祁衍的公开课。

明知道张熙媛是在搪塞，但唐让让不想让她这么混过去。

"噢，你说那个公开课啊，不是没有课本嘛，你预习什么呀？"

张熙媛拄着下巴，美滋滋道："当然是了解一下最近的经济情况啦，毕竟我是双学位的，还什么都不懂，老师讲的东西跟不上怎么办。"

她对自己寄予厚望，想要在众多学生中脱颖而出，获得祁衍的青睐，就一定要做足准备。

这次的公开课是她的机会。

"我先走了，学生会还有事情要忙。"

自从上次唐让让拉群发了打分表之后，那些分数低的部委直接撂了挑子，说什么也不肯再帮忙了。这样一来，原本的工作就堆积在了所有想要竞选部长的人身上。张熙媛的工作也多了一大堆，每天发短信约时间面试，发得她手都酸了。

吃完饭，唐让让望着陈明轩，眨了眨眼，意思是差不多都逛过了，食堂也尝过了，他可以走了。

陈明轩抓了抓头发："带我去你们操场看看吧。"

太阳渐渐坠了下去，天边留下一抹水平的红晕，仿佛擦了胭脂的美人，正在缓缓离场。空气里的燥热消散，清爽了许多。操场上有不少夜跑的学生，一边跑着步，还要一边躲避着飞来的足球。

站在操场的围栏外面，唐让让右脚搭在马路牙子上，手插着兜："就一个小操场，没什么特色。"

陈明轩点点头："你们学校挺好的。"

"还行。"

看完了操场，唐让让把陈明轩送到了校门口。她搜肠刮肚，想出了一段适宜的告别语。

"也没太多时间招待你，主要是刚开学很忙。你在国外上大学挺好的，好好加油，我就不送你了。"

"让让。"陈明轩往前走了一步。

唐让让本能地一退，心中警铃大作："怎么了？"

陈明轩眼底闪过一丝失望，但很快就被他的笑容掩盖过去。

"今天我在你们学校逛了一天，也遇到你的好多同学，图书馆、食堂、操场都去过了。你一点都不避嫌，也不遮遮掩掩，被人看到我也不担心。其实……你说有喜欢的人是骗我的吧，不然你怎么可能带着我到处乱逛见你的同学呢？"

唐让让皱了皱眉，心里泛着不自在："所以你来逛我们学校是为了试探我有没有喜欢的人？"

陈明轩坦然承认："如果你没有喜欢的人，不如我们尝试一下，虽然现在是异地恋，但是以后你也可以申请出国啊，我们就在国外读研，我还能照顾你。你太奶奶是法国人对吧，你要是想去法国，那我们可以去巴黎。"

唐让让摇了摇头："我不喜欢骗人，他不是 A 大的学生，你误会了。"

陈明轩追问不舍："外校的？你们已经谈恋爱了吗，还是你暗恋他？"

"我的私事不想多说。陈明轩，我要是喜欢你早就喜欢了，也不会等到现在。"

陈明轩深吸一口气："其实我以前也没发现自己喜欢你，因为我总是把这种喜欢归结为友情，直到去国外有人追我，我才发现……"

"可我对你真的只是友情，我也知道喜欢是什么感觉。"

唐让让打断他的话，她不用他给自己洗脑，她喜欢祁衍，她很确定。

和陈明轩的见面再次不欢而散。

陈明轩执拗地觉得他是特别的，跟唐让让遇见的那些男生不一样，只是现在，唐让让追求新鲜感罢了。

唐让让说服不了陈明轩，但是反正陈明轩要出国了，对她也没什么影响，她懒得费口舌。

回宿舍的路上，唐让让正巧碰到陶可。陶可今天特别忙，一天的专业课，刚刚才结束。

两人一边往宿舍走，陶可一边跟她吐槽："张熙媛可真行，挤我们专业课听了一整天，神经病，自己课不够上啊。"

唐让让神情自若道："她在为明天的公开课做准备呢，怕听不懂。"

陶可顿了顿，睁大眼睛："这也太用功了吧。咱俩明天可得早点儿去，大家都这么拼了。"

唐让让无所谓道："不至于啊，阶梯教室很大的，绝对能坐得下。"

陶可使劲晃了晃唐让让的胳膊："宝贝！那可是祁衍啊，闪闪发光的圈内大咖啊！你别这么不上心行不行。"

唐让让被陶可晃得头晕，只得挽住陶可的胳膊，她神神秘秘地附在陶可耳边，低声道："其实……祁衍喜欢我。"

唐让让第一次把自己的秘密说出口，亮闪闪的眼睛望着陶可。她能想象到，陶可大概会目瞪口呆，但她不愿意瞒着自己的朋友。

谁料陶可的反应很平常，敷衍地点点头："是是是，男神要是从天下的女人里选一个，我肯定希望是你，但是姐妹儿，咱能不能务实一点，玛丽苏小说该放下就得放下了，再过几个月，你就是奔三的人了。"

唐让让:"再过几个月我才二十岁……"

陶可拉住她朝宿舍小跑:"别贫了,张熙媛都那么努力,我们怎么可以放弃,今天咱俩要通宵学习!"

"不用啊……"唐让让被陶可扯走了。

两人用五分钟飞快地解决了洗漱问题。陶可坐在电脑前,从网上找了不少祁衍公司的投资项目。

沈莫颜瞄了一眼,问:"你们看这个有什么用,男神又不会讲他投资的秘诀,公开课讲的都是理论性的东西,至于实战,那是要自己琢磨的。"

陶可不相信:"他总要举例子吧,不然我们也学不会啊。"

沈莫颜笑了:"你学不会,大四的或者研究生学得会啊,你以为只有咱们这届可以听呀。"

杨齐琦不认同:"男神可是沃顿商学院的PhD,咱们学校的学生想学会他讲的东西,搞笑呢。其实说到底,我就不明白他为什么来我们学校,明明有T大、P大可以选,而且那些学生可比我们厉害得多。"

唐让让举起了手,认真道:"我知道,是为了我来的。"

杨齐琦扫了她一眼,扭过头继续跟沈莫颜说:"我觉得可能是你们院长搭的人情,好像院长和男神他妈是同学,但也不一定,这都是大四那边传来的。"

沈莫颜推了推眼镜:"我是听说,咱们专业毕业的学姐朴金晴现在在祁衍公司做高级主管,可能是她引荐的,回报母校嘛。"

陶可不以为然:"这洗脑包你也信?朴金晴有那么大的面子?你还不如说祁衍后悔当年没考上A大,现在痛哭流涕要来教书呢。"

唐让让弱弱地把手放下,悻悻地坐在陶可身边,其实真是因为她啊……

宿舍里七嘴八舌地聊起了祁衍,从他的华丽学历到各种不切实际的传言,讨论得言之凿凿,要不是唐让让认识祁衍本人,她都快相信,祁衍是文曲星转世了。

一开始,她还尝试戳破一些完全不符合人类常识的传言,到后来,她

已经听累了。

　　沈莫颜说，祁衍八岁就被神秘的速算部门招进去了，甚至参与过精密仪器的计算。

　　——但那时候，祁衍明明在那栋别墅里，热衷于投喂唐让让各种甜品美食。

　　杨齐琦说，祁衍十七岁，被斯坦福和哈佛抢着要，后来被沃顿截了和。

　　——十七岁，祁衍翻过T大附中的围墙，给唐让让送过生日蛋糕。

　　总之，唐让让了解了一晚上别人眼中的祁衍，还要哈气连天地被陶可扯去学习。

　　夏季昼长夜短，短短几个小时，天就亮了。

　　唐让让彻底睡不着了，靠在床上躺着，越困越觉得心里堵着事情，不敢闭眼，就这么迷迷糊糊到了七点半。

　　陶可一骨碌从床上跳下来，来叫唐让让："快点快点，我听见隔壁出门了，我们得赶紧去占座。"

　　唐让让打了个哈欠，浑浑噩噩地下了床，跟陶可一起去洗漱。

　　因为睡眠不足，她觉得眼睛酸酸的，睁都睁不开。

　　她现在只想睡个回笼觉，但祁衍说了，这课她必须去上。

　　等到了大阶梯教室，果然不出陶可所料，前排的座位已经被大四和研三的学长学姐占满了。

　　张熙媛虽然没抢到前排，但她依旧够惹眼的。她原本就长得好看，今天又精心打扮了一番，谁路过，都会多看她一眼。

　　张熙媛笑靥如花，时不时地捂嘴弯眸，好像听到了什么有趣的笑话。当然，她也并不是那么专心跟人说笑，她的眼睛可一直往门口瞟着。

　　"不知道的，还以为她今天要相亲呢。"陶可嘟囔道。

　　她和唐让让选了两个靠近中间过道的位置坐了下来，环顾四周，座无虚席。

　　陶可叹息道："我真是服了，提前一个小时来都不行。"

唐让让上下眼皮直打架，屁股沾到椅子上，倦意顷刻间袭来。她没听清陶可在吐槽什么，只是呢喃道："我先趴一会儿，太困了，我眼睛都睁不开。"

陶可也困："那我定个闹铃，也趴一会儿。"

唐让让的脑袋一枕到胳膊，就沉沉地睡了过去。

祁衍昨天跟唐让让打过电话，听话地睡了一觉，虽然工作继续积压着，但精神恢复了不少。

到了学校之后，祁衍给唐让让发短信，想问她到没到教室，可惜没有人回。

助理替他拎着笔记本电脑，手里拿着路线图："祁总这边，三教一楼的阶梯教室。"

祁衍把手机收起来，跟着助理来到了门口。站在门外，他停住了脚步，些微调整了下严肃的表情，伪装出和善、平易近人的模样，然后抬腿迈了进去。

他一出现，教室里立刻响起掌声，伴随着热情的低呼。

虽然大家早已有心理准备，知道祁衍很年轻，长得也好看，但是真看见真人，那种感觉完全不一样，就好像远在天边的明星到了身边，离你不过几米远。

研究生助教立刻站起身来，拘谨地将一份名单递给祁衍。

"老师，这是经院的学生名单，剩下还有其他专业来旁听的，我们没有统计。"

祁衍望着对方的眼睛，温和一笑："好，谢谢你。"

他迈步走上讲台，将那份名单放在桌面上，随手扯了扯领子。

张熙媛抿着唇，心跳加速。怎么会有这么谦和儒雅的男人，举手投足都恰到好处，不失身份又让人感到亲切。

祁衍扫视了教室一圈，目光停在一个位置良久，随即缓缓道："既然

有名单了,那就随机点点名。"

张熙媛有些遗憾,她希望祁衍能点到自己的名字,但她不是经院的学生,名字不在名单上。

祁衍唇角挂着笑,垂眸,翻了翻那份长长的名单,但还不待他说话,教室里突然传来轻微的手机振动声。

学生们东张西望,想看看谁这么没眼力见儿,上祁衍的课忘了关机。

手机在陶可腿上振动着,总算把她从睡梦中拉扯了出来。

陶可迷迷糊糊地睁开眼,揉着酸涩的眼睛,抬起头望了一眼。

身边的同学捅了她一下:"手机!"

陶可还没完全清醒,被人提醒,才后知后觉地把手机关掉,尴尬地缩了缩脖子。

祁衍对这点小骚动恍若未闻,他单手捏起名单,随便抽念了几个名字,被点到的同学仿佛中了奖,满脸兴奋。

陶可紧张地扯了扯唐让让的袖子,附在她耳边小声道:"让让,老师来啦!"

唐让让正睡得七荤八素,口水挂在嘴边,她躲开陶可的念叨,转了下脖子,继续睡。

祁衍放下名单,双手撑着讲台,目光落在唐让让身上。

她睡得可真香,对教室里的杂乱浑然不觉。大概是被碎发撩得痒了,她的鼻子还轻轻皱了皱,手指无意识地拨弄着头发。

陶可吓得头都大了,狠狠踹了唐让让一脚:"起床了!"

唐让让吧唧吧唧嘴,隐约感受到了点儿什么。

祁衍似笑非笑,轻挑着眉,喉结微微一动,心平气和道:"唐让让。"

唐让让听这声音很熟,似乎是祁衍在叫她,可祁衍在哪儿叫她呢?声音好温柔啊。

教室里鸦雀无声,大家纷纷扭过头,看好戏。

张熙媛有些诧异,难不成那份名单里连双学位学生的名字都有?

可回头一看，张熙媛被唐让让震惊了。

困成这样干脆回宿舍得了，非得在这种场合丢人现眼。像祁衍这样要求严格的人，怎么可能接受这种偷懒耍滑、罔顾纪律的行为。

祁衍轻轻揉了揉骨节，面色微冷，沉了沉声："唐让让！"

陶可生无可恋地拧了唐让让大腿一下。

唐让让一个激灵，从座位上站了起来。她一边用手背抹着唇边的口水，一边睁着惺忪蒙眬的双眼，操着沙哑的小猫嗓，糯糯道："老公，我在呢。"

Chapter 6
叫老公

教室里的空气凝固了,陶可呆若木鸡地僵在原地,圆溜溜的眼睛瞪得老大。

倒是祁衍,眼睛微微一眯,轻舔后槽牙,意味深长道:"你叫我什么?"

他看向唐让让的眼神里有种说不出的深意,让唐让让一下子就清醒了。

彻彻底底地清醒了。

她身处几百人的大阶梯教室,当着所有同学的面,管祁衍叫老公。

天要亡我!

平时憋肿了脸都喊不出来,偏偏这时候嘴瓢了。唐让让的心都凉了,她眨巴着眼睛,谨慎地舔了舔嘴唇,手指死死抓着裤腿,磕磕巴巴地解释:"老……老师,老师我在呢。"

这个话圆得又生硬又尴尬,但起码,丢脸的只是她一个人。

教室里传出低低的窃笑,仿佛聒噪的背景乐,烘托着现场唯一丢脸的主人公——"唐·出门不看皇历·让让"。

祁衍的眼睑轻颤了一下,他突然迈下讲台,朝唐让让走了过去。

他走到唐让让身边,沉默地看了她片刻。

同学们纷纷猜测,这个女生第一节课就这么不尊重祁老师,老师恐怕要发脾气了。

张熙媛也在伸着脖子看好戏,她觉得最起码,唐让让会被赶出教室去,勒令再也不许上祁衍的课。

其实这事儿换到别人身上,张熙媛的第一反应肯定是同情,但偏偏是唐让让。

她们俩从小到大成绩相仿,每次考试都会被比较,张熙媛对唐让让的感情一直很复杂。一方面,她知道唐让让是个挺单纯善良的女孩;另一方面,在父母的施压下,她又忍不住处处跟唐让让作对。

唐让让绷起圆润的脸蛋,和祁衍对视。他怎么还下来了呢,是嫌事情闹得不够大吗?

唐让让心中咆哮,快回去!无视我!

祁衍终于说话,他巧妙地隐藏起戏谑的表情,换上温和的伪装:"昨天晚上没睡好?"

老师问话,唐让让只能回答:"睡晚了。"

祁衍若有所思地点了点头,关切道:"注意休息。"随后,他无声地朝唐让让做了个口型,"乖。"

唐让让浑身的汗毛都竖了起来,她紧张地望着祁衍,舌尖轻轻抵住贝齿。

好在,祁衍的口型做得很隐蔽,大家都没在意这个在唐让让看来过于惊险的行为。

"唔。"她含糊地敷衍着,深深低着头,刘海垂下来,遮住她不停轻颤的睫毛。

祁衍欣赏完她紧张兮兮,仿佛被生活重捶的样子,心满意足地回到了讲台上。他轻轻敲了下桌子:"安静一下,我们正式上课。"

这一声"安静",教室里瞬间鸦雀无声。

谁都想给祁衍留一个好印象,几节课学下来,能争取到个暑期实习也是好的,这可是送到身边的顶级面试官,他一个满意说不定能改变一个学生的人生规划。

唐让让慢吞吞地坐下来,再慢吞吞地顺着椅子往下滑。她想尽量降低

自己的存在感，并且趁着这节课的时间，深思熟虑一下，以后这课还要不要来上了？

陶可丢过来一个小纸团，然后给了她一个"立刻拆开"的眼神。

唐让让把纸团扒拉开，发现里面是三个硕大的感叹号。

唐让让无奈，拿出笔，在上面画了一个委屈巴巴的哭脸。她真不是故意的，谁让她对祁衍的声音太熟了呢。

她把纸团还给陶可，陶可又飞快地写了几个字，扔了过来："我早晚被你吓得月经失调！"

唐让让咬了咬笔头，跟着写道："谁让你带着我熬夜，我最近本来就嗜睡，每天睡十二个小时都不嫌多。"

纸团的正面写满了，陶可接过去，又在背面开始写："你睡就睡了，叫什么老公啊！你叫爸爸都行啊！"

陶可一脸悲愤地把纸团塞在唐让让手心里。

唐让让看过之后，在纸团最后一点儿空白写道："虽然他不是我爸爸，但他将来会是我……"纸没地方了。

她把纸团弹给陶可，趴在了桌面上。

这节课祁衍讲了金融投资组合，还有一点儿风险评估。唐让让开始还没心情听，但是渐渐地，竟然也被吸引了进去。她的专业课程非常杂，管理学、统计学、经济学，各个学科都会涉猎，但各个都不精。

可祁衍的课她竟然能听懂，这说明祁衍费心把那些复杂的原理，高深的市场规律转换成浅显易懂的例子，平铺直叙地灌输给这些学生。

所谓公开课，都是公益性质的，学校并没有给祁衍钱，在公开课上能接受多少经验，全靠学生自己的造化了。

祁衍很清楚这些大学生能接受到什么程度。但他真的很忙，能抽出时间来A大上课，不是心血来潮，他想教唐让让点儿东西。

既然她选择了这个专业，他愿意把自己会的都教给她，所以他把讲课的难易程度，也设置在了唐让让能接受的范围。

一节课下来，其乐融融，因为同学们都发现，这个老师不仅为人谦和，上课还很有趣。

下课铃一响，乌泱泱的人就捧着笔记本冲向了讲台。

张熙媛扯了扯在人群里被压皱的裙摆，强忍着烦躁，努力往祁衍身边挤。她的本子和她的裙子一样漂亮，里面记得整整齐齐的笔记，几乎记下了祁衍说的每一个字。

最主要的，她在笔记的上方，大大方方地写上了自己的名字，字迹娟秀流畅，绝对能给人留下好印象。

"老师，期望收益率这里我没听懂，权重是怎么回事啊？"她温温柔柔地问了一句，可惜祁衍没有注意到。

问问题的人实在是太多了，张熙媛到底是个女生，稍有不慎就被人从祁衍身边挤开了。

陶可推推唐让让："你说我们要不要上去装一把，虽然没什么可问的，老师都讲明白了。"

唐让让指了指讲台："那么多人呢，你挤得上去吗？"

陶可叹气："算了吧，我没有张熙媛那么好强。"

最后还是祁衍敲了敲桌子，疏离道："抱歉，我不答疑。已经下课了，大家可以去吃午饭了。"

别看助理是个瘦高的娇柔女子，应对这种场面却十分有经验，像个护着自家艺人的保镖，把企图涌上来的学生拦开。

唐让让伸出四根手指头，冲着讲台挥了挥。

祁衍笑了。

祁衍走得匆忙，也没来得及跟唐让让好好道别。

午餐时间，唐让让接到了祁衍的电话。

祁衍哑声道："课堂上，故意的？"

唐让让巨冤，连忙解释："我睡糊涂了，你又喊得那么大声。"

"昨天晚上为什么不睡?"

祁衍目光随意地望向车窗外,看着路边的树木匆匆滑过,明亮的日光给大地镀上一层暖黄,他心里也暖洋洋的。

唐让让老老实实地回答:"我的室友们都很重视你,拉着我八卦了你一晚上。"

"哦?说什么了?"

唐让让回忆片刻:"说你一岁会背诗,三岁学炒股,七八岁被带走秘密培训,学成一身好本事,等到十多岁的时候,门萨测试第一,被各大名校疯抢,随后带着等身高的学位证书和SCI论文回了国,回国之后,以一己之力扳倒三家老牌投资公司,声名鹊起。有着迷人温和的外表和深不可测的实力。"

祁衍稍顿,磨了磨牙:"说相声呢?"

唐让让认真道:"差不多就有这么夸张。"

祁衍深呼吸片刻,突然软声道:"不闹了,晚上来找我吃饭。"

唐让让用手指扒着白花花的墙面:"晚上可能不行,学校组织晚自习,每天都有导员巡视,大概周末才可以。"

"别让我等太久。"祁衍沉声道。

挂断电话,唐让让才回座位和陶可一起吃饭。

陶可捣了捣面前的冰醉豆花:"又要办新生晚会了,学生会又得忙着筹钱了吧,幸好今年没我们的事。"

唐让让突然想起来:"对了,在新生晚会上表演会给综测加分的吧?"

陶可眨眨眼:"你又想干什么?"

唐让让叹了一口气:"当然是为明年的国奖未雨绸缪啦。我现在一个社团都没有,在分数上本来就吃亏,要是能从课外活动上找补一点,也不至于差太多。"

陶可皱了皱眉,显然不太认同:"你对奖学金可太执着了,但你能表演什么呀,节目都是要艺术团审核的,你总不能上去做个吃播吧?"

唐让让琢磨了片刻:"你说我改编个法语歌怎么样?"

陶可思索了一下:"得看报名的人多不多,万一人家都是大节目,你个单人的很容易被刷下来。"

唐让让刚想证明一下自己,陶可刷着手机惊呼道:"论坛里说今年新生晚会会邀请神秘嘉宾,有人猜测是祁衍欸!"

听到祁衍的名字,唐让让愣住了,祁衍会来吗?

要是被他看到自己在台上傻乎乎的模样,那也太丢人了。

唐让让转念一想,打消了表演节目的念头。

下午上课前,大家都在教室里讨论祁衍到底会不会来。

唐让让忍不住拿出手机给祁衍发消息:"你会来我们的新生晚会吗?"

祁衍回得很快:"你想我来吗?反正我来只是为了你。"

看到这话,唐让让一怔,顿时心里像吃了蜜一般甜。

下午上完课,唐让让回宿舍洗衣服,刚把衣服放进洗衣机,她就接到了雅美的电话。

"让让,出大事了!"雅美兴奋地在电话里喊。

唐让让被她吓了一跳,蒙蒙地抱着盆:"怎么了?平台倒闭了?"

雅美:"这平台可是祁衍投资的,你就这么希望倒闭啊?"

唐让让尴尬道:"我忘了。"

对啊,祁衍也投资了,她还从来没跟祁衍提过自己在"呦呦"做吃播呢。

这奇妙的缘分。

如果他知道了,肯定也挺吃惊的。

雅美继续道:"跟你说正经事呢。就上次我们俩直播,不是正撞上林湄湄嘛。"

唐让让心头一跳:"她找你麻烦了?"

林湄湄的粉丝群体还是挺庞大的,微博粉丝数都快赶上个八线小明星了,算是平台最当红的流量。

这段时间林湄湄粉丝没少网暴雅美。因为雅美比唐让让火一点儿,所

以大部分的炮火都是她替唐让让挡了。好在雅美钢铁心脏，别人怎么骂，她也不走心，要是玻璃心一点儿的，没准就退圈了。

雅美拍了下大腿："找我麻烦都是小事，大事是，那天林湄湄在对接一个资源，对方想看看她的热度有多高，所以她才开播的，还特意提前一天做了预告，让好几个朋友给她宣传，结果我们临时开播，把她给压了。现在对方不想找林湄湄做广告了，想找我们，哈哈哈！"

唐让让有点儿吃惊："什么资源啊？"

以前不是没有这种商业合作找，找唐让让的大多是餐厅，但唐让让吃东西比较挑，自己不感兴趣的一律拒绝。

能找到林湄湄的资源，肯定和以前找她的不是一个等级。

雅美答："轻声风吟的合作，推广他家的水乳套装，平价学生牌子，正适合大学生用。他家的小绿瓶还挺有名的，你应该知道吧。"

唐让让当然知道，她自己就用过。这个级别的合作，一定是平台的顶级资源了，怪不得能找到热度第一的林湄湄。

如果不出意外，林湄湄拿下这个推广是完全没问题的，但是，合同还没签，雅美和唐让让就误打误撞地闯了出来。现在对方对林湄湄含糊其词，开始接洽雅美。

对于平台来说，旗下不论哪个主播跟品牌合作都无所谓，反正他们抽成照拿。

"我是个吃播啊，我能做什么呀？"唐让让觉得自己跟这个品牌并不相符。

雅美解释道："主要是看上我们俩的组合热度了，而且你是A大的学生啊，他们正想找大学生呢，这样比较贴近消费者。其实也不用做什么，我们合体直播卖一次货，你跟着我就行，然后再给他们拍几张硬照。"

唐让让有点儿犹豫。她其实做吃播就是灵光一现突发奇想，并不打算在这行发展什么，更没想过拿到什么资源。像卖货和硬照这类的事情，她觉得自己并不合适。

"我不太会卖货……"

雅美宽慰她:"没关系,你跟我学就好,反正就是花式夸品牌嘛,而且我觉得对咱们俩都是挺好的机会,虽然你可能不缺这个,但钱还是攥在自己手里踏实一点,你觉得呢?"

她委婉地提醒唐让让,做祁衍的情人不一定靠得住。万一对方什么时候厌了,想要甩开唐让让就是分分钟的事情。

唐让让犹豫良久,既然合作能赚点儿外快,也是好的,起码她就不用那么执着于奖学金了。

"行吧,那我跟萱萱联系一下。"

"爱你哟!"雅美欢天喜地去做保养了。

晚上躺在床上,唐让让点开呦呦直播,果然收到了萱萱一连串的消息。

萱萱形容得比雅美还夸张一点,听说品牌会给她们做人形立牌,放到大学里去宣传。这几乎是品牌大使的待遇了,对于雅美这种美妆博主来说,是个极大的加持。如果这次宣传效果好,那以后雅美在品牌里的影响力,就要大于林湄湄了。

合作比唐让让想象的还要顺利。这次的酬金不菲,唐让让看着那一串数字,终于意识到了这一行有多赚钱。

头天签约,第二天平台就在主页公示了出来,雅美和唐让让的直播间也因此收获了大批粉丝。

林湄湄已经两天没直播了,虽然没直播,但在主页上没少卖惨,明里暗里指责雅美和唐让让有后台,自己孤身一人被资本欺负。宅男粉怜爱她,对雅美和唐让让又展开了一波攻击。

可是大家来看直播都是为了开心,林湄湄成天散播负能量,弄得宅男粉也很不愉快,有不少人暗搓搓地去了别的直播间,彻底脱粉了。

雅美越被骂越开心。这说明对方真的伤到痛点了。而且能拿到这个资源,被骂两句又怎么了。她特意把签名改了——骂我无所谓,骂我让让宝贝不行,粉丝们不用管我，去帮让让骂回来。

大家对两人的姐妹情喜闻乐见，甚至有不少路人凑热闹帮她们怼林湄湄。雅美的频道综合积分已经紧逼林湄湄，一时之间风头正盛。唐让让的频道也挤进了前二十，成了二十名当中唯一的吃播主播。

周五晚上，助理来Ａ大接唐让让去祁衍的公寓。

车子开进地库，助理把钥匙交给她："这是钥匙。快上去吧，祁总等了好久了。"

唐让让把钥匙攥在手心里，朝助理甜甜一笑："谢谢你，注意安全。"

到了门口，唐让让迟疑地将钥匙插了进去，轻轻一扭，门就开了。

她试探性地叫了一声："祁衍？"

没人回答。

唐让让慢慢走了进去，东张西望。

公寓是复式的，房间很大，有个小型的楼梯。装修是祁衍一贯喜欢的简洁风，整体空落落的，除了必备的家用电器之外，一点生活的气息都没有。

她最后在偌大的厨房里找到了祁衍，祁衍正坐在餐桌旁，凝眉看着平板电脑，研究着什么。

"喂，你在看什么呀？"

祁衍微怔，一抬头，看见唐让让，随即面色缓和。他一把将唐让让拉到自己怀里，揉了揉她的头发。

"怎么没给我打电话，我下去接你。"

唐让让嗅着祁衍身上清新的味道，糯糯道："不用啊，很方便。"

祁衍指了指屏幕："今天晚上给你做这道菜怎么样？"

唐让让一看，樱桃鹅肝、花雕芙蓉蒸帝王蟹。她神情复杂地看了半晌，转过头来，犹犹豫豫道："我们不如出去吃吧？"

祁衍否定："不，我做给你吃。"

"这个帝王蟹不好做吧，我觉得可能餐厅的大厨更有经验……"唐让让垂死挣扎。

祁衍狐疑地打量她:"你不会是不喜欢我做的东西吧?"

唐让让立刻垂眸抿唇,轻轻地抓住祁衍衬衫的扣子:"不舍得你花时间去做这种事。"

看她一副贤惠小娇妻的模样,祁衍眸色一沉,在她红润的唇上轻啄了一口:"我愿意为你花时间,只要你爱吃就好。"

祁衍烹饪时,唐让让神情复杂地站在厨房门外,趴在玻璃门上往里面看。

祁衍不许她进去,捣乱和帮忙都不许。

唐让让小声提醒他:"鸡汤已经开了。"

祁衍皱眉看了看,抬手把火关掉。瞬间涌起的大量蒸汽覆在锅盖上,滴滴答答地往鸡汤里面落。

唐让让皱着一张脸,试探性地问:"要不然我帮你打鸡蛋吧?"

祁衍平静道:"不用,你坐着就好。"

唐让让在门口闲得来回踱步,一边走一边跟祁衍闲聊:"我周日下午可能要去拍照片。"

祁衍垂眸听着,手中的动作不停,他切掉腮部,切开蟹腿,小心地摆着盘。

"嗯,地址告诉司机,晚上去接你。"

唐让让试探道:"你就不好奇,我为什么要去拍照片?"

祁衍闻声,手里的刀一停。作为Q本人,他当然是知道唐让让和品牌的合作,并且这个合作很大程度上还是因为他。

"你为什么要去拍照?"

唐让让倒没有多想,解释道:"其实我一直在做吃播,可能最近有了点热度,就有品牌找我合作,我觉得能赚点生活费也挺好,是吧?"

祁衍:"你喜欢就好,但不许跟品牌方和摄影团队出去聚餐。"

"好吧。"

唐让让小声提醒:"是不是应该等鸡汤凉一点再放鸡蛋啊?"如果蛋

清被鸡汤给烫熟了，这吃的是芙蓉蒸蟹还是蛋花汤啊。

祁衍端着鸡汤迟疑了片刻："厨师没跟我说过。"

唐让让："……"

折腾了三个小时后，唐让让在濒临饿死的边缘，总算等到了祁衍的大餐。

祁衍很注重美感，还在盘子周围淋上了酱汁。

"尝尝，我创新了一下，在鹅肝里加了罗勒叶。"

唐让让忧郁地拿着叉子，小心地插起一块，谨慎且郑重地放入口中。

"……"她绷着脸，僵硬地把鹅肝吞了下去。

祁衍单手搭在她的脖颈，抚了抚："味道怎么样？"

"好吃！"唐让让含糊着，猛喝橙汁。

祁衍用手指勾住她蓬松的头发，放在掌心把玩："好吃就多吃点。"

唐让让为难："唔……要不我还是吃一口蟹吧。"她不动声色地把鹅肝推开，把勺子伸进了花雕芙蓉蒸帝王蟹里面。

唐让让舀了一口，滑嫩的蒸蛋在勺子里颤动，盈盈可爱。祁衍又给她夹了一块蟹腿肉。她轻轻吹了吹，放进了嘴里。

"要不你亲自尝一口呢？"她把勺子一歪，转而送到了祁衍嘴边。

祁衍垂眸看了看。勺子边还有唐让让抿过的痕迹，嫩蛋羹上，还留着她浅浅的牙印。

祁衍低了低头，把剩下的蛋羹吃了下去。

唐让让这才想起来，祁衍有洁癖，不愿意吃别人吃过的东西。

但他只是轻微皱了下眉，喉结一动，疑惑道："怎么是甜的？"

唐让让苦兮兮道："说不定是你没加盐呢？"

祁衍盯着那盘美貌的帝王蟹，面露疑惑，笃定道："我放了。"

唐让让委婉道："可能是糖和盐看错了，毕竟它们长得那么像。"

"算了，别吃了，我带你出去。"祁衍擦了擦嘴。

"下次努力？"唐让让不确定道。

祁衍无奈："还以为你会安慰安慰我。"

唐让让："这次做得差强人意，下次可以更好？"

祁衍："……"

周日下午，唐让让从祁衍的公寓出发，前往拍摄基地。

雅美早就赶到了，她今天特意没上妆，就抹了一层打底的乳液，素面朝天，清爽极了。唐让让差点没认出来。

雅美笑着钩了钩唐让让的手指，说："怎么，没化妆太丑了，都认不出来了？"

"不是啊，很好看，更好看了。"唐让让诚实道。

雅美是那种很张扬自信的美，大概是学美术久了，卸了妆之后，有种艺术家的气质，连眉眼都清秀很多。

雅美弯了弯眼，用双手轻轻捧住自己的脸，不好意思道："看吧，女生和男生的审美就是不一样，粉丝们都喜欢我浓妆的样子。"

化妆间不算大，有两个化妆师正戴着口罩等候她们。

工作人员站在一边跟她们对流程。

化妆进行到最后一步，雅美突然歪过头来对唐让让说："对了，你知道林湄湄接微商了吗？"

唐让让满脸不解。她对美妆圈并不是很了解，但是既然有合作，可能比没合作好。

于是她道："那很好啊，她的粉丝也不用追着我们骂了。"

雅美淡笑："你不懂。从正规的大牌子掉到接微商三无面膜的推广，林湄湄的商业价值已经降了。"

唐让让眨眨眼："她商业价值降了，你不是应该开心吗？怎么看起来心情一般？"

雅美长叹一口气，抖了抖腿，看着镜子里化完妆精致的脸，轻声道："兔死狐悲呗。当初那么风光无限的大主播，说走下坡路就走下坡路了，我也会有那么一天的，被新的、更年轻的人代替。"

"但你还有一技之长啊,而且这些年赚的钱比别人一辈子都多了。"唐让让宽慰她。

雅美伸过胳膊,钩了钩唐让让的手指:"你可真会安慰人,我都不知道该怎么安慰你。"

唐让让一怔:"安慰我什么?"

雅美轻轻摇摇头:"没什么。"

她们被领到摄影间,按照摄影师的要求,换上短裤白衬衫,摆了几个pose。

摄影助理举着电脑给她们看。

两人都足够年轻,也够漂亮,上镜效果不错,品牌方也满意,原本三个小时的拍摄,一个半小时就结束了。

紧接着,就是直播,她们乘车到达品牌实体店。店里面已经布置过了,给她们准备了一个嫩绿色的小桌板,上面摆好了电脑。

平台早就已经做了预告,虽然是卖货,但很多人都想看两人互动,所以预约的人一点儿也不少。直播间一开,雅美立刻挺直了腰板,挂上了职业式的笑容,温柔地摇着手跟大家打招呼,唐让让就跟在她后面有样学样。

直播了整整一个小时,雅美说得口干舌燥,唐让让就是做雅美的模特,让她在自己脸上实验。

直播关闭之后,雅美瘫在小沙发上,一句话都不想说。

品牌方看了看后台数据,喜形于色:"两位老师辛苦了,今天的成绩太好了,超出我们的预期!"

唐让让一边帮雅美揉揉酸痛的脖子,一边客气道:"大家满意就好。"

她们坐在小沙发上闲聊时,门外走进来几个女生。

"你好,请问你们店长在吗?"

店长迎上去,问:"您好,有什么能为您服务的吗?"

"我来。"一个高挑的女生从后面的店里走过来,挤开她们,站在了面前。

她看起来自信多了,长得也美,一撩长发,甜笑道:"我们是 A 大学生会的学生，因为我们学校马上要举办新生晚会了，这是我们学校非常重要的一个活动，宣传力度也会很大，所以希望能跟你们家合作。"说罢，她亮出了自己的学生证。

雅美直起身子，看了唐让让一眼："A大不是你们学校吗？"

唐让让从人一进门就认出来了，是张熙媛。她已经很久不参与学生会的事情了，不知道他们拉外联的范围都扩展到了这里。

店长抱歉地笑笑："不好意思，我们暂时没有考虑跟高校合作。"

张熙媛当然不会这么放弃："我觉得你们品牌的消费群也基本是大学生，所以这是一个很好的机会。我们是校学生会，不是什么小的院内社团，帮品牌的宣传会推广到校的。"

品牌负责人看了看唐让让："老师，这是你们学校的吗？"

唐让让突然被点名，顿时一个激灵。她其实一点也不想跟张熙媛见面。她在外面做吃播的事情，虽然没有刻意隐瞒，但也仅限于宿舍内的几个人了解。

学校是不支持学生做这个的，导员还特意提过，觉得那是在网上搞东搞西不务正业。

"啊……是我们学校的。"唐让让没办法，只能站了出来。

张熙媛原本还觉得，可能是有什么更大的领导在店里，还是校友，那这赞助就好拉了。结果一转眼过去，她看见了唐让让。

张熙媛看向唐让让："你来干吗？"

还不待唐让让回答她，店长先行介绍道："这是我们品牌的推广大使。"

张熙媛面容有点儿扭曲："唐让让是推广大使？你们有没有搞错？"

雅美从沙发上站了起来，手叉着腰，扬着下巴，睥睨众生道："你什么意思啊？让让做大使怎么了？"

张熙媛没有搭理雅美，她盯着唐让让："你怎么可能是推广大使？"

唐让让耸了耸肩，无辜道："可能品牌姐姐觉得我有号召力吧。"

张熙媛："？"

Chapter 7
替姐姐出气

周末,祁衍在书房工作,唐让让抱着专业书坐在窗台上,看一会儿书,再看看祁衍,觉得时光宁静又缓慢,恍惚间又回到了小时候。

祁衍是接受精英教育的天之骄子,她是公立幼儿园的闲散儿童。

唐让让跟着妈妈到祁衍家,在妈妈打扫卫生的空当,陪祁衍下棋、吃零食、聊天。她和祁衍的眼界和爱好都不同,但祁衍依旧耐心地听她说着话,偶尔忍俊不禁地笑。

这大概是祁衍做过的,唯一符合少年心性的事情了。他那么优秀,简直像是造物主的精品,应该摆在博物馆里供着。可他却为她,也只为她翻过墙、做过饭、反抗过家里,也只为她神思情往。

天色朦朦胧胧,月亮温柔地悬在深空,空气清冽且甘甜,唐让让的头发随风飘动,祁衍嗅到了一股淡淡的香水味儿。他侧过头看了她一眼,没说什么,只是确定她还在。

又过了一个小时,唐让让伸了个懒腰:"家里有没有零食啊?"

祁衍微顿,一只手伸进兜里,摸出了什么东西,然后指腹一用力,揉开,塞进了唐让让的嘴里。

一颗酸奶味的阿尔卑斯糖。浅蓝色的糖粒,酸酸甜甜的口感。

唐让让迟疑地含进口里:"你怎么有这种糖啊?"祁衍怎么也不像是

会揣着这么幼稚零食的人。

"公司周会准备的糖果,随手摸了一颗。"

"你应该帮我多拿几颗。"唐让让满足地抿了抿,让酸甜的味道溢满口腔。

"甜吗?"祁衍呼吸微重,长长的睫毛颤动了一下。

"甜。"唐让让抿起唇,糖块被舌尖搅和得左右乱撞。

"我尝尝。"祁衍探过身子,撞上唐让让的嘴唇,她唇上带着酸奶糖的味道,柔软且甜蜜。

早上,唐让让迷迷糊糊爬起来,祁衍又去工作了。

她一个鲤鱼打挺坐直身子,揉了揉惺忪的睡眼,翻身下床的瞬间,在床头柜上看到了一个小盒子。

迪奥倾世之金。

唐让让顿了顿,迟疑地把盒子拆开,里面是一个金色瓶装香水。外观精致漂亮,让人舍不得用。

她把香水小心地拿出来,才看到底下垫着一张蓝色便利贴。

唐让让把香水放在一边,将便利贴拿起来,上面潇洒地写着一行字——

客户送的,应该适合你。

然后,他习惯性地在右下角签上了他的名字。这两个字本就好看,他写出来就更是漂亮,唐让让端详他名字的时间,大概要比看那瓶香水的时间还要久。

她当然知道这不是客户送的,这是祁衍精心为她选的。

唐让让拿着那瓶香水,轻轻往空气中一喷,身体迎了上去,片刻,头发上和肩膀上沾染上那股清淡优雅的香气。

唐让让靠在餐厅的椅子上,把腿缩起来,坐成一个球,给祁衍发短信。

"香水我看到啦,谢谢祁总,这个月还完花呗我就把钱打给你!"她不确定,祁衍买的香水自己那些宣传费够不够还。

祁衍："……"

唐让让热心地问："这一瓶香水要多少钱啊，有发票吗？"

祁衍盯着手机，微眯眼，回道："你当我是做代购的？"

唐让让委婉地解释："但是我现在有钱啊，自己也可以买的。"

祁衍："那就下次买给我。"

唐让让思索了片刻，觉得十分有道理，互送礼物，对情侣来说又浪漫又有情调，还是祁衍想得周到。

"好的，我会记住的。"

祁衍扫了一眼弹出来的邮件提醒，没理会，继续问唐让让："今天要去哪儿？"

唐让让老实答道："去找我姐姐。"

"嗯。"

和祁衍聊过之后，唐让让把手机揣起来，开始吃早餐。

公寓管家准备了八宝粥和豆沙包，唐让让喝了点粥，吃了两个豆沙包，然后简单理了理衣服，出门去找唐汀汀。

星创传媒在三环外，她换乘了两班地铁，来到了星创的大楼。

她没有来过唐汀汀的公司，虽说这里时常可以见到影视明星，但她对追星不感兴趣，大概是她太了解姐姐作为一个经纪人是如何包装艺人的。

工位上匆匆而过的都是打扮时髦靓丽的年轻姑娘，还有些科班生来星创面试，一个长得比一个漂亮。唐让让左看看右看看，慢吞吞地走到了唐汀汀办公室门口。

她推开玻璃门，随意喊了声："姐。"喊了一半顿住了，她发现唐汀汀的办公室里还有别的人。

唐汀汀环抱着双臂，站在办公室中央，面色微冷，眼睛眨都不眨地盯着霸占她办公椅的人。

椅子上歪歪斜斜靠着一个男人，双腿搭在桌子上，格外散漫无礼。

唐汀汀眼睛一垂，微微侧了下脸，低声对唐让让道："先去外面等等我，我处理点儿事情。"

唐让让从怔忪中恢复过来，喃喃道："好啊。"

那个嚣张的男人长得很好看，带着几分邪气，桃花眼、高鼻梁、嘴唇薄红，一身潮服，搭在桌面上的腿又长又直。大概是某个艺人吧，这得多深的背景啊，才敢对经纪人这么嚣张。

按理说，姐姐已经是星创的顶级经纪人了，再多干两年，都可以拿星创的股份了。哪怕是现在，那些新人明星也把姐姐当成是星创的高层，从来没人敢自己坐着，让姐姐站着的。

唐让让很听唐汀汀的话，她姐从小就优秀，什么事都能处理得很好。所以她忍住心里的疑问，默默向后退了一步，准备带上门等一会儿。

"哎，唐汀汀，你跟陆敬宏怎么分手的啊？"那男人声音戏谑，半开玩笑半威胁，一点也不客气。问完之后，还毫不客气地直视着唐汀汀的眼睛。

唐让让的脑子一下子炸了。陆敬宏这个狗男人是姐姐不能碰的隐伤，绝对绝对不能提的人。这浑蛋坑了唐汀汀的青春，挖空了唐汀汀的感情，把她姐彻底变成了一个心如止水的工作狂。

"你怎么跟我姐说话呢！关你什么事啊！"唐让让是真急眼了。从小到大，她最心疼的人就是姐姐。因为家里条件一般，所以唐汀汀很小就开始想办法帮家里赚钱。

唐让让刚断奶的时候，正赶上京市暴发传染病，整座城开始严控隔离，连在校学生都不允许离校回家。一时间物价飞涨，奶粉的价格更是高得吓人，而且好多超市都断了货。

为了缓解家里的压力，唐汀汀放学后偷偷出去帮花店卖鲜花赚钱。因为她长得漂亮，小时候混血的模样更明显，所以卖花挣的钱比一般小孩子多。但没想到有天在地铁口遇上了精神失常的变态，对唐汀汀又搂又抱，十分癫狂。

唐汀汀被地铁工作人员救下来后就发了高烧，疑似感染传染病，还被送进医院隔离了一个月。这一个月，她很难见到家人，也没医生为她进行

心理治疗。

排除被感染的可能性之后，唐汀汀才回了家，但从那时开始她就变得十分排斥异性的触碰。

就连唐明治想摸摸她的头都不可以。

唐雅芝急得天天哭，想带她去医院，但公立医院是传染的重灾区，到处都是浓郁的消毒水味儿，患者爆满，连医院大厅里都睡着人。

好在唐汀汀似乎慢慢稳定了下来，照常在家里看书学习，偶尔也看些动画片，和小区里的其他小朋友一起玩。唐雅芝忙的时候，她也能帮忙照顾唐让让。

唐汀汀变得正常了，也不焦躁了，唐雅芝就放心了。但等唐汀汀长大，可以恋爱的时候，问题来了。

她喜欢异性，却无法接受异性的任何亲密触碰。她变成了一个彻头彻尾的柏拉图，只能精神恋爱，永远都不能像正常女孩和伴侣那样相处。

陆敬宏是唐汀汀大学同学，也是唯一一个不介意这样的唐汀汀的人，唐汀汀对他日久生情，真心实意。

陆敬宏说自己没钱，唐汀汀就帮他买衣服，给他送礼物，甚至承担了两人留学住宿的房租。因为她觉得自己亏欠陆敬宏，每次陆敬宏克制不住，想要跟她亲近的时候，她都不得不躲开他。

时间长了，陆敬宏到底是正常男人，在这种事情上，两人难免有矛盾。唐汀汀深感愧疚，竟然开始吃药，咬牙克制自己的心理障碍，强迫自己接受陆敬宏的亲密。她难受得浑身都在发抖，半夜都会惊醒，死死咬着被子流泪。

这些事只有和唐汀汀同屋的唐让让知道，她什么都做不了，只能一遍遍地安抚唐汀汀，给姐姐擦汗，给姐姐倒水。

然而，陆敬宏还是出轨了，包养了一个女人。虽然照他的说法，是身体出轨，精神专一，他靠别的女人舒缓欲望，然后来唐汀汀这里深情款款。

可是一个普通的穷学生，怎么能有钱包养女人呢。唐汀汀发现，陆敬宏不算是个简单的穷学生,他是唐汀汀刚任职公司老板的干儿子,又或许是私生子,钱有的是,名声却不好听,所以他一直瞒着唐汀汀,眼看着唐汀汀在星创任职,也从来没想过说出自己的身份。

唐汀汀在工作上受了委屈,新人时期被前辈欺负,甚至是被老板顾延亭误会,陆敬宏也从来没为她说过一句话。分手是自然而然的,但唐汀汀并没有因此而离职。她凭自己的劳动赚钱,没什么见不得人的。

陆敬宏那个心思不正的私生子才应该永远窝在阴沟里。

虽然已经分手了,但陆敬宏到底伤透了唐汀汀的心。所以这个名字,在唐家从来不会有人提。大家都小心翼翼的,生怕揭了唐汀汀的伤疤。

但面前这个人,就这么堂而皇之不管不顾地,在唐汀汀面前撕开伤疤。他甚至还问他们分手的理由。

唐让让怒不可遏,想要上去跟他理论——管他什么偶像明星呢,这么没有礼貌,肯定也走不远。

唐汀汀拉住了唐让让的手腕,微微用了点儿力道:"去外面等我,没事的。"她的手指很凉,轻微有些发颤,食指上的银白戒指硌在唐让让的腕骨上。

唐让让深吸一口气,强忍住怒意,狠狠瞪了那男人一眼。

那男人一乐,将腿从桌子上拿开,手臂撑着下巴,饶有兴致问:"哟,这是哪个小艺人这么护主啊,别找错方向,向着我更划算。"

唐汀汀不耐烦地眯着眼,冷冷道:"顾野,你闹够了没有?"

唐让让看了姐姐一眼,略微有些疑惑。要是以姐姐以往的脾气,这时候说不定提着一把椅子砸上去了,怎么会这么能忍。

顾野遗憾地摇了摇头:"我没闹够啊,你能怎么办?"

唐汀汀面无表情,从包里掏出手机:"打电话叫顾总把你带走。"她手指微动,在屏幕上快速地点着。

顾野似笑非笑地点了点头:"可以啊,你这次找我爸,次次找我爸,你觉得我爸有心情做几次'教导主任'?"

唐汀汀的手顿住了。

唐让让一怔。她重新打量这个人，才发现他似乎和那些当明星的不太一样，原来是星创老板的儿子。

那个唯一被承认的继承人。

唐汀汀显然也被激怒了。她不是喜欢告状打小报告的人，更不想给领导找麻烦，但奈何麻烦找到了她门上，就因为她曾经跟顾延亭的干儿子谈过恋爱。她向前几步，刚要开口跟顾野发狠，却被唐让让扯了扯衣角："姐，附近的铁板烧，我想吃了，我们去吃饭，让他待着吧。"

唐汀汀转回头看了唐让让一眼。

唐让让绷着脸，眼神固执，眼睛连眨都不眨一下。唐让让从小脾气就格外好，几乎不会跟人生气，从来都是软乎乎、大大咧咧的，什么都不计较。但她真生气了，就是现在这个样子。

她想把唐汀汀扯远点，看都不要看到这个人。

唐汀汀想了想，晾着顾野，倒也不失为一个方法。

"走吧。"她同意了，于是也不给顾延亭打电话了，拿起钱包就要跟唐让让出门。

顾野轻嗤了一声："哎，唐汀汀，我爸要把陆敬宏召回星创来工作了你知不知道？"

这一句话精准打击，正刺进唐汀汀的命脉，掀翻了她这些年来所有的伪装。

唐汀汀僵在原地，手指再次攥紧。

手机被捏得振动了一下，然后悄悄地关机了，唐汀汀毫无察觉。顾延亭不是不知道她和陆敬宏的关系，他竟然还把陆敬宏召回公司工作。

唐汀汀想苦笑，但是发现自己根本笑不出来。为公司做再大的贡献又怎么样呢？干儿子，也是儿子啊。

顾野从座位上站起来，慵懒地笑着，慢悠悠地走到办公桌前，斜斜地一靠，挑眉道："这么镇定，看来是早就知道了啊。接下来是准备旧情复燃联合陆敬宏一起把我挤走呢,还是跟我合作,把陆敬宏踹出公司?"

唐汀汀艰难地咽了咽口水,眼底有些发红。

她刚想说话,就听唐让让不悦道:"句句不离陆敬宏,天天盯着别人前男友,你喜欢他啊?"

顾野微顿,蹙眉道:"你以为你在说谁?"

唐让让理直气壮道:"我管你是谁。"

"嘶!"顾野磨了磨牙,眼底有些狠意。

唐汀汀冷言道:"顾野,对我妹客气一点。陆敬宏跟我没关系,你也跟我没关系,要不是你爸给的工资高,你以为我愿意跟你说话?"说罢,她拉起唐让让就走。

玻璃门被狠狠一甩,发出"嘭"的一声,震得屋子里都有了回音。顾野揉了揉耳朵,目光沉沉地望着唐汀汀离开的方向。

到了楼下餐厅,唐汀汀一连喝了三杯柠檬水,情绪才缓和下来。

唐让让心疼地揉着唐汀汀的背:"姐你没事吧?"

唐汀汀摇了摇头:"习惯了,这人就那样。"

唐让让不乐意了:"这是什么破公司啊,要不我们换一家吧。"

"换什么换,谁跟钱过不去,给的钱多就行,管他是谁呢。"

唐让让软声道:"姐,我也能赚钱的,你不用这么辛苦,我们家的钱现在完全够花。"

唐汀汀缓过神来,目光落在唐让让的身上,上下打量了一番,重复她的话:"你也能赚钱?"

唐让让以为姐姐开始动摇了。只要她能帮唐汀汀分担一部分压力,唐汀汀就可以换一个轻松点的工作,不需要二十四小时开机,不需要随时待命,也不需要给任性的艺人收拾烂摊子。

"当然啊。"唐让让挺直了腰板,表情沉着,让自己看起来更有说服力。

唐汀汀往椅子上一靠,从钱包里捏出一根细长条的女士香烟,轻轻叼

在嘴里，嗅了一口那股熟悉的味道。公共场合不能吸烟，所以她没点着，只是含着，然后眯着眼，吸了吸鼻子，问："倾世之金啊，最近舍得花钱了，还是谁给买的？"

唐汀汀是娱乐圈里的专业人才，对各种奢侈品如数家珍，平时参加什么活动，租用什么衣服，配合什么香水都需要她过目。前辈们喜爱什么品牌，她心里也跟明镜似的。这个圈子里，最重要的就是学会投其所好。

唐汀汀把烟收起来，方才的失神和隐忍都已经消失不见。她精力旺盛，兴致勃勃地审视着唐让让。她这一向比较节俭、不拘小节、不怎么注重穿搭的妹妹，到底是因为什么原因，想去买一瓶倾世之金呢？

结合上一句能赚钱了，唐汀汀觉得里面大有文章。

"啊？"唐让让猛地眨了眨眼，她没想到话题居然绕到了自己身上。

唐汀汀轻笑道："别紧张，演员一紧张都容易表情发僵，普通人更难控制。"

唐让让抓着裤腿，深吸一口气，努力学习祁衍气定神闲喜怒不形于色的样子。

"我……找了个代购。"

唐汀汀若有所思地点了点头："学会打扮自己了，挺好。以后不需要用太便宜的东西，姐姐这里都有，缺不缺钱，我给你打点儿？"

唐让让猛地摇头，眼神飘忽："当然不缺啊，我在学校也用不了什么钱的。"

唐汀汀拿起一边的小勺子，把鱼子蒸蛋端过来，挖了一口，轻描淡写道："钱是这世上最没有价值的东西，因为只要有能力，就可以再创造，所以永远不要为了钱放弃其他珍贵的东西。"

唐让让轻咳了一声，拿起叉子，挑了一片圆白菜："对对对，姐姐说话一直都很有道理。"

唐汀汀垂了垂眸，又抬起眼，意味深长道："除非……是特别的人送你的。"

唐汀汀说得模棱两可，唐让让也不敢瞎接话，生怕说多错多。她掩饰性地捧起煎鹅肝面包，一边咬着，一边想，这鹅肝可比祁衍做的好吃多了。

　　吃完饭，唐汀汀满血复活地去上班，唐让让去附近的商场转了一圈。

　　在商场没找到祁衍买的那瓶香水，她最后买了一杯奶茶，然后坐地铁回了公寓。

　　只要她在，祁衍就会按点下班。

　　唐让让听到门响声，从沙发上飞扑过去，撞进祁衍的怀里。他身上带着些凉气，大概是办公室的空调风太大了，衬衫上都是冷风的味道。

　　祁衍单手把她搂住，低头啄了一下。

　　"祁衍，我姐姐好像怀疑我了。"唐让让趴在他肩头，喃喃道。

　　祁衍挑眉："怎么？"

　　唐让让叹息，说："我今天出门，喷了一下你送的香水，被我姐姐闻出来了，我以前的确不会主动买这个价格的香水的。"其实她连香水都没买过。她还是喜欢清爽简单一点，不愿意整天遮在浓妆之下。趁着年轻，能素面朝天的时候不尽情享受，以后就没机会了。

　　祁衍揽着唐让让到客厅，让唐让让正面坐在他腿上，然后揉了揉她的头发："不能被你姐知道吗？"

　　唐让让神情有些纠结，呢喃道："也不是不能啊，但我没想好该怎么说，今天发生了点儿事情，我觉得不是个好时机。"

　　祁衍蹙眉："什么事？"

　　唐让让就把白天办公室里的事原原本本跟祁衍说了。

　　祁衍手指一顿，意味深长地念道："顾野。"

　　唐让让还在啰唆："这个人好讨厌，我管他是谁呢，反正不能欺负我姐。"

　　正巧这时祁衍的手机响了起来。他的私人号码很少给别人，除非是他觉得很重要的合作伙伴。

比如他刚刚决定产生合作关系的，星创的继承人顾野。

"祁总，我们什么时候开始合适？"顾野和祁衍说话的时候，语气正经多了，也成熟多了，仿佛变了一个人。

祁衍按着免提，半晌没说话。

顾野迟疑地喊了一声："祁总？"

唐让让听这声音十分耳熟，蹙眉低声问道："谁啊？"

顾野听到祁衍那边有女人的声音，顿时吓了一跳。他从未听说祁衍身边有过什么女人。

没有人可以走进祁衍的眼里，更不用说走到他的身边。

祁衍缓缓道："顾野，你今天欺负人了？"

唐让让屏住呼吸，轻轻推了祁衍的胸口一下。她是真没想到祁衍和顾野认识，不过倒也不难理解，以前好像听唐汀汀提过一句，祁衍投资过星创传媒，但是没想到这么快就有了交集，还是以这种方式。

顾野那边反应更大，只听见噼里啪啦一阵乱响，不知道什么东西砸了下来。

"嘶！"顾野疼得直吸凉气，然后才磕磕绊绊又小心谨慎地问，"你认识唐汀汀？"

祁衍讳莫如深："你觉得呢？"

顾野的心一下子悬了起来，觉得连嗓子都变得干涩起来。

当然，祁衍也没一直吊着他，很快就讲清了唐让让和自己的关系。

顾野得到了自己想知道的答案，这才松了一口气："那什么，唐小姐你在旁边吧。我不知道唐小姐跟祁总的关系，今天有点儿过分了，不好意思。"他道歉倒是利索，好像半点也没有自尊心作祟，死撑硬扛的打算。

"顾野，少折腾，多做事。"祁衍平静地警告道。

"我知道了，就是老头子贸然把陆敬宏拉回来，我有点儿烦躁。"顾野靠在床上，拎过床头的矿泉水瓶，咕嘟咕嘟喝了几口。他现在倒是放松到了极点，也终于心平气和下来了。

祁衍没继续跟他谈合作上的事情，毫不犹豫地挂断了电话，抬眼望向唐让让："现在可以原谅他了吗？"

唐让让点点头。她不是爱生气的性格，也懒得跟别人斤斤计较，刚才顾野道歉的态度还不错，只要他以后不再纠缠唐汀汀，也就算了。

祁衍轻抚着她的后背："以后要像这样，有事情跟我说。"

"哦。"唐让让软下腰，趴在他身上。

周末其实也并不是无事可做，唐让让还有积攒了两三天的作业。她课程紧，毕竟除了本专业还要去上双学位的课，就连作业也是两份。

所以两人抱着腻歪了一会儿，唐让让就在祁衍的书房摆了一个小桌子。她把笔记本电脑摆在桌子上，盘腿坐在床边，登录班级公共邮箱，从里面下载作业。实验课的论文倒是还好，毕竟都是"体力劳动"，把课上老师总结的结论改一改，写一份就可以。

"劣币驱逐良币规律……现代信用体系的构成……"她一边蹙眉写着，一边唠唠叨叨地念。她写了大概一个小时，好不容易把书上能找到答案的全部整理完成。

这边，祁衍检查完一个项目的定稿，转头扫了唐让让一眼。

唐让让单手拄在桌面上，抓着头发，微微嘟着嘴，手指在键盘上轻轻敲着。一看就是被作业难住了。

但祁衍没打算过去帮唐让让。课程上这点小问题，他觉得唐让让能解决。又过了一会儿，唐让让终于开始动笔，她还特意扯了张纸，在旁边写写算算。

看起来像是高数。

高数作业一共有两个章节的练习题，唐让让直接写到了凌晨。

祁衍的工作已经做完，他靠在椅子上，双手搭在膝盖上，悠闲地看着唐让让写作业。他从小接受精英教育，学习进程一直比同龄人快很多。写作业对他来说，似乎已经是很遥远的事情了。看着唐让让为了作业纠结的样子，他有种自己养了个孩子的错觉。

零点一刻。

祁衍看了看表，终于开口问："还没写完？"

唐让让抬起头，哀怨地看了他一眼，忍不住吐槽："你一个公开课的老师，为什么还要留作业啊？"

上节课祁衍一时兴起，留了个课后作业。

这是助教建议的，说不留作业到期末的时候不好给分。

毕竟祁衍上的是大课，来听课的学生能有一两百人，关注这么多学生的课堂表现，几乎是做不到的。所以就只能靠平时的作业，或者回答问题来打分。

祁衍能配合的当然配合，所以随便出了一道他认为还算比较简单的问题，他甚至连收作业的时间都忘了说，没想到唐让让还记得。

祁衍放下腿，弓着腰，手肘抵在膝盖上，叹道："我也没想到它对你这么难。"

唐让让叹了一口气："发行息票为14%的普通债券……或者息票为11%及转股溢价率为15%的可转债，风险管理……资本结构……这都是什么啊？"

祁衍静了片刻，回忆起自己出了什么题。他起身走到唐让让身边，坐下，扫了一眼。

唐让让根据他的题目乱七八糟地写了一堆，但是完全没用，根本没分析到位。

"我们还没学过呢，都不懂啊。"唐让让很愁。她一点也不想在祁衍面前表现出自己不会，可她还就真的不会。而且再怎么说，她也是工院去年的综测前5%，算是成绩很好了。

如果她都丝毫没有头绪，那说明班级里大部分人都做不出来。她刚刚还发微信问了陶可，陶可也是一筹莫展。

陶可又去问了经院的研究生大神。大神倒是有些思路，但也说不保证对，而且分析这种问题，没办法跟别人分享。陶可只能失落地回复唐让让，劝她尽力而为就好。

祁衍揉了揉唐让让的头发:"题出得难了?要不要我教你?"

这是多大的诱惑啊!

出题的人就是她的男朋友,而且主动坐在她身边,说要指导她,稍微意志力不坚定,肯定乐颠颠地同意了,说不定直接就让男朋友帮自己写了呢!

但唐让让从小就是个十分有原则的人:"你教我的肯定是正确答案啊,但对其他同学不公平吧,毕竟这个最后是要给分的。"

祁衍想想也是。

唐让让考虑得倒是够全面,否则他都待在身边一晚上了,早该来问了。

"也好,下节课我会讲。"

唐让让拒绝之后,才有点儿遗憾地问:"你看我这个,能得多少分啊?"

祁衍简单看了一眼,实话实说:"没几分。"

唐让让仿佛泄气的皮球,仰面倒在床上,双眼望着天花板。又是一个拉低绩点的敌人,还是自己的男朋友。

"太晚了,去睡吧。"祁衍把笔记本电脑合上,将唐让让扯起来,带到了卧室。

不需要怎么酝酿,唐让让就沉沉地睡了过去。她今天的确有点儿累,而且去了一趟姐姐的公司,她头一次意识到唐汀汀的困难。

唐汀汀虽然工资很高,在家也从来不报忧,但她承受的压力也很大。而且陆敬宏要去星创传媒了,唐汀汀还能好好在那里待着吗?和恨得咬牙切齿的男人朝夕相处,对方还有可能是自己的上司,将来不一定要受多大的委屈。

迷迷糊糊地想了一些,唐让让彻底睡了过去。

第二天早晨,唐让让是被耀眼的阳光晃醒的,窗帘半开半掩,大概祁衍为了通风,稍稍拉开了窗户。

这个时候的气温还是很舒服的,唐让让靠在床上,本能地捞过手机,

眯起眼睛看了下消息。

这才发现,呦呦直播上面有不少提醒,是萱萱提醒她该直播了。

她自己做吃播没有那么敬业,平时作业多了,课程忙了,有事忘了,都有可能断播。粉丝们不来看她就去看别人了,萱萱担心她粉丝流失,所以才来提醒她。

平台大概是想把她培养成那种明星主播,作为代表人物推出。

林湄湄现在势头下来了,流量跟雅美也差不多,所以平台转变了培养思路,放弃了这种一人称霸的局面,毕竟如果只有林湄湄一个人当家,一旦她被别人挖走了,平台的损失会很大。

萱萱:"让让,我建议最近这段时间你要努力一点,尽量稳住现在的人气,明年年初,公司开年会,到时候将邀请优质主播参加,能参加的主播基本上就是明年的培养重点了。"

唐让让盯着这条消息想了半天,才缓缓回道:"这段时间我学校的事情很多,只能尽量了。"

萱萱很快回复:"好吧。不过第一次年会,公司很重视的,如果去了,你不会失望的。"

唐让让回复了一个笑眯眯的表情,表示同意了。

既然萱萱提醒了,她中午特意在外卖平台找了一圈,最后找到一家新加坡菜,点了一份鲜虾沙叻,一份老潮州肉骨茶。

等外卖送到,她打开直播,开始跟粉丝打招呼。突然涌进来的人数吓了她一跳。本来以为这么长时间没播,大家会走得差不多了,但竟然没怎么降低人气。不过很快就有人给她解惑了。

【哈哈,从雅美那里过来,听说让让开播了,正好我要吃饭呢!】

【我也是啊,雅美也要来了,现在减肥的人好多,夏天快点过去吧!】

唐让让其实有点儿感动。

原本雅美也一直想办法帮她稳住人气,自己直播的时候,还不忘带着她。如果不是这些粉丝过来说,她可能还不会知道,雅美是真心实意希望她发展得越来越好。

紧接着，就是唐让让自己的粉丝了。

【我又把凉拌秋葵准备好了，就等让让动手了！】

【水煮苦瓜裙带菜来了！】

【酱油魔芋丝，清蒸胡萝卜来战。】

【山野菜炖鳕鱼，我的创新菜！】

【每次看让让弹幕上的报菜名我都想吐，这都是什么黑暗料理啊！】

【这就是为什么别人能瘦而我只能想想的原因吧。】

…………

唐让让还是介绍自己吃的东西："以前没有吃过新加坡菜，所以这次尝一尝。"

大概也是饿了，唐让让吃得很满足。吃了一半，她抬头去看评论。

才发现缄默少言的Q又说了话。

【Q：喜欢吃？】

【Q姐又来啦，好久不见啦！】

【Q姐是不是去赚钱包养让让了？毕竟上次一战成名，豪掷五十二万！】

【每次跟Q一起直播，我都有种自己在参加土豪晚宴的错觉。】

…………

唐让让擦了擦嘴，回道："的确挺好吃的，Q你也可以尝尝。这家店是连锁店，全国各地都有，你那里……应该也有。"

唐让让说到最后却又有点儿犹豫。以Q平时的手笔，大概是很有钱的那种人，家里应该都有配备专职厨师，就像祁衍家那样，他肯定不会吃这种连锁店美食吧。或许，自己这么说对方可能还会有点儿尴尬？

唐让让想着该怎么补充几句，结果Q又说了一句。

【Q：我回家吃。】

唐让让一怔，随即想到，大概Q现在在外地工作或旅游，准备等回国

了再吃。

"好啊。"

唐让让又回复了几个粉丝的问题,比如她为什么一直没开播,比如下次开播能不能提前通知,比如盛传当红主播云集的呦呦年会,她会不会去参加等等。

她说着话,吃饭就变得慢了,直到大门突然响了一声,有人迈了进来。

唐让让条件反射地挂断了直播,腾地站了起来。

"你……怎么回来了?"她有些错愕。

祁衍中午一般是不会在家的,他不睡午觉,吃完饭就要继续工作了,从公寓到办公室来回会耽误时间。

唐让让不想让粉丝们看到祁衍,这才把直播关掉。她的室友们都知道她的直播账号,要是真看到她住在祁衍家里,那就出大事了。

祁衍垂眸看了唐让让一眼,自然而然地换好鞋,将衣服搭在椅背上。

"来吃饭。"

唐让让看了看自己剩下的半碗檬粉,又看了看只有一块肉骨头的肉骨茶。

"怎么不提前跟我说啊,我可以多订一点儿的。"

而且这些都是她吃剩下的,祁衍明明有洁癖。

祁衍倒是没在意,去卫生间洗过了手,坐在了唐让让身边。

阳光依旧很明媚,照得屋子里地板很暖。温柔的风顺着窗边溜进来,摇得窗帘直颤。挂在墙壁上的时钟一顿一顿地跳跃着,带着轻微的沙沙声。

祁衍竟然感受到了一种难得的舒缓和温情。如果每次回家都能看到唐让让,他会觉得这里很有吸引力,所以哪怕公司的事情再多,他还是禁不住诱惑地回来了。

祁衍接过唐让让的筷子,吃了点儿粉,味道还算不错。他不像唐让让那么在意食物,只要能填饱肚子,不管是简单的三明治,还是五星级大餐,他都可以吃,他无法从吃的东西上享受到快乐,因为他从小就没有享受快乐的权利。

唐让让乖乖地坐在他身边，拄着下巴望着祁衍："要不要我再给你拿双筷子？"

祁衍含笑道："不用。"说罢，他喂了唐让让一口豆腐。

唐让让用手托着，将豆腐咬到嘴里，嘴唇难以控制地碰到了筷子尖，不知道为什么，她突然之间有点儿脸红，祁衍刚刚吃粉的时候，也碰过这个筷子尖的。虽然他们亲都亲过了，但在这么美好的阳光下间接接吻，也让人觉得有点儿心动。

祁衍其实已经吃过了午饭，所以胃口并不大。唐让让剩下的那些，他吃起来刚刚好。

想象着接下来没有唐让让陪吃的一个星期，祁衍觉得十分遗憾，他把筷子放下，将唐让让拉到身边坐着。

祁衍轻声念叨："寒假来我公司实习吧，多学点儿东西，大二也该到时候了。"他得提前"预定"，不然唐让让说不定就被室友带到别的公司去了，唐让让是个喜欢群居的动物，还有点儿从众心理，大家都去，她基本上也会屁颠屁颠地跟去。

A大大部分学生，是够不上去祁衍公司实习的，他们会选择一些新兴的小公司，这样更保险一点儿。

唐让让无聊地晃了晃腿，蹙眉道："那你给工资吗？"

大二的确可以开始实习了，尤其是在京市市内的学校，找实习都相对方便，大家或多或少都会提前了解一下自己的行业。当然这也为不少公司提供了廉价劳动力。

京市实习工资标准，基本上是一天一百到一百五，不包五险一金，不包打车费用，忙活一个假期下来，也赚不了多少钱，美其名曰积攒经验罢了。

唐让让之前给人做家教，两个小时就一百五，从性价比上论，还更高一些。

祁衍轻笑："还没过面试呢就想要工资了？"

唐让让舔了舔下唇，狡黠地抬起眸："亲兄弟还要明算账呢，怎么也不能低于一百五哦。"

她抬起手指，比画了一个"1"，一个"5"。

祁衍深吸一口气，坐直身子，手指绕到她脑后，帮她重新扣了扣松散的发卡。

他一边揉着她的头发，一边无奈道："你要是这么财迷，当初就不应该跟我分手。"

唐让让被他逗得咯咯笑，拧着身子躲他的手指。

"我姐姐昨天才教育我，钱财是身外之物，让我不要因小失大。"

祁衍贴过去，轻碰她的唇，低声叹息道："真遗憾，家里还有聪明人管着。"

唐让让用鼻尖抵着祁衍的鼻尖，接吻的时候还睁着眼。

她细细地打量祁衍的眉眼，他真是仗着年轻，每天那么操劳，终日对着电脑，皮肤还是不错，连下巴上的胡楂都修理得几乎看不见。

祁衍的眉眼很细致，非常像他妈妈，眼尾轻轻折起，睫毛扑簌簌地颤动，虽然是男生，他的睫毛却极长，不像唐让让那种卷起来，是很锋利的挺直的样子。

小时候唐让让还幼稚地跟祁衍比过睫毛长度，就是因为那点卷，遗憾地输了。

平心而论，祁衍是唐让让有生以来见过的最好看的男人，她最初，完全是因为贪恋美色，才执着地去找祁衍玩。不然祁衍小时候那么无趣，那么一本正经，怎么可能会结交她这么有趣的朋友。

唐让让轻轻喷着气，俏皮地眨了眨眼："我当初真是短视，哪怕不为了钱，光是这张脸，也是极品了。"

她大概是第一个跟祁衍说这种话的人。

祁衍弯了弯眼睛，目光温柔地看着唐让让："那你可得努力看紧我，别再弄丢了。"

唐让让搂住他的脖子:"小祁公主真是又单纯又善良,都不会怪我?"

祁衍不满唐让让给他起的外号,泄愤似的轻轻捏了一下她的腰。

唐让让痒得晃来晃去,哼哼道:"你本来就像个小公主一样,从小生活在城堡里,大门不出二门不迈,规矩还多!"

祁衍双臂一用力,将唐让让整个托起来,在她耳侧低声道:"我是小公主还是你是小公主,不都是我照顾你?"

唐让让枕在祁衍的肩头,用耳朵蹭了蹭祁衍的下巴,小声道:"那是因为你喜欢我。"

祁衍气乐了,挂着下巴侧身看她:"你也知道?"

唐让让嘟囔:"那你也应该知道,我也喜欢你。"

祁衍眼圈微微泛红,半晌,才声音沙哑道:"我知道。"

Chapter 8
我喜欢

周一上课,祁衍照例把唐让让在某个僻静的拐角放下。只不过他们这次出门晚了,唐让让正好赶在预备铃响之前走进教室。

祁衍则踩着铃声走进来。两人对视一眼,唐让让悄悄低下了头,用牙齿轻轻咬着笔帽,脸侧一阵阵地发热。

一走进这间教室,就意味着他们之间的关系转变了,祁衍是严肃又不失温柔的特聘公开课老师,她是一个再普通不过的大二学生。

她深深吸了一口气,又长长地吐出来,却怎么也扫不清那些挥之不去的影子。

唐让让心中暗叹:糟糕糟糕,本想着自己足够云淡风轻,但没想到第一次上课叫祁衍老公的印象还是太过深刻了。

陶可用手肘轻轻撞了撞她:"让让,老师说一会儿点评作业呢,你写完了吗?"

唐让让刹那回神。

哦,作业,祁衍留的作业。

"当然写完了啊,不是周日就提交了吗?"她摸了摸鼻尖,眼睛瞄向助教的方向。

助教是年轻的研二学姐,负责收集祁衍留的作业然后打包发到祁衍的邮箱，这也是班级里，除了唐让让之外，唯一知道祁衍邮箱地址的人了。

唐让让当然知道祁衍收到了，她还知道祁衍今早提前两个小时起来，把一百多份作业都给看了，效率让人叹为观止。

陶可蹙眉疑惑道："你今天怎么心不在焉的，是作业没写好吗？"

唐让让苦笑，她一点都不会，怎么能写好呢。

"当然了，我写了两个小时，实在不会。"

陶可怅然："哎，我也是。"

一边的杨齐琦和沈莫颜同样惆怅，蔫头蔫脑地翻着笔记，她们还是找同学一起商量的，但大家半斤八两，都不怎么样，但也只能这么交上去了。

祁衍课上头一次挑战，就这么惨败，实在是让人开心不起来。

杨齐琦低声道："让让，你最近周末怎么总回家啊？你要是不回去，还能大家一起商量，起码多得点儿分，光你自己一个人，怎么可能写得出来呢。"

唐让让心道，我周末"回家"，可是有可能得满分的哦，虽然我没这么做。

祁衍把打分表发给了助教，助教又上传到公邮里。

大家迫不及待地打开手机，开始查分数。表格是按照分数由高到低排的，一目了然，唐让让扫了一眼第一名，心中一沉。

张熙媛。

有点儿意外，但似乎也没那么意外。

陶可愤愤说道："我绝对不相信这是张熙媛自己写的，她一个双学位……"她还想吐槽几句，但想起唐让让也是双学位，才堪堪把话憋了回去。

唐让让平静地开始搜自己的名字，真远啊，长长的一大串，她好不容易找到了自己，满分10分，她2分。

嗯，祁衍是真的一点都不委婉，说没多少分就是没多少分。

在唐让让后面，还有不少1分、0分的，她不算最后，但也绝不出彩。

陶可和沈莫颜都是经院的，分数高一点儿，都是4分，但也没及格。

杨齐琦和唐让让一样2分，她还纳闷，看着沈莫颜的分数，嘟囔道："我们不是一起写的吗，怎么还会差这么多啊？"

沈莫颜无奈地摇摇头："我也不知道，我连自己怎么得分的都不明白。"

全班只有张熙媛一个人得了9分，大家不约而同地朝她看了过去，就连唐让让都抬头看了她一眼。

张熙媛嘴角噙着自信的笑，身子挺得笔直，长发披着，低头不语。她终于扬眉吐气一把了，没什么比成绩更能在老师面前刷存在感的了。

祁衍环视一圈，淡淡道："其实有点儿对不起大家，没有考虑到大家的水平，所以这次的作业出得有点儿难了。"

课堂上一片寂静。

祁衍推了推眼镜的边框，抬眸道："不过还是有些同学做得很好，基本上都对了。"

有人小声接话："张熙媛啊。"

"9分哎，基本上期末也90分以上了吧。"

"她到底从哪儿弄会的啊，我在网上都没找到答案。"

"谁知道呢，张熙媛认识的大神学长多啊。"

…………

张熙媛轻轻翘唇，轻咳了一声，没有作声。

祁衍依言点到张熙媛，目光在教室里飘忽了一圈，他根本没有记住谁是张熙媛，毕竟一两百人的大教室，让他有印象的学生不多。

"第一名答得不错，张……熙媛，可以上来讲一下你的思路。"祁衍用食指捏了根粉笔，让到讲台的一边。

张熙媛愣住了，没想到还有这个流程。她写是写出来了，但完全是在别人的帮助下完成的。其实她自己也不是特别明白，如今祁衍让她上去讲，就是让她去出丑。

张熙媛有些冒冷汗，顿时手足无措起来，可她身边的同学已经默默地给她让了个位置，等着她出去。

祁衍的目光这才锁定到张熙媛那里，用眼神示意她上来。张熙媛日思夜想的关注终于得到了，但偏偏是在这种时刻。

唐让让眨巴着眼睛，静静地望着张熙媛的方向。

陶可叹气："还是让她得逞了，张熙媛现在一定开心死了。"

杨齐琦看了陶可一眼："你不能这么说，毕竟她得了这么高的分，不管是怎么答对的，都是她的本事。"

沈莫颜不置可否地耸了耸肩。

张熙媛有些僵硬地站起身来，硬着头皮从座位里走出去。她不断地回忆着朴金晴跟她说的每一句话，仿佛在回忆临危救急的避世绝学，似乎参透了这几句话，就能化险为夷峰回路转了。

但是她不能。

朴金晴虽然肯帮忙给张熙媛改题，但在张熙媛想要跟她请教的时候，她却不太有耐心。朴金晴深知一个非本专业的大学生，在没学什么知识之前，想要理解这道题还是很困难的，既然讲也不见得能讲明白，她并不想浪费时间。

她和张熙媛的交情只能算是一点点，而且短期来看，她搜索不到张熙媛的价值，能帮张熙媛就算是心情不错了，再让她苦口婆心地当老师，她才懒得做。当然，她还是有点儿羡慕张熙媛能做祁衍的学生，如果不是因为这点儿羡慕，她可能连张熙媛的微信都懒得回。

张熙媛深呼吸，站在讲台上，看了看台下密密麻麻的人。这是她被祁衍注意到的机会，也是她公开处刑的现场，如果能在前天多问问朴学姐就好了。

可惜朴金晴看起来就很不耐烦，张熙媛到底也是有自尊的，不愿意多求人，也就这么算了。

祁衍让出了地方，没再多说话。

张熙媛咽了咽口水，伸手去摸粉笔，可摸到之后，她就觉得自己是多此一举，明明她连题目都有点儿记不清了，在黑板上也写不出什么子丑寅卯来。

她将粉笔在手心攥着,喃喃道:"其实这两种息票它……我是假设可转债嗯……至于风险结构,它的风险主要是资金流动风险,不对,是那什么风险……"她一个字也没在黑板上写,只是磕磕绊绊地说着,脸越来越白。

张熙媛也不知道自己到底在说些什么,她最后干脆抿着唇,无措地盯着下面,眼神是前所未有的胆怯。

教室里窸窸窣窣的低语声响起:

"张熙媛是不是自己做的啊,她看起来根本就不会。"

"说了半天就绕着题目转圈圈,连个公式都没写。"

"也不知道祁老师会怎么办,她这9分又不是真实水平,凭什么啊。"

"凭人家人脉广呗。祁老师就是来上个公开课,你以为能跟我们本校的老师一样公平呢。"

"就是,他出个题能给期末给分参考就不错了,人家多忙啊,还管你公不公平的事。"

…………

祁衍一见张熙媛心虚气短的样子,就知道她根本就不会。半响,他挥了挥手:"我来讲吧。"

他的语气里没有失望也没有呵斥,只是一如既往地平静。

祁衍从来不是一个有情怀的人,别人如何,一向与他无关,张熙媛会与不会、是如何完成的作业,他一点也不关心,至于给分的问题,自有助教头疼,他只是不想再耽误时间。

张熙媛回座位坐下的那一刻,眼圈一瞬间红了。她的肩膀一耸一耸地抖,仿佛强忍着眼泪。

陶可"啧啧"两声:"她可真厉害,被戳穿了就哭,真是'我见犹怜'啊。"

唐让让依旧在发呆。

昨天,她承认了喜欢祁衍,承认了忘不了祁衍。

然后,祁衍哭了。

祁衍这么坚强、这么强大的人，居然也会哭。

她从来没见过祁衍哭，虽然祁衍也没想让她见到。

唐让让心慌意乱、无所适从，她平生第一次感觉到自己如此浑蛋，如此对不起祁衍。

大概是她一直过得太快乐了，被保护得太好了，才察觉不到祁衍的苦。

陶可用笔捅了捅唐让让，压低声音警告："祁老师在看你呢，赶紧记啊！"

唐让让眼神一颤，抬眸，直对上祁衍高深莫测的眼神。和平时想法子折腾她的时候不一样，祁衍摆出了一副老师的架势，静静地看她什么时候能从神游中醒过来。

唐让让趴下身子，在笔记本上写下了一个"解"字。

然后呢？什么都不知道了。

真是没出息，求学十余载，到最后还是小学老师的教导铭记于心。

陶可已经写得密密麻麻，祁衍也难得地在黑板上写了不少步骤，把解题思路拆分得足够细致，保证所有学生都能听得懂。

唐让让想偷偷抬眼看看黑板，誊抄一下，又怕和祁衍对视上，她心烦意乱，有种不好的预感。

事实证明，老天爷是公平的，给了她一双不那么完美的眼睛，却又补偿给她十分精准的第六感。

"唐让让，起来说一下。"

祁衍的声音平静又深沉。说实话，他认真起来的样子，唐让让还有点儿怕怕的，这些天大概过得太逍遥了，她都忘了，祁衍是什么个性了。

陶可屏住呼吸，担忧地望向唐让让。唐让让的笔记本上一片空白，就一个孤零零圆润的"解"字，突兀地躺在白纸上，越看越可怜。

唐让让一扶椅子，站了起来。她脸侧发热，耳根像火燎一样红。

"我……我……"唐让让一闭眼，破罐破摔道，"不好意思，我刚刚溜号了。"

祁衍静静地望她片刻,把粉笔往桌子上一搁,这才缓缓道:"先坐下,下课来找我。"

唐让让愧疚得要死,仿佛塞了一口酸柠檬,吐也吐不出。她灰溜溜地坐下,才发现自己出了一后背的汗。

张熙媛看到唐让让溜号被祁衍叫起来了,眼泪霎时收了回去。她觉得自己起码有个伴儿了,她丢脸,唐让让就紧接着也丢了脸。

张熙媛的心情恢复了不少。她虽然是课后请人帮助了,但老师也没说不可以,唐让让可是在课堂上公然被抓包,这情节比她严重多了。

果然,助教一蹙眉,在本子上记下了什么。

然而张熙媛并没有开心多长时间,因为她听到,祁衍下课要单独跟唐让让交流,为什么呢?

为什么每次唐让让出丑都能有特殊待遇,而她却只能单纯地被忽略。

看唐让让一脸愧疚地坐下,张熙媛心情十分复杂,如果说刚才她还觉得痛快,现在也就只剩下羡慕了。

她隐隐想起了学生会重组后,陈浩哲跟她说的话:

"你有没有想过,祁衍是为别人来的,比如退出学生会的那位。"

张熙媛疯狂地摇了摇头。

不可能!

她和唐让让在一个小区长大,彼此之间不说知根知底,也差不多都了解,唐让让那种家庭,怎么可能认识祁衍呢。

唐让让重新坐下后,陶可给了她一个怜悯的眼神。

"自求多福吧宝贝。"

唐让让轻叹一声,单手挂着下巴,老老实实地把黑板上的步骤重新誊抄下来,可惜抄下来也没有用,她没听,还是不懂。

祁衍继续往下讲,唐让让依然跟不上,她晃了晃脑袋,勒令自己不许再溜号了,于是开始睁大眼睛,死死地盯着黑板,可神经紧绷一段时间,稍一松懈,她的目光自然而然就飘到了祁衍这个人身上。

嗯，腿真长！男人有腹肌就是性感……

完蛋了！

因为谈恋爱而成天上课傻笑的感觉又回来了，唐让让绝望地掐了掐自己的大腿，疼痛把她从想入非非里拉了出来，但似乎不太奏效。

情窦初开的唐让让胆子一直很大，别人去食堂吃饭，她就溜去围墙边约会。和祁衍见面之后，唐让让就说个不停，给他讲学校里的趣事，也给他讲学习上的无聊。

有一次说到了一次随堂测验。

唐让让挽着祁衍的胳膊，认真地感叹道："多亏了陈明轩，不然化学老师非得让我出去站着不可。"

祁衍蹙了蹙眉，但她没在意，还事无巨细地告诉他，陈明轩是怎么给她递小抄的。

唐让让眉飞色舞道："我和老陈十年的默契真不是盖的！"

祁衍深吸了一口气，却突然攥紧了她的手腕。

唐让让一怔，脸上还挂着笑："怎么啦？"

祁衍年纪不大，但眼神和脸色隐约已经有了现在的杀伤力。唐让让挣了挣手腕，没有挣脱。祁衍的力气比她大很多，只要他不松力，她根本没有逃脱的可能。

她轻轻推了祁衍一把："祁衍，你怎么了？"

祁衍紧抿着唇，借着她挣扎的惯性，一把将她扯到了怀里。唐让让来不及反应，结结实实撞在他胸膛上，手肘硌在他的肋骨上，隐隐作痛。

她那时候才跟他确定关系不久，还没有什么亲密的举动。

但祁衍并没有给她思考的时间。他半合着眼，紧紧箍住她，主动且强硬地吻了她一下，很生涩，但也很热烈。唐让让头一次接吻，觉得世界都倾覆了。

祁衍松开她，不是很会表达自己的意思，只是别扭道："我不喜欢陈

明轩。"

他从小就不喜欢待在她身边的其他朋友，长大了依旧。

祁衍不知道该怎么表达自己的占有欲，但他知道接吻是很亲密的事情，那是他第一次宣示主权。

唐让让彻底蒙了，大概是刺激太大，所以这件事一直存留在她的记忆里，常看常新。

她时不时会想到祁衍的那个吻，他的嘴唇，他的温度，还有他固执的怀抱。

她的自制力，从来都差到极致。

"下课吧。"祁衍将鼠标推到一边，淡淡道。

与此同时，下课铃响了起来。

唐让让才懵懂地坐直身子。

身边的同学纷纷站起来收拾东西，杨齐琦和沈莫颜拎起包，轻轻拍了拍唐让让的肩膀，拜托她让出一条路。

陶可担忧地问："那你……中午还一起吃饭吗？"

唐让让拧眉犹豫片刻："你先去吃饭吧，我没事了再去找你。"

陶可叮嘱她："你态度好一点儿，跟祁老师好好说，别让他给你扣分了。"

唐让让支吾片刻："我知道了。"

所有人已经习惯祁衍不答疑的规矩了，一下课就默默地出了教室，毫不留恋。

只有张熙媛离开的时候，还迟疑地朝唐让让的方向望了一眼，但实在没有理由留下，她下节还有选修课，也只能不情愿地走了。

最后教室里只留下唐让让和祁衍两个人，唐让让忐忑地拧了拧手指。

"祁衍？"

祁衍垂眸，将平光眼镜摘了，大跨步朝唐让让走过来。

唐让让咽了咽口水。

祁衍停在她身边，双手撑住她的桌面，沉声问："回神了？"

唐让让咬着下唇，眼睑直颤。她的确很不好意思，祁衍能来Ａ大上课，十有八九是为了她，但她竟然不好好听他的课，而且周六晚上，还是她自己信誓旦旦地拒绝了他的讲解。

"我……溜号了。"

祁衍伸手摸了摸她的头发："在想什么？"

唐让让脸一热，踌躇了片刻。

"最近看了个电视剧，特别好看，男女主角我都喜欢，所以总是能想到剧情。"

她怎么可能跟他说，是在想二人之前让人害羞的事。

祁衍若有所思地点点头，突然俯下身子，在她耳侧轻声道："你知不知道，你说谎的样子，太明显了。"

唐让让赶紧把嘴巴闭上了。

明显吗？她已经尽量装得很自然了。

祁衍将她从座位上扯起来，不厌其烦道："好好说，我酌情处理。"

唐让让从祁衍脸上看不到怒意，但这并不代表祁衍不生气，她犹豫了片刻，还是决定如实交代。

"我在想咱们之前在一起的时候，你吃陈明轩的醋，然后……你吻了我。那时候我以为咱们就是比好朋友更近一点儿的关系，但是你打破了这个平衡。现在正好相反，我们是更亲密的关系，但是在课堂上，却要装成陌生人。"

祁衍静静地望着唐让让，唐让让已经又羞又臊到了直叹气的地步。

半晌，他揉了揉唐让让的后颈："不习惯？"

唐让让猛点头："嗯嗯嗯。"

祁衍勾唇一笑："以后多习惯就好了。"

"啊？"唐让让蒙蒙地看着他。

"今晚请假，跟我回去，我好好给你'讲'一遍。"祁衍咬牙威胁道。

唐让让又不傻，当然知道这个讲的含义，她就像是在蒸锅里滚过了两

圈的粽子,差不多熟透了,而且祁衍也会毫不犹豫地把她剥皮吃了。

"周末再讲行不行?"她眨巴着眼睛弱弱道。

"不行,这周的题不能留到下周。"祁衍毫不犹豫地拒绝。

他早就不太乐意跟唐让让每周只相处一次,如果有可能,他更愿意让让让搬出来,他可以在A大附近准备一套房子。

唐让让鼓了鼓嘴,听听这说得多么义正词严啊,但谁不知道他真正想的是什么呢。

原以为祁衍会因为她溜号的事情很恼火,但他似乎并不太在意,好像知道她因为什么溜号之后,还有点儿高兴?

警告完她,祁衍还要工作,很快就跟着助理走了。

唐让让一屁股跌在座位上,开始愁该怎么跟导员请假,周末她都用回家的理由诓过去了,因为她家本来就在京市,所以也根本没人怀疑,但今天是周一啊,她明明刚从家里回来啊。

下午上完课,唐让让思索了片刻,拿起手机给导员打了个电话。

"喂,刘导,我想跟您要个假条。"

刘明明是A大的专职导员,不带课,不读书,专门处理学生工作。他年纪也不大,最近刚刚准备结婚,正因为装修新房事情多,所以才对这些学生疏于管理,导致唐让让每周都能顺利溜回家。

"怎么了要请假?"

唐让让用手肘挂着教学楼走廊的窗台,冰凉的瓷砖贴在她的皮肤上,瞬间激起一层鸡皮疙瘩。

她一边望着窗外的景色,一边轻嗅带着雾霾味道的空气。

她用手指轻轻敲打着瓷砖,软吞吞道:"刘导,今天晚上我姐姐去相亲,双方家里人都去,所以我也不得不去。我姐今年二十七岁了,你也知道,这门亲事很重要,我要是不去呢,显得家里不太重视。"

刘明明犹豫片刻:"相亲啊。"按理来说,学校为了方便管理是不太情愿给学生假的,尤其是夜晚出去,太不安全了,但作为一个适婚青年,刘明明深刻了解在这个年纪,婚姻对一个家庭有多么重要。

"确定是帮你姐姐相亲?"

"千真万确啊刘导!"唐让让语气笃定。

透过还算明亮的玻璃,她隐约看到了自己的倒影,玻璃上的姑娘神情很坚毅,语气格外笃定,完全看不出她说的是谎话,所以,祁衍到底是怎么知道她撒谎的呢?

"那好吧,但一定要注意安全,和父母见面之后给我来条短信,以后还是尽量在周末处理好,少请假,宿管那里也不方便,知道吗?"

唐让让点头如啄米:"谢谢刘导,刘导我知道了。"然后她美滋滋地给祁衍发消息,说今天的假已经请下来了。

晚上,助理姐姐照例来A大接唐让让,天色变暗时,才把她带到祁衍的公寓。

最近京市堵车的问题是越来越严重了,听说好像是因为外宾来访,三环还封了快速路,原本就不"富裕"的辅路空间显得更拥挤了。

唐让让轻车熟路地从地库下车,揉了揉坐得发麻的屁股,上楼,指纹开锁,然后乐颠颠地扑到祁衍怀里:"祁老师,我负荆请罪来了!"

她在他胸口蹭了蹭鼻子,然后仰起头,水汪汪的大眼睛望着他。

祁衍轻笑,摸了摸她的后背:"荆条呢?"

唐让让咽了咽口水,手指顺着祁衍的脊骨下移到腰际,暧昧道:"荆条没有,就带了自己来。"

祁衍眼神一暗,巧妙地躲开唐让让的手,在她的脑门儿上弹了一下。

还不待两人多说几句,唐让让的手机就响了起来,若是旁人她也就不管了,可惜是唐汀汀。

唐让让蹙眉,还是松开祁衍,示意他噤声,然后小心地接通了唐汀汀的电话。

唐汀汀似笑非笑:"唐让让,听说我今天相亲?"

唐让让："……"

唐让让根本没想到,刘导晚上在和女朋友吃饭的时候,随口提到了学生请假严重的问题。女朋友温柔贤惠地建议他,对待工作要认真,不能因为最近私事太多就疏忽了。

刘明明深刻地反省了自己的懈怠和不足,当即决定跟唐让让的家长联系一下,于是一个电话,打到了唐雅芝的手机上。

唐雅芝一脸蒙,但正值青春又貌美如花的闺女请假不见了,她当然着急。她先是打给了唐让让,但唐让让坐在车里,手机振动也没发现,一直没打通电话,她更慌了,于是一个电话打给了唐汀汀。

唐汀汀正坐在一家自助餐厅里,桌面摆着日式和牛,刺身料理,对面坐着让她无比暴躁又无奈的男人——顾野。

唐汀汀面带笑容地接了妈妈的电话。

"妈,我这儿有事忙呢。"她想匆匆挂断电话,跟顾野把事情说明白,让他不要再缠着自己。

唐雅芝焦急之中声音很大:"汀汀,你今晚上是在跟人相亲吗?"餐厅里静得很,不少都是来解决晚饭的年轻白领,而这些年轻白领里面,大多都是唐汀汀的同事。

唐雅芝嘹亮的声音从手机里传出来,唐汀汀看到不少实习经纪人手里的托盘抖了一下。

她的笑容僵在了脸上。

对面的顾野"扑哧"笑了出来,他正了正身子,把手从兜里掏出来,戏谑地盯着唐汀汀,嘴里悠闲道:"是啊,阿姨好。"

唐雅芝明显愣怔了一下,显然大女儿去相亲给她的震撼不亚于小女儿偷溜出校,听到画外音一个低沉温和的男声向她问好,她不明所以地局促了起来。

她还在反思,自己方才是不是太着急了,声音是不是太大了,有没有给对方留下不好的印象,让人家觉得汀汀的妈妈没礼貌。

唐雅芝不安地在围裙上蹭了下手心,嗓子干涩地喃喃道:"啊……你也好你也好。咳,这孩子都没跟我说,那我不打扰你们,你们先吃吧。"她也不管顾野能不能听得到,声音一下子温柔了许多。

唐汀汀冷着脸,目光犀利地盯着顾野,连攥着手机的手指都多用了些力气,原本她是想好好跟顾野讲清道理的。

其实她和顾野之间不至于有这么大的矛盾,无外乎顾野不清楚她和陆敬宏之前发生的那些事情,担心他们朝夕相处旧情复燃,然后里外夹击对付他。

唐汀汀理解,涉及星创所有的家产,唯一继承人的地位,顾野多疑谨慎都是对的,毕竟,她在公司的位置越来越重要了。

她不仅是圈里知名度不小的经纪人,还是名校毕业的法律博士,不管从哪方面来说,她能给陆敬宏的支持,都足以让顾野忌惮。

如果顾野知道她和陆敬宏为什么分开,就一定不会怀疑她了,但偏偏这涉及她的隐私,她不愿对任何一个人讲。她越是不愿意讲,顾野就越是猜忌,眼看着陆敬宏就要到公司任职了,顾野盯她盯得也越来越紧。

唐汀汀为了自己的工作不受影响,为了能在兄弟相争中夹缝生存,她总算下定决心跟顾野真心实意地谈一谈,但顾野现在显然是一副吊儿郎当故作玩笑的模样。

唐汀汀一边觉得气愤,一边又觉得深受侮辱,跟这么一个纨绔子弟,含着金汤匙出生的小少爷,有什么道理可讲呢。

他愿意猜忌就随他去,反正顾延亭现在身子还行,不至于一两年就蹬腿了,等这两兄弟真的开始撕破脸皮,不管谁继承了星创,她就辞职,要么另立门户,要么就去其他经纪公司试试,人还能被困难憋死吗?

唐汀汀把手机放下,精致的妆容也遮不住眼底的寒意:"好玩吗?"

她拎起包,站起身来,从钱包里抽出五百块钱,毫不客气地拍在了桌面上,掌心击到木质桌面,被震得麻麻的,一抬起手,瞬间变红了,盘子里的刺身和寿司,她还一点儿都没动,但现在也的确没必要吃了。

顾野的笑容敛了起来,他坐直身子,抬眼盯着唐汀汀,脸色有一瞬的不自在:"你生气了?开个玩笑都不行?"

他就是一副玩世不恭的个性,平时也经常逗弄逗弄小姑娘,比这更没边更浪的话都能脱口而出,他实在不觉得唐汀汀有什么值得生气的点。

相亲怎么了,又不是结婚,开玩笑怎么了,又不是不能解释清楚。在他生长的环境里,很少需要时刻顾及他人的情绪,因为绝大部分的后果,他都承担得起。

顾野根本不知道,"相亲"这两个字对唐汀汀和唐家意味着什么,因为唐汀汀的隐疾,所以她几乎没可能找到可以接受一辈子没有性生活、没有自己孩子的男人,被陆敬宏消耗了感情之后,唐汀汀对两性关系更冷淡了。

但谁家父母不希望能有一个人照顾呵护自己的女儿呢?

唐汀汀已经二十七岁了,婚姻之路迢迢,唐雅芝和唐明治成天操心都操心疯了,所以唐雅芝一听到"相亲"这两个字,不亚于买菜路上突然捡到一颗闪亮的大钻石,闪得她都晕了,她立刻变得格外珍惜、格外小心翼翼,生怕跟女儿相亲的这个人有什么不满意。

顾野最可恨的地方,就是给了唐雅芝希望,现在唐汀汀只能告诉父母,希望是假的,都不过是一个富家子弟的玩笑罢了。

她攥了攥拳,把背包挎起来,淡漠道:"顾野,你是小孩子吗?你眼中的玩笑只让我觉得很厌恶。"

唐汀汀也不管有多少同事正在偷偷看着他们,她太生气了,人在特别生气的时候,是没有理智可言的。

其实当众跟顾野撕破脸,并没有什么好处,这个男人,可不像是什么宽宏大量的人,但她仍然踩着高跟鞋,快步出了餐厅,头也不回地没入了黑暗里。

这晚又闷又热,餐厅里冷风充沛,但一打开门,热浪就像饿了几日的流浪汉一样,争先恐后地往人身上扑,分食撕扯那一点凉意。

那些抬头看的同事低下了头，佯装正在专心致志地吃东西，但吃东西的间隙，还是不由自主地抬眼，瞄一瞄顾野的动态。虽然不敢当面嚼舌根，但是娱乐行业的从业者，本身就对各种八卦十分敏锐，哪怕不知道到底发生了什么事，但大家心里都有了认知。

唐汀汀和太子爷撕破脸了，这点微妙的变化或许会渐渐改变大家对唐汀汀的态度，但一切还都在观望当中。

顾野还静静地坐在椅子上，脸色变得极差。他随意扫了一圈，知道其余人都或多或少往他这里偷瞄。他按了按食指骨节，按出沉闷的声音。

厌恶。

和他相亲竟然是件厌恶的事吗？

他下颚绷紧，抬手夹起一块生鱼片，沾了辣根含进嘴里，刺激的味道融入口腔，滑入食管，刺激的人眼热。

啪！

顾野把筷子一甩，两根竹筷弹了弹，一根滑到了地面，一根倒插在寿司里，他腾地站起来，手插着兜，大跨步往外走。

人人都看得出来，顾野愤怒到了极点，但他走到门口，突然停住了脚步。

顿了几秒，他又凝眉折了回来，走到桌边，眼睑微抬，一把捞过唐汀汀放在桌面上的五百块钱，冷声道："记我账上。"然后便头也不回地出去了。

唐汀汀离开餐厅后，一个人站在办公室的落地窗前，望着夜晚闪烁的霓虹灯，心绪渐渐平稳了下来。她垂眸，有一绺长发顺着脸侧垂下来，给她平添了一丝妩媚。

唐汀汀跟唐让让虽然是亲姐妹，但就长相上来说，她更像妈妈。

唐让让的头发是卷的，轮廓深邃，眼睛的颜色偏浅，但唐汀汀不是。她越长大，混血的痕迹便越不易察觉，她的头发柔顺乌黑，外貌也属于东方纤细小巧的那种类型，唯一继承了父亲的，大概就是肤色和身材了，所以骨子里，她也比唐让让更温柔细腻，多愁善感一点。

唐汀汀摸过手机，拨通了唐让让的电话，好在并没遇到接不通的麻烦。

唐让让的声音谨慎中又带着点儿心虚。

唐汀汀强打精神，意味深长地问："唐让让，听说我今天相亲？"

唐让让吓了一跳，顿时觉得嗓子都被勒紧了，她没想到这件事真能捅到唐汀汀那里去。

捅到谁那儿都不能捅到姐姐那里。

相亲，对唐汀汀可不仅仅是个打掩护的借口而已。

"说吧，干什么去了？别耽误时间，妈还等着我报平安呢。"

唐让让皱眉踌躇了一下，还是决定实话实说，她没有跟唐汀汀撒谎的习惯。

"我和……祁衍在一起。"

唐汀汀闻言挑了挑眉，她当然知道唐让让以前和祁衍在一起过，只是没料到，他们真的还能破镜重圆。

不过也对，她这个妹妹，从来都没什么心眼儿，更没什么定力，最禁不起人软磨硬泡，只要祁衍稍微使点儿手段，唐让让同意复合就是早晚的事，毕竟，当初他们分手也不是因为感情的原因。

"和好多久了？"

"差不多……从大二开始。"

唐汀汀倒吸一口冷气："这才多长时间，你就留宿他家了？"

"我错了……"

唐汀汀定了定神，安慰自己，唐让让跟自己不一样，唐让让个性热情大方，又没有自己这种隐疾，这个年纪和喜欢的人进展快，也是情有可原的。

"你打算什么时候告诉爸妈？"

唐让让犹犹豫豫道："能不能……先别告诉妈妈？我怕她脑子转不过弯来。"

毕竟，唐雅芝还一门心思想让唐让让跟陈明轩在一起。

唐汀汀嘱咐她："你自己做好打算，这事儿我帮不了你，你也大了，可以自己做决定了。"

"我知道了，谢谢姐。"

挂断电话，唐让让心情有点儿低落。她窝在沙发上，抱着膝盖，长发披散在肩头："我不该拿我姐去相亲当借口。"

唐让让很自责。

唐汀汀没有怪她反而答应替她隐瞒这点，尤其让她自责。

祁衍若有所思地点了点头，揽过唐让让的腰："你和你姐的关系很好。"他说的是个肯定句。

唐让让点头："当然啊，我们是亲人啊。"

祁衍微眯眼，神情有片刻恍惚："亲人，我没感受过。"

他很少跟唐让让说家里的事，但唐让让多少也有些了解，祁衍和家人的关系一向冷淡，一家人大概只有过年的那几天能聚齐一次，平时连通话的机会都少。

祁厉泓年轻时参军，大概从小到大内敛硬气惯了，很难表现出对身边人的关心和爱护。

孟溪则和祁厉泓的婚姻破裂后，对祁衍的精英教育更加严厉，她对孩子要求高，对自己要求更高，胸中憋着一口气，硬是要跟祁厉泓比个上下高低。

祁衍的弟弟祁彧，唐让让没怎么见过，不过听说个性格外叛逆不羁，跟祁衍没什么共同语言，家人谁也管不了。

这大概是唐让让知道的，最失败的家庭关系了，祁衍在这种环境里长大，很快被催熟，独当一面。

唐让让敏锐地察觉到祁衍的情绪，顺势往他怀里凑了凑，呢喃道："你还有我。"

祁衍的身子很温，他的心更暖，但只有唐让让知道，也只有她在珍惜。

祁衍抬手，揉了揉她的头发。

"嗯。"他低低地应了一声，没有多余的表达，却将她搂得更紧了。

缓和了片刻，唐让让的心情逐渐恢复，这个时间了，她懒得再出门去吃东西，干脆简单做一点儿。

上次祁衍辛辛苦苦给她准备了吃的，她总要回报一些才好。

唐让让从沙发上起身，趿拉着拖鞋，一边往厨房走一边嘟囔：

"也不知道你家还有点儿什么？"

"哎。速冻饺子和包子就不奢求了，反正你也基本不在家里吃。"

"挂面呢，鸡蛋总要有一些吧，听说健身的人都要吃蛋清呢。"

"如果有鸡蛋的话，我摊个鸡蛋饼给你吃吧。"

"会不会还有水果之类的，如果有真是意外之喜……"

她一边走，嘴里一边念念叨叨。祁衍也不应，就靠在沙发上听她念叨，直到她打开冰箱门，这才怔住了。

满满当当的，各种新鲜的食材、水果，还有零食，像任何一个有着勤劳母亲的家庭一样，冰箱里琳琅满目，格外齐全。

唐让让静静地站在冰箱面前，里面的寒气飘出来，覆在她细腻的皮肤上，冰箱里暖黄色的光照亮了她的正脸和茫然无措的眼神。虽然每周都会来祁衍的家，但她从未打开过冰箱，就连吃饭也只想着点外卖。

她自然而然地以为，祁衍的冰箱会和这个公寓一样空旷，除了生存必需品，什么温馨娱乐都没有。他一向是这种个性，娱乐自己从来不在考虑范围内，他好像从出生就是来受苦的、操劳的、搏命的，但他也一直没有怨言，更不会为自己叫屈，他唯一纵容自己的，就是喜欢唐让让这件事。

"我们吃什么？"

祁衍单手拄着沙发扶手，目光平静地凝视着唐让让，侧身的姿势让他的衬衫变得有些褶皱，紧紧贴在皮肤上，客厅柔和的灯光洒在他身上，莫名增添了几分人间烟火气。有那么一瞬间，唐让让恍惚觉得，自己已经嫁给祁衍很多年了。

她的"丈夫"习惯性地看着她，自然又随意地问着每日必问的一句话：

"我们吃什么?"这种场景太日常了,唐雅芝和唐明治就总是这样。

"为什么……有这么多吃的?"唐让让喃喃着指了指冰箱。

祁衍将目光移到冰箱里,顿了几秒,轻描淡写道:"习惯了。"

因为唐让让曾经说过,看着满冰箱的食物,就会觉得特别满足,所以他还一直保持着这个习惯,哪怕唐让让不在的这些年,他从来没有在家吃过饭,但依然会嘱咐阿姨按时填满冰箱,快过期的食物就让阿姨带回家去,再买新的回来。

万一呢。

万一哪天唐让让回来了呢。

好在,他等到了。

唐让让舔了舔唇,很快回过神来,搓了搓手,佯装兴致勃勃地在冰箱里翻找起来。

"我看看啊……有黄瓜、鸡蛋、馒头、三文鱼、鳕鱼、牛排、扇贝肉……好多啊,那我随便做一点儿吧。"

她掩饰住心中别样的酸涩,不让祁衍察觉到她的情感波动,幸好她背对着祁衍,他没办法从她脸上看到什么。

唐让让不像祁衍,她在做饭方面还是有一定灵性的。大概小学的时候,唐让让就喜欢看电视里的美食节目,然后一边流口水一边跟着厨师学,如果唐雅芝太忙,唐明治又没下班的时候,她也会帮忙做点儿东西。

唐让让把馒头取出来,用刀切成方方正正的片状,然后将鸡蛋打在碗里捣碎,把馒头片泡在蛋液中。平底锅预热,淋了些油上去,等着油冒热气,她依次把馒头片夹到里面煎。

这也是她在外面吃饭学会的,属于特别简单方便的主食,被蛋液泡过的馒头会变得异常松软,一点也不干涩。很快,鸡蛋煎熟,她这才把它们夹出来,然后从罐子里挖出一块腐乳放在馒头片中间。

她又把那袋扇贝肉取出来,倒了点蚝油,跟西蓝花一起炒了。她家里吃饭口味清淡,所以唐让让放的油盐也很少。担心不够吃,她又用煎锅煎了两块红酒牛排。

做完这一切也没用多长时间，唐让让一直专心致志地盯着锅碗瓢盆，并不知道祁衍在她身后，一直目光温柔地望着她。

其间助理发过一次消息，问准备的花雕鸡汤火锅什么时候送。

祁衍简单地回了三个字："不要了。"

助理清楚他的习惯，便立刻不再问了。

"好啦，都是很简单的菜，我以前在家里也做过的，你尝尝吧。"唐让让把盘子从厨房端出来，菜还是热气腾腾的，飘着香味。

她弓着腰，低下头狠狠地嗅了一下，起码色香都算可以了，就看味道怎么样了，反正不管怎么说，肯定比祁衍做的强百倍。她刚想得意扬扬地跟祁衍炫耀一番，突然感到身后有人圈住了自己。

祁衍把唐让让圈在怀里，双手撑在桌面上，将她禁锢在狭小的空间里。

唐让让微怔，站直身子，轻声唤："祁衍？"

祁衍没说话，他微微歪了下脖子，嘴唇碰到唐让让的脸侧，然后轻轻落下一个吻。

"我喜欢。"

他的嗓音有点儿低，低得让人心颤。

祁衍很少直白地表达自己的好恶，他不喜欢怀揣希望，只习惯主动索取，但唐让让能给他的，有时候并不是他努力就能得来的。

唐让让的睫毛颤了颤，卷曲的睫毛尖在吊灯下变得又细又浅。

"你喜欢，我可以一直给你做啊。"她声音软绵绵的，半是安抚半是撒娇。

祁衍深吸一口气，下巴抵在她的肩膀上，喃喃道："你说的。"

唐让让身子放软，紧紧贴着他的胸膛，嘟囔道："当然了。"答应了的事，她一定能做到的。

他们两个靠坐在一起，唐让让给祁衍夹了一块馒头片，在上面涂了些腐乳。

"我是看有家餐厅这么做的，也不知道你吃得习不习惯。"

祁衍放到口中嚼了嚼，很清淡，馒头带着鸡蛋的醇香，腐乳又中和了那点腥气。

他活过的这二十多年，绝大部分时间都在吃厨师做的东西。孟溪则不会做饭，也绝对没有时间给他做饭，所以普通家庭的那种温馨，他从未体会过。唐让让做的不会比专业的厨师更美味精致，但他更喜欢，她填补了缺失的某部分东西。

"不错。"

听他还算满意，唐让让给自己也夹了一块，味道在她预估的范围内，比唐雅芝做的稍稍差一点儿。

"我也觉得还行。主要是上高中之后就没怎么做过了，大学宿舍又不能用锅，我都生疏了。"

"你以前也做饭，我怎么不知道？"祁衍放下筷子，扯了张纸巾，擦掉唐让让嘴角沾到的一小点腐乳。

"你当然不知道了，小时候每次见面都是我去找你玩，你又没来过我家，而且除了我之外，你好像也没其他朋友了，祁少爷都没有渠道了解人间疾苦呢。"

唐让让用舌头舔了舔筷子尖上残余的鸡蛋，然后夹了一块西蓝花，放到嘴里嚼，大块的西蓝花把她的脸撑得更圆了。

祁衍用手指抚了抚她的侧脸："真可惜。"

唐让让侧脸抬眸："可惜什么？"

"可惜那时候错过了你穿着围裙在厨房的样子，早知道就不给你准备吃的了，该让你自己做。"

祁衍的目光深沉，总是让唐让让想起一些引申的画面。

她有些尴尬地鼓了鼓嘴："你……你看我穿围裙干什么！"

祁衍勾唇笑了笑。

他其实只是觉得，小时候软乎乎的唐让让，穿上围裙的样子一定很可爱，但既然唐让让想多了，他也不愿意解释，反正他们也不是当初的纯洁关系了。

吃完晚饭,盘子扔在洗碗机里,祁衍把唐让让扯到了卧室:"过来。"

唐让让抿了抿唇,心脏狂跳:"这也太……快了吧。"

她一边磨蹭,一边用手扶住门框。她还没洗澡,还没做好准备呢,夜色还长,难道这种事不应该在睡觉之前吗?

祁衍转回头深深地看了她一眼,戏谑道:"想什么呢,讲题。"

讲她上课溜号没听的那道题。

"哦。"唐让让这才放心,跟着祁衍进了屋。这真是天大的面子了,让日理万机的祁总一遍遍地给她讲这种幼稚的问题,这就是和祁衍谈恋爱的好处。

唐让让一边觉得愧疚,一边又有些甜蜜。

祁衍讲解的神情格外严肃认真,他半挽着袖子,修长的手指捏着笔,在纸上随意落下整洁利落的公式和文字。他的眸色很深,是极其明亮有神的墨黑色,长长的睫毛随着他眼神的变化而抖动。

讲了两遍,唐让让总算理解透彻了,祁衍已经把整张纸写满,步骤格外详细。

唐让让直起身子,望着祁衍,轻轻叹了口气。

祁衍扔下笔,挑眉问她:"怎么?"

唐让让面色有些哀愁:"我在想,我跟你在一起,会不会影响宝宝的智商呢?"

毕竟祁衍实在是太优秀了,她就只能算是普通人,祁衍的高度,是她无论多努力都达不到的,要是将来孩子随了她,可就太惨了,还有色盲,简直是惨上加惨。

祁衍听闻,倾了倾身,凑得离唐让让近了些。

"按理来说,想要超越我是不太可能的。"

唐让让的表情一下子垮了,原来祁衍都已经做好准备迎接一个可能在学习上闹得家里鸡飞狗跳的后代了。

祁衍继续慢条斯理道:"但也没什么不好,这世界上本就没有长盛不衰的东西，此消彼长才是自然规律。"

"别人都想把后代培养成成功人士，你倒是想得开。"唐让让轻声嘟囔着。

"今天怎么这么想聊后代，你不是还小吗？"祁衍逗她。

唐让让虽然大大咧咧，比一般女生要乐观坚强，但也不代表她没有一触即伤的地方，比如一定会带给后代的色盲基因，就是她一直耿耿于怀的。

祁衍不想给她压力，甚至不在乎有没有后代，反正他的童年过得并不怎么开心，如果不是偶然遇到了唐让让，大概，他是绝对不会结婚生子的。

"对对对，我还小呢，这种事以后再说。"

第二天一早，祁衍就派车送唐让让回学校。

上午上完第一节课，唐让让被刘明明喊去了办公室，她小心翼翼地推开办公室的门，满脸写着惭愧。

刘明明背对着她，精瘦的小身板一起一伏，头发像钢丝球一样凝在脑袋顶上。

他"啪"地一拍桌子，猛地转过身，伸手一指唐让让，黑框眼镜滑到了鼻梁上。

唐让让吓得一抖，立刻将后背贴在了门板上，紧张地咽了咽口水。

"刘导对不起！"

刘明明手指抖了抖，一副气急败坏的模样，然后恨恨地哼了一声："下不为例！"

唐让让忙不迭地点头。

"你说你看姐姐就看姐姐，搞什么相亲骗我，你让家长来个电话，我会不给假吗？不要把导员当成要提防的敌人，我们和你们是站在一边的懂吗？这些年女大学生出事的有多少，我们能不管得严吗？真要出了事，谁能负得起责任！"

刘明明自从做了导员之后，明显变得婆妈了许多，竹筒倒豆子一样不

间断地说了一通。

唐让让认错态度极好，闷头道歉，一副痛改前非的模样。她心里偷偷庆幸，看来唐汀汀替她隐瞒了家里，还给她找好了理由。

刘明明清了清嗓子，拉了把椅子坐下，话锋一转，缓和下来："这件事就算了，我还有重要的任务交给你。"

唐让让诧异地抬眸，看来导员能这么轻松地放过她，是因为有事需要她做。

"马上就是学校的六十周年庆典了，下周有不少优秀校友回校参加典礼。其中一位是法籍华人，习惯说法语，学校正在招募学生接待，机会难得，我觉得你挺合适。"

唐让让蹙了蹙眉，沉默片刻道："为什么我合适？"

刘明明："你不是会法语吗？"

唐让让："可学校会法语的学生也不少啊。"

刘明明抓了抓头发，斟酌措辞道："团委老师们也是从多方面综合考量的，包括形象上。毕竟到时候要拍照挂主页，关乎学校的面子。而且难道你不想抓住这个机会吗？有多少毕业生争着抢着想要这个机会呢，给他们留下印象，你以后去哪儿面试都有校友照应。"

唐让让听明白了，看来不光要会法语，还要长得好。

"这位投行的老师是男是女啊？"

刘明明："男的，现在人家已经是华商的高管了。"

唐让让本能地觉得有点儿不舒服。其实平心而论，她并不合适去做接待。她从小到大，从没当过什么班干部，更没有在人前侃侃而谈的气魄。像姐姐唐汀汀或是张熙媛这样的学生，才适合代表学校做接待工作。但显然，除了要会法语，刘导口中的形象方面，占了极大的比重。

"一定要去吗，我没什么经验啊。"

刘明明劝她："不用担心，又不是只有你一个人，还有个留学生希拉和你一起，你们俩主要负责接待外籍校友。"

唐让让因为请假这件事多少有点儿心虚，也实在没理由拒绝，只能勉强答应了。

刘明明干脆利落地从手机里翻出希拉的微信号，推送给了唐让让。

"你们私下里沟通一下，具体的流程到时候团委老师会给你们培训。放心吧，这次的活动分会加给你的。"

唐让让领了任务，表情倦倦。

刘明明在背后嘟嘟囔囔："真是旱的旱死涝的涝死……"

盛夏已过，天气逐渐降温，走在晒不到太阳的走廊里，唐让让多少还有点儿冷。她裹紧了衣服，不免打了个哈欠，然后径直乘电梯，去找陶可。

陶可在一层的自习室写作业，看见唐让让，便麻溜儿收拾东西。

"怎么这么半天啊，导员骂你了？"她背好包，颠颠地跑到唐让让身边。

唐让让皱了皱鼻子，摇头："骂倒没有，他让我帮忙接待外籍校友。"

陶可恍然："啊……周年庆这事儿啊，毕竟六十周年，还是挺隆重的。"

唐让让叹气："对啊，我这段时间都没上校主页，差点忘了这回事。"

A大虽然不及T大那样拥有百年校史的名校，但六十周年也算是历经风雨。

校领导格外重视这次庆典，光是请来的当地记者媒体就有不少，听说前来庆贺的校友也大有来头，给学校捐了不少钱。

陶可喃喃道："不过导员竟然点名要你接待啊，我听说这个机会张熙媛争取了好久。"

唐让让若有所思："是吗？"

陶可撇了撇嘴："我是真佩服她的积极性，好像是明确要求接待的学生要会至少两门外语，张熙媛竟然说她可以现学。"

唐让让摸了摸耳垂，嫌弃道："其实我真的懒得去，要是能给她更好。"

陶可弹了她脑门儿一下："你别这么'佛'行不行，机会都落在头上了，还能不要？"

两人一边聊天，一边晃悠回了宿舍。

唐让让看了一眼导员给她的推送，犹豫了片刻，写好备注信息，添加了希拉。

他们本科生和留学生一向是井水不犯河水的状态，虽然在一个学校学习，但是大多没有任何交流。

从希拉的头像上看，是个异域风情格外明显的美女，浓眉，深眼窝，浓密漂亮的金发，纤细的脖颈，还有一身晒得很健康的小麦色皮肤。

唐让让轻声赞叹："这个希拉果然挺漂亮。"

杨齐琦诧异回头："希拉？留学生院的希拉？"

沈莫颜歪着头问道："你认识？"

杨齐琦噘了噘嘴，脸上一言难尽："是和我男朋友一起上俄语课的。也不知道外国人是不是都这样，特别开放，反正已经邀请好多班里的男生女生到她宿舍去玩，不管熟不熟，我男朋友觉得不好，就没去，还有好多女生怕不安全，也没去。"

关于和留学生交往这一点，各个专业在开学的时候都就会有明确指示。不建议本科生和留学生走得太近，更不允许女生随意进出留学生公寓。毕竟生活习惯不同，大学生又不足够成熟，学校也怕闹出事来。

陶可弱弱道："可能人家就是特别热情好客吧，多交朋友也能练中文。"

杨齐琦看向唐让让："反正你留个心眼儿，到时候她要是真邀请你，你别傻兮兮地就去了，有些留学生，素质不高的。"

唐让让点头："放心，我心里有数。"

和希拉的沟通很顺利，对方果然是个格外热情开朗的女生，不需要太多寒暄，就能很快地热络起来。团委老师也给所有负责接待的学生拉了大群，跟大家说明了相关流程。

晚上唐让让躲在楼梯口裹着浴巾给祁衍打电话，腻腻歪歪一会儿，她随口跟祁衍提了这件事。

"那个老师好像叫林德伦，我们导员说是华商的高层领导。"

祁衍淡声道:"噢,华商啊。"

"你也知道?"

"投行知道,但这个高层没听说过。"

唐让让想想也是。

虽然这些人在 A 大已经算是知名校友了,但对祁衍来说,大概还不够格让他认识。

"既然是校友,也没什么不熟悉环境的,有什么必要接待?"祁衍问道。

唐让让愤愤道:"就是啊,非要弄这些形式上的东西,还有参观校史馆,游览校园什么的,以前又不是没看过。"

祁衍随口一问,没想到把唐让让的逆反心理给勾起来了。

"虽然没什么必要,但对你也没坏处,就当去体验一次,时间告诉我,到时候我去接你。"

"哦。"唐让让用手指抠着雪白的墙壁,软软应道。

祁衍又嘱咐了唐让让几句,便又匆匆地去开会了,开会的对象,好像就是唐汀汀公司的那个顾野。

唐让让虽然不知道他们具体在合作什么,但是从那天在姐姐办公室听到的消息来分析,大概是家族纷争。

Chapter 9
委屈

一周的时间过得很快。

校庆那天留在学校的学生并不多,大部分人对校庆没有太多感想,更愿意借着这个没课的机会回趟家。

唐让让和希拉早晨五点起床,开始化妆。

化妆师是从隔壁技校请来的,用的化妆品也都一般,一个小时化完后,希拉原本健康的小麦色皮肤被覆了一层白白的粉底,显得不伦不类。她皱着眉头看着镜子里的自己,不住地跟化妆师说丑,由于她中文不算太好,所以语气听起来甚至有点儿生硬,化妆师不太乐意了。

唐让让用法语跟她解释:"化妆师觉得肤色白点更好看。"

希拉哼了一声,跟着吐槽了一句:"好奇葩。"

唐让让扫了她一眼,没再说什么。

化妆师姐姐低头对唐让让说:"你长得白,我就不给你补粉底了,反正这化妆品质量也一般,擦多了难受。"

唐让让点头同意了。

最后的结果就是,唐让让的妆容较淡,只比化妆前提亮了些脸色,而希拉的妆则格外浓,隔着厚厚的妆面,几乎看不透她原本的表情。

希拉本人当然是不太满意,但是团委老师说可以,她也不好说什么。

校友们十点才到校,而她们早晨六点就已经准备好了,所有接待的女学生换上印着学校logo的白衬衫和及膝短裙,冻得瑟瑟发抖,服装勒得很紧,为了防止出现小肚子,她们早晨根本不能吃饭。

唐让让胃不太好,早晨不吃饭又要在外面冻着,她有点儿不舒服。趁着指导老师不注意,她偷偷给陶可发短信,让陶可给她带茶叶蛋和热豆浆过来。

大约六点半,来的不是陶可,而是张熙媛。张熙媛拎着一杯红枣豆浆,还有一块佛手饼,高傲地扬着下巴,走到唐让让面前。

她没好气道:"陶可忙,给你。"

唐让让捂着肚子,接过温热的豆浆,喃喃道:"谢谢啊。"

张熙媛皱眉道:"我听说不是不让吃东西吗,你这样真的没事?"

唐让让扯了扯她的袖口:"是不让,你快帮我挡着点。"

她躲在张熙媛身后,麻溜儿吸了口豆浆,一股暖流滑进胃里,唐让让多少舒服了点儿。

张熙媛知道她胃很脆弱,不是闹着玩的,所以才不计前嫌地过来给她送早餐。但是和唐让让竞争惯了,张熙媛也不习惯跟唐让让好好说话,于是她双手环抱,叉着腿,冷冷道:"真是的,这么麻烦,这个机会还不如给我。"

唐让让抬眼,认真道:"导员要求我来的,我是真不想来。"

张熙媛明显不信:"喊,你为什么不想来,这么好的机会。"

唐让让耸了耸肩:"我不适应这种场合,尤其是还有那么多人围着,不舒服。"

张熙媛上下扫她一眼:"你不是都当过什么品牌大使了,有什么不适应的。"

唐让让叹道:"那个基本都是对着电脑营业,又不是现场版。"她喝完红枣豆浆,囫囵咬了两口佛手饼,肚子里有点儿底了,但嘴上的口红也被蹭下去不少。

张熙媛嫌弃道:"什么破口红,吃点东西都掉没了。哎呀,你嘴上全是油,赶紧去补妆吧。"

唐让让赶紧把吃的收拾起来,用纸巾擦了擦嘴角,果然,这口红实在是劣质,也不知道吃进去有没有问题。

"我去补个口红。不管怎么说,还是谢谢你啦。"

唐让让借着张熙媛的掩护,一路溜到了化妆间,拿起散落在镜前的口红,给自己补了补。

刚补完,外面指导老师已经在叫他们集合了。

唐让让摸了摸肚子,是稍稍鼓起了一点,但还好她能缩。

她们排队集合后,张熙媛也没回去,而是站在不远处观望,虽然不能近距离参与活动,但起码可以充当观众,六十周年庆典,还是值得到现场来一次的。

又等了大概两个小时,校友们才姗姗来迟,林德伦和几个外籍校友是第一批到的,唐让让和希拉终于脱掉外衣,挂着职业假笑,迎了上去。

林德伦站在一众外籍校友中间,虽然四十多岁了,但保养得不错。

他脸上挂着笑,一路走一路握手,看起来丝毫没有架子,就连唐让让和希拉的手,他都握了。

希拉热情一点,一路上喋喋不休,侃侃而谈,严格按照约定的参观路线,带着林德伦走。

希拉这么能说,倒是给唐让让省了不少事。

到后来,唐让让干脆就默默跟着走,也不说话,但奇怪的是,她越不说话,林德伦反倒总看她,看得她有点儿不自在。

她刻意放慢脚步,退到后面其他校友身边,用英语跟他们介绍几句,偷看一眼,林德伦也转回头,看着她。

希拉察觉到了什么,顿了顿,也转回身,朝唐让让招了招手。

唐让让深吸一口气,垂眸又赶了上来。

走到校史馆门口，金色的牌匾上写着A大的校名，气势磅礴，潇洒飘逸，团委老师提议，大家在校史馆门口合张影。

唐让让和希拉作为学生，应该站在最边上，但唐让让刚想走，突然感到一只手臂搭在了自己肩膀上。

她一顿，侧眼一看希拉，果不其然，林德伦的另一只手按住了希拉的肩膀。

她们俩都没能走得了，就这么别别扭扭地跟林德伦一起在中间合了影。

刚一照完，唐让让立刻像被烫了似的，快速躲开了。

"老师，您里边请。"她移开眼睛，不动声色地和林德伦拉开距离。

林德伦意味深长地看了她一眼，含糊其词道："小姑娘，你得多和她学学。"

林德伦一指希拉，然后背着手进了校史馆。

唐让让按了按骨节，抬眸看了希拉一眼。希拉朝她摊了摊手，无所谓地跟了进去。唐让让沉住气，也硬着头皮跟了进去。

反正参观完校史馆，基本就没唐让让什么事了，她可以卸妆洗个澡，然后等着祁衍来接。

校史馆足够大，刚进去就是满墙的照片和人物事迹，从建校初到现在的优秀校友都在上面。其实刚开学的时候，唐让让来参观过一次，但一直没怎么上心。

林德伦背着手看了一圈，频频点头微笑，时而驻足跟身边人交谈几句。

希拉紧跟着他，但唐让让始终躲得远远的。

看了一会儿，林德伦突然回头，朝唐让让招了招手。

"小同学，过来。"

唐让让抿了抿唇，不得不走上前去。

"今天走进了校史馆，我真的感慨万千，不禁回想起了在A大学习的时光，虽然只有短短的一年，但我仍然对这里有十分深厚的感情。你们现在年轻,真的要好好努力,把我们 A 大发扬光大。未来是你们的。"他说罢,用手掌轻轻拍了拍唐让让的后背,意味深长地看着她。

唐让让顿时起了一身鸡皮疙瘩,但周围的人都在鼓掌看着,她也只能勉强一笑:"老师说得对。"

林德伦把手收回来,脸上带着笑,又继续往里走。走着走着,大家就分散开了,林德伦突然低声问唐让让:"小同学,知道华商吗?"

唐让让敏锐地一眯眼:"当然知道。"

林德伦得意地挺直了腰板,意有所指地问唐让让:"将来想到华商工作吗?"

唐让让还真没想过。

能进华商的基本上都是有海外留学背景的名校留学生,她一个本科生,基本没希望。

所以她实话实说:"华商我进不去吧?"

林德伦摇了摇头,明显一副恨铁不成钢的模样:"进不去可以想办法进去,你自己想吧。"

唐让让莫名其妙。

希拉大概意识到了什么,她打量了唐让让几眼,又看了看神神道道的林德伦。

唐让让完全是标准的青春甜美大学生,皮肤白,长相佳,大眼睛水汪汪的,看起来又奶又可爱。

的确很招某些老男人喜欢。希拉不动声色地躲到了一边,大概不想再掺和进去。

唐让让一见希拉走了,觉得不妙,立刻也想走。

林德伦却突然拽住了她的袖口。

唐让让拧眉,胳膊一用力,想也没想把林德伦的手给甩开了。

林德伦脸色顿时变得不太好看,伸出一根手指,点着唐让让的鼻子道:"说你不懂事你还真不懂事。"

唐让让一歪头，躲开他的手。

"老师，你什么意思？"她的语气也不客气。

此刻，唐让让终于意识到背后有人撑腰的好处了，有祁衍在，她谁都不怕得罪。

林德伦大概也没想到，一个普通的女学生敢当面反驳他。他沉了沉气，声音里带着警告意味："什么什么意思？"

唐让让不愿再纠缠，心里对这个所谓的高管已经厌恶到了极点，于是扭头就走。

林德伦对着她的背影低声道："没走进社会就是太天真，还自以为是小公主呢。"

唐让让当然听到了，默默翻了个白眼儿，加快脚步往校史馆外走。刚走了没几步，指导老师喊住她。

"你干什么去！"

唐让让声音冷淡："不是参观完校史馆就没事了吗，我回宿舍。"

"胡闹，各位老师领导还没走，你就走了？"

唐让让无奈地摊了摊手："可我留在这里也没什么事了啊。"

"等着。"

指导老师脾气暴躁地呵斥一声，然后匆匆接起手机，软声软语道："主任，对对对，王院长在呢。噢，一会儿是去翠园吗，好的，那我马上安排。"

她挂断电话，立刻小跑着奔向林德伦，笑容满面道："林老师，您一会儿有空吗？马上也快中午了，我们主任说一起吃点东西。"

林德伦皱眉低头看了看手表："吃午饭啊，太麻烦了吧，一会儿我还得去见见校长。"

指导老师赶紧道："不麻烦不麻烦，校长陪着陈老参观教学楼呢，大概得下午才能腾出空儿。"

林德伦哼了一声，皮笑肉不笑道："看来我级别不够，还得排队啊。"

指导老师立刻赔笑："不是这意思，正好我们主任也在翠园订了位置，

到时候您也可以休息一下。"

林德伦背着手,眼睛朝唐让让的方向瞟了瞟:"行啊,那让这两个学生也一起去吧,挺辛苦的。"

指导老师一愣:"这……不用吧。"

历来都没有这种情况,负责接待的学生,怎么也不会跟领导一起吃饭。

林德伦满不在乎:"没关系,反正就是吃口便饭,我也没太多时间。"

指导老师笑容有些发僵,回来的时候表情很不自然。

唐让让漫无目的地靠墙边站着,希拉正忙着拍照发朋友圈。

指导老师走到唐让让身边,神色凝重,低声道:"林德伦说一会儿让你们跟着一起吃饭。"

唐让让抬眸,绷紧了唇。

指导老师拍拍唐让让的肩:"到时候院长坐他旁边,你们俩就跟着我坐,老师在呢,没事。"

唐让让闷闷道:"原先没说要吃饭,可以不去吗?"她已经跟祁衍说好了时间,大概十一点半,祁衍就会来接她吃饭了。

指导老师也有些犹豫,最后只好面带歉意:"不好意思,老师说的不算。"

唐让让也知道让指导老师做决定是为难她,只能叹了口气。

"好吧,那我自己想办法。"

指导老师有点儿过意不去,小心翼翼地问:"林德伦刚才是跟你说了什么过分的话吗?"

唐让让顿了顿:"没有。"

这就是麻烦的地方。

说过分,又有点儿牵强,说不过分,但明眼人都知道他是什么意思。但这种模棱两可的话,很容易就能圆过去,让人抓不到一点儿把柄。如果真闹腾起来,反倒成了她碰瓷了。

指导老师安心了点儿:"让你吃饭就吃饭吧,到时候那么多校领导在,他也不能怎么办,总之别惹麻烦,反正下午他们就都走了。"

"没关系啊,我不怕惹麻烦的。"唐让让一脸无辜,翻出通讯录,滑到"老公"那一栏。

指导老师还在劝:"你也别冲动,不是没说什么过分的话吗?再说,你还能制住他吗?"

唐让让嘟了嘟唇:"不试试怎么知道呢。"

指导老师叹气:"年轻气盛。你别给学校惹事啊,要是实在不想去,就找个借口,说生病了。"

唐让让按下拨号键,不太情愿地呢喃道:"可我还有点儿生气呢。"

"嘟嘟嘟……"

手机里传来轻微的等待音。

校史馆太嘈杂,所以唐让让准备出去打电话。

她也没走远,就趴在阳台上,望着窗外的风景,微翘着红润的嘴唇,对着手机,软声软语道:"祁衍,有人欺负我。"

祁衍言语中瞬间带了一层冷意,问:"是谁?"

"就是我之前跟你说的,华商的林德伦。"

祁衍蹙眉,沉声道:"知道了。半小时后,校门口等你。"

唐让让柔柔地应道:"好。"

挂断电话,她觉得自己就像战斗力 MAX 的小妖精,吹吹枕边风,就让祁衍帮自己出气了。

挂了电话,唐让让径直走回大厅。

接待任务全部完成后还有一次点名,只有老老实实工作到最后一刻,才能加上活动分,唐让让虽然不想待了,但毕竟不能白来一趟,所以她暂时还没打算走。

重新进入校史馆,大部分人已经观赏完毕了,杰出校友们正在集体拍照。

希拉嚼着口香糖,自由散漫地靠在弯月状的墙壁上,一边抖着腿一边看手机,唐让让一走进来,她正巧抬眼,立刻热情地招了招手。

唐让让只得走到希拉身边，用法语解释道："一会儿我不去吃饭，有人来接我。"

希拉点点头，笑嘻嘻道："我知道啊，我要是你我也不去。"

唐让让知道，希拉肯定没办法感同身受，毕竟这种事不落在自己身上，怎么看也不会觉得恶心。

于是她转身，径直朝林德伦的方向走去。

林德伦站在正中央，面带微笑合完了影，正在和其他校友寒暄。

看见唐让让盯着他，林德伦心里闪过一丝念想，或许，她是来示好了。

他端起架子，故意没立刻搭理唐让让，而是比画着手势，跟周围的人侃侃而谈如今的投资市场。他故意在唐让让面前展示自己的专业和能力，这也是引人上钩的手段。

唐让让也不着急，就耐心地等在一边。她只有几句话要跟林德伦说，不多，她也等得起。

林德伦睨了她一会儿，觉得时间差不多了，便抖了抖西装，做了个有事要离开的手势。其他人都没有林德伦发展得好，所以他说要离开，话题才算是结束。

林德伦深吸一口气，敛起笑意，抬步走向唐让让。他的皮鞋锃亮，踩在地上，发出嗒嗒清脆的声响。大概是职场上的春风得意，让林德伦始终有种旁人没有的自负气场。

这种惹人厌的感觉随着他踩地的步调愈演愈烈，唐让让皱了皱眉。

林德伦垂眸，把手插进西服裤兜里，淡淡道："想明白了？"

唐让让上下打量他，微微眯着眼。

不知道是不是穿西装的人都喜欢把手插进兜里，她也不止一次看祁衍做过这个动作。

但同样的动作，不同的人做出来完全就是不一样的感觉。

不管祁衍的本性如何，他平时表现出来的，永远是一派如沐春风般的和煦，让人觉得疏远但又不生冷。

而林德伦，只有"装样"二字可以形容。

唐让让毫不胆怯，效仿着林德伦淡然的腔调，一只手掐在自己的裙侧。可惜她没有裤兜，不然一定学着林德伦的模样把手插起来。

"午饭我不会去吃的，希望您也自重，不用明示暗示我什么。"

林德伦脸上的自信渐渐消失了，嘴角淡然的笑也变得阴郁起来。

"你说什么？"

唐让让噘了噘嘴，嫌弃道："我说你这么大岁数了，就不要再折腾了，不是所有女生都缺你给的那点儿东西。"

林德伦四十多了，耳边头发都零星白了几撮。唐明治也才刚到五十，按年龄来算，林德伦都够做她爸了。结果他竟然在校庆这么重要的场合暗示她要懂得"社会现实"。

林德伦已经有些松弛的眼皮刹那间绷紧了。他僵硬地站在原地，脸色前所未有的差。从入行到现在，他还从来没听过这么真实的拒绝，真实得让人难以接受。

林德伦冷冷道："我怎么听不明白你的话呢。你是长得不错，但未免也太自作多情了吧。"

唐让让满不在乎地摊了摊手："不管你明不明白，反正我是不打算这么算了。"

林德伦气得都要笑出来了。他努力克制住自己的脾气，满不在乎地斥道："你不打算算了，你能把我怎么样，不自量力！"

林德伦今天兴致勃勃而来，没想到竟然在唐让让这儿惹了一身晦气。他知道有些学生家境不错，可能从小娇生惯养，脾气很大。但是看唐让让的穿着打扮，就是很素朴的学生，真不知道她从哪儿来的底气说这些话。

唐让让发泄完了，神清气爽，也不管林德伦气成什么样，毫无负担地转身就走。祁衍说还有半个小时就来了，他从来都不迟到的。

唐让让走到门口，对指导老师说："我完成任务了，别忘了给我加活动分哦。"

校庆假期结束，回家的同学陆陆续续赶回了学校，校园里的人渐渐变得多起来。

大家一回来，就看到熟悉的学生会堂里，挂上了一幅字画，那是杰出校友林德伦捐献的墨宝。

宣纸上绘着巍峨高山，层峦起伏，一轮淡色圆月悬于正空，远处山河淼淼，流水潺潺。

画的名字叫《默》。

一旁的小黑板上，写有林德伦的介绍和画这幅画的初衷，意味人生永无止境，静默前行，虚心求实。

除了学生会堂之外，还有其他几座楼里，也都留下了优秀校友们捐赠的物品。学校一方面靠杰出校友的精神来鼓舞学生，一方面，又给足了校友面子，让他们捐赠无穷匮也。

唐让让第一次看见这幅画的时候，十分匪夷所思，林德伦是怎么好意思说出这种意境的？

看来他的脸皮是常人的十倍厚。

A大庆祝六十周年的余韵还没完全过去，金融圈突然爆出了一件丑闻，这件丑闻迅速传遍了整个行业，并以飞快的速度，向律师事务所、会计师事务所、审计师事务所扩散，而这件丑闻，更是被戏称为《会议室里的三分钟》。

周五上午，唐让让正趴在桌面上睡觉，将梦将醒，眼皮重重地垂着，脑袋枕在胳膊上。

陶可凑到她耳边，一阵惊呼："让让，快来看大八卦！"

唐让让被戳醒，迷迷糊糊地蹭了蹭下巴，准备转个身继续睡。

陶可不依不饶，一定要让她现在看。

"太可怕了让让，这是来我们学校的校友吧？"

唐让让听闻，强打起精神，努力抬起眼皮，睁开眼睛，随意扫了一眼陶可的手机。

什么乱七八糟的。

闯入眼帘的是一张打了马赛克的难以形容的截图,主人公正是几天前来A大祝贺的林德伦。

截图中林德伦衣衫不整,面容狰狞,脸上挂着丑态百出的笑。

这是一间偌大的会议室,会议室里还放着几块显示屏,几瓶矿泉水,转椅零零散散东倒西歪地分布在四周,围绕着当中忘我纵情的两个人。

会议室是华商的会议室,截图中的人是华商的高层和女下属。据说撞破这一幕的,是早晨来保洁的阿姨,阿姨看到后,还来不及向外说,就被林德伦找借口开除了。

原本会议室的录像也被取走了,这件事明明该瞒天过海,但不知道为何,现在突然铺天盖地地传播开来。

事件的起因是有人将这段视频发到了华商员工的内部邮箱,IT部门看到后,火急火燎地第一时间进行了删除。

但有心之人早已经保存好,事情一发不可收拾起来,林德伦作为事件主人公,一下子被推到了风口浪尖。

唐让让嫌弃地移开了眼睛,没有继续看这篇公众号文章,那个人果然如她想的一样恶心。

陶可喋喋不休地说:"林德伦惨了!现在网上已经有不少前华商的员工,扔'锤'证明他私生活混乱。"

唐让让的眼睛不由自主地又转了回来。

陶可连忙把那些截图出来的聊天记录递给唐让让看。

唐让让啧啧感叹:"好一个败类。"

陶可唏嘘道:"可不是。谁能想到他表面看着人模狗样,弄幅画还知道夸自己云淡风轻,品行高洁,本质上却是这般卑劣。"

事件登上热搜后,在全体吃瓜网友的施压下,华商不得不出面回应高管涉嫌性骚扰的丑闻。

当日，对林德伦采取了停职处理。

"好好的一个高管，就这么声名尽失，现在连工作都不知道能不能保得住。"陶可叹气道。

这件事看起来传播得如此广，事实上，也才不过短短几天而已。林德伦的那幅画，裱的画框还没凉透，就被取了下来，只在学生会堂的墙壁上，留下了几个钉子孔，那些黑漆漆的、突兀的小孔，证明着这个人曾经的确是A大的骄傲，但现在再也不是了。

临上课前，班里的人陆陆续续来得差不多，杨齐琦和沈莫颜一起从宿舍赶过来，也讨论了一路这件事。

她俩把包放在唐让让身边，凑过来，挤眉弄眼道："你们看见那个新闻没？"

陶可和她们眼神一交汇，便了然："那个啊，谁能不知道，朋友圈都传遍了。"

杨齐琦道："天啊，这种高层秘辛简直太丰富多彩了。"

沈莫颜道："是啊，听说他还是有老婆的人呢，老婆是他在国外留学的同学，跟他结婚十多年了。"

陶可震惊："你们知道的消息比我还多啊！"

杨齐琦一扬下巴，用眼神示意了下坐在前面，挺着腰板的张熙媛，说："我们和她一起来的，知道的八卦当然多了。"

张熙媛听到了，转回身得意道："我得到的消息，可都是朴学姐告诉我的，绝对准确。"

女生之前不管有什么隔阂，但一旦聊到八卦，绝对能暂时不计前嫌，仿佛失散多年的亲姐妹一样，迅速热络起来。

张熙媛凑过来，神秘兮兮道："据说林德伦跟老婆都是各玩各的，一个常年在国内，一个常年在美国，基本上一年见不了几次面。不过出了这件事之后，他老婆觉得挺丢脸的，要跟他离婚呢。"

杨齐琦睁大眼睛："朴学姐这都跟你说啊。"

张熙媛咬了咬下唇，意味深长道："朴学姐以前也在华商工作过啊，只不过现在跳槽了而已。"

陶可皱着一张脸："那朴……啊算了算了，我还是不想了。"

张熙媛清了清嗓子，压低声音道："不过这次的事，明显是林德伦被人给整了。"

唐让让听闻，一个激灵，残余的那点睡意顷刻间烟消云散。

陶可问："被谁搞了啊？"

唐让让不自在地眨了眨眼，慢吞吞地将半截脸缩到了笔记本下面。她是真没想到，祁衍出手会这么狠、这么快。她以为祁衍顶多打个电话吓吓他，或者在项目上给他使个绊子。

唐让让回想起自己在电话里说被欺负了的语气，好像是娇嗔了点儿。

她默默地咽了咽口水，小心翼翼地打量着张熙媛。

张熙媛一脸狐疑："你看我干吗？我怎么知道是谁，反正肯定是他得罪不起的人。"

唐让让顿时松了一口气，看来朴金晴也并不是什么都知道。

"别说话了，祁老师来了。"杨齐琦低声提醒道。

几个女生慌乱地坐直身子，目视着前方。

祁衍今天穿了一件深蓝色的休闲衬衫，一条黑色紧身长裤，看起来比以往要青春许多。他手里提着笔记本电脑，大步迈上讲台。助理帮忙打开投影仪，祁衍稍稍凝眉，弓着身子在电脑上设置着什么。

张熙媛顿时又是一副痴迷的模样，美滋滋地捋了捋鬓角的长发。

沈莫颜不禁感叹道："还是祁老师这样的男人更值得喜欢啊，从来就没听说他有什么不干净的男女关系。"

唐让让正喝着果粒橙，闻言吓了一跳，呛了一下，剧烈咳嗽起来。

陶可无奈地拍了拍她的后背："你激动什么劲儿，刚才那么大的八卦你都没什么兴趣。"

正巧，祁衍被唐让让的咳嗽声吸引，从电脑屏幕前抬起头，看见唐让让因为咳嗽而憋红的脸。

他不经意地弯了弯眼睛，意味深长地摇了摇头。

陶可蒙蒙道："祁老师刚才是朝你笑了吗？"

"怎么可能，祁老师是对全班笑的，别自作多情好不好。"张熙媛立刻回头反驳陶可，语气不悦。

陶可翻了个白眼儿，"喊"了一声，两人刚刚建立的吃瓜友好战线瞬间土崩瓦解，一点旧情都不念。

唐让让没精力搭理张熙媛，祁衍不经意的一个笑容，就弄得她七荤八素。他可真是太好看了，今天打扮得尤其好看，以前助理姐姐还说，祁衍平时只会穿严肃古板的高定西装呢，现在看来也不是嘛。

唐让让把半截脸挡在书后面，情不自禁地翘起唇角。她和祁衍相隔不近不远的距离，一个在讲台上发着光，一个在台下像只默默无闻的小鹌鹑。

助理姐姐拎走祁衍的手提包，转回身对教室里道："麻烦大家安静一下，谢谢。"说罢，她偷偷冲唐让让眨了眨眼。

唐让让伸出两根手指头，轻轻朝她晃了晃，算是打招呼了。

祁衍清嗓，站直身子，一本正经地淡声说："上课。"

唐让让赶紧把书放平，翻开笔记本，写下这节课祁衍讲的标题。

祁衍轻点PPT；祁衍在黑板上随意写下两个名词；祁衍不经意地提提裤子；祁衍因为热而挽起袖子……

他的每个动作都被唐让让默默记录下来。

她一边做着笔记，一边偷偷地在笔记背面画着祁衍的人像。她实在有点儿想他，毕竟已经好几天没见了，就连每天打电话，都要掐着宿舍熄灯的时间。

一个半小时过得飞快，她记好了笔记，也在背面画满了小人。

祁衍用湿巾擦了擦手指上的粉笔灰，冲教室里轻点了一下头，然后低头拿起手机，轻声道："下课吧。"

还不待教室里嘈杂起来,唐让让的手机突然响亮地"叫"了一声。

一时之间,众多目光纷纷落在她身上,或疑惑,或谴责,或面无表情地看热闹。唐让让手忙脚乱地捂住手机,也盖住弹出屏幕的"老公"两个字。

陶可小声道:"你上课竟然不开静音啊。"

唐让让尴尬地用手指揉搓着手机屏幕,压低声音回道:"我忘了⋯⋯"

好在也已经下课,大家的注意力很快就分散开来,开始自顾自地收拾东西。

张熙媛整理好书包,站起身,对唐让让道:"我就奇怪了,怎么每次祁老师上课你都要出点状况?"

唐让让将手机扣在腿上,无奈道:"或许你应该问问祁老师呢。"

"哼。"张熙媛扬起下巴,将书包甩到肩头,拉着两个室友一起走了。

唐让让小心地拿起手机,扫了一眼祁衍发过来的消息。

"中午一起吃个饭。"

她微怔。

往常都是等到晚上,助理姐姐再到学校接她的,今天是有什么事吗?

再看向讲台,祁衍已经离开了教室。

唐让让收回目光,喃喃道:"陶可,中午我有点儿事要出去一下,不用等我一起吃饭了。"

陶可没多想:"你要去外面做直播吗?"

唐让让支吾了一下,还不待她解释,杨齐琦突然道:"让让,直播那种东西你也别太上心了,你不会毕业之后专职做那个吧。"

沈莫颜也道:"对啊,那你这么多年不都白学了。感觉当主播一点门槛都没有,什么人都能做,我们好歹也是重点大学的学生。"

唐让让睫毛颤了颤,把桌上的书本收起来,淡淡道:"虽然直播没什么不好,但我的确没想专职做。"

陶可道:"那你是去干吗呀?"

唐让让犹豫片刻,突然抓住陶可的手,捏了捏她的掌心:"出去跟人

吃个饭。"

唐让让没有明说,但是陶可也懂,唐让让不想让沈莫颜她们知道。

于是陶可赶紧道:"那你快去吧,我跟她们一起吃。"说罢,拉着沈莫颜和杨齐琦就往外走。

唐让让垂了垂眸,捏紧手机,背好书包,从安全通道下楼,绕到学校的偏门,看见了等在那里的祁衍的车。她见四下没什么人,便飞快地跑到车边,一拉车门,钻了进去,刚一进去,就落入一个熟悉的怀抱里。

祁衍扣住她的脖颈,在她的唇上轻咬了一下,她戒备的身子瞬间软了下来。

她依偎在祁衍怀里,软软地叫他的名字:"祁衍。"

祁衍又深吻了唐让让一会儿,吻得唐让让眼角潮湿,呼吸急促,这才慢慢地放开她。

"想我了吗?"

唐让让整理了下凌乱的头发,将书包放在一边,乖巧地点点头。

"想,特别想,想得茶饭不思,夜不能寐!"

祁衍低笑,声音温柔地戳穿她:"小骗子。"

唐让让脸颊浮起两颗小巧可爱的梨窝,圆润的脸蛋鼓起来:"你要带我去哪里吃饭啊?我下午还有课呢。"

祁衍意味深长道:"有人请。"

唐让让蹙眉,疑惑地望着他:"谁请?"

祁衍揽住她的肩膀,手指轻轻摩擦着她的锁骨:"等到了你就知道了。"

助理见老板和小女朋友亲热完了,这才回过头来,笑眯眯道:"让让,你觉得祁总今天的穿着怎么样?"

唐让让挑了挑眉:"很……年轻,跟大学生似的。"

助理瞟了瞟祁衍的脸色,见他没有丝毫不悦,这才继续道:"祁总可是特意……"

祁衍淡声打断她:"多嘴。"

助理眨眨眼，轻轻朝唐让让吐了吐舌头，立刻转回身去了。

唐让让立刻用亮晶晶的目光重新打量祁衍。

祁衍摸了摸鼻子，反驳道："也不是特意。"

唐让让笑意盈盈地点头："嗯，我相信祁先生一定是偶然穿成这样来上课，肯定不是因为我。"

祁衍无奈道："唐让让。"

唐让让像小猫似的钻进他怀里，蹭皱他整洁干净的深蓝色休闲衬衫。

"我说了我相信啊。"

所幸餐厅并不远，从 A 大出发，路过四五个红绿灯，车子停在了一家京菜馆门口。

祁衍下车，捏住唐让让的手，一路十指紧扣。

唐让让有些诧异，祁衍这样，似乎是故意强调她的身份似的。

她的目光从两人紧紧相扣的手上，移到祁衍突然变得格外严肃的脸上，服务生引领着他们，到了最里面的一个包厢，她莫名有些紧张，手心里出了汗。

"请进。"

包厢的门一打开，里面坐着的两个人马上站了起来，局促地搓了搓手。

"祁总。"

"祁总来了。"

等在包厢里面的，一个正是林德伦，另一个年纪要比林德伦还大一些，看起来也得快六十岁了。

唐让让立刻蒙了，她完全没想到，今天竟然是和林德伦一起吃饭。

祁衍轻轻点了点她的手心，示意她安心，然后微翘唇，眼底带着一丝凉薄的寒意，缓声道："陈总别客气，您是长辈。"

陈总立刻惶恐地摆了摆手，眼角的皱纹剧烈地抖了一下，原本就皱成一条缝的眼睛眯得更窄了。

"祁总太抬举了，还得感谢您今天能赏脸来吃这顿饭，也给德伦一个解释和道歉的机会。"

林德伦脸上的肌肉抽搐了一下，眼底的怒意涌了几涌，又不得不压抑下去。他挤出一个比哭还难看的笑容，伸出紧张得发红的手，朝祁衍凑出去。

"祁总，都是误会。"

祁衍淡淡地扫了他一眼，并未回握他的手。

林德伦僵持了几秒，又尴尬地将手缩了回去。

包厢里有片刻的宁静。

唐让让整颗心都提了起来，紧紧握着祁衍，就像抓着一根救命稻草。

这样的场合她从未经历过，甚至都不会想到，有一天，林德伦会这样低声下气地站在自己面前，校庆那时的威风和嚣张全部消失殆尽。

这种反差太强烈了，也太……刺激了。

唐让让咽了咽口水，本能地朝祁衍身边缩了缩。

祁衍松开唐让让的手，转而揽住了她的肩膀，将她带入自己怀中。

"介绍一下，我的未婚妻，唐让让。"

陈总叹了口气："唐小姐果然是天生丽质，气质非凡。哎，你看这事儿闹得，德伦真是不应该，他也是没想到，A大负责接待的学生是您的未婚妻，不然他绝对不敢那么无礼。"

陈总替林德伦解释完，还伸手捅了他一把。

林德伦回过神来，绷着脸，冲着唐让让硬邦邦道："抱歉，我说话确实不好听，冒犯到唐小姐了。"

唐让让的眼珠转了转，软软地往祁衍身侧一靠，露出一副娇里娇气的表情："哦。"

林德伦瞬间皱起了眉。

他心中道，什么玩意儿，当初说得那么义正词严，结果还不是傍上了祁衍。看来她之所以会拒绝自己，完全是因为自己没有祁衍有钱。

他是真没想到，祁衍竟然喜欢这种类型的女生，而且隐瞒得那么深，业内没听到一点风吹草动。

祁衍见唐让让开始表演上了,就知道她还没完全消气。

于是祁衍拉了把椅子,扶着唐让让的肩膀让她坐下,自己坐在了她身边,对站着的两个人道:"让让饿了,先吃饭吧。"

陈总很有眼力见儿,立刻道:"对对对,先吃饭先吃饭,我们边吃边说。"

他拍了拍手,门外的服务生收到消息,开始陆续布菜。

唐让让完全像个得了势的小妖精似的,依偎在祁衍身边:"衍哥哥,喝普洱,清火。"

祁衍微一挑眉,不动声色地喝下了唐让让端过来的茶水。

茶水有些烫,烫得他舌尖有点儿发麻,但为了不影响唐让让的表演,他还是勉强咽了下去。

唐让让低垂着眉,卷曲的睫毛轻颤,红唇轻轻嘟着:"衍哥哥,你今天能带我来吃饭,我真的好开心。"

祁衍的手默默下滑,滑到桌面下,在唐让让的腰间轻掐了一下。

"你开心就好。"

对面的林德伦脸色瞬间变青了。如果说一开始答应来跟祁衍道歉,是忍辱负重,为了保住自己的工作。但现在看到唐让让那副娇滴滴勾搭人的样子,他觉得自己简直是个笑话。

让他跟这种心机女道歉?

林德伦的火已经烧到了脑袋顶,激得他额头上的青筋都暴了出来。

陈总还在打圆场:"我这个侄子的确有不少毛病,人呢可能也过于爱开玩笑了。但他真的对华商很有感情,现在这个事僵持在这儿,华商的合伙人也很为难,要是能得到祁总您的谅解,给德伦一个机会,那是最好不过了。"

林德伦被叔叔一番话给点醒了。

工作。

还是工作最重要,现在受点委屈算什么,反正以后自己大不了躲着祁衍走。

祁衍晃了晃温热的茶杯,脸上没什么表情。

思虑片刻后,他为难道:"让让对我一往情深,林总这么做,的确是侮辱了她对我的感情。"

林德伦心里大骂,她对你有个屁的感情!还不是看你有钱有势!

果然不管多聪明的人,一旦动了感情,就变得愚蠢无比。

唐让让露出两颗梨窝,委屈地仰起头,眨巴着眼睛:"是呢,他居然觉得我会抛弃你跟他发展点儿什么,除非我疯了。"

祁衍平静道:"疯了也不会,你颜控。"

唐让让恍然:"你果然了解我。"

林德伦心中咆哮,狐狸精!绝对的狐狸精!

陈总僵硬地从兜里掏出手绢,擦了擦脖子上的汗,干巴巴笑道:"德伦的确是没有祁总年轻有为,两位一看就十分般配,都怪德伦眼拙。"

林德伦憋气道:"陈叔……"

陈总拦下他,又对祁衍道:"祁总,我好歹也跟孟总做过几单生意,交情也算不错,看在孟总的面子上,这事儿能不能过了?"

祁衍终于露出一丝笑意,靠着椅背:"看在我妈的份儿上,我总不能真不给陈叔叔您面子,这件事过了也可以,不过还得麻烦陈叔叔答应我一个条件。"

Chapter 10
祁老师好

陈总见事情总算有回旋的余地，强笑道："自然自然，祁总有什么需要帮忙的，我自然尽力。"

唐让让疑惑地望了祁衍一眼。

她不认为祁衍会需要这位陈总的帮助，但她也想听听，到底是什么事。

祁衍停顿了几秒，垂了垂眸，淡笑道："现在还不是时候，将来一定会麻烦陈叔叔助我一臂之力。"

竟然不说！唐让让有点儿失望。

陈总也是一愣，他放下擦汗的手绢，手指在腿上敲了敲："这……"

他猜不透祁衍到底在想什么，什么都没说就让他答应，实在有点儿强人所难了。

林德伦到底有点儿良心，不愿意看叔叔为了自己的事情付出太多，于是冷着脸道："有什么事我可以尽力，我叔父年纪大了。"

祁衍若有所思地点点头："那倒也行，你的年纪合适。"

林德伦皱了皱眉，年龄合适？合适做什么？

祁衍却没继续往下说，而是亲手给唐让让舀了碗鱼汤，放到她面前，柔声细语道："出气了吗宝贝儿？"

唐让让默默点点头，顺势而下。

面前的鱼汤做得格外精致,浓白的汤汁里点缀着红枣、腐竹、小青菜尖,鱼肉微微颤动,肉多刺少,里面饱含汤汁。

她低头用勺子舀了一点儿,放在嘴里,鲜香可口,鱼肉弹而不散。

看得出来,今天的这顿饭林德伦花了不少钱。

祁衍的手臂搭在唐让让的肩膀上,手指轻擦着她的侧脸。粗糙的手指纹路摩擦着光滑细腻的皮肤,祁衍一边爱不释手地抚摸着,一边宽宏大量道:"既然让让不在意了,那就算了。"

唐让让情不自禁地害羞了一下,毕竟祁衍的动作太过暧昧了,带着极强的宣示主权的味道。

林德伦扫了一眼唐让让,心中又复杂又郁闷。

一顿饭吃得食不知味,在气氛僵冷得实在说不下去的时候,总算结束了。林德伦火急火燎地告辞,恨不得一秒钟消失在祁衍面前。

陈总却不得不再跟祁衍寒暄一番,车轱辘话反复说了几遍,终于也走了。

唐让让环抱着双臂,饶有兴致地看向祁衍:"你到底要让陈总帮什么忙啊?"

祁衍不动声色地揽住她,将她送进车里,然后自己坐在她身边:"想知道?"

唐让让猛点头,眼睛瞪得滴溜溜圆。

祁衍意味深长道:"以后你就明白了。"

唐让让还想再纠缠下去,祁衍在她面前的意志力没那么坚定,软磨硬泡一会儿,他肯定缴械投降。

谁料这时候,唐雅芝突然打了电话过来。唐让让精神一振,紧张地看了祁衍一眼。

祁衍自然也看到了。他垂了垂眸,朝唐让让点了下头,然后对司机和助理道:"别出声。"

唐让让仿佛捧了一只烫手山芋,她深吸一口气,不得不当着祁衍的面接通电话,轻轻喊了一声道:"妈?"

唐雅芝那边声音很杂,似乎是在外面:"让让啊,你周末回家吗?"

唐让让当然没法回家,她还得去找祁衍呢。

"我……周末班里有个团日活动,可能回不去了。"她现在信口胡说是越来越顺嘴了。

唐雅芝拉长了声音,为难地"啊"了一声,又道:"能不能和你们导员说说,这都好几周有活动了,还不能好好过个周末了?"

唐让让支吾道:"哎呀集体活动你不懂。妈,你有什么事儿吗?"

唐雅芝无奈道:"也不是什么大事儿,这不是明轩从国外邮了好些什么鱼肝油回来,说是对身体好,你陈叔叔送给你爸两盒,我们也不会吃,让你回来看看。"

唐让让听闻立刻明白了妈妈的意思,这明显是替陈明轩在自己面前刷存在感呢。

果然,祁衍一听到"陈明轩"的名字,一改往日喜怒不形于色的风范,立刻沉下了脸,眉峰微挑,眼露凉意。

唐让让伸手,轻轻在他胸口摸了几下,仿佛安抚一只发怒的大猫,祁衍眼中的冷冽才稍稍降低。

也不怪祁衍对陈明轩敌意如此之强,主要是她以前年纪小,跟陈明轩又玩得太好,对祁衍的感情总是迟钝半截,才导致了这种局面。

她如果能跟上祁衍成熟的速度,不把那种交往当作友情,那就不会有现在的麻烦了。

唐让让叹了口气:"妈,你们怎么又收陈明轩的东西?"

唐雅芝不乐意道:"这有什么关系。我们和明轩爸妈关系好,互相送东西又不是一次两次了。对了,你不知道吧,明轩在学校得奖了呢,听说是个特别厉害的奖,全校只五个人获得。"

唐让让仰身靠在靠背上,望了望车窗外飞快掠过的风景,眯眼躲避着正午强烈的阳光,不耐烦道:"是是是,好厉害。"

唐雅芝明显听出唐让让不耐烦了。

她顿了顿，突然放软了声音，采取怀柔政策："让让，你是不是有喜欢的人了？"

唐让让心头一跳，一时间不知道该怎么回答。她不自在地眨了眨眼睛，动了动唇角，说不出话来。

她的确有喜欢的人了，她不想在父母面前否认祁衍的存在，更不想在祁衍面前否定他的身份。

祁衍也看过来，默不作声。

对上祁衍沉静的眼神，唐让让突然有种冲动，她不假思索地脱口而出："是。"

如果她不承认，祁衍哪怕嘴上不说，脸上不表现，心里也会失望的。

她不想让祁衍失望，更不舍得祁衍伤心。

祁衍眼中分明闪过一丝惊喜，快得人几乎来不及捕捉。

唐雅芝发出了果然如此的叹息，缓了片刻，她又道："是不是A大的？同班同学吗？不是妈给你泼冷水，大学谈的恋爱也没有多靠谱，很多人一毕业就分手了。"

唐让让稍稍舒了一口气，看来唐雅芝没怀疑到祁衍身上。也是，她本来就不该和祁衍再有交集的，如果不是祁衍这么执着。

"妈，你就别想撮合我跟陈明轩了，我俩要是可能，早就在一起了。"

唐雅芝不忿道："你俩怎么不可能，要不是当初那个谁……"

祁衍还在身边，唐让让生怕唐雅芝说出什么不该说的来，于是赶紧打断她："妈我到教室了，一会儿该上课了，就先挂了啊。"

唐雅芝气道："你等等！先告诉我，你姐上次是跟谁相亲的，男方怎么样，对你姐有感觉吗？能接受你姐的问题吗？"

一连串的疑问仿佛满盆的豆子，噼里啪啦砸了下来，唐让让一时不知道该怎么解释。

她当然心里没底儿。相亲本来就是她随口一说，她又上哪里去找个相亲对象去。

"我……"

唐雅芝等不及，又继续道："我听着声音挺好听的，人也客气，还跟我打招呼呢。你觉得是不是有谱？"

唐让让一愣："啊？"她根本不知道唐雅芝在说什么。

"我也不敢催你姐。你们俩平时交流多，你也帮你姐把把关，有什么事都跟妈说说。你姐脾气太硬，情绪都憋在心里，这样不好。你也劝劝你姐，好好跟人沟通，别一有不顺就生气。"

"好好，我知道了，你是说……那天晚上，我姐相亲的男人你感觉不错？"唐让让顺着唐雅芝的话试探道。

唐雅芝果然没多想："也不是觉得不错，毕竟人我还没见到呢，但起码有礼貌，家教应该挺好。能认识你姐，估计学历也不会差。我就是担心别是什么娱乐圈的人，太乱。但你姐这工作，哪能接触到别的圈的人呢？"

唐让让脑子里乱糟糟的。所以那天晚上，唐汀汀真的和一个男人在一起？会是谁呢？

她抓心挠肝地想知道，唐汀汀当天到底是怎么瞒天过海忽悠过唐雅芝的。她妈既然这么深信不疑，说明当时在的那个男人也很配合。

想着想着，她心里突然跳出来一个名字。

顾野？

但她又猛地摇了摇头，怎么可能。

顾野那个……那个浑蛋。

"妈，我会注意的。行了，我去上课了。"

她敷衍两句，哄得唐雅芝挂断了电话。

唐让让这才揣起手机，对着祁衍眨了眨眼："你不会生气吧？"

车子开到了A大后面的一家米线店旁边，午后这家店一向没什么人，停在树荫下，看着也隐蔽。

停在这里，最不容易被相熟的同学发现。祁衍纤长的睫毛一抖，绷了绷唇："你说呢？"

唐让让当即举起右手:"我发誓,唐让让坚决和陈明轩撇清关系,这辈子心里只爱祁衍一个人,祁衍生气了,那就是唐让让做得不够,祁衍没生气,那说明祁公主宽宏大量善解人意,总而言之,祁衍一切都是对的。"

祁衍轻轻摇头,眯着眼睛哼了一声:"态度还不错。"

虽然他不明说,但唐让让的表态显然有很大用处。

不然哪怕明知道唐让让跟陈明轩不可能,他也要不悦一段时间。

唐让让笑眯眯地用小指尖钩了钩祁衍的手,两颗小巧可爱的梨窝缀在唇边。

网友诚不欺我!

女(男)朋友生气了怎么办?不要讲道理,道歉就完事,用在祁衍身上效果出奇地好。

安抚好了祁衍,唐让让刚准备下车,祁衍突然一把抓住了她的手腕。

唐让让诧异地转回头,祁衍凑上来,在她唇边啄了一下,说:"晚上早点儿过来,有惊喜。"

唐让让眼前一亮,舔了舔被祁衍亲过的唇角:"什么惊喜?"

祁衍:"……"

唐让让皱着脸:"好吧好吧,我会早点儿过去的。"她见四下无人,单手推开车门,噌地跳了下去。人是跳下去了,却把背包给忘了。

祁衍无奈,拎起她的包,亲自下车,咳嗽了一声。

唐让让回头,也反应过来,又立刻往祁衍身边跑。

还不待唐让让跟祁衍说话,张熙媛和室友从米线店里走出来,打着太阳伞正准备回学校。张熙媛眼尖,一眼就看到了朝祁衍跑过去的唐让让。

唐让让也敏锐地发现了张熙媛,顿时吓出了一身冷汗。她和祁衍的关系,最不应该被张熙媛知道。张熙媛知道了,第二天肯定传遍整个学校,事情就麻烦了。

唐让让急中生智,猛地朝祁衍鞠了个躬:"祁老师好!"

张熙媛本来就爱慕祁衍,一见到他智商就降低一半,于是也蒙蒙地跟着唐让让，对祁衍鞠了一躬："祁……祁老师好。"

祁衍："……"

他默不作声地把唐让让的背包藏到身子侧面，摆出一副不苟言笑的表情，凝眉点头。

"你们好。"说罢，他深深地看了唐让让一眼，不得不反手打开车门，重新坐了回去。

张熙媛大概觉得刚刚问好被唐让让抢先了，有些不甘心，于是朗声道："祁老师再见，路上注意安全，今天讲课辛苦了！"

唐让让成功地被宿敌激起了好胜欲，她的脸上闪烁着对恩师感激的光芒，真心实意道："祁老师您慢走，天气炎热，注意防暑。"

祁衍："……"他示意司机立刻开车，不想再跟唐让让表演彼此不熟的戏码。

晚上下了课，唐让让第一时间跑出教室。

杨齐琦停下手里的动作，看向陶可："你有没有觉得让让最近很怪？"

陶可一边吸着果冻一边摇头："没有啊，哪里怪了？"

杨齐琦抿唇凝眉，朝教室门口看了一眼："她已经好几周周末没在宿舍住了吧，大一的时候不这样啊。"

陶可耸了耸肩："可能家里有事呗。"

"家里每周都有事？"

"你管那么多干吗，反正我是没觉得让让有什么问题。"陶可最近这次的雅思考试又不理想，她沮丧得已经没有精力应对杨齐琦了。

沈莫颜手里拎着保温杯，杯底在桌面上摩擦了两下，发出生涩的吱吱声。她突然道："让让是不是谈恋爱瞒着我们呢？"

不然没有道理每周都躲出去，宿舍聊年级里不错的男生时，唐让让也从不参与。

陶可拄着下巴，漫不经心道："有可能哦，让让还说祁老师是她男朋

友呢。"

杨齐琦翻了个白眼儿:"她真是没个正经。"没人会相信,祁衍真是唐让让的男朋友。

沈莫颜站起身,背好了书包:"算了,反正她不想说也没人能逼她,关键她是做主播的,太容易被些一掷千金的男粉诱惑了,不过也不关我们的事,让让心里应该有杆秤。"

其实沈莫颜早就有点儿怀疑了。她之前看到唐让让上了一辆豪车,但是因为离得太远,所以她也一直不敢确定。不过这几周下来,她越来越觉得自己并没看错。

整个宿舍都知道唐让让直播的频道,也知道她在网上热度很高,粉丝也多。那个豪刷五十二万,直接助唐让让登顶打赏榜第一的Q,就很难忽视,说Q不图点儿什么,可能吗?

谁的钱也不是大风刮来的。

甭管Q是男是女,对唐让让有意思是肯定的了,但作为室友,沈莫颜没立场说什么。

陶可反驳道:"你们俩对主播的偏见很深啊,又不是所有主播都是露肉发嗲的,让让的粉丝都是看着她下饭而已。"

沈莫颜淡淡一笑:"刷那么多钱下饭,你开心就好。"

杨齐琦扯了她一把:"别说了,走吧。"

两人挽在一起,说说笑笑地出了教室。

陶可趴在桌子上,沮丧地看了看网页上显示的考试分数,想要前进个一分,怎么就这么难呢?

看来以后真要跟让让练口语了。

黄昏时分,天边泛着一层橙红的暖光,难得一见的小团云朵仿佛波痕一般铺在天际。

天气转凉,柏油路两边的树叶微不可见地卷曲起来,抱住自己抵御凉风。

校门口烟火气正浓，香味儿顺着风势飘到校园里，仿佛勾魂的绳索，把一连串的学生吸引出来。

唐让让大概是第一个跑出教学楼的。她避开班里的同学，飞快地出了校门，绕到隐蔽的拐角处。

助理姐姐早就等在米线店旁边的树荫下了，唐让让轻车熟路地钻上车，谨慎地环视了一圈。

"呼，今天中午吓死我了，差点就被我同学发现了。"

助理笑道："你的同学即便看到了，也很难相信祁总和你是情侣吧。"

唐让让把手枕到脑袋后面，百无聊赖地看着窗外的风景，闻言赞同地点点头："这倒是。"

哪怕她没刻意隐瞒几个室友，她们也没有一个人相信祁衍和她有点儿什么。本质上，所有人都觉得她和祁衍不该是一个世界的人。

"对了，祁衍有没有让你买什么东西啊？"

她还惦记着那个惊喜。

助理摇摇头："最近没有，祁总很少让我办私事，接你除外。"

"那到底是什么惊喜啊？"

唐让让急得抓心挠肝。

车子停到了地库，她就迫不及待地冲上电梯，输入密码打开房门，还不待她进屋，突然，里面有一个毛茸茸的东西叽里咕噜地滚了出来。

"汪汪汪！"

唐让让顿了顿，眼底的错愕逐渐转变成惊喜。

面前是一只小奶狗，大概只有一两个月大，眼睛漆黑发亮像浸了墨似的，它歪着脑袋，吐着红彤彤的小舌头，急促地喘着气，一边散热，一边打量唐让让。

它的毛发格外浓密，脑袋顶上的毛不知道为什么稍稍有些发卷，竟然还跟她有点儿像。

小狗的四肢又圆又短，踩在地毯上，留下一个个浅浅的小脚印。

"这是什么品种呀?"

唐让让蹲下身,伸出一只手,小心翼翼地抚摸着小狗脑袋上的卷毛。小狗也不怕生人,一被抚摸便心甘情愿地低下头,把身子贴在地板上。

祁衍穿着拖鞋,靠在墙边,手里托着一杯咖啡,慢条斯理地抿了一口:"萨摩耶和哈士奇的混种。"

唐让让愣了愣,捧起小狗的脸。这才发现,它的眼睛上方有点儿点灰色的绒毛,怪不得这狗什么品种都不太像呢。

"这是你买的狗?"

唐让让把小狗抱在怀里,转身带上了门。

祁衍摇头,坦然道:"如果我买,一定会选个智商高血统纯正的。"

怀里的小家伙大概知道祁衍没说什么好话,便立刻不满地呼噜几声,在唐让让掌心蹬了蹬腿,唐让让的手心被它挠得痒痒的。

"小东西好可爱啊,混血也挺好,看着漂亮。"

唐让让从小就喜欢小动物,但她家里毕竟有姐妹两个,室内空间也有限,根本没办法再照顾一只宠物,更何况唐雅芝工作辛苦,也没时间再付出一份精力。

后来唐让让长大了,唐汀汀也事业有成了,唐雅芝还是嫌宠物掉毛多,不同意她养,这件事就这么搁浅了,她也没对谁提过。

不能养还不能"云"撸嘛,现在网络这么发达,不就是给人便利"云"吸别人家小宝贝嘛。

祁衍意味深长地看着她,勾唇一笑:"是,混血看着漂亮。"

唐让让抬眸,对上祁衍的目光,这才确定他说的是自己。

于是她顺杆就爬:"不仅漂亮哦,混血还聪明。"

祁衍站直身子,把咖啡杯放在一边的桌上,轻笑:"行,你说得对。"

"那你还没说到底是从哪儿弄来的?"

祁衍探手,戳了戳小狗柔软温暖的皮毛。

"阿姨收拾别墅,它自己跑到我家里来赖着不肯走。最开始很可怜,前爪有些骨折,走路一瘸一拐的,浑身还脏兮兮的,我让人把它送去宠物医院,今天才刚出院。"

祁衍难得一口气说这么长的话。

唐让让听闻,眼神柔软起来,怜悯地垂着眸,轻轻抓挠着小狗纤细脆弱的脖颈。

"这么惨啊,它应该是被原来的主人抛弃了吧。"

不怕生人,还知道往人家里闯,一定是被养过的。

"或许吧。"

唐让让知道,祁衍没有太多细腻的同情心,他大多数时候,感情是很淡薄的。

"怎么突然想收养它了?"

"对突然闯进我家里的可爱东西,我一向没什么抵抗力。"祁衍冷不丁补充道。

唐让让弯眸,咯咯笑道:"你是在说我呢?"

当年要不是她贸然闯进了祁衍的书房,大概就没有后面的这些事了。

不过她那时候胆子可真大,脑袋里也没什么规矩,哪怕祁衍一脸冷意,她也傻兮兮地缠着他玩。

祁衍这个人,有些时候比小公主还要矜持傲娇,哪怕再喜欢,再感兴趣,他也会先拒绝个七八遍,等人缠着他九十遍,这才看似勉为其难地纡尊降贵,纵情一试。

大部分人,并没有缠着他七八遍的耐心,但唐让让有,且精力旺盛不知疲倦,像个热情燃烧的小炮仗一样,把祁衍的生活搅得天翻地覆。

不过,要不是她横冲直撞,一点都不会察言观色,也不至于最后被孟溪则委婉赶走。

"嗯,是说你。"

祁衍眼神一沉,突然伸手,把小狗从唐让让怀里捞出来,放在柔软的地毯上,然后紧紧地揽住唐让让的腰。

唐让让贴着祁衍的胸膛，紧绷的身子逐渐柔软下来。她深深吸了一口气，用膝盖撞了撞祁衍的小腿："我们就在门口站着吗？"

祁衍用手指拨开她遮挡在眼前的细碎长发，轻声喃道："你要是像这只小狗就好了，既然闯进我家里来，就活该被我抓住，牢牢困在家里，不许乱跑，不许跟在别的什么人身后。"

唐让让哼唧一声："那就叫它'祁困困'好了，特别符合祁先生的占有欲。"

祁衍放松了些力道，问："怎么不叫'唐困困'？"

唐让让抬起眼睛，漆黑的眼珠湿润晶莹，她卷曲的睫毛根根分明，像片小羽毛似的，点缀着细嫩泛红的眼角。

"因为唐让让真的想跑，祁衍还是不舍得把她困住的。"

她声音又嗔又软，像是撒娇又像是撩拨。

祁衍淡笑："好，就叫祁困困。"

祁衍将永远被困在唐让让身边……

盛夏已过，天气逐渐转凉，黑夜的长度逐渐拉长，空气里也多了几分冷冽的味道。

祁衍最后一次课上，唐让让裹上了大衣，现在的温度刚好，不冷不热，哪怕仰头顶着阳光，也感受不到灼热。

唐让让的眼睛变得舒服了不少，最后一节课，祁衍也穿了件黑色长款大衣，还是唐让让帮他选的。

他刚一走进教室，底下纷纷传来惊呼声，和第一次见他的时候一样，女生们的反应格外热烈。

祁衍换装带给了这帮人新的刺激，不得不说，他长得好看，所以不管穿什么都别有风采。

祁衍挑了挑眉，站上讲台，双手拄在桌子上，身子微躬。他轻轻屈着一条腿，饶有兴致地打量着这些跟了他十节课的学生。

不管有多少是来凑热闹的，总之这些人给了他第一次做老师不少支持，让他的课堂黏度极高，创了A大的纪录。

"这是我在A大的最后一天，今天过后，我的任务就完成了。"

他没急着开电脑，反而不紧不慢跟下面聊起了天，底下此刻却开始鸦雀无声了。

刚被美颜迷得七荤八素，现在被告知这是最后一次了，任谁都会有点儿失望，哪怕是唐让让。

这是祁衍作为祁老师的最后一天了，以后他再也不会一本正经地站在讲台上，时不时偷偷给她一个或安抚或警告的眼神。

唐让让用手掌托着下巴，头一次跟室友一起抢到了前排的位置，在这里看祁衍格外清晰，甚至连他轻折的眼尾都能看得清清楚楚。

那个她昨天晚上刚亲吻过的眼尾。

祁衍顿了顿，继续道："感谢这段时间以来大家的支持，虽然很抱歉，我并没有记熟每个人的名字，但如果我的课能够给你未来的职业道路一点儿帮助和思考，就不算白来。

"另外，这个暑期，我知道大家都要开始找实习，也欢迎大家到我的公司来面试。我知道很多人来上课是为了这个目的，我会尽力为大家创造更多的实习岗位，但能不能应聘成功，还要靠你们自己。"

一提到实习岗位，下面果然激动起来。

陶可压低声音感叹道："祁老师也太好了吧！"

唐让让默默点头。

沈莫颜叹息一声："你们别高兴得太早，不是说还要面试的吗，你们怎么知道自己一定能过。"

杨齐琦也道："祁老师刚才也说，连我们的名字都没记住，所以也不用指望他能照顾一下了，我看多的名额也是被top那几所高校的学生抢走，让让你说是吧？"

"啊……对对对。"唐让让愣了一下，随即猛点头。

沈莫颜比较消极："反正我觉得我们宿舍都够呛，毕竟还有那么多研究生学长学姐呢，和他们相比，我们就是什么都不懂。"

陶可被泼了一头凉水，头脑也冷静下来了。唐让让垂着头，轻轻咬了咬食指骨节。

祁衍一定会让她通过实习的吧，这算不算是行使特权呢？

她们毕竟坐在前排，声音稍微大一点就很容易传到祁衍耳朵里。祁衍随即朝她们几个的方向望了一眼，唐让让机警地坐直了身子，无辜地眨了眨眼。

"公司更注重个人能力，对名校和学位不太看重。"

杨齐琦瘪了瘪嘴，嘟嘟囔囔道："说是这么说，结果最后还不是招T大P大的学生。"

陶可反驳道："那也证明人家真的厉害啊。"

唐让让冷不丁地接道："他这么说的意思是，会给A大的学生创造一些便利。"

杨齐琦满脸写着不信："还创造便利，祁老师这么严谨的人，怎么可能呢。"

沈莫颜也问："对啊，你怎么知道？"

唐让让心道，因为我了解他。

"分析啊，祁老师又不会明说。"

祁衍淡淡一笑："好了，闲话就说到这儿，上课吧。"

最后一节课结束得格外快，祁衍并没有准备很多问题讲，剩下的时间，助教便缠着他给每个学生的平时表现打分。

这就有点儿强人所难了，祁衍根本连人都没认，更不用说关注每个人的上课状态了。

助教苦兮兮道："老师，教务处还是要根据您的评价给分的。"

不然连随堂测验都只有一次，这课的分要怎么给啊。

祁衍摇摇头，说："我这本来就是公开课，主要目的是分享，不是计入成绩。"

助教犹犹豫豫道:"那……也不能都给满分吧?"

祁衍思索片刻:"我和你们院长商量一下,取消打分吧。"

助教只得拿着打分表坐了回去。

教室里顿时一片欢呼。当然,那些自认表现格外好的,却又有点儿失望,张熙媛就是其中一个,上次测验她的得分最高,明明可以靠这节课把所有人落下一大截,结果现在又要取消打分了。

张熙媛不甘心,举手道:"祁老师,可是我们还需要靠成绩刷绩点呢。"

祁衍淡淡看了她一眼,说:"我说过,我没有认人,让我打分给评价不公平。"

张熙媛鼓起勇气,站起身来,说:"给您留下印象也是能力的一种不是吗?"

底下同学窸窸窣窣地质疑张熙媛:

"什么嘛,都是为了她自己。"

"肯定她觉得祁老师对她印象好呗,这么明目张胆地要分。"

"张熙媛真的好自私啊,祁老师都说不打分了。"

"她觉得自己能第一吧。"

"能不能坐下闭嘴啊,就她话多。"

…………

这些质疑和嘲讽张熙媛都听到了,但她不在乎,这些都没有她的分数重要。

祁衍沉默了片刻,轻笑道:"不行。"

张熙媛急道:"为什么?"

祁衍讳莫如深,手指轻轻地摩擦着教鞭:"因为……太不公平了。"

唐让让在底下如坐针毡,一听到这句话,猛地抬起头,生怕祁衍突然说出点什么不该说的。

祁衍这个人,其实不太在乎规矩的,他愿意遵守的,都是他自己制定

的规则,别人的观念很难禁锢他。

张熙媛咽了咽口水,片刻失神道:"这是……什么意思?"

祁衍眼神变得冷了几分,他不相信还会有人听不懂,但他也不介意多解释几句。

"有些人的分数会高得超乎想象,这对其他学生不公平,至少在校园里,我希望大家还能体会到公平。"

张熙媛的心却一下子凉了,她难以抑制地回想起了那天中午,唐让让紧张得身子僵硬,大声对祁衍喊了句"老师好"。

她瞥向唐让让,唐让让正像只小鹌鹑似的,恨不得整个人缩起来,或许,并不是只有一句老师好。

Chapter 11
明目张胆的偏爱

回祁衍公寓的路上,唐让让仿佛屁股底下装了弹簧,在车上翻腾来翻腾去:"啊啊啊!你太大胆了,哪怕是最后一节课,也不能放任自己啊!"唐让让一边翻滚,一边抓着自己的头发。

张熙媛这人生性多疑,心眼儿又小,之前的事加上祁衍的话,多半能让她明白个大概。

张熙媛要是知道了,估计明天就能传遍全校。

唐让让只想当个普通学生,一点儿也不想成为同学眼中的另类。

祁衍捏住她的后颈,云淡风轻道:"她不会说。"

唐让让气鼓鼓,脸都绷了起来:"你怎么知道!"

祁衍手指一用力,强迫唐让让仰头看着他,然后一字一顿道:"因为做我的女朋友是值得羡慕的,而不是被嘲笑。"

唐让让眨眨眼,也有道理,这件事要是讲出去了,哪怕别人嘴里不说,但心里肯定也会羡慕她的,这不是张熙媛期待的效果。

"你先放开我。"她的脖子又细又嫩,祁衍捏一下,就能留下几个红手印。

把脖颈从祁衍的手中解放出来,唐让让伸手揉了揉,开始说正事:"对了,你在课堂上说,会尽量多提供实习机会,是不是为了我啊?"唐让让指了指自己的鼻子。

祁衍眯眼："你说呢？"

唐让让弯着眼睛，半跪在座位上，凑得离祁衍更近了些："那是不是我怎样都能通过面试啊？"

祁衍沉默片刻，饶有兴致地转过身来，单手搭在座椅靠背上，伸出两根手指，掐了掐唐让让的脸蛋。

"是。"

"啊？"唐让让一怔。

她其实没想到，祁衍会坦然承认对她有所优待，这让她一时之间不知道该怎么反应。她已经做好被祁衍拒绝后，自己找话题缓解尴尬的准备了。

祁衍继续道："不过进来后，能不能待下去，就靠你自己了，而且如果做得很差，会有惩罚。"

唐让让就知道他没那么容易放过自己，蠢蠢欲动的心又沉了下去。她坐在自己的小腿上，神情倦倦道："惩罚什么？"

祁衍收回目光，望着车前的风景，淡淡道："罚款呗。我给的实习工资很高，德不配位就拿不到钱。"

唐让让狡黠一笑，很快隐藏起自己的得意，故意勉为其难道："那好吧。"

其实罚款对她来说实在不算大事，老板祁衍罚的钱，她可以管男朋友祁衍要回来。

祁衍佯装不知道自己言语中的漏洞，把唐让让扯到怀里，手指把玩着她柔软卷曲的长发。

下第一场冬雪的时候，祁衍公司的校招正式开始了。

他特意嘱咐人力部门将时间提前了不少，这样那些没有应聘上的学生，还可以有充足的时间准备其他公司的招聘。

想要应聘，简历是不可或缺的，作为一名大二学生，唐让让实在是没什么华丽的经历可写，绞尽脑汁熬了一夜，连一张A4纸都没凑齐，就连写上的地方,也有勉强的成分。

唐让让胃不太好,有些畏寒,她缩在椅子上,抱着膝盖,用双腿夹着热水袋来温暖肠胃,身后还裹着一件毛茸茸的大衣。

宿舍的暖气片有些老化了,从暖气管流过的也仅仅是温水罢了,窗户只有薄薄的一层玻璃,哪怕拉紧了窗帘,寒风还是能从缝隙中溜进来,闯入人的肌肤,把凉意带入骨髓。

她揉了揉冻得有些发僵的手指,坚持在笔记本电脑键盘上打字。

陶可叹息道:"住在阴面我真是要疯了,这根本就不是人待的地方。"

沈莫颜也抱怨:"冬天都这么冷了,学校还把空调停了,什么意思嘛。"

陶可道:"不是说空调太老了,长时间用容易坏吗?"

杨齐琦身子向后仰,把脖子伸出来,加入聊天局:"团委老师可说了,人家南方学校比我们还冷,也没有暖气,人家能坚持我们也能坚持。"

沈莫颜道:"搞笑,我们是属企鹅的吗?耐冷有什么好比的。"

陶可瞥了一眼唐让让,唐让让正用食指一个键一个键地敲击键盘。

陶可问:"让让,你还改简历呢?"

唐让让盯着电脑屏幕,点了点头,将腿缩得更紧了一些,说:"写得不太好。"

沈莫颜戳破她:"你得了吧,我们才大二,还不懂什么呢,哪儿来的豪华简历?"

唐让让吸了吸鼻子,带着些许鼻音道:"那也要看着好看一点儿吧。"

杨齐琦靠着椅子,晃悠着,愤愤道:"反正我是不去祁老师那里面试了,肯定选不上我。"

沈莫颜劝她:"你别这么消极嘛,或许其他学校没什么人报呢。"

杨齐琦冷笑一声:"怎么可能,祁老师公司的实习工资都给到别的公司正式工资的水平了,谁不想去?"

唐让让听着她们聊天,孜孜不倦地敲打着键盘,可惜她实在没什么值得拿出来吹嘘的经历,哪怕照着网上最漂亮的模板写了一份,只要读出来,还是觉得她"一穷二白"。

唐让让把手缩进胳肢窝,想取取暖,谁料却把自己冻得一抖。

太冷了。

也不知道为什么,今年夏天极热,冬天极冷,京市的环境和气候真是堪忧啊。

她又把手抽出来,将写好的邮件拖入邮箱,然后输入了邮箱地址,鼠标在发送键晃了几下,她还是没发送。

虽然祁衍说无论如何都会要她,但如果写得太幼稚太差劲,不是也给祁衍丢脸吗?

于是她把邮箱地址删掉,又重新填了祁衍的私人邮箱。

接着她拿起手机,给祁衍发了一条消息——

"我的简历写完了,你看看可不可以。"

发完之后,唐让让吸了吸鼻子,拿起自己的毛巾和洗面奶,准备去水房洗把脸。这种恶劣的天气,真应该从学校搬回家里去,可惜期末在即,又有好几科准备结课,她没那么多时间。

"阿嚏!"唐让让打了个喷嚏。

陶可关切道:"不会是感冒了吧,你快喝点儿板蓝根压一下。"

唐让让大大咧咧道:"没事,我睡一觉就好了。"

水房里的水冷得彻骨,唐让让兑了些热水,这才飞快地洗了脸,等回到宿舍,陶可提醒她:"让让,刚刚你手机响了,有人打电话,你没接到。"

唐让让立刻挂好毛巾,擦了擦手心,把手机捏起来。

果然是祁衍。

她握着手机,转身往门外走。

沈莫颜诧异道:"这么冷的天你还出去打电话,反正我们都没学习也没睡觉,你就在屋里打呗。"

唐让让支吾了一下:"不用,我马上就回来。"

沈莫颜望着被紧紧关上的大门,思索了片刻,轻声道:"打个电话神神秘秘的。"

唐让让溜出宿舍，飞快地给祁衍拨了回去。

她一边搓着手一边等待着，好在，祁衍很快就接了。

唐让让赶紧解释："我刚刚去洗脸了。"

"嗯。"祁衍应道。

唐让让冷得抖了抖，在走廊里来回踱着步："你找我什么事啊？"

"感冒了？鼻音这么重。"祁衍原本是来找唐让让说简历的问题。

唐让让写的完全是网上宣扬的那种华而不实的内容，这样的简历交上去，几乎是被立刻 pass 的结局。

但他还没来得及说，就敏锐地听出了唐让让浓浓的鼻音，她声音平时是清亮的，如果身体不舒服，嗓音变化还是很明显的。

唐让让搓了搓胳膊，躲开被寒风侵蚀的玻璃窗，清了清嗓子："今天晚上有点儿冷，睡一觉就好了。"

祁衍皱眉："学校里不是有暖气吗？"

唐让让舔了舔下唇："我们是老宿舍，暖气片不太好用了。"

祁衍又道："那空调呢？"

唐让让晃了晃身子，把手揣进兜里暖着："学校说空调也老了，经不起长时间使用。"

祁衍沉默片刻，缓缓道："我知道了。"

唐让让道："哎呀没事啦，我去年冬天也照样过来了啊，反正也就冷一个月左右，等过了这段时间就好了。你还没说找我什么事？"

祁衍："不急，你先睡觉，周末我指导你改简历。"

唐让让微怔："这……不用了吧。"

她知道祁衍的时间很宝贵，改简历这种小事，也不用他亲自指导啊，他只要跟她说哪里不行，她自己琢磨就好。

祁衍轻笑："怎么，老师给你加课，你不想？"

唐让让无奈道："你知道我不是那个意思。"

"永远不用觉得麻烦我,我也想被需要。"

唐让让攥紧了手指,突然之间觉得那点寒冷都不太在意了,她心里暖暖的,压制住了想要哆嗦的冲动,不管距离多远,祁衍总能温暖她。

她喃喃道:"好,我记得了。"

次日上学,大家都把自己裹得厚厚的,教室还不如宿舍,里面更冷。

好在课程没多少了,上完课躲到开空调的自习室里,一直自习到晚上九点半。

唐让让和陶可结伴,从教室回宿舍。

陶可叹道:"我准备再买一个热水袋,一个根本不够用,暖了脚身上冷,暖了身上脚冷。"

唐让让皱了皱鼻子:"我睡衣挺厚的,一个暂时还行。"

陶可:"得了吧,你都冻成这样了。而且你不是胃不好吗,我看你这几天吃得都少了。"她吃得一少,连直播的热情都衰退了,呦呦直播新人辈出,她如果再消极下去,粉丝迟早跑光。

两个一路吐槽着学校的基础设施,回了宿舍,唐让让把围巾裹得紧紧的,低着头,钻进了厚厚的棉帘子。

刚要往楼上走,陶可一把拉住了她:"等等,你看!"

她一指墙上白纸黑字的通知。

唐让让顺着她的手指一看,顿时惊得整个人都木了。

陶可热泪盈眶道:"这是什么天使老师啊!又温柔又有才华,还这么关心学生!"

纸上写着,宿舍将于明天更换空调,届时学生们可以自由使用,空调的费用由祁衍赞助。

唐让让跟着陶可回到房间,又找了个借口溜出来。

她拨通祁衍的电话,一边着急地用手指敲着墙壁,一边在心里默数手机里面传来的嘟嘟声。

等了一会儿，祁衍的声音传出来："回宿舍了？"

唐让让手上的小动作停住，抿了抿唇，低声道："在宿舍呢，我看见学校的通知了。"

祁衍靠在办公椅上，轻轻一挑眉："为了空调给我打电话？"

"当然不仅是为了空调……不过你也捐得太多了。"

那可是一整个宿舍楼的空调啊！

她也不知道到底要花多少钱，但是恐怕A大领导要把祁衍当作半个亲人了。

祁衍若有所思地点点头，反问道："那要是就给你一个人换，是不是太明显了？"

祁衍一说，她脑子里不禁浮现出一幅场景——自己抱着崭新的空调，吹着暖风，像只大熊猫似的，被整栋楼的女生围观。尴尬中竟然还有点儿刺激。

祁衍清了清嗓子："很晚了，早点儿睡觉。"

"噢，那晚安。"

和祁衍通过电话，唐让让趿拉着毛绒拖鞋，走到了宿舍门口，里面激动的声音隔着一扇门都听得到。

唐让让推门进去，三个女生正裹着被子，只露出脑袋，兴奋不已地叽叽喳喳。

"明天就能吹上空调了，我真是太感动了。"陶可吸了吸鼻子，把被子裹得紧了紧。

"总算能换了。我真是对学校服气了，实事都让别人做，他们的经费都用来干吗了。"杨齐琦有些不满。

沈莫颜揉了揉鼻尖，嗓音有些发哑："多亏祁老师来我们学校教课了，一定是他觉得教室太冷，才想起来给我们捐空调的。"

唐让让一边往里走，一边不自在地眨巴眼睛。

其实……是为了我啊！

奈何宿舍没有人相信她,所以她也就没插上话。

不过不管是为了谁,好在唐让让很快就用上了祁衍捐赠的空调,有了空调之后,晚上在宿舍学习也不用冻得直跺脚了。一切都很好,除了代价有点儿大。

祁衍的公开课成绩也很快出来了,成绩那一栏里面,只有合格和不合格之分,最后并不计入绩点。

绝大部分人都是合格,除了一两个被助教抓到经常逃课的。

张熙媛对这个结果并不满意,但作为学生,她也无能为力,更何况祁衍说过,最高分不会是她。

她猜,那个人是唐让让。

但张熙媛怎么也想不通,唐让让到底是怎么和祁衍认识的。她一直和唐让让住在一个小区,低头不见抬头见,唐让让的一切举动,她心里都有数。

但她现在发现,自己不了解唐让让的地方太多了。她不知道唐让让怎么当上品牌校园大使的,也不知道唐让让怎么吸引到祁衍的,想到之前自以为是的举动,她觉得自己简直像个笑话。

唐让让也一定把她当作笑话了。

张熙媛心中郁结,想了想,自己也没有可以发泄的对象,不由自主地,她又想到了无数次给她帮助的备胎陈浩哲。

张熙媛从聊天记录里找了半天,才把已经删除的陈浩哲的电话找了回来。之前她自命不凡,觉得陈浩哲说祁衍为了唐让让来新生晚会是耸人听闻,所以一怒之下,她把陈浩哲给删了,但现在她已经无法欺骗自己了。

张熙媛等了好久,对方终于接听了。

张熙媛顿了顿,声音放软道:"浩哲哥?"

陈浩哲深吸了一口气,他实在没想到,还能接到张熙媛的电话,他以为毕业之后,他们掐断联系是自然而然的事。

毕竟张熙媛不喜欢他,而他的自尊心也不允许自己做张熙媛的备胎。

"什么事?"陈浩哲淡淡道。

张熙媛咬了咬下唇："浩哲哥，我觉得你是对的，唐让让好像真的跟祁衍在一起了。"

陈浩哲沉默了一两秒，这才问："你怎么知道的？"

张熙媛凝眉："课堂上，祁老师承认了，虽然他没有说是谁，但我确定就是唐让让。"

陈浩哲早已了然："当然是她，祁衍看她的眼神就不正常。"

张熙媛又嫉妒又气愤，有些失态地吐槽道："他们这样也太过分了吧！"

陈浩哲嗤笑一声："那你跟我说有什么用。"

早在之前那次新生晚会上，他就发现了祁衍和唐让让之间的不对劲。一个小小的新生晚会，哪里能请得动祁衍这尊大佛，许多人猜测是因为学校领导的邀请，只有他知道，祁衍是为唐让让来的。

但陈浩哲又不能做什么，只能在提到祁衍的时候阴阳怪气一番，毕竟他还是十分想去祁衍公司工作的，那里出了名的工资高环境好，为了一份优越的工作，他也不会在乎这些。

但张熙媛在乎，她一下子被陈浩哲说愣了，她原本觉得陈浩哲会是唯一一个理解她的人，毕竟这个秘密只有他们两个知道，陈浩哲哪怕不跟着唏嘘一声，也不至于这么平淡。

"浩哲哥？"

陈浩哲大概也意识到自己方才的语气有些吓到张熙媛了，爱美之心人皆有之，只要张熙媛还貌美如花，陈浩哲就不会真的跟她撕破脸。

"我的意思是，你又没有能力改变什么。"

张熙媛低头不语，她的确无法改变什么，祁衍喜欢谁，不由别人说了算。

"我最近这段时间有很多面试，如果不是要紧事，尽量别给我打电话了。"陈浩哲很快挂断了电话。

张熙媛听到听筒里的嘟嘟声，泄气似的趴在了桌子上。

周末，祁衍把唐让让的简历重新编辑了一份，还妥帖地帮她翻译了英

文版。

唐让让接过来一看，发现祁衍把她大学里那些搜肠刮肚写上的实习经历删掉了，着重介绍了她的语言优势。

祁衍改完之后，帮唐让让保存到 U 盘："自己好好看一看，面试的时候别说错了。"

"好的。"

"公司人力更喜好能力强、有主见的人，所以不要吝于发表意见，但切忌莽撞。"

"嗯嗯。"

"还有，人力主管今年四十岁，工资不低，但生活特别节俭，喜好穿某平价品牌，平时公司里很少有人迎合他，你要是也能穿一件，那在他心里的印象分应该会不错。"

唐让让特别狗腿地站在祁衍身后，伸出软乎乎的手帮祁衍捏着肩膀。

"这算不算是 boss 亲自帮我作弊啊。"

祁衍反手捏住唐让让的手背，一勾唇，用力将她扯到怀里。

"算，作为老板，这么做非常失职。"

唐让让抬了抬眸，眼底闪过一丝惭愧："那你还……"

"但作为男朋友，我希望能帮你扫清一切障碍。"

自从秋招开始，学校里紧张气氛就弥散开了。

A 大属于综合性大学，没有哪个专业突出优秀，所以在京市的竞争力不强，这种紧张的气氛蔓延到了大二大三，也就只剩大一的小朋友还没心没肺地为了社团活动奔波。

唐让让的简历被祁衍改过之后，她就没敢动，直接转成了 PDF，去楼下打印店打了十来份，虽然祁衍说她肯定能通过面试，但她也想多去别家公司历练一下。

陶可是专攻留学的，所以对校园招聘，她有种置身事外的轻松感。

沈莫颜和杨齐琦也早早准备好了简历和去面试的西装,她们不是毕业生,没办法去校招现场,但是听说校招的公司都有实习生名额,可以网上报名。

杨齐琦歪过头问了一句:"对了,祁老师公司也开始招实习生了,八个名额,比去年多五个。"

沈莫颜叹了口气:"还的确是多加了呢,但是依旧没什么用。"

整整多了五个名额,对于精尖的投资公司来说,已经是十分不易了,可惜对这些学生来说,还是太少了。

唐让让把简历小心妥帖地放进透明袋里,用曲别针夹好。

杨齐琦回头问她:"对了让让,你准备报哪里啊?"

唐让让老老实实地答道:"祁衍的公司。"

杨齐琦撇了撇嘴,叹息道:"我劝你还是算了,不是我泼冷水,别说和外校的竞争了,就是和本校的人比,人家 HR 也更愿意要研一的。"

沈莫颜无奈地摇摇头:"反正就是个体验呗,让让去试试也好,毕竟她绩点差不多满了,可能可以加分的。"

杨齐琦见沈莫颜开始做老好人,便也不说了:"那让让你加油,我就不去凑热闹了。"

唐让让把东西揣好,对着镜子理了理刘海,点头道:"好啊。"

中午吃完了饭,化好了淡妆,唐让让便一直紧张地等在宿舍里。

统一笔试的时间是下午三点,可以自行在网上答题,而笔试通过,现场面试的时间是下午五点半,正巧不耽误她上课。

唐让让时而写作业,时而复习一遍英文自我介绍,一颗心提到了嗓子眼儿。

陶可又去上了个口语班,听说这次的老师水平很高,雅思保过七分。

沈莫颜和杨齐琦审时度势,理智地认为自己不会被祁衍公司录取,便一起去了泽成投资面试。

这家公司招的人多,而且历届都有大二的学生被招进去,对她们来说,

把握更大，所以泽成的面试时间和祁衍公司撞了，她们也一点不觉得遗憾，可唯一让她们感到意外的是，在这家公司见到了张熙媛。

张熙媛无论如何都应该拼一下去祁衍公司面试的，不单单是因为她对祁衍的仰慕，更因为她有个相熟的学姐在里面做主管，总的来说，张熙媛比她们所有人都更有希望。

杨齐琦忍不住过去问了一句："你怎么也来泽成了？祁老师那边的笔试你不参加了？"

张熙媛捏着文件袋，冷冷地扫了杨齐琦一眼："你是故意的？"

杨齐琦莫名其妙道："什么故意的？"

张熙媛哼了一声，不理杨齐琦了。她不相信唐让让的室友们不知道这件事，看她们以前维护唐让让的样子就懂了。

杨齐琦心里憋着气，发作也不是，不发作也不是，张熙媛现在真是太高傲了，连表面友善都懒得维持了。

杨齐琦扭过头来，故意大声对沈莫颜道："什么德行，还成天自命不凡的。"

沈莫颜扯了扯她的手，示意她忍一忍，别在休息室发作。

杨齐琦甩开沈莫颜的手："本来就是嘛，还以为能保送祁老师公司呢，结果——呵呵。"

张熙媛瞪大眼睛，问杨齐琦："你说谁呢？"

她的手指攥得紧紧的，指甲掐进肉里，压出了几个印子。

杨齐琦深吸了几口气，翻了个白眼儿："说谁谁知道。"

张熙媛气乐了，她踩着高跟鞋，走过来几步："你以为我去不了祁老师公司？我是懒得跟唐让让待在一个地方，硌硬！"

杨齐琦道："呸！吹牛吧你，你绩点还没让让高呢，就凭一个朴金晴你能进？"

张熙媛阴阳怪气道："是啊是啊，肯定不如唐让让有祁衍做靠山嘛，不过她怎么就没带你们宿舍一起飞升呢，看来还是关系不够好哦？"

沈莫颜皱眉道:"你们俩能不能别说了,这儿还这么多人呢。"

张熙媛也不想因为杨齐琦影响自己的情绪,于是一甩脸,走到远点儿的地方去了。杨齐琦余怒未消,脸都有点儿憋红了。

沈莫颜低声道:"她怎么确定让让一定能进公司呢?"

杨齐琦低斥道:"她知道个屁,就是给自己胆怯找理由呗。"

沈莫颜凝眉,淡淡道:"我觉得不像。她说唐让让有祁衍做靠山,是什么意思?"

杨齐琦怔了怔:"大概是觉得祁老师对让让比对她好吧。"

沈莫颜摇了摇头,没再多说什么。

宿舍里,唐让让三点半准时完成了笔试。笔试的题并不难,很多祁衍在公开课上提过,所以哪怕有答题时间限制,唐让让也不怕。

大概等到四点,她收到了面试通知,面试时间在下午五点半。

她算了算这里到祁衍公司的时间,麻利地换好衣服,拎着包出了门。

她没穿正式严谨的西装,而是套了一件羽绒服,把自己裹得严严实实。

外面真冷,最近还下了雪,光秃秃的树枝上挂满了碎霜,雪堆积在地上,很快就变得僵硬了。

京市很久没下过这么大的雪了,哪怕环卫连夜除雪,路上也还是很滑,充斥着车轮形状的泥污。

和那些里面套着板硬西装的同学相比,唐让让要舒服多了。

有些人为了防止西装被压皱,干脆就没穿外衣,这么冷的天,到了面试公司也冻得浑身僵硬了。

唐让让临出发前,收到了祁衍的短信,三环堵得厉害,车赶不过去了,让她坐地铁走。

之前她去那里,都是被助理姐姐接去的,等真的需要自己换乘地铁,才知道下班时间 CBD 的地铁线有多挤。

好不容易到了大楼底下,唐让让深吸一口气,理了理头发,按下了电梯。

虽然有祁衍帮助，但唐让让对这次面试还是相当重视的，她总不能进来做一个人人瞧不起的花瓶。

昨天，她特意去理发店做了头发，把带着玉米卷的长发拉直。

往日蓬松的卷发如今柔顺地披在后背，显得她圆润的脸蛋都瘦了一圈，她捋了捋耳边的头发，定了定神，走出电梯。

祁衍在虹融大厦租了三层写字楼，已经算是这里面积比较大的公司了，她在二十七层停下，一走进玻璃门，就看到等待着不少等待面试的人。

众人齐齐地望过来，唐让让这才发觉自己的格格不入。

所有人都穿着板正的西装，正襟危坐，手里捏着一沓厚厚的个人成绩证明，就只有她，套着厚厚的羽绒服，个人简历也只有薄薄的两张纸。

唐让让立刻局促起来，下意识地舔了舔唇，到不引人注意的角落站好。

好在大家对接下来的面试都很紧张，没人过多关注她，只是焦急等待着时间。

"让让，你也来了。"

唐让让被人一叫，下意识地回头，看见陈浩哲就站在自己身后。

她怔了怔，低声道："学长好。"意料之中，情理之外。

陈浩哲换了一套比之前在学生会时更昂贵的西装，他还特意喷了发胶，涂了香水。

乍一看，比之前要成熟稳重多了。

陈浩哲酝酿了片刻，笑道："换发型了，比以前还好看。"这句夸奖不是恭维唐让让，而是认真的。

之前他只觉得唐让让可爱，并未觉得她比张熙媛漂亮，毕竟唐让让那头蓬松的玉米卷，遮盖了不少颜值。

自来卷是很难打理的，稍有不慎便会乱糟糟的一团，她的头发蓬松，脸又圆乎乎的，也只能用可爱来形容了。

但今天唐让让回眸的一瞬间，陈浩哲不由自主地心尖一颤。

原来，她像张熙媛那样认真打扮起来，竟然这么好看，也怪不得祁衍会喜欢她。

"学长今天也很精神。"唐让让保持着不远不近的距离，不失热情地应答着。

陈浩哲为了讨好张熙媛，故意给她打低分的事，唐让让不可能忘记，她不至于报复陈浩哲，但对他也绝对没有好感。

陈浩哲轻咳了一声，化解尴尬道："让让，你几点面试啊？"

唐让让答："五点半。"

"我也是五点半呢，但我四点就到这儿了，我是面试正式工的，但好像也要跟你们实习生一起。"

唐让让："哦，我也不太懂。"

陈浩哲没想到自己想问的话还没开始就被堵死了，他不相信祁衍没给唐让让透过题，他也不求太多，唐让让能透露一点，让他有点儿心理准备就好，但她竟然说不懂。

陈浩哲脸色一僵，心沉了下去，她果然还是记仇的。

陈浩哲一边觉得恨，一边又无可奈何，谁让当初自己偏偏得罪了唐让让呢，谁能想到唐让让还有这层背景呢。

他的自尊心也不允许他继续低声下气。陈浩哲脸上的肌肉抖了抖，不冷不热道："是吗？那学妹在面试官面前可别说不懂啊，不然人家也很尴尬的。"

尴尬得不知道该不该给你通过呢。

唐让让扫了他一眼，听出了他的话外之音："我的确不知道面试什么，你不用这样。"

陈浩哲皮笑肉不笑："当然，我们都不知道面试题，之前面试出来的人也不肯说。"

唐让让懒得跟他解释，把头一歪，朝里面张望着。她之前从未来过祁衍公司，但也听说过这里的工作环境出名的好。

现在一看，果然不错。CBD 的写字楼寸土寸金，往往一个工位挨着一

个工位,挤得转不开身,祁衍却舍得花大价钱给大家创造私人环境,每个工作人员的空间大得甚至可以铺个折叠床睡一觉。

这里的盆栽也是设计过的,点缀得刚好,让人一点儿也不觉得死板,有些员工从里面的 pantry(茶水间)出来,手里拿着盒哈根达斯。

嗯,下午茶也不错。

唐让让踮着脚,仔仔细细地观察着,心里有种格外新奇的感觉。

这是她从未接触过的祁衍的另一面,她终于从他的生活走到了他的工作。

半晌,助理姐姐突然带着几个人走了出来,工作状态中的她没有平时那么和善近人,看起来一副严肃精英范儿,大概是待在祁衍身边久了,所以连他变脸的技能都学得有模有样。

唐让让很懂事地没有主动上去打招呼,也没一直盯着助理姐姐看,她捏紧自己的透明袋,又往后蹭了两步,抵住了墙。

助理姐姐却朝这边走了过来,看了一眼站在角落的唐让让。她了然,对身后的人说:"你去会议室拎两把椅子过来,怎么能让实习生站着呢。"

身后的小哥愣了:"啊?祝姐……"

助理姐姐道:"啊什么啊,快去,要椅子啊。"

小哥莫名其妙,祝姐什么时候这么博爱了,都关怀到还没面试的实习生了。

陈浩哲意味深长道:"真佩服,我都站了快一个小时了,都没人来拿把椅子。"

唐让让:"……"

Chapter 12
宣示主权

椅子摆在面前,不坐才觉得奇怪,唐让让默默地拉过椅子,乖巧地坐好。

陈浩哲也毫不客气地坐下,整了整西服的衣角,生怕被压皱了哪个地方。

办公室里的暖气很足,唐让让把羽绒外衣脱下来,搭在腿上,抖了抖里面的毛绒衫。她谨遵祁衍的叮嘱,全身上下都换上了某品牌的衣服。

陈浩哲似笑非笑:"学妹,你来面试未免也太随便了吧,你看这里有人不穿西装吗?"随便成这样,看来的确是走个过场就会被录取了。

陈浩哲有点儿心理不平衡,但没办法,谁让唐让让能攀上祁衍呢。

唐让让轻飘飘道:"其实还真有一句提醒,祁衍说人力主管节俭惯了,喜欢穿这个牌子。"

陈浩哲脸色一凛。

他特意为了这场面试买的高定西装,难不成还起了反作用?

唐让让没必要说谎,因为她自己就是那么穿来的。

陈浩哲低头看了看,顿时变得有些慌张。

面试官会不会觉得他太奢侈,觉得他对工资的要求很高?

陈浩哲不由自主地抖起了小腿,一边抖,一边思索着一会儿面试的措辞。

又有一批人进了大会议室,隔着半磨砂的玻璃,隐隐能看到他们紧张得绷紧在一起的双腿,会议室里时不时传来轻松愉快的笑声,但陈浩哲却清楚，气氛远没有这么欢乐。

他低头看了看表，离五点半还有五分钟，里面肯定暂时谈不完，面试果然要推后了。

他四点就来了，站了一个多小时，又因为害怕小肚子顶着衬衫，连午饭都没敢吃，所以隐隐有些饿。

陈浩哲揉了揉肚子，难耐地看了看窗外的雪。雪已经停了，浓云消散，留下一片晴空。

说是晴空，其实已经转暗，但因为 CBD 这片区域是落地玻璃窗的大楼，大楼映衬着白雪，反射到天上，反倒让天色变白了些。

坐下没有十分钟，之前那位一直高贵冷艳的助理，又踩着高跟鞋出来了，这次她端了一小盘零食，里面有巧克力、小饼干和可颂。

助理把托盘搭在了一个空闲的工位上，看了唐让让一眼，又很快移开了眼睛："时间要推迟了，你们吃点零食。"

唐让让眨巴着眼睛，有些感激又有些无奈。她明白这是助理姐姐在照顾她，生怕她饿了。

但可惜身边有个猜到她和祁衍关系的学长，一直怪里怪气地盯着她，一切特殊待遇，都成了某些阴暗交易的佐证。

唐让让和其他面试学生一起，朝助理道了个谢，伸手抓了一块小饼干，她的确是有点儿想吃甜食了，嘴里很干很涩。

陈浩哲饿坏了，紧跟着立刻抢了一块可颂。

其余学生，大多拿了巧克力。

饼干是日本的白色恋人，很出名的牌子，之前雅美去日本旅游，还特意给唐让让带了一盒。

唐让让吃完，意犹未尽地舔了舔唇。

陈浩哲三两口就吃完了一个可颂，立刻又拿了两块饼干，全部吃下去，才有了点儿饱腹感。

可颂是楼下多乐之日新烤制的，又松又软，虽然有点儿凉了，但也不影响口感。饼干和巧克力的牌子他自然也有印象,他以前不是没在别的公司实习过,知道其他地方的pantry提供的都是什么东西,相比之下,这里简直是加班的天堂。

他小心地抹了抹嘴,暗暗给自己鼓劲儿,一定要留在这里,哪怕唐让让已经占了一个名额,那还有七个呢。

他有这么多年的社团和组织活动的经历,还有别人没有的领导能力,忽略在学校上的劣势,他还是能脱颖而出的。

过了一会儿,助理又带着方才的小哥一起送来了柠檬水。陈浩哲这下彻底知道,祁衍身边的人对唐让让的照顾有多无微不至了,累了饿了渴了,连句话都不用说,立刻有人解决,比他们这些普通学生待遇可好多了。

陈浩哲一边享受着因为唐让让而来的优待,一边又心理不平衡,他理所当然地认为,唐让让是在祁衍来上公开课之后,和祁衍搭上的。毕竟之前唐让让可没有半点趾高气扬对他漠不在乎的样子,就连他故意给她打了低分,她也不敢说什么,但现在搭上了权贵,果然不一样,言语里的生冷都要溢出来了。

五点四十五分。

上一批人终于出来了。

有人脸上带着兴奋和满足的笑意,压抑不住想要说话的冲动;有人则面色凝重,烦躁地摆弄着手机。

结果如何,一目了然。

陈浩哲数了一下,面带笑容的有两个人。这两个他心里有数,一个是T大经管研一的学生,一个是从哈佛毕业的法律硕士。这样的人能够选上,他心服口服,还有之前那批面试的,也有两个人被选上了。

虽然其中一个男生的学校还不如A大,但看他那一沓厚厚的个人资料,大概是有什么专精方向。

假设没有人隐藏情绪,那么目前被录取的也就只有四个人,还有四个名额,会在他们这批和后面六点的那批人中产生。

陈浩哲紧张得心脏狂跳不止,按照每批人收两个的逻辑,他们这八个人中,还应该有两个。

陈浩哲当然有刻意留心这些人的学校,的确有四个很有竞争力的女生,都是简历很华丽的,但似乎太过内敛,紧张得连颗巧克力都不敢吃,看起来又胆怯又木讷,估计在校期间光顾着学习了,连大场合都没参加过。

如果有珍惜她们学位的,想要老实干活的人,或许会选她们,但看之前被录取的几个人,显然都不是这个类型,这说明人力不喜欢老实巴交的员工。

很好,那他就只用跟剩下的三个人竞争,唐让让是内定了,还有一男一女,这已经算是给他的机会了。

"五点半的,可以进去了。"秘书推开门朝外面喊了一声。

八个人纷纷从椅子上站起来,一边整理着衣服一边走进会议室。

陈浩哲站在倒数第一个,他的身高还挺高,属于八个人当中的峰值。

唐让让在倒数第二,她犹豫了片刻,还是没拿外套,只穿了一件毛绒衫进去。

会议室里坐着四个面试官,两男两女,坐在最中心的那个大概就是人力主管了,果然如祁衍所说,他不像其他几位那样,穿着一看就价格不菲的职业装。

一条蓝黑色牛仔裤,一件宽大的白T,这让他看起来一点也不气派,反倒随性得很。

徐江圆靠在椅子上,晃了晃腿,显然有些乏累了,从四点面试到现在,重复的问题问了很多遍,记录也做了无数条,只待最后选出合心意的八个人。

按徐江圆的想法,招不到八个就算了,反正公司也不是非要这些人。今年招的实习生,已经比往年多了。

养活这么多实习生,除非boss再多谈几个合作项目,才能盈利。

他也不明白,祁衍为什么非得给自己找压力。难道现在的收益和发展速度,boss还不满意?

他发呆了片刻,才把目光投到这些面试学生身上。哦,这批人……

嗯?

他一眼注意到了穿着简单的唐让让。这一身便装在一排西装革履中,显得格格不入,却让他感到了一丝亲切和轻松。

任何一点好感,在面试过程中都是格外重要的。对面试官来说,影响结果的因素有很多,有时候,在一个人走进房间的时候就已经决定了。

他心里想,不错,品味跟我差不多。

身边的HR看了看他,询问他的意见:"可以开始了吧?"

徐江圆点了点头。

"先把简历拿上来,然后从左到右依次做下自我介绍。"

四个人一人两份,低头看着交上来的简历。

第一个同学站起身,拘谨地鞠了个躬:"我是……"

徐江圆摆了摆手:"坐坐坐,别这么拘束,我们就是随便聊聊天。"

女生顿了顿,又一屁股坐了下去,脸涨得有点儿红。她没面试过,这次是她第一次来这么大的公司,本来就不知道该如何表现,现在见自己有些过犹不及了,她立刻慌了,连声音都开始发颤:"我是……南科大经济管理专业毕业,年级排名前百分之十,大学期间去伯克利交流过半学期。"

徐江圆一乐:"你先说说叫什么名字呗。"

"方菡苔。"

声音越来越小,徐江圆在心里摇了摇头。

他不是很喜欢胆怯的员工,这样将来工作中一旦出了问题,很大可能不敢承担后果,要么拖延下去,要么把责任推给别人,无论哪一种,都会造成很棘手的后果。他喜欢有问题能直说,出问题能弥补解决的那种人,大家都省事。

在徐江圆心里,方菡苔已经被刷掉了,接下来的问题,就是走个形式罢了。

紧接着第二个,学历极高。徐江圆一看他的简历,心里就有了期待。

其实说是招人不看学历，但一个华丽的学历摆在那里，谁又能刻意忽略呢？

但同样可惜，这人和之前通过的相比，有些太过自傲了，并且虽然学历很高，但是排名并不靠前，感觉在大学里并没学到什么，本人也没有任何专长，看样子，就是为了用学历来赌一把。

徐江圆轻轻摇了摇头，面色凝重了些。

他放下手里的简历，从身边HR手中接过另一沓，问道："对了，明天的面试时间安排好了吗？"

HR点头："安排好了，明天还有五十三个人，都安排在下午。"

徐江圆放心了，又重新翻看简历。其他的HR问了几个问题，做了些记录。

陈浩哲的脸色一下子变了。他只当今天已经是全部通过笔试的学生了，没想到今年报祁衍公司的人这么多，明天还有五十多人。

这说明，剩下的几个名额，还要跟明天的人竞争。又或者，哪怕今天通过了，明天如果有更优秀的，还可能被刷下去。

太难了，真的太难了。

他情不自禁地看了唐让让一眼，眼底有些阴沉。八个名额怎么够呢，竟然还被她霸占了一个。

陈浩哲心里立刻焦躁了起来。他对自己有一定的信心，但也不是自信到自负的那种人。

他不觉得自己能成为那前百分之七，毕竟因为祁衍经常在财经杂志和电视节目上晃悠，祁衍本人的知名度，要比其他金融家高多了。有些高学历的精英，多半也会凑个热闹，搭上发展中公司这班车。

陈浩哲心里有点儿绝望。

正巧这时，徐江圆问到了唐让让，第一句话："小姑娘长得挺漂亮。"

这是个很中肯的夸奖，而能有这个夸奖，也多半因为唐让让的穿着打扮让他很满意。

陈浩哲心道，果然，现在就开始铺垫了。

唐让让坐下的那一刻，紧张的情绪已经完全消散了。她算是表演型人格，无论上场之前有多么紧张不安，一旦开始了，就完全心无杂念。

唐让让坐直身子，弯眸笑了笑："谢谢。"有距离但不失礼貌，没有刻意迎合，但也落落大方。

徐江圆的目光在她的第一张简历上睃着："你提交的资料蛮少的，是因为大学没参加过什么活动或者比赛吗？"

还不待唐让让出声回答，旁边 HR 小声提醒："才大二上学期，你要什么活动？"

徐江圆这才看到唐让让的年纪："啊……这么小就有实习的意识了，不错。"

公司一般是不会给大三之前的学生机会的，因为他们的主业还是学习，并没有那么紧迫的需要在职场历练。但也不是一定不要，如果有合适的，跟公司合拍的，那招进来一个，打打下手倒也还行。他觉得这个姑娘就不错。

漂亮，但没有什么攻击性，笑起来也很甜，一双眼睛像会说话似的，滴溜溜乱转，人绝对机灵。到时候出去谈生意，可以当个门面。

徐江圆想得不错，对唐让让的期待也就放得很低。他又扫了一眼唐让让的学校："A 大啊，你们学校有个学姐也在我们公司呢。"

他说的是朴金晴，这个新招进来的风控主管。朴金晴虽然名声一般，总有人说她借男人上位，但其实接触起来，她的工作能力竟然还可以。而且她认识的人多，人脉也广，有时候能替其他部门省不少麻烦。

唐让让点头："我知道。"

有个 HR 小姐姐开玩笑道："你们 A 大是不是盛产美女啊。"

唐让让不好意思承认，只能吐了吐舌头。

徐江圆不想跟唐让让聊什么专业的东西，毕竟在他心里，已经把唐让让定位为长得漂亮的花瓶。

这样的人在公司是有用的，但也仅限于实习罢了，绝对不可以留下成为正式员工。

他在笔记本上唐让让的名字后面，标了一个绿色的符号。

　　他刚准备放下唐让让，开始询问陈浩哲，就听另一个面试官迟疑地问了一句："你会这么多语言啊！"

　　徐江圆一愣，立刻重新拿起唐让让的简历，翻到第二页仔细看了看。对于 A 大这样的学校，一般他都没有兴趣再看第二页的。

　　身边的另外三个人，就起到了查缺补漏的作用。果然，他一眼就扫到了简历里用大篇幅介绍的语言能力。英法韩，其中英语和法语水平都是熟练应用，韩语是可以交流。

　　徐江圆有些诧异，再抬起头，看向唐让让的眼神就不一样了。

　　"你会说这么多语言？什么时候学的？"

　　唐让让就知道他会问到这个问题，来之前她也已经准备好了。

　　"我父亲是中法混血，但他中文一直不好，所以从小我家里就一直说中英法三种语言。韩语是看剧学的，其实日语也会一点儿，但也只能听懂个大概，做点儿简单交流。"

　　徐江圆真心实意道："这么多语言，那你很厉害啊。"

　　唐让让客气道："也还好。"

　　徐江圆还是很看重语言能力的，按唐让让的说法，她的英语法语几乎是 native speaker（使用母语的人）的水平了。

　　这和雅思托福考多少分不一样。她可以不用在工作中磨炼，就能很快适应英文相关的工作，她的写作习惯和用词，也会比其他人更地道。

　　徐江圆对她的看法一下子改变了。原本觉得是花瓶的人，反倒给了他这么大的惊喜。

　　再往下看，他惊讶道："你还做过护肤品牌的校园大使？"

　　唐让让坦然承认："对，我在网上做过直播，有一定的成绩，品牌就来找我合作了。"

　　对于金融圈的人来说，娱乐圈是个既丰富又魅惑的行业。距离他们不近不远，有着坚硬的壁垒，但又极易突破。那个圈子，对他们来说充满魅力。

所以哪怕是跟他们招聘几乎无关的经历，也让徐江圆兴趣浓浓。

他和唐让让聊得越来越热络，从学校课程，到行业八卦，什么都能说一嘴，时不时还要好奇地问一问，直播到底好不好玩。

唐让让事无巨细，人家问什么她就答什么，没一会儿，就好像说了一堆废话。

周围几个学生都看傻了，连唐让让都有些无语。

她实在没想到，祁衍口中特别厉害的人力主管，面试起来竟然这么随意，难不成祁衍之前跟他通了气，说明了自己的身份？

可看他最开始的表情，又不太像。

唐让让百思不得其解。

陈浩哲冷眼看着，见徐江圆聊得开心，他也假惺惺地陪着笑一笑，但他心里却笃定，徐江圆如此热络的态度，是因为唐让让的背景关系，语言会得多是好，但犯得着会那么多吗？

工作语言不就是英语吗？会说英语完全能胜任实习生的工作，有必要这么大反应？

还有直播和什么大使，这跟投资公司的工作有什么关系？那他还是学生会主席，模拟联合国协会会长呢。

其实徐江圆并没收到祁衍那里的暗示，祁衍会帮唐让让，却不会刻意到这种程度，在他心里，唐让让是独特的、优秀的、努力的，如果蒙上了关系户的面纱，这对她不公平，她完全可以凭自己的人格魅力和特长进入公司。

这是他给她的尊重。

徐江圆和唐让让聊完，毫不掩饰地承认："我很欣赏你，从打扮到语言能力，而且还这么年轻，我觉得你不错。"

其他几个人纷纷朝唐让让投来羡慕的目光，能让徐江圆这么说，那十有八九是能留下了。

陈浩哲攥紧了手指，深吸了一口气，走个过场而已，至于表演得这么

逼真吗？竟然跟唐让让聊了有二十分钟，其他人可都没这个待遇呢。

徐江圆放下唐让让的简历，看向陈浩哲："你也是 A 大的？"

陈浩哲立刻起身，弓了下腰，笑道："是，我是 A 大大四毕业生，我想应聘正式员工。"

徐江圆点头："这和实习生要求可不一样。"

陈浩哲又弓了下腰："对，但是我有信心。"

徐江圆皱眉："你坐下坐下，不用站起来。"这个陈浩哲太客气了，客气得让他有点儿不适。

陈浩哲没有立即坐下，反而说："不用，您问，我站着就好。"

前面几个其他学校的学生相互看了一眼，纷纷默默翻了个白眼儿——陈浩哲这样做，直接把最开始坐下的那个女生给晾住了，显得他多有礼貌，那个女生多呆板似的。

徐江圆偏偏不喜欢这种形式上的东西，他强忍着不适，继续问道："我看你做过不少社团工作，像学生会会长之类，你觉得这些工作对你在职场上有什么帮助吗？"

陈浩哲灿烂一笑，又是一躬身："我觉得社团工作锻炼了我的交际能力和领导能力，让我……"

一听到领导能力，徐江圆皮笑肉不笑道："可我们公司不缺领导了。"

陈浩哲一愣，被堵得说不出话了，他原本准备的滔滔不绝的自我夸耀，如今都成了压箱底的废纸。

徐江圆根本从源头就把他的优点给否定了。

陈浩哲脸上的肌肉抖了抖，背后出了层冷汗。他此刻思绪很乱，还在想，是不是唐让让在祁衍那里说了什么，故意针对他。

徐江圆看他这副样子，倒有点儿不忍心了，指点道："公司不需要立志做领导的人来，公司需要的是干活的人，下次面试记得别这么说了。"

他这句话，基本上就已经拒绝了陈浩哲。

从会议室出来，陈浩哲浑浑噩噩，他不敢相信，自己还没说几句话就被拒绝了,而唐让让果真如他所料被录取了。

他当然不甘心,唐让让无论如何也不会比他更好。

陈浩哲鬼使神差地没有立刻离开,他晃悠到了最后面,看了一眼这个明亮的办公室。

每个工位都很精致,瓜果桃梨,各色零食饮品,应有尽有,这里的人说说笑笑,正讨论着晚上订什么外卖,周末去哪里逛街,看不出有什么工作压力,和他相比,简直一个天上一个地下。

他咽了咽唾沫,突然一股怒火冲上头顶。

他想要问问,祁衍凭什么要夹带私货,凭什么让唐让让这种什么都不懂的大二学生进来?

既然是那种关系,那就金屋藏娇好了,为什么非要占据一个宝贵的工作机会!

他转身直奔窄道,匆匆走过一排排工位,很快找到了门牌上写着祁衍名字的大办公室,他头脑一热,猛地推开了门。

其实祁衍在公司的各个楼层都有办公室,他处理哪个组的项目,就跑到哪个办公室去工作,便于项目组长跟他面对面沟通,今天因为唐让让来面试,他特意跑来了这一层等着结果,所以陈浩哲歪打正着,还真的堵到了祁衍。

祁衍一见到陈浩哲,便一皱眉,这人进他的办公室,竟然连门都不敲。

祁衍的脸色冷了几分:"你干什么?"

助理匆匆跑过来,拦住陈浩哲:"你走错地方了,请你出去。"

陈浩哲胸膛剧烈地起伏着,他推了推厚重的眼镜框,大声问道:"我一直把你当成自己的偶像,觉得你是因为公平、因为体恤员工才能做大做强!今天一看不过尔尔,竟然把德不配位的唐让让安排进公司,就因为她是你……是你……"

陈浩哲不知道该怎么形容唐让让的身份,于是干脆略过道:"她什么

都不会，凭什么占一个宝贵的名额？亏我以前那么崇拜你！"

祁衍冷静地听着，听到最后一句，终于站起身，朝陈浩哲走了过来。

他比陈浩哲还要高一些，周身带着冷冽骇人的气场，眼底汹涌着毫不掩饰的怒意，但走到陈浩哲面前，他也只是轻蔑地冷笑一声。

"名额？"

陈浩哲被祁衍盯得有些害怕，说话声音也终于小了下去："本来……本来就只有八个名额，唐让让还占了一个。"

祁衍一勾唇，残忍道："你说错了。"

陈浩哲破罐破摔："哪里错了！唐让让不该……"

祁衍打断他的话："本来只有三个，另外五个，都是我为唐让让做的保险。"

陈浩哲怔怔地睁大眼睛，望着他。

祁衍不耐烦道："我脾气不好，再让我听到你说让让坏话，别怪我行业封杀你。"

陈浩哲觉得，面前的这个祁衍，和校园里那个令同学们如沐春风的人，似乎不是一个人，他硬生生打了个寒战。

另一边，唐让让跟着一行人走出公司大门，但她并未随着其他人离开，而是等在了楼下的咖啡厅。

咖啡厅装潢小资精致，不少上班族窝在柔软的沙发上，一边享受甜品，一边还要盯着电脑上的邮件。

一杯焦糖玛奇朵端上来，唐让让捧着滚烫的杯子，鞋底轻轻擦着光滑的木制地面。

她现在彻底放松下来，悠闲地抿了一口咖啡，感受着热流从喉咙滑进食管的温暖，然后捏起手机，给祁衍发了一条短信。

"你在哪儿呢，我面试完了。"

祁衍并没有立刻回复，唐让让歪了歪脑袋，有点儿诧异。

但她也不着急,毕竟祁衍实在是太忙了,现在或许正在哪个电话会上。

她又点开微信,扫了一眼宿舍群。没想到在她面试的这段时间里,宿舍群里聊了上百条,四人宿舍,平时都是两两凑对,从来没这么热闹过。

唐让让飞快地往上翻了翻,这才发现,起因是杨齐琦面试被刷而张熙媛被选中了。

杨齐琦怒骂道:"面试的老男人一脸猥琐相,看到张熙媛眼睛都直了!"

陶可和沈莫颜安慰了半天,又转过来几条新的面试消息给杨齐琦看,这才把她骂翻天的气焰浇熄。

最后杨齐琦愤愤道:"唐让让,要不是维护你,我们也不至于跟张熙媛吵!"

唐让让看到最后,满脸无辜,莫名其妙。

张熙媛这是又说她什么了,连杨齐琦和沈莫颜都忍不住为她出头?

不过杨齐琦既然帮她了,她如果不出来说句话,就有点儿过分了。

唐让让发了个憨笑的表情,又道:"摸摸毛,别生气。张熙媛跟我是宿敌,谢谢你们为我出头。"

原本已经消停片刻的群又活跃起来。

沈莫颜突然站出来说了一句:"让让,张熙媛说你有祁老师做靠山,她是不愿意跟你一个公司才不去祁老师那里面试的,齐琦气不过,才跟她吵了。"

吵架的真实原因分明是杨齐琦嘲笑张熙媛自命不凡,但被沈莫颜一解读,反倒让唐让让承了情。

唐让让更加愧疚,直道:"抱歉抱歉,让你们受委屈了。"

沈莫颜适时道:"那……你面试怎么样了,现在该结束了吧。"

唐让让盯着沈莫颜的话,默默舔了舔唇,莫名觉得嘴里的咖啡变得有点儿苦。

她用手指敲了敲桌面,斟酌了一下:"面试完了,还不错。"

群里突然没人说话了,唐让让一歪脑袋,挑了挑眉,心里有点儿别扭。

对面电梯一响，唐让让本能地瞥了一眼，就看见陈浩哲一脸阴沉地从电梯里面走了出来。

他的西服有些皱了，眼镜也从鼻子上滑下来半截，配合着紧绷僵硬的脸色，显得格外狼狈。

唐让让纳闷，他们不是一起出来的吗，怎么陈浩哲现在才下来？

陈浩哲拎着手提包，手指攥得很紧，他一眼扫到了唐让让，站在原地顿了顿。

唐让让不自在地眨了眨眼，说话不是，不说话也不是。

陈浩哲张了张嘴，似乎有话要说，但他好像想起了什么，便又绷紧了唇，他深深地看了唐让让一眼，突然大跨步朝外走去。

唐让让不由自主地咽了咽口水，或许被HR当面拒绝的打击，对这个一直高高在上的学生会会长太大了，又或者她的面试成功，让陈浩哲心理不平衡了，反正不管怎么样，他们之后也不会再有什么交集了。

就在这个时候，祁衍终于回消息了，很快就把她的注意力吸引了过去。

"等我，马上下来。"

唐让让情不自禁地翘了翘唇，绷紧双腿，用脚尖猛点了几下地。她迫不及待地想跟祁衍分享面试时候的事情，当然她更想知道，祁衍到底有没有在主管那里替她说话。

祁衍给唐让让发过消息后，沉了沉气，拿起座机给徐江圆打了个电话。

"到我办公室来一趟。"

徐江圆那边刚面试完最后一批学生，正在和几个HR热烈讨论。

女人事保守建议，明天还有一批人，今天不能把话说死了，说不定明天的更优秀。

徐江圆点了点目前确定的几个名字："我觉得这几个都够格了，放掉可惜。"

"但只有八个名额。"

"是啊,以前三个的时候,怎么没觉得这么纠结呢?"

"废话,三个的时候,选出来的人都是顶尖的,和其他人比高一大截,现在选八个,很多人相差得不多。"

徐江圆坚持道:"但我觉得这几个真的很好,我决定留下了,如果明天的实在质量高,大不了我再跟 boss 争取一下。"

女人事不同意:"多个人就多份工资,我们本来连八个人都不需要的,一个人担两三个项目都是正常,现在不能发 offer。"

"就是,等一天也没什么,我看昌茂三周才出结果。"

徐江圆道:"是啊,所以这三周人不是都跑我们这儿来了嘛。"

讨论来讨论去,徐江圆还是尊重其他人的意见,没有贸然发 offer。

"先这样,你们吃饭去吧,boss 找我呢。"

他抱着笔记本电脑,推门出了会议室,大跨步奔向祁衍的办公室。

敲了敲门,里面传来简单的一声:"进。"

徐江圆这才推门进去:"今天都面试完了,有几个不错的。"

祁衍抬了抬眼,示意徐江圆拉把椅子坐下:"跟我说说。"

徐江圆坐在祁衍对面,把笔记本电脑打开:"李明珂、张冉、洪晓婷、许哆、唐让让,目前这几个我觉得都可以,但是明天还有一批,到时候再看吧。"

祁衍微不可见地一挑眉,语气平静道:"优点呢?"

徐江圆把表格拉出来,一个个给祁衍介绍:"李明珂、洪晓婷,履历很华丽,逻辑性也强,具体闪光点这里有对比;许哆有过维科的实习经验,他做的项目我知道,挺有水平的;张冉跟你是校友,成绩也优秀,表达也好;这个唐让让语言能力强,个人形象佳,好像还做过主播,当过校园大使什么的,主要是简历写得相当专业,看着特别舒服。"

徐江圆说罢,一脸笑看着祁衍。

祁衍淡淡地"嗯"了一声。

徐江圆知道祁衍不说什么就是暂时满意,作为人事,一被 boss 鼓励,

他更有精神了,立刻把这几个人的简历推了过来,唐让让的放在最上面。

徐江圆兴致勃勃道:"你看看,本来我觉得就两张纸,还当不认真呢,但写的内容是真干脆利落,比好多工作几年的项目主管写得都好。"

祁衍扫了一眼,深深望着徐江圆:"我不看,你看。"

徐江圆愣了一下,笑得憨厚:"我看过了啊。"

"再看。"

徐江圆莫名其妙,又把唐让让的简历捏起来,重新仔仔细细看了一遍:"就是写得很好啊,没什么问题,言简意赅,重点明确。"

祁衍转过头,把目光落在自己的显示屏上,漫不经心道:"看第二页最后一段藏头。"

徐江圆这才皱着眉头,喃喃读了出来:"I want rangrang……"

徐江圆:"?"

祁衍轻描淡写道:"我女朋友。"

徐江圆顿时惊得毛骨悚然,他捏着简历的手都在颤抖:"老大!你这种暗示谁看得懂啊!"

祁衍歪过头,目光犀利地盯着他:"是吗,我以为你能看懂。"

徐江圆:"……"

幸好他对唐让让印象不错,还决定把她留了下来,不然就真的尴尬了,但女朋友这种事,就不能提前跟他打个招呼吗!又不是正月十五猜灯谜!

祁衍眯了眯眼,勾唇道:"开玩笑,没事了。"

徐江圆擦了擦额头的汗,一脸无语地抱着电脑走了出去,他一边走,一边仔细回想着面试唐让让的场景。

他没有装样吧?没有刁难人吧?没说什么不该说的话吧?

好像没有,徐江圆长出一口气。

祁衍确认唐让让已经得到了徐江圆的认可,这才理了理东西,拎起挂在衣架上的外衣,随意搭在臂弯上,推门离开办公室。

到了写字楼地下一层,祁衍远远看到坐在咖啡厅玻璃门边的唐让让,第一眼，他差点没认出来。

他太熟悉唐让让卷卷的头发了，所以乍一看柔顺披散的黑长直，他还有些不敢认。

唐让让似乎察觉到了什么，转头望祁衍的方向看过来。她情不自禁地露出一丝笑，伸直胳膊，朝祁衍招了招手。

祁衍的心猛地颤了一下。

服帖的直发显得唐让让的侧脸清瘦了些，她一笑起来，唇角挤出两个梨窝，小白牙露出四颗，一双眼睛弯起来，淡色的眼珠反射着咖啡厅吊灯的光，长发顺着她的颈侧溜进胸口，披散在肩膀，刻意吹蓬的刘海软软地搭在额前。

别样的风情。

祁衍目光一深，喉结滚动，迈步朝唐让让走了过来。

他坐在唐让让对面，拿起唐让让的咖啡杯，抿了一口。甜丝丝焦糖味道，是她喜欢的口味，但对祁衍来说，就太不像咖啡了。

唐让让双手撑着桌面，身子向前倾道："祁衍，我面试得还不错，那个主管挺喜欢我的，你教我的真的有用！"

还不待祁衍问一句，唐让让自己就憋不住说了。

祁衍笑："衣服是次要的，是你表现得好。"

唐让让抿了抿唇，凝着眉小心翼翼地问："是不是……你提前跟他说了什么呀？"

祁衍摇头："我什么都没说，如果真要交代什么，也不会安排八人一起面试了。"

之所以让多人一起面试，就是为了让面试者切身感受到公司的公平，并对面试结果有个预判，也清醒地认识自己和别人的差距。

唐让让若有所思："那还挺奇怪的，我没什么特别突出的，可能他真的很喜欢这个衣服品牌吧。"

祁衍下意识想问"你从来不觉得自己优秀吗"，但他忍住了。

在唐让让眼里，姐姐唐汀汀那样的才叫优秀。从小到大，唐汀汀的成绩都能吊打唐让让，所以她不觉得自己有什么特长也很正常。

但祁衍看她的角度，和其他人不一样。

唐让让身上体现出旺盛的乐观情绪，会让待在她身边的人很舒服、很踏实，她语言天赋极高，甚至比祁衍还要高。祁衍是凭着智商和超强的记忆力一点点硬磕下来几种语言，但唐让让不需要，她只要很享受地看看剧，在某个环境里磨一段时间，就能像模像样地掌握大半。

唐让让心态很稳，越是大场合越能沉得住气，紧张反倒能刺激她超常发挥，她做事很执着，有耐心，不容易丧失兴趣，但凡喜欢的，都能做出些成绩。

她也很踏实，哪怕工商管理和经济都不是她喜欢的领域，但既然学了这个专业，她也能做到绩点年级第一。

在祁衍眼里，唐让让没有什么缺点，她无与伦比的好。

祁衍温柔道："饿了没，带你去吃东西。"

唐让让犹豫了一下："你晚上不要加班吗？"

祁衍睫毛一颤："好像要，但请个假怎么样？"

唐让让莫名："你自己不是老板吗，也要跟人请假？"

祁衍但笑不语，他拿出手机，随手拨了一个号码。

对方很快就接通了。

"祁哥？"

祁衍言简意赅道："我下班了，晚上不要给我打电话。"

顾野："……"

是谁说祁衍是工作狂来着？是谁说他一天工作二十个小时来着？是谁说他可以三天不睡觉来着？

祁衍交代完了，正准备挂断，顾野赶紧道："等等等等！"

祁衍一眯眼，又把手指从红键上移开了。

顾野酝酿了片刻，问道："那个……你和嫂子在一起吧？"

祁衍看了一眼唐让让，唐让让不明所以。

"嗯。"

顾野深吸了一口气，"啧"了一声，牙齿碰了碰，嘴唇抿了抿，踌躇了半天。

祁衍没耐心，不客气道："没事挂了。"

顾野吓了一跳，脱口而出："帮我问问嫂子，她能联系到她姐吗？"

祁衍一怔，看向唐让让。

唐让让问道："怎么了，是谁呀？"

祁衍把手机递给唐让让："顾野。"

唐让让深深地皱起了眉，她对顾野的印象不好，但她以为自己不会再跟顾野有什么交集了，上次那件事之后，顾野大概也不会再对唐汀汀出言不逊了。

唐让让万万没想到，再次直面顾野，竟然还是跟姐姐有关。

她把手机接了过来："你找我做什么？"

顾野似是有些心虚："你……能联系到你姐吗，她不接我电话了。"

唐让让睁大了眼睛，深深拧着眉毛："你又干什么了？"

顾野沉默片刻："先帮我找找你姐，以后我再解释。"

唐让让听顾野含混不清的语气，顿时慌了，她来不及多问，赶紧掏出自己的手机给唐汀汀打电话。

一遍没接，两遍没接，等到第四遍，还是没人接的时候，唐让让心都要空了。

姐姐一向是很理智很负责任的人，自从做了经纪人这个行业，从来没有失联过，手机永远二十四小时开机，随时准备着和剧组、投资商、制片人、媒体沟通。

因为唐汀汀深知，任何一个环节沟通得不及时，都可能出大乱子。为了对手下的艺人负责，为了对得起顾延亭给的高工资，唐汀汀几乎不会不接电话。

更何况是唐让让的电话。

唐让让口中发干，捏着祁衍的手机，大声质问道："你到底干什么了！我姐不接我电话！"

顾野咽了咽口水，沉默不语。

祁衍搂住唐让让，轻轻拍了拍她的背，然后从她手里接过手机，声音冷冽道："顾野，说。"

顾野咬了咬牙，眼睛有些发红，磕磕绊绊道："我……我亲了她。"

他实在不是故意的。

他去找唐汀汀的时候，唐汀汀太累了，趴在办公室的桌子上睡着了。

睡着的她没有那么寒气逼人，带着精致妆容的脸被抱枕挤出了圆嘟嘟的一团肉，压得眼睛紧紧眯着，又长又细的睫毛安静得像无风夏日里的蒲草。

她都不知道，打理得体的头发被她睡乱了，蓬松地绕在她又细又白的脖颈上。

她的手臂随意搭在桌面上，手指还攥着一支笔，笔尖在纸上留下了一团团乱七八糟的痕迹，大概是她意识不清的时候胡乱写的。

和顾野上课打瞌睡时记的数学公式差不多，醒来后连自己都认不得。

冬天的阳光并不炽烈地覆在她的脸侧，照得她细腻发光，盈盈可爱。

顾野一时晃神，不由自主地凑上前去，在唐汀汀的脸上亲了一口。

怎么这么凉，还这么软。

他以前不是没谈过恋爱，尤其是在学校的时候，因为他出手大方，人又特立独行，放荡不羁，所以喜欢他的女生大有人在。

但他第一次因为亲一个人的脸，心跳快成现在这副模样，像个情窦初开的毛头小子。

他不安地捂住了自己的胸口，有些不知所措地看着唐汀汀。

怎么回事？

他干吗觉得这么珍贵，好像亲一下是多了不得的事情。

他舔了舔下唇，站在原地缓了几秒，开解了自己。

一定是唐汀汀平时表现得太禁欲太高冷无情了，所以他才会觉得她很难得。

唐汀汀还没醒，偌大的办公室里也没有其他人进来，甚至连一个电话都没有打来。

太安静了，气氛也太温和了，顾野望着唐汀汀雪白的肌肤，情不自禁地，又俯下身，用唇碰了碰她的侧脸。

还是和方才一样可口。

顾野感觉自己胸口又开始悸动起来，以前怎么没觉得，亲吻这么舒服呢？

当他准备第三次任意妄为的时候，唐汀汀终于醒了。

她的睡眠一向很浅，不是没有一点感觉，但她以为自己在做梦。

怎么可能有人亲她，怎么有人敢亲她？

直到她悠悠睁开眼睛，看见面前一时无措的顾野。

顾野知道，如果被唐汀汀发现，她一定会生气，对他破口大骂，要么发泄一通脾气，要么找顾延亭来严肃处理。

他大不了道歉好了，认真道歉，保证以后绝不再犯，绝不心神激荡，唐汀汀要打要骂，他都任她，最多把他送到派出所，告他非礼。

但他万万没想到，唐汀汀在发抖。

不是气得发抖，是惶恐、害怕，浑身像被毒蛇缠住了一样的发抖。

她原本睡得红润的脸色一下子白了，凌乱搭在脸侧的发丝显得她更加慌张可怜。

他蒙了。

唐汀汀平时跟个女王似的，公司除了顾延亭，谁敢让她不顺心？

多少当红艺人在她面前都客客气气，得罪谁也不愿得罪她，这样的人，只会让别人害怕，怎么可能自己吓成这副样子，但偏偏他看到的一切都是真实的。

唐汀汀没有骂他，没有打他，反而用手背拼命地抹着脸，一边抖一边抓起纸巾往他亲过的地方蹭着，蹭得皮肤都快破了，好像被他亲是这世上最恶心的事情。

他头一次亲见这种毫不掩饰的排斥和厌恶。

他头脑发热,心里涌起一股火:"我就这么惹你讨厌吗?你连陆敬宏那种人都能接受,为什么不能多看看我……"

他嘟嘟囔囔的,声音并不大,尚且带着心虚,只是为了发泄一下自己被唐汀汀嫌弃的不满。

谁料唐汀汀根本没像以往一样横眉立目,跟他针锋相对。

她抓起手机,跌跌撞撞地冲出了门,一只手还死死抠在自己的胳膊上,那块皮肤,被她抓得发青发白。

他在背后喊着:"你去哪儿?"

回答他的只有缓缓合上的玻璃门。

他摸摸鼻子,悻悻地回了自己的办公室。他还记得,自己来找唐汀汀,是为了跟她讲和的。

他把腿搭在桌子上,整个人软在椅子里,无心做事。他等了一个小时,两个小时,直到天都黑了,唐汀汀也没再回来。

实习经纪人像没头苍蝇一样,到处找唐汀汀的身影,有好几个公关文案还等着唐汀汀审核。

后来实习经纪人贸然找到顾野的办公室,问他唐总什么时候能回来。

顾野终于察觉到事情不对了。

他把腿从桌子上移下来,烦躁地把手机甩在一边,走到落地窗前,皱着眉头看了看已经变成深蓝色的天空。

跑哪儿去了?

顾野深吸一口气,狠狠在窗户上捶了一下。

一下午,他看似优闲地坐在办公室里玩东玩西,其实什么都没干下去,脑子里反复回想在唐汀汀办公室里发生的事情。一会儿觉得自己发神经了才会去亲唐汀汀,一会儿又觉得是不是早点儿道歉就没事了。

但事情不可逆转,该发生的都发生了。

现在唐汀汀不在,她那几个心腹手下乱成了一锅粥,这才消失一个下午而已,要是唐汀汀真辞职了,对星创还真是致命打击。

顾野的喉结微动,眼神阴沉了下来。

她是不是故意躲着他,不想看见他?

刚刚她的表现,显然是对他厌恶到了极点,他就这么不合她的眼吗?还是因为他和陆敬宏作对,她心疼那个道貌岸然的伪君子?

顾野心里很乱,他有太多问题想要知道答案,可惜却无处发问,这次之后,恐怕唐汀汀更不愿意跟他说什么了,他这算是亲手把她推到了陆敬宏那边。

顾野咬了咬牙,绷紧下颚,大跨步走到衣架边,扯过自己的外衣,刚要往门外走。

桌面上的手机突然响了起来,他都不知道自己的速度有多快,猛地朝手机扑了过去。

他以为会是唐汀汀,结果是祁衍。

顾野自从和祁衍合作以来,这还是第一次这么不情愿接祁衍的电话。

怎么不是唐汀汀呢?

但不情愿不代表他就有勇气不接,他还是耐着性子把手机接了起来。

祁衍的语气很轻松悠闲,通过手机也能听出来,祁衍的心情不错。

顾野灵光一闪,对啊,祁衍的女朋友是唐汀汀的妹妹,唐汀汀总不会不接自己妹妹的电话。

所以顾野拜托唐让让联系唐汀汀,只要确定她没事就好,至于生气,生多大气,他都能想办法弥补回来,大不了,就说是因为真心话大冒险,别人怂恿他来亲的。

结果让他失望了,唐汀汀连妹妹的电话都没接。

顾野的心颤了一下,事情似乎比他想象的还要严重。

唐让让吓得手指都凉了,她抖着唇,突然大声朝顾野喊道:"你怎么

能亲她！你为什么要亲她！"

唐让让脑子里无数次闪过唐汀汀和陆敬宏谈恋爱的时候，一个人吃着药，蒙着被子，一边流泪一边折腾自己的样子。

唐汀汀的心病是一辈子都治不好的隐疾，不管吃多少药，不管多么强迫自己，她都接受不了男人的亲密举动。

顾野无从知道内情，只当唐让让是不满他轻薄了唐汀汀，他耐着性子道歉："是是是，对不起，但现在能不能先找到她，我担心她出事。"

唐让让抓了抓头发，强压下心里的慌乱和狂躁，原本柔顺平整的发型，也被她抓乱了。她性格温和，脾气一向很好，几乎没有过大发雷霆的时候，但家人是她的底线。

唐家所有的不幸都是从她开始的，因为她，让唐雅芝和唐明治的生活变得拮据，原本就普通的工资要养活两个孩子，也是因为她，唐雅芝被孟溪则从别墅赶了出来，留下了心病。

还是因为她，唐汀汀被人猥亵，造成永远不可磨灭的创伤。

她最对不起的人就是唐汀汀。

从出生开始，她就掠夺了唐汀汀一半的生活资源，唐汀汀买不了新衣服，吃不了新出的甜品，甚至连班里同学都去的补习班，唐汀汀都没法报名。

后来，唐汀汀不得不很快变得成熟，变得更优秀，就连留学的钱，一大半都是她自己想办法赚的。

别的同学可以开 party，可以 shopping，参加夏令营，唐汀汀都不能。

这些事唐让让从小就记在心里，只是家人之间，所有的愧疚与感激都不是那么容易说出口的。

祁衍走过来，在唐让让的背上拍了两下，帮她理了理头发："别担心，我会帮你。"

顾野叹息道："能联系的人我都联系了，就是找不到。"

唐让让的眼神变得有些迷茫脆弱，她依赖地看着祁衍："怎么办，我姐肯定出事了……"

祁衍镇定道:"手机定位,应该能找到。"

顾野又道:"没人知道她的手机账号。"

唐让让抹了把眼泪,边翻手机边喃喃道:"对,我姐很注重个人隐私,她……"

说到这里,唐让让一顿。

不对,是可以的。她可以定位到唐汀汀,只有她可以!

唐让让精神一振,立刻从手机某个犄角旮旯里翻出一个APP。这是当初刚买手机的时候,唐汀汀给她设置的定位软件。唐汀汀因为小时候的阴影,格外不放心唐让让,所以就把两个手机绑定了。

她说不会窥探唐让让的隐私,只是为了多一个保障。之后,唐让让就再也没用过这个软件,甚至好几次更新系统,还准备删掉它,觉得姐姐多此一举。

唐让让打开软件,在列表里点击唐汀汀的手机账号,很快,唐汀汀的位置出现在了地图上,那上面显示,是一家私人精神心理医院。

唐让让稍稍松了一口气,看来姐姐一直在医院接受心理疏导。

也对,能缓解姐姐的不适和焦虑的,大概只有心理医生了,但这些秘密,就不能告诉顾野了。

电话对面,顾野还在催促:"怎么样了,能不能找到?"

祁衍自然也看到了,他没问为什么,淡淡地对顾野道:"应该是找到了。你别忙了,我带让让去。"

顾野当然不放心:"在哪里,我也要去!"

唐让让语气不善道:"你跟我姐什么关系,你有必要去吗?"

顾野微顿,不说话了。

对,他跟唐汀汀什么关系都没有,除了惹她恶心,惹她讨厌,好像他去了也没什么用。

唐让让利落地挂断电话,不待顾野再说什么,拎起包拉着祁衍走了。

坐上车的时候,唐让让面带愧疚:"要不我自己去就行了,你既然很忙,

还是回公司吧。"

祁衍轻笑:"忙也是忙和顾野的事,但他今晚显然做不了什么了,我陪你。"

唐让让不再推托,她靠在座椅上,深深吸了一口气。车内还有些许新鲜皮革的味道,大概是又换了一套坐垫,还来不及散味儿。看着离手机里定位的那个地方越来越近,她的心才彻底安定下来。

唐让让犹豫了片刻,低声道:"我姐的事我不能跟你解释,但我这么担心她是有原因的。"

"嗯,每个人都有秘密。"

祁衍对唐汀汀的事情没有太大兴趣,但对她能未雨绸缪,在唐让让手机里安装定位软件,祁衍是有好感的,因为她真的关心唐让让。

同样地,唐让让也格外在乎她。

这点家庭的温情和关怀,对祁衍来说是很陌生的。

车子一路开到了医院门口,唐让让跑下车,直奔前台。

"请问,有没有一个叫唐汀汀的女生在这里?她在几楼?"

前台狐疑地打量唐让让:"你是她什么人?"

唐让让道:"我是她妹妹。"

前台皱着眉头道:"有身份证明吗?"

唐让让道:"身份证可以吗?"

前台刚要伸手接过她的身份证,唐让让背后突然传来一个诧异的声音:"让让?"

唐让让一回头,发现唐汀汀裹着大衣,正站在自己身后。唐让让赶紧跑过去,抓着唐汀汀的手东看西看:"姐你没什么事吧,吓死我了,我还以为……"

唐汀汀一眯眼:"你给我打电话了?"

她从包里翻出手机,这才发现上面一大串未接电话,唐让让打了十个,更恐怖的是顾野，他打了七十个。

唐汀汀有点儿无语。

"我咨询的时候不让带手机，一直没看。"她解释道。

唐让让摇头："没关系。姐，你要是在这个公司待着不开心，我们就换个地方，肯定有大把好公司要你的。"

唐汀汀神色一凛，一垂眸，把手机揣了起来，淡淡道："为什么？"

唐让让担忧地望向她，软声道："顾野，顾野他说……"

这句话没有说完，她小心地打量着唐汀汀的表情，生怕唐汀汀再受到刺激。

好在唐汀汀表现得还算平静："哦，顾野跟你说了？"

唐让让点头。

唐汀汀冷笑道："他大概把我当成陆敬宏的帮手了，以为这样就能打垮我，太幼稚了。"

唐让让蹙眉："姐。"

她倒不认为顾野是想针对姐姐，毕竟刚才电话里面，顾野的慌张和无措不是演出来的。

他大概……大概什么？

唐让让也不敢说。

一个明明处处跟唐汀汀作对，对唐汀汀和陆敬宏的过去耿耿于怀的男人，会出于什么心理亲吻唐汀汀呢？

唐汀汀冷若冰霜，睫毛轻轻颤了颤，细长优美的脖颈在灯光下散发着细腻的光，她像只白孔雀一样挺直脖子："他想赶走我，我偏不妥协。"

唐让让眨眨眼，心中暗道，可我怎么觉得，顾野是喜欢你啊？

唐汀汀看起来完全恢复了正常，一点都没有之前顾野所说的那么可怕。

可唐让让依旧很担忧，姐姐一向习惯把情绪隐藏起来，永远表现出强势的一面。

回到车上，祁衍主动坐到了副驾驶。

唐汀汀淡笑着道："好久不见，祁衍。"

祁衍顿了片刻，意味深长道："我们见过吗？"

唐汀汀云淡风轻道："当然。你怂恿我妹的时候，我破解了她QQ空间的密码。"

唐让让一怔，喃喃道："那……那么早啊。"

祁衍竟然有点儿感兴趣："QQ空间？都写什么了？"

唐让让赶紧道："中二时期的东西我都已经删了！"

唐汀汀没说话，她知道，唐让让其实没有删，和祁衍分手之后也没删，只不过放在那里，永远封存了。

祁衍悻悻道："可惜。"

谁也不知道他到底信了没有。

唐汀汀报了个位置，然后就开始对着手机处理被耽误的事情。

唐让让原本还在犹豫，要不要告诉顾野一声，姐姐没事了。

但想着既然唐汀汀已经开始处理工作了，顾野大概也能知道。

其间唐汀汀愤愤地挂断了几个电话，不用猜，唐让让就知道是谁的。

一路上挂断了十个以后，顾野就再也没打过来。

把唐汀汀送到了公司大门口，唐汀汀裹了裹外衣，拿着手机下车，关门之前对祁衍道："谢了，对我妹好点儿。"然后也不等祁衍回话，就踩着高跟鞋昂首挺胸往办公楼里走去。

她跑出来时很匆忙，连手提包都没带，手里就捏着一部手机。

唐让让趴在车窗上，默默地看着唐汀汀的背影。

她想等唐汀汀安然进去了，再离开。

可唐汀汀还没走几步，突然停住了脚步。

黑暗的角落里，站着个人，他只穿了件毛衣，在猎猎寒风中显得过于单薄了。

他紧紧盯着唐汀汀，默不作声。

唐汀汀也看着他，眼神一瞬间变得冷冽起来，半点没有对待唐让让时的温柔。

顾野抿了抿唇："这么长时间，你去哪儿了？"

唐汀汀藏在袖子里的手指还在颤抖。

哪怕做了心理调节，但骤然看见顾野，想到他中午做的事，她还是会不适，会难受，会忍不住落荒而逃。

但她必须忍住，唐让让还在身后看着，她不能让唐让让担心。

唐汀汀深吸一口气，冷风抽进呼吸道里，快要把气管给冻上了。

她移开视线，轻描淡写道："关你什么事？"

"中午我……不是故意的，不，算是故意的，总之……抱歉。"

顾野斟酌了数个小时，还是没想出什么既得体又能缓解尴尬的说辞，最后还是这么硬邦邦地说了出来。

说罢，他忐忑地看了唐汀汀一眼。

唐汀汀嗤笑一声："哦。"

顾野皱了皱眉："哦是什么意思？"

唐汀汀暗自咬了咬牙，睫毛一抖，说出来的话依旧充满刀子。

"对我这么冷血无情爱财如命的女人来说，被你亲一下和被狗咬一口也没什么区别。"

"唐汀汀，我……"顾野脸色变得有些苍白。

唐汀汀把手插进大衣兜里，感受到了片刻的温暖，她的目光掠过夜色，最终轻蔑道："我拿着这么高的工资，受点儿老板儿子的职场骚扰，也不算什么，除了有点儿恶心。"

她说罢，头也不回地迈进了公司大门。

顾野一瞬间面沉似水，冻得僵硬的手指紧紧攥了起来，手背的皮肤被强力撕扯，显出细白的纹路，隐隐有些破裂，又疼又痒。

他替她担心了这么长时间，能找的关系差不多都找了，还一个人像冰棍儿似的杵在外面良久，换来的就是她如此冷漠的对待，还被她说恶心。

唐汀汀离得远，听不清姐姐和顾野都说了什么，但总归不是什么好话。

她犹犹豫豫不知道该怎么办。

祁衍道："走吧，毕竟是你姐自己的事。"

唐让让叹气。

是啊，不管是心理障碍还是顾野的感情，都是唐汀汀自己的事。

没人能帮她解决。

这次是这么多年以来，唐汀汀第一次和男人有亲密接触。

趁着她睡着偷吻？

恐怕以前的陆敬宏都不敢。

唐汀汀那么骄傲的人，根本不允许自己克制不了身体的本能，哪怕之前她因为感情空白，已经忘了心理障碍带给她的难堪，但现在恐怕又想起来了。

五岁，十岁，十五岁，二十岁，她都没办法克服童年阴影带给她的痛苦。

但如今她已经二十七岁了，心智上、身体上都已经成熟，要是真较上劲，还指不定怎么折腾自己呢。

回到家，唐让让跟祁衍点了些外卖，随便吃了一口。

吃完饭，唐让让盘腿坐在沙发上发呆。

这一天发生的事情太多了，让她有点儿蒙。

祁衍拿起手机，下载了一个QQ，注册了账号。

他以前最多有个微信，还是因为以前的合作伙伴上了年纪，用不惯邮箱，非要用微信交流。

那之后，他连微信都没怎么打开过。

这次他也不准备多用，把想看的东西看完，就可以删了。

下好了账号，里面空白一片，等级也是最低级。

祁衍不知道唐让让的账号，于是干脆拿过唐让让的手机，不过他迟疑了一下。

唐让让还坐在沙发上发呆，半点也没发觉祁衍的动作。

祁衍有些悻悻的,早知道就直接用她手机看了,何至于还自己下载一个。

大概是唐汀汀说破解唐让让密码的事情,刺激了祁衍的求胜欲。

他潜意识里想跟唐汀汀比一比,到底谁对唐让让更了解。

唐让让的锁屏密码没瞒着祁衍,所以他顺利打开了她的手机。

打开之后,他又觉得有些不好,便提醒道:"我看下你手机。"

唐让让心不在焉,点了点头:"看吧看吧。"

她手机里没什么值得隐瞒的东西,不然也不会告诉祁衍密码。

祁困困从自己的窝里跑过来,脖子上的小铃铛丁零丁零地响。

它跑到唐让让身边,一用力蹿上了沙发,然后绕着她的小腿蹭了蹭,毛茸茸的身子刷着她的皮肤,痒得唐让让一缩。

祁衍满意地一勾唇,心安理得地点开了唐让让的QQ。

最新的一条"说说"是在四年前,果然她也很久没用了。

和所有懵懂的女孩子一样,唐让让那段时间发了无数个状态,大多数是文绉绉的一段心灵鸡汤,配着一张暧昧不清的背影。

背影当然是祁衍的,但祁衍并不知道唐让让什么时候留下的。

他明明很机敏,但和唐让让在一起的时候,好像又迟钝得厉害。

当然也不都是情感软文,唐让让性格跳脱开朗,咬文嚼字几条就要本性恢复一下。

"哈!哈!哈!今天是化学考了前三的美少女!某人给我买了哈根达斯!"配图一个举着哈根达斯的白嫩嫩的小手。

"人生有好多第一次,从没想过,我的第一次kiss是今天……"配图是两个亲在一起的金鱼玩偶,还特意用美图修了一下。

"秋天了,今天很冷,但你的怀抱有点儿暖。"

"啊!快乐的小乌龟,阿衍和乌龟的合照。"

"终于考完啦,亲爱的电脑我来了!"

…………

唐让让有点儿话痨,所有的"说说"她都没删除,差不多能有上千条。

祁衍一条条翻着，好像看遍了唐让让的整个青春。

最后一条状态，上面写着："听说你走了，你那里也在下雪吗？"

这之后，她就再也没有发过，算算时间，是他们分手的那段时间，他出国了。

祁衍默默地退出唐让让的空间，用手指轻轻擦了擦手机屏幕。

四年了，时间过得真快。

他一边庆幸，自己没有缺席唐让让的童年和少年，一边又遗憾，和她在一起的时间太少了，他还是错失了很多。

唐让让此刻已经在专心致志地撸狗了。

祁困困年纪小，奶奶团团的模样，过分可爱。它精力旺盛，又喜欢跟着唐让让，一人一狗在沙发上玩得不亦乐乎，把抱枕和坐垫弄得乱七八糟。

唐让让一边笑眯眯地揉着祁困困的脖子，一边还要应付它扑棱扑棱的爪子。

祁衍刚准备凑过去跟她一起坐，手机上突然传来一条微信提醒。

他下意识地看了一眼。

"提前恭喜啊，面试成功。"

祁衍扫了一眼上面的名字。

张熙媛。

他有点儿印象，似乎也上过他的课。

既然是恭喜，祁衍就顺便帮唐让让回复了。

"谢谢。"

他刚准备放下手机，谁料对方很快又发来一条。

"呵呵！看来真的被录取了，你很得意啊，背靠大树走后门都这么不遮掩吗？"

祁衍一眯眼，立刻反应过来，这人跟唐让让的关系大概不怎么好。

他脸色冷了几分，手指动了动。

"靠自己老公有什么可遮掩的?"

张熙媛震惊了。她举着手机,反反复复看着这句话,仿佛想从这几个简单的汉字里研究出什么宇宙奥秘。

"你居然能说出这么不要脸的话!年纪这么小,你不觉得羞耻吗!"她手指哆嗦着发完这条消息,还是觉得不解气。

唐让让怎么能这么堂而皇之呢?靠关系进了祁衍的公司,难道不应该夹着尾巴做人吗?

张熙媛怒火攻心,冲出宿舍,一溜烟儿跑进了唐让让的宿舍。

她一掌把门推开,吓了坐在门边的陶可一跳。

陶可烦躁道:"你有病啊!"

沈莫颜和杨齐琦也皱着眉,一脸不善地看着她。

杨齐琦今天刚跟她吵完架,现在气还没消呢:"你没完没了了是不是!"

张熙媛嘴角带着冷笑,指了指自己的手机:"我让你打脸,来看看,唐让让自己承认了!"

沈莫颜、杨齐琦诧异了一下,都凑了上来,盯着张熙媛的手机看。

就连陶可也禁不住好奇心,拉开椅子伸着脖子。

沈莫颜看罢,凝眉抿唇,沉默不语。

杨齐琦横眉立目:"搞笑的吧,唐让让怎么回事?"

陶可也附和:"对啊,让让肯定故意气你的,谁让你也喜欢祁衍。"

沈莫颜扫了一眼陶可和杨齐琦,喃喃道:"是吗?可让让一直在准备祁衍公司的面试,看起来很有信心。"

陶可反驳:"准备还不许了?谁不想去祁衍公司啊,让让只不过更有勇气。"

张熙媛嗤笑:"你们几个傻兮兮的,人家都找好门路飞升了,你们还在维护她呢,她去祁衍公司的时候,想过你们吗?"

沈莫颜和杨齐琦都不说话了。

只有陶可气愤地推了张熙媛一把:"我告诉你,别当着我的面说让让

坏话！不就是祁衍嘛，他没来学校之前让让就跟我们说了！"

沈莫颜和杨齐琦反问她："唐让让什么时候说了，说什么了？"

陶可心里也不信，但话递到这儿了，只能硬着头皮道："她说祁衍是为了她来的，你们俩不是也在！"

沈莫颜神色有些慌乱，垂下了眸。

杨齐琦抖了抖唇，磕磕绊绊道："怎……怎么可能，我怎么不记得！"

沈莫颜低声道："她的确说了。"

张熙媛愣了愣，随即道："哈，我真是奇怪了，你们都知道，你还好意思跟我吵？"

她刚准备跟杨齐琦好好理论一番，唐让让的消息又来了。

祁衍揉了揉眉心，半晌才把怒火压下去。

要是一个普通女人口不择言，或许他真的会计较一番，但……张熙媛毕竟还上过他的课。

可祁衍不是什么宽宏大量的人，让他吃哑巴亏，有些太难受了。他又瞥了一眼玩狗的唐让让，不耐烦地回道："注意言辞。"

这算是他给的最后警告，如果对方再侮辱讽刺唐让让，他也不会手软。

张熙媛把手机给宿舍里的每个人看了一圈，然后愤愤地回道："你有什么资格让我注意言辞啊！你看看你刚才的话，你有注意言辞吗？祁衍还没结婚呢，你就上赶着叫人家老公了！"

祁衍眉毛一皱，眼尾轻挑，干脆按了语音，声音冰冷低沉："我还没到法定结婚年龄，到了自然会结，不劳操心。"

唐让让迷迷糊糊地转过脸来，把祁困困放到一边，扭头问祁衍："你跟谁说话呢？"

她目光下移，看见了祁衍手上自己的手机。

她心里突然有种不妙的感觉。

宿舍里，张熙媛见唐让让发语音来了，以为她终于气急败坏地要跟自己对骂。

张熙媛勾唇，得意地晃了晃手机："你们听听她是怎么嚣张呢！"

这下连陶可都屏住了呼吸，几个人默默看向张熙媛的手机。

张熙媛冷哼一声，手指一碰，点向了那条语音。

"我还没到法定结婚年龄，到了自然会结，不劳……"

低沉又熟悉的声音从扬声器里传来，哪怕夹杂着些许的电流声，她们也不会听不出来，这是祁衍的声音。

张熙媛受到的惊吓最大，祁衍的声音一出，她手臂一抖，手机整个从掌中弹了出去。

一刹那，手机摔到地上，语音戛然而止。

张熙媛花容失色，张大嘴巴盯着落地的手机，甚至忘记了捡起来。

沈莫颜和杨齐琦也一时没有反应过来，呆呆地站在原地，脑子里反复回响着祁衍那句话。

最后还是陶可讷讷道："刚才……是祁衍的声音吧？"

张熙媛回过神，连忙把手机捡起来，脸色依旧很差。

杨齐琦本能地看了沈莫颜一眼，喃喃道："这么说，让让现在和祁衍在一起？"

沈莫颜垂了垂眸，没有应答。

杨齐琦又转向张熙媛，小心翼翼地伸出一根手指，指道："那你……刚刚都是在和祁衍说话？"

张熙媛的脸色更差了。

如果刚才一直都是祁衍，那自己朝唐让让发脾气，祁衍都知道了？张熙媛顿时觉得天旋地转，恨不得刚刚这一切都没有发生过。她又悔又气，后悔自己为什么这么沉不住气，要去微信上找不痛快，气的是大晚上的，唐让让不回家跑祁衍那里去干什么！

只有陶可惊喜道："天啊，我们让让真的发达了！"

其实之前唐让让已经跟她说过很多次了，但陶可一直都当作耳旁风，也不怪陶可不当真，她到现在都不明白，唐让让是怎么认识的祁衍。

张熙嫒死死咬住下唇,手里捏着手机,屏幕上还有好几个手指印和地上粘的头发丝,她不知道还能发什么,只能憋憋屈屈地做缩头乌龟。

张熙嫒猛地朝地上踢了一下,转身就走。原本她是想让她们看看唐让让的真面目,可计划赶不上变化,现在反倒让她骑虎难下了。

宿舍门被毫不留情地带上,颤了几颤,在走廊里回荡着巨大的声响。

杨齐琦一屁股坐在椅子上,双目呆滞,喃喃道:"她真的跟祁衍是……是男女朋友?"

沈莫颜盯着杨齐琦,也慢慢地坐下,轻声道:"那她为什么不……"

她想说,唐让让为什么不跟她们说。可仔细想一下,唐让让从来没想瞒着她们,甚至还主动提过几次。

是她们没人相信罢了。

这点还真怨不到唐让让。

于是,沈莫颜话锋一转:"那她为什么不介绍我们一起去祁衍的公司呢?"

杨齐琦茫然地抬起头,显然没想到这一点。

沈莫颜定了定神,手指抓着椅背,眼神犀利地看着杨齐琦和陶可:"她既然是祁衍的女朋友,那介绍几个室友去实习应该很轻松吧,可她看着我们放弃也没说要帮我们一把。"

陶可皱眉反驳道:"你这话有点儿怪吧。公司又不是让让的,虽然是男女朋友,让让也没办法提这种要求吧,这让祁衍怎么看让让?而且面试这种事,都是凭本事,既然本事没达到,去不了也没什么可惜的,怎么你还怨让让没给你这个机会呢?"

沈莫颜知道自己在道理上说不通,但从情理上看,她又不太甘心。

如果她真有一个室友发达了,难道就一点儿好处都借不上吗?

杨齐琦低声说道:"你不用这么义正词严,你自己要出国,根本没就业压力,要是你也要找实习,而你最好的朋友却瞒着你这么个好机会,你肯定没有现在这么轻松。"

沈莫颜补充道:"说得对。"

陶可不甘示弱:"可惜你们也不是让让最好的朋友啊,所以该伤心的是我,你们俩怎么像丢了钱似的。"

杨齐琦说不过她,张了几下嘴,最终还是没吐出一个字。

沈莫颜发作了片刻,觉得自己的确有点儿失态,于是开始打圆场。

"主要是这个消息太震惊了,谁能想到让让和祁衍是一对儿呢,我们都得适应适应。"

然后她扯了杨齐琦一把,示意杨齐琦别再说了,当着陶可的面指责唐让让,是一定会被知道的,毕竟陶可不会站在她们这边。

公寓里,唐让让瞠目结舌地看着自己和张熙媛的聊天界面,看着祁衍和张熙媛的对话,她脑袋里一片空白,什么念头都没有了。

她隐瞒了这么久的秘密,就这么说出去了?

祁困困不知道为什么主人不跟自己玩了,不满地在沙发上打了个滚,嗷呜叫了两声。见唐让让还是没有反应,它气愤地用爪子拍了拍沙发。

祁衍伸出食指,轻轻弹了她脑门儿一下:"想什么呢?"

唐让让回过神来,哀怨地抱住脑袋,蹲下身,把自己缩成了一个球。

"完了完了,张熙媛肯定会捅得全校皆知,我没法见人了!"

祁衍轻笑,扯了扯裤腿,一弯腰,就着唐让让"圆滚滚"的姿势,把她抱了起来。

"我已经不是你的老师了,没什么需要隐瞒的。"

他顺势将唐让让抱到了床上。

唐让让躺在枕头上,披散着头发,哀愁地望着祁衍。

祁衍站在床边,弯下身子,双手撑着床,无奈道:"早晚要知道的,你又不能瞒一辈子。"

唐让让在床上拱了拱,也只能接受。

对啊,早晚要知道的。有祁衍做男朋友,又不是什么丢人的事。

祁衍单手抚到自己的颈间，解开了一颗衬衫的扣子，衣领松散开，露出精致的锁骨和微微泛红的颈窝。

唐让让的目光慢慢移到祁衍身上，咽了咽口水。

祁衍满意地看着她迷恋的眼神，一勾唇："明天有什么事做？"

唐让让低声道："要上课还要自习，《概率论》最后一节划重点，下周一考试，我学得不太好，有好多题还不会做。"

祁衍歪了下脑袋，凝眉重复："《概率论》？"

唐让让默默点头："我觉得比高数都难，尤其是假设检验和方差分析，我每次都算错。"

祁衍轻轻咳了一声，倾身撑在唐让让身上，低头看了看她委屈巴巴的神色，若有所思道："是吗？"

他努力回忆了一下，自己当初学这门课的时候，是什么光景。大概是因为太简单了，所以没什么值得记忆的东西，很容易就考了个高分。

唐让让抱住祁衍的一只胳膊，在上面蹭了蹭脸："而且我又学了双学位，选的课太多，都没多少时间好好钻研了，这学期的绩点还不知道怎么办。"

她还是很在乎成绩的，漂亮的绩点是最能证明一个人大学学习状态的。虽然只能考到 A 大，但她起码要做 A 大里面优秀的人。

祁衍坐在她身边，看着唐让让像小猫似的蹭着自己的手，便抬起另一只手摸摸她的头发。

"不是卷了。"祁衍一边抚摸一边轻轻道。

唐让让抬眼："不是卷不好吗，整齐多了。"

祁衍把她的长发抓在手里，看着它们顺着指缝滑出去。

"好，但有点儿想念自来卷了。"

唐让让将侧脸枕在祁衍手上，感受着他手掌的温度和有些粗糙带着茧子的虎口。

"很快就会恢复的。"

祁衍点头，冷不丁道："《概率论》我帮你复习吧。"

唐让让吃惊地从床上爬起来，和祁衍在同一水平线上对视："你说什么？"

祁衍气息温热，捏着她的下巴啄了一口："指导个大学课程，我应该没问题。"

唐让让立刻摇头："你太忙了，干吗因为这点小事耽误你的时间，我自己慢慢磕也能学好的。"

祁衍垂眸，揽住唐让让的腰："忙都是相对的，更何况我天天让你往这边跑，也耽误了你不少复习时间。"

他忙着赚钱，唐让让也在忙着学习，谁的忙都是忙，没道理只有唐让让能压缩时间。

唐让让还是不情愿："可是……"

祁衍道："但我《概率论》的知识忘了些，明天跟你一起去听课，差不多就能想起来了。"

"啊？"

唐让让呆兮兮地望着祁衍。

他是说，明天跟她一起听课？以男朋友的身份？

祁衍俯身，和唐让让一起在床上躺下，咬了咬她的耳垂："对，我跟你一起去，你可以跟你的同学，你的朋友重新介绍我——唐让让的爱人。"

唐让让眼睛濡湿，卷曲的睫毛抖成了小蒲扇。

她用拳头撞了撞祁衍的胸口："喂，你是故意的吧。"

故意用她的微信跟别人说话，故意表明身份，故意宣示主权。

这是他最喜欢的伎俩，能满足他不愿意说出口的占有欲。

祁衍喉结微动，眼神深沉："你说呢？"

唐让让摸了摸他的喉结，手指软软地安抚道："那'公主殿下'，我们明天可不可以稍微低调点儿？"

祁衍以一个吻回答了她。

你偏爱的我都有（下）

消失绿缇 著

花山文艺出版社
河北·石家庄

有爱的青春陪伴者

Chapter 13
唐让让的男朋友

昨天一时冲动答应了祁衍的计划，早上醒来，唐让让洗完脸，神志清醒后，又有点儿后悔了。

以祁衍在他们学校的知名度，一旦身份说穿了，肯定会引起一片流言蜚语。

她翻开手机，发现自己收到了好些消息，大部分是陶可发来的。

陶可是个小话痨，刚知道那么大的秘密根本憋不住，当晚就给唐让让来了几十条微信。

唐让让睡得早，就没看到。

还有唐汀汀发来报平安的消息，让她不要担心，已经没事了。

而同样知道这个消息的沈莫颜和杨齐琦，却石沉大海，一点反应都没有。

唐让让看着宿舍群里这两个人的头像叹了口气，沈莫颜内敛但心思重，她更喜欢维护一种和谐的氛围，哪怕心里有什么别扭，脸上也不会表现出来，杨齐琦倒是冲动一点，有什么不满都喜欢发泄出来。

唐让让真的挺无奈的。如果是她自己的公司，那让室友进来也不是什么大事，可毕竟公司是祁衍的，她总不能仗着和祁衍谈恋爱就肆意使用特权，干扰别人的工作，所以这个忙她没法帮，也不好说。

单看那些来面试的学生，优秀的人实在是太多了，她在里面已经是泯然众人，能被录取都是侥幸，如果再找人来占了名额，对其他学校的学生也不公平。

祁衍从浴室出来，头发尚且有些潮湿，他靠在门边，单手插进兜里，问道："这么穿行吗？"

他换了件棕黄色的宽松毛衣，内衬搭的是白色衬衫，下半身是一条加绒的黑色长裤，他的头发软软地垂在额前，身上没带多余的装饰，眼睛明亮，皮肤紧致白皙。

"像个学生。"唐让让笑眯眯道。

而且是很诱人很清爽的大学生。

祁衍松了口气："那就好。"对他来说，最难的就是像个学生，他早就没了学生的青涩和单纯，过早的精英教育让他眼中始终沉淀着超越年龄的深沉稳重。

哪怕，他的年龄也不过是个大学生的年纪。

唐让让扯过一条毛巾，帮祁衍擦着未干的发梢，这么冷的天，头发不干要冻感冒的。

祁衍微微低着头，任她摆弄着自己的头发。

唐让让感叹道："其实，你本来也该是大学生啊。"

给祁衍擦干了头发，又帮他梳顺。

他的黑发服帖地垂到眉毛处，眼睛湿润，睫毛纤长，鼻尖有点儿发红，下巴上的胡楂剔得很干净，脖颈细长白皙，锁骨隐在雪白的衬衫领子里。

换了身装扮的祁衍减淡了以往强大的气场，变得有些懵懂，有些无辜，还有些……让人心痒痒的。

强势的祁衍她喜欢，柔软的祁衍她也喜欢，她喜欢这个人，从第一眼就注定了。

"我们……走吧。"唐让让收回过于露骨的眼神，拉着祁衍的手，拎起背包。

这次祁衍没有找司机来，而是自己开车。他的驾照才考了不久，平时练

得不多,为保稳妥,开得并不快。

　　一路慢慢悠悠地开到唐让让学校,已经有些迟了,把车停在地下车库,往楼上赶的时候,上课铃已经打响。

　　祁衍是个极其有时间观念的人,听到铃响,不由得皱了皱眉。

　　唐让让拉着他一路小跑,一边跑还一边安慰:"没事没事,最后一节划重点,不是正常上课,老师不会管的。"

　　一路跑到教室门口,祁衍还没怎么样,唐让让就有点儿上气不接下气了。她扶着后门,猛喘了一会儿,定了定神,把耳朵贴在门上偷听。

　　教室里乱哄哄的,大家都在跟老师耍赖皮,让她出题简单点。

　　唐让让小心翼翼地推开后门,一看,人比她想象中的还多。

　　不愧是大学里面最重要的一门课——划重点,今天大概是学生们到得最齐的一次了。

　　《概率论》是大课,工商和地科的人一起上,人多又杂乱,所以也没人注意她。

　　唐让让眼尖,瞄到一个两人空位,赶紧猫腰小跑了过去。祁衍倒是比她镇定多了,面不改色慢悠悠地往里走。他实在是太耀眼了,哪怕一身学生打扮,也吸引了不少目光。

　　地科的学生对他不熟,工商的学生却没人不认识他,立刻有人窃窃私语道:"好帅啊,这人是工商的吗?"

　　"什么工商的,这是祁衍!"

　　"啊啊啊,那是祁衍吧,他怎么也来听课了?"

　　"祁衍哎!你看见没有!"

　　…………

　　一传十十传百,一小片的骚乱很快就传遍了整个教室。

　　张熙媛自然也听到了。但她不敢相信,于是也不管自己还坐在第一排,便努力伸着脖子张望着。环视了一圈,果然,她锁定了唐让让,还有坐在唐让让身边的祁衍。

唐让让几乎快要把脸蒙进书里了,生怕别人看见她。

祁衍倒是坦然,交叠着双手,搭在跷起的右腿上,气定神闲地打量着黑板。

黑板上有《概率论》老师写上的凌乱公式,很快就唤起了祁衍的记忆,他的确还能想起来一些。

张熙媛觉得心里闷得都不能呼吸,祁衍竟然陪唐让让来上课了。

张熙媛咬着唇,说不出心里的那点酸涩到底是为了什么。

同样看向祁衍的,还有沈莫颜她们。她们也跟了祁衍半学期的课,但还从来没见祁衍打扮得这么休闲、这么年轻,而且,他现在是唐让让的男朋友。

沈莫颜轻轻摩挲着笔帽,眼睛垂了垂,低喃道:"唐让让真是好命。"

杨齐琦一顿,说:"你说什么?"

沈莫颜眼底闪过一丝慌张,立刻摇头道:"没什么。就是有点儿惊讶,祁衍会做这么出格的事。"

她没想到,自己一不留神竟然说出来了,还让杨齐琦给听去了。

杨齐琦也没深究,附和道:"是啊,他竟然陪唐让让来听《概率论》哎,也太掉价了。"

陶可哼道:"这算什么掉价啊,这说明祁衍在让让面前没架子。"

祁衍座位的后面是个工商大三重修的女生,她不认识唐让让,却知道祁衍。酝酿了片刻,她鼓足勇气,小声问:"请问……你是祁衍吗?"

祁衍听到身后的声音,眉毛一挑。

唐让让紧张地看着他,不安地舔了舔唇,现在恐怕不承认也不行了。本来以为这么大的课堂,能悄无声息地避过去,但谁料大家考试重压之下,还有闲工夫看热闹。

祁衍今天格外好说话,竟然毫不避讳地答道:"我是。"

身后的女生紧张地抓紧了桌面,激动地跺了跺脚。

"真的是祁衍!我真的很崇拜你!"

祁衍眉目含笑,淡声道:"谢谢。"

女生锲而不舍道:"你为什么会来听我们的《概率论》啊,是学校有什

么安排吗？"

唐让让抓了抓头发，有些郁闷。她这么大个人在呢，就比祁衍早一步坐下，都看不到吗？

祁衍摇摇头，指了指讲台，示意现在还有老师在讲课。

坐在唐让让身边的地科学生按捺不住，嘟囔了一句："是陪这个同学一起来的吧。"

祁衍立刻接道："是。"

唐让让又羞又臊。

讲台上的老师也发现了什么，一眼扫来，有些惊讶，但又只能憋在心里，毕竟她要维护好班级的秩序。

"都别吵了，我要讲考试重点了，等我讲完你们随便吵。"

提到考试重点，教室里总算安静了下来。

张熙媛也依依不舍地回过头，垂眸望着面前的书，无论台上的老师说什么，她发现自己一个字也听不进去了。

唐让让的心情也差不多。

她虽然该记的都记了，但回头来一看，似乎也没有恍然大悟的感觉。

讲台上的老师合上书，严肃道："总之，每一章都很重要，大家都要认真对待。还有不到一周的时间了，希望你们都收收心，多给《概率论》一点时间，别在考试之后找我哭爹喊娘，我一个都不会理！下课吧。"

她语气虽然严厉，但音调倒比以前温柔许多，大概是因为祁衍在这里，她也不好意思朝下面喊。

老师并不打算久留，生怕有人堵着她套题，于是拎起包走下了讲台，路过祁衍的时候，微微点了个头。

老师一走，教室里顿时乱了起来。

陶可第一个朝唐让让跑了过来，身后沈莫颜、杨齐琦也跟上了。

明面上，她们到底是唐让让的室友，这个时候不来打个招呼，有点儿说不过去。

张熙媛顿了顿，也往这个方向蹭了蹭。

她倒不是想去打招呼，只是想听听，唐让让有什么可说的。

沈莫颜虽然心里复杂别扭，脸上却一点都没表现出来。

她走过来，亲热地拉住了唐让让的手臂。

杨齐琦也很不自在，她站在最外侧，偷偷打量着祁衍。

原先觉得高不可攀的人，现在竟然就在身边，和她们平起平坐。

这都是……为了一个人。

陶可大大咧咧地挤到了唐让让身边，兴奋道："哇，你很棒哦！"

祁衍清了清嗓子，弯眸一笑，眼神投向唐让让："重新认识一下，祁衍，唐让让的男朋友。"

原本觉得最不可思议的事情，真的摆到眼前了，该接受还是要接受。只是室友一下子从哼哧哼哧努力的普通学生，变成了有钱人的女朋友，还是足够让人唏嘘的。

就只有陶可真心实意替唐让让开心，在她眼里，祁衍是个风度翩翩绅士得体的好人。

唐让让能和这样的人在一起，难道不值得开心吗？

还不待沈莫颜和杨齐琦多说什么，陶可就扯着她俩的胳膊把人拉走，不让她们打扰让让和祁衍的二人世界。

出了阶梯教室的门，沈莫颜忍不住问："你怎么一点儿都不惊讶？"

陶可眨眼："我惊讶啊，昨天不是惊讶过了？"

沈莫颜凝眉又问："那你……"

她不知道该怎么措辞合适，那你就不酸吗？不因为唐让让的隐瞒而埋怨吗？不怪罪唐让让不帮你一把吗？可话到嘴边，她又如梦初醒，陶可当然没有什么感觉。

陶可家条件好，虽然不清楚具体是做什么的，但能花那么多钱给她考雅思，送她参加名校夏令营，支持她一周听一次音乐剧，她妈妈甚至都有跟红毯上明星的合影。

她根本不需要唐让让帮忙,这么多家底支持着她,连一点点酸涩和嫉妒都没有。

曾几何时,唐让让还是那个为了奖学金拼命的学生,沈莫颜和杨齐琦默默羡慕的,是陶可。

沈莫颜笑了笑:"没事,就是不知道让让是怎么认识祁衍的,有点儿好奇。"

陶可若有所思,隐约回想起,唐让让曾跟她提过,以前有个男友,是个很厉害很厉害的人,但是被家里发现了,不得不分手了。

她觉得,自己好像知道让让和祁衍从什么时候认识的了,但这些事,是让让跟她分享的秘密,就没有必要和沈莫颜她们说了。

天色清朗,湛蓝的天空缥缈悠远,柔软的日光轻拂地面,把白雪照得熠熠生辉。

京市有这么蓝的天实在是不寻常,看得人心情都格外清朗。

唐让让歪躺在桌面上,抬眼看着祁衍:"她们都知道了。"

祁衍拿过她的《概率论》课本,随意翻弄着,漫不经心道:"嗯,也没有什么。"

"是啊,没有什么。"唐让让喃喃道。

祁衍快速扫了一遍目录,又顺着目录翻到后面的章节练习题看了看。多少年了,他很久没做过这么简单的题,参加这么简单的考试了。

祁衍用书敲了敲桌面,淡淡道:"不是要复习嘛,快。"

"噢。"

唐让让皱着眉头,把打印出来的历届考卷拿出来。

考试之前,要把这些都做完。根据往届的经验,老师们是没有时间重新出一份题的,大概率是从历届的考题里面抽选,换换题干,换汤不换药。

"我先做一套考卷,看看自己不会在哪儿。"

祁衍点头:"你做吧,我看一遍书。"

唐让让偷偷瞄了一眼。

祁衍今天非要跟她来学校的目的，大概就是为了在她的朋友面前彰显身份吧，至于《概率论》，虽然对祁衍来说不难，但毕竟多年不碰，怎么可能还记得。就算记得，没练习过，又怎么能会做题呢。

唐让让心里一边吐槽一边答着考卷。果然如她所料，自己学得真不怎么样，没有参考书没有解析，等磕磕绊绊做完一份卷子，和答案一对比，才知道有多惨不忍睹。

唐让让给自己算了算分数，刚刚及格。

她的心都快凉了。就这分数绩点绝对不到"3"，一科又占着3学分，能整整把她拉掉一个档次。

祁衍看完了书，侧过头看了一眼唐让让满是叉叉的卷子。

他揉了揉眉心："改完了吗？"

唐让让点点头，叹了口气。

祁衍把卷子扯到一边，递到她面前一张白纸，说："我给你总结一下重点吧。"

"啊？"唐让让微怔。

祁衍把看过的书扣上，动笔在纸上列了个提纲。

唐让让小心翼翼地问："你不会告诉我，你都背下来了？"

祁衍垂眸："还好，很简单。"

唐让让惊讶道："你学一本书这么快？"

祁衍云淡风轻道："那倒没有，如果是新知识，怎么也要一天吧。"

唐让让："……"怪不得助理姐姐说祁衍是掐着秒针过日子的人。

祁衍睨了她一眼："这么惊讶干什么，你又不是没见过我的学习任务，不快点，做不完的。"

唐让让见过，是小时候跑去祁衍家里玩的时候。

但那时候她最多对祁衍有些同情，并没有什么钦佩。那些密密麻麻的时刻表，给她一周都不一定完成的了，祁衍却要在一天之内做完。而且因为她的出现,他不得不再把时间压缩出一个小时来陪她。

唐让让脑袋里浮现出一个身陷囚牢的"小公主",在笼子里废寝忘食奋笔疾书的形象。而她则是个自由散漫英俊潇洒的"王子",站在笼子边,勾引得"小公主"心猿意马魂不守舍。等"王子"晚上离开了,"小公主"再继续哼哧哼哧地学习。

她这个"王子",怎么就拍拍屁股跑了呢,童话故事里,明明应该解救"公主"出水火的。

祁衍皱眉,用食指弹了弹唐让让的脑袋。

"又溜号。"

唐让让赶紧回神,吐了吐舌头,不再胡思乱想,把精力放在面前的提纲上。

整个下午,唐让让经历了自上学以来,单位时间吸收知识最多的一次。

祁衍的速度很快,她不得不调动所有的注意力去学去记。帮她复习的祁衍和工作时候处理合同时一样认真、严肃。他修长漂亮的手指飞快地在纸上写着,骨节凸起,圆润光滑。他的字一如既往地潇洒流畅、刚劲有力。

柔软的毛衣箍住他的手腕,系住他的脖颈,勒住他的腰身,让身体的轮廓尽显无遗。

阳光爬上他的侧脸,掠过他的睫毛尖,他身上飘着干燥好闻的味道,哪怕他如此严肃,唐让让的一颗心却越来越柔软起来。祁衍认真做事的模样,简直对她是种致命的吸引。

唐让让默默咽了咽口水,放纵自己失神片刻,然后又飞快地回神。

天将黑之时,祁衍从严肃的状态中解脱出来,温柔一笑:"饿了?"

唐让让揉了揉肚子,他不说还没注意到,真的有点儿饿了。

中午两个人都没吃呢。

"我差不多都理顺了,你不用给我讲了,剩下的我自己复习就行了,我们走吧。"

唐让让把考卷和书收起来,揣进书包里。

她有点儿惭愧,祁衍给她讲了一下午的课,连口水都没喝。

要是在办公室，他才不会是这个待遇。

祁衍点点头："我觉得你掌握得还不错，考试应该没问题了，不过考不好也没关系。"

祁衍当然不会要求唐让让做个学霸，事实上，他更情愿唐让让轻松一点儿，操劳的事就交给他。

但唐让让虽然嘴上不说，但个性还是很好强的，既然和祁衍在一起，她不允许自己当个小废物。

晚上他们就在学校食堂吃了一顿。

因为去得晚了，所以也没有什么人。

唐让让吃了一半，才想起来好像很久没直播了，就拍了一张照片，发到了呦呦直播自己的主页上。

配字：马上要期末了，开始吃学校食堂，冬天就不用减肥了吧姐妹们？

她一边发还一边跟祁衍解释："我好久没有直播了，估计人气都下滑了，其实我做得还挺好的呢。

"最高的时候，我能冲到排行榜第三，收益榜第一。不过收益榜这个就不靠我啦，主要是因为我有个粉丝，给我打赏了不少钱。"

祁衍继续默不作声地吃饭。

唐让让叹了口气："其实我真想找机会把钱还给那个粉丝，女孩子多给自己买几件衣服，买点化妆品，或者出国旅游不好吗，给我刷钱我又不收。"

祁衍动作微僵，抬眸疑惑道："女孩子？"

唐让让吸溜一口米线，唇边泛着油光，理所当然道："是啊，Q，一个特别内敛害羞的女孩子，都不怎么敢跟我说话，但是一刷就是几万，我都替'她'心疼。"

祁衍深吸一口气，放下筷子："谁跟你说是女孩子的？"

唐让让漫不经心道："我的粉丝都是女的，因为减肥而关注我的。Q大概减肥太成功了吧，所以特别感谢我，两年老粉了，一直不脱粉。"

祁衍眯了眯眼，把筷子尖插进秋葵里，另一端握在掌心，暗自咬了咬牙。

唐让让眼前一亮："对了，我听说你也投资了呦呦直播？"

祁衍沉默了半响："嗯。"

唐让让抿唇："那你能不能通过内部把钱还给 Q 啊？"

祁衍睫毛一抖，平静道："不行，我只是拿分红，公司不归我管理。"

唐让让遗憾地叹了口气："这样啊。"

她也就是随口一提，发现行不通后，又专心致志埋头吃米线了。

她一边被辣得吐舌头一边喝着豆奶，热得大汗淋漓。

浓密卷曲的睫毛上都隐约缀了点水光，不知道是被热出的汗水还是辣出的眼泪。

因着弓腰低头的姿势，宽大的毛衣领子垂了下来，露出一段细白精致的锁骨。

祁衍有那么一瞬间，想跟唐让让说，自己就是 Q，但迟疑了几秒，又放弃了。

让她觉得那是个粉丝也挺好，一个和祁衍一样，对她好的粉丝。

《概率论》考试结束的当天，唐让让收到了 offer，人力主管通知她从一月中旬开始实习，一周至少实习四天，日工资五百元。

在京市，实习生工资最多给到一百五十元，五百元已经比很多正式工的工资都高了，也难怪有的是人愿意在祁衍这里实习。

唐让让反复看了几遍 offer，特别诚恳谦虚地回了信。

半响，她又收到了一份邮件。

徐江圆客客气气道："恭喜唐小姐，祝您生活愉快，感谢选择我们公司，不过 offer 是不用回复的，哈哈哈。"

唐让让诚惶诚恐，公司的人力主管都这么客气吗？

元旦前夕，唐让让接到了萱萱的通知，年会的地点和时间定了。

凯瑞酒店，跨年夜。

她本以为这段时间的消极怠工,已经消耗了网站对她的期待,呦呦年会没她的份儿了呢。

萱萱却意味深长道:"让让,网站扶植起来一个主播不容易。"

唐让让恍然。

也是,她作为网站第一批接到大品牌合作的主播,怎么可能被轻易放弃。

萱萱又道:"虽然知道你志不在此,但你也喜欢做不是嘛。既然能做好,为什么要荒废天赋呢,现在竞争越来越激烈了,几周就是天翻地覆的变化,保持成绩不容易。"

萱萱并不是耸人听闻。

唐让让结束和萱萱的对话后,特意去网站看了看现如今的排行榜。反复看了两遍,唐让让有种回到了几个月前的错觉。

林湄湄重新霸占了第一的位置,热度居高不下,网站在她的头像上,加了个金色的小皇冠。

雅美屈居第二,脑袋上是个比皇冠小一号的银冠,唐让让则滑到了二十一,被挤出了前二十的榜单。

她和雅美的流量全部来自两人的合体直播,自从唐让让考试周忙碌起来,两人不怎么连麦之后,热度都降了下来。

雅美依旧固执地做着美妆博主,可美妆做得再精尖,也不敌林湄湄穿得清凉魅惑。

唐让让对热度看得很淡,雅美却看得极重。但再在乎,她也有自己的坚持和自尊,为了那条底线,无法改变也不肯改变,人气上始终再难突破。

唐让让还以为,第一会是什么天降紫微星、绝世大美女,没想到还是林湄湄。颓势难逆,林湄湄竟然还有本事起死回生。

再扫一眼前二十的其余十几人,早就发生了天翻地覆的变化,这个行业,也的确不好做啊。

跨年夜唐让让不用跟祁衍一起过,祁衍要跟妈妈回家一趟。

不是城里的公寓,也不是郊外的别墅,而是那个本来已经破碎,却未对外界公布,还要在外人面前佯装美满的家。

听说祁衍的父亲又升职了,孟溪怎么也该出席一下,虽然两人针锋相对,没有什么感情了,但面子上还是要过得去。

孟溪则做生意遇到刁难,祁厉泓会找人疏通,祁厉泓有什么需要妻子出席的场合,孟溪则也会给面子,涉及利益的事,两个人都格外理智。

祁衍一年也就能跟祁厉泓见上一面,所以趁着这次机会,一家人叙叙旧。

呦呦年会祁衍听说了,虽然不是什么特别隆重的场合,但毕竟是唐让让待了两年的平台,所以祁衍只是嘱咐她有什么需要可以跟助理说,其实也不一定能用得着,毕竟唐让让的姐姐对这方面的事情更精通。

有了上次慈善晚宴的经验,唐让让淡定多了。跨年夜之前,她取了预订的礼服,也约定了做造型的时间。

一通打扮之后,唐让让顶着精致的妆容,穿着勒得紧紧的礼服,搭雅美的车一起去会场。

雅美自己的化妆技术就十分高超,所以做造型的那部分钱省下来了,她咬咬牙,租了件小十万的服装和首饰。

坐在车里,她叹气道:"心疼死我了,一晚上,真是花钱如流水啊。"

唐让让摸了摸她脖子上戴的项链:"谁让你租这么贵的东西。"

雅美低头看了看自己身上闪闪发光的珠宝,小心翼翼的,连大动作都不敢做。

她一边挺直身子,像个雕塑似的僵在车里,一边吐槽:"谁让林湄湄也租了这么贵的呢,我总不能被她比下去。"

唐让让微顿,喃喃道:"林湄湄的人气又回来了啊,她的粉丝还挺长情的。"

上次林湄湄非要跟唐让让和雅美拼打赏,最后把自己的几个大粉丝都给得罪了,闹得挺不愉快。

听说能花钱的大粉都脱了,林湄湄气数尽了,原来竟是谣言吗?

雅美轻轻摇了摇头:"什么呀,原来的粉丝早走了,她现在能勉强维持这个地位,是因为找到靠山了。"

唐让让睁大了眼睛:"靠山?"

"就是舍得给她花钱,舍得捧她的。也就这一两周的事儿,本来她都快不行了,硬生生给救活了。"

唐让让若有所思:"谁啊?"

雅美耸了耸肩:"反正听说跟娱乐圈还有点儿关系,具体的我就不清楚了,她认识有钱人的手段可多了呢。"

两人聊了几句,就又扯到家长里短上了。

林湄湄虽然算是跟她们有点儿过节,但其实也没什么值得讨论的,毕竟之前连面都还没见过。

车子一路开到了凯瑞的大门口,门口拉上了横幅,又用铁栏杆挡出一条通道来,有四个保安看着。

其实完全多此一举,主播毕竟不是明星,不会有什么粉丝为了他们等在酒店门口。

事实也如预料的一样,门口本就没站着多少粉丝,反倒是四个保安横眉立目的,多少引起路人的侧目。

唐让让和雅美小心地从车里出来,提着裙子,在礼仪的引导下,进了大门,乘电梯上二楼。

年会七点开始,现在是六点半,大部分人都到了。

进了宴会厅,拿着名牌一路找过去,她们俩的座位在一排。

第一排的圆桌坐满了呦呦的当红花旦,今天打扮得一个比一个漂亮。

雅美一出现,有不少人主动上来跟她握手,寒暄一两句:

"美姐今天好漂亮啊,特别贵气。"

"几个月不见,美姐好像更年轻了,比慈善晚会那时候气色还好。"

"美姐你这条项链好漂亮啊,什么牌子的?哦,卡地亚啊,哈哈哈。"

"我们留个微信吧,以后常联系。"

雅美笑眯眯地应和着,眼睛扫了一圈,没看见林湄湄。她随即冷笑一声,揽了揽裙子,坐在了椅子上。都是千年的狐狸,跟谁玩压轴呢。

唐让让在这种场合一向比较安静,她就躲在雅美后面,反正也没人主动跟她搭讪。毕竟在大家眼里,她算是被雅美罩着的。

"咦,这不是唐让让嘛。"

唐让让一顿,抬眸看去,是一个不认识的人。

"你好。"

"不记得我啦,上次慈善晚会的时候见过,我就坐你左边。"

"噢……好久不见。"

其实唐让让还是没想起来。她的记忆力并不怎么好,高中同学现在都忘了大半了,更何况一个只有一面之缘的人。

"你给我留下的印象特别深呢。"

唐让让抿了口水:"谢谢……"

"你家那位今天没来?"

唐让让眼睑一抖,终于知道这个女主播所谓的"印象深刻"指的是什么了。

雅美翻了个白眼儿,皮笑肉不笑道:"什么啊,我们让让的追求者太多,你说的是哪个?"

女主播扑哧一笑:"还能哪个,当然是最出名的那个祁总了,他怎么还给你穿这么便宜的衣服啊?"

唐让让低头看了看自己穿的礼服。都四位数的价格了,一点儿也不便宜。她怀疑这女主播就是随口一说。

一边有人迎合:"对啊,上次我就想问,他既然对你那么好,怎么不舍得给你多花点儿钱呢?"

唐让让面不改色道:"我又不是不能赚钱,为什么要花他的钱。"

女主播皱了皱脸,撇着嘴嘟囔道:"天啊,傻白甜吗?"

雅美暗暗叹气,抓住了唐让让的手,凑到她耳边低声道:"别在意,她们是嫉妒你能认识祁衍那样的人,她们自己想破脑袋都找不到。"

雅美一边安慰唐让让，一边又心疼唐让让。小姑娘太爱逞能了，所以一点儿好处都不要。

唐让让这么单纯，怎么可能斗得过祁衍呢，最后还不是人财两失。但她依旧不舍得打破唐让让的美好愿景，所以只能软声安慰着，尽量不让其他人的风凉话刺痛唐让让。

唐让让淡笑着摇摇头，表示自己并不在意。

几个主播见她一副死鸭子嘴硬的模样，便也不深说，转而讨论起今天最大的话题，迟迟未到的林湄湄来。

"林湄湄不也是嘛，我听说她傍到大腿了！"

唐让让微微皱了皱眉。

什么叫"也"？

"啊我也听说了，给她花了不少钱是吧，硬生生砸到榜一的。"

"美姐，我都替你觉得憋屈，要不是她那个金主，第一应该是你的。"

雅美扯了扯唇角，没说话。

"对了唐让让，祁总怎么不给你砸钱啊？"

唐让让本来正在喝水，闻言差点呛到。怎么话题绕了一圈又回到她身上了？

"嗨，你还说。能不能别在人家伤口上撒盐了？不是谁都像林湄湄那么好运的。"

"让让，傻姑娘，你就应该跟林湄湄学学。不是姐姐说话难听，难道你还指望嫁给他吗？现在不拿点好处，等他对你没感情了，你什么都不是。"

"少说两句，过了过了。"

"我又没害她，不信你问雅美，是不是这个道理。"

雅美默默地低下头，轻轻咳了一声。

唐让让环视了一圈，眯眼道："你们觉得我是被祁衍包养的？"

女主播耸耸肩："没什么不好张口的，这个圈子，谁还能瞧不起谁，林湄湄不也一样。"

唐让让拧眉:"不一样,我不是。"她和祁衍的感情,不该被这么亵渎。

有人嗤笑道:"别故作清高了,有什么不敢承认的,上次慈善晚宴大家都知道了好吧。"

"对啊,不舍得给你花钱,对你再好有什么用,你都不知道别的公司的艺人怎么笑你呢。"

"她们虽然巴结不上祁衍,但也不至于像你似的,空手而归,到时候人家结了婚,有了老婆,你算怎么回事儿啊。"

"谁不知道祁衍根本没有明面上承认的女人,他把你当什么,你自己不好好想想?"

…………

雅美把手里的杯子一敲,打断她们的话:"怎么回事儿啊夹枪带棒的,是被林湄湄金主刷的一百万刺激到了?被谁刺激的找谁去,让让又没刷榜占你们榜单,在这儿跟谁指桑骂槐呢。"

唐让让倒懒得跟她们一般见识,她指了指自己的鼻子,对雅美道:"她们真的把我当祁衍的情人了。"

雅美拍拍她的手背,心虚道:"别理她们,祁衍对你肯定是真心的。"

不管别人有多不屑林湄湄刻意压轴的做法,但她的目的的确是达到了。

大门一开,林湄湄身穿金色鳞片的礼服,踩着高跟鞋,落落大方地走了进来。一改几周前灰头土脸的模样,她如今又找回了霸榜的骄傲。

雅美靠着椅子打量着她,嘴角噙着冷笑。

林湄湄一边走,一边用视线扫过雅美,但并没做过多停留,仿佛雅美也跟这里的每一个小主播一样,不被她放在眼里。

雅美当然知道林湄湄是故意的,林湄湄心里怎么可能不在意自己抢了她的位置。

林湄湄瘦肩细腰,前凸后翘,脸上化着精致的妆,头发又直又顺地披着,倒和之前直播里浓妆艳抹的风格不一样了。

有人低声嘀咕道:"哟,这是找谁做的造型啊,还挺漂亮。"

雅美收敛起嘴角的笑,定定道:"知道换风格了。"

林湄湄的确是换风格了,不再走以前低俗诱惑的调调,这么一打扮,反而盖住了骨子里的妖娆,显得风雅了些。

雅美:"这得是多少钱堆出来的啊,看来金主真舍得花钱。"

唐让让微微歪头注视着林湄湄,心里有点儿疑惑。她总觉得林湄湄看起来眼熟,而且是越看越眼熟。

林湄湄慢悠悠地朝第一排中心位置走去,价格昂贵的礼服和高跟鞋把众人照耀得暗淡无光。

她走得越近唐让让心里越别扭,她终于想起来林湄湄的妆容像谁了。

像姐姐唐汀汀。

但唐汀汀不是艺人,不会穿这么华丽的衣服露面。她永远是一身干练利落的西装,妆容也是淡淡的,只有在见重要的制片人时,才会打扮得更细致一点。所以唐让让一开始没认出来。

不过也可能是巧合,也有几个当红小花是冷感禁欲的风格,林湄湄或许是照着人家学的,阴错阳差地化了唐汀汀的仿妆。

林湄湄一来,大家的注意力瞬间转移。

待林湄湄坐下,立刻有人虚伪道:"恭喜湄湄姐啊,时隔一月再次重返榜一。"是刚才那个讽刺唐让让的女主播。

雅美的眼睑抖了一下,她抬手拿起水杯,掩饰性地又抿了一口。杯壁已经沾上了一小圈口红印。

林湄湄摸了摸耳坠,淡淡一笑:"你多大啊,就叫我姐。"

女主播嘴角抽了抽:"二十岁。"

林湄湄微微一僵,深吸了一口气,说:"是吗,那还真的比我小,没看出来呢。"

女主播立刻翻了个白眼儿,心里不知道骂了多少句。

林湄湄脖颈动了动,目光落在雅美身上。这里面,好像就雅美跟她的年

纪差不多吧？

也怪她入行晚，又或者说生不逢时，没在更年轻的时候赶上直播大发展的年代。现在坐在一张桌子上的人，已经大多比她年轻了。年轻就是资本，就是魅力。她虽然现在坐在第一，但又能坐多久呢。

林湄湄兴致勃勃地来，但一提到年龄，无形之中又感到一股压力，压得她都没心情炫耀了。

"湄湄姐，你和以前的风格不一样了啊，是不是送你上榜一的神秘人物喜欢这一款啊？"

林湄湄眼睛一抬，瞳仁缩了缩，冷淡道："是我自己想改变路线了，不改变路线说不定还一直被人压着呢。"

"这样啊，还真是幸运，一改变路线就能遇到恰好喜欢这款的。"

林湄湄扭过脸，挺直身子，眼神不自觉地有点儿闪烁。她虽然伪装得很好，但下意识的神态还是暴露了自己的想法。察觉到自己的迟疑，林湄湄立刻遮掩了起来。

的确，她是为了别人改变的。她很喜欢自己的风格，也从不想追求什么优雅大气，但为了重爬榜一，她不得不迎合别人的喜好。

林湄湄有自知之明，那个人不会娶她。两人的家庭背景不一样，三观喜好不一样，现在的表面和谐，都是林湄湄为了钱忍辱负重得来的。

而且那个人对她的妆容打扮极其挑剔，显然是心里有个人，再照着那个人的样子要求她。

林湄湄装作什么都不知道。

正在这时，七点的钟声敲响，呦呦直播的领导层依次从舞台的大幕后面走出来，台下顿时响起掌声，闲聊也被打断了。

唐让让把下巴抵在雅美的肩头，安静地朝舞台上看去。唯一不友好的，就是舞台上单调的颜色了。在她眼里，都是一片土黄色，照得人跟从沙漠里爬出来似的。

唐让让眯了眯眼睛，躲开强光。

雅美侧过头低声问:"怎么了?"

唐让让摇头:"没事,眼睛有点儿不舒服。"

雅美也道:"谁设计的灯光啊,也太亮了,把人脸都照反光了。"

主持人穿着一袭绿色礼服站在左侧,等人上齐了,便激情澎湃地开场:"感谢今天到场的各位呦呦直播员工和优秀的签约主播,更要感谢我们台上运筹帷幄的领导们,那今天我们呦呦的公司年会,就正式开始了!首先我介绍一下,台上的……"

雅美嘀咕道:"是今年要流行绿色了吗?我觉得绿色穿起来不好看啊。"

唐让让随口一问:"谁穿绿的了?"

雅美惊讶地睁大眼睛:"台上四五个穿绿色的呀。"

唐让让微怔,心道原来不是红色,是绿色。

不过雅美也没多想,主持人在上面介绍,她就在下面跟唐让让嘀咕。

"中间那个年轻姑娘就是萱萱啊,她竟然是公司高层?"

唐让让低声道:"萱萱跟我说,呦呦是她家开的。"

雅美倒吸一口冷气,叹道:"怎么没跟我说过,我还真当她是普通客服呢。"

"那个就是公司总裁肖总,萱萱她爸吧,跟我想象的总裁不一样啊,这么瘦,还挺年轻精神的。"

"剩下的几个我都不知道,原来公司这么多领导,不愧是家族产业。"

唐让让觉得,这公司年会开得跟他们学校开学典礼似的。几个盛装打扮的主播都觉得有些无聊,本来以为会像上次慈善晚会一样,觥筹交错,把酒言欢。谁想是这么正式且老土的场合。

雅美啧啧称奇:"真不愧是公司年会,敢情找我们来当花瓶的,早知道我就穿着运动服来了,白瞎我的衣服。"

林湄湄也不免打了个哈欠。

雅美都心疼自己的衣服,林湄湄就更心疼了。她这身打扮花了血本,就是为了到现场艳压群芳的。上次慈善晚宴她错过了,这次她不想再放过机会。

谁料到了现场才发现,根本不是那么回事。

除了公司的管理人员外,都没来别的什么重要人物。

这衣服虽然昂贵,可一点都不舒服,林湄湄坐一会儿就要换个姿势,不然身上都要勒出印子了。

其余的几个主播拍好了照片,发完了微博后,就开始闷头吃东西。所幸上来的吃的还是不错的,都是新鲜海鲜。

好不容易熬过了节目表演,终于到了颁奖环节。

主持人深情款款道:"这两年来,除了我们的员工为呦呦付出心血,同样值得铭记的,还有选择平台、信任平台的主播们,他们取得了辉煌的成绩,也给平台注入了新鲜的活力,接下来就是万众期待的颁奖环节了!"

能到这里来的主播自然都是有奖的。

唐让让不用猜就知道,自己和雅美的奖项一定跟签约品牌大使有关,但这大使又是从林湄湄手里抢来的,这就有点儿微妙了。

果不其然,第一个颁发的就是商业合作奖,雅美和唐让让手挽着手上台,接过了奖杯和奖金,台下的林湄湄咬了咬牙。

她们俩作为开场,那林湄湄自然作为收尾,中间陆续发了几个花里胡哨名头的奖后,终于轮到了林湄湄。

主持人笑眯眯道:"最后的一个奖项呢,就是平台的最佳人气奖了!林湄湄小姐作为平台主播,在过去的两年里,共有三百一十一天位列榜一,累计粉丝打赏数额……"

林湄湄的贡献,整整说了两分钟。

台下响起稀稀拉拉的掌声,主持人深吸一口气,神秘兮兮道:"接下来给林湄湄小姐颁奖的这位,就是我们的神秘嘉宾了,他是著名娱乐影视公司星创的副总经理,是《山河颂》等数部大型戏剧的出品人、制片人,现在我们就把他请上台来,有请陆总!"

林湄湄的嘴角不经意间扬起一丝笑,哪怕清楚自己和他不能有什么未来,但谁不喜欢男人对自己好呢,他一口答应来现场给她撑场面的时候,林湄湄开心得要疯了。

从后台走上一个西装革履、文质彬彬的男人。他身材挺拔,穿着贵气,面容还算俊朗,嘴角带着友善的笑,一副道貌岸然衣冠禽兽的做派。

唐让让的脸色立刻变了。

陆敬宏。

陆敬宏是认识唐让让的。

以前跟唐汀汀谈恋爱的时候,唐让让年纪还不大,唐汀汀总是提到自己的妹妹。

而且唐家父母都忙着上班,唐汀汀经常要帮忙带唐让让,甚至连约会的时候都要抽空接唐让让放学。

陆敬宏以前挺不悦这个电灯泡的。但好在唐让让嘴甜,又有眼力见儿,对他也足够尊重客气,所以陆敬宏也不好挑剔什么。后来他和唐汀汀闹崩了,分手了,自然和唐家的人就没再见过。

但是此刻站在台上的陆敬宏并没有注意到唐让让。唐让让毕竟和学生时代不一样了,看起来也成熟了,陆敬宏对她没什么深刻的印象。

陆敬宏完全是因为林湄湄而来的。认识林湄湄是因为一个合作伙伴的介绍,乍一看,林湄湄眉眼间恍惚有点儿唐汀汀的影子。

于是陆敬宏多看了几眼,有些失神。

合作伙伴特别有眼色,林湄湄又十分配合,所以自然而然地,陆敬宏就和林湄湄走得近了。

近了之后,那点儿像唐汀汀的错觉就分毫没有了。

林湄湄妩媚,娇滴滴,没什么文化,是完完全全只想靠着自己的美貌和身体生活的人,而且不以为耻反以为荣。

唐汀汀却自信大方,优雅得体,而且从陆敬宏认识她起,对她的印象就是冰雪聪明,神色间带着不可亵渎的仙气。

就是那股不可亵渎的意味,让陆敬宏一直都忘不了。

分手之后,他再也碰不到像唐汀汀这样既美丽又珍贵的女人了。她就像

一件艺术品，碰不得，摸不得，不能遭受任何人龌龊想法的玷污。她应该摆在展柜里，时时观赏，小心呵护。

陆敬宏心里是这么想的，当然也是这么做的。他自认对唐汀汀足够好，也足够尊重。比如她说要柏拉图，他就真的没缠着她做那种事。但唐汀汀可以继续仙气飘飘，他毕竟是个普通人。普通人就有普通人的欲望。艺术品要看，但大米饭也要吃。

陆敬宏从没把吃大米饭摆在自己心里最重要的位置，对他来说，艺术品不可多得的，大米饭却随处可见。

可唐汀汀偏偏不理解他的感情，最后只能遗憾分手。

大概是因为初恋太深刻了，之后陆敬宏谈恋爱的对象，或多或少都有点儿唐汀汀的影子。

但都不像她，不像就很可惜，总是差点儿意思。

后来他又觉得，或许是因为自己从来没有真正得到过唐汀汀，所以才会对她念念不忘。

或许是因为唐汀汀从来不允许他亲热，他才会觉得她异常珍贵。

陆敬宏想开了，既然找不到像唐汀汀的女人，那就干脆塑造一个"唐汀汀"，一个不拒绝亲密举动，服帖又会讨好他的"唐汀汀"。

林湄湄就很合适。这种女人，只是为了钱。她甚至不需要一个女朋友的名头，看在钱的份儿上，她就可以照着陆敬宏要求的方向去表演，去伪装。

哪怕是伪装，陆敬宏也觉得乐在其中。

陆敬宏一出场，一束黄色灯光就打到了他身上。因为他的身份，所以平台也给了他足够的尊重和排场。

陆敬宏手里拎着一个晶莹剔透的水晶杯，那上面刻着林湄湄的名字。他捏着水晶杯，依次跟几个公司高层握了手。

肖总客气道："陆总，以后有机会一定要多合作，我们平台的主播长得都很漂亮的。"

陆敬宏爽朗一笑："一定一定。"

肖总也知道陆敬宏是因为谁而来，所以也不多说，把台面让给林湄湄。

台下的林湄湄早已激动得站了起来。她单手捂着胸口，手指上的戒指在灯光下闪烁，她仰头看向台上的陆敬宏，然后兴奋地咧开嘴笑了。她一笑，陆敬宏就不由得皱起了眉。

唐汀汀从来不会笑得这么功利、这么谄媚。可惜，赝品终究是赝品。

陆敬宏兴趣寥寥，但既然来了，戏总要做足。他清了清嗓子，对着话筒道："感谢肖总，感谢沈总给我这个机会来颁奖，最佳人气奖，我相信她是实至名归的。那么也不用我多说，林湄湄，请上台领奖。"

林湄湄踩着十厘米的高跟鞋，迫不及待地往台上赶。

陆敬宏本应该上去扶她一把的，然而看她迫不及待拿奖的样子，就觉得特别庸俗，所以他没动。

林湄湄有些尴尬地自己一个人走到台上，蹭到了陆敬宏身边。

她深情款款地抖着贴好的浓密睫毛，柔声道："谢谢你来，今天我很开心。"

她虽然没明说，但明眼人都知道，她在强调陆敬宏是她的人。

陆敬宏盯着她的脸，唇角挂着淡笑，虽然看起来依旧温柔和善，但他却压低声音对林湄湄道："衣服领口太低了，我给你那么多钱，你就订了这么庸俗的玩意儿？"

林湄湄脸上的笑容一僵，眼里的兴奋瞬间褪去了一半。

她跑得都快要断了腿，甚至还参考了好几个造型师的意见，才选出这么一套来，为的就是讨好陆敬宏，给陆敬宏长脸。结果在他口中，这件衣服竟然这么不值一提。

陆敬宏想的却是，唐汀汀从来不会穿这么低胸暴露的衣服。

林湄湄缓了缓情绪，攥紧拳头，咬着牙问道："你就不请我说两句吗？"每个获奖的主播，都会发表一段获奖感言，但一般都是主持人来说。

但既然她有颁奖嘉宾了，那自然是嘉宾配合她。可惜陆敬宏完全没有这

个意识,他只在乎她的衣服是不是暴露。

陆敬宏眸色一沉,显然对林湄湄不符合他的喜好而感到不悦。但既然来了,总不能在台上当着这么多人的面发作。所以他只好压抑住脾气,把话筒递给林湄湄,自己退到了一边。

林湄湄手里拿着那个水晶奖杯,看着写在泡沫板上人气奖的奖金数字,终于又扯出一丝笑。

"感谢公司对我的栽培,感谢平台的信任,今天我能拿到这个奖,实在是……"

林湄湄喋喋不休地说着,陆敬宏又不能下台,只好站在一旁听。他听人说话的时候,目光自然是投向台下的。台下的人的确很多,但打扮靓丽精致的,也就第一排那些主播。

而那些主播里面,如果有一个人的目光是充满敌意和憎恶的,那很容易就会被察觉到。陆敬宏的眼神定格在了唐让让身上,他疑惑了几秒,然后总算想起来唐让让是谁。

这对他来说实在是太不容易了,要不是唐让让厌恶得那么直白,他还不会记得。几年不见,当年的小姑娘长大了,竟然也变得这么漂亮。

看来唐家的基因果然不错,姐妹俩都长得这么好。

只不过,唐让让跟唐汀汀可比不了。唐汀汀现在够趾高气扬的,顾延亭都把唐汀汀当定海神针了,还严令禁止他去骚扰唐汀汀。但这个唐让让,现在怎么做起主播来了?

在陆敬宏眼里,台下坐着的这些人,都该跟林湄湄是一路货色。

廉价,庸俗。

陆敬宏冷笑一声,理直气壮回望过去,眼底没有分毫愧色。

唐让让深吸了几口气,觉得太阳穴有点儿发麻。这个陆敬宏,完全领悟了人不要脸天下无敌的精髓,竟然还想让林湄湄模仿她姐姐。

看见陆敬宏从后台出来,唐让让立刻明白林湄湄风格大变是怎么回事了。林湄湄打扮得越像唐汀汀,唐让让越觉得恶心。

陆敬宏看样子还对姐姐念念不忘，还搞起替身这一套了。

唐让让眯了眯眼，低声骂了句："浑蛋。"

雅美一愣，用胳膊肘捅了捅她："人家金主虽然'眼瘸'吧，但也没招惹你，我还没发作呢，你怎么义愤填膺上了？"

唐让让简单解释："那是我姐的前男友，出轨。"

雅美张大嘴，嘴唇抖了片刻，才道："不是出轨林湄湄……"

唐让让摇头："不是，但林湄湄现在的打扮，倒很像我姐。"

雅美也不便深问唐让让的家事，但听她说这几句，也猜出个大概来，于是冷笑道："这么说林湄湄倒还挺可怜的，被人当替身玩而已。"

唐让让定了定神："我真是看了他就想吐，先出去待会儿。"

她刚站起身，方才一直针对她的女主播突然出声道："这就看不下去了，被刺激到了？"

唐让让扫了她一眼："是又怎么样。"

女主播以为自己猜到了，同情地摇摇头："我理解你。人家林湄湄的靠山都到现场来给她撑腰了，你的呢，真是人比人气死人。"

唐让让轻蔑道："陆敬宏也算？你眼界也太低了。"

女主播以为唐让让恼羞成怒了，于是乘胜追击道："我眼界是不高，祁衍的确比陆敬宏厉害多了，但没心又顶什么用呢，还不如这个实在。"

唐让让冷着脸："哦，你也就能看上这种垃圾了。"

女主播拔高声音："你侮辱我也就算了，怎么还骂别人呢！"

底下的骚乱终于打断了林湄湄的发言。林湄湄脸色不善，怒盯着站起来的唐让让和那个挑事的女主播。

女主播自知失态，悻悻地垂下了头。唐让让却懒得管这些，她实在是不想看陆敬宏道貌岸然的样子了，于是头也不回地往外走。

林湄湄在台上狠狠地攥住话筒，委屈地看向陆敬宏，她期待着陆敬宏能给她撑腰，但陆敬宏没看她一眼，眼神一直落在唐让让身上。

陆敬宏单手插着兜，似笑非笑道："别着急走嘛，我们怎么也算是故人。"

唐让让停住了脚步。

陆敬宏一脸的高深莫测,似乎并不在意还没结束发言的林湄湄。

林湄湄表情凝固,眼神在陆敬宏和唐让让之间来回打量。唐让让和陆敬宏是故人?

林湄湄察觉到了危机。难不成唐让让以前跟过陆敬宏?那这世界也太小了。

她紧紧盯着唐让让,连自己的发言都顾不得了。仔细看了看,唐让让的确年轻漂亮,眉眼间还能看出些异域风情——她的瞳色很浅,眼睛却十分漂亮。脸虽然圆嘟嘟的,但因为年纪小,显得越发活泼可爱。她的身材也很不错,上下匀称,听人说她好像还是什么混血来着。

林湄湄脑海中隐约闪过自己坐在化妆镜前看到的样子。那样的妆容,是不是跟唐让让也有点儿像?

意识到了这一点,林湄湄的心"咯噔"了一下。

她觉得屈辱,也觉得气愤。难不成陆敬宏心里一直惦记的人,是唐让让?

可唐让让现在背后撑腰的人是祁衍啊!她还听说,品牌大使之所以能落到唐让让身上,也是祁衍在背后操作的。

所以唐让让是另攀高枝,甩了陆敬宏后,才投入祁衍的怀抱的?林湄湄心情复杂,连手都有点儿哆嗦。她也没面对过这样的场面,不知道该怎么妥善解决。

主持人轻咳了两声,想要圆了这个话题:"湄湄要不你继续……"

林湄湄刚想过去拉住陆敬宏的手,谁料陆敬宏却径直朝唐让让走了过去。林湄湄的手不尴不尬地悬在半空,紧紧地握在一起。

台下响起窸窸窣窣的声音:

"怎么回事啊,林湄湄的男朋友奔着唐让让去了?"

"那哪是林湄湄的男朋友啊,充其量各取所需罢了。"

"看样子这个陆总好像认识唐让让,唐让让见他一脸不自然,该不会是之前有什么吧?"

"谁知道。那唐让让还挺明智的,现在的祁衍明显比陆敬宏好啊。"

"好什么好,陆敬宏起码舍得花钱,祁衍呢,不愧据传他从不给任何女人希望,我看他只是把唐让让当成情人了。"

"那她的大使是怎么来的?"

"不是因为热度吗?"

"我可听说是祁衍示意公司把林湄湄的资源给她的,雅美都是顺带的。"

"你听谁说的?"

"林湄湄啊。"

…………

陆敬宏走到唐让让身边,才迟钝地"发现"自己引起了不小的骚动。

于是他回头,朝肖总一笑:"抱歉,遇到了熟人忍不住打个招呼,肖总你们继续吧。"

肖总脸色虽然一般,但既然人家给了个台阶,他也只能顺势而下了。

主持人顺势将话接了过去,把舞台继续还给林湄湄。

可林湄湄再没了之前的高傲自信,她连发言都心不在焉的,眼睛忍不住往陆敬宏的方向看。

"林湄湄着急了,怕金主和唐让让旧情复燃?"

"我觉得不能,唐让让太嫩了,林湄湄才是狐狸精,男人喜欢这样的。"

"拜托,你觉得唐让让嫩?她一个大学生,你看看她认识的人。"

雅美眼神犀利地一扫:"能不能闭上嘴,让让和祁总是正经恋爱,收起你们的猥琐心思。"

"噗,正经恋爱,美姐你信吗?祁衍自己都说过,没有理想型,不考虑也没时间。"

雅美挺着脖子道:"那是因为有让让了!"

"别'挽尊'了。半年前他的采访还是单身呢,说这话的时候,就是单身的时候。"

林湄湄匆匆结束发言,猛地鞠了一躬:"我说完了,谢谢大家。"

主持人脸上的笑都快僵了,这是什么不明不白的结束啊!

他只能勉强往下接:"那接下来我们通过大屏,回顾一下这一年呦呦的步伐和收获。"

唐让让冷眼看着陆敬宏,冷笑一声:"谁跟你是熟人?"

可在陆敬宏眼里,唐让让就是个没长大的小孩子。只有小孩子才会把所有情绪写在脸上,让人一看就透。

陆敬宏是不会跟她置气的。

于是他深笑道:"你确定要在这儿闹开影响呦呦的年会吗?不如我们出去说吧。"

唐让让不动,淡漠道:"我跟你没什么好说的。"

陆敬宏叹了一口气:"会有的。我很快就要到星创工作了,到时候跟你姐就是低头不见抬头见,你就不想嘱咐我两句?"

唐让让牙齿微颤,瞳仁紧缩,一字一顿道:"离我姐远点。"

陆敬宏轻轻一笑,率先从侧门朝安全通道走了过去。唐让让深吸一口气,顿了顿,跟了上去。关心则乱,涉及唐汀汀,唐让让根本没办法全身而退。

陆敬宏听到跟上来的脚步声,笑意更深了些。推开铁门,走到空旷的安全通道,大厅里的声音变得遥远缥缈起来。安全通道的标识明亮且刺眼,看在唐让让眼里,则是一片深黄。

通道很窄,白炽灯幽幽地晃动着,隐约像是恐怖片里的场景。

唐让让抬眼盯着陆敬宏,心里想,要是他能像恐怖片里一样,被女鬼弄死在这儿就好了。

陆敬宏依旧笑眯眯的,甚至从兜里抽出一根烟,拿着打火机点着了。他搭在嘴边深深吸了一口,然后再轻飘飘地吐出来,悠闲道:"你不用这么看着我,搞得我十恶不赦一样,不就是跟你姐分手了嘛,恋爱分手都是很正常的事情。"

唐让让皮笑肉不笑:"是吗?既然出轨这么正常,那就祝你以后的婚姻生活天天正常。"

陆敬宏眼皮一垂，沉默了片刻，摇了摇头："我不跟你个小孩子对骂，没意义。"

唐让让扯了扯唇角，冷冰冰道："我也懒得跟你多说一句话，但你要是敢纠缠我姐，我绝对不会放过你。"

陆敬宏眼底透出些许不屑，毫不客气地直言道："小妹妹，你怎么不放过我啊？你自己都沦落到……这么赚钱了，还能怎么样我？你为什么不让你姐帮帮你，以她现在的人脉，让你做个小演员还是很容易的，何至于当个网红，到这种年会上来现。"

唐让让当即反驳道："有些人连个正经名分都没有，不明不白地进公司，口气倒不小，星创里可有个名正言顺的顾野呢。"

陆敬宏很难被唐让让激怒，不管她怎么讽刺、咒骂都不会对他造成一点伤害，但是身世不行，这是陆敬宏的软肋。

他是名义上的干儿子，就永远只能是干儿子，顾野才是顾延亭名正言顺的继承人。哪怕他能回到星创，也只能在顾野手下当个副职，在顾延亭眼里，他是永远比不上顾野的。

陆敬宏的脸色阴沉了几分。

"唐让让，看在你姐的份儿上，我不跟你一般见识。我找你出来，只想跟你说，你还年轻，要懂得把握机会，而我可以帮你。"

唐让让觉得陆敬宏一定是吃错药了。

唐让让："你帮我？"

陆敬宏说："说实在的，主播嘛，看着光鲜，不过就是一两年的事儿，你早晚也要走林湄湄的路，到时候还不一定能遇到我这个层次的男人。但你不要误会，我对你没什么兴趣，只要你帮我追回……"

唐让让："我看是你误会了，我求谁……也求不到你身上。"

陆敬宏嘴角扬起一丝不屑："你是说你姐？我承认你姐是挺厉害的，但她也只是高级打工仔罢了，她背后没有资本，我看林湄湄对你如临大敌的样子，你应该也是有野心的，你姐撑不起你的野心。"

唐让让环抱着双臂，轻轻靠着墙，淡淡一笑。

洁白的灯光照耀着她的侧脸，浓密的睫毛在眼底投下一小片阴影。

唐让让突然一改语气，轻描淡写道："陆敬宏，我特别不喜欢麻烦身边人，也很不喜欢动用特权，但要是对付你的话，我倒不是太介意。你要是再对我姐心怀不轨，可能下场会很惨。"她说完，大力推开铁门，一只脚迈进了会场。

喧嚣鼎沸一瞬间从缝隙汹涌而来，冲淡了她身上的不适和冷意。

大厅里依旧是满满登登的人，五彩斑斓的光，大屏幕上播放着短片，伴着悠扬的音乐，一幕幕闪过呦呦走过的道路。

最后，屏幕黑了，上写四个硕大的白字：

感恩，有你。

台下响起了热烈且经久不息的掌声，给这个越走越好的公司，给在这个公司的自己。唐让让半个身子在门外，仿佛透过玻璃，看着另一个不属于她的世界。

陆敬宏在她身后幽幽道："大话谁都会说，你能拿什么来对付我？你要是真有本事，当年就替你姐出气了。"

唐让让一瞬间想到唐汀汀躲在被窝里流泪的无数个黑夜，想到为了克服心理障碍，拼命吃药，差点进医院的唐汀汀。

她死死地攥住了手，指甲抠在掌心。

这个瞬间，她格外想念祁衍。原来她是那么依赖他，只要有他在，她不会惧怕任何人。

适时，主持人被拉到后台耳语了几句，然后满心欢喜地跑上台，激情澎湃道："相信大家看到刚才的短片，一定深有感触。我看到我们肖总都已经落泪了。呦呦是我们大家的心血，不仅是在座大家的，还有那些你们没有看到的，早期投资呦呦的投资人伙伴，他们也和大家一起，见证着呦呦的成长。"

肖总此刻接道："不错，呦呦最初得到了不少人的帮助，我很感激他们，在呦呦低谷的时候，不抛弃不放弃，给了我很多的支持，帮助呦呦渡过难关。"

主持人笑容满面："是的，那今天也是很巧，我们刚刚收到对呦呦影响最深远的一位投资人，也是大家都格外熟悉的，领域投资祁衍祁总的祝福VCR！"

台下一片配合的掌声。

唐让让骤然听到祁衍的名字，愣了一下。她不知道祁衍还给呦呦录制了VCR。

主持人退到一边："那接下来就让我们一起来看一下。"

Chapter 14
宠溺

大屏幕晃了一下,终于出现祁衍清晰的脸庞。

他这时候应该是在赶往阑市的车上。

屏幕稳定住,祁衍靠在车座上,沉默地看着镜头片刻,确定没什么问题了,才缓缓开口。

"今天家里有急事,不得不先去处理,很遗憾没能到现场亲自祝贺肖总、沈总。那就在这里祝呦呦越来越好,年会顺利举办。这两年肖总为了呦呦呕心沥血,没有辜负任何人的信任,很开心和这样的伙伴合作,希望今后,我们有更多合作的机会。"

说罢,祁衍顿了顿,睫毛微垂。他长得实在是好看,哪怕用前置镜头拍,也完全不能掩盖他外貌上的优势。即便是松弛地坐在车里,他的衬衫依旧很规整干净,坐姿也十分笔挺。

大厅里鸦雀无声,所有人都将目光投向大屏,默默地看着祁衍。这里所有的员工都知道,祁衍是呦呦的大投资人,因为有他在,呦呦才能资金链不断,流畅运行。

而且这个人还那么年轻、那么神秘,谁都对他很好奇。

唐让让就站在原地,目光柔柔地望着屏幕里的祁衍。他现在应该快到阑市了吧?

祁衍低笑了一下,勾了勾唇:"其实发这段视频还有件私事要说。"他抬起眼睛,喉结轻轻滑动了一下,漆黑的瞳仁里带着片刻的温柔。

私事?

唐让让心头一跳,觉得有些不妙。能称为私事的,大概就只有她了。

祁衍用食指敲了敲膝盖,目光落在左手腕的表上,看了眼时间,才缓缓道:"是不是会场不让带手机,好久联系不上她了。那就在视频里叮嘱她一声,胃不好就少喝香槟,司机在酒店外等着你,别玩太晚,早点儿回家跟我视频。"

他突然说了一大串温柔体贴的情话,让唐让让一瞬间骨头都要酥了。这跟平时两人在一起时的关心不同,现在当着这么多人的面,祁衍说话的能量仿佛也成倍增加了。

唐让让一方面觉得羞耻,一方面又激动得恨不得立刻给他打电话。

好些员工并不知道唐让让和祁衍的关系,他们的反应一点儿也不比唐让让小,交头接耳的声音顿时大了起来:

"祁总真的好温柔好宠溺啊。"

"祁总说的是谁?"

"这种语气说话,肯定是对女朋友吧!"

"他什么时候有女朋友了,没听说他有女朋友啊?"

"还用你听说,人家金融圈的事,你知道什么?"

"我是不知道,但他女朋友怎么可能在我们这里啊。"

…………

陆敬宏不知所措。

他虽然认识唐让让,却不知道唐让让和祁衍的渊源。

祁衍这个人,陆敬宏是不敢惹的。他听说祁衍情感淡漠,对任何人都毫不留情。哪怕是他的母亲,也在他六亲不认的打压下,被抢走了大半的商业资源。

陆敬宏一直想跟祁衍搭上关系，还为此而努力过。他知道祁衍投资过星创，打算通过顾延亭认识祁衍。如果有了祁衍的支持，那他今后的路就好走得多了，可惜顾延亭对他的态度永远若即若离，根本不给他什么人脉资源。

陆敬宏自尊心很强，后来就放弃了。但他不得不承认，这世上就是有那种人，不管是运气还是天资，都像是中了彩票一样，得到上天的馈赠。

听祁衍视频里说的话，陆敬宏得知他有个关系暧昧的人在现场。

可陆敬宏环视一周，也不觉得谁能够到祁衍家的门槛。最终他的目光落在远处的肖萱身上，只可能是肖总的女儿了。因为有合作关系，所以近水楼台。

看来肖总是把女儿介绍给了祁衍，两人年龄相仿，家境也都不错，能在一起也算理所当然。

陆敬宏心里还想，如果真是这样，那他一定要对肖总再客气一些，刚刚的态度有些过分了。等年会结束，他再去跟肖总说说好话吧。

陆敬宏不知道，坐在第一排的各位主播却十分清楚祁衍口中的人是谁。

雅美心里一暖，总算踏实了些。看来让让也不是白付出的，人的眼神是不会骗人的。从祁总的眼神看，他是真的关心让让，还记得她胃不好，又派了车来接。而且言语里丝毫没有高高在上的意思，就像是普通情侣，简单地关心着对方。

"这个祁总……还真是有意思啊。"

"他看样子还挺关心唐让让。"

"关心又怎么样，不还是没来吗？"

雅美立刻怼道："你没听他说家里有急事嘛。再说了，呦呦的年会，人家那身份犯得着来吗？你以为谁都愿意上这儿来秀恩爱？"

她意有所指，一句话还间接讽刺了林湄湄。

但是林湄湄现在没有闲心跟雅美针锋相对，她现在心里很乱，一方面怀疑陆敬宏心里的人是唐让让，一方面又被祁衍的温柔刺激着。

那个唐让让真有这么厉害，让这么多优秀男人为她神魂颠倒？

业内都说祁衍冷酷无情，掐灭了所有女人的非分之想，可他说起唐让让的时候，竟然这么温柔、这么自然，他还等着她回去视频，就像正常谈恋爱的情侣一样。

林湄湄眼神闪烁，本能地转回头去找陆敬宏。陆敬宏此刻已经回到了大厅，但还在安全通道门边站着，顺着他的目光看过去，追踪到的竟然是那个低调的肖萱。

林湄湄的脑袋更大了，她不知道陆敬宏又盯着肖萱看什么，难不成他又觉得肖萱长得像唐让让了？

唐让让笑眯眯地伸手朝屏幕里的祁衍挥了挥，虽然知道他看不到，但她按捺不住想表示点什么。

祁衍酝酿了片刻，清了清嗓子，眼中闪过一丝不自然的羞涩："要说的都说完了。哦，对了，既然让让还在呦呦做主播，那就拜托各位工作人员多多照顾，多谢。"

这句话说完，VCR也正式结束，屏幕暗淡了下来。

唐让让在视频结束的一瞬间，成了万众瞩目的焦点。祁衍说得清清楚楚，他的她叫"让让"。

这个名字并不多见，除了唐让让还能是谁。

肖萱接过话筒，笑呵呵道："这算是祁总主动挑明的哦，不是我们不帮他隐瞒。哎，我们吃狗粮也是很辛苦啊，终于可以吐槽了。让让你还不知道，祁总就是你打赏榜第一的粉丝Q吧，每次你戳我让我把钱还给Q，我都忍不住想说，你直接给他就好了啊！"

唐让让睫毛轻轻抖了抖，抱着胳膊，有点儿不知所措。

祁衍就是Q？那岂不是在她大一刚接触直播的时候，祁衍就知道了？

所以他从未走远，一直默默地观察着她的生活，直到大二才决定重新出现。

可之前提到直播的时候，祁衍从来没说过。

唐让让思绪万千，又惊讶又温暖。怪不得Q从来不跟她私聊，因为他对她实在太了解了，根本没必要在网上获取什么。怪不得Q对她那么好，因为他是祁衍啊。

这世上哪有什么无缘无故就死心塌地的粉丝,那些,都是祁衍没说出口的呵护宠爱。

雅美兴奋道:"所以祁总根本就没有不舍得给让让花钱,熟悉的人都知道,Q对让让快比亲妈都好了!"

林湄湄嘴角浮起一丝苦笑,所以,唐让让那个最让人羡慕的粉丝,就是祁衍,他不仅爱唐让让,还爱得这么费尽心机。

陆敬宏跟跄了一步,眼睛紧紧盯着唐让让的背影。

怎么可能?

祁衍看上的那个人,竟然是唐让让!

他只觉得一阵天旋地转,脊背发凉,他不太回忆得起自己方才都跟唐让让说了些什么,他只知道,自己棋错一步,或许就要满盘皆输了。

他的嘴唇动了动,突然觉得口中发苦,满场的灯光,都像是在嘲笑他的滑稽表演。

唐让让穿着一身黄色的礼裙,腰肢束得很细,头发自然蓬松弯曲地下垂,她的身材纤瘦,皮肤白皙,仿佛一株勃勃生长的向日葵。

他到底为什么会有那种错觉,认为唐让让只不过是个卖弄风情混日子的小主播。

她可是唐汀汀的妹妹。

唐让让转过脸来,朝他莞尔一笑,嘴唇微动。

陆敬宏仔细辨别着她的口型,很快知道她在说什么。

唐让让说:"你后悔了,可惜晚了。"

星创总监办公室里,唐让让大大咧咧地坐在办公桌后最大的靠椅上,用下巴抵着一个布偶玩具。这间办公室的主人却随便地靠在一个小塑料椅上,把电脑放在玻璃茶几上,低头处理着文件。

唐让让拧着眉,伸着脖子去够奶茶杯里的吸管,够到了之后,她猛地吸了一口，浓郁的奶香味儿溢满了口腔。

"好喝吗？"唐汀汀放下鼠标，抬眼问。

唐让让无精打采："还行吧。"

唐汀汀朝唐让让无奈地笑了笑："楼下的米芝莲，想喝多少星创报销。"

唐让让颇为不悦，嫌弃道："这就是星创总监的待遇？"

唐汀汀倒不像唐让让，什么情绪都写在脸上。

她淡淡道："职位提高了，工资也涨了，顾延亭打一巴掌给个甜枣，已经把补偿提前送来了。"

唐让让不甘心道："你也知道他是为了安抚你。姐，凭你的能力，都可以自己开个工作室了，干吗非要为星创当牛做马。"

唐汀汀勾了勾唇，手指在键盘上敲了敲，说："自己开工作室风险高收益低，公司好就好在部门之间互相联动，能省不少力气。"

唐让让皱了皱鼻子，嘟囔道："但起码能自己说了算啊，也不会有人来给你添堵。"

唐汀汀闻言顿了顿，拇指搭在中指骨节上，重重地按了一下。

她能感觉到骨节闷声一响，些微有点儿疼。

"唐让让，你以为我会被陆敬宏刺激到吗？成人世界，没有那么多爱憎分明，更何况，已经过了那么久了。"

那么久了，哪怕没有彻底忘却自己犯的傻，但也足够她处理好伤口，理智面对。

"你总是逞能。"

唐让让把布偶捞起来，按在肚子上狠狠揉了揉。

唐汀汀的个性就是那样，宁可自己多吃几倍的苦，也不肯服个软。

唐汀汀站起身来，揉了揉侧腰，踩着柔软的地毯慢悠悠地走到唐让让面前，把手撑在红木桌面上。

她的黑发柔顺地搭在颈侧，绕着细白的脖颈垂到胸前，眼睛狭长又妩媚，纤细的睫毛迎着夕阳一晃一晃。

她身上飘着淡淡的香水味儿，手腕系着表，一身职业装，看起来干练利落。

"让让，我才是姐姐，你不要总把我当青春期的小女孩看。"

唐让让绷紧了唇，抬眸望着唐汀汀精致细腻的脸，莫名觉得眼眶有点儿热。可除了她，谁又能把姐姐当小女孩宠着呢？

意识到自己有点儿伤感，唐让让不自在地眨了眨眼，立刻把目光移到一边去。

"我知道你是姐姐啦。"

唐汀汀盯着唐让让，突然轻笑一声，抬起一只手在唐让让脑袋上敲了一下："瞎想什么呢？"

唐让让嘟了嘟嘴，扣住自己脑袋："你别打我头。"

唐汀汀轻轻摇了摇头，站直身子，微踱了一步，漫不经心道："陆敬宏明天来公司报到，名义上算是我的上级，但其实没什么实权。顾延亭聪明得很，没那么容易放权呢。所以艺人经纪部还是我说了算。"

唐让让直起身子，怔怔道："明天？"

唐汀汀点了点头："早晚会来的。这地毯倒是挺软的，总监办公室果然不一样。"

她低着头，用鞋尖踩了踩地毯。高跟鞋很容易便陷入松软的绒毛里，缓解了脚部的压力。

顾延亭既然决定鱼与熊掌兼得，果然舍得花钱。

唐让让算了算时间。呦呦年会已经过了五天，祁衍也离开京市五天了。陆敬宏这渣滓，不知道这几天还能不能睡个好觉。

唐汀汀打量她："你又想什么呢？"

唐让让忙不迭地摇头："没有啊。"她不打算将年会上偶遇陆敬宏的事儿告诉她姐。

除了多一个人陪她愤怒外，没有任何效果。好在祁衍明天就回来了，她就可以暗搓搓地告状了。

唐让让特别理直气壮地挺直了身子。祁衍说过，靠自己老公没有什么可遮掩的。

唐汀汀也没多想，在唐让让身边，她是最放松的。

"这些倒还好说，现在唯一让我头疼的就是……算了，不说了。"

唐汀汀犹犹豫豫，唐让让立刻感兴趣起来："就是什么啊？"

唐汀汀环抱着双臂，面露迟疑地自言自语道："他最近总是监视我，总经理的办公室在楼上，但他时不时找理由在我办公室门前晃悠，秘书还提醒我，让我高度警惕，别被他抓住什么把柄。哼，我看陆敬宏对他的刺激倒不小，都开始草木皆兵了。"

唐汀汀说罢，捏起办公桌上的白瓷杯，抿了一口咖啡。

猜到姐姐说的人是谁，唐让让咽了咽口水，小心翼翼地问："他……总来你这里晃悠？"

唐汀汀满不在乎道："我无所谓。既然他怀疑我会和陆敬宏私下勾结，那就让他查，谁让他是顾延亭儿子呢，公司里任何一个角落都是他们家的。"

唐让让捏了捏眉心："姐，你觉得他是为了调查你？"

唐汀汀思索了片刻，缓缓道："顾野这个人精明得很，或许他也有其他目的，但不管他动了什么心机，我都问心无愧。"

唐让让眨眨眼，她不打算提起自己心里隐隐猜测的那个可能性。反正她也不喜欢顾野，顾野有什么心思，跟她有什么关系呢。

跟她姐就更没关系了。

唐让让清了清嗓子："那上次的事……"

唐汀汀垂了垂眸，把有些凉的咖啡一饮而尽，平静道："事情已经过去了，我也不至于为一个吻揪着不放。放心，定期的治疗在做，医生说，这或许能成为一个突破口。"

唐汀汀从来没放弃过治愈自己的心理创伤。她无比清楚，那是病，是梦魇，是影响她正常生活的魔障。

但她跟陆敬宏分手之后，自我保护意识过剩，几乎把自己包裹了起来。如果不是工作上需要，她甚至都不会和异性握手，这也让治疗陷入了僵局。

医生不敢贸然试探她的底线，唐汀汀也完全没有动力来逼迫自己跟某个异性做出亲密举动。顾野的无心之举反倒成了医生对她如今心理状况的估量。

刚发生的时候，唐汀汀的确反应挺大的，身体也难受无比。但一路坐车到医院，坐在诊疗室里，面对着心理治疗师的时候，她已经能控制自己的情绪了。

经过一个下午的调节，她就恢复得差不多了。

医生认为，随着年龄的增长，心智的成熟，社会阅历的增多，这个病对她的影响会越来越弱。虽然这种减弱发生得极其缓慢，但也让人看到了治愈的希望。

唐汀汀畏惧排斥的，是记忆里的那个模糊人影。在记忆里她无从反抗，孤立无援。但现在并不是这样，她自学了跆拳道，又恶补了不少应对危机情况的措施。

现在的她，有一定的自保能力，所以底气也会更足一些。

"那就好，要是你真有什么事，我一定饶不了他。"

唐汀汀笑了笑："顾野这个人，轻浮，幼稚，冲动，心思深沉，这样的人，你不要招惹。"

在唐汀汀的办公室待了大半天，喝了两杯鸳鸯奶茶，吃了一个双皮奶后，唐让让终于良心发现，不再薅星创的羊毛，打道回府。

她直接回了祁衍的公寓。

唐汀汀知道她和祁衍的事情后，唐让让请假就方便多了，只要刘明明那里问起来，唐汀汀总是能找到借口，帮唐让让圆谎。

最近雾霾有点儿严重，不过外面的天气越阴沉恶劣，越显得家里温暖宜人。

唐让让回去没多久，就窝在床上睡了过去。睡得迷迷糊糊的时候，她感到有人在自己脸上亲了一口。

意识还不甚清晰，唐让让吧唧吧唧嘴，一翻身，把脸埋在了枕头里。

祁衍带着一身清晨的冷气，坐在床边，目光温柔地望着她。他扯了扯被子，把唐让让裸露出来的肩头盖住，然后伸手，解开衬衫的扣子。

祁衍放低声音，到浴室里冲了个澡。

几天的应酬让祁衍已经有些疲惫了。他快速洗干净身体，换上一条干净的内裤，走到床边，一掀被角，钻进里面躺下。

被窝里的温度格外舒适，祁衍还不待多享受几秒，就很快睡了过去。在唐让让身边，他总能很放松地睡着。

大概是被她感染的，祁衍觉得自己也变得开始对欲望妥协：想睡了，那就睡一会儿；做得累了，就干脆放下；拉锯得腻烦了，大不了放手，交给手下的人去磨。

他不再努力抗拒和自己作对，也学会了取悦自己。

唐让让醒来的时候，觉得床宽大的位置被挤占了。

她眯缝着眼睛，意识飘忽地伸手摸了摸。

一块滑溜溜热乎乎的腹肌。很结实，很有弹性，也很……坦诚。

唐让让的手指一路向下，正想继续摸着，突然被人抓住了手腕。

祁衍沙哑着嗓子问道："醒了？"

他清晨才回来，本来不会这么快醒，但唐让让的小动作实在是太多了，还四处乱摸，他不得不从睡梦中清醒过来。

唐让让呆滞地撑起上半身，披散着头发望着身边的祁衍。

祁衍平静地躺在枕头上，除了唐让让差点摸到的少得可怜的布料外，什么都没穿。

唐让让晃晃脑袋，抓了抓头发，软软地倒在了祁衍的胸口上，长发散了他满身。

"你什么时候回来的啊？"她带着浓浓的鼻音嘟囔道。

"才回来几个小时，看你睡着了就没叫你。"

唐让让点了点头，依依不舍地在祁衍的胸口蹭了蹭，才又慢吞吞地爬起来。

"你爸妈那边没什么事吧?"

祁衍眼睛有点儿发红,但依旧强打精神陪着唐让让说话:"没什么,他们都习惯了,我和祁彧也习惯了。"

唐让让放心了,她打了个哈欠,然后拍拍祁衍的胸口:"你接着睡,我不打扰你。"

祁衍也不推辞,他的确很累,于是便合上眼,将唐让让拉到自己身边:"今天有课吗?"

唐让让摇头:"下午有一节。好多都结课了,现在不忙。"

祁衍喉结一滑:"再陪我睡会儿。"

唐让让乖乖地缩在祁衍身边,枕着祁衍的胳膊,搂住他的腰。可惜还不待祁衍再次进入梦乡,手机却又响了起来。

祁衍难得有些不耐地皱起眉头,伸手摸过手机,扫了一眼。

是顾野。

他定了定神,才将电话接起来。

顾野:"祁哥。"

祁衍:"你最好有刻不容缓的事。"

顾野微顿,然后立刻火急火燎道:"陆敬宏已经到公司来了。"

祁衍想了好一会儿陆敬宏到底是谁,终于算是想起来了。人在困倦的时候,思维都迟钝了。

祁衍:"所以呢?"

顾野咬咬牙:"我们什么时候出手搞这个人,我一秒也不想在公司见到他。"

祁衍:"顾野,你何必这么心急?陆敬宏四处掣肘,忙中必乱,你完全可以借顾延亭的手,将他彻底赶出去。"

唐让让竖起一只耳朵:"陆敬宏?你们在说陆敬宏的事对吗?"

祁衍皱眉问:"怎么了?"

唐让让从他胳膊上起来,正色道:"差点忘了跟你说。之前我在呦呦年会上遇到陆敬宏了,陆敬宏用我姐威胁我,说要给我机会,还让我不要自不量力,否则过两年就会沦落得靠身体赚钱。"

祁衍彻底清醒了过来,他眯了眯眼,嘴唇漾起一丝冷笑。

"话既然说出口了,总要付出代价,不用等了,动手吧。"

顾野:"……"刚才是谁告诉他不用心急的?

同人不同命。

祁衍和顾野这边酝酿着对付陆敬宏,唐让让也进入了期末最关键的考试周,一连六七科的结课考试全排在了一周里面。

哪怕之前已经有了准备,还是会复习得焦头烂额。

唐让让不敢松懈,跟祁衍说明了情况,整整一周没从学校离开。

每天从早晨一睁眼,就和陶可泡在图书馆,一直到晚上十点才匆匆回宿舍洗漱。

杨齐琦和沈莫颜比她还要惨一点儿。她们找的实习现在就要求上班,一周至少三次,所以她们不得不分出时间来工作。因为都是职场上的新人,什么都需要学习适应,正是最难过的时期。

杨齐琦顶不住压力,干脆推掉了刚找好的实习。对于大二的学生来说,实习还没那么关键,怎么也不能耽误了成绩。

张熙媛倒还好,毕竟长得好看,嘴巴又甜,所以新同事也不忍心在考试周麻烦她,主管上司干脆通融地给她放了一周的假。

唐让让这才发现,好像只有自己是放假之后才开始工作的。

对于这种情况,杨齐琦苦笑道:"你不知道所有公司都要求实习期至少三个月吗?也就发个传单、洗个盘子那种体力劳动不限时间。"

陶可转头问唐让让:"哎,领域招的其他人什么时候开始实习啊?"

唐让让被问住了,喃喃道:"我怎么知道别人的时间啊,现在我都不知道有谁。"

杨齐琦翻了翻书,撇了撇嘴:"面试的时候也没加个微信?"

唐让让摇摇头:"我到得有点儿晚了,而且……陈浩哲学长在我身边,我还没时间跟别人聊。"

杨齐琦停下笔,推了推眼镜,双腿一蹬,把椅子滑出来,仰着脖子道:"哎,我听说陈浩哲还没找到工作呢,这秋招都过去了,马上该春招了。"

陶可凝眉:"不能吧。他能力还挺强的呢,而且又是学生会会长,有这么多年社团经验。"

杨齐琦嗤笑一声:"拜托姐姐,现在找工作谁看你社团经验啊,那都是学校骗人的好不好,人家都看绩点、奖项、学校好坏,就A大在京市有什么竞争力啊,本来就是炮灰,我们学校的就业率有多少都是虚的,要不怎么那么多人考研呢,本科毕业根本找不到工作。"

陶可深表赞同:"也是,所以我妈非让我出国补个学历,还让我一定去什么top20,我那中介老师说,英语成绩至少要考到'7','7'还不行,'7.5'才占优势,我真是疯了。"

唐让让拍拍她的肩膀:"没事儿,等忙过考试周,我陪你练英语,咱俩就用英语对话,给你培养语感。"

陶可笑眯眯地在唐让让手背上蹭了蹭:"我的小混血真好,没白疼你。"

沈莫颜不在,杨齐琦一个人显得形单影只,她悻悻地把椅子拉回去,出声道:"不跟你俩说了,我赶紧复习了。"

大概晚上十点,她们结伴从图书馆回来,正看到沈莫颜在换衣服。

她脱下一身正装,把高跟鞋也甩在书桌下,然后对着镜子开始卸妆,手背被冻得红彤彤的。

杨齐琦赶紧凑过去,低声问:"你怎么回来得这么晚啊?"

沈莫颜面色不善,对着镜子擦脸的手停下了,她顿了顿,眼圈一红:"加班。"

到了期末谁都着急,本来学习时间就有限,工作还要挤占她的业余时间,真的要完不成复习任务了。

沈莫颜急得焦头烂额,还是不得不留在公司里干活。看着时间一分一秒地流过，她心里也越来越委屈。可再委屈，也不能像在学校一样毫无遮掩地表现出来。

公司里是没人关心你委不委屈的，哪怕你趴在座位上哭了，也不会有人凑过来安慰你，那是在学校才有的待遇，那是同学之间才有的关怀。

沈莫颜想着想着，眼泪就流出来了。

其实也不是有人刻意针对她，欺负新人，是她自己不熟练，做得太慢了，还没有时间适应，就被安排了不亚于正式员工的工作量，尤其是杨齐琦离开，张熙媛请假后，人手显得更紧张了。

主管还跟她说，像她这么认真地干下去，如果将来想留在公司工作，是一定能留下的。

但沈莫颜没那么天真。努力有用处，但再刻苦努力也抵不过招人喜欢。如果将来只有一个留任的岗位，也会是张熙媛而不是她。

这种差距，从现在就体现出来了。

杨齐琦赶紧扯了张纸巾，轻轻擦了擦沈莫颜的眼泪："怎么了，是不是有人欺负你了？"

沈莫颜抿着唇，摇了摇头，眼泪掉出来，流过冰凉的皮肤，再被纸巾擦去。

"没有人欺负我，我就是觉得时间不够，我还有那么多没复习呢，我该怎么办啊！"沈莫颜越说越伤心，干脆趴在桌子上，用胳膊挡着眼睛，哽咽起来。

唐让让和陶可也凑过来，轻轻拍着沈莫颜的后背。

陶可叹气道："齐琦都辞职了，干脆你也别干了吧，这才大二，着什么急啊。"

沈莫颜摇了摇头："找实习太难了，你一点都不知道。你现在大二，人家还可以把你跟别的学校大二的比较，觉得差距不大，还比较宽容，等大三了，我们学校根本就比不过人家好吗！"

陶可嘟囔道："我们学校虽然普通，但也不至于那么差吧，怎么也是个一本呢。"

沈莫颜抽泣了一声："一本有什么用，一本不上不下的最没用了，当服务员抹不开面子，找大公司人家又不要，也就张熙媛那么漂亮又会来事的例外，公司都只给她批假。"

杨齐琦一边搂着她的肩，一边寂寥地垂下眸："莫颜，我这几天跟我妈商量了一下，我也准备出国留学了，本科文凭是不好找工作，我想留在京市，就得读个好学校，而且咱们历届的学长学姐绝大部分都读研留学了，没什么直接工作的，反正我妈也挺支持的，所以下学期我可能就得跟陶可一起考英语了。"

其实杨齐琦一直属于没什么目标的人，她就是喜欢跟着别人。

沈莫颜着急找实习，她也就跟着着急找实习。

沈莫颜努力学习，她就跟着努力学习。她从来没什么方向，直到这次不得不辞职，没办法继续跟着沈莫颜的轨迹，她才发现，自己其实可以选择别的路。

她妈还跟她说，不想她一个女孩子太辛苦，才大二就想着去实习，实在不行，她还可以回家。

到时候家里会给她安排一个不错的工作，在父母的人脉支持下，她可以在那个三线城市混得很好。

当然她想去留学也很好，可以多见见世面，学习不光是为了找工作，还是陶冶自己，升华自己的过程。

所以父母还是挺想让她趁着年轻，多看看世界。

沈莫颜怔了怔，眨着通红的眼睛看过来："所以下学期你就不跟我一起走了？"

杨齐琦眼中有点儿愧疚，小声辩解道："不是啊，肯定能和你一起走，就是自习的时候，我想跟着陶可，她毕竟有考雅思的经验了，而且我可能还要去校外补英语。"

沈莫颜的睫毛颤了颤，一瞬间觉得心里更凉了。

她喃喃道："我是没办法出国的。我家条件一般，我妈让我毕业之后就赶紧工作,我还有个弟弟马上高中毕业,他也要用钱,我家没钱给我出国的。"

沈莫颜突然之间觉得自己和整个宿舍的人都有了距离。

平时一起说说笑笑,根本没察觉出这种差距,但真正到了需要决定方向的时候,她才发现,别人都比她有更多的选择。

大学既自由又残酷。它色彩缤纷,充满无限可能。但它也让你最直观地感受到,成绩,有时候不足以弥补家境的差距。

所有灿烂,都不是属于她的。所以她才羡慕唐让让,拥有改变未来的机会。

杨齐琦赶紧说道:"我家里也一般,出去读两年,怎么也得花掉大半积蓄。"

沈莫颜苦笑道:"你的一般跟我的可不一样。你家里就你一个,虽然在三线城市,但你爸妈都是科长,不可能花掉一大半。就我家里普通,特别特别普通,我妈在市场卖菜,我爸给人洗车……"

唐让让弱弱道:"我爸妈工作也一般。"

沈莫颜看向唐让让,摇了摇头:"你怎么一样,你可是京市人,光一个户口就值多少钱,更别说你还有祁衍,你还有姐姐,你姐那么能赚钱,我弟他就是个废物!"

陶可小声道:"可让让刚上大学的时候,也出去当家教,做直播赚钱啊,她现在的生活费也都是自己兼职赚的。"

沈莫颜用双手捂着脸,带着浓重的鼻音道:"是吗?自己赚的钱可以喷倾世之金限量款吗?"

唐让让哑口无言。

祁衍还就送了她那一件东西,其他的,她真没要过。

沈莫颜的眼泪从指缝里滑出来,染湿了整个手掌。

她突然有点儿悲凉地笑道:"我从来就没什么选择。我高考发挥失常,比平时少考了四十多分,我本来可以去更好的学校,我跟我妈说想复读,我妈说没钱给我复读,考不好都怨我自己,让我马上读大学工作,说我弟弟还要上学。他成绩倒数,成天净想着玩游戏,买游戏光盘,他就是个废物,可他们宁愿花钱把他送进好高中也不给我复读的机会。"

她抽泣了一下,无助又茫然道:"为什么呀,为什么我要那么辛苦啊。你们都可以在学校自习,可我今天,翻译了一整篇合同,那本来是法务的活儿,可我是实习生,他们部门要出去聚餐,所以都交给我,我不能不干……那个姐姐当时招人的时候给我说了好话,还教我做表格,我怎么能不帮她……

"可我今天哭过了,明天还要去,我什么都改变不了,哪怕不睡觉,我都得把所有东西做完,陈浩哲那么优秀都没找到工作,我只能更早地做准备。"

沈莫颜说着说着,用拳头狠狠地打了自己的头几下,头发蓬松凌乱地垂下来。

她的手攥得紧紧的,拳头哆嗦着:"我觉得好难受,好压抑啊……"

杨齐琦无助道:"莫颜,你……你别这样,或许睡一觉心情就好了呢。"

她其实也觉得自己的安慰干涩又无力。

她帮不了沈莫颜。她遇到困难,可以说退缩就退缩,反正她承担得起后果。但沈莫颜不行,她比陶可和唐让让更了解沈莫颜的家境。

沈莫颜平时从来不谈自己家里的事,看得出来,她很厌烦,也很排斥。只有在宿舍聚餐选餐厅的时候,她会不情不愿地提一句,可不可以选个平价一点的,家里没给她那么多生活费。

但因为唐让让做吃播,有时候会有吃霸王餐的优惠,所以沈莫颜说这种话的时候也不多,很容易就被人忽视了。这也是她第一次,这么开诚布公地跟宿舍其他人说家里的情况。

唐家虽然也有过特别困难的时期,但和沈莫颜家不一样。唐家四个人关系很和睦,都非常为对方着想。

唐让让和唐汀汀的感情也很深,唐汀汀留学的时候,唐让让宁可一两年不买新衣服,不吃快餐,也让父母努力供姐姐留学。

后来唐汀汀工作了,很快就能拿到高于父母几倍的工资,而且越来越如鱼得水,家里的条件一下子改善了。

之后唐让让又做了直播,去当家教,也基本不用从家里拿钱了。

沈莫颜忍住了眼泪，用纸巾狠狠地擦了擦眼睛："我知道，睡一觉也不会好的，永远都不会好的，这就是我的家，它就在那里，谁都改变不了。没时间了，我得看书了，你们也忙吧，别耽误你们时间了。"

她努力让自己的心情平复下来，从桌角扯过来专业课的讲义。看着那厚厚的一沓，还有密密麻麻的重点，她差点又绝望得哭出来。

她的目标不是低空飘过，而是刷高绩点。但是太难了，真的太难了。

她坐正身子，把书翻开第一页，突然剧烈地咳嗽起来。大概是天太冷，她又一直穿着西装，回了宿舍，一冷一热交替，身体有点儿吃不消了。

唐让让蹙着眉，看着沈莫颜单薄的背影，心里有点儿难受。她们平时都吵着减肥，沈莫颜却一直那么瘦。

有时候觉得沈莫颜不太合群，或者心思很重，所以唐让让也不太多跟她接触。倒不是讨厌，只是觉得有点儿麻烦。她不喜欢猜来猜去，什么话都绕着弯说。

但现在想想，每个人的个性和习惯，都有其必然性。她虽然小时候家里条件也一般，但是身边所有的人都非常爱她、宠她。所以她开朗坚强，心里没有隐伤，脸上也就没有阴霾。

陶可和杨齐琦安慰沈莫颜的时候，她也不知道该说什么。因为她知道，说与不说，对沈莫颜来说都是一样的，没人能帮沈莫颜解决问题。

唐让让心里突然有点儿冲动，她轻轻敲了敲沈莫颜的手臂："要不把工作辞了吧，我……去和祁衍说说，看能不能让你和我一起工作。"

沈莫颜吃惊地睁大眼睛，怔怔地望着唐让让，不知道该说些什么。

唐让让舔了舔唇，眼睛望着地面："你这周就好好复习，别想那么多。"

领域当然比其他那些公司好多了，有了在这里的工作经验，对将来找工作也是一大助力。

沈莫颜知道自己该说谢谢，因为这不是唐让让的义务，看得出来，唐让让能答应这件事，大概也挺为难的。

沈莫颜虽然之前有点儿嫉妒唐让让，但也能理解她为什么不介绍室友到

领域去。

祁衍再好,也不能管住别人的嘴。

唐让让什么都不求,她和祁衍是正经谈恋爱,她要是仗着这层身份要求什么,肯定很多人会觉得她不自尊自爱。

"让让,我……"她有些急躁地拉着唐让让的手,咬着下唇,那些矫情的话却说不出来。

唐让让笑眯眯道:"哎呀,都说了别想那么多,我们是室友啊。"

其实求祁衍帮室友安排工作,的确有点儿违背自己的原则。但世上并不是所有事情都只能按原则来做的。比原则更重要的,是人情味儿。

晚上,趁其他人都去洗漱的时候,唐让让躲在宿舍里,给祁衍打了个电话。祁衍很快就接了,他们本来就有晚上通电话的习惯。

唐让让酝酿片刻,才有些惭愧道:"我贸然答应了一件事,可能有点儿冲动。"

"嗯。"祁衍等着她说。

唐让让用手指抠着桌面,看着镜子里自己纠结的表情,讷讷道:"我答应一个室友,可以把她介绍到你那里实习,我……之前没跟你商量。"

祁衍倒没怎么在意:"好。"

唐让让虽然已经预料到他的回答,但还是挺不好意思:"你不问问到底是怎么回事?"

祁衍轻笑道:"既然决定了,我相信你已经考虑清楚,我这里多一个人或几个人都是小事。让让,这是你的权利。"

唐让让嘟囔道:"才不是我的权利,我还是得跟你解释一下。那个,我室友的实习工资,我可以给她,反正我现在有钱,你就当她是去领域义务劳动的,只要最后给她开份实习证明就好。"

祁衍也不跟唐让让争:"可以,不过还有件正事要跟你说。"

唐让让正色道:"什么?"

"把陆敬宏扫地出门,我到底是外部力量,明面上不好插手顾总的家事,顾野的身份也不适合做得很明显,毕竟现在星创还是由顾延亭把控着,唯一的突破口,就是你姐姐。顾野的意思是,找时间约你姐出来吃个饭,商量下合作的事情。"

祁衍从唐让让那里了解了唐汀汀和陆敬宏的往事后,就明白唐汀汀无论如何也不会跟陆敬宏站在一边的。

但他当然没告诉顾野,毕竟这是唐汀汀的秘密。

唐让让嘟着嘴,犹疑道:"合作倒是没问题,但一起吃饭,我总觉得顾野是对我姐有非分之想。"

祁衍轻敲着桌面,思索了片刻,才道:"不用觉得,应该是真的。"

唐让让叹了口气:"我姐现在还认为顾野是故意针对她、戏弄她,他们俩想的根本就不是一回事,而且我姐的病……"

祁衍安慰道:"你是关心则乱,唐汀汀没你想的那么脆弱,反正她又看不上顾野,顾野喜不喜欢,都无所谓。"

唐让让好笑道:"虽然我也不太喜欢顾野吧,但我记得你跟他关系挺好的,我还以为你会帮忙呢。"

祁衍理所当然道:"不会,日后我是唐汀汀的妹夫,顾野跟我们又没关系。"

Chapter 15
不小心喝醉了

昨晚下雪,细细碎碎的小雪粒子落下来,给地面盖上一层薄薄的冰晶。

正赶上今天阴天,空气一直很凉,雪也就没化,路边的出租车顶着白白的帽子跑来跑去,就连玻璃上的冻霜也坚持了好久,直到中午才缓缓化掉。

唐汀汀收到唐让让的消息,说要一起吃个饭,商量一下有关陆敬宏的事,她没怎么犹豫就答应了。

且不说两人之前的恩怨,就是陆敬宏成为她顶头上司这件事,就让唐汀汀很硌硬。

不知道顾延亭是不是为了敲打她,让她不要功高震主,在明知道她和陆敬宏的关系之后,还把陆敬宏放到那个位置上。

陆敬宏这些年做出的成绩还不错,顾延亭没少给支持。他当出品人当制片人的钱是从哪儿来的,不言而喻。

不巧的是,这几个片子的成绩还都不错。虽然有买收视率和点击率作假的情况,但也让投资人赚到钱了。

陆敬宏比顾野还大着几岁,是顾延亭结婚之前跟别人生的。

大概是因为人生中第一次做父亲,虽然不是名正言顺,但总有点儿特别。所以顾延亭虽然不认陆敬宏,但对他一直都还算不错,直到后来有了顾野,才渐渐对陆敬宏没那么上心了。

后来，估计陆敬宏是顾延亭那帮干儿子里面唯一有出息的，所以才受了重用，被召回了星创。

有时候唐汀汀觉得陆敬宏也挺可怜，一边羡慕着正牌儿子顾野，一边还要想尽办法讨顾延亭欢心。

真实的豪门可跟电视剧里演的不一样，哪有那么多叛逆，跟父母对着干，为了实现价值拒绝继承财产。真要摊上一个有本事的爹，还不上赶着巴结，哪有工夫耍脾气。

唐汀汀一边望着外头的雪景一边抿着热茶，医生跟她说要戒了咖啡，可卡因对治疗精神的药物有影响，还会导致亢奋，她现在最需要的就是按时休息，放松身心，不强迫自己。

唐汀汀也想开了，自己拼死拼活地工作，一门心思为星创付出，结果还是被顾延亭提防着。老板就是老板，永远不能交心。她没必要把自己累得够呛。

得有两年了吧。

还记得自己和陆敬宏的关系刚传到顾延亭耳朵里的时候，顾延亭还假模假样地安慰她，把陆敬宏骂了个狗血淋头。

陆敬宏像只鹌鹑似的，大气儿都不敢出，头低得都快缩进领子里了。

当时她整个人都是蒙的，觉得这老板真够意思，陆敬宏也忒厌了，连个老大爷都不敢呛。

后来她才知道两人的关系，顾延亭那时候还没把陆敬宏当回事儿，但她正值事业上升期，对星创更有用，顾延亭该顾着谁可想而知。

但儿子毕竟是儿子，骂了之后，他转头就给陆敬宏一笔钱，让陆敬宏去当出品人了。

唐汀汀冷笑一声。现在儿子有点儿用了，果然就召回来了。

可惜顾延亭年岁大了，想法也天真了。两个儿子怎么可能为了星创的未来良性竞争，他们不争个头破血流才怪。

或许顾延亭想到了，但他觉得凭自己的能力，还能控制得了。他根本不

知道，顾野早就去找了祁衍。有了祁衍的暗中支持，陆敬宏也好，甚至是顾延亭，拿什么跟顾野争。

人老了，就是不相信年轻人脑子是活的。他觉得自己对顾野挺好，也从来没亏待过顾野，顾野就会像其他儿子那样听他的话。

但人的独占欲是很可怕的。不管是亲情、爱情，还是利益，能独自拥有，是绝不情愿和人分享的。

唐汀汀把茶杯放下，踩着地毯回到座位上，将拖鞋扔在桌子底下，换上了高跟鞋，然后拿出粉饼，在办公室稍稍补了补妆。

她看了看时间，已经快到下班的时间了。

唐汀汀拎起自己的包，准备出门。还不待她把门打开，有人从外推门走了进来。

唐汀汀错愕片刻，立刻冷下了脸。

陆敬宏抬起双手，一副告饶的姿势，弯着眼睛笑道："别这么看着我，我又不是什么恶人，你这是准备下班了？"

他嘴上说得轻松，心里却十分复杂。再次见到唐汀汀，他很难不勾起往昔的回忆。

两人一起上大学的时候，一起留学的时候，第一次约会，第一次牵手，第一次给她过生日。

他的确有很多事情都骗了她，却还是爱她的。他从来都没那么真心实意地喜欢一个人。他觉得别的女人，根本就配不上他。

他和唐汀汀是那么合适，兴趣爱好相同，理想目标相同，而且他们都那么优秀，优秀得让身边的人黯然失色。

连学校的老师们都承认，多少年没见过像他们这么契合的人了。如果不是因为唐汀汀的病，他们或许已经结婚了，他或许已经彻彻底底地拥有了唐汀汀。

有时候陆敬宏也特别恨，为什么她偏偏有这样的心理问题。如果给他个机会，让他回到过去，回到京市那年冬天的那个地铁口，他一定弄死那个猥琐男,不给对方有伤害唐汀汀的机会。

但现在什么都晚了。

作为一个成年男人,陆敬宏受不了一辈子没有性生活。他是担心唐汀汀受伤害,才瞒着她的。

可她太敏锐了、太决绝了,根本不给人一丝后悔的机会。所以他才觉得她像一尊艺术品,一尊注定不属于任何人的艺术品。

唐汀汀这两年变得成熟多了,也更迷人了。从她的身上,还是能看出些混血的影子,眉目既深邃又柔和,头发浓密,整齐地披散在身后,乳白色的脖颈细腻得好像看不到毛孔。

她穿了一件深蓝色的毛衣,勾勒出苗条的身形,一条细长笔直的铅笔裤,紧紧包裹着小腿,脚下踩着一双精致昂贵的高跟鞋。

恐怕平时和艺人一起出去,别人都会分不清,谁是谁的经纪人了。

唐汀汀冷淡道:"陆总有事吗?"

陆敬宏有些拘束地搓了搓手,目光在她办公室里四下查看了一圈,才温柔道:"没事就不能来看看你吗?我前几天入职事情多,一直都没抽出时间来见你,这么多年没见了,也想看看你过得好不好,要不一会儿我们一起吃个饭?"

唐汀汀半晌没说话,随即环抱着双臂,冷笑道:"陆敬宏,我们就别弄这些虚的了,以后有工作上的事情麻烦通过助理通知我,我们最好还是别经常见面影响对方心情。"

陆敬宏被她这么强硬地怼了回去,面子上也有点儿挂不住。但他已经不是当年和唐汀汀分手时冲动的愣头青,他现在更能按捺住脾气。

"汀汀,这么多年,我一直也没忘了你。我们是初恋,我对你的感情,虽然你不承认,但我想你心里是清楚的。我也是个普通人,我也有七情六欲,我也会不舍得,会怀念,会恋旧。你现在对我这么不客气,说明你也没忘,你心里还有我的位置。"

唐汀汀勾了勾唇,眉毛一挑:"行啊陆敬宏,两年不见,又修了个文学

硕士？你不用跟我咬文嚼字，伤春悲秋，我没兴趣，也不在乎你怎么想。"

唐汀汀说罢，就要绕开他往门外走。

算算时间，也该去餐厅了。

陆敬宏突然拦在了唐汀汀身前，双手还没碰到唐汀汀的衣角，就被唐汀汀敏锐地躲开了。

"你干什么？"

陆敬宏慢吞吞地缩回了手，舔了舔下唇，有些失落道："你别着急，我不碰你，当年我都做到了，现在怎么可能做不到。"

唐汀汀眯了眯眼："你要是单纯为找我交流感情的，我看不必了，我还有事，请出去吧。"

"汀汀，我们不至于到这个地步。当初是我不好，我不成熟，我没能好好跟你解释，还……还冲你发脾气。"

唐汀汀皱着眉，不耐烦道："你现在说这些有什么意思，过去了，我不在乎。"

陆敬宏向前蹭了一步，眼睛不自觉地眨了眨："既然你也觉得过去了，不在乎了，那我们能不能好聚好散，彼此留个还算得体的印象。"

唐汀汀顿了几秒："我们没有好聚好散？你到底想说什么？"

陆敬宏酝酿片刻，才轻声道："之前在某个年会上，我遇到让让了，我看见她就想起了你，所以……说了些思念你的话，谁知道让让非常生气，说要替你报仇。可我……我只是放不下你，没想到她对我这么排斥，我解释也解释不通。"

唐汀汀静静地听着，似笑非笑。

她一点都不觉得陆敬宏会怕唐让让，或者会因为她而迁就唐让让。

陆敬宏轻轻咳了一声："你之前没跟我说过，让让和祁衍的关系，我看让让的反应挺激烈的，这里面有不少误会和偏见，既然是好聚好散，我希望你能帮我解释一下，我没有别的意思。"

陆敬宏绕了这么一大圈，总算绕到了正题，他再不明说，唐汀汀都要听腻了。

"你得罪我妹，我管不着，让让想做的事我也拦不住。这事儿她没跟我说，我不知道，也不想管。"

"汀汀，我在和你好好商量……"陆敬宏生怕她走了，不敢碰她，于是就抓住了她的包。

"咚咚咚！"

玻璃门被敲得闷响。还不待唐汀汀回复什么，外头的人就大大咧咧地推门进来了。

"唐汀汀，我就是顺便来接你，你……"

顾野迈进屋里，才看见陆敬宏。

唐汀汀的脸色不好，陆敬宏也未见得多好。两人抓着一个背包，两只手差点就挨在一起了。

顾野被这一幕刺痛了，皮笑肉不笑道："哟，没想到在这儿还能看见陆总，你干吗来了？"

他走过去，硬生生挤进了唐汀汀和陆敬宏之间。

唐汀汀不自在地向后退了一步，生怕和顾野撞到一起。

当着顾野的面，陆敬宏也不好跟唐汀汀撕扯了，于是依依不舍地松开了手，理了理西装的领子。

"小顾总，好久不见，你怎么到这儿来了？"

顾野轻蔑地扬起下巴，往唐汀汀身前一拦："我接唐汀汀吃饭。倒是你，刚来公司不知道好好加班表现，在这儿拉拉扯扯的不合适吧。"

陆敬宏无视他的蔑视，僵硬一笑："这是我和唐总的私事，还希望小顾总不要参与。"

顾野若有所思地点了点头，突然背过手抓住了唐汀汀的手腕："那不好意思了，我们着急吃饭呢，陆总明天再预约吧。"

唐汀汀被顾野突如其来的动作吓了一跳，她浑身僵硬地看着自己的手腕。

她倒不是不能跟异性碰触，平时见客户时，该握手握手，只要不是亲密动作，都没什么问题。

所以顾野只是把她吓到了，并没引起心理的不适。

顾野的手比她大一圈，而且掌心很软很热。看得出来从小就是娇生惯养的少爷，手里连个磨人的茧子都没有。他握得很自然，也很用力。他可以完完全全地把她的手腕包裹住，手指紧紧贴着她的皮肤。

唐汀汀的手指虚握着，用不上力气，顾野一扯，她就被他拉走了。

陆敬宏睁大了眼睛，死死盯着两人相连的手腕，不可置信道："你……你让他碰你？"

顾野毫不脸红地吹牛："废话，我们什么关系，更刺激的事情我们都做过。"

唐汀汀一甩他的手，低声警告道："顾野！"

可惜顾野攥得太紧了，唐汀汀没甩开。她有一丝尴尬，又有一丝无措。

陆敬宏实在太熟悉唐汀汀了。唐汀汀这副表情，说明刚刚顾野所说并不是假的。

陆敬宏垂了垂眸，攥紧了拳头，手背上的青筋都显了出来。

她不是不能接受亲密举动吗？她不是排斥异性吗？为什么顾野可以？为什么顾野可以碰？

陆敬宏的脑子里嗡嗡直响，他一时之间不知道该说什么话，做什么表现。

他太震惊了，也太失望了。

唐汀汀和顾野？

他最欣赏的女人和他最讨厌的男人，怎么可能！

唐汀汀拗不过顾野，硬生生被他拉了出去。

陆敬宏就见唐汀汀从自己面前被人带走了，他僵硬地站在原地，觉得自己的分手、自己的挣扎愧疚都是个笑话。

她明明可以忍受的，却骗他有多么多么痛苦。被顾野抓着的时候，也没见她有多大的反应。

陆敬宏猛地咽了咽口水，又想到唐让让和祁衍。他揉了揉太阳穴，异常疲惫。

唐汀汀还没答应替他说好话，万一唐让让真的在祁衍面前瞎说了什么，那他就不好办了。

既然唐汀汀不帮忙，他就只能去找顾延亭哭诉了。可顾延亭肯定会觉得他没用，一来就得罪了合作伙伴。

门外，唐汀汀低斥道："顾野，你放开我！"

顾野迟疑了片刻，才慢慢把手松开，然后云淡风轻道："我这不是帮你摆脱麻烦嘛。"

唐汀汀扫他一眼，懒得跟他争论。

"你来找我做什么？"

顾野摸了摸鼻尖："不是说晚上跟你妹和祁哥一起吃饭嘛。"

唐汀汀本想说，知道是吃饭，但以他们的关系，怎么也该各走各的吧。

不过顾野这人，讲道理讲不通，唐汀汀也懒得说了。

顾野走了一段路，小心翼翼地试探道："那个……刚才我是故意气陆敬宏的，你没生气吧？"

唐汀汀睫毛微颤，低低地"嗯"了一声。

祁衍和唐汀汀的时间观念都很强，所以四个人到的时间刚好。

服务生倒了柠檬水，祁衍接过菜单，就示意她先出去。

唐让让和唐汀汀坐在一边，祁衍和顾野坐在一边。唐让让低垂着眼眸，弓着身子，专心致志地含着吸管，慢吞吞地喝着柠檬水。

冬天的柠檬水是温热的，柠檬一热，就变得苦涩。不过好在唐让让不排斥苦味，一口气喝了一整杯，胃里暖洋洋的。

把寒气驱散，才变得舒服多了。

顾野倒是不紧不慢，手里捏着陶瓷汤匙，把玩了片刻："先点些什么？大冬天的，要个寿喜锅？"

他一边说着，一边把眼神瞥向了唐汀汀。

唐汀汀用手肘拄着桌面，拳头轻攥着，将下巴轻轻搭在食指骨节上，淡淡道："让让，陆敬宏找你麻烦了？"

顾野摸了摸鼻子，神情间有点儿被忽视的不适。好在祁衍还算给他面子，把点菜的平板电脑递给他，示意他随便。

唐让让眨眨眼睛，坐直身子，支吾道："也没有，就是偶然遇到了。"

唐汀汀眯眼道："得了吧，他要不是太过分，现在也不至于着急善后。"

祁衍道："不用担心，陆敬宏没敢怎么样。"

唐汀汀对祁衍还是有信心的，所以倒也不是真着急，但她还是挺硌硬陆敬宏针对唐让让的行为，毕竟都是因为她。

顾野快速地点了一大份寿司、一个刺身拼盘、一套寿喜锅，还有一碟炸天妇罗。

趁着菜还没上来，祁衍倾身，给几个人都倒了竹筒清酒。给唐让让的，只有一抿唇的量。知道她胃不好，祁衍不敢给她喝太多。

顾野惊慌道："别别别，我来。"

祁衍轻轻摆手，让他别在意，然后把竹筒放在一边，沉声道："我们说点儿正事。"

四个人轻轻碰了碰杯，各自抿了一口。

"对我来说，顾延亭一直不算是个特别合意的合作伙伴，当初选择他，是因为我刚起步，手里的资源太少，现如今看来，星创在他那里发展遇到了瓶颈，再往下，也只能走下坡路了。"

祁衍说得比较委婉。

其实更深层的原因是，顾延亭倚老卖老，言语间总是以祁衍的长辈自居，自负得厉害，任何有益的建议都听不进去，每次做决定也一意孤行，哪怕撞了南墙，也绝不回头。

顾延亭在男女关系上也过于混乱，尤其是跟星创里的女艺人，搅得整个公司风气不正。被顾延亭看上眼的，哪怕那个女艺人没什么天赋也能拿到好资源，不愿意被顾延亭轻薄的，就只能熬到合约结束走人。

现在那些小演员没什么出头的，得罪不起顾延亭，所以也不敢讲出来闹事。但早晚有一天，顾延亭这个"四处漏风"的人品，会拖垮整个公司。

顾野勾了勾唇，说："我知道，我爸这人钱多得不知道怎么花，我妈走得又早，他太没拘束太浪了，早晚有一天被人抓到把柄，别说别人，就连我都留了不少证据。"

唐让让有点儿无语，留自己爸爸这方面的证据他竟然还好意思讲出来。

唐汀汀抬眸，扫了顾野一眼。既然是诚心合作的饭局，她也不打算太遮掩，反正顾延亭对她一直留着一手，她也没必要实心实意。

于是唐汀汀轻描淡写道："我也留了不少证据。"

唐让让："……"

顾野没生气，反而意味深长地端起酒杯，朝唐汀汀一举，然后自己抿了一口。

"心有灵犀啊！"

唐汀汀装作没看见他举杯的动作。

祁衍点点头："证据可以留，但不到万不得已，我们不能用这种手段。最好能让顾延亭心甘情愿地去养老。"

顾野嗤笑了一声："我爸？养老？"

唐汀汀倒没他那么消极，但依旧凝着眉道："我倒是不在乎谁做老板，反正我也只是个打工的。看在我妹的面子上，我愿意掺和你们的事，但凭我对顾延亭的了解，让他主动退位，基本不可能。他现在身体不错，精力还算充沛，无病无灾，对公司新签的……女艺人都格外上心，我想不出他会因为什么甩手不干。"

祁衍淡淡道："除非，股权不在他手上了。"

顾延亭手里握着星创最大的股权，他这个人比较自私，也比较小气，所以当初找的投资人很多，但每个人投的钱都比较少，所以分出去的股权零零散散。

祁衍手里，也只有星创的百分之十股份，却已经算是股东里手握最多股权的了。当初他愿意多投钱顾延亭都不要，就是担心后期他在星创的话语权太大。

顾野皱眉："我爸是绝对不会主动让出股权的。说实话，这些年陆敬宏也算听他的话了，为了讨好他，简直无所不用其极，但我爸还是没给陆敬宏一点儿股权，就连我手里，也只有百分之二十，其中十五都是我妈的。"

正巧这时寿喜锅端了上来，铜黄色的小锅，里面摆着各式青菜蘑菇，新鲜的和牛切成片搭在盘子里，待汤底够热后，再放进去涮。

祁衍的手指摩擦着杯壁，片刻后，他缓缓道："陆敬宏最近正着手制作一部新戏，正在拉投资。从题材上来看，应该是顾延亭授意的，顾延亭大概是准备用这部戏来考验陆敬宏，如果这次能完成得不错，那就真的具备了和你一较高下的水平。"

顾野听到这里，脸色狠了几分，手指紧紧捏着杯壁，磨了磨牙："星创是我爸和我妈的，他算什么东西。"

唐汀汀盯着祁衍："如果没完成……"

唐让让小声插嘴道："我知道，没完成就失宠呗。"

祁衍伸手，揉了揉唐让让的下巴："你说得对。"

肯定完唐让让，他才转回头对唐汀汀和顾野道："这部戏要赔，而且要赔得很惨，惨到完全无法自负盈亏，不得不让星创割肉来安抚其他投资人。"

顾野琢磨着："可投资本来就是个有风险的事，哪怕片子赔了，也只能怪他们眼光不好，星创没道理补窟窿。"

唐汀汀摇头："不是的，这部戏既然是陆敬宏代表星创做的，那这些投资人都会是看在星创的面子上出的本钱，如果亏损太多，哪怕星创有理由不补窟窿，肯定也会得罪这帮投资商。如果把活钱逼走了，以后星创再想开剧就难了。"

顾野疑惑道："所以你觉得他会因此让出部分股权？"

祁衍微不可见地笑了笑："只要他确信，自己手里仍然有超过百分之五十的股份。"

顾野道:"那他可以拿出来的最多也就百分之十。"去掉百分之十,顾延亭手里还有百分之五十,已经是半数了。

祁衍摇头:"不是百分之十,而是百分之三十。"

顾野一怔。

唐汀汀也意味深长道:"只要他认为,自己最疼爱的儿子,是站在自己这边的……"

顾野恍然大悟,心里竟有些复杂。的确有可能。

顾延亭虽然花心,又有不少毛病,但对顾野倒是一心一意的疼爱。只不过他的疼爱太廉价了,可以给一个儿子,也可以给好几个儿子,顾野已经不太稀罕了。

祁衍涮了一片牛肉,夹到唐让让碗里。

牛肉在滚烫的汤汁中翻腾了几圈,迅速从艳红变白,滴滴答答地流着油汁,鲜光艳艳地冒着热气。

唐让让舔了舔下唇,乖乖地把牛肉送进了嘴里。

祁衍继续道:"顾延亭舍不得拿出那么多股份,就看顾野你了,而陆敬宏项目的详细进程就拜托,咳……盯一下,必要的时候,在选角和宣传上使点儿手段。"

唐汀汀双臂交叠在胸前,饶有兴致地看着祁衍:"怎么,不好意思管我叫姐?"

祁衍睫毛一垂,嘴角笑意深了一些:"没有。"

唐让让咬着叉子羞涩道:"姐,我们还没结婚呢,你别逼他。"

唐汀汀望了一眼天花板,轻飘飘道:"哦,我倒是不急。"

顾野倾身趴在桌子上,也不在乎袖边贴着寿喜烧的炉火,手指敲了敲桌面:"你都没结婚,你妹也不方便结啊。"

祁衍和唐让让相视一眼,唐让让不自觉地端起酒杯,遮在脸前掩饰着。

唐汀汀语气生硬道:"我不结婚。"

唐让让一边吸溜着清酒，一边担忧地望着唐汀汀。

顾野锲而不舍："总不可能一直不结婚，陆敬宏到底伤你有多深啊？"其实他挺想知道唐汀汀为什么能帮着他对付陆敬宏，更想知道他俩当初到底为什么分手。

唐让让又看向顾野，静观其变。

唐汀汀顿了顿，脸色沉了下来："跟你无关吧。"

气氛隐隐有点儿剑拔弩张，顾野察觉到了，便也不忍再逼唐汀汀，于是婉转地开了个玩笑道："是跟我无关，我就是觉得……陆敬宏一定特不是东西，才把你惹成这样。你看我的前女友们，哪个对我不是连连称赞，念念不忘……"

唐汀汀深吸了一口气："事情谈完了吧，我先回去了，还有几个公关要处理一下。"

她说完，轻轻拍了拍唐让让的肩膀，拎起包站起身来。

唐让让赶紧放下杯子："姐……"

唐汀汀淡笑："没事，你和祁衍继续吃，少喝点酒，我真有事要忙。"

顾野欲言又止地看着唐汀汀，还不待解释什么，唐汀汀已经从他眼前一闪而过。

顾野望着她的背影渐行渐远，不禁叹了口气。

祁衍轻轻咳了一声，转了转手腕上的表。

虽然他自认跟顾野的情谊也就一般，但作为合作伙伴，在对方求爱不成的情况下，怎么也该象征性地安慰两句。祁衍不是很喜欢安慰人，更不喜欢讲道理。

于是他不咸不淡道："别急。"

顾野长吁短叹，揉着眉心道："我能不急嘛，你看我刚才提前女友她的反应，唐汀汀别是喜欢上我了吧？我当她对我没感觉才随口乱说的，哎，早知道就委婉一点儿了。"

唐让让："……"

祁衍:"别急,她是对你没感觉。"

越是气氛尴尬,唐让让越是情不自禁地想找点儿事做。

她吃饱了不太饿,顾野一直坚定地认为唐汀汀对他已经有感觉了,祁衍一直坚定地拆台。

唐让让就不自觉地倒了杯清酒,用酒杯挡着脸,一点一点抿着喝。

等顾野和祁衍讨论完是不是自作多情的问题,唐让让已经抿下去了整整一杯。这酒是顾野看着推荐点的,她也没问是多少度。

唐让让喝的时候,也不觉得辣,虽然有点儿苦涩,但还带着竹子的清香味儿,挺别致的。她喝着不觉得难受,就没注意自己喝了多少。

等坐上车,车子压着积雪,晃晃悠悠地跑起来,唐让让才觉得脑子晕乎乎的。

车内开着暖气,窗户上盖着一层薄薄的雾气。唐让让闲来无事,就用手指在玻璃上写写画画。

她唯一会画的就是鱼,还是最简单的,一笔勾勒出来的鱼。于是她乐此不疲地画了满玻璃的鱼。透过鱼的身体,能够隐约看到车外的路灯,路灯下被映得发黄的雪堆,还有深沉黑暗的干树枝。

唐让让眨了眨眼睛,觉得玻璃上的鱼在自己眼前转圈圈。那些鱼好像游了起来一样,飘浮在空气中,笨拙又缓慢地摇摆着尾巴。

唐让让晃了晃脑袋,一巴掌拍在脑门儿上。

祁衍伸过手,抓住她的手腕:"马上到家了,别闹。"

唐让让歪着脑袋看了看被祁衍抓着的手腕,然后慢慢地凑过去,在祁衍的手指上亲了一口。

祁衍小臂轻微一抖,目光端详着唐让让。

唐让让弯着眼睛,舔了舔下唇,又凑过去亲他第二根手指。

祁衍虽然惊讶,但并没有躲开。

唐让让认认真真地把祁衍的每根手指亲过,目光才满意地顺着他的手指

移到了他的胳膊。

祁衍喉结微动,低声道:"让让?"

"在呢!"

唐让让眼底发红,脸上更是红得像刚从桑拿房里出来。

祁衍思索了片刻,他记得唐让让最多就喝了一杯多清酒。他和顾野喝得更多,都没觉得有事。清酒要清淡一点,虽然不太刺激,但想要喝醉,也很难。

唐让让的酒量竟然这么不好?

祁衍正暗自思忖着,唐让让已经顺着他的小臂吻了上去。祁衍还穿着毛衣,嘴唇磨在毛衣表面,大概很不适,所以唐让让亲的时候也皱着眉头。

祁衍低声安慰道:"好了让让,你喝醉了。"

唐让让固执地摇头:"我没醉,我特别精神。"

她在后座上翻了个身,单膝跪着,整个人扑到了祁衍身上,然后贴着他的脖颈就舔了过去。

祁衍感觉到皮肤一阵湿热,随即是微凉。他赶紧把唐让让按下:"别,回家再说。"

依唐让让的架势,大有亲遍他全身的意思。

以前在这种事情上,一直是祁衍比较主动,唐让让就红着脸,缩着身体,一边害羞一边享受就好。但没想到,喝醉了的唐让让竟然这么大胆……

唐让让抱着他的手臂,往他怀里蹭了蹭。

"祁衍。"

"嗯。"

"祁衍?"

"胃难不难受?"祁衍搂紧她,不让她四处乱摸,生怕她真的摸出点火来,前面还有司机呢。

唐让让根本不答祁衍的话,而是笑嘻嘻地伸手,摸了摸他的下巴:"你怎么这么好看啊祁衍。你说你又聪明又好看,让别人怎么活啊?"

祁衍捏住她的手指,在掌心揉了揉:"谁不是活得好好的!"

唐让让吸了吸鼻子,贪婪地嗅着祁衍身上的味道,呢喃道:"你说我要是个男的,那么小遇到你,成天笼罩在你的光环下,大概会被比得抑郁吧。"

祁衍无奈含笑:"幸亏你不是男的。"

唐让让叹了口气:"我要是个男的,我们会做好哥们儿吧。"她一边说,一边找祁衍的嘴唇亲。

祁衍不忍躲着她,被她亲得声音都碎了:"不……唔……定。"

"祁衍,你真好。"

"嗯,你也好。"

…………

唐让让喝醉了后,话变得比平常更多。

祁衍一边和她说话,一边还要防止她摸到什么不该摸的地方。

好不容易熬到家了,祁衍干脆拦腰抱起唐让让,一路把她抱回了家里。

他艰难地打开门,轻柔地将唐让让放在床上,然后为她解开衣服,脱掉鞋子,摸了摸她的脸。

唐让让一沾到床,仿佛瞬间有了支撑一样,说什么也不愿再起来。

祁衍就拿了条毛巾给她擦脸,他的手指温柔地抚摸着她的侧脸。

唐让让深深喘着气,胸膛一起一伏,眼睛紧紧闭着,看起来快睡过去了。

祁衍眼神闪烁,手指停住,静静地看着她几秒。随后,他起身,绕到自己的书房里。

他从最上面的那个抽屉取出一个精致的小盒子。小盒子里是那枚被闲置了很多年的戒指。

他盯着戒指看了几秒,才终于谨慎又坚定地将戒指取了出来,放在手心上。

祁衍还记得,当时在公寓里,唐让让拒绝他的模样。

时间并不久远,往事历历在目。

祁衍晃了晃神,攥紧手指,深吸一口气,回了卧室。

唐让让大概已经进入了浅眠,乖巧地侧躺着,双手抱着枕头,浓密的睫

毛一动不动。

祁衍轻轻坐到她身边,看了看唐让让的睡颜,又低头看了看手里的戒指。

他捏过唐让让的手指,将戒指轻轻搭在唐让让的手指上,刚要推进去,唐让让的手机铃声突然不合时宜地响了起来。

祁衍动作一顿,甚至有片刻的慌乱。他又重新将戒指攥进手心里,拿过唐让让的手机看了一眼。

上面备注着:妈妈。

祁衍心一沉。

不能挂断,不能接听,又不能不接。他拿着手机,无措地看着紧闭双眼的唐让让。

唐让让大概也被手机铃声震醒了,她皱着眉,悠悠睁开眼睛,沙哑着嗓子喃喃道:"祁衍……"

祁衍只得把手机交给她:"你妈妈的电话。"

唐让让的意识还是迟钝的,她眯着被酒精激得通红的眼睛,把手机搭在脸上,软软地问了一声:"妈……"

唐雅芝笑道:"让让,休息了吗?"

唐让让在枕头上蹭了蹭脸,又闭上眼睛:"什么事儿啊?"

唐雅芝道:"后天是你陈叔叔生日。陈叔叔今年五十了,是个整年,就准备办得正式一些,到时候咱们几家一起吃个饭,正好你也考完试放假了,对了,明轩也回国了。"

唐让让打了个哈欠:"我就不去了,后天有事呢。"

唐雅芝急道:"你怎么迷迷糊糊的,后天你有什么事啊?"

"后天我实习啊。"

唐雅芝一怔:"你什么时候找的实习,我怎么不知道?"

唐让让马上快要失去意识了:"找就找了……大家都找。"

唐雅芝叹了口气:"吃饭定的是晚上六点,依咱们两家的关系,总得早点儿到帮他们忙活忙活吧,你就请一会儿假,五点下班行不行?"

唐让让本能地反驳道:"怎么可能,我要是不好好表现,给祁衍丢脸了怎么办。"

她喝醉了,声音又低又含混不清。唐雅芝好像听清了,又好像没听清。

"谁?你说谁?"

唐让让嘀嘀咕咕:"我要努力工作呢。"她的声音越来越小,几乎已经不记得自己在打电话了。

唐雅芝又问:"让让?你说话啊!"

"你是不是喝多了,怎么还大舌头了?"

"你刚刚说给谁丢脸?"

"哎,我说的你没听到啊。你陈叔叔生日,明轩也回来了。"

…………

回应她的,是唐让让绵长沉重的呼吸声。

唐雅芝无奈道:"这孩子。"

祁衍一直静静地听着,直到唐雅芝无奈地挂断了电话。他把唐让让的手机放到一边,又看了看手心的戒指。是啊,如果现在给唐让让戴上,会给她带来麻烦吧。

祁衍眼神一暗,又不得不把戒指收了起来。

他可以等,等唐让让做好准备,等她家里人认可。

收拾好了一切,祁衍也躺在床上,小心地蹭进被子。唐让让本能地搂了过来,一只胳膊搭在祁衍的肚皮上,脸靠着祁衍的肩头。

两个人在一起睡习惯了,总会有些下意识的动作。祁衍轻轻拍了拍她的背,按灭了床头灯。

唐让让第二天起来,把唐雅芝跟她说的事忘得一干二净。祁衍对这个陈明轩实在是排斥,自然也不会主动提起。

Chapter 16
自由恋爱

周一。

唐让让正式到领域投资报到,和她一起去的还有被私下安排进来的沈莫颜。

沈莫颜其实有些心虚气短。她当初来面试领域的勇气都没有,就是知道这里的高人实在是太多了。所以她一直跟着唐让让,寸步不离。

唐让让虽然表面镇定,心跳却如擂鼓。她清楚地知道,祁衍就坐在那间最大的办公室里,和她隔着无数个工位。

玻璃是磨砂的,人事在给这些新人介绍公司的设施时,自然也带着他们走过祁衍的办公室门口。

唐让让偷偷瞄了一眼。

透过磨砂玻璃,她隐约能看到黑乎乎的人影。她知道那就是祁衍。

人事补充道:"这是祁总办公室,但他并不一直在这里,我们公司还有好几层,项目组不一样,祁总有时候也在别的楼层,今天巧了,他正好在这一层。"

唐让让咽了咽口水。

哪里是巧了,他根本就是故意的。

介绍完办公位，人事又带着他们逛了公司其他地方，还递给他们一张表，上面记录着 happy hour 的时间，还有一张通讯录，是公司各个员工的工位电话。

"今年的人挺多的，公司现在各主管手下都不急缺人，所以你们就要被分散到各个项目组，不过这样也免得竞争，只要在组里做得好，都有可能留下来。"

沈莫颜看了一眼唐让让："所以我们不能一起工作了？"

唐让让笑眯眯道："没事，反正离得也不远，中午可以一起吃饭。"

沈莫颜淡淡地笑了笑，没说话。

心思重有心思重的好处，比如她就特别识趣地知道，唐让让的午餐时间，一定是被祁衍占据的，轮不到她。

人事推了推眼镜，犹豫了片刻道："让让，你就去风控部报到吧，正好朴主管也是你们同校的。"

唐让让对朴金晴还有印象。

第一次在慈善晚会上遇见，朴金晴还趾高气扬、气焰嚣张。可等她被带着去风控部报到，迎接她的却是朴金晴灿烂异常的笑脸。

唐让让眼皮一跳，虽然她不迷信，但从小听唐雅芝唠叨到大"左眼跳财，右眼跳灾"，都已经形成本能了。又是右眼皮跳，不凑巧。

朴金晴穿了一身乳白色的连衣裙，纤细的两条腿束在及膝的长靴里。虽然奔三了，已经不算年轻，但朴金晴到底是漂亮的，漂亮的成熟女人另有一番风韵。

她笑眯眯地拍了拍手："欢迎，恭喜加入领域。"

几个隔挡后面又探出几颗脑袋，跟着朴金晴一起鼓掌。

对方这么客气，唐让让自然也不会主动提起枫蓝慈善晚宴那一茬儿。

于是她微微鞠躬，弯着眼睛声音嘹亮道："谢谢朴主管，谢谢大家，我叫唐让让，是新入职的实习生。"

朴金晴抿了抿唇，拉起她的手："为了欢迎新同事，pantry 里我们特意准备了黑森林蛋糕，那个……孙倩你去拿吧，我们分一下。"

"哎。"

有个同事扯了扯衣服，站起身朝 pantry 走去。

不一会儿，端出来一个大蛋糕。

她把蛋糕小心翼翼地放在为唐让让准备的工位上，然后拆开了盒子。

唐让让还没正式工作，电脑也没去 IT 部门申请，所以桌上空荡荡的什么也没有，正适合分蛋糕。

朴金晴到底是主管，虽然热情，但也有分寸，默默地向后退了退，把位置让给其他同事。

切好了蛋糕，孙倩扭回头找朴金晴："朴姐，给你。"

朴金晴摆了摆手："你们吃吧，我最近戒糖。"

孙倩顿了顿，于是把蛋糕递给唐让让："那就新同事先吃吧。"

唐让让双手接过来，客气道："谢谢。"

蛋糕很快就分好了，一群年轻人吃吃喝喝，熟络得很快。

"唐让让是吧，我好像知道你。"

"我在呦呦直播看过你的视频哎，你很出名的。"

"啊？你还兼职做主播啊，好厉害。"

"主播做得好就不用来领域工作啦，虽然领域工资高，但是也得加班啊。"

"人家这叫爱好懂不懂，孙倩不是也用闲暇时间写点稿嘛，还拿奖了呢。"

"你们怎么都有业余时间啊，只有我累成狗吗？"

"别装，赶紧吃完做翻译去。"

…………

大家七嘴八舌地闲聊着，唐让让也努力地认着所有同事的名字。

可惜人数有点儿多，她一时之间还没记得那么熟，唯一印象深刻点儿的就是取蛋糕的孙倩了。

从孙倩的言谈举止看，她是个十分热情泼辣的人。

唐让让准备今天有什么不懂的事，就拜托这位孙倩了。她可不打算麻烦朴金晴，虽然两个人都装作第一天认识，但到底还是有点儿尴尬。

　　朴金晴站在一边，静静地看着一边吃东西一边观察人的唐让让，颇有深意地一笑。

　　领域的企业文化不错，各部门都有自己的欢迎仪式。

　　沈莫颜和一个T大的男生一起被分到了融资部，她很兴奋，因为这是领域里最重要的部门之一，几乎所有人都祈祷着能来这个部门实习。

　　她作为一个大二学生，能得到如此垂青，恐怕是因为唐让让的引荐。

　　沈莫颜小心翼翼地跟每个人打着招呼，声音又低又轻。看着一个个打扮时髦靓丽的白领，她有点儿自惭形秽。

　　她总觉得自己不够格，跟这里格格不入，所以一边感激着这种安排，一边又觉得十分惶恐和不安。

　　招呼到最后一个人的时候，沈莫颜愣住了。面前的姑娘很年轻，脸色有些冷。虽然没有张熙媛和唐让让那么漂亮，但气质绝对是独特的。一看就知道是家里很有钱富养出来的千金，骨子里的自信和高傲遮都遮不住。

　　沈莫颜朝她伸出手："你好，沈莫颜。"

　　女生看了看她，这才抖了抖睫毛，伸出指尖，虚虚地擦了一下沈莫颜的掌心："乔夏斐。"

　　沈莫颜有些尴尬地缩回手，笑了笑，下意识地去看和她一起来的男生。那个男生一看就是典型的学霸，戴着一副眼镜，穿着也十分不拘小节。此刻他正盯着乔夏斐发呆，大概是从来没见过这么迷人的女生，甚至不舍得移开眼睛。

　　乔夏斐也察觉到了，她的眼睛微微向上瞄了瞄，然后转头走了。男生这才意识到自己有些冒犯了，于是不安地一直推眼镜。

　　"我叫孟鹤州，二十三岁，T大研一的。"

　　融资部的欢迎仪式简单得多，主管是个中年男人，不喜欢花里胡哨的东西，于是给两人一人发了张电影卡。

欢迎的时间非常短暂，不过半个小时，热烈的气氛就消失殆尽，大家很快投入繁忙的工作当中。

这期间，祁衍从来都没有从办公室里出来过。

来上班之前，唐让让和他约法三章，在工作场合，绝对不能公开情侣身份，至于已经知道的朴金晴、沈莫颜和助理姐姐，也被口头警告不要说出去。

唐让让不想把祁衍的公司搅得乌烟瘴气，八卦漫天。

她只想安安静静地做完实习生，然后再次投入奖学金和绩点的角逐中。

唐让让坐在自己的位置上，开始按照人事的指示邮件联系 IT 部送电脑，又向后勤部申请了必要的办公用具。

等所有东西都送过来，她把自己的账号注册好，已经到了中午。

唐让让的手机振动了一下。她拿起来一看，是祁衍。

"你们中午实习生聚餐，我就不找你吃饭了。"

在写字楼下的餐厅吃饭早晚会被同事撞见，所以两人要想一起吃，就要回到公寓里面点外卖。

所幸祁衍的公寓离这里不远，走路十多分钟也就到了。

但今天中午是不行了。

果然，唐让让立刻就收到了人事的群发邮件，请所有新来的实习生去楼下聚餐。

写字楼里一直开着暖气，所以一点也不觉得冷。

她整理了一下，看了看手机的前置镜头，然后到公司门口集合。

那些报到过的实习生陆陆续续也都赶了过来。

沈莫颜一看到唐让让就脱离了孟鹤州，紧紧搂着唐让让的胳膊。她在这里没有任何熟人，只能依靠唐让让了。

唐让让任她拉着，轻声问："怎么看你兴致不高？"

沈莫颜蹙了蹙眉，犹豫道："我……我觉得同事们都太厉害了，尤其是一个叫乔夏斐的女生，我怕自己拖后腿。"

沈莫颜的性格既内敛又别扭，极其容易尴尬，她不求自己能出类拔萃，但绝对无法忍受自己变成一个圈子里最差的人。

但现在除了她和孟鹤州以外，别人都有经验，孟鹤州是研究生了，怎么也比她强。

她就是最差的那一个，而且什么都不懂，什么都不会做，完全一片空白。

唐让让拍了拍沈莫颜的手，知道沈莫颜敏感，就只能软声安慰道："嗨，大家都是新人，都不懂啊，我这里还就我一个呢。"

沈莫颜垂了垂眸，说："我这里两个，但孟鹤州超厉害，以前在摩根实习的。"

孟鹤州摆了摆手："就是实习而已，没留下。"

领头的人事听到了他们的谈话，轻笑道："谁说你们部门两个新人啊，是三个，乔夏斐也才来一个星期。"

沈莫颜怔了怔，喃喃问道："她是新人啊，也是实习生？"

人事道："对，刚从瑞典本科毕业回来的。"

沈莫颜转头看向唐让让："那她报到得这么早啊。"

沈莫颜一边说着，一边偷偷数着人数。

当初招聘说明上写得清楚，这次就招八个实习生，算上沈莫颜应该是九个，可要是加上乔夏斐……就多了一个。

孟鹤州也早就发现了，他的眼镜年头久了，鼻梁又架不住，总往下滑。

他又推了推镜腿道："她应该不是跟我们一起面试的。"

沈莫颜本能地看向唐让让："祁老师之前准备了两次招聘吗？"

唐让让摇摇头："可能是内推吧，我也不知道。"

沈莫颜若有所思地点点头。

内推吗？她又想起了乔夏斐趾高气扬的样子。

孟鹤州自顾自道："她在瑞典读的大学啊，不错不错，那今年也就二十二岁，比我小一岁。"

吃饭的空隙，人事又给他们介绍了公司的情况，中午的时间很短，大家

又还不熟，所以匆匆吃一口，就都去工作了。

刚到第一天，谁都想好好表现一下。

唐让让挂好自己的工牌，拿了一瓶矿泉水，刚准备回座位坐下。

朴金晴突然从办公室里出来了。她四下望了望，然后目光落在了唐让让身上。

"让让，先别急着坐，帮我去融资部取份文件来，有关建峰项目的，你去问他们就知道。"

朴金晴看样子还挺着急，于是唐让让赶紧站起身来："好，我马上去。"

实习生嘛，刚来就是要来回跑腿的，唐让让有心理准备。

朴金晴见她匆匆走了，才收敛起焦急的表情，意味深长地环抱着双臂，揉了揉肩膀。

负责安排实习生的人事暗搓搓地进了朴金晴的办公室，小声问道："姐，你为什么非得把祁总女朋友要过来啊，这不是放个雷吗？"

朴金晴放下手里的文件，抬眼道："谁说一定是雷了？"

"你让她去取建峰的文件，我记得那个文件好像被交给乔夏斐翻译了吧，她能取得回来吗？"

公司各个部门的所有安排都会通过邮件，内部人员都可以看到，这样也便于责任确认。

朴金晴靠在椅子上，脸上浮起志得意满的笑容："取不回来吗？这个乔夏斐仗着是祁总母亲安排进来的人，工作又拖沓又不上心，这份文件我昨天晚上就要了，结果她现在还没做完。这一个星期都是这样，工作不上心，成天到餐厅喝下午茶，她是来工作的还是来养老的？"

说起来朴金晴还有点儿怒意。

她自从来了领域，还从没像这一个星期这么憋屈。

她可是堂堂主管，竟然被一个刚来的实习生牵着鼻子走。

乔夏斐是孟溪则带过来的人，她不敢惹，但她不敢惹，却有人能惹。

人事恍然："所以你是想让祁总女朋友对付乔夏斐？"

朴金晴垂眸，漫不经心地把玩了一下手链，说："孟总塞乔夏斐进来是为了什么，难道你不清楚吗？书香世家，年龄相仿，长相尚可。唐让让不该去对付乔夏斐吗？"

人事笑嘻嘻道："姐，我还以为你想……"

朴金晴："我想对付唐让让？得了吧，谁能比我清楚祁总有多喜欢她，我对付她难道没事闲的？我可不干赔了夫人又折兵的蠢事。"

人事沉默了片刻，又轻声道："你之前说和唐让让有过摩擦，可我看把她安排到你这里，祁总也没说什么呀？"

朴金晴停下手中的动作，目光定定地看着自己电脑屏幕的边角，淡淡道："他有什么可说的，没看他都天天守在这层了吗？"

唐让让问了一个同事，成功找到了融资部。

沈莫颜看到了她，立刻放下手里刚被安排的活儿跑了过来，惊讶道："让让，你怎么到这儿来了？"

唐让让压低声音："哦，主管让我来取份文件，你知道建峰的项目是谁负责吗？"

沈莫颜皱着眉头："建峰……我还没来得及注意邮件，帮你问问吧。"

她走到一个同事身边，小心地伸出一个指头，碰了碰对方的肩头："雪柔，你知道是谁负责建峰的项目吗，风投部那边要来取个文件。"

同事抬头看了沈莫颜和唐让让一眼，犹豫道："建峰啊，是阮姐负责的，但是风投部要的文件应该是乔夏斐在写，你们……要不去问问吧。"

唐让让对乔夏斐没什么深刻印象，既然问到了，便粲然一笑，说："谢谢啦。"

沈莫颜却拉了她一把，神色间有些挣扎，然后低声道："我……陪你一起去吧。"

唐让让察觉到沈莫颜有点儿不对劲，但并未多想，沿着名牌找，很快就找到了乔夏斐的工位。

乔夏斐的工位比别人的略大一些,而且桌子上摆满了多肉植物,光是这点东西,就不下上万块。

乔夏斐正低头涂着指甲油,专心致志地描画着自己的手指。

指甲油的味道飘出去好远,隔着一两个工位都闻得到。

唐让让不太喜欢这股刺鼻的味道,皱了皱眉。

"你好,我是风投部的,来取建峰的文件。"

她一说话,乔夏斐的手指一颤,指甲油涂歪了。

唐让让眼睁睁地看着指甲油划到了皮肉上,又眼睁睁地看着乔夏斐深吸了一口气。

沈莫颜不安地舔了舔下唇,往唐让让身后凑了凑。

乔夏斐抬起眼盯着唐让让,没好气道:"我没做完呢,你先回去吧。"

她脸上的不耐烦毫不掩饰,然后"啪"地把指甲油摔在桌子上,继续嘟囔道:"才多长时间就催催催,有病。"

唐让让微不可见地挑了挑眉,笑容也收敛起来。

沈莫颜赶紧帮她解释:"让让也是新来的,对这个项目还不清楚,那要不她一会儿再来拿?"

乔夏斐收回目光,晃了下鼠标,电脑界面出现了一个只有三四行的word。她说:"今天做不完了,我明天直接发给朴金晴。"

她一点都不遮掩,十分坦然地给唐让让看自己的工作进度。

就是为了告诉唐让让,一会儿也别来烦她。

沈莫颜左看看右看看,不知所措地扯了扯唐让让的袖子。

唐让让静静地看了几秒,笑道:"等我回去问问朴主管什么时候要,如果实在着急,就麻烦你晚饭时间加班做一下吧。"

她说罢,领着沈莫颜转头就走。

乔夏斐吃惊地道:"你说什么?我五点半就下班了!"

唐让让没理她,立刻回了风投部。

刚到部门边上,孙倩就拉着唐让让问:"那个文件你要回来了吗?"

唐让让迟疑了一下，摇摇头。

孙倩苦笑："我就猜到了，那你跟朴总说一声吧，她应该不会怪你的。"

唐让让大概明白朴金晴让她去要文件是什么意思了。她敲了敲朴金晴办公室的门，里面立刻传来了应答的声音。唐让让推门进去，把刚才的事情都说了。

朴金晴也露出一丝苦笑，然后直接招手，让唐让让过去。

"来，你看这个文件要求提交的时间。"

唐让让凑到电脑屏幕前一看，时间截止是今天早上。

朴金晴揉了揉眉心，叹了口气："我已经把时间拖到中午了，但她还是没做。这也不是一次两次了，催得紧的时候，只能转交给别的同事，弄得大家都有意见了。但乔夏斐是孟总带进来的人，当时阵仗还挺大的，谁也不敢当面说她。"

唐让让站直身子，静静听着。

朴金晴突然拉住唐让让的手："让让，你是祁总的女朋友，将来领域都是你的，没人比你更适合处理这件事情了。我们都是为了能好好工作，不想被个别人影响了工作进度。你看她一个人就可以拖累两个部门，其实平心而论，如果有这种特权的是你我也就不说什么了，可她算什么呢，领域是祁总的领域，可不是孟总的领域，她在这里作威作福的，给谁看呢。"

唐让让轻微地眯了下眼。

朴金晴又道："我知道你可能对我有点儿成见，以前呢，我们是有过摩擦，我也承认十分欣赏祁总，毕竟祁总那么优秀。但自从见了你，我也想通了，我年纪也比祁总大，没什么希望的，但领域是个好公司好平台，我在工作上自问没出过什么差错，以后也想努力工作把业绩搞上来，但这件事，我真的处理不了。"

唐让让若有所思地点点头。

朴金晴松开她的手："其实公司的氛围一直都不错，各部门合作也挺好的，祁总很看重团结协作。但他毕竟要处理的事情太多，有时候，团队里出现了一些蛀虫,在别人不敢举报的情况下,他是很难发现的。大家都很珍惜在领域工作的机会,所以没人想惹事。融资部的主管为了不让乔夏斐耽误他们自己的事,就净给她安排和我们部门有交集的项目,所以拖累的就是我们。

"讲道理,给她的工作也不难啊,就是一份文件翻译。她是瑞典读过大学回来的,英语翻译应该很轻松吧。让让,实在不行你就和祁总说说,你说最合适。"

唐让让并不是任人忽悠的傻瓜。她知道这个乔夏斐一定有问题,但乔夏斐刚刚的态度却不是针对自己,而是针对朴金晴。

一定是朴金晴没掩饰自己对祁衍的欣赏,所以乔夏斐才敌视朴金晴,故意跟朴金晴对着干。

朴金晴有几分是真的为公司着想她不知道,但是想要借她铲除异己却是真的。

而且刚才言语中,朴金晴分明跟她暗示,乔夏斐是孟溪则塞过来跟祁衍培养感情的人。

唐让让笑道:"其实以祁衍的个性,如果直说的话,他一定会处理的,真不用特意等到我入职。"

朴金晴脸上的表情有些凝固。

唐让让又道:"一会儿我再去催促一下,如果实在不行,再想别的办法。"

朴金晴苦口婆心说了半天,唐让让却并不顺着她,她也有点儿憋气,于是道:"好啊,但今天六点下班之前必须交上来,你就多看着点吧。"

唐让让回了自己的工位,不由得叹了口气。

她以为来了祁衍的公司可以心无旁骛地学东西,但工作环境已经不像学校那么自由了。

她拉了拉椅子,从邮箱里翻出朴金晴传给乔夏斐的那份文件。

不长,只有两页纸。

但乔夏斐翻译完还要转给更高层的员工修改一遍,接下来再给朴金晴修改一遍,连续修改三遍才能最后发给合作伙伴。

毕竟作为一个新人，哪怕有英语基础，面对这种专业性的文件，大多都要借助谷歌。

而乔夏斐一个人就把所有的时间占据了。

唐让让垂了垂眸，重新读了一遍那份文件。

好在她平时上课的时候，除了学校要求的中文教材外，她还会买一本英文的，就是为了学习专业术语。

看英文和法语对她来说，和读中文一样简单，并不吃力，所以这份文件对她来说，一点也不难。

她看了下表，现在是下午两点。她想了想，把这份文件拖到了桌面上。看乔夏斐的架势，是绝对不会按时完成工作的。

唐让让虽然脾气好，但也不是闷瓜，她平时不愿意费心思跟人耍心眼儿，却不代表她一窍不通。

她不能靠着祁衍，这点小事，她自己就能解决。

于是唐让让对着电脑，认真地翻译起来。

大概一个小时，唐让让就翻译完了这份文件，从头至尾检查了一遍，用词和语法都挺地道的，没什么问题。

她不认为还需要后面两次修改，不过时间还是要留出来的。她想了想，编辑好了邮件，推送给了公司的人。很快，邮件传了上去，她相信过不了多久，项目相关的人都会查阅到这份文件的。

当然，乔夏斐也会。

朴金晴正对着落地窗生闷气。她这个主管，做得未免也太憋屈了。

她忍了乔夏斐整整一周，就是为了等唐让让来收拾乔夏斐，结果唐让让似乎根本没有这个意思。

那最后这份翻译还得她自己来做。

反正乔夏斐这个人，辞也辞不了，催也催不动，就得像大爷一样供着。所以说哪怕在祁衍这里，还是避免不了职场上的弊端。她正胡思乱想，电脑响了一声,她太熟悉了,那是新邮件达到的声音。

公司内部以及合作伙伴发的所有邮件她都能收到,所以朴金晴也没有太在意。

但这个响声也提醒她,该工作了,不然就做不完了。她烦躁地揉了揉眉心,一蹬地面,又把椅子转了回去。晃亮屏幕,点开邮箱,她愣了一下。

唐让让的邮箱账号今天才开始启用,她也是通过姓名拼音才知道是谁。这份邮件,是这个账号发的第一封。

朴金晴好奇地点开,发现里面是她让乔夏斐翻译的那份文件。绝不可能是乔夏斐翻译好的,发邮件意味着责任归属,她要是翻译了,也不会通过唐让让发出来。

朴金晴看了一眼时间,还有两个多小时才下班,那说明唐让让用一个小时左右就翻译好了?

记得人事跟她交代过,面试唐让让的时候,徐江圆非常满意唐让让的语言能力。

朴金晴紧锁眉头,将翻译点开,从头到尾详细地看了一遍。她一边看一边修改了几个单词。除此之外,再没什么需要改动了。不管是句子结构,还是引用条例,都翻译得十分精准严谨。

唐让让的英语水平,不亚于在公司干了一两年的老人。

朴金晴靠在椅子上,怔怔地发呆。她原以为唐让让就是个没什么大本事的普通院校学生。

因为她自己也是A大毕业的,她太清楚当年身边的同学都是什么水平了。所以祁衍看上唐让让,她认为单纯是喜欢唐让让的脸蛋。唐让让能到领域实习,也肯定是依靠祁衍的关系。

结果不是。期望越低,惊喜反而越大。很快,朴金晴收到了谭飞的消息。

谭飞是她安排的修改翻译的第二个人。结果谭飞跟她说,没什么可改的,完成得非常好。

朴金晴在键盘上敲了两下,回复他知道了。

谭飞忍不住说了一句:"新人还挺厉害的,省心了,还是您有眼光,从里面选了她。"

不光谭飞这样觉得,同在一个项目的员工,都看到了唐让让的那份翻译。

他们虽然没打开看,但也知道,乔夏斐的工作又交给别人了。

很快,朴金晴把翻译发给了合作伙伴,并在下面标注了唐让让的名字。

这下就连融资部都开始议论起来:

"你看邮件没,乔夏斐的工作又交给别人做了。"

"我都习惯了,谁等得起她,指甲油的味儿都飘我这儿来了,熏死了。"

"唐让让是谁啊?她刚发完,朴主管就给了客户,看来没怎么改嘛。"

"可能是老员工吧,风控那边的人我们又不是都认识。"

沈莫颜就坐在她们对面,闻言出声道:"不是,唐让让是我同学,这批进来的实习生。"

"实习生啊?"

"哦,那挺厉害的。"

…………

乔夏斐涂完指甲油,等着它晾干的时候,也看到了邮件。

她被催着勉强翻译了半张纸,还是从谷歌翻译润色更改过来的,也费了不少心神。结果她的这份翻译已经完全没有用处了。

朴金晴换人也没有通知她,让她白干了半天。

乔夏斐有些生气。

她其实根本不愿到领域来工作,是父母和孟阿姨商量之后,执意把她送来的,说是跟祁衍培养感情。

可培养感情犯得着做他的下属吗?培养感情不应该一起吃饭、喝酒、看电影吗?

而且她还不拿工资。说实在的,以乔夏斐的家世,她也不在乎那点儿工资。

但她就是不情愿白白工作,更何况祁衍神出鬼没,一天见一眼都难,这培养的哪门子感情啊。

有同事特意来到她身边，意味深长地笑道："你的翻译别人帮你做完了啊，好幸福。"

乔夏斐嗤笑一声，没说话。

同事抿了抿唇，神秘兮兮道："我听人说朴主管还夸了做这个的实习生，说她写得好，都不用怎么改。"

乔夏斐冷冷地扫了她一眼："跟我有什么关系。"

同事赶紧摆手："哦，没关系没关系，我这不是羡慕你嘛。我还有事儿，先走了哈。"

同事走后，乔夏斐的目光落在电脑上。

她不得不将自己已经写完的成果删掉，因为已经没人在乎她写了什么，更没人会催她拿出什么了。

今年领域一共招了九个实习生，人员很充足，完全可以有人接替她的工作。

这次融资部特意要了两个人，估计融资的主管也不会找她了。

乔夏斐第一次体会到了工作上的挫败感和憋屈感。

她把 word 关掉，从工位上站了起来。

手上的指甲油已经干了，是星星图案的，她小心翼翼地描下来，任谁都会夸一句漂亮。

她下了楼，径直走到最里面的那间办公室，顿了顿，敲响了门。

这是她第一次主动来找祁衍，她知道祁衍今天在十八层工作。

以前抹不开面子，又总觉得祁衍对她不在意，较着劲。但现在她受委屈了，除了祁衍，她还能找谁？

祁衍可是她未来的丈夫，虽然两人现在没有什么感情，但他该知道，她和别人是不同的。

乔夏斐理了理头发，让自己看起来得体靓丽一些，然后推门走了进去。

祁衍皱了皱眉。他还连着电话会议，所以根本没让乔夏斐进来。

助理赶紧站起身，低声对乔夏斐道："祁总还在开会，你先回去吧，有什么事一会儿再说。"

乔夏斐环抱着双臂，绷着脸道："不，我就在这儿等。"

助理看了祁衍一眼，见祁衍根本没心思往这个方向看，便知道他不在意。

于是助理道："进祁总办公室要得到允许的。你是新人吧？"

乔夏斐有点儿吃惊，祁衍的助理竟然还一直把自己当成实习生。

她默默翻了个白眼儿："我不跟你说，我跟他说。"

助理微怔，还从来没人这么跟她说过话。她虽然是个助理，但可是公司最大老板的助理，别人不说恭维着她，也绝对不敢用这种没礼貌的语气。

但助理毕竟见多识广，很快就恢复了正常。她冷下脸，严肃道："请你出去。"

乔夏斐扫了她一眼："你怎么跟我说话呢？"

助理："就这么说话，请你出去。"

乔夏斐咬了咬牙："你让我出去，我可是……"

祁衍挂断电话，冰冷的目光望过来，不耐烦道："怎么回事？"

既然他有时间了，助理便不再说话了，回到了自己的座位。

乔夏斐道："祁衍，你的员工不尊重我，你总不能当作什么都不知道吧。"

祁衍眉毛轻皱了一下，冷淡道："我不是幼儿园老师，同事之间的矛盾去找人事。"

乔夏斐气愤道："那个朴金晴，她把我的工作又重新交给了别人，却不告诉我，让我白白写了一份，她什么意思？你不觉得你的员工不尊重我也有你的原因吗？是你不重视我，所以他们才不把我当回事！"

祁衍按揉着中指骨节，冷笑道："你还没表现出任何工作能力，我为什么重视你？"

乔夏斐惊了："工作能力？我可是来跟你培养感情的！"

祁衍毫不客气道："谁要跟你培养感情？"

乔夏斐怔怔道："孟阿姨难道没告诉你吗？她和我母亲都商量好了，我们就是因为没有感情，贸然结婚有点儿尴尬，所以才让我到这儿来的。"

祁衍眼睛眯了起来，骨节沉闷地响了一声。

他不冷不淡道："还有这回事？"

助理知道，祁衍虽然看起来越发平静，但他是真生气了。

助理小声解释道："朴主管着急要建峰那个项目的一份文件翻译，是要交给对方律师审核的英文版，乔小姐翻译得有点儿慢了，今天被……让让给翻了。"

乔夏斐道："对，就那个叫唐让让的实习生，朴金晴还当着那么多人夸她翻译得好，不就是故意给我看的吗？哦对了，那个唐让让跟融资的一个实习生同校，都是朴主管的校友。呵，A大，恕我直言就是个垃圾学校，她能翻译得好？"

助理瞬间龇牙咧嘴，想夸张表示一下自己的吃惊——能这么精准地往枪口上撞，这个乔夏斐也是绝了。

祁衍睫毛一抖，直接对助理道："给乔小姐办理离职手续。"

助理赶紧收敛起表情，眨眨眼："好的。"

乔夏斐气笑了："祁衍你什么意思？不知道不在乎不关心？"

祁衍站起身来，扯了扯衬衫下摆，视若无物地从乔夏斐身边走了过去，轻飘飘留下两个字："在乎。"

乔夏斐愣住了。听着他低沉的声音，她竟然觉得心里一酥。

祁衍比她高很多，身材也十分出众，从她身边走过的时候，身上飘着一股好闻的清淡味道。

看着祁衍穿黑衬衫的背影，乔夏斐还是第一次觉得，祁衍真的挺迷人的。她之前竟然还有点儿排斥这种相亲。

他刚刚说……在乎，乔夏斐心里隐隐有了被呵护的雀跃。她嘴角微微一扬，跟着走了出去。

助理朝她招招手："哎，离职手续……"

祁衍径直来到了唐让让的工位。哪怕他没出来看过一眼，也准确地知道唐让让坐在哪里。

祁总难得出来一趟，不免吸引了大家的目光，大家的目光随着祁衍，直至定格在了唐让让桌前。

唐让让从 pantry 找了根棒棒糖，正一边吃一边熟悉着公司的结构。

反正她第一天来，事情还不多。吃着吃着，光线突然暗了下来。她眯了眯眼，慢慢地抬起头。

祁衍面容严峻，唐让让紧握桌椅，呆呆地望着他。他怎么出来了，不是说在公司装作不认识的吗？

唐让让十分忐忑，生怕祁衍说出什么超过尺度的话。

祁衍喉结一滑，平静道："唐让让是吧？"

"啊？"唐让让怔怔道。

"翻译做得很好，继续努力。"

"啊？"

所以他是特意出来表扬她的？

跟出来的乔夏斐正好听到祁衍夸奖唐让让的话，刚刚温热的心被一盆凉水浇得透透的。

祁衍夸完唐让让，面无表情地越过她，走去 pantry 拿了一杯酸奶。

为了让这个行为看起来十分自然不做作，他气定神闲地嘱咐助理："可以多准备一些酸奶。"

助理："我看行，女同事多喝酸奶助消化，男同事多喝酸奶身体好。"

祁衍撕开包装纸的手微微一抖，低声道："倒也不用这么浮夸。"

助理笑眯眯："那您刚刚说的让某某某离职……浮夸吗？"

祁衍扫了一眼呆站在原地的乔夏斐，蹙眉道："不浮夸。"

助理小声提醒："可孟总那里恐怕会不高兴啊。"

祁衍简短道："我去说。"

虽说是让乔夏斐办理离职，但祁衍和孟总的沟通结果没出来前，助理也

不敢轻举妄动。

她只能揽着乔夏斐的胳膊，故作亲切道："你年纪还小，职场上的事很多都不懂，我跟你聊聊。"

boss亲自辞退，就不能只是人事来负责交涉了。乔夏斐眼圈一红，嘴唇抿了两下，甩开助理的手转身走了。

祁衍这么做实在是太过分了，当众表扬那个做翻译的女生，就是在打她的脸。她知道她跟他说话的时候语气不太好，但她是女孩子啊，祁衍总该让着她一些。

乔夏斐并不想甩手不干，她被祁衍激起了好胜欲。既然现在他这么不在乎她，那她就偏要努力吸引他，让他为她动心，为她痴迷，就和以往学校里追求她的男孩子一样。

乔夏斐梗着脖子，趾高气扬地直奔朴金晴的办公室。

朴金晴正躲在办公室里，靠在摇椅上，悠闲地听外面的好戏。她听着祁衍演戏觉得好笑，看乔夏斐惊得哑口无言更是觉得好笑。可还没等她真的笑出声来，办公室的门被猛地推开了。

孙倩焦急道："哎，夏斐你别急！"

朴金晴赶紧坐直身子，正了正脸色。

乔夏斐毫不掩饰地指着朴金晴的鼻子。

"你是故意的！"

朴金晴没抬眼，故作镇静地翻阅着手里打印出来的文件，漫不经心道："故意什么？"

乔夏斐冷笑："你故意把我的工作交给别人，就是为了当众嘲笑我！"

朴金晴翻着眼睛看了看她，又垂下眸，淡淡道："你别血口喷人，我叫唐让让去你那儿取文件，她取不回来自然自己想办法了，我可没工夫针对你。"

乔夏斐根本不信："得了吧，唐让让跟你是一个学校出来的，而且她一个刚来的实习生，要是没你的指使和帮忙，怎么完成这么一出好戏！"

朴金晴半合着眼，叹了口气："你说的好戏，指的是那篇翻译吗？抱歉，那还真是唐让让自己的本事,而且她从来没出过国。"

乔夏斐心里的刺痛感更强了。她不是不能忍受别人比自己强,她只是不能忍受,一个学历、家世跟自己完全不能比的人,能够做得比她好。这不符合常理,也不符合期待。

她的英文当然也不错,只不过她在瑞典学的是艺术,并不是金融,所以对这一领域的知识一窍不通。

被赶鸭子上架来到领域,乔夏斐心里一直很逆反,她什么都不懂,干什么都很吃力,所以也没什么积极性去完成工作。

而且在她眼里,工作只是玩票,她只不过是换种方式来相亲的。所以一次两次,她可以说服自己,专业不对口,自己不在乎。但这次她没法再安慰自己了。

领域其他员工少说也有个T大P大的本科学历,她自认如果留在国内高考,可能不如这些人,所以也认可他们比她做得好。

但唐让让,实在没什么值得她高看的地方。

长相花瓶,学校普通,专业知识刚读两年不到,要不是朴金晴偏心眼儿向着校友,唐让让和沈莫颜这种人,怎么可能被招进来。可这次自己却偏偏被这种实习生压了一头。

原本,乔夏斐只是非常看不上朴金晴,因为她看得出来,朴金晴也挺喜欢祁衍的。

但现在,她连带着唐让让也一起厌烦了。

别说什么是为了早点完成工作,谁不知道,一个刚来的实习生,就是在迫不及待地刷存在感出风头。

现在好了,唐让让的目的达到了,连祁衍都当众夸了她。

乔夏斐就不明白了,A大怎么净出这种女生。

想罢,乔夏斐竟然慢慢心平气和起来了。她意味深长地一笑:"你以为赶走我了,祁衍就是你的了?朴主管年纪一大把了,没想到还这么幼稚。"

她有两家的家长做强力后盾,不出意外,她和祁衍是注定要结婚的。

乔夏斐倒不在乎什么爱不爱的,她只需要一个能在身份地位上配得上她的人。

这会让她看起来非常有面子,祁衍就是一个不错的人选,所以她听从安排来了。

朴金晴扑哧一笑,点了点头道:"你说得对,祁衍当然不是我的,但这跟你就没有关系了。"

乔夏斐最看不惯她说一半留一半,还一副神神道道的样子。

"今天这个亏我吃了,自们以后走着瞧。"

乔夏斐一甩头发,堂而皇之地出了朴金晴的办公室,玻璃门被她狠狠带上,闷声一响。

朴金晴的脸色瞬间冷了下来。

乔夏斐闹了一通,出门路过唐让让的工位,停下脚步,顿了几秒,这才继续向外走。

那几秒钟里,整个风投部鸦雀无声。

还以为乔夏斐会公开跟唐让让撕破脸,结果竟然没有。

等乔夏斐走了,同事们才凑过来。

"让让,祁总当众夸你哎,你怎么一点都不开心啊?"

唐让让一怔,慢慢弯起眼睛,咧开嘴,惊叹道:"我都没反应过来,刚刚是祁总夸我了吗?"

孙倩恭喜道:"是的,是祁总!"

唐让让兴奋地跳起来,双手攥拳,在地上快速踱步:"竟然是祁总!我太开心了!"

孙倩笑容满面,羡慕道:"恭喜恭喜!"

唐让让表演完后,长长地出了一口气,工作实在是心累,还是直播轻松。

又过了一会儿,公司恢复平静,方才的喧闹仿佛都是幻境一样,消失得无影无踪。

所有的同事又开始表情严肃地盯着电脑,在键盘上敲敲打打。

唐让让又看了看表,快到五点了。

还有一个小时就可以下班了,她偷偷给祁衍发了条短信。

"刚刚你真的吓死我了。"

祁衍低头看着她的消息,终于露出一丝轻笑。

他的电脑屏幕上正开着唐让让的那份翻译,未经朴金晴修改过的。

祁衍手指微动,回:"翻译得真不错,意料之外,情理之中。"

唐让让的语言天赋他从小就见识过,但好到连专业文件都翻得这么地道,他实在没想到。

他总认为,自己的洋娃娃呆呆的,又乖又可爱。

但其实唐让让一点都不呆,她很聪明,能力一点也不差,是自己太想保护她了。

祁衍渐渐收敛起笑容,眼神变得严肃起来。

他随手拨通了一个电话号码,然后闭上眼睛,默默地读秒。

一秒,两秒,三秒……

"喂,现在有点儿忙。"对面传来孟溪则的声音。

"我也很忙。"祁衍语气淡漠,很难想象对面那个人是他的母亲。

孟溪则顿了顿,声音放软:"什么事?"

祁衍开门见山:"乔夏斐是你塞进来跟我相亲的?之前你并没提过。"

孟溪则沉默片刻:"我只是为了让这件事看起来自然一点。我知道你们年轻人想要自由恋爱,所以我没要你们马上就结婚,而是先培养感情。"

祁衍毫不留情道:"可笑。"

孟溪则继续道:"平心而论,夏斐是个不错的选择,父亲是书法大家,母亲是珠宝商,和我们家的条件差不多,而且她长得清秀,年纪和你相仿,你会喜欢她的。"

祁衍轻笑,他坐直身子,难得伸了个懒腰,然后表情甚至有些邪恶地靠在椅子里,反问道:"你确定要这么做吗?"

孟溪则抬起头,望着满是雾霾的天空,瞳仁紧缩。

然后她又将目光掠到越发令人窒息的对外汇率上，平静道："别把我想得这么可怕，祁衍，我只是想让你走最顺畅最便捷的路，可越长大，你就越是不听了。"

祁衍唇角的弧度渐渐恢复："幸好我这么不听话，所以才没把钱投进你的对外贸易公司里。"

孟溪则深吸一口气："祁衍，瘦死的骆驼比马大，我还没到山穷水尽的地步。"

祁衍挑了挑眉："哦，祝你好运。"

孟溪则突然道："如果你还有理智，就不能因为这件事刻意针对夏斐，要尊重她的意愿。"

祁衍漫不经心道："知道，她毕竟是外人。"

"你明白就好。哪怕不能结亲，我们也不得罪人，挂了。"

和孟溪则的不悦谈话结束后，祁衍编辑了一封邮件，郑重其事地发送给曾经对唐让让有所企图的林德伦。

祁衍与林德伦和解之后，林德伦混得还算不错。

他去了家稍小一点的投行工作，为人也收敛了很多，花心的毛病也不敢再犯。

当然，祁衍打了他一巴掌，自然也喂了一些甜枣。

只不过每一次给甜枣，祁衍总要重新提及有件事会麻烦他。

弄得林德伦心惊胆战，仿佛心里堵着块棉花。

终于，祁衍要他补偿了。

林德伦戴上眼镜，忐忑不安地打开邮件。

"林总，还追女人吧，替你找了个门当户对年龄相仿的对象，抽时间一起见个面。为了让这件事看起来自然一点，我希望你们能自由恋爱。"

林德伦："……"

Chapter 17
喜欢的感觉

五点半,天已经有点儿黑了。

办公室里早就灯火通明,对面的大厦也是从下亮到上,仿佛浓浓雾霾中,闪烁着银光的树。这是CBD区再正常不过的场景。

领域还没人有下班的意思,哪怕工作已经做完了,大家也宁可闲适地靠在工作椅上,拿着手机打两把游戏,也不愿意回到孤单狭小的合租房里。

唐让让伸了个懒腰,准备一会儿去写字楼下面看看,有什么吃的可以带回家。刚站起身,唐雅芝的电话就打过来了。

她捏着电话皱了皱眉,总觉得自己忘了什么重要的事,却一点都想不起来。

她举着手机找了个没人的会议室:"妈?"

唐雅芝有点儿气急败坏:"你怎么回事,现在到哪儿了?"

唐让让满头雾水,什么到哪儿了?

"我今天第一天上班,现在还在公司,准备一会儿……回学校吃食堂。"

唐雅芝深吸了一口气:"我特意嘱咐你,今天陈叔叔过生日,让你五点请个假早点儿过来,敢情你根本没记住!"

陈叔叔生日?

唐让让揉了揉太阳穴,这才想起来昨天好像也接到过妈妈的电话。

但是她喝多了,很快就睡过去了,至于妈妈说了什么,她一点也没记住。

"啊……我这不是第一天上班忙嘛,那我下班之后就赶过去。"

唐雅芝苦口婆心道:"我们跟你陈叔叔家关系这么好,你和明轩又是从小玩到大的,你说你也不早来一会儿帮帮忙。你姐忙就算了,你一个大学生,也能这么忙。"

唐让让一愣:"还要帮忙,陈叔叔要大办吗?"

唐雅芝:"……"

"好好好,那我现在就过去。"

唐雅芝:"明轩都等你一下午了,人家还知道从美国给你带瓶香水……"

嘟嘟嘟……

唐让让把电话挂了。

她实在是头疼唐雅芝有意无意提点她和陈明轩的事情。

有时候她恨不得干脆把祁衍领回去得了。但一想到随之而来的麻烦,她又退缩了。

唐让让走出会议室,朝不远处祁衍的办公室望了一眼。他还在忙吧,一天了,两人虽然在同一层,但也只见了一面而已。

今天吃饭,父母一定会跟陈明轩父母聊很晚,可能要在家里睡了。仅仅分别一夜,她就有点儿舍不得。

她跟他在一起太自然、太舒服了,好像两个人从来都没有分开过,从六七岁开始,一直到现在。

唐让让给祁衍发了条短信,然后收拾好东西,去找朴金晴请假。

朴金晴当然不会不批准,只是在唐让让想要出门的时候,朴金晴突然叫住了她。

"让让,今天多亏你及时翻译了,也难为你刚一来就被推上风口浪尖。"

唐让让淡笑着摇头:"没事,主管比较辛苦。"

其实这个反应,她当然考虑到了,正因为考虑到了,才决定这么做的。

朴金晴也不会不懂，正是因为唐让让可以不计后果地做事，她才让唐让让去对付乔夏斐。

朴金晴神情落寞，用笔尖轻轻点着桌面："其实有时候，我觉得我们两个挺像的，家里很普通，给不了我们任何帮助，所有事情都要靠自己来，自己争取，和乔夏斐那种人比起来，真是累多了。"

唐让让垂了垂眸，不知道朴金晴想说什么。

朴金晴舔了舔唇，神色似乎有些挣扎。酝酿片刻后，她说："我也不怕你说我懦弱，我是不敢跟乔夏斐硬碰硬的。你大概不知道，她父母和孟总的关系很好，而且乔夏斐自称，小时候就和祁衍在一起玩了，属于青梅竹马。"

"青梅竹马"这个词，总有点儿暧昧不清的意味。她特意说给唐让让听，当然是想让唐让让听进心里。

"让让，你需要面对的压力可能很大，但我相信你，祁总是真的很喜欢你。"

唐让让眼睑轻颤了一下，终于明白了朴金晴的意思。

大致就是说她的家庭配不上祁家，今天有一个乔夏斐，以后还会有第二个第三个，这条路根本不好走。

她唯一能依靠的，就只有祁衍的喜欢。

她觉得朴金晴挺好笑的，她只有祁衍的喜欢又怎样，祁衍如果不喜欢她，她根本没必要跟祁家扯上任何关系。

"我先走了。"

她懒得跟朴金晴交心，唐雅芝那边催得紧，她也没空伤春悲秋，感怀人生。

走进电梯后，她收到了祁衍的回复。

"离陈明轩远一点儿，想你。"

唐让让看着短短的一句话，情不自禁地一笑。

她轻声嘟囔："好好好，'公主殿下'说得对。"

等赶到酒店，已经快要六点了。陈为民人缘不错，五十岁生日来了不少

朋友同事。

　　大厅里一共摆了六桌，将近六十人。唐让让看到帮着接待的父母，一点都不惊讶；她看到客套寒暄的张熙媛一家，也不太惊讶；甚至看到社区的保安都来赴宴，还是不惊讶。

　　她唯一惊讶的是，看到了坐在唐汀汀身边的顾野。她仔细揉了揉眼睛，确认自己没有产生幻觉。

　　她用逻辑分析了一下，顾野无论如何也不会是陈叔叔的老同事老战友，他能来这里的原因，大概只有唐汀汀。

　　这才过了一天吧？姐姐竟然把顾野带来参加陈叔叔的五十大寿？

　　唐让让呆呆地站在原地，半晌没回过神来。

　　唐雅芝一眼瞄到唐让让，快步跑了过来："你这孩子真行，现在才到，快去跟你陈叔叔陈阿姨打个招呼。"

　　陈叔叔穿得挺喜庆，正和多年不见的老同事聊着天。

　　陈阿姨张罗着上菜，和服务生交涉着，时不时还要跟熟人寒暄几句。

　　只有陈明轩一直带着笑，安静地坐在角落里，面前放着一杯一口未动的饮料，满脸期待地望着她。

　　唐让让心里一酸。她的目光越过唐汀汀和顾野，也忽略陈明轩的期盼，径直奔陈叔叔走去。

　　陈叔叔一点儿也不显老，不知道为什么这么着急办大寿。他早些年从过军，后来转业当了国企的技术员，一辈子干到老，现在是助理工程师，科级干部。

　　在京市，科级干部实在是不够看，不过也乐得轻松，家里老房子拆迁，有一大笔安置费，不愁吃穿。

　　陈明轩学习也好，出国也没疯玩，过得已经算是十分顺遂了。

　　唐让让甜甜道："陈叔叔生日快乐。今天实习，不好意思我来得有点儿晚了。"

　　陈为民乐呵呵道："等你半天了，来了就好来了就好，去找明轩玩吧，他也一直等着你呢。"

他摸了摸唐让让的头,眼底满是满意和喜爱。

他是看着唐家两个孩子长大的。姐姐唐汀汀成熟坚韧,可惜太不合群了,很难看到她跟同龄人玩成一片,更看不到她对哪个外人表示亲切。

而且唐汀汀太优秀了,这让在她身边的人感觉压力很大,好像自己在虚度人生。

还是妹妹好一些,活泼乖巧,漂亮可爱,说话还甜,跟姐姐完全是两个极端。

唐让让跟陈明轩的年龄也相仿,又是青梅竹马的情谊,两个人在一起正合适。

陈为民当然是有意撮合他们,只是现在陈明轩在国外上学,两个孩子要谈的话就得是异地恋。

这也是陈为民没明说的原因。

"那叔叔你忙,我去跟阿姨打个招呼。"

唐让让又去跟陈阿姨聊了两句。把该说的话都说完了,她才深吸一口气,重新看向陈明轩。

陈明轩没急着过来找她,还是坐在那里看着她。

反正今天是陈为民的大寿,唐让让也不可能马上溜了。

唐让让稳了稳心神,故作轻松地朝陈明轩走过去。

是啊,总该打个招呼的。

他们不至于就此形同陌路了。

走到陈明轩身边,唐让让翘了翘唇,眼底含着笑:"听说你在国外又拿奖了?"

陈明轩点点头,然后用手拍了拍自己身边的空座:"坐。"

那是陈叔叔的位置,现在还没人坐。

唐让让晃了晃手臂:"你爸的位置我怎么坐啊,算了,我一会儿去我姐旁边坐。"

陈明轩顿了顿,也没坚持:"你姐都谈恋爱了啊?"

唐让让瞥了一眼顾野:"不是啊,那不是我姐男朋友。"

陈明轩笑着摇头:"不是男朋友怎么可能会带到这儿来,你姐是不好意思跟你说吧,你妈刚刚还追着人家问了半天,被你姐给糊弄走了。"

唐让让也懒得解释顾野到底是谁,谁误会她都不可能误会的。这里面一定有什么原因,或许就是顾野死皮赖脸跟着来的。

"你什么时候到的国内啊,美国飞到这里得多长时间?"

陈明轩眨眨眼:"十多个小时吧,挺累的,不过现在年轻就还好。你要是什么时候想去玩,我带你去。"

唐让让凝着眉想了片刻:"算了,我亚洲还没玩过呢,先不去那么远。"

扯了半天有的没的,唐让让发现自己再也找不回以前和陈明轩在一起的随意了。虽然遗憾,但是她也很清醒。

这世上没有什么是一成不变的。小时候玩得再好的朋友,随着时间的推移,都有可能慢慢淡忘。

人生的每个阶段,都会有新的同行伙伴,而当初那个打电话一聊三个小时,晚上十点不回家腻在一起的朋友,现在几个月都不会再发一条微信了。不同的是,陈明轩对她的友谊转化成了爱情,而她却没有可以续航的动力了。

陈明轩从桌子底下拿出一个白色的纸袋,一扬下巴:"看看。"

唐让让垂了垂眸,手上没什么动作:"别给我带礼物了,我都不知道该送什么给你,京市特产?"

陈明轩一笑:"你先看看再说呗。"

唐让让只得凑过去,把纸袋打开,从里面拿出一瓶包装精致的香水。

唐让让装作十分惊讶的样子,感叹道:"挺好看的啊。"

竟然也是迪奥,这么巧。

陈明轩道:"以前你都不怎么化妆打扮的,但上了大学果然不一样了,现在也知道喷香水了,正好买了一瓶给你。这是网红款,特别火的,我也不太懂,问的同学。"

唐让让把香水装回去："别别别，太贵了，你在美国本来什么都贵，现在汇率也高，别总给我带东西了。"

陈明轩摇头，说："你别有负担，梅西百货打折时候买的，比国内便宜好多呢。"

唐让让不自在地眨眨眼："我的香水还有好多，也用不完，不然你就送给阿姨吧。"

陈明轩眼神黯淡了些："以前我送你东西你该收就收，但自从知道我喜欢你后，就跟我这么生分了。"

他之前明明问过同学了，送女孩子香水，还是这么好的牌子，一定没问题的。

再高冷的女生，收到礼物的那一刻，心里都会有点儿感动。

而且同学还告诉他，他已经做得很不错了，现在很少有男生像他一样专一了。

唐让让叹气："陈明轩，我们就还像以前一样做朋友行吗，别总暗示我什么。我知道你挺好的，但是我从小跟你玩到大，真的产生不了别的感情。"

陈明轩固执道："你能不能喜欢我也要试试才知道，不如给我个机会，我们试试。"

唐让让无奈道："可我已经有男朋友了，我知道喜欢是什么感觉。"

陈明轩道："是吗？那你男朋友是谁，你让我看看，我就死心了。"

唐让让顿了顿，她总不能在这个场合把祁衍供出来。

唐汀汀见唐让让一时半会儿没回来，皱了皱眉。

身边的顾野勾唇，懒洋洋地看了片刻，突然站起身。

唐汀汀瞪了他一眼："你干吗？"

顾野笑得狡黠："帮你妹解围啊。"

他理了理衣领，挺直腰板，做出一副严肃正经的模样，堂而皇之地插在了唐让让和陈明轩中间。

唐让让心中警铃大作，睁圆了眼睛盯着顾野。

顾野垂眸看了看桌上的香水，勾唇一笑，对陈明轩道："小朋友，买香水不能从众，适合的才最好。"

陈明轩望着顾野，眼底有些戒备。顾野比他大不了几岁，但看穿着打扮，大概也是个有钱人，但至于多有钱，他心里就没数了。

"你是谁？"

"我？"顾野意味深长地一笑，指了指唐让让，"她姐夫。"

唐让让猛地瞪着他："顾野！"他也太过分了，虽然唐让让知道他揣着什么心思，但在这种场合说出来，立刻就会传遍整个小区，到时候邻里街坊都会知道唐汀汀谈恋爱了。

而顾野，是绝对没办法跟唐汀汀在一起的，陆敬宏接受不了的，顾野也一样接受不了。现在传得沸沸扬扬，到最后不过闹剧一场，对她爸妈，对唐汀汀都是伤害。

顾野理直气壮地回看唐让让。他虽然在笑，神情却认真得出奇，看得唐让让心里一颤，觉得事情越来越麻烦了。

他们离唐汀汀坐的地方还有一段距离，顾野说的话唐汀汀根本听不到，但她依然张望着这个方向，有些担忧地看着，生怕顾野惹出什么事来。

陈明轩原本也是那么想的，现在顾野亲口承认了，他就把情绪收敛了些。

如果有这层关系在，他还得忍让着顾野。

"可能汀汀姐的工作原因，用的香水都比较高端，但对我和让让这种学生来说，这个就很合适。"

顾野颇为遗憾道："小朋友，我挺理解你的，你已经很棒了，但是现实是残酷的，你知道唐让让现在用的是你这个牌子的高级限量款吗？"

唐让让咬牙切齿："顾野！"

陈明轩怔了怔，呆呆地望着唐让让。

唐让让像只炸了毛的猫，伸出了爪子，对着顾野舞了舞："我还没问你，今天到这儿来干什么！"

顾野耸耸肩，玩味道："我当然是陪你姐……顺便拜访下你爸妈了。"

唐让让气道:"你别开玩笑,你跟我姐根本不是一路人!"

顾野点头,深以为然:"原来是这样,但还得谢谢嫂子你嘛,要不是你跟你妈撒谎说你姐相亲,你妈也不会这么快接受我。"

唐让让脸上的表情凝固了,她手指抖了抖:"你……你叫谁嫂子?"

顾野气定神闲:"咱各论各的,我还是从我哥那边叫。"

陈明轩沉默地望着和顾野拌嘴吵架的唐让让,心一瞬间沉到了谷底。

嫂子?这是什么乱七八糟的称呼,刚刚不还说是姐夫吗?

可唐让让竟然没有迟疑,说明她很清楚这层关系。难道唐让让真的谈恋爱了,而且她的男朋友和这个"姐夫"还是认识的?

陈明轩心里很乱,眼神慌乱四处乱飘,最终落在了那个漂亮的白色小纸袋上。

刚刚那个人说,唐让让现在用的是限量款吗?分开一年多,原来唐让让的生活已经变化这么大了。

他在美国省吃俭用,买盒鸡蛋的价钱都要计较一下,平时连个地铁都不舍得坐,以为一瓶迪奥香水,已经能代表他全部的真心了。

但现在看来却是个笑话。

也对,唐汀汀是做娱乐行业的,而且还那么成功,买给唐让让用再正常不过。

而且听说直播这个行业最近也很火,按唐让让现在的热度,应该算是什么大主播了。

早就和他不一样了。

他一边失落,一边又觉得失望。难道唐让让已经适应了奢侈的生活,开始瞧不起他了?

陈明轩从没发觉,自己这么容易产生自卑感。从小到大,他家都比唐家有钱,尤其是老房子拆迁后,他家一时之间,也有了不少钱。

他学习也比唐让让好不少,上学时候,经常都是他给唐让让讲题补习。

他以为自己能一直罩着唐让让,可直到他发现,唐让让的生活已经超出

了他的想象,他就突然无法接受了。

他看着唐让让和那个陌生的公子哥拌嘴、吵架,还是以前张牙舞爪的样子,那么熟悉。

唐让让和那个人说话很轻松自在,曾几何时,她也是这么对自己的。

陈明轩攥紧了裤腿,低头喃喃:"所以,我们已经不在一个阶层了吗?"

唐汀汀的男朋友,一定也不会是普通人,可能是知名摄影师、导演、制片人。

他艰难地咽了咽唾沫,突然觉得自己太渺小了。

他还是不够优秀,唐汀汀在他这个年纪,已经比他强百倍了,有了这个对照,唐让让又怎么还会觉得他了不起呢。

他太自以为是了。

陈明轩低头苦笑。

唐让让吵不过顾野,但被他激得热血沸腾,完全忘了陈明轩还在身边这回事了。

她气鼓鼓转身道:"我去找我姐!"

顾野"啧"了一声,非常不满她说不过就去告状的行为。

但他还没忘转回身对陈明轩道:"小朋友,唐让让被人占了,别想了。"

唐让让拉把椅子坐到了唐汀汀身边。

唐汀汀眨着眼睛,一边喝果汁一边看着她。

唐让让低声道:"姐,他怎么来了?"

唐汀汀漫不经心地垂了垂眸,手里的果汁晃了晃:"你说顾野啊。"

"他怎么也不算我们家的熟人吧。"

唐汀汀将果汁咽下去,微笑道:"他说祁衍不方便出面,所以让他来帮忙斩断情丝。这可好,现在咱妈怀疑我和顾野谈恋爱了。"

唐让让皱了皱眉,祁衍才没心思搞这种歪门邪道呢,而且劳烦谁也不会劳烦顾野啊。一看就是顾野信口胡说的,目的就是为了让人把他当成唐汀汀的男朋友。

于是唐让让转回头，瞪了顾野一眼。

顾野无所谓地耸了耸肩。

唐雅芝忙活完，也终于拉着唐明治回到了座位上。

唐让让刚想开口说话，唐雅芝却笑眯眯地冲顾野道："那个小顾，你喝酒吗？"

顾野立刻站起身，摆出一副诚惶诚恐的模样："阿姨，我不喝酒。"

"葡萄酒，葡萄酒来一点儿吗？你们陈叔叔特意托熟人从酒厂买的，最好的一批。"唐雅芝关切道。

顾野犹豫片刻，突然看了唐汀汀一眼。

唐汀汀一脸惊悚："你看我干吗？"

顾野故作犹豫："那就……喝一点儿？谢谢阿姨。"

唐雅芝乐呵呵地给顾野倒了一杯葡萄酒，一边倒一边对唐汀汀说："喝点儿葡萄酒没事，葡萄酒养生。"

唐汀汀一脸无语。

妈妈还以为顾野被她管着呢，按理说顾野还是她的上司，她怎么可能管得着他。

顾野双手接过，嘴里的话比葡萄酒都甜："那我少喝一点儿，一会儿还得送汀汀回公司。"

唐汀汀忍无可忍，眉毛立了起来："谁让你送我回公司了？"

她不知道顾野为什么非要把话说得这么暧昧，看起来好像她和他很熟一样。事实上，除了合作关系外，他们什么干系都没有。

唐雅芝偷偷拍了唐汀汀的后背一下，嗔道："这孩子，脾气这么大，人家送你不是好心啊。"

唐明治什么都不懂，但习惯性地在一边帮腔："听你妈的。"

唐汀汀把怒瞪顾野的目光慢慢收了回来，无奈地揉了揉眉心："是是是，我知道了。你别管我了，赶紧坐下吧。"

唐雅芝这才心满意足地坐在座位上，开始吃饭。

顾野脸上带着志得意满的笑，暗搓搓地贴着唐汀汀的耳边道："你妈很喜欢我啊。"

唐汀汀眼尾微微折起，睫毛一颤，她用玻璃杯遮掩着唇，冷冰冰道："顾野，你闹够了吗？"

这话说得挺硬的，已经明显能听出不耐烦和厌恶了。唐汀汀也不知道为什么，心里越来越烦躁。大概是遗留的工作太多，又大概是这里的空气太污浊。

陆敬宏的事情还没有进展，最近手里那个女艺人又开始作妖，顾延亭有意无意打压她，还有顾野时不时给她添堵。总之她的事情一团乱麻，心理负荷已经够重了。

唐让让担忧地看了唐汀汀一眼。

顾野的笑容逐渐收敛了起来，他沉默半晌，不动声色地抿了口葡萄酒。深红色的液体滑入口腔，初极涩，后来又渐渐品出醇香。

他轻描淡写道："开个玩笑嘛。"

唐汀汀眼风一扫，认认真真道："不好笑。"

顾野盯着她，冷不丁道："不好笑不如不当玩笑听呢。"

唐让让神经一跳，急道："顾野！"

唐汀汀一怔，似乎还没有反应过来顾野这句话的意思。

顾野却一笑，眼中带着些自嘲的意味："你妹都知道不是玩笑，就你不知道。"他还是没有彻底挑明，唐让让怎么想，唐汀汀又不会知道，她要是能知道，就不会是现在这种反应了。

唐让让绷紧了唇，紧张地看着姐姐。

如果让唐汀汀意识到顾野的感情，一定会给她带来不少困扰，顾野不仅是她上司的儿子，还是陆敬宏有着一半血缘关系的兄弟。

无论从哪个方面来说，他们都不该往现在这种状态发展。

可惜顾野从小骄纵放任、不管不顾，哪怕唐汀汀现在还没跟陆敬宏分手，只要他看上了，他就敢抢。

唐汀汀的目光垂了下来,她的手指一抖,差点碰倒水杯。

不是玩笑的话?

唐汀汀脑子里嗡嗡作响,她觉得自己彻底蒙了,回想起认识顾野后的种种,那一幕幕针锋相对的画面,似乎还有另一种解释,她心乱如麻,怔忪的模样被唐雅芝看了出来。

唐雅芝放下碗筷,柔声道:"汀汀,你想什么呢?是工作上出什么事了吗?"

唐汀汀回过神来,看了一眼已经不再年轻的父母。

她无声地叹了口气,不管顾野是为了好玩还是什么,他现在把唐雅芝哄得越开心,将来唐雅芝受到的伤害就越大。

唐汀汀心中苦涩,不知道为什么,连她都不抱希望了,偏偏妈妈还认为有人会喜欢她。

不会了,永远不会了,没有人能接受一辈子没有性生活,也不该接受,不会有人为了她放弃拥有自己后代的权利。

顾野,是最不可能的一个。

他是顾家最名正言顺的继承人,顾延亭唯一承认并喜爱的儿子,他一定会和一个门当户对的姑娘结婚,可能很年轻,比他小几岁,然后在合适的时候,给顾延亭生个孙子。

以唐汀汀对顾延亭的了解,这绝对是他对顾野的期许。当初得知她和陆敬宏谈恋爱的时候,顾延亭似乎就不是很乐意,对私生子尚且如此,更何况名正言顺宠了这么多年的顾野。

"我妹也知道,你这人,没什么正经。"唐汀汀敷衍道。

唐让让早就料到了这个结果,刚刚顾野差点就要挑明了,但她姐毫不犹豫地回绝了,连一点机会都不留。

其实平心而论,顾野的条件很好,他长得阳光,性格也开朗,虽然人有点儿玩世不恭,可人品没问题,而且很会逗人开心,唐汀汀开心的时候很少,如果真的有个男人能一直哄着她逗着她。

那该多好。

唐让让曾经笃定地认为,那个人会是陆敬宏,因为她曾经亲眼见过两个人爱得多真切。

可现如今,什么都变了。

唐雅芝只当唐汀汀已经跟顾野谈上恋爱了,于是开始把矛头对准唐让让:"让让,你别总看你姐,刚刚跟明轩说什么了?他还给你带了瓶名牌香水呢,特别漂亮。"

唐让让抓了抓已经恢复卷曲的长发,皱着一张脸道:"什么香水啊,我不知道。"

唐雅芝:"你怎么不知道呢,明轩说特意给你带的,刚你陈叔叔还说呢,看你大学想不想念什么二加二,在国内读两年,去美国读两年,和明轩一起,你们俩也互相有个照应,我觉得……"

顾野莫名其妙地说:"唐让让不是跟我祁哥在一起吗,和陈明轩一起去美国不太好吧?"

气氛顿时凝固了。

顾野一怔,左看看右看看,显然没意识到大家是这个反应,在他眼里,祁衍怎么也不会沦落到不可说的地步。

唐让让咬着下唇,目光落在自己的碗上,一动不动。她无论如何也想不到,会是在这个时候,以这种方式被知道。

唐汀汀也有点儿措手不及,她虽然觉得不应该瞒着父母,但现在的确不是一个好时机。让让大学还没有毕业,唐雅芝还一门心思地想撮合让让和陈明轩。

唐雅芝喃喃道:"所以你又和祁衍在一起了?"

唐让让眼睑微颤,下唇被牙齿咬出深深的一道印子,没有说话。

唐汀汀解围道:"这事我知道,让让跟我说了。"

唐雅芝将目光转向唐汀汀:"那你们俩就一起瞒着我和你爸?这段时间

让让总不回家,是不是都和祁衍在一起?"

唐明治凝着眉,拍了拍唐雅芝的肩膀,示意她别激动:"在老陈的生日宴上,你别这样。"

唐雅芝深吸一口气,也知道场合不对,只得把情绪压下去,但是这对她来说太困难了。

且不说祁衍的身份。哪怕不是祁衍,得知还上大学的女儿,周末都不回家去跟一个男人同居,任何一个父母都受不了。女儿还这么小,怎么能住到人家那里去呢。

唐雅芝回想着这段时间发生的事,包括唐让让对陈明轩的排斥,还有导员给她打电话,说唐让让不在宿舍的那次。肯定都不是巧合,连唐汀汀都在帮唐让让打掩护。

唐雅芝觉得有些失望,也有些受伤。这么大的事,唐让让竟然瞒着她。

顾野摸摸鼻子,有点儿尴尬。他不知道自己随口一说竟然闯出了这么大的祸,想开口,却又觉得自己只算是外人,没资格插手唐家的事。

他偷偷看了唐汀汀一眼,生怕唐汀汀因此而厌烦他。但唐汀汀根本就没看他。

她平静道:"平心而论,祁衍对让让是很好的,从来都是,只不过以前的确是有很多不可抗力,现在他们已经做好面对的准备了。"

唐雅芝盯着唐让让:"你说,是不是你们俩偷偷联系着,一直没断过?"

唐让让轻轻摇头,低声道:"没有,我差点就彻底把他弄丢了。"

听这语气,唐雅芝也知道,唐让让从来都不后悔跟祁衍在一起。当初可以拿年纪小,不成熟为借口,但现在呢?

唐雅芝已经完全没心思为陈为民庆祝五十大寿了。

她倾身问:"你就那么喜欢祁衍?"

唐让让睫毛抖了抖,头发垂下一绺,遮在眼前。酝酿片刻,她缓缓道:"是,我喜欢祁衍。大二开始我们才在一起,一直没想好该怎么跟你说。"

唐雅芝用手拄着眉心,闭上眼睛,沉默不语。

桌上并不是只有他们一家人，其余人坐着，也觉得气氛尴尬。唐雅芝知道这不是个说心里话的场合，便没再问下去。

唐汀汀抓起唐让让的手，捏了捏她的手心，示意她别担心。

一顿饭吃得好煎熬。席间陈为民还特意过来，笑呵呵地问唐让让，要不要跟陈明轩坐在一起。

还不待唐让让找理由拒绝，唐雅芝道："不用了，她坐这儿挺好的，也跟我们说说话。"

陈为民一怔，本以为唐雅芝会极力赞同的。但他也没多想，就回去继续吃饭了。

陈明轩伪装得很好，没让父母看出异样来，至于那瓶香水，被他偷偷藏在了包里。

唐让让根本就没吃饱，祁衍给她发来消息，问晚上还能不能回公寓，要不要找人接她。

唐让让犹豫了一下，回道："不了，我就在家睡一晚吧。"

她毕竟也好久没回家住了，祁衍理解，嘱咐了几句，便准备彻夜加班了。

生日宴结束之后，唐汀汀也没立刻回公司，她怕唐雅芝情绪激动，再说出什么不好的话来。

毕竟陆敬宏也是让唐雅芝厌恶豪门的一个诱因。

顾野最讨厌这种好像欠了别人什么的感觉，他犹豫着想要道歉，但又实在不明白，谈恋爱有什么不能说的，而且对方还是祁衍。如果连祁衍都不接受，是不是唐汀汀也不能接受他？

临走的时候，顾野轻轻拉了唐汀汀手腕一下，动了动唇，刚要说话，唐汀汀冷冷道："别碰我。"

顾野顿了一下，还是慢吞吞把她的手给松开了。这不符合他的性格，但是他怕真的把唐汀汀给惹急了。

唐雅芝回头道："汀汀，你别这么跟小顾说话，他也不是故意的。"

顾野露出一丝苦笑："阿姨，我没事。"

唐汀汀无奈道:"妈,他真不是我男朋友。"

可顾野是谁,唐汀汀却没往下说。不知道为什么,她鬼使神差地咽下了"顾总儿子"四个字,似乎生怕唐雅芝知道后,对顾野不再这么热情。

顾野搓了搓手心,坦然道:"现在还不是。"

唐雅芝舒心片刻,或许两个人还在相互适应中,没到确定关系那一步呢。

她道:"好好好,是我心急了。小顾你忙吧,我们也回家了。"

顾野知道自己不适合再参与唐家的事,临走之前,他对唐让让道:"抱歉啊,我不知道你们还没公开。"

唐让让轻轻点了点头,脸上没什么表情。其实她不太怨顾野。平心而论,顾野没说错什么。她谈着恋爱,却对家里隐瞒,本来就对祁衍不公平。

早就该说了,她不是一时兴起,是真的要跟祁衍在一起。

走路回到了家里,唐让让环视一圈,恍惚觉得家里有点儿小。也对,她在祁衍的公寓住久了,每天在客厅都跑来跑去,像家里这种只能放下一张沙发一个电视的客厅,当然觉得小。

她突然想起来,小时候第一次被唐雅芝带去祁家的别墅时,她溜到了楼上,遇到了祁衍。

祁衍陪她玩了一圈,回到家,她就兴奋地跟唐雅芝道:"今天去的地方是城堡吗,好大好漂亮啊!"

类似夸奖的话也不知道说了多少,但小孩子的心思没那么多,喜欢就是喜欢,一觉睡过也就忘了,根本不会觉得自己家哪里不好。

但是唐雅芝或许就会比较敏感了。差距是最让人感到沮丧的,也因为这种差距,唐雅芝本能地将自己和祁家划清了界限。

后来孟溪则态度一变,她想也没想立刻离开了。妈妈也不是神仙,也会有喜怒哀乐,也并非对任何事的态度都是理智且正确的。

一家人坐在沙发上,唐明治还在给唐雅芝揉肩膀:"别着急,别生气。"

唐让让低头不语,唐汀汀开口道:"妈,如果你觉得我们和祁衍家差距

太大不合适,你可以放心,让让有赚钱的能力,而且还不低,她不会多拿他什么,也不会依靠他们家。"

唐雅芝沉默不语。

唐汀汀又道:"如果将来他们要结婚,我保证给让让出一份配得上祁家的嫁妆,我们家不是以前了,我们有钱。"

唐让让眼圈一热,低声喃喃道:"姐……"就只有唐汀汀,永远都这么护着她、爱着她。

唐雅芝冷不丁问:"你和祁衍谈恋爱的事,孟溪则知道了吗?"

唐让让怔了怔,僵硬地摇了摇头:"还没说。"她不知该怎么解释祁衍现在和家里的关系。

现在的祁衍想做什么事,家里恐怕根本就管不了,孟溪则也不能。

他规划了这么多年,就是为了彻底摆脱家里的掌控,现在他成功了,又怎么会主动跟孟溪则说自己谈恋爱的事情。

但唐雅芝不知道。

她红着眼睛问:"他为什么不说?他是不是不敢说?孟溪则肯定不会让你们俩在一起的,到时候,你怎么办?像小时候一样,拿着盒巧克力拍拍屁股走了?"

唐汀汀皱眉道:"妈,小时候和现在怎么能一样,让让不求他们家的东西。"

唐让让缓缓摇头:"这回不走了,真的不走了。"

唐雅芝抹了把眼睛,沉默了半响,突然大声道:"你为什么不跟我说啊,你为什么非要喜欢祁衍呢?我辛辛苦苦养大的女儿,凭什么要去他们家受委屈啊!他妈凭什么不喜欢你啊!"

唐让让愣了,有些惊讶地睁大眼睛,望着唐雅芝。

唐雅芝终于发泄出来,也不管什么颜面了,她仿佛要把这些年的怨气全部发泄出来。

"我对祁衍这孩子没意见,以前我也对他挺好的啊,我看他太孤僻太阴郁，还让你去逗他开心。可他妈凭什么说你耽误祁衍前程，凭什么说你没带给祁衍一点好东西啊？我努力培养的女儿，我这么阳光可爱的女儿，怎么她了！祁衍就是他妈的傀儡，你走之后，他有说什么吗？他什么都没说！"

唐雅芝的眼泪扑簌簌往下掉，眼角的皱纹深深皱起。她已经不再年轻了，但经历这些事的时候，她也才三十岁，还受不了这种羞辱。

唐让让以前只知道，孟溪则把她妈解聘了，并不知道这些话。唐雅芝从来没说过，孟溪则曾经那么认为过她。因为孟溪则对她的态度还是可以的，只是通知她，以后别来找祁衍玩了。

唐让让睫毛一颤，眼泪默默下滑。

"妈，你受委屈了。"

唐雅芝重重地坐在沙发上，用双手捂着脸。

空气无比压抑，这个小小的客厅，仿佛压在大山底下，不见天光，透不过气来。

半响，唐雅芝道："我受委屈没关系，但你不能去他们家受委屈！我想让你跟明轩在一起，是因为对他们家知根知底，你陈叔叔陈阿姨看着你长大的，将来你做什么，他们也不会挑你，不会刁难你，不会嫌弃你。别人家，我们没法保证啊！你和你姐一样，什么坏事都不跟家里说，我们还不得提心吊胆地猜？现在倒好，猜都不用猜了。"

唐让让急得有点儿手足无措。

她一方面觉得唐雅芝的担心没错，甚至她妈也很无奈也很受伤。可祁衍也没错，他并不是谁的傀儡，他已经很努力地来到她身边了。

唐汀汀叹了口气，缓缓道："你们都别急。妈，我不会害让让，既然我觉得她跟祁衍恋爱没问题，那事情一定没你想象的那么严重。"

唐汀汀长大后，几乎成了家里的第二个家长，有时候连唐雅芝都习惯性地听她的话。

因为唐汀汀太成熟了，太深谋远虑了。她说的，大部分都是对的。

唐汀汀见唐雅芝安静下来了，又继续道："我了解过祁衍公司的情况，

领域是他一手创建的，没借助家里的任何帮助，公司做大之后，他先是吞掉了孟溪则在市场上和他有竞争的小公司，让领域和孟溪则的实体完全割裂开，不产生任何关系。

"他和孟溪则的公司完全没有任何合作和沟通，孟溪则不占有领域的股份，祁衍也不接受孟溪则的任何财产，从财产上来说，孟溪则根本已经无力掌控他了。

"以前他或许一直在孟溪则的掌控中，所以我也很奇怪，他到底哪里来的钱做启动资金。后来我找了些狗仔朋友，挖出了点儿消息。祁衍一直没忘记让让，他从国外回来，为的就是……"

唐汀汀说罢，谨慎地看了唐雅芝一眼。

那时候，唐让让还以为是偶遇童年小伙伴，快乐地每天跟祁衍偷偷见面，稀里糊涂地就跟人谈恋爱了。唐雅芝知道后，才特别生气地勒令他们分开。

好在唐雅芝现在听到，已经没什么反应了。

唐汀汀继续道："他们被强行分开后，祁衍也离开了，其实除了你反对这件事外，孟总那边大概也给了他不小压力。他可能就是那时候决定，要摆脱孟溪则的掌控。

"没有钱，没有投资，没有人脉，他为了能快速筹集到资金，就去拳场打拳，签过生死状的那种，一场比赛赢下来，可以拿十万块钱。所幸没有死也没有残废，连打了三个月，他赚到了第一笔属于自己的钱。

"至于他为什么有那么厉害的拳术，我就不知道了，可能是祁衍什么事情都能做到极致。还有小道消息说，孟溪则得罪过不少人，祁衍以前还被绑架过，但这都是传言，不能当真。"

说到这里，唐汀汀顿了顿。

唐让让呆住了，唐雅芝也异常错愕。显然对她们来说，打拳和绑架这种事，完全不在正常人的想象当中。

"他投资眼光很好，天生就是个商业奇才，他的公司发展异常顺利，就连我在的星创，都有祁衍的股份。短短几年时间，他已经完全超越了孟溪则，不会受任何人控制了。

"他很在乎让让,不会让她受委屈的。或许正是因为你说的,小时候的他孤僻又阴郁,所以让让的出现,对他影响太大了。在祁衍眼里,唐让让是无可替代的。"

唐汀汀说完,抓过桌子上唐雅芝的水杯,喝了一口水,又把水杯递给唐雅芝,唐雅芝失神地接过玻璃杯。

唐让让怔忪道:"你说他打黑拳,还签生死状?"

唐汀汀垂了垂眸:"顶级的俱乐部,我也没去过,但给我消息的人说,每次打的都是擂台赛,一晚上能坚持到最后不趴下,才能拿十万块钱,一般都是受过特训且走投无路的人才愿意做这个,而且,听说没人能坚持做半年。"

唐让让的眼泪扑簌簌地落了下来。

那时候,她还在学校里享受着普通的校园生活,每天吃着唐雅芝精心准备的早饭,在老师的课上强忍着不打哈欠,晚自习的时候,或许还能跟前后同学说笑一会儿。

可祁衍却在地下拳场出生入死,很有可能,在她完全不知道的地方,他就彻底消失了。

她还记得自己跟祁衍分手时的场景,她不舍得,可还是跟他说了分开。

甚至她还觉得自己很委屈很迷茫,自尊很重要,她只是暂时放下……

唐让让抬手给了自己一巴掌。

唐雅芝吓得一把抓住她的手腕,死死地,带着哭腔道:"你这是干什么啊!"

唐让让默不作声,眼圈通红,眼泪在眼眶里打转,欲掉不掉。她甚至,在他再次来找她的时候,因为自己的缺陷和纠结,企图拒绝他。就在那栋别墅里,在他们第一次遇见的地方,她拒绝了祁衍的复合要求。

她还记得祁衍手骨砸在钢琴上的声音。他会有多失望,多生气。从来都是她对不起他,她从来没有为祁衍付出过什么。

唐汀汀轻轻地捧起唐让让的脸,把她的眼泪擦去,温柔道:"你别觉得

愧疚。让让，你还有一辈子的时间可以陪着他，不是每个人都能有你们这份感情，这是缘分，你要珍惜。"

唐让让认真地点了点头，但仍然有些无助地望着唐汀汀。

姐姐当初都可以为了陆敬宏逼自己忍受心理障碍，不管吃多少药，不管多痛苦都甘之如饴。

可自己呢？自己就是太不成熟了，从来没为祁衍付出过什么。

唐雅芝讷讷道："祁衍是个好孩子，我知道他是个好孩子，但谁不希望自己孩子的婚姻可以受到两个家庭的祝福啊。让让，他们家不认可你，妈妈心里始终过不去。"

唐让让轻声道："没关系，我没关系的。"

唐雅芝无奈地松开唐让让的手，轻轻地抚摸着她被抓红的皮肤："都是我和你爸不好，如果我们能努力一点，唉。"

唐雅芝说不下去了。有太多的遗憾不知道该怎么说。如果家里可以很有钱，如果她和唐明治的文化水平可以高一点，如果他们没给唐让让一个色盲的眼睛。

但现在说这些都无济于事了。

唐让让抹了把眼睛，喃喃道："我今晚可以不在家里睡吗，我想去找祁衍。"

她的脸上满是泪水，泪水的重量压弯了卷曲的睫毛。

唐雅芝犹豫道："现在是不是太晚了？"

唐汀汀轻声道："去吧，我送你过去，正好公司里还有事情没处理完。"

唐让让看了唐雅芝一眼，唐雅芝没说话。

这说明，唐雅芝已经默许她和祁衍的关系了。

唐让让慌乱地把围巾和衣服抓起来，快速套在身上。她吸了吸鼻子，眨了眨通红的眼睛，帮唐汀汀把大衣拿过来。

唐汀汀知道唐让让着急，也没让她多等，跟唐雅芝交代了两句，就出去开车了。

刚一出楼道口,夜晚的寒风瞬间卷了过来。

唐让让觉得脸上一紧,潮湿的眼泪被风一吹,瞬间结冻了,她觉得睫毛都粘连在起来。

地面上还有未铲碎的冰,走路只能小心翼翼的。

他们这里是老小区,物业也不是很负责,基本上路面的冰都是户主们自己去铲。好在京市下雪很少,大家也就从来没深究过。

唐汀汀抬起眼睛,借着幽暗的灯光,环视了小区一圈。她的目光落在唐家对门的窗户上,那个卧室亮着灯,没有拉窗帘。

那是陈明轩的家。

她轻叹一口气:"是时候换个房子了。"

唐让让咳嗽了两声,用围巾把脸裹住,瓮声瓮气地说:"爸妈不愿意换吧,他们在这里住久了,都习惯了。"

唐汀汀收回目光,平静道:"咱们家小区设施太陈旧了,周围环境也不好,自从一楼开始做肉夹馍后,就总是闹蟑螂,一下雨楼道口就积水,一下雪就冻冰,绿化也没有,安全性也差,而且房子太小,离我公司也远。等你结婚吧,等你结婚,我就买个大房子,带爸妈搬过去住。"

唐让让喉咙一动,咽了咽口水:"他们舍不得这里的,再说你也不会总和爸妈住在一起啊。"

唐汀汀不禁笑道:"我当然会一直和爸妈住在一起。"

唐让让蹙了蹙眉:"姐……"

唐汀汀垂了垂眸:"挺好的,我也踏实,还能照顾他们。"

她已经不对爱情有什么期待了,所以才觉得妹妹的感情弥足珍贵,无论如何,都不应该被任何外在因素影响。她希望这个家所有的人,都可以无忧无虑,享受生活。

至于她。

她没想过自己。

冬天车子启动慢，往往要发动一会儿，才能把温度升起来。唐汀汀坐在驾驶位，嘱咐道："一会儿找到祁衍，别和他说这些事，他肯定不想让你知道的。你还小，不需要背负太沉重的负担，其实祁衍也还小，你们不用急，未来有的是时间。"

发动机轻轻震动，空调一开，车子里的温度逐渐升了上来。

借着隐约的亮光，唐让让歪过头来，看着唐汀汀的侧脸。

唐汀汀有着极其顺滑的长发，温柔地披散在肩膀上。她的侧脸很精致，很柔美，哪怕在黑夜里，也能依稀看出她白嫩细腻的皮肤。她的眼睛很亮，迎着车灯的光，眼尾轻轻折起，纤长浓密的睫毛缓缓扑扇着。

这样漂亮的唐汀汀，值得最优秀的人追求，值得最美好的爱情。她不该受这么多的苦，不该这么坚强。

唐让让冷不丁道："姐，要是我能替你开就好了。"

唐汀汀轻轻勾唇，扶着方向盘，轻踩油门："想什么呢，你就开开碰碰车吧。"

唐让让朝着唐汀汀傻傻地笑着。

要是有些苦，她能替姐姐受就好了。

如果有平行时空，希望那个时空的唐让让，可以抢先一步孕育出来，做唐汀汀的姐姐。

Chapter 18
无可替代

开出小区上了大路,路上基本上就没什么冰了,唐汀汀的车速也变得快了。

京市永远是灯红酒绿,哪怕是大晚上,路上的车也一点儿不少。

赶往国贸的路上,唐汀汀的手机一直在振动。

唐让让帮她从包里翻了出来,娴熟地按亮屏幕:"炫彩时尚广告,叮咚访谈,制作人何向东和……顾野的消息。"

唐汀汀听着,点了点头。

唐让让问:"要回吗?"

唐汀汀拐上高速路,摇头道:"不用,等我到了公司再说。"

前几个都是工作,顾野……她不确定是不是工作,但他肯定没什么急事。

唐让让若有所思地点点头,又把唐汀汀的手机揣进了包里。

车子停在祁衍公司楼下,唐让让裹紧围巾,开门下车。

唐汀汀嘱咐道:"晚上早点休息,别东想西想。周末回家来,也跟爸妈待两天。"

唐让让点头,顶着大风道:"知道了,姐你也早点休息。"

关上车门,唐汀汀一直看着她走进大楼,才把车开走。

唐让让小跑进写字楼，拿出员工卡，刷进电梯间，直奔十八层。她知道祁衍肯定还在工作，只要她不在，他一定不会准时睡觉的。

她看着电梯间的数字一点点向上跳动，心里又复杂又焦急。实在是太想见到他了，只有见到他，她才能稍稍安心。

唐让让跑出电梯门，按了指纹进了公司。公司还亮着灯，有些同事还在加班。

风控组的同事见了唐让让，顿时一愣，可还来不及说话，就见唐让让目的明确地朝里面跑去。

同事瞄了一眼唐让让干净的工位，有点儿纳闷。

"她这么晚回公司是取什么东西吗？"

"不知道，就算有东西也不在里面吧。"

"里面好像是几个主管的办公室，哦，祁总也还在呢。"

孙倩伸着脖子瞄了一眼，听到了几下敲门声，再然后，是开门关门的声音。

她没看到，但听这声音，八九不离十是祁总的办公室。

孙倩一屁股坐在椅子上，转回头呆呆道："你说……是不是因为今天唐让让得罪乔夏斐了，所以乔夏斐回去告状，人力把唐让让给开了？"

"不能吧，祁总不是还表扬她来着嘛，总不会几个小时就变卦了。"

孙倩皱眉："那你说她大晚上跑过来干吗，肯定是要说法来了啊。"

好像的确没有别的解释了。

同事被孙倩说得也认同了："那这乔夏斐的关系很硬啊，竟然连祁总都没办法。"

孙倩叹道："是啊。可惜唐让让，刚入社会就碰上这种事，现在来找祁总能有什么用，祁总最讨厌麻烦了。"

"说不定，她现在就在祁总面前哭诉呢。"

唐让让一进祁衍的办公室，就像个小炮仗一样，扑到他身上紧紧地抱住了他。

祁衍又惊又喜，轻轻地拍了拍她的背，揉着她冰凉的头发，柔声道："怎么回来了,不是说在家住吗?"

唐让让吸了吸鼻子,双臂箍着祁衍的后背,蹭到了他腿上坐着,呢喃道:"'公主殿下'温柔可人,'本王'实在想念,打算回来侍寝。"

祁衍听她声音有异,想要扳过她的脸仔细看看,但她固执地把头埋到他颈间,就是不让他看。

祁衍无奈且纵容地笑道:"是谁说在办公室要装不认识的?"

唐让让贪婪地呼吸着祁衍身上干燥清爽的味道,嘟囔道:"现在人少,偷偷的。"

安静地抱了一会儿,祁衍还是发现了唐让让的异常。

他眸色微沉,拇指轻轻擦过她的侧脸,低声问:"脸怎么回事?"

进到室内这么久了,她的右脸还是有点儿红,肯定不是冻的。

唐让让低垂着睫毛,手指轻轻抓住祁衍的衣领。

"祁衍,我没事。"

祁衍不信。如果没事,她是不会贸然回来的。他记得,她今天是去参加陈家的聚会了。

或许在聚会上,还会被硬生生地跟那个小子扯到一起。

一定发生了什么,难道……

"你妈妈知道了?"

祁衍果真敏感,立刻就猜到了。如果唐家父母知道唐让让跟他在一起,那的确是个了不得的大事。

"你妈妈打的?"

他眼底一痛,手指轻轻地缩了回来。怎么办,如果是唐让让家里人,那他就束手无策了。

唐让让抬起眼,抿着唇,半晌道:"不是我妈妈,是我自己,也不是因为我们谈恋爱的事,我就是觉得……祁衍,这么久,你等得累吗?"

他的喉结微微滑动了一下,眼底隐约浮起一层水波,漆黑的瞳仁里,映出唐让让的影子。

"不累。"

他停顿半晌，又重复道："不累。"

唐让让弯着眼睛，轻轻笑了笑，手指顺着他的衣领滑到锁骨，指腹顺着锁骨的轮廓，描摹了一圈。

"好，那你还有多少工作，我出去等你吧。"

祁衍捏住她的手，揽住她的腰，把她往自己腿上带了带："没有了，回家吧。"

唐让让凝眉："真的？"

祁衍点头："回家吧。"

唐让让从他腿上跳下来，朝磨砂玻璃门外瞄了一眼："那你等下，我先出去，外面还有几个同事在加班呢。"

祁衍也不为难她，点了点头。

唐让让理了理羽绒服，走到门边，回头朝祁衍眨了眨眼，然后推开门出去了。

从祁衍办公室到电梯间，必然要经过风控组。

唐让让走出来，孙倩立刻站了起来："哎，让让。"

唐让让站定，目光盈盈："孙姐。"

孙倩犹豫了一下，笑着道："这么晚还回公司，找什么东西吗？"

她当然不会提祁总，但眼底的好奇已经完全把她暴露了。她更想知道的，是唐让让到祁衍办公室做什么了，是不是真的被开除了。如果后果这么严重，那以后，她对乔夏斐的态度就要更好一点了。

唐让让早就想好了说辞："哦，祁总之前不是在我们学校上过课嘛，我问问成绩的事。"

"这样啊。"孙倩若有所思地点点头。

她的确有耳闻，祁总的母亲跟Ａ大校长关系不错，所以祁衍才去那里上公开课的。

怪不得今年招了两个Ａ大的学生，看来都是之前上过祁总课的。

唐让让指了指电梯间:"那我先走了,孙姐你也早点休息。"

孙倩赶紧笑道:"那你快回去吧,我还有点儿事儿没做完。"

唐让让也不再客套,从工位上捏了一瓶矿泉水,推开门走了。

又过了一会儿,孙倩听到里面的办公室有些许响动。

片刻之后,祁衍披着大衣从里面走了出来,手里还拎着笔记本电脑。

孙倩赶紧站了起来:"祁总。"

祁衍颔首示意,匆匆出了公司。

孙倩望着他的背影,总觉得祁总今天走得好像过分急切了些。

但她还是挺满意的,起码今天加班被祁总看到了,祁总的记忆力出名的好,希望能反映在今年的年终奖上。

唐让让就在一楼等着祁衍,待他一出来,便低调地遮住自己的脸,默默勾住了祁衍的手臂。

回到了家,还未开灯,窗帘上映出窗外透过来的光,依稀能看到彼此模糊的侧脸。

唐让让把羽绒服解开,甩到了一边,然后把手伸进了祁衍的大衣里。

他的身上很暖,隔着毛衣都能感觉到的那种暖。

唐让让一点一点加大力道,直到把祁衍紧紧抱住。

祁衍站在门廊未动,也未开灯。

他微低着头,轻嗅着唐让让发丝上清凉冷冽的气息。

唐让让贴着他的胸膛,喃喃道:"我妈妈,她同意我们在一起了。"

祁衍身体一僵,嘴唇动了动。

"她同意了,她让我过来陪你。"

唐让让依恋地在他胸口蹭了蹭。

黑暗中,祁衍眼睛一弯,微不可见地露出一丝笑意。

"嗯。"

他一用力,将唐让让抱了起来,径直抱进了卧室里。极其昂贵的大衣被

他随意地压在床上，借着隐约的光亮，祁衍轻啄了一下唐让让的嘴唇。

两人身上还都带着凉气，躺在柔软的床上，寒气渐渐消散。

唐让让的身子一下子松弛下来。她懒洋洋地抬起手，帮祁衍将衣服脱下来，扔在一边。

祁困困原本已经百无聊赖地靠在阳台睡着了，听到屋里的响动，它本能地惊醒，顺着声音的来源，一路小跑过去。

这几天它都是被阿姨带着遛弯，每每到晚上才能看到两个主人，根本没有时间跟他们亲近一会儿。

祁困困睁大眼睛，朝床上望了一会儿，确认不是贼，而是自己的主人。

于是它兴奋地叫了起来。床上的唐让让一眯眼，捂住了耳朵。偏偏这个时候来打扰清静，明明已经足够小心了，怎么还是把它给吵醒了。

这段时间，她和祁衍的运动没少被祁困困打扰，狗叫声差不多成了他们的专属背景音。

祁衍忍无可忍的时候，恨不得把祁困困给送走。但事后看着它无辜的大眼睛，到底没舍得。

唐让让喃喃道："不理它。"

她蹭了蹭，深吸一口气，把毛衣脱了下来。

祁困困摇摇尾巴，见丝毫没有吸引到注意，不满地低吼了一声。它后退几步，一个助跑，猛地跳上了床。

祁困困踩在软绵绵的床垫上，窝在唐让让身边。阳台太凉了，还是被窝暖和，有唐让让的被窝尤其暖和。

它刚趴下不久，祁衍翻身将唐让让抱了起来，差点压到它的爪子。

祁困困一个激灵，赶紧往后缩了缩。迟疑了片刻，它才再次趴下。

谁想还没好好闭上眼睛，唐让让就又滚了过来。祁困困猛地弹开，又往床边退了退。

它觉得十分委屈。自己根本没占多大的地方，为什么一直被挤。

祁困困没办法，一用力，从唐让让身上跳了过去，趴在了地方更大的一边。可没过多久,两个人又翻了回来。

祁困困灰溜溜地缩到了墙角,愤怒地叫了两声,表达着自己的不满。

这个时候,一定得被人主动抱上床,它才能解气。

终于,有一只胳膊伸出来捞住了它。

祁困困软绵绵地垂着爪子,毫不挣扎。

可谁知目的地并不是床,祁衍捞着它,一路把它带到了客厅,塞到了它的窝里。

祁困困立刻从窝里滚了出来,撒丫子往卧室里跑。

想把它甩开,门儿都没有!

它仿佛一道闪电,猛地钻进了房间,刚想得意地摇摇尾巴,就见唐让让站在门外,猛地把门给带上了。

祁困困被关在空无一人的卧室,呆住了。

这跟它想象的不一样啊。

祁困困站在门口,蹲坐在地上,半晌没有反应过来。

它这才发现自己被骗了,于是哀怨地用爪子挠着门。它坚持不懈地不知道抓了多久,终于,卧室的门再次打开了。

可唐让让被祁衍抱在怀里,慵懒得连根手指都懒得动。祁衍轻柔地将她放在床上,她一滚身,就钻进了被窝里。

祁困困总觉得她看起来特别累,真是遗憾,本来还打算要跟她玩一会儿呢,谁知道她这么一会儿就玩累了。

祁困困又小跑回客厅,围着客厅转了一圈又一圈。

没觉得客厅有什么好玩的啊,为什么两个主人玩得那么开心?

祁衍从不管祁困困,他还不太困,于是就安静地坐在床边,看着唐让让的睡颜。

唐让让闭着眼睛呢喃道:"你别忙了,跟我一起睡吧。"

祁衍理了理她的头发,轻声应道:"嗯。"

可唐让让没来得及等祁衍上床,就沉沉地睡了过去。

她今天遇到的事情太多了，承受的压力太大了。心思用得多，人就容易疲惫。只有在睡梦中，才能稍稍轻松片刻。

祁衍的眼睛早就适应了黑暗，他不打算开灯，就靠在床边，安静且温柔地凝视着唐让让。

半晌，他起身，轻悄悄地走到了书房，从那个偏僻的小抽屉里，摸索着取出了那个小盒子。

打开盒子，晶莹璀璨的钻石熠熠生辉。

他沉默了片刻，温柔一笑，将那枚戒指从盒子里取出来，轻轻托在掌心，回到了卧室。

走到窗边，祁衍单膝跪在地上，目光从唐让让的脸，慢慢移到自己掌心。

然后，他从被子里，轻轻拉出了她的手，将这枚戒指，缓慢且坚定地套在了她的无名指上。

大小正好。

唐让让的手指很软很暖，任他摆弄也没有醒。他注视着戴上了戒指的唐让让，慢慢地，将她的手握在了自己的掌心里。

他喃喃道："我会对你很好的，永远。"

唐让让一直睡到日上梢头。

慵懒地伸直了胳膊，从床上爬起来，这才发现，祁衍还在身边躺着。

这实在是太奇怪了。往常祁衍这人，生物钟变态到极致，起床的时间连秒都不差多少，少见他睡这么长时间的。

按理说，他这时候应该留好早饭，去公司工作了。

不过这样也好，他可以多睡一会儿。

唐让让眼底含笑，想要伸手去拨弄祁衍细长的睫毛。手指刚伸出去，还未碰到祁衍的侧脸，她就怔住了——自己的右手无名指上，套着一枚戒指。

是一枚很漂亮很璀璨的戒指。

在透过窗帘的浓郁日光下，肆无忌惮地闪烁着光亮。

它是那么合适,以至于唐让让一直都没察觉自己手上多了个东西。戒指早就适应了她的体温,牢牢地待在她的手指上。

唐让让轻轻摸了摸,又生怕在那么干净漂亮的钻石上留下指纹。

她还是放弃了。仔细端详片刻,姗姗来迟的兴奋与雀跃才慢慢占据了她的整颗心。

这是祁衍给她戴上的,这算是……求婚了吗?

唐让让越想,心脏越是剧烈地跳动起来。她觉得身上有些发烫,手指也轻轻颤抖。她以为,这天会很远的,毕竟,他们才在一起半年多。

可再一想,又没什么可惊讶的。他们已经耽搁了太多的时间,两情相悦也不是从这时才开始的。

唐让让翻了个身,轻轻把这只手搭在祁衍的胸膛上,另一只手拄着脑袋,温柔地打量着祁衍的睡颜。

他这个人,哪怕睡着的时候,也是极其斯文得体的。从不胡乱翻腾,从不懒散松懈。

唐让让的手轻轻在他胸口抓了抓,他被她的小动作吵醒了。

他原本睡眠就不深,实在是昨天守在床边看她太久了,天都放亮了才想起来睡觉,彻底打乱了生物钟,这才起晚了。

祁衍的眼底有些红,他眯着眼,本能地抓住了唐让让的指尖。

"几点了?"

唐让让无奈道:"祁总,你迟到了,我也迟到了。"昨晚实在是太过火了,两个人都没把持住。

唐让让心里揣着对祁衍的愧疚,所以过于放纵了些,但显然祁衍也不理智,他也有心事。

祁衍的心事大概就是这枚戒指了。

祁衍听说迟到还是镇定的。他合眼缓了一会儿,终于撑着床坐了起来。

"昨天睡晚了。"

他揉揉眉心,努力让眼睛适应着阳光。

唐让让点点头，把自己的右手举起来，在祁衍的眼前晃了晃："我的手是有多粗啊，某人竟然戴个戒指戴了一夜。"

祁衍的目光又落在她的手上，随即温柔地捏过来，在手里揉了揉，承认道："看不够。"

唐让让眼中水光闪烁，也轻轻钩住了祁衍的手指。

她凑过去，将下巴搭在祁衍的肩头，软糯糯道："我好喜欢，谢谢你。"

祁衍轻抚着她的背，无声地拍了拍。

"这算是……求婚了吧？"唐让让迟疑地问。

祁衍在她腰上轻轻掐了一下："不然呢？"

然后他才把手上的另一枚戒指拿给唐让让看。

两枚戒指是一对，祁衍的要大一圈，但同样的璀璨漂亮。

唐让让歪过头，在他的耳垂上轻舔了一下，他的身子一瞬间紧绷起来。

"不想摘下来，但是去公司怎么办？我们两个一起出现，太明显了吧。"

祁衍倒是无所谓："不想摘就不摘。"

唐让让灵机一动，说："我挂在脖子上，这样被毛衣一挡，就没人看得到了。"

祁衍静静地望着她。

唐让让问道："你要吗？"

祁衍的眼睛微微眯了眯。显然，他很不愿意如此遮掩。

唐让让好脾气地哄他："好好好，你是 boss 你可以戴，我是小员工我偷偷的。"

祁衍不想为难她，只能帮她把戒指从手指上取下来，找了一条银白色的细链子，穿过戒指，亲自挂在了她的脖子上。

戒指刚好坠在她的颈窝处，晶莹的钻石像是嵌在了唐让让白皙的皮肤上。

唐让让把衣服套好，将戒指小心翼翼地盖在了衣服下面。

"闹铃都没把我们叫醒，都迟到了怎么办？"唐让让委屈道。

虽然她声音听着委屈，但心里却坦坦荡荡。求婚这么重要的事，迟到也是应该的。

祁衍低笑，抱着唐让让直起身子，目光清明地望着她的眼睛。

"我迟到没事，但你迟到大概要扣钱。"

唐让让："……"

这才上了一天班，就被扣钱，也太让人心疼了。唐让让一骨碌翻身跳下床，就往卫生间里跑。

"反正已经晚了，赶上下午就可以了。"祁衍不慌不忙地嘱咐道。

等两人都洗漱完毕，简单地吃了点东西，唐让让这才注意到趴在沙发上哀怨地看着她的祁困困。

唐让让一怔，回问祁衍："阿姨怎么还没来？"这时候，应该要带困困出去放风了吧。

祁衍顿了顿，思索了片刻，才道："我忘了，阿姨今天请假。"

原本他是记得的，但太多事情堆在一起，从唐让让突然回了公司后，他就无暇顾及那么多事了，如果今天起得早，还可以把祁困困送给别人带着。

但已经来不及了，他和唐让让都着急去公司，又不能把祁困困就这么扔在家里。

祁衍思虑片刻道："我带去吧。"

唐让让犹豫道："这……行吗？"

虽然 boss 可以为所欲为，但祁困困也不是什么安分的个性，恐怕要影响祁衍工作。

祁衍摇头："没事，我随时可以回来。"

唐让让想了想，也是，祁衍的自由度高得多。如果祁困困实在太闹腾，他还可以带它回家。

吃完东西，又给祁困困喂了点狗粮。唐让让看了看表，再耽搁下去，她连下午的钱都要扣了。于是她匆匆拎起包，丢下祁衍跑了出去。

这时候，她才觉得，有个知根知底的主管还蛮好的。起码朴金晴在发现她迟到后，不会连环夺命 call。

祁衍知道唐让让要跟他错开时间，于是先在家里处理了几封邮件，才抱着祁困困去公司。

唐让让到了办公室，慌慌张张地把东西放下，先去朴金晴办公室知会了一声。

朴金晴笑意盈盈，摆了摆手："没事，上午也没大事，你自己在系统上把时间改一下就可以了。"

有了主管的首肯，唐让让也没那么心虚的。

她出了朴金晴的办公室，这才一边打开电脑，一边脱衣服。

有个同事拿着文件过来："唐让让，你可来了。这儿有份文件你改一下，法务发过来的。"

唐让让捋了捋鬓角的头发："哦，好。"

知道她英语好之后，也随之而来不少麻烦事。很多类似的工作会分配到她身上，她专业相关的也就算了，但法务的东西，她实在是不懂，所以遇到专业名词，也还是挺吃力的。

同事临走叮嘱道："你也不用太着急，周五之前给我就行。"

唐让让有些无语。她刚刚还在愁，这一份文件，怎么也要三四个小时，谁想竟然这么拖沓。

"好，我今天给你。"

她刚准备埋头工作，沈莫颜突然发了消息过来。

沈莫颜犹犹豫豫地问："让让，你还有没有王教授之前讲过的统计学课件啊？"

唐让让回："有，在我U盘里呢。"

沈莫颜道："那你发给我一份吧，有个学妹催着要。"

唐让让起身："行，文件太大了，我直接带U盘去找你吧。"

她拿着U盘，去楼上融资部找沈莫颜。走到沈莫颜的工位，她微微一怔。那里坐的不再是沈莫颜了，而是一个不认识的人。

唐让让满头雾水,就在这时,沈莫颜朝唐让让招了招手,说:"让让,这儿呢。"

唐让让朝沈莫颜的方向看过去。

沈莫颜坐在靠近饮水机的一个小桌子边,看起来是临时工位那种,连大屏都没有。

唐让让微微眯眼。

沈莫颜面带苦笑。

唐让让可算明白了,沈莫颜找她要课件是假,让她来看自己的现状才是真。

她心里暗自叹气。明明做了一年多的室友,沈莫颜还是学不会有话直说,非要旁敲侧击地暗示她。

唐让让只能问:"你怎么换位置了,昨天不是还坐在那里吗?"

沈莫颜垂了垂眸:"别组有个怀孕的同事回来了,她的工位被占了。"

唐让让眼神犀利:"她的工位被占关你什么事?"

沈莫颜咽了咽口水,低声道:"乔夏斐可能跟那个同事认识,就让我帮忙照顾一下。"

她说得虽然委婉,但大致的意思还是表达得淋漓尽致了。

沈莫颜跟乔夏斐无仇无怨,连面都没见过几次。乔夏斐故意针对她,唯一的可能就是因为她是唐让让的同学,是朴金晴的同校学妹。

本质上,乔夏斐是做给朴金晴看的。

唐让让点头:"好,我知道了。课件你还要吗?"

沈莫颜怔了一下,立刻点头:"要,要,当然要。"

唐让让等她拷贝课件的时候,朝乔夏斐的工位望了一眼。

沈莫颜突然说道:"她吃午饭还没回来呢,九点多来,十点就去吃午饭了。"

唐让让眼睑微垂,移开了目光。

沈莫颜笑着问:"对了,今天你怎么也来晚了?"

唐让让轻声道:"起得晚了,已经跟朴学姐说了。"

沈莫颜道:"哎,没事。喏,给你吧,我弄好了。"

没事当然是没事,沈莫颜也就是没话找话。

唐让让迟到,跟祁衍本人迟到有差别吗?

唐让让刚走到电梯口,正撞到乔夏斐从电梯里出来。

乔夏斐手里捏着一杯酸奶,盯着唐让让,嗤笑一声:"厉害厉害,刚被表扬过,第二天就被通报迟到,你可真给祁总争气。"

唐让让还不知道,公司的系统里会登记每个人工作的时长和时间。

朴金晴让她去改的就是这个时长。月末的时候,财务部门会根据这个记录发放工资。

因为这个记录是公开透明的,虽然自己可以更改时长,但更改了多少次,什么时候更改过,都会被登记上。乔夏斐自然看得到。

唐让让目光沉静地盯着乔夏斐。

乔夏斐吸了一口酸奶,莫名其妙道:"你看我干吗?"

唐让让平静道:"是你让沈莫颜换工位的?"

乔夏斐凝眉眯眼,没承认,也没否认,只是酸奶已经不吸了。

唐让让道:"虽然沈莫颜是实习生,但好像你也是吧,只比我们早来一个星期。按理说我们都是同级别,你没资格让她换工位吧。"

乔夏斐气笑了:"我跟你们怎么一样!"

唐让让淡淡道:"是吗,有什么不一样?"

她的手指轻轻点着U盘的表面。她和乔夏斐对立的场面吸引了不少融资部的人偷看,平时看不惯乔夏斐的人太多了,但是大家都不敢说什么。难得来了一个新人,又压不住脾气,莽莽撞撞地就冲了上去。

谁都想看看,会是什么结果。

沈莫颜偷偷趴在门口,小心翼翼地打量着。

她一点也不怕唐让让吃亏,反正唐让让背后有祁总撑腰呢。她就是要看看,唐让让怎么给她出气,怎么让乔夏斐倒霉。

沈莫颜的心情颇为复杂,对唐让让的感情更为复杂,羡慕、嫉妒、感激、崇拜、依赖。她也说不清哪一种更多一些。明明乔夏斐针对她是因为唐让让,但现在为她出头的依旧是唐让让。

总而言之,唐让让已经成了她在这里所有的底气和依靠。只要唐让让在,她就没什么可怕的。她心满意足地看着唐让让质问乔夏斐的模样,心里激动又忐忑。

乔夏斐歪着头,有些骄傲又有些气愤,冷笑道:"不好意思,你只是个实习生,可我不是,我和你们祁总才是平级的。我来领域,不是为了努力工作养家糊口,是跟你们祁总培养感情的。"

唐让让的睫毛抖了抖,嘴角也露出一丝笑,只是这笑就显得不那么友善了。

唐让让的眼睛格外漂亮,传达情绪也十分精准到位,她抬眼,浅淡的眼珠注视着乔夏斐,眼底蕴含着些许凉意。

"你跟谁培养感情?"

乔夏斐叹了口气,眼露遗憾道:"我知道你只是朴总的枪罢了,我懒得跟你计较。但我劝你聪明一点,起码要分得清谁能惹谁不能惹。职场,不是你想的那么简单。"

说罢,乔夏斐踩着高跟鞋,扬着脖子,故意狠狠地踩着地面,从唐让让面前走了过去。

高跟鞋踏在地面上,发出清脆的嗒嗒声。

融资部的人见乔夏斐过来了,立刻装作没事人一样回了自己的工位。

只有沈莫颜没走。

乔夏斐停在沈莫颜身边,嗤笑道:"你要是不想让,就直说好了,谁还能逼你让。怎么,你们Ａ大的还要在领域抱团组小团体吗?"

沈莫颜微不可见地"哦"了一声。

唐让让望着乔夏斐的背影,把手揣进自己兜里,淡淡道:"职场,也不是你想的那么简单。"她按亮电梯,头也不回地回了风控部。

再次回到办公室，祁衍已经到了。

几个小姐姐正在热火朝天地聊天。

"祁总今天又来十八层了啊。"

"对啊，他最近好喜欢往这里跑。"

"而且祁总今天竟然是抱着狗来的，好可爱的狗狗啊，没想到祁总还有时间养狗。"

"你这眼睛，光顾着看狗了！"

"不然看什么啊？"

"你没看到祁总手上戴的那个'布灵布灵'的戒指吗？"

"不是吧？"

"废话，超级闪。"

…………

唐让让心中一暖。

看来祁衍真的把戒指一直戴着了。

孙倩却面露担忧，单手拄着下巴，显然情绪不高。

唐让让对她的印象还算不错，路过时顺便问了一句："怎么了孙姐？"

孙倩偏爱八卦，连声叹道："祁总刚刚戴着戒指进去的。"

唐让让点头："哦。"

孙倩哀怨道："你说他是不是已经跟乔夏斐定亲了啊，连戒指都戴上了。这要是乔夏斐真的嫁给祁总了，我的天啊，第一个开刀的不就是我们部门吗？我还跟朴总一起气过她，这下怕是要失业了。"

唐让让抿了抿唇："不会的。"

孙倩苦笑："也是，祁总不是那种人。但架不住乔夏斐'作'啊，你看她在的这段时间，都把同事折腾成什么样了。融资部那边彻底不给她派活儿了，就当闲人养着。也就朴总气性大，非跟她硬扛。"

唐让让轻轻拍了拍孙倩的肩膀："不用担心，祁总肯定知道了，会想办法解决的。"

孙倩抓了抓唐让让的手："哎,我还让你安慰我,明明你才刚来。"

唐让让回了座位,想了片刻,拿起手机,给祁衍发消息道:"听说乔夏斐是来领域跟你培养感情的?"

她挂着下巴,不由自主地伸手摸了摸脖颈间挂着的戒指。

漆黑的屏幕映着唐让让莹白的侧脸,她把头发扎起来,一张脸彻底露出来,便越发显得漂亮了。

大学是个逐渐褪去稚气的过程,她明显觉得自己的脸不如大一时候那么圆了。

这么静静注视着自己的时候,唐让让才深刻地感觉到,什么叫最好的年华。感谢唐雅芝女士和唐明治先生,能让她在这个年纪充分体会自己的美貌。

片刻后,祁衍给她回消息:"吃醋了?"

唐让让本能地想反驳,才没有。

但几个字打出去,又被她一点点删掉了。

她眼含笑意,饶有兴致地问:"要是吃醋了呢?"

祁衍道:"我喜欢。"

唐让让还没问明白,到底是多喜欢,突然电脑屏幕亮了起来,示意收到了邮件。

她迟疑地点开内部邮箱,发现是徐江圆亲自发的。

作为人力主管,徐江圆在公司的地位绝非一般。但凡是他发的邮件,一定涉及所有员工的切身利益,所以大家都会看一眼。

唐让让打开邮件,一愣。邮件很简单,里面分明写着对乔夏斐的辞退通知。

她没想过祁衍会把乔夏斐辞退了,但是想想,以祁衍的个性,也不会允许这个人留在公司里。

孙倩倒吸了一口冷气:"我的天,怎么回事啊?"

大部分同事都是和孙倩同样的反应。今天看到祁衍手上的戒指,他们都以为乔夏斐和祁衍已经好事将近,只有沈莫颜对这个通知没有任何意外。

她盯着邮件反复读了几遍，喃喃道："祁老师对让让，还真是……"

真是宠溺，真是毫无底线，真是一心一意。

但这些她早就知道了。只不过时间还太短，她还没彻底适应。

沈莫颜出了一口气，心满意足地关掉邮件，继续工作。

很快，她听到乔夏斐起身，怒气冲冲地走了出去。

乔夏斐自然是去找祁衍理论的。当着所有人的面说要辞退她，实在是太不给她面子了。

别说她还是祁衍母亲带过来的，哪怕看在她家里的面子上，祁衍都不能这么对她。

她对祁衍产生的那些好感瞬间消失，祁衍虽然优秀，但对她一点都不好，也根本没表现出来想要追求她的迹象。

乔夏斐骄傲惯了，实在受不了这种冷遇。她以为昨天，孟溪则已经把祁衍教育好了，连她的母亲都劝她，要学着贤惠一点，别那么任性。

所以她今天才来上班的，本想着给祁衍一个机会，没想到等来的却是这个结果。

她莽撞地推开祁衍办公室的门，大声问："祁衍，你就这么对我，是真把我当成你的员工了吗？"

祁衍不耐烦地抬眸，放下手里的笔，漫不经心道："不然呢？"

祁困困感觉到乔夏斐的怒意，不满地冲她吼了两声。

虽然祁困困年纪不大，大部分时间还是可爱的。但不管多大的狗，一旦凶起来，还是能让人心里打怵，尤其乔夏斐从小就有点儿怕狗。

她立刻倒退了几步，狼狈地靠着墙，抵触地盯着祁困困。

"祁衍你没事带狗来办公室干什么，我最讨厌狗了！"

祁衍站起身，说："乔小姐，我想我已经说得很明白了，你我根本没什么感情，也不可能有感情。你既然不是成心来领域工作的，不如回家喝喝下午茶，随便干点儿什么。"

乔夏斐瞪着眼，深吸了一口气："孟阿姨难道没跟你说……"

祁衍毫不留情地打断她的话:"我想你大概误会了我和我母亲的关系,孟总说什么,在领域没有任何效力。"

乔夏斐一怔。

她没想到祁衍会这么说孟溪则,而且说得理直气壮。

祁衍眼神冷了几分,喉尖一颤:"我可以给孟总面子,也可以给你面子,但做人要懂得适可而止。"

这已经算是最后通牒了。如果乔夏斐再在这里耍无赖,祁衍就不会顾及两家人的面子了。

乔夏斐不禁打了个寒战。

祁困困狗仗人势,前爪撑地,龇牙咧嘴,不甘示弱地叫了几声,仿佛把祁衍的话又传达了一遍。

乔夏斐迟疑道:"你……不想跟乔家结亲吗?"

她对自己的家境是有自信的。

父亲和母亲都是业内的佼佼者,平时到她家里拜访的名人数不胜数,想要跟乔家结亲的也大有人在。

父母挑来挑去,才选了祁家。祁家背景深厚且稳固,孟溪则自己的生意做得也不错,两家可算是门当户对。

祁衍是远近闻名的天才少年,和乔夏斐的年龄又相仿,怎么看都是最好的人选。

就连乔夏斐自己都觉得两家的条件实在是太匹配了。不是这样等级的家庭,她也是看不上的。

祁衍毫不犹豫:"不想。"

乔夏斐彻底没话说了。

她再生气,再不甘心,可她又管不了祁衍。

看样子就连孟溪则都管不了他。

"祁衍,错过乔家,你会后悔的。"

祁衍一笑:"是吗?那你最好祈祷我没兴趣插手珠宝界,不然可能没你

们家的位置了。"

乔夏斐脸都白了。她不是没听过,祁衍在商场上从无败绩。但这么说,也太不把她家放在眼里了。

乔夏斐也是有骨气的。既然人家都这么说了,她的确是没有必要留在这里了。在家里做大小姐有什么不好,犯得着上这儿来受气?

她冷哼一声,甩门走了出去。

途经风控部,承受了不少人的注目礼,乔夏斐咬了咬牙,狠狠地瞪了回去。

唐让让的工位就在离开十八层的必经之路上。

乔夏斐路过的时候,唐让让冷不丁地问了一句:"走了?"

乔夏斐刚想说话,却不知什么时候,祁困困跟了过来,它朝着乔夏斐凶巴巴地吼了几声。

乔夏斐立刻跳开,烦躁道:"死狗!烦死了!"

大概是祁困困太凶了,乔夏斐还是怕它一冲动咬自己一口,于是来不及说什么,便匆匆溜走了。

"乔夏斐就这么走了啊……"

"她跟祁总喊得好大声啊,我这里都听到了。"

"也是个人物,不过早走了早安生。"

"哎,这是祁总的狗吧,还挺凶的,把乔夏斐都吓走了。"

"这狗挺通人性的哈,知道谁是敌人。"

通人性的祁困困皱着鼻子嗅了嗅,闻到了熟悉的气味。它没顺着原路回祁衍的办公室,而是一拐弯,到了唐让让的座位边。

抬头看见唐让让熟悉的脸,祁困困熟练地摇了摇尾巴,然后一蜷腿,趴在了唐让让脚下。

平时唐让让在家看电视,它就缩在唐让让脚边的地毯上睡觉,现在虽然没了地毯,但人还是没变的。

孙倩惊奇道:"让让,祁总的狗怎么趴你这儿了?"

唐让让尴尬地笑了笑:"太小,不认路。"

她弯腰，轻轻推了祁困困一把。

祁困困还以为唐让让要抱它，于是熟练地把爪子搭在她小腿上，撒娇似的嗷呜了一声。

唐让让只得把它抱了起来："我给祁总送回去。"

孙倩道："让让你也养狗吗？看你抱得挺熟练的。"

唐让让顿了顿，点头："养了一只。"

她抱着祁困困，站在祁衍办公室门口，故意敲了敲门："祁总，你的狗。"

祁衍回道："进来。"

唐让让就抱着祁困困溜了进去。

刚一进去，她就把祁困困送到了祁衍身上："怎么让它溜出去了。"

祁困困在祁衍怀里不安生地跳来跳去，一个劲儿地往唐让让身上爬。

祁衍无奈道："没办法，它闻到你的气味了。"

唐让让眨眼，说："那怎么办，总不能让它在我那儿，它太黏我了，这不就……暴露了吗？"

祁衍把唐让让扯过去，让她坐在自己腿上。

"我也黏你，干脆把它留在办公室，我去你那儿。"

唐让让扑哧一笑："喂，你真的让乔夏斐走了啊，没关系吗？"

祁衍抬眼，一本正经道："有关系。"

唐让让的笑容渐渐收敛了起来，面色担忧道："是不是阿姨那里……其实你不用赶她走啊，反正我也知道你不会跟她有什么。"

祁衍继续道："关系是，可惜以后看不到你吃醋了。"

唐让让："……"

祁衍勾唇，在她脑门儿上弹了一下："放心，我妈那边，我有办法解决。"

唐让让好奇问："什么办法啊？"

祁衍眼中玩味："故君子之治人也，即以其人之道，还治其人之身。"

Chapter 19
温情一刻

对孟溪则来说,被祁衍主动请吃饭,是个等同于彩票中奖的低概率事件。

当然孟总不屑于靠买彩票发财,她只是难以抑制自己的震惊。但不管怎么样,孟溪则还是从百忙之中腾出了时间。

虽然她和祁厉泓水火不容,但对两个儿子,还是真心实意的。能和他们维系良好的关系,也是她一直求而不得的事情。

况且,还有乔家那件事,她准备跟祁衍好好探讨一下。

不管乔夏斐的说法有没有添油加醋,但结果就是,乔夏斐被祁衍赶出来了,而祁衍似乎和一个实习生好上了。这太不像话了。

就算实在不喜欢乔夏斐,也有别的名媛可以选择,总比胡闹要好得多。孟溪则带着些许惊讶,些许怒气,踏入了祁衍预订的包厢。

刚一进去,她就愣住了。原来里面坐着的不只是祁衍,还有一个她不认识的人。

祁衍气定神闲地靠在椅子上,抬眼,勾唇一笑,慢慢地站起身子:"妈,来了。"

孟溪则抿住唇,点了点头。虽然事情的变化有些超出她的想象,但她并未失态,连表情都没有丝毫破绽。

祁衍身边的那个男人也诚惶诚恐地站起身，苦兮兮地笑着："孟总您好，我叫林德伦，在一家小投行做 partner。"

孟溪则礼貌性地笑了笑，和林德伦短暂地握了下手。

林德伦的眼睛立刻瞄向了祁衍，仿佛在等待着他说什么。

祁衍轻描淡写道："坐。"

林德伦立刻老老实实地坐下了。

孟溪则："……"

如果不是对方介绍自己是个 partner，她会以为林德伦是祁衍的助理。当然，助理也没有年纪这么大的。

孟溪则把包放在一边，也坐了下来，平静地问道："今天找我来有什么事？"

祁衍睫毛微颤，沉吟片刻，道："不急。"

一边的林德伦紧张地咽了咽口水。其实他比孟溪则只小两三岁，但孟溪则看起来，可比他年轻多了。和他的出身不同，孟溪则从小就是书香门第的大小姐，被家里精心呵护，十指不沾阳春水，保养得特别好。

所以哪怕四十多岁了，看起来也像才三十出头，充满着成熟女人的风韵和成功人士的大气。

祁衍的样貌得益于孟溪则，所以更精致，更深邃。孟溪则当然也是漂亮的，只是这份漂亮和优雅，林德伦根本承受不起。压力太大，气场太强了。

他完全压不住，光是看一眼，都感觉充满了窒息感。当然，他知道祁总也没真想让他当个后爹，一切不过是逢场作戏罢了。

但既然到了这个位置，顶着这个身份，林德伦难免比较自己和孟溪则的条件。

比较了一通之后，他发现比不起，也根本不想比。这种强势的，比他还要成功优秀的女人，也从来不是他的菜。他还是喜欢什么都不懂，傻兮兮的女孩子。

孟溪则皱了皱眉。祁衍高深莫测，对面这个林德伦又一直打量着她，让

她浑身不自在。

好在服务生已经开始上菜了。祁衍做事一向得体又周到，点的菜都是孟溪则爱吃的，偏清淡，酸甜。

孟溪则的确有点儿饿了，她刚工作完，还没来得及吃晚饭。在祁衍面前，她也不用在意什么，于是拿起筷子，夹了一块糖醋小排吃。

刚吃了两口，祁衍突然问："妈，你觉得林总怎么样？"

林德伦听闻，立刻直起了腰板，脸上的肌肉情不自禁地抽搐了一下。要是早知道有今日，他就是在校庆上表演胸口碎大石都不会去招惹祁总夫人的。

太尴尬了。

尴尬成这样还要硬着头皮演下去。

于是林德伦咧嘴，努力地深笑了一下，挤出两道深深的眼纹。

孟溪则："……"

恶心得她差点把排骨吐出来。

不过心里怎么想暂且不说，孟溪则也不像刚入商场那么锋芒毕露了。

她近些年也变得圆滑会说场面话了，所以顺嘴胡说道："林总年纪轻轻就做上了partner，将来一定大有可为，如今的金融市场发展前景很好，林总可谓是站在了风口上。"

她评价林德伦，也都是从职业和地位上。她心里以为，今天祁衍是牵线搭桥，帮林德伦来拉合作的。

只是孟溪则有点儿纳闷。她一个外贸公司，目前没有上市计划，似乎还用不着投行。而且就算找，也会找华商这种大投行。

祁衍扫了林德伦一眼。

林德伦赶紧组织语言，爽朗地一笑："孟总真是太客气了，孟总您才是女中豪杰，而且还长得这么漂亮。"

孟溪则捏着筷子的手一抖，皮笑肉不笑。她最讨厌合作伙伴评价她的长相，不管是不是夸赞，这都和合作无关。

而且长相，有时候难免掩盖了她的职业素养，使她不得不花更多的时间和口舌，来坚定合作伙伴的信心。

祁衍终于不吝开口了。

"妈，林总也算是白手起家，能有今天的成就，不容易。"

孟溪则敷衍地点点头，并不太在意。

祁衍继续道："而且林总已经离婚，前妻在国外，没有孩子，也没有后顾之忧。"

孟溪则抬起眼，紧紧盯着祁衍。

她终于察觉出什么不对劲了。

人家结没结婚，有没有孩子，跟她有什么关系？

祁衍怎么一副说媒的样子？

祁衍淡笑："你和林总如今都是单身。"

孟溪则打断他："你什么意思？"

祁衍抬手指了指林德伦："林总一直很仰慕你，我觉得这件事也不错，你年纪也大了，是该找个人陪，我委托人综合分析了你和林总的个人财力、家庭背景。林总虽然背景差了点，但贵在年轻，也算是门当户对，而且这人脾气好，会哄人，不像我父亲那么不解风情，和你很合适。"

孟溪则的脸色立刻冷了下来，毫不客气地把筷子一摔，硬邦邦道："祁衍你什么意思？"

林德伦尴尬得恨不得钻到桌子底下去。

他当然知道孟总看不上他，他也不喜欢孟总这一款。但是被祁衍逼着，他还得装下去。

林德伦强笑道："孟总，我真的很欣赏您。"

孟溪则毫不客气："林总，这件事还是不要多想了，太滑稽。"

祁衍不动声色，似乎已经预料到了这种场面。他用手指轻轻敲了敲手背："看来你对林总不太满意。"

林德伦赔笑道："是，是我配不上孟总，孟总霁月光风，我还是有自知之明的。"

祁衍微笑，探了探身，温柔地对孟溪则道："妈，没关系，这个不喜欢，我还认识不少业内的前辈。噢，林总的叔叔，你大概有所耳闻，陈金怀陈总，房地产公司的老总，家业很大，英年丧妻，家里……"

孟溪则打断他："祁衍你吃饱了撑的？"

祁衍抬眸，盯着孟溪则的眼睛，唇边始终挂着笑："我是为你好。"

林德伦看这母子争吵的架势，实在是受不了了，火急火燎地站起身来："那个……应该没我什么事儿了，我公司忙，今天晚上还有个会，祁总，孟总，我就先走一步，抱歉抱歉。"

林德伦说完，也不等祁衍同意，拎起衣服就溜了。

好在他的任务已经完成，祁衍并未阻拦他。

等林德伦推门走了，孟溪则冷笑："你是故意的。"

事情到了现在这一步，她不会还看不明白。

祁衍是因为乔夏斐那件事，在报复她。

她早就该想到，祁衍这么睚眦必报、六亲不认的性格，怎么会容忍乔夏斐在领域猖狂这么长时间。

祁衍坦然承认："当然。"

孟溪则揉了揉眉心："你也不必这么较劲，我选乔夏斐是因为她真的合适，你既然不喜欢，也该好聚好散，何必弄得两家不愉快，平白失去了一个朋友。"

祁衍目光凌厉，语气凉薄道："是吗？你执意把乔夏斐塞在我身边，跟领域其他主管暗示她是我未婚妻，让我真正的未婚妻听到会怎么想？如果她不是大大咧咧的性格，如果她有什么事都闷在心里，恐怕会无端生出不少枝节。我实在讨厌有人让她不开心，哪怕是你。"

孟溪则眯眼，敏锐地捕捉到了重点："你什么时候有未婚妻了？难道乔夏斐说的是真的，一个实习生？"

祁衍眼尾轻折，手指在桌面上蜷了蜷，轻诉道："实习生？不，是我最珍贵的洋娃娃。"

"唐让让。"孟溪则沉痛道。

她早该想到,祁衍既然已经脱离了她的掌控,那他想要的东西,就肯定志在必得。

从小到大,他想要的,也不过一个唐让让而已。

那姑娘,可不就像他的洋娃娃似的。

孟溪则摇头:"祁衍,看来我当年真的不应该把唐让让赶走,或许当初让你跟她玩腻了,你的执念也不会这么深了,或许早就把她忘了。"

孟溪则很后悔。

祁衍小时候被诊断是情感障碍,共情性极差,她以为,他会很快忘了那个小女孩。

没什么人能在他心里留下痕迹,哪怕家人,恐怕都是可有可无。

但没想到,反养出了个痴情种。

有时候她真的怀疑,当年的心理医生是不是个骗子,是不是把结果说错了。

他哪里是情感障碍,分明是太多余了,多得快要溢出来了。

在祁衍无孔不入地给她介绍十多个老头后,孟溪则终于不堪其扰。

"算了,你爱喜欢谁喜欢谁,我不管,你也别折腾我了。"

孟溪则憋着气,愤愤给祁衍留言道。

祁衍看着孟溪则的话,勾唇一笑,慢悠悠回:"你还得真心实意地祝福我和唐让让,而且对她好一点。"

孟溪则咬牙:"你是不是要求得太多了?"

祁衍挑了挑眉:"当然,你可以选择不。"

说罢,祁衍在许久不用的微信里,将祁厉泓和孟溪则拉入了一个群。

祁厉泓:"……"

孟溪则:"……"

两人针锋相对多年,实在无法忍受跟对方在一个家庭群里。

紧接着,祁衍发来一段话。

"你们谁对让让好,将来我和让让的孩子就认谁,顺便也认你们未来可能找的伴侣。孩子有一对爷爷奶奶就够了,多了记不住。"

孟溪则:"!"

祁厉泓:"我一直也没反对过,也没管过你,你和你弟愿意和谁在一起,都没关系。"

孟溪则:"祁厉泓你什么意思,敢情好人都让你做了?"

祁厉泓:"我有机会做坏人吗?当初你一言不合带着两个孩子就走,要不是祁或自己受不了跑回来,我一个儿子都见不到!"

孟溪则:"你现在知道装慈父了,早干什么去了!"

祁厉泓:"你可以说我不是一个好丈夫,但平心而论,我教育孩子比你科学多了。"

孟溪则:"我呸!你看看你把祁或管成什么样了,成绩倒数第一,满脑子吃喝玩乐!祁衍在他这个年纪,博士学位都拿回来了!"

祁或在课堂上,眯着眼,皱着眉,盯着这个诡异的群聊,无奈地回:"关我什么事……妈我现在已经不是倒数第一了。"

孟溪则:"妈不是针对你,是说你爸。还有你现在不是应该在上课吗,快放下手机。"

祁厉泓:"起码祁或过得自由,你看过哪个正常孩子像祁衍那样,恨不得当一辈子只有三十年活,掐着秒过日子?"

孟溪则冷笑:"优秀的人都是这样的,祁厉泓我看你就不知道什么叫优秀!"

祁厉泓:"我不跟你吵,我退群了!"

祁衍等他们吵够了,才悠悠道:"好了,该说的话我已经说完了,你们自己选择吧。"

祁厉泓:"我不反对。"

祁衍:"好,那欢迎您将来参加我和让让的婚礼。"

孟溪则："……"

祁衍轻笑，不等孟溪则想明白，瞬间把群给解散了。

半响，祁彧发消息过来："你逼爸妈就范，干吗要把我拉进去啊？祁衍你是不是故意的？"

祁衍扫了一眼，收敛起笑容："再说一遍？"

祁彧："哥……"

祁衍满意道："下次别再让我提醒你。"

消息没发出去，祁彧已经把他给删了。

但祁衍并不担心，过不了多久，他就得上赶着加回来。

再之后，虽然孟溪则并未表示过什么，但也不再跟祁衍聊唐让让的事情。

从她的角度来说，已经算是最大的认可了。

一个月的时间转瞬即逝，马上快要过年了。

唐让让的实习期暂时告一段落，所有实习生被叫去开会，如果年后想要继续实习的，可以发邮件给人力主管，如果觉得已经足够了，也可以现在离开。

对不在毕业期的学生来说，一个月已经够了，他们还得享受一下大学生该有的假期。

所以大二大三以及研一的实习生，都选择了现在离开。

大四和研三的则留了下来，他们是打算转正，毕业后就一直待在领域。

唐让让也决定结束实习期。

这一个月的实习，她拿到了税后一万的工资。

沈莫颜同样得到了这么多钱，她兴奋地紧紧搂住唐让让不放。有了这一万块钱，下个学期，她就可以不出去兼职了。

唐让让现在倒是不缺钱。她琢磨着，新年要到了，怎么也该给祁衍买点新年礼物。于是抽了个下午，她拉着陶可去逛街了。

陶可经历了半年多的艰苦磨砺，总算不负众望考过了雅思。虽然这次考试有不少运气的成分，但不管怎么说，她已经有申请出国的资格了。

陶可意气风发道:"接下来,就可以准备 GRE 了!"

唐让让拿过陶可刚买还没看的 GRE 单词翻了翻,充满同情地拍了拍陶可的肩膀:"保重。"

陶可还没意识到自己即将面临的困难,她美滋滋地问:"对了,你要给祁老师买什么礼物啊?"

唐让让思索片刻:"现在还不知道,看看再说吧。"

祁衍似乎什么都不缺,他没过分偏爱的东西,也没想要却得不到的东西。

总的来说,祁衍似乎对这个世界没什么欲望。不过二十几岁的皮囊,却活得像古稀老人的心态。

唐让让的眼睛下意识扫过一块放在展示柜里的手表。扫过之后,她停住脚步,又把目光转了回来。

陶可疑惑:"怎么了?"

唐让让朝展示柜走过去,目光定定地落在表盘上。这是块极具设计感的手表。不像商务搭配得那么正式,整块手表,散发着柔软的蜜金色。表盘上,用钻石雕刻的碎雪花替代了时刻,指针闪烁着金光,一顿一顿,跳过时间。

唐让让翻出压在衣领底下的那枚戒指。

"你看,和这个是不是挺搭的。"

陶可仔细端详片刻:"还真是挺搭的啊。"

陶可又看了看那块表的价格:"八千九,就是这表的价格……对祁衍合适吗?"

恐怕祁衍从来没戴过这么便宜的东西吧。

唐让让毫不在意地一笑:"小时候祁衍家用的东西就贵得要死,如果我纠结这个,那以前就不可能跟他玩到一块儿去。"

以前,祁衍家里放着的,都是一盒上千块的巧克力,唐让让揣着的,是五毛钱一颗的西瓜泡泡糖。

她理直气壮地用泡泡糖换走了祁衍的巧克力,还硬是逼他尝大众口味的零食,丝毫没有愧疚之心。

"就这个。"

唐让让目光一软,指尖轻轻点在了玻璃窗上。

服务生戴上手套,将表给她取了出来。

"您真有眼光,这是我们今年出的新品。"

手表被小心翼翼地放进手提袋里。

"我一会儿还要去公司把保密材料粉碎一下,明天再约你玩。"唐让让拎好袋子,转头对陶可道。

陶可挥挥手,哼道:"我看粉碎材料不着急,送礼物是真吧。"

唐让让笑意盈盈:"才不是。"

其实她的东西大部分都运走了,该删除清空的也都清空了,这次也根本不用回去,只要在邮件里说明一下就行了。

但实习这段时间,风控部的同事都很照顾她。

她走了,怎么也该送点东西。

于是唐让让又去采购了不少巧克力、咖啡杯,零零碎碎一大堆,把工资花了个干干净净。

她拎着这么多东西,艰难地用员工卡刷开楼下的电梯间时,竟然觉得有些不舍。

她犹豫了一下,把卡片交还给了大楼的管理人员。

下次,她就没有员工卡了,也不再是领域的一员了。惆怅片刻,电梯到了十八层,唐让让深吸一口气,走了出去。

来日方长。

和祁衍的关系公开后,她可能不会再到领域工作了。但现在结交的人,她永远都记得。

唐让让走到门口,停下了脚步。离职后,他们的员工信息和指纹也已经从领域的系统里消除了。

沈莫颜和她说过,指纹已经识别不了了。

唐让让把手里的东西放下,给孙倩发微信。

"倩姐，我现在在公司门口，你能出来接下我吗？"

半晌，一阵小跑声，孙倩从里面推开了门。

她惊喜又诧异道："让让，你怎么回来了？"

唐让让拎起地上的东西，努力举起来晃了晃："来看看大家。"

孙倩有些不好意思："嗨，你太客气了。对了，你怎么不自己进来啊？"

唐让让弯了弯眼睛："已经离职了啊，识别不了了。"

孙倩怔了怔："这样啊，IT部门速度还挺快的。"

唐让让点头："是啊。"

孙倩："我帮你拎吧，你肯定累坏了。"

唐让让也没推辞，反正就几步路的距离。孙倩把东西放在桌子上，招呼风控部的同事过来。唐让让把杯子给他们依次分了，连朴金晴的那份都预留了出来。剩下的零食，就放在她曾经坐过的桌子上，谁饿了，都可以来吃。

朴金晴捏着杯子摆弄了片刻，冷不丁道："我屋里起码有十个杯子。"

大家瞬间安静下来，忐忑地望着朴金晴。

朴金晴突然一笑，晃了晃手里的杯子："但这个会用。"

大家这才松弛下来，还以为朴金晴会不满意唐让让送的礼物。

唐让让垂眸，会意一笑，认认真真道："这一个月，谢谢了，朴主管。"

朴金晴轻呼一口气，点点头："不用谢我，你工作能力挺强的，比我想象的厉害。"

说罢，她用眼睛瞟了一下里侧的办公室："还留在这儿？"

唐让让甜甜地吐了吐舌头："先去办点事。"说罢，她抓紧手提袋，轻松雀跃地去了祁衍办公室。

孙倩迷迷糊糊地问："让让这是找谁去啊？"

朴金晴定神道："祁总。"

孙倩恍然："不过，你怎么知道她要去找祁总啊？"

朴金晴扫了她一眼，顿了片刻，神神秘秘道："我知道的事多了。"

孙倩一脸迷茫地点点头，她当然知道朴金晴知道的事多，但这跟她能预判唐让让的目的地有什么关系?

唐让让敲了敲门,得到里面的应答,立刻推门走了进去。

祁衍抬头看见她,随即一笑,拍了拍自己的腿:"怎么回来了?"

唐让让可没去他腿上坐着。

"站起来,闭上眼睛。"

她把手提袋背在身后,狡黠地望着他。

祁衍喉结微动,放下鼠标,无奈地站起身,轻轻把眼睛闭上。

"要做什么?"

唐让让慢慢凑过去,仔细检查着祁衍的眼睛。

"不许睁开啊。"

祁衍的眼睛真的很漂亮,闭上的时候,睫毛浓密纤长,轻轻地抖着,眼角泛着轻微的笑意。

唐让让把他的手拉过来,小心翼翼从袋子里取出手表,然后郑重地戴在了他的手腕上。

祁衍没有睁开眼。闭着眼睛的时候,五官仿佛都更加敏感了。他能嗅到唐让让身上熟悉的香味儿,感受到她的靠近。她轻柔地拉着他的手,再然后,将一个冷冰冰的东西套在了他的手腕上。

是块手表,祁衍心里感应道。

紧接着,唇被一个柔软的地方含住了。唐让让轻轻吻着他,呢喃道:"祁衍,新年快乐,我的祁衍。"

祁衍缓缓睁开眼睛,突然加深了这个吻。他将左手抬起来,扣住了唐让让的后颈,目光掠过去,漂亮的金色手表熠熠生辉。每一瓣雪花似乎都活了一般,随着他的身体轻轻颤抖。

祁衍手指一紧,眼底隐约有些潮意。他立刻闭上眼,细细摩擦着唐让让的唇。

"我喜欢,只要是你给的,我什么都喜欢。"

他压低声音,从她的唇边一直吻到耳垂。

"祁衍,我要嫁给你。"

她想过了。不能什么都让祁衍主动,这太不公平了。她不管祁衍家里人是不是喜欢她,也顾不了将来祁衍是不是会有一个色弱的孩子。

哪有那么多十全十美,就算真的有那一天,她会用所有的爱和呵护补偿那个孩子,让他和自己一样,过得很幸福。

唐让让紧紧搂着祁衍,她能感受到祁衍的激动,他的声音在颤,身体在颤,手掌渗出了汗。

"好。"祁衍深情道。

好。

就嫁给我吧。

就这样嫁给我吧。

他们亲吻了好一会儿,祁衍才依依不舍地放开她。唐让让气息不匀,眼角潮湿,眉目含情。她下意识抬眼看着祁衍,祁衍这次也没比她好多少。

他的眼睛似乎更红了,那副一直成竹在胸的淡定消失了,隐约显现出属于这个年龄的男生的青涩。

祁衍舔了舔下唇,理直气壮道:"不想工作了。"

唐让让眼睛一亮:"那去哪里?"

祁衍用手指抚过唐让让被他亲得有些红肿的嘴唇:"回家,一起走。"

这次唐让让没有拒绝他:"那……收拾东西?"

既然离开领域了,她也不在乎在别人面前暴露。

祁衍没什么东西要收拾,他拉住唐让让的手指:"拿好了。"说罢,便将唐让让拉了出去。

领域的员工仿佛中了定身咒,看见祁总拉着那个刚来一个月的实习生,觉得自己的世界观都要碎了。

这是那个传说中不近女色,一心搞事业的祁总?

这是那个单身二十余载,洁身自好,不苟言笑的祁总?

祁衍牵着唐让让的手,按捺不住唇边的笑意,甚至有些刻意地抬起左手,炫耀了一下手腕上的表。

颇为遗憾的是,没什么人把目光聚焦在那块表上。

他们盯着唐让让的唇,又看了看祁总的唇。

震惊了!

好像知道了什么了不得的秘密!

孙倩手里的杯子都快拿不住了,她躲在朴金晴身后,磕磕巴巴道:"我我我……我瞎了吗?"

朴金晴眯眼,环抱着双臂,意味深长道:"讨厌,现在我知道的事不比你们多了。"

祁衍站在办公室门口,定了定神,平静道:"我下班了,你们也可以早点下班,后天除夕,新年快乐。"说罢,他也不待广大员工有什么反应,便拉着唐让让出了公司大门。

唐让让开始还能昂首挺胸跟着祁衍一起走,后来实在受不了,掩耳盗铃般用手捂住了脸。

太羞耻了!

简直是公开处刑!

出了公司,被一道大门挡住那些炙热的目光,她才稍稍缓过来一些。

她长出一口气,拍了拍胸口。

"我后悔跟你这么出来了,为什么非要曝光嘛,我应该溜出来等你。"

祁衍按亮了电梯,淡定道:"晚了。"

大楼的电梯很快,片刻,就到了十八层。

祁衍拽着唐让让,进了电梯。唐让让一只脚踏进电梯间,突然又停住了。

"等等。"

祁衍不解,松开了她的手。

唐让让飞速跑回去,在指纹识别的地方将自己的食指按了上去。白光一

闪,大门缓缓打开了。

她微微一怔,随即会心一笑。

果然。

这道门,将永远为她敞开。

除夕的前一天,唐让让从祁衍的公寓搬回了家。

新年,还是要跟家人一起过的。

虽然她也舍不得祁衍。

但祁衍也有家人,他也得回去,和父母、弟弟、爷爷一起过年。

虽然那个家支离破碎,四处漏风,祁衍嘴里嫌弃,但心底里,还是有感情的。

不然他不会每年都遵守承诺,和亲人相聚一次。

哪怕每次都被孟溪则和祁厉泓闹得不欢而散。

唐让让彻底清闲了下来,没了家里的阻力,没有课业的压力,她全部的精力都可以放在祁衍身上了。

唐家还是很注重新年的,尤其是唐明治,对中国的节日情有独钟,每次都早早地做准备,张罗得格外积极。

除夕前一天晚上,他们就开始和馅、擀饺子皮、包饺子,提前准备好明天的饭菜。

唐汀汀从来不参与做饭这项活动,她依旧很忙,而且也讨厌油烟味。

唐汀汀穿着睡衣,绑着还湿润的头发,靠在厨房门边,一边打电话一边看着父母和妹妹忙活。

"明天除夕是吧,茜茜是不是在剧组?让她开个直播,给粉丝点儿福利。

"你放心,没多少年轻人看春晚。

"李锋呢,休假别真当休假了,至少发条微博跟粉丝互动一下,自拍至少三张,说不定还能占个热搜。

"我们公司参加春晚红包活动的有几个?让他们意思一下就行,别忘了给之前待过的剧组群发红包,维持好关系。

"还有粉丝群,以公司的名义,给他们发点周边,别让艺人出面,周边上可以宣传一下新戏。"

…………

念叨完需要处理的工作,唐汀汀放下手机,一抬眼,拧着的眉头舒展开,目光也渐渐温柔下来。

唐雅芝擀好了饺子皮,唐让让和唐明治在包,边擀还边念叨:"哎哟,你看你们俩包的,一点都不圆,看我这个。"

唐明治不服:"我这不是包得挺好嘛,我在外头吃,人家也包长条形的呢。"

唐让让哼道:"你说爸包得不好看就算了,我明明很厉害好嘛,怎么说我也是美食主播。"

唐雅芝毫不留情:"你那个美食主播,还不是吃出来的,你做什么了?天天点外卖。"

唐让让逞强:"反正我会做,我就是没时间。"

唐雅芝直起腰来,回头看了唐汀汀一眼:"你还比你姐好点,你姐是连方便面都不会煮,宁可饿着也不动手。"

唐汀汀一点也不羞愧,依然笑意盈盈地靠着门框,手里捏着手机,没有半点要动手的意思。

唐让让无奈地摇摇头:"拜托,像我姐这种女强人,哪有时间自己做饭啊,请个厨师好了。"

唐雅芝还是老想法,总觉得外面做的东西不卫生不健康,自己做的才是最好的。

"那能一样吗?将来自己成家了不得做饭啊,自己做的,给人感觉也不一样。"

"我姐学什么不快啊,她要是想学做饭,肯定也是一级厨师了。"

唐汀汀撇了撇嘴:"我不,我宁可饿死也绝对不自己做饭。"

"都二十七岁了,还这么不成熟。"唐雅芝念念叨叨,又去帮着包饺子了。

唐让让知道,唐雅芝还是操心唐汀汀的婚姻大事。

毕竟二十七岁,在唐雅芝眼里已经不小了。她不知道又从什么地方听说,女人过了二十八岁,再生孩子危险就大了。

但催又不能催,说又不敢深说,她一边着急,一边还恋恋不舍。

现在多好啊,像这样,过年的时候两个女儿围在身边多好啊。

热热闹闹的,甭管干不干活,一个人说句话,就有过年的气氛了。

但她又不能因为自己,耽误了孩子的一生。

唐雅芝酝酿片刻,冷不丁问:"哎,汀汀,你要不要给小顾打个电话?"

唐汀汀皱了皱眉:"我给他打电话干什么?"

唐雅芝只当唐汀汀还不太喜欢顾野,或许是嫌他年轻,阅历浅,工资不高。

但男人嘛,总是要慢慢成长的,现在想找个事业有成的,人又好的,哪那么容易,多半都结婚了。

她还不知道,顾野是星创的太子爷。

"过年了嘛。我看小顾对你挺顺着的,脾气也好,你也别为那天的事生气了,不怨他,他又不知道让让没跟我说。"唐雅芝苦口婆心地劝道。

唐汀汀难得能带个男人见见人,还是个长得挺好挺精神的小伙,唐雅芝不舍得大女儿就这么错过。

唐汀汀无奈道:"妈你就别操心了。"

哪用得着她主动去说过年好,顾野早就发信息过来了,还说什么今天晚上跟公司几个高层吃顿饭。

唐汀汀想回家陪着父母,就给拒了。

唐让让突然叫道:"哎哎哎,我爱吃煮的,别蒸了。"

唐雅芝已经把几个饺子下锅了。

"今天还没到除夕呢,吃什么吃。"唐雅芝嗔道。

唐让让眼神委屈,眼巴巴看着锅里的饺子:"那你为什么要做啊?"

唐雅芝轻咳了两声,一连放了二十个饺子进锅里,才道:"你不是说,祁衍一会儿过来吗？"

祁衍的确说，回家之前过来看看她。

"给他带点饺子尝尝。"

唐雅芝轻轻叨咕，小心翼翼地把蒸锅的盖子扣上。

升腾的热气在她脸前渐渐消散了，她的头发丝上，还缀着水蒸气氤氲的潮意。

唐雅芝擦了擦手，也不擀皮了，专心看火，好像这锅里蒸着什么极重要的东西似的。

虽然她之前那么排斥，但既然认可了，就把祁衍当作唐让让未来的丈夫看了。

她得对祁衍好一点儿，让祁衍对她女儿更好些。

唐让让放下手里的活儿，看着唐雅芝日渐老去的背影，眼睛一热。

祁衍到得很准时，而且还带来不少东西。司机帮他一起把那些水果、年货、营养品搬进家里来，整个阳台都塞满了。

唐汀汀无奈道："我说祁总，这些够我们家吃一年了。"

祁衍垂眸道："我没经验。"

他的确第一次给丈母娘家送礼物，不知道该送什么，太过昂贵的，又怕不接地气，太接地气的，又怕不够庄重。

所以就什么都买一点儿，一不留神凑了一堆东西。

唐雅芝赶紧笑呵呵道："没事没事，这些我都喜欢。我和她爸年纪大了，都说要补维C，我们俩天天吃。"

唐让让才不管那么多，她撑着两只白花花的手，靠在祁衍身上蹭了一会儿。

祁衍的大衣还带着外面的寒气，但他身上那股干燥的味道，混合着冷风的清冽，真的好闻。

祁衍抬手，摸了摸唐让让的头："在包饺子？"

唐雅芝赶紧去厨房，把那个盛着饺子的保鲜盒取了出来："三鲜馅儿的，蒸出来一笼，你带着路上吃。"

饺子熟了之后，唐雅芝就小心翼翼地把它们放到保鲜盒里，摆得整整齐齐的，在窗边凉着。

现在不冷不热，正适合吃。

祁衍看了看唐让让。

唐让让道："你带着吧，我妈特意给你留的，我们今天都吃不到呢。"

祁衍眼底带着笑意，伸手接了过来："好，谢谢阿姨。"

手里的饺子温热，驱散了他掌心的凉意。屋里的温度也很高，渐渐地，他甚至觉得有点儿热了。他实在是太不习惯这种其乐融融的氛围了，让人不禁开始羡慕，如果能在这样的家庭里过年，会不会很开心？

祁衍陪唐家人聊了一会儿，就不得不走了，孟溪则还等着他。他贴了贴唐让让的额头，低喃道："想你。"

唐让让当着家里人，不好做什么太过火的动作，只能轻轻捏了捏祁衍的手，表达不舍。

和唐家人依次道别后，祁衍下楼，坐回了车里，手里还端着那份热腾腾的蒸饺。

孟溪则扫了他一眼，淡淡道："不舍得？没关系，在你爷爷面前装个样子，就可以回来了，我们都可以回来了。"

孟溪则和祁厉泓破裂的关系，还没有告诉祁老爷子。虽然没说，但言语和动作上的疏远，已经表露无遗。可祁老爷子还是没说什么，依旧每年等着他们来吃年夜饭。哪怕每年，他们都过得不痛快。

谁也不希望自己的家人是这副样子，包括祁衍。

他抬了抬手里的饺子："唐让让妈妈做的，吃吗？"

孟溪则把头扭了过去。她虽然无法拒绝祁衍和唐让让在一起，但不代表她甘心吃瘪，被自己儿子耍得团团转。

祁衍也没强求，自己夹了一个，放进了嘴里。唐雅芝做的饺子，是那种很家常的味道，和任何一个五星级厨师都不一样。但祁衍觉得很好吃。

车内狭小的空间，很快飘满了饺子的香气，连司机都不由自主地吸了吸鼻子，孟溪则当然也能闻到。

她还没吃晚饭，身体自然承受不住香味的诱惑。

她不由自主地转过了头，看了一眼。

饺子包的嘛，倒是一般，有长条的，有元宝的。但是蒸得很好，饺子皮仿若透明，硬挺挺地包裹着馅料。不油，但香味儿十足。

孟溪则情不自禁地咽了咽口水。

祁衍一连吃了五个，大概也很喜欢吃。孟溪则很少见祁衍这么津津有味地吃东西。她这个做母亲的，都不知道祁衍和祁彧爱吃什么东西。

他们似乎什么都能吃，什么都不挑。但现在，她能分明感觉到，祁衍爱吃这个饺子。

真有这么好吃？

孟溪则默不作声地，用手指捏了一个，放到了嘴里，一边掩着唇，一边咀嚼。大概是饿了，她觉得这个饺子果然很好吃。

她难得没有嘴硬，给了一个中肯的夸奖："还不错。"

祁衍眼底含笑，没说什么，只是默默地把饺子放到了两人中间的位置。

孟溪则道："我以为你没什么爱吃的东西呢，原来爱吃饺子。"

祁衍静默片刻。

就在孟溪则以为自己听不到回应的时候，祁衍缓缓道："有，四岁的时候，云吞面。"

孟溪则一怔。

祁衍四岁的时候，她和祁厉泓还没有撕破脸，他们之间还没出现不可逆转无法调和的裂痕。

她想做一个贤良淑德，没有大小姐脾气的母亲。她心血来潮，赶走了保姆，自己动手，给祁衍做云吞面，太不成功了，忘记放盐，云吞的皮也都裂开了。

一碗面乱七八糟的，跟保姆做的天壤之别，但祁衍还是吃了，很艰难地

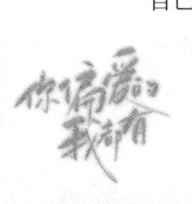

吃完了。

这之后,她也有自知之明了,为了不给祁衍的胃口找麻烦,就不再尝试下厨了。

祁衍也没想到,那是他唯一一次吃母亲亲手做的东西。

可能是太珍贵了,再回想起那碗云吞面的时候,祁衍竟然觉得滋味不错。

又过了几年,他觉得大概很好吃,不然自己也不会念念不忘。

成年后,他笃定地认为,一定是太好吃了,但小时候,却不知道珍惜。

孟溪则很不习惯温情。

她的人生,幸福都在前二十五年,成长是痛苦的,几乎磨灭了她从小构架的幸福的模样。

她不止一次地后悔,到底是人生哪个转折点走错了,才走到今天这步。

思索来思索去,她觉得,自己最不应该嫁给祁厉泓。

祁厉泓没错,她也没错,是他们的婚姻错了。

她这么小肚鸡肠的人,就不该嫁给一个大无畏的英雄,他可以抛下怀孕的妻子去救那些跟他毫无关联的陌生人,在她最无助的时候,他想的也是他心中的大义。她再也说服不了自己,和那样高光伟岸的人在一起。她觉得自己满心的恨意、怒意,仿佛一潭乌黑的水,快把她吞没了。

成长的残酷和痛苦,她体会得淋漓尽致,遍体鳞伤。她讨厌二十五岁之后的日子,每一天。可这之后,有祁衍,有祁彧,如果真让她重活一遍,她又不知道自己舍不舍得了。

祁衍靠在椅背上,微扬着头,看着窗外闪烁的路灯。

"我知道你不容易。"

一直知道。

不然,当初祁彧可以逃离孟溪则,难道他就不能吗?只是他比祁彧见得更多,体会得更多,知道得更多。他见过孟溪则温柔、亲和、慈爱的样子,才明白,她变成这样,是受到了多大的刺激和打击。

所以他才不舍得,不能离开孟溪则。

人人都说他感情淡薄，共情极差。但真正在身边的人，他一个都没放下。他小心翼翼地、艰难地把他们护在手里，努力呵护着，像一个捧着珍贵糖果的孩子。

除夕前夜，年味浓郁。

路边的树干挂满了闪烁的霓虹灯，斑斓的色彩散落在附近的雪地上，车轮压着地面咯吱作响。

一路错落，一路斑驳。这一条路，偏偏格外繁华，能看尽万家灯火。

午夜十二点，车还在路上，孟溪则已经疲惫得睡了过去。睡着之前，还不忘将自己的羊绒围巾，搭了一半在祁衍腿上。

祁衍的手机微微振动，他睁开蒙眬睡眼，隐约看清。

洋娃娃："祁衍，新年到了，我爱你。"

祁衍睡意未消，动唇呢喃："嗯，我也爱你。"

然后手机一滑，他又缓缓睡了过去。

Chapter 20
我们结婚吧

春寒料峭。

唐让让缩着腿,坐在宿舍的椅子上,手里抱着薯片,面前摆着电脑,电脑里放着祁衍的采访视频。

这是《直通经济》的最新访谈,应熟人之邀,祁衍不得不去,专业问题问过之后,便是相对轻松的闲聊。

祁衍坐在白色幕布之前,被主持人恭维了几句,礼貌地笑了笑。

主持人目光下移,扫到祁衍手指上的戒指,诧异道:"大家一直戏称您一心扑在事业上,对感情毫无兴趣,现在是……结婚了吗?"

祁衍低头,指腹轻轻拂过戒指的边缘:"我没有对感情毫无兴趣,而是只对个别人的感情有兴趣。"

唐让让舔着薯片,不由自主地红了脸。以前她也看过祁衍不少采访,但都没这么强的代入感。

主持人惊喜道:"所以您是早就心有所属?"

祁衍点头,算是承认。

"这真是很大的爆料了啊,看来祁先生真的对我们节目很好了,以前从来没透露过呢。"

祁衍:"以前还没追到。"

主持人:"您还用追别人吗?"

简直不可思议!

在任何人眼中,祁衍英俊多金,是不可多得的佳偶。只不过因为他年龄尚轻,大家默认他不会在短期内结婚生子,所以才没特别专注于他的情感生活。

祁衍平静道:"任何人在感情上都会面临两种选择,喜欢和被喜欢,我也是普通人。"

"真幸运,那个女孩。"主持人真情实感道。

不说跟祁衍走到白头偕老,单单是能跟他谈个恋爱,就已经胜过太多了。

祁衍道:"我比较幸运,她很乖,也很好追。"

唐让让对着视频,情不自禁地一笑。是啊,她真的很好追。

祁衍的主意总是很多,她根本就应接不暇。

"那请问未来的祁太太是做什么的?一定和您门当户对吧。"

祁衍摇头:"现在还不能说,她不喜欢。"

主持人颇为遗憾。如果能把这个消息爆出来,一定是个大新闻。但祁衍不想说,谁也逼问不出来。

看完采访,唐让让扣上了电脑,快速地收拾东西,到学校去上下午的课。

虽然和祁衍在一起了,但她的生活一切如常,没有过分奢华,没有众星捧月。

她还是那个普通的、苦兮兮地追求奖学金的大学生。

然而半个月后,她和祁衍的恋情,还是被曝光了。

捅出这件事的,正是林湄湄。

唐让让这段时间偷懒,一直没上直播,想等年会的事情冷却后,再露面。

毕竟当时那么多人都听到了她和祁衍的事,再大庭广众地直播,影响太大。

她却不知道，这段时间里，陆敬宏回到星创，成天能在唐汀汀身边晃悠，有了原版，早就忘了替代品，所以林湄湄也不受宠了。

没有了陆敬宏的支持，林湄湄在直播平台的人气一路下滑，现在已经勉强加播才能占住第十。

呦呦的流量越来越大，涌进来的新人小主播也越来越多。

卖肉撒娇的时代渐渐过去了，现在是内容时代，只要内容有趣、丰富，有新鲜感，就能瞬间被人记住，被人喜爱。

呦呦为了增强竞争性，给新人主播的扶植力度很大，和那些干净漂亮，人又有趣的十几岁少女相比，林湄湄就显得不入流多了。

品牌们也渐渐不愿意跟她合作，毕竟她是怎么红的，靠的是什么，大家有目共睹。

林湄湄的大部分收入来自直播，她的网店也需要靠直播的人气维持，所以想来想去没办法，只能靠爆料蹭热点博得关注度。

她实在不想得罪祁衍，可是没办法，黑红也是红。

林湄湄在直播里矜持地抿了抿嘴，一边玩指甲，一边若有若无地提起："有点儿无聊，不如我来爆个料吧，但你们都不要说出去啊，这可是秘密。

"你们知道祁衍吗？就是京市这边的一个青年才俊，他的女朋友，也是我们平台的主播呢。

"你们猜猜是谁？

"哈哈，当然不是我，不过我认识，上次年会还见了。

"有点儿名气吧，但不算顶尖的，他女朋友长得……见仁见智吧。

"我没卖关子啊，已经爆料了，多余的我也不能说了，不能得罪人好吧。

"反正你们自己去猜吧，我已经给了好几条线索了。"

她没提唐让让的名字，却把矛头指向了所有在呦呦直播的，前十开外，长相一般的主播。

林湄湄的关注度瞬间爬了上去，频道里也越来越热。

虽然被猜测的主播无数，但谁都不能确定，只等着林湄湄什么时候再扒点主播圈的料。

与此同时,祁衍的女朋友是个主播的消息也不胫而走。

现代社会对"网红""主播"之类的字眼多少有点儿偏见。

祁衍能喜欢主播,也仿佛瞬间把他的档次拉低了。

人人都以为,这样优秀的人,怎么也该找个志趣相投的大家闺秀。

没想到还是不能免俗,找个网红脸、筷子精。

呦呦的新人主播们不堪其扰,几乎有点儿名声的,都被质疑过是不是祁衍的女朋友。

知道真相的,不敢率先捅出这个新闻;不知道真相的,只能一遍遍地澄清。

大家对林湄湄恨得咬牙切齿,却根本拿她没办法。这个消息想要传到祁衍耳朵里,还是很困难的。于是等他终于听说了,有关于他和主播的绯闻已经传得沸沸扬扬了。

当然,祁衍出手也很快。

还不等林湄湄在直播间多卖几件衣服,她的频道就被平台封了。

林湄湄虽然早有准备,但仍然不服。

她并没有说出唐让让的名字,而且也不算造谣,凭什么封她?

萱萱也没客气,直接给出解释:"因为呦呦是祁衍投资的,祁衍很烦你。"

林湄湄咬了咬牙,转而在微博上卖惨博同情。

@湄湄:对不起我的粉丝们,我的频道被封了,不知道什么时候能解封。也怪我不会说话,惹了大人物。我真不知道那件事情不能说,明明当时在年会,大家都看到听到了。这段时间的压力挺大的,很多人都来问我,给我的生活造成了很大的困扰。说到底,还是我嘴巴大,不懂事。对不起,对不起了。

文字配的图,一张是和萱萱的聊天记录,上面明确出现了"祁衍"两个字。

另一张是某个被打码的账号,扬言要人肉她的话。

资本施压,网络暴力,本就是网民的 high 点。

林湄湄的微博一发,大家的关注点齐齐转移到了那张辱骂截图上。

说的话实在是太难听了，也实在是太吓人了。

这个世界果然比大家想象的可怕。

女孩子只是不小心说错了话，还是在自己的直播间，跟自己的粉丝说的，又没有曝光那人的姓名，就要被封杀吗？就要被人肉吗？

林湄湄发博之后，短短一个小时，连续登录了十七次微博，接连在评论里回复：

"对不起，那个姐妹，真的对不起。"

"放过我吧，我只是个小主播。"

"这样下去我只能搬家了，父母都在这边，不知道该怎么办。"

"有联系警察，可是对方还没有威胁性行动，警察也不管。"

"我真的怕，这几天都没有睡觉。"

"门反锁了，可是外面有人走过我都怕，我也只是个二十六岁的女孩子。"

"谁能帮帮我吗？"

林湄湄的粉丝和吃瓜路人看了她这段内心剖析，无不怒火中烧，正义感作祟。

"那个主播还要做缩头乌龟吗？"

"敢不敢出来承认一下！"

"人家也没提你名字吧，就要人肉人家，太恶毒了吧！"

"能勾搭上资本的你还当是什么简单角色吗？祁衍还说女朋友很乖，笑死了，人肉别人的女人能叫乖？"

"不就是人肉嘛，谁还不能了。来来来，我们手动筛查一遍呦呦的主播，早晚把她抓出来。"

筛查在粉丝的自发性行动中开始了。

某些小主播为了不波及自己，立刻在微博上澄清了与此事无关，澄清过的，就被暂时放过。

呦呦前百名的女主播，被越筛越少。

所有人里，就只有雅美站出来，意有所指道："真是恶人先告状，当初靠别人绯闻炒热度的时候，怎么不说自己害怕呢？你那张人肉截图，无名无姓，谁知道是真的假的，会卖惨的有糖吃？"

她是第一个站出来跟林湄湄公然作对的，当然也承受了第一波怒火。

固然有为她说话的，但更多是不明真相的路人的咒骂。

"真恶毒，人家都被人肉了，你还在这儿说风凉话。"

"人肉是假的？谁会没事闲得找人人肉自己！"

"说人家卖惨，人家是真惨怎么就不能卖了？"

"雅美不会就是那个女人吧，主播圈的瓜可真多。"

唐让让当然不能让雅美在前面为自己阻挡炮火，但她依旧很感激，在言论一边倒的时候，雅美还是能站在她身边支持她。

这段时间偏巧祁衍出国谈合作，鞭长莫及，而她开学不久，事情不算多，有的是时间上网。

说不难受不闹心，是假的。看着那么多人骂她、指责她，替林湄湄鸣不平，唐让让觉得又无奈又好笑。这件事从头至尾，她什么都没有做过，甚至连暗示平台封禁林湄湄的直播间都没有。

但林湄湄被骂是她的错，被人肉是她的错，扬言抑郁活不下去了，还是她的错。

她觉得心灰意冷，一边觉得网民不负责任，一边又对这种现状无可奈何。既然那些人如此厌恶网络暴力，对人格侮辱嗤之以鼻，那真正被暴力的是谁呢？

她先发私信感谢雅美，然后劝雅美删掉微博，别管了。

雅美气性大，不甘心道："让让你就这么忍了？"

唐让让想了片刻，苦笑道："我该怎么解释人肉不是我做的，我有什么证据说林湄湄被封不是我吹枕边风？哪怕我现在不出面，也没被网友筛查到，等有一天我真的和祁衍结婚了，今天的场面会再来一次。"

雅美道："你根本就没做，凭什么给他们拿证据！"

唐让让静了片刻，反问道："是啊，我也想知道，凭什么呀？"

两人都无话可说。

凭什么呢？谁也不知道。

人的力量太渺小了，从来就没什么直白的是非对错，很多时候，人是被洪流推着走的，不走都不行。

冷静了半晌，唐让让对雅美道："你不用担心我。这件事对我来说不难解决，除了祁衍以外，我还有姐姐。"

唐汀汀，国内数一数二的经纪人，资源人脉无处不通，手握能够逆转舆论的大量节奏大师账号。平时这些资源都是她用在手下艺人身上的，从没想过有一天，还能用给自己家人。

唐汀汀听说这件事后，上网翻了翻，瞄了一眼林湄湄的三万条评论和五万条转发。

唐汀汀轻蔑地笑了。这种阵仗，还不及她处理的手下任何一个流量艺人的公关危机。

唐让让什么都不用做，短短一天的时间，有关林湄湄的黑料就贴满了网络，各大营销号吃瓜转发。

唐汀汀并未让人隐瞒唐让让的身份，只不过，并不是让她在微博自曝，而是通过慈善基金会官方微博，登出一张张捐赠证书。

那些都是唐让让这些年做主播赚来的打赏钱。她几乎没给自己留下什么，尽数捐了出去。

唐汀汀通过唐让让的呦呦账号，发了一条状态——

流言不堪扰，无意惹尘埃。

这还不算完，紧接着，那个所谓的人肉账号也被人从浩如烟海的评论中翻找了出来。点进主页，是个刚注册的新号，谁料这人注册后忘记关闭同城显示，被人发现，竟然和林湄湄是同个城市的。

这种巧合实在很难不让人多想。

要么这人根本就跟林湄湄认识，要么，就是林湄湄本人！

唐汀汀很少用这么多手段对付一个不起眼的小主播，但是涉及唐让让，实在是触了她的逆鳞。

晚间,两个曾经被诬陷过的流量女艺人,手滑点赞了慈善基金会发布的有关唐让让的微博。

粉丝们瞬间感同身受,明白自己宝贝的心情。谁没被诬陷过呢,谁还不知道有多痛呢。

娱乐圈粉丝的控评和锋利度要比路人专业得多。

林湄湄的微博下那三万条评论,也根本不够这些流量粉丝压的。

"世道是怎么了,辛辛苦苦做公益的美女被嘲,卖肉嘴碎的蛇精脸哭惨呢。"

"流言不堪扰,无意惹尘埃哦。小姑娘从头到尾没说一句话,就你能装能演!"

"人肉洗脑包收收吧,实锤来了,主播自导自演!"

"唐让让清清白白女大学生,也能被你糊上。"

"来看看我们甜美吃播唐让让哦,年级第一唐让让,肤白貌美唐让让,中法混血唐让让,大美女可太惨了,低调谈恋爱,锅从天上来。"

"柠檬精成精了,人家美女学霸,青春靓丽,还有总裁喜欢,气死你哦。"

…………

林湄湄自知理亏,删掉了所有的微博,关闭了私信,也改了名字。

风烟过去,一片狼藉。

时隔数日,祁衍回国,被人问起这件事。他坦然承认,林湄湄的直播间是他授意封的。

就在对方惊讶于他如此坦诚的时候,祁衍冷声道:"呦呦直播是我投资的,我在自己的地盘,向着我夫人,关你们什么事?"

这件事随着林湄湄的销声匿迹,就这么过去了。接下来又有什么明星离婚结婚的大事,吸走了吃瓜群众。

呦呦直播虽然有位总裁夫人,但因为该夫人实在是太过低调,十天半月也不一定直播一次,对广大主播没什么影响,大家也很快就忘了这件事。

雅美心情舒畅，请唐让让喝鸡尾酒接风洗尘。

风波之后，唐让让偶尔在想，如果她没有一个娱乐圈资深经纪人的姐姐，没有一个负责坦诚的爱人，结果会怎么样。

雅美醉醺醺道："那也太惨了吧，不敢想。"

和祁衍的关系曝光，说对唐让让的生活没有影响，是假的。

学校里，各科老师明显对她更为客气了些。不是有意为之或别有目的的客气，就是自然而然地，想到了她会是祁衍的夫人，本能地客气了起来。

老师们也还算好，毕竟大学是个自由的地方，见到老师的时候并不是很多。

更为严重的，是其他学生对她态度的变化。

沈莫颜的既感激又羡慕她早就已经习以为常，再加上同一个宿舍住着，沈莫颜终于在半年后才彻底脱敏，对唐让让不再怀揣某种诡异的感情。

但其他人，就没那么正常了。她仿佛一夜之间变成了名人似的，不管走到哪儿，都有人在背后议论。

这种议论还不是特别隐蔽，偏偏能够被她察觉到。

虽然没什么恶意，但就是很别扭。

她只想清清静静地做普通人。

说到底，还是怪林湄湄。

虽然林湄湄已经彻底销声匿迹，从主播圈离开了，离开得臭名昭著，全面溃败，但她留下的影响可真浩大。

现在不仅是个人都知道唐让让的身份，而且还都清楚她和林湄湄的那场网络大战。

因为这场网络大战的缘故，她在社会上的影响力已经远远超出一个主播了。进而有各个节目组，真人秀剧组朝呦呦递来橄榄枝，希望能和唐让让合作。

唐让让哭笑不得。

她一点也不想进娱乐圈，更不在乎所谓的名声，她就想安安静静当个普通人。虽然别人不这么想,还会说她身在福中不知福。

唐汀汀笑呵呵地问她:"当明星的感觉怎么样?"

唐让让无奈:"很委屈,没拿多少工资,却享受明星的煎熬。"

好在这种情况维持的时间不超过一年,A大的学生也渐渐脱敏了。

谁都知道,自己学校有祁衍的夫人,就在工商管理专业,还修了双学位,本科期间成绩一直挺好,能排第一,没什么架子,不会耍脾气,本质上来说没有被金钱熏坏脑子,还是个正常的且格外漂亮的人。

就连别人问起来,大家也能波澜不惊地说一句:"哦,唐让让,之前见到过。"

拿到毕业证书的时候,唐让让二十二岁,祁衍二十三岁。

虽然以祁衍的意思,他很希望跟唐让让结婚,毕竟订婚戒指已经送出去那么长时间了。

唐雅芝却不这么希望。

她对唐让让说:"你还小,别这么早结婚,起码自己有了固定的事业,不都依靠祁衍的时候再结婚。"

妈妈是为了她好,唐让让明白。

其实唐雅芝挺矛盾的。

她一边希望女儿结婚,早日有个外孙,毕竟她和唐明治年纪也大了,本应该结婚的唐汀汀现在已到了二十八岁,到了唐雅芝认为的那个最适宜生育年龄段的末端。

但是没用,唐汀汀根本没这意思,她只好把希望寄托在唐让让身上。

但唐让让还小,祁衍又对她那么好,唐雅芝先替她惶恐了起来。

这世上其实最靠不住的事情就是一个人对你好。

如果把寄托都放在别人对你如何上,那一旦有一天,对方变了,哪怕是因为不可抗力,对你的生活都是毁天灭地的打击。

从投资学的角度上来说,给自己找各方面的寄托,那叫分摊风险。

唐让让在这件事上还是顺着唐雅芝的,于是也没着急结婚,先是把这些

年赚的钱拿出来,开了一家小甜品店。

她是美食主播,平时又爱吃,开甜品店顺便在自己的频道宣传是再正常不过的事情。

当然她的钱是不够完成整套流程的,因为大部分都捐出去了。

可她也没固执到去找银行贷款,没必要非得把自己树立成自强不息的典型。

她从祁衍那里借了些钱,说是借,反正也就是说说。

甜品店开起来之后,瞬间涌入了不少顾客。唐让让并没想着靠甜品店赚取多大的利润,计较多少成本。纯粹是因为她喜欢吃,大家又喜欢她,所以给喜欢她的人一个回馈价。

因为价格低廉,技术过硬,哪怕过了开业新鲜期,唐让让店里的生意一直挺好。

但唐让让真的管什么事吗?

其实也没有,除了身为专业人士,查查账单,看看财务情况外,她的主要工作就是吃。

又清闲又随意。

唐雅芝禁不住又去找她:"你毕业论文都交了,马上也就毕业了,不,应该算已经毕业了,现在秋招和春招都过了,你准备好去哪儿了吗?"

唐让让迷惑:"我不是弄了家甜品店,还一直做着直播吗?"

唐雅芝忧心道:"这哪算正常职业呢,你那是当老板去的,靠粉丝,你现在年轻漂亮,能吸引粉丝,以后年纪大了怎么办,这个没有保障啊。"

唐让让哭笑不得:"你不会是想让我去考个什么公务员吧?"

唐雅芝道:"其实能在国企里做个会计啦,管理层就不错,想你刘叔叔,虽然只是个处长,在京市不算什么特别厉害的人,但不管是工资啦,还是人脉啦,都不错的。"

唐让让十分无语。

以她现在的知名度，要是真进入国企，做着自己不怎么喜欢的工作，才是折磨。

唐明治靠着沙发，举着遥控器，一边看《三国演义》一边随意道："当什么公务员，让让现在已经下半辈子不愁了，你让她折腾什么劲儿，轻松点不好吗？享受生活不好吗？"

唐雅芝瞪他："说的什么鬼话！"

唐让让只能无奈劝道："妈你放心，我不会因为跟祁衍结婚就颓废了，也不会成天窝在家里做什么阔太太，每天喝下午茶。你担心的都不会发生。"

唐雅芝沉默了片刻，才缓缓道："你明白就好。我也不希望你和你姐一个个都那么忙，但是你找的人……他强迫你不得不变强啊。"

祁衍从未强迫她变强过，但是唐雅芝的话，唐让让明白。

祁衍太优秀了，实在是太优秀了。他才二十三岁，却达到了别人一辈子都达不到的成就，未来潜力无限，不可估量。

唐雅芝想让唐让让追上祁衍的脚步，起码不能被落下太远。

同样地，她也希望顾野能追上唐汀汀的脚步，起码不要跟唐汀汀的差距拉得太大。

这样结婚后，不容易出矛盾。

是的。

唐汀汀到现在都无法解释明白，顾野和她的关系，后来似乎也不主动解释了，唐雅芝误会着就误会着，她听习惯了，竟然也能觉得有点儿顺耳。

唐雅芝当然也不知道顾野的出身，是根本不用追逐唐汀汀的脚步的，还只当他是刚入社会不久的打工仔。

唐雅芝语重心长地对唐汀汀道："我看小顾最近没怎么到家里来，是不是你们有什么矛盾了？"

唐汀汀眯着眼睛，皱着张脸，无奈道："我和他能有什么矛盾，我们井水不犯河水。"

唐雅芝听唐汀汀这语气听多了，也懒得纠正她。唐雅芝继续说正事儿：

"你总这么强势不好,要顾及别人的感受。还有,你让他别因为祁衍和让让的关系有太大压力,我和你爸不是那种人,咱们家就是普通家庭。"

唐汀汀真想脱口而出,顾野是她老板的儿子。

但是她忍了忍,又咽回去了。

其实她妈这么误会着她和顾野的关系也挺好,有顾野在这儿顶着,起码她妈不会再给她找相亲什么的,她清静了不少,终于可以全身心地搞事业了。

至于顾野,他似乎巴不得被唐雅芝误会呢。

唐雅芝苦口婆心说起了心里话:"顾野那孩子挺好,挺阳光开朗的,说话也幽默,还总能逗你笑,不管他有没有你事业有成吧,只要对你好,我和你爸就同意。"

唐汀汀微怔:"逗我笑?"

她忽略了爸妈同意这回事,成功抓到了重点。

顾野什么时候逗她笑了?不对,她什么时候笑过了?

唐雅芝盯着她:"你没发现,他特别能逗你笑吗?就是那么不经意间就能让你勾勾唇角。"

唐汀汀愣住了,自己怎么没有意识到?

她不是爱笑的个性,而且为了在公司的威严不被柔美的外貌遮盖,她时常表现得过分严肃。

当然,这里面还有陆敬宏让她堵心的原因。

她竟然是会为了顾野笑的吗?

这件事竟然还是只和顾野见过几面的唐雅芝发现的。

唐汀汀回头问唐让让:"我经常被顾野逗笑?怎么可能。"

她明明觉得他既啰唆又烦。

唐让让抿了抿唇,刚欲张口,唐汀汀突然打断她:"算了算了,你和祁衍赶紧结婚,我也赶紧解决掉陆敬宏,让顾野少找理由到我那儿凑热闹。"

她说罢,不太自在地晃着双臂,回屋做瑜伽去了。

唐雅芝还嘱咐唐让让:"你才二十二岁,别听你姐瞎说,平时和祁衍在一起也要注意,毕竟没结婚,要保护好自己。"

唐雅芝说得隐晦,但她相信唐让让能听懂。

唐让让十分想说,现在才提醒她,是不是晚了一点。

她知道唐雅芝思想保守,于是也没明说。

晚上回到祁衍的别墅。

对,就是那个保留着她和祁衍无数回忆的郊区别墅。

自从孟溪则认可他们的关系后,祁衍回别墅的次数也多了,时常带着唐让让一起回去。

别墅的面积,还是比公寓大多了。

孟溪则不常回来,她自从被祁衍的相亲手段搅和了一通,无缘无故受到不少丧偶的成功老企业家的青睐。

并不是所有人都是祁衍安排的,也有听说孟溪则要相亲,对她真心喜欢的。

对此,祁厉泓的态度却很微妙。总之唐让让也不清楚到底发生了什么事,但似乎两人多年针锋相对的关系有所缓和。

对祁厉泓的恨意不那么大后,孟溪则也没那么锋芒毕露了,对唐让让也变得温柔和善了许多。

有一次唐让让来别墅住,正赶上孟溪则在,她竟然不动声色地给唐让让和祁衍做了两份云吞面。

面是不太好吃,但是意义非凡。

反正唐让让也没吃出什么滋味来,她吃的是感情,是示好,是接纳。

孟溪则倒也不急着让祁衍结婚生子,因为祁或似乎能比他们更快一步。

祁衍的弟弟和祁衍实在是特别不一样。他更像祁厉泓,骨子里热血,开朗,好战,领导力强。

但他的女朋友季悠却很软,特别特别软,而且非常乖,让人情不自禁想要保护她。

唐让让跟季悠的关系不错，季悠在T大上学，学经济，还到祁衍的公司实习，唐让让经常跟她一起吃饭。

季悠特别害羞，特别秀气，整个人白白净净，细瘦小巧，像个瓷娃娃似的。

而且她打算毕业就跟祁或结婚。

这天晚上，祁衍洗完澡，从背后搂住唐让让的腰，一边轻咬她的耳朵，一边颇为哀怨道："我弟弟毕业就结婚。"

唐让让被他咬得痒，一边躲着，一边含糊地答："那还有两年吧。"

祁衍放过她的耳朵，突然一用力，将唐让让按在沙发上，声音低哑道："你什么时候给我个名分？"

唐让让七荤八素，恍恍惚惚道："就给，就给，放过我吧，别……"

唐让让二十二岁，大学毕业。

这十天，她和陶可几乎把校园里每个角落都拍遍了。摄影师是雅美给找的，是她一个大学同学，现在自己开工作室，水平很不错。

唐让让长得好看，再加上有祁衍未婚妻的身份加持，学校把她的照片挂在了学校主页的招生界面上。

他们这届毕业之后，就该迎接下一批新生了。招生工作，早在自主招生前夕就已经暗搓搓地开始了。

对新生的热切期盼也意味着，他们这些快要毕业的人，和学校的缘分淡了。

唐让让和陶可坐在学校的喷水池边，一边喝着奶茶一边感叹。

陶可道："感觉昨天才刚入学似的。"

唐让让手里把玩着塑料杯，看着曾经完全不当一回事的一草一木，心中复杂道："是啊，转眼就过了四年。"

她爱吃的二食堂的梅菜饼，喜欢喝的一食堂的豆浆，经常和陶可一起吃的麻辣香锅，以后就都不再有了。

学校离家说远不远，说近也不近。陶可很快就要出国，剩下的同学，工作的工作,回家乡的回家乡。她大概也不会特意来学校一趟,去吃去看。

陶可挽住唐让让的胳膊:"我还记得刚开学那会儿,我第一次见你,就觉得天啊,这女生长得也太可爱了吧,然后你还帮我搬行李来着,我就认定要跟你做朋友。"

唐让让听闻,温柔地笑了:"我还记得你趁我睡觉的时候,偷偷捏我脸,当时咱俩不算熟,我怕你尴尬,还假装没醒呢。"

陶可哈哈一笑:"我第一次见混血嘛,好奇。而且你脸蛋太圆太软了。"

唐让让仰头望着湛蓝的天空,吸了一口校园的空气:"咱们宿舍第一次聚餐是去的川菜馆吧,那家的红烧肉特别好吃,可之后再也没去吃过。"

陶可笃定道:"你肯定记错了,第一次不是沈莫颜选的麻辣烫嘛,我当时还觉得有点儿太不正式了,但是刚认识没好意思说,后来才知道,她家条件不是很好。"

唐让让道:"不过沈莫颜也找到工作了,公司挺正规的,工资也不低,适合她。"

陶可若有所思地点点头,突然直起身子,拍了唐让让一下:"还有以前,张熙媛总跟你对着干,咱俩就一致对外,怼了她好几次。"

唐让让弯着眼睛,笑眯眯道:"但是她现在不针对我了,好久了,我都忘了她针对我的时候是什么样子了。"

陶可撇了撇嘴:"喊,她还敢针对你,不怕祁衍找她麻烦啊。"

唐让让为祁衍正名:"他也就是表面吓唬人,不会怎么样的。"

陶可问:"对了,说到现在,我还不知道你和祁衍到底什么渊源啊?"

说不好奇是假的,只不过以前唐让让没有要说的意思,陶可也不愿打探好朋友的秘密。

现在毕业了,也没什么可顾忌的了。

唐让让收敛起笑容,目光变得悠远了些,半晌才道:"实在是……缘分吧。"

她断断续续跟陶可说了和祁衍认识的经历,想到哪里说到哪里。

他家的别墅，那个安静又规整的书房，那些秘而不宣的午后，恬淡温和的纯情时光。包括后来和祁衍的分别，再相遇。

唐让让发现自己记得实在是太清楚了，她明明不是这么细腻的人。

陶可唏嘘道："你和祁衍还真是不容易啊。"

唐让让晃晃身子："他比较不容易。"

陶可："毕业之后呢，你还准备干点儿什么？"

唐让让道："我现在其实没什么压力。甜品店的生意不好不坏，反正没有亏钱。直播呢，热度不高不低，最近也不怎么去了。不过我最近关注了个国际公益组织，是援助非洲国家教育的，正好我语言能力不错，打算去当一段时间的志愿者。"

陶可凝眉："非洲，不安全吧？"

唐让让想了想："也就是有个想法还没决定，而且去的地方都是太平的，不会有危险的。"

陶可嘟嘟嘴："祁衍肯定不舍得你去。"

唐让让逞能道："不会啊，他还挺支持我的。"

陶可呵呵道："得了吧，就祁衍看你的眼神，恨不得把你天天揣兜里带着。话说，你们什么时候结婚啊？"

唐让让抿了抿唇："结婚……不知道呢。现在祁衍的爸爸妈妈不知道为什么，似乎关系有所缓和，但两个人又抹不开面子，一个在京市一个在阑市，见不到面还是白搭。所以这段时间祁衍总是往阑市跑，人都累瘦了一圈，估计暂时没精力考虑结婚的事。"

陶可在唐让让肩膀上蹭蹭："你要是结婚了，我就做你的伴娘啊。"

唐让让弯眸："当然，你还是我孩子未来的干妈呢。"

陶可喜不自胜："你真是，羞不羞啊，都想到孩子的事儿了。偷偷说，祁衍那方面是不是咳……很优越啊？"

唐让让脸颊发热，翘着唇角装傻："说什么呢，听不懂。"

陶可不依不饶："骗人，你还能听不懂，忘了咱俩通宵看《五十度灰》

的时候了！"

唐让让捂住她的嘴："你喊那么大声！"

陶可瓮声瓮气道："你唔……还找的未删减版！"

毕业典礼定在六月初，地点在学校的大体育馆。因为场地有限，学生人数太多，所以并没有给家长留下观看名额。

届时所有学生都要身着毕业服，开完毕业典礼，就算是彻底离开学校了。

晚上回家，唐让让委婉地对祁衍道："不好意思啊，体育馆的位子不够，就不能让你陪着我去了。"

祁衍道："那我在学校等你。"

其实祁衍非要进去也是可以的，只要跟校长说一声。但是没必要，他和唐让让都不是高调的人。

唐让让搂住祁衍的脖子："要不，我给你也租一套毕业服，你跟我在校园里拍拍照吧。"

祁衍动作一顿，迟疑道："我穿毕业服？"在他的印象里，毕业已经是几年前的事情了。

唐让让一扯他的领带，手指尖绕着他的领带卷了卷："祁总脱离校园这么久，就不想回味一下学生时代？"

祁衍轻笑，顺着她的力道，把领带拽了下来，衬衫领口微微松开，露出若隐若现的锁骨。

"真的想看？"

唐让让点点头："多有意义啊，就好像我们一起毕业似的。"

她其实不愿意承认，自己有点儿制服控。

她想看祁衍穿尽各种各样的服装，漂亮的，华贵的。他那么好看，换起装来一定美不胜收。

祁衍眯了眯眼，一边揉着唐让让的耳垂，一边低声道："好。"

第二天一早，唐让让没去体育馆，先是跑到了校办公室租了一套男士的

毕业服。

工商管理专业的毕业服是黄色领子的，唐让让觉得是全校最好看的。

她把毕业服揣好，抱着去了体育馆。

人已经快到齐了，她按着班级找过去，顺利看到了陶可。

张熙媛坐在陶可的另一边，她化了淡妆，精致可人，有不少其他院的男生往她这个方向看。

张熙媛考了经管专业的研究生，她不打算直接工作，准备继续读下去。

这个建议还是朴金晴给她的。的确，A大的本科在社会上不占优势，朴金晴也是当初自己吃了苦，所以才好心告诉张熙媛。

张熙媛看了一眼唐让让，捋了捋耳边的头发："祁衍怎么没来？"

唐让让还有些诧异她会主动跟自己说话，于是答道："没地方，就没让他来。"

张熙媛把手缩在袖子里，抖了抖，不自在道："你和祁衍结婚的时候不会不通知我吧，怎么说……咱俩也算从小玩到大的。"

唐让让勾唇："啊，会通知你。"

张熙媛眼睛一亮，随即傲娇道："那……伴娘……"

陶可一怒："别想！伴娘是我的！"

张熙媛坐直身子，说："喂，你觉得祁衍结婚那种场面，会只要一个伴娘吗？你没见过明星结婚的阵仗？都四五个伴娘的。"

陶可哼道："胡说，让让就我一个！除了我谁都不行！"

张熙媛瞪了她一眼："不行就不行，谁稀罕啊！"

唐让让哭笑不得，适时，一众校领导从后台走出来，坐在了主席台前。

会场慢慢安静下来。

其实毕业典礼实在是挺无聊的。就是无休止地讲话，然后领奖、拨穗。

唐让让得了个优秀毕业论文的证书。和校长握了手，合了影，毕业典礼算是彻底结束。

她跟陶可道了别，就急匆匆去找祁衍了。

祁衍就站在学校最漂亮的一处石桥上等着她。石桥是著名毕业拍照景点，大部分毕业生在毕业典礼之后，也都会赶到这里来补一张照片。

好在现在还没什么人，石桥上很安静。

祁衍穿了一件白色衬衫，一条简单的修身西裤，说正式也不正式，但绝不像个学生。

也不能怨他不满足唐让让的要求，实在是他刚从一个正式会议上下来，没来得及换衣服就直奔Ａ大，生怕错过了时间。

唐让让跑到石桥下的时候，祁衍正弯着身子，手肘拄着桥身，低头往下看。下面是一条蜿蜒的人工小河，里面养着不少金鱼。

唐让让停下脚步，情不自禁欣赏了一会儿。日光正对着祁衍的正面，光线投到他身上，照得他的皮肤细腻发光。

祁衍微垂的眼睑一颤一颤，下颚的弧度完美流畅。唐让让心里只有四个字——美人如画。

还是祁衍先察觉到她。

他抬起眼，歪过头，朝唐让让招了招手："过来。"

唐让让听话地走过去，把袋子里的毕业服拿出来："快穿上试试。"

祁衍凝了凝眉，虽然他年纪不大吧，但是大概心理太过成熟了，总觉得穿毕业服有点儿装嫩。

但是唐让让喜欢，他无奈只得套了进去。毕业服很肥大，垂到他的小腿。

祁衍抖了抖袖子，把手腕露出来，看了一眼唐让让。

唐让让几乎移不开目光。

穿着毕业服的祁衍，稳重、优雅，隐隐还带着点儿羞涩。

祁衍宠溺地凝视唐让让："好看吗？"

唐让让忙不迭点点头。

祁衍招招手："好，既然我满足你的条件了，作为交换，你是不是也应该满足我一个条件。"

唐让让不解："什么……条件啊？"

祁衍挽着肥大的袖子，正色道："过来。"

唐让让乖乖朝祁衍走了过去，一直走到他怀里。

祁衍顺势把她抱住，手指绕到她的脖颈后面，拢开浓密的长发，小心翼翼地解开了那条项链。

他把唐让让脖子上的戒指取了下来，轻轻一抖，戒指从项链上滑下来，落入他的掌心。

祁衍沉默地看了看掌心的戒指。

唐让让不解，无措地摸了摸自己的脖子，轻声道："祁衍……"

祁衍后退一步，面容严肃，突然缓缓地在唐让让面前跪了下去。

唐让让吓了一跳："祁衍！你干什么！"

她觉得浑身的血液都凝固了。这样完美的，庄重的，仿佛神祇一样的人物，在她面前跪下了。

祁衍轻轻拉过她的手，把戒指重新戴在了她的手指上，然后就这样跪着，仰起头，满目柔情道："我们结婚吧。"

干干净净的小石桥上面，一个人站着，一个人跪着。他们的影子斜斜地拖在地上，仿佛融为一体。

刚刚赶来拍照的毕业生们，完完整整看到了祁衍下跪求婚的一幕，兴奋的尖叫声吓跑了躲在桥底下的小金鱼。

唐让让面颊绯红，泪光闪烁。

"好。"

祁衍和唐让让的婚礼是在国内办的。不是祁衍不想带唐让让去国外，只不过祁老爷子年纪大了，走不远了。

在众多因素的影响下，还是在离大家都近的京市办了。

祁衍很低调，婚礼只请了双方的亲人，一起聚一聚，热闹一两天。

这样唐让让的压力也小一点儿。

当天晚上，唐让让和祁衍折腾到了很晚。结婚之后，这种感觉是不一样的,从心理上,意味着进入了一个新的阶段,更亲密无间的关系。

第二天下午,唐让让带着祁衍回家里吃饭。

唐家小女儿结婚的事,邻里街坊都知道了个遍。

唐雅芝管不住嘴,有了好消息更是愿意跟周围人念叨。不过因为婚礼太过低调,她也没请大家参加,也就坚持不要别人给的红包。

但是这事儿唐雅芝跟谁都说,却单单没跟陈为民夫妻说过。两家到底有过结亲的意愿,现在没成,唐雅芝也觉得挺对不起的。

她不说,不代表陈家不知道。唐让让和祁衍拎着大包小裹,往楼上走的时候,正碰到陈明轩下楼。实在是太不凑巧,陈明轩立刻停住了脚步。

唐让让微怔,随即笑道:"你回国了。"

陈明轩看了看唐让让,又看了一眼一言不发的祁衍,强扯出一丝笑容来,说:"早就回国了,已经毕业了,美国那边没找到好工作,所以回来了。"

唐让让垂了垂眸,心里不知道是什么滋味。陈明轩早就回国了,她却一点儿都不知道。

朋友圈、微博、QQ,任何地方,只要她多关注一点儿,都不会不知道陈明轩的近况。是她疏忽了,但陈明轩也并未跟她说,他们再也回不到以前了。

"国内也挺好,你学历高能力强,肯定能找到不错的工作。"

陈明轩点点头,犹豫片刻,问道:"你……结婚了哈,恭喜。"

祁衍挑了挑眉,揽住唐让让的腰,将她往楼上带,顺便淡淡道:"谢谢了。"

唐让让确实没有什么可跟陈明轩说的了,也就顺势结束了谈话。

她和祁衍相拥上楼的时候,并不知道,陈明轩正仰着头看她。今天唐让让穿了一条浅绿色的小裙子,露着白嫩修长的双腿,蓬松的玉米卷微微垂着,格外精致靓丽。

陈明轩觉得她和以前不一样了,更稳重了,也更成熟了。或许是他太久没有见到她,所以细微的变化在他眼中现在格外明显。

又或许,是因为她结婚了,承担起照顾家庭的责任了。

陈明轩以前不止一次想象过，唐让让和自己结婚的样子。但是终究，她还是不属于他。

祁衍比他优秀很多，唐让让会被祁衍吸引也是理所应当的。

他只是有一点点不甘心。祁衍只在唐让让的生命里出现过很短暂的时间，却在她身边占据了那么重要的位置。自己却是从小陪唐让让长大的。

陈明轩心里酸酸的。其实他也知道，感情从来都没什么道理可言。就像在国外，明明也有女生很喜欢他，为他精心准备生日礼物，故意做些傻事来逗他开心。

可最终，他还是抱着一丝希望回了国，得到的却是唐让让即将结婚的消息。

结婚在陈明轩眼里向来是很神圣的，很郑重的事情。唐让让结婚了，意味着他没有再争取的必要了，她不会属于他了。虽然难以割舍，不过他也渐渐接受，是该重新寻找方向的时候了。

陈明轩不打算待在京市，待在父母身边，他还是要出国，走得远一点，等把唐让让彻底忘记之后，等能够坦然面对她的幸福之后，再回来，和她做回朋友。

次年冬天，京市刚下了一场小雪。

唐让让怀孕了。

在知道这个消息之前，她已经做好去非洲当志愿者的准备。但现在，似乎要推迟了。

她和祁衍没有刻意定计划什么时候要孩子，毕竟两人年纪都不大，还能折腾折腾。

而且二人世界多好啊，舒服、简单、方便。但惊喜总是这么不期而遇。

唐让让轻轻摸着肚子，丝毫感受不出来里面有个小生命，她甚至怀疑是验孕棒出问题了。

但等去医院检查确认，已经一个月了。惊喜过后，就是担忧。

唐让让心里默念："是女孩吧，最好是女孩。"如果是女孩，就没有色盲的隐患了。

祁衍刚听到这个消息的时候，平静地眨了眨眼睛，然后突然俯下身，把耳朵贴在唐让让的肚皮上，轻轻地，仿佛怕碰坏什么易碎的宝贝。

唐让让哭笑不得："宝宝还这么小，你什么声音都听不到。"

祁衍却低声喃喃道："我的，孩子。"这种感觉很奇妙。

自己最爱的人的肚子里，有了一个跟自己血脉相连的生命。从这一刻起，他会不由自主地期待，期待这个生命到来的那一天。

祁衍从小感受到的亲情实在不多，这让他有点儿战战兢兢，他这二十多年来，从未因为什么事情怀疑过自己。

他知道自己智商高，大部分别人学不会的东西他都能完成得特别好。但亲情这事儿不是智商能解决的，亲情靠的是经验，他没有经验。平心而论，父母也没做出什么好榜样。

相比之下，祁衍觉得唐让让的家庭就温馨多了，正常多了。如果他做得不好，这个孩子会不会不喜欢他？

两个人各有各的忧愁，但谁都没开口去说，不想把这个压力转移给对方。可不管怎么忧愁，孩子还是一天天地长大。

唐让让的肚子也越来越大，她开始行动不便，开始贪吃，开始各种各样的不舒服。不过好在，怀孕这段时间，她孕吐不剧烈，大病小病也没得过。

好不容易熬过十个月，夏末，唐让让到了分娩期。一家老小齐齐聚在私立医院，等在病房门口。

唐雅芝和唐汀汀自然最担心唐让让，担心得事无巨细毫无道理。唐汀汀恨不得把网上提到的，孕妇能用的东西都给唐让让买回来。

说不定哪个就有用呢。

唐雅芝当初生两个孩子都没觉得怎么样，但现在女儿要生产了，在她眼里就变成了天大的危险。

等在外头的时候，唐雅芝自己吓自己，怕唐让让血流多了，怕唐让让力

竭休克了，怕手术哪里没做好，给唐让让留下什么后遗症。

她越想越害怕，然后就开始抹眼泪。

唐明治一边着急还要一边安慰唐雅芝。

孟溪则和祁厉泓自然也来了。

孟溪则带的东西不比唐汀汀少。她更是注重排场的人，两个金牌保姆已经在病房外等着了，只要唐让让一推出来，保姆立刻接手，调理身子，补充气血。

等了大概一个小时，唐让让和孩子一起被送了出来。

医生笑眯眯道："各位，是个女儿，母女平安。"

唐让让还清醒着，除了身子有点儿虚之外，她没觉得有其他不适。

孩子出生了，没有遗传她的色盲，她彻底放心了。

祁衍守在她的身边，轻轻抚摸着她的头发、脸颊，哽咽得一句话都说不出来。

唐让让眼睛亮晶晶的，软乎乎道："祁衍，是女儿啊，太好了，她是正常的。"

祁衍轻轻点点头，在她唇上吻了一下："辛苦你了。"

唐让让晃了晃祁衍的手指："你快去看看她。"

祁衍摇头："有人照顾她呢，我陪着你。"

孟溪则有些踌躇地看了小生命一眼，却没靠近。

她太强势了，太刚硬了，总觉得这么脆弱的小孩，经不起她一碰。

而且，她以前对唐让让并不算好，所以在面对这个孩子的时候，隐隐觉得有些愧疚。

唐汀汀盯着妹妹，唐明治和唐雅芝去看了看孩子。

孩子太小了，还看不出长得像谁，皮肤皱皱巴巴的，眼睛紧闭着，攥紧的双手举到胸前。

唐雅芝面带温柔，招呼孟溪则："亲家，你们也来看看啊。"

孟溪则捏了捏手心，不自在道："我给让让准备了点儿吃的，她该饿了，我让保姆过来。"

孟溪则说罢就要走,祁厉泓突然拉住她的手,不动声色地将她拉到了孩子身边:"多看看,不着急。"

孟溪则被他牵着,心一下子就软了。

她的目光渐渐柔和下来,伸出手指,轻轻碰了碰孩子的手背,然后很快缩了回去。

"真好看。"

祁厉泓却有些惆怅,回头望了一眼守在唐让让身边的祁衍,缓缓道:"当年,我也是这么守着你的,你还记得吗?"

祁厉泓一辈子钢筋铁骨,连句软话都不会说。但孟溪则生祁衍的时候,他脆弱得就好像一个孩子。

孟溪则虚弱地躺在病床上,他就在一边跪着,感激,愧疚,舍不得,尘封了数年的柔情一瞬间倾泻出来。

他发誓,会对孟溪则一辈子都好的。

孟溪则回头,看了看儿子的身影。

祁衍从未见过的慌张,无措,毛糙,开心,和当年的祁厉泓好像。

她以前一直觉得,祁衍是随了自己,祁或才更像祁厉泓,但到底是有血缘关系的,祁衍身上怎么可能没有祁厉泓的影子。

她以前不相信祁衍会对唐让让念念不忘,就像她也不曾相信,祁厉泓真的很爱她。

既然爱恨痴嗔已经算都算不清了,那就干脆回到一开始——她对祁厉泓动心的那一刻。

Extra 01
小公主

  祁溪是个相当漂亮的小女孩,出去逛街,经常能收到各种阿姨奶奶的礼物。

  任何人对自己受欢迎与否,都是很早就有认知的,就在她刚会晃晃悠悠走路的时候,祁溪已经隐隐感觉到了自己的与众不同。

  太多人的呵护,让她难免变得有点儿娇气,哪怕不小心撞了下头,就会哭哭啼啼好久。

  唐让让很愁。

  她从小家庭条件一般,所以格外独立,也格外坚强。对她来说,别说撞一下,哪怕磕破了,流血了,甚至去医院了,都不算什么大事,她是那种拍拍屁股就站起来自我治愈的性格。

  祁衍则更坚韧,他经历的疼痛和严苛几乎是常人难以想象的。

  结果两个这么经得起摔打的人,却生出如此娇气的宝宝,让人匪夷所思。

  当然,这也怪身边人的推波助澜。

  祁溪小朋友,姥姥姥爷、爷爷奶奶均健在,而且目前都只有她这一个隔辈人。长辈们对她的骄纵和珍视简直到了丧心病狂的地步。

  更别说还有唐让让的姐姐、祁衍的弟弟,都极其护犊子,恨不得把所有好东西堆在她身上。

趁着祁溪睡着了，唐让让把祁衍拉到客厅，郑重其事道："我觉得，我们的教育出了点儿问题。"

祁衍这段时间给自己放了个长假，在家陪老婆孩子。

他的事业已经做得足够大了，过满则亏，急流勇退，能让一家人过得富足就够了。

祁衍揽住唐让让的肩膀，抬手打开电视，瞄了一眼后问："哪里出问题了？"

唐让让看了一眼少儿频道播放的《智慧树》，有些无奈道："祁溪现在太娇气了，太多人宠着她，这样长大了，容易招人烦。"

祁衍思索片刻："可她现在还小呢，应该不懂什么。"

唐让让眯了眯眼："怎么不懂？今天出门铲土玩的时候，隔壁小朋友管她借铲子，她就不给人家。不想给就算了，看我没帮她，她还生气，嘟着嘴吧嗒吧嗒掉眼泪，把人家小男孩都吓傻了。"

祁衍轻笑，跷起右腿，慢条斯理调小了电视机的音量："这么小气，随我了。"

唐让让顿住，愣了一下，随即喃喃道："还真是随你了。"

祁衍是这样的。

对他来说，这世上只有两种人，他喜欢的和他不喜欢的。

很荣幸，唐让让被归到了第一类里面，所以小时候在祁衍的家里，享受了无数别人想都不敢想的特权。

他不喜欢的，那就太多了。

祁衍很难对别人产生什么感情，连友情也很难。

当时祁家的别墅附近，也有其他非富即贵的人家，家家都有小孩。有时候邻居之间交流也是拓展人脉的一种方式，毕竟住在这里的，都不是普通人。

孟溪则也曾带祁衍去别人家做过客，跟别的小孩交朋友。但是祁衍很不客气，也很不给面子。乔夏斐就是那时候认识祁衍的。

现在时间过了太久，乔夏斐估计已经忘了，她其实是见过唐让让的。

那是很多很多年前了……

乔夏斐的父母和孟溪则是新结识的好朋友，一交谈，知道两家的孩子年岁差不多，于是祁衍就被孟溪则带去见新朋友。

乔夏斐不愧是艺术家的女儿，小时候打扮得就格外显眼夺目，一身闪亮亮的名牌，繁复的打扮，还有刻意烫成了卷卷的头发。

孟溪则当即夸赞："夏斐真可爱，像洋娃娃似的。"

祁衍却冷冰冰地站在一边，不言语，也不主动打招呼。

他心里默默想，差远了。

这个是假娃娃，靠化妆打扮出来的。

家里那个才是真娃娃，圆嘟嘟的脸，水灵的淡色瞳仁，卷翘的睫毛，还有自然蓬松的卷发。

乔夏斐听到大人的夸赞，一边欢喜，一边又有些害羞，笑眯眯地躲到了父母身后。

乔母也笑："也就看着乖巧，其实可闹腾了，还是你家祁衍稳重，像个小大人似的。"

祁衍只是微微抖了下眼皮，深感不耐烦。

他不喜欢这种浮夸的寒暄，更不喜欢对面那个害羞的小姑娘。

为什么要害羞？

反正夸奖也是假的。

孟溪则知道祁衍个性孤僻，也没办法强求他突然变得热情开朗，只能暗搓搓地指导他。

"祁衍，把这盒巧克力给夏斐。"

她从包里掏出一盒巧克力，是之前去国外出差带回来的，价格不菲。

祁衍不怎么喜欢吃甜食，所以在家里放着，也有点儿可惜。

正巧这次来见乔家人，她就把巧克力也顺带拿来了，让祁衍送盒巧克力又合适又贴心。

乔夏斐眼睛亮晶晶的,显然巧克力对她的诱惑力极大。

她情不自禁地咽了咽口水,等着祁衍把巧克力递给她。

祁衍接过巧克力,死死地攥在手心里,直白道:"不要。"

孟溪则怔了一下,表情有些尴尬。

"巧克力而已,夏斐喜欢吃,你又不喜欢。"

祁衍垂了垂眸,他的确不喜欢,可他刚刚才发现,有人喜欢。

若是以前,大可送出去,他对自己不在乎的东西根本不心疼。

但现在不行了。

有了巧克力,洋娃娃才会来找自己玩。

她很贪吃,为了吃的什么都能做。

祁衍摇头,语气有些冷:"巧克力我还有用,希望您下次不要擅自进我房间拿东西了。"

孟溪则气急,低声道:"祁衍!"

乔夏斐面露失望,生气地跺了下脚,背过身去。

乔母打圆场:"没事没事,祁衍爱吃就给他留着,我们也不敢让夏斐吃太多糖,对牙不好。"

孟溪则看了祁衍一眼,压了压脾气道:"他什么时候爱吃过,不知道今天胡闹什么。"

祁衍恍若未闻,只是把手里的巧克力捏得紧紧的。

后来乔母要跟孟溪则谈事情,觉得家里有孩子不方便,就让祁衍带乔夏斐回家,一会儿乔母再去接女儿回来。

乔夏斐心心念念着祁衍手里的巧克力,就没拒绝。

其实她家里好吃的巧克力有的是,但得不到的就是最好的,她固执地觉得祁衍手里拿的是世界上最可口的巧克力,她一定要吃到。

祁衍皱了皱眉:"我不习惯带人玩。"

孟溪则深吸一口气:"不用你,你把夏斐领回家去,会有保姆照顾她,

咱家院子里的盆栽很漂亮的,让夏斐带几朵花回来。"

乔夏斐兴奋地跳了跳:"我喜欢花!"

两家的别墅离着不远,但一路走回去,祁衍一直跟乔夏斐保持着距离。

他觉得乔夏斐很吵。

乔夏斐锲而不舍地问:"你能给我一块巧克力吗?就一块。"

祁衍摇头,毫无商量的余地。

乔夏斐十分失望。

到了家门口,祁衍输入密码,让乔夏斐进了门,便回了书房,不管她了。

乔夏斐百无聊赖地在祁家别墅里转悠,摸摸这个,玩玩那个。

直到下午四点。

门口一声响动,门开了,进来个阿姨,带着个小姑娘。小姑娘还穿着京市普通小学的校服,肥肥大大的,背后背着书包。看着一点儿也不精致。

乔夏斐歪着头打量她们,意识到这大概就是孟阿姨说的保姆。

她指了指唐雅芝:"大保姆你带我去看花吧,小保姆你给我倒杯水。"

唐让让抿着唇,眨着大眼睛,没有言语。

唐雅芝笑笑:"小朋友,我是来做清洁的,你先自己玩一玩,我要抓紧擦东西了。"

唐雅芝是有工作任务的,从四点到六点,清洁别墅。六点回家做饭,这样唐汀汀和唐明治回来,正好吃饭。

但如果因为什么事耽误了,那就比较麻烦,因为她的任务必须做完,所以只能向后延时间。

俩孩子就要饿肚子了。

乔夏斐因为没有吃到祁衍的巧克力而生气,因为受到祁衍的冷遇而生气,于是固执道:"我不管!你现在就要陪我去看花。"

唐雅芝皱了皱眉,她还不清楚乔夏斐的身份,但看穿着,估计是孟总的亲戚。

唐让让扯了扯妈妈的手指:"妈你去忙吧,我陪她看花,我都认得。"

因为祁衍给她讲过,她还记得。

唐雅芝心疼地看了看唐让让,然后摸了摸她的脑袋,掏出抹布去干活了。

也没有别的办法,希望两个小孩能和平相处到她工作结束。

唐雅芝又向楼上看了一眼。

祁衍呢?

他怎么没下来陪客人?

唐让让放下书包,对乔夏斐道:"跟我来吧。"

乔夏斐噘了噘嘴:"我的水呢?"

唐让让吸吸鼻子,走到厨房,给乔夏斐接了一杯水。

祁家的后院有园艺师专门打理过,层次分明,颜色鲜艳。

正赶上季节好,各色花都开得正盛,远远望去,格外有情调。

唐让让指着一个圆滚滚的淡蓝色花束道:"这是绣球,有好多颜色,那边还有紫色的、白色的。"

她等乔夏斐看完,又走了两步:"这是百合,很香的,你可以闻闻。"

"还有这个,菊花,是特意培育的,那边的牡丹也是培育的,现在长得很好,但是败得也快。"

乔夏斐狐疑地打量她:"你怎么这么了解,这是你种的吗?"

唐让让摇头:"我还上学呢,没时间种,都是祁衍告诉我的。"

乔夏斐想了想祁衍冷冰冰的态度,怀疑道:"他会告诉你这些?"

唐让让点头:"他说他学习学累了,让我陪他转转,然后给我讲的。"

乔夏斐还欲问些什么,身后突然响起来一个不悦的声音:"过来了怎么不去楼上找我?"

乔夏斐和唐让让齐齐回头。

唐让让神情里明显带着一丝雀跃:"等带她看完花再去找你。"

乔夏斐站在一边,没有说话。

她觉得祁衍似乎跟这个小保姆关系很好,但是怎么可能,她上的是普通学校呢。

祁衍招招手:"过来,谁许你带别人去看花了?"

唐让让迟疑了一下,看了看乔夏斐,之后才慢吞吞地朝祁衍走过去。

"我以为她是你亲戚呢。"

"不是。"祁衍眯着眼,敲了敲自己的手表,"你欠我十分钟。"

他在楼上等了十分钟,唐让让都没来找他,结果却发现她在后院陪着别人玩。

祁衍不悦。

唐让让嘟囔:"真小气。"

祁衍掌心托着一块巧克力,递给唐让让:"惩罚,今天只有一块。"

平时,他都给唐让让两块的。

她说要给姐姐带回去。

唐让让哀怨地把巧克力接过来。

她不舍得吃,还是留给姐姐吧。

乔夏斐问:"喂,我也要吃,你怎么不给我?"

她一直想着巧克力,还以为祁衍有多宝贝,结果还不是随随便便送人了。

祁衍断然拒绝:"不行。"

乔夏斐从来没受过这种委屈,别人有的她不能没有。

"为什么不行,我要她那个!"

唐让让蹙眉忧愁。

她真的怕乔夏斐把自己手里这块夺走,真怕祁衍答应。

这样,她就一块都没有了。

祁衍抓住唐让让的手,将那块巧克力扣在她掌心,转过头,言简意赅地对乔夏斐道:"你,外人。她,我的。"

唐让让想罢,戳了戳祁衍的胳膊:"你还记不记得了?"

祁衍捉住她的指尖,放在嘴边轻轻啄了一口:"记得。"

唐让让道:"当初那个女孩,管你要巧克力你都不给,那个表情,跟祁溪一模一样。"

祁衍坦然道:"不愧是我女儿。"

唐让让叹气:"也是我女儿啊,为什么就不像我呢。"

祁衍轻哼一声:"然后呢,朋友一大堆,还都是陈明轩那种朋友。"

唐让让:"陈明轩都有女朋友了……"你为什么还过不去呢?

祁衍冷不丁道:"哦,是吗,中法混血女朋友?"

唐让让惊悚,这也是她前段时间见到张熙媛之后,才知道的。

"你怎么连陈明轩找什么样的女朋友都知道得这么清楚!"

祁衍靠在沙发上,对着电视机里蹦蹦跳跳的小朋友们,高贵冷艳地扬起了下巴:"轻轻松松就知道了,他女朋友给你的 INS 点过赞。"

唐让让:"我 INS 上那么多赞,这你都能找出来?"

祁衍云淡风轻道:"能。"

唐让让:"'公主殿下'百忙之中拨冗查案,'微臣'惶恐。"

祁衍道:"少来,我靠的是直觉。"

祁溪三岁的时候,开始在精英幼儿园读书。

不像孟溪则当初对祁衍那样的精英教育,贵族幼儿园的学习要宽松多了。

祁溪也比她父亲祁衍开朗乐观多了,除了一贯的娇滴滴。

那天,唐让让把祁溪送到幼儿园门口,蹲下身耐心地嘱咐她:"和小朋友们好好相处,不要闹脾气,不要太娇气,要坚强,要学会分享。"

祁溪认真点了点头,伸出小软手,跟唐让让击了下掌。

答应的时候她的确是认真答应的。

幼儿园的老师迎了出来,把祁溪领进去。

在这个幼儿园读书的,大多是京市有头有脸的人物家的孩子,祁溪不仅能学到知识,还能交到不少朋友。

孩子成为朋友,将同学发展成人脉是孟溪则的一贯做法。

现在祁溪也在朝着这个方向努力。

赵又沥小朋友家里和祁衍家相似。因为祁厉泓的关系，两家很自然地建立了私交，所以祁溪听到他的名字也多一点。

但对祁溪来说，赵又沥只是一个不太爱笑，很严肃的小朋友。

到幼儿园的第一个游戏是买卖草莓。

最初每个同学手里，可以分到十颗小草莓，这时大家是平等的。

接下来，同学们可以用各种方式，来花费手里的草莓，换取别人那里自己想要的东西。

或许是别人用乐高拼的玩具，或许是别人做的小蛋糕，只要喜欢，都可以用草莓购买。

这也是锻炼大家商业思维的一种方式。

游戏一开始，所有小朋友都动了起来。

有的开始在烘焙的蛋糕模子上挤奶油，有的开始认真搭起玩具来。

暂时还没有人用草莓购买什么。

只有祁溪不想要别的，她只想吃草莓。

于是她坐在小朋友中间，把自己兜里的草莓一颗颗拿出来吃掉。

草莓是今天刚摘的，新鲜可口，她一边抖着小腿一边美滋滋地吃。

一转眼，兜里的草莓就吃完了。

吃完后，祁溪漫无目的看了一圈，发现大家还在鼓捣自己的东西，她有点儿无聊，就拿起一本卡通书看。

又过了一会儿，动手制造产品的小朋友们做好了，开始举着草莓四处张望，但在置换问题上又出现了麻烦。

"一个蛋糕值几颗草莓？一个玩具玩十分钟又值几颗草莓？还有服务，帮忙取水，按摩又能收几颗？"

赵又沥跑了一圈，拍了拍小桌子："这样吧，我是帮忙取果汁的，我取一次半颗草莓，你们谁要取果汁都可以找我。"

半颗草莓并不多，大家都没有异议。

赵又沥又道："剩下的东西我都没做，所以其他的值几颗草莓也是我来说,公平的,对吧。"

小孩子们面面相觑,还是没人提出异议。

赵又沥平时就看起来成熟、内敛,大家潜意识里很听他的话。

他又道:"大家做的蛋糕都不一样,有的好有的差,做的玩具也不一样,你们就拿到我这里来,我说怎么交换就怎么交换,好不好?"

这样也挺好,省得有些小朋友觉得自己手里的东西金贵,不舍得交换。

赵又沥眨眨眼:"那就这样吧。"

接下来,小朋友们交换的时候,都会默契地来找赵又沥裁决。

最开始,赵又沥认认真真地帮人判定价格。

有些小朋友想要草莓,就一直疯狂地做东西,有些喜欢吃,很快就把草莓花得寥寥无几。

等差不多所有小朋友都置换了一圈的时候,赵又沥突然道:"下次交换,大家能不能给我一点点你的东西,就一点点?我这么长时间帮你们,都没做自己的东西。"

大家一想也有道理。

所有人都去找赵又沥判定交易,弄得赵又沥没时间花草莓,也没时间干活赚草莓。

默认了他这个身份后,似乎觉得他不花草莓也挺好,那把手里的东西给他一点儿也没关系。

反正,他要的是东西,也不是草莓。

于是,赵又沥陆陆续续收到了不少小食品、小玩具,各种小朋友提供的产品。

等收得差不多了,他自己没吃或者玩,而是突然开始卖了。

因为他卖的东西分量都很小,所以价格也特别便宜。

这个年纪的小孩,只要看着数量多,就以为很划算,根本不考虑体积。

在同等的商品里,赵又沥卖得最便宜,所以大家都用草莓来跟他换。

等他把手里的东西都换出去,已经得到了好多颗草莓。

赵又沥艰难地把草莓圈到一边，四处看了看。

祁溪还在津津有味地看卡通书。

就在这时，老师回来了。

老师弯下身子，软声软语道："哪位小朋友的草莓多呀？最多的小朋友，可以收到老师的一个礼物。"

祁溪这时候才抬起头，恍然意识到了任务是什么。

她翻了翻自己空荡荡的口袋，才想起来刚刚她把草莓都吃了。

老师检查了一圈，是赵又沥的草莓最多，于是奖励给他一个超大的彩虹棒棒糖，几乎有一张脸那么大。

整个班级里都充斥着小孩子的惊呼，大家纷纷用羡慕的眼光望着赵又沥。

那么大的棒棒糖，平时家里都不让吃的，这个得吃多久啊？

有小朋友下意识地看了看自己的草莓，想着能不能跟赵又沥换一块。

祁溪也望着漂亮的棒棒糖咽口水。

唐让让担心对她的牙不好，所以很少让她吃糖。

小朋友哪有不喜欢甜东西的，祁溪也不例外，那个棒棒糖对她的诱惑简直超过了草莓。

但爸妈又不会给她买。

她抖了抖自己的小兜子，里面一颗草莓都抖不出来。

祁溪伤感无比，缩着小腿，一嘟嘴，眼睛水汪汪的。

赵又沥朝她的方向望了过来。

祁溪的头发是卷卷的，又长又浓密地披在后背。

她皮肤也白，像奶酪那么白，大眼睛玲珑剔透，噙着泪水，卷曲的睫毛实在是惹人艳羡。

赵又沥捧着棒棒糖走了过去，蹲下身，轻声问道："你怎么哭了？"

祁溪声音稚嫩又愧疚："我把草莓都给吃完了。"

所以她换不了棒棒糖了，连块小的都换不了。

祁溪忘了唐让让告诉她的，不要娇气，要坚强。

她用小胖手抹了抹眼睛,一边啜泣一边抓了抓自己的小兜子。

赵又沥垂眸看了看她,伸手轻轻擦了擦她脸上的眼泪,又慢慢把棒棒糖递到祁溪面前:"给你的。"

祁溪愣了愣,呆住了,睁着一双通红的眼睛,吸了吸鼻子。

赵又沥道:"我早就看见你把草莓吃了,本来想多换点草莓给你,但你喜欢这个,就给你这个。"

赵又沥不舍得祁溪哭。

祁溪就像个琉璃娃娃,又精致,又美丽,又娇弱。

他觉得祁溪应该被时时刻刻呵护着,他有什么好东西,也想着要给祁溪。

虽然东西没了,但是祁溪弯着眼睛甜甜一笑,赵又沥就觉得开心。

祁溪小心翼翼地接过棒棒糖,双手捧着,用鼻尖在棒棒糖上蹭了一下。

仿佛隔着糖纸就闻到了那股香甜的味道。

她有好东西不会留着,立刻挣扎着用小手把糖纸扯开,舔了起来。

赵又沥问:"可以给我舔一口吗?"

他也很想尝尝,到底有多好吃,能让祁溪吃得这么香甜可爱。

祁溪把棒棒糖举起来,捧到赵又沥嘴边。

这是赵又沥给她的,她当然得跟他分享。

其他小朋友就傻呆呆地看着,看赵又沥和祁溪共享一根棒棒糖。

幼儿园的老师也没想到,最后是这种结局。

本质上,他们是想让小朋友们锻炼,像赵又沥这样的,就属于格外优秀,能通过制订规则,成为权威来充盈自己的钱袋,他能获胜也是理所当然的。

有些小朋友,则辛辛苦苦地做东西,剩下的草莓也不少。

还有一些,就是像祁溪一样,完全在状况之外。

可最后赵又沥居然把棒棒糖给祁溪了。

这让老师们立榜样总结都尴尬起来。

于是只能不了了之,权当这是一次草莓会了。

祁衍和唐让让的第十个结婚纪念日是在国外过的。没带女儿，因为祁溪要上学。

不过也正好，不带她，清净。他们坐飞机去了箱根。

箱根山是座活火山，所以这个地方也盛产温泉，祁衍订了最昂贵的一家，打算带唐让让安静地度几天假。

山里清静，幽深，空气清新，充满凉意。

一路坐着爬山火车，慢悠悠地上山，看着山下独特的日式建筑，还有山上隐匿在草丛里的老旧铁路，仿佛时间都缓慢了起来。

唐让让把指尖伸出窗外，感受着凛冽的风从指缝中掠过，听着火车笨重缓慢的发动机声音，情不自禁地一笑。

祁衍仿佛看到了大学时期的唐让让，天真，充满好奇心，很容易满足。

他就知道她一定会喜欢这里，干净得让人身心都愉悦起来。

到了酒店放下行李，大厅的透明玻璃窗就正对着芦之湖。

阳光洒在湖面上，天空湛蓝清朗，隐隐约约能看到远处的富士山，露着雪白的尖顶，安静地矗立在云雾中。

唐让让换了一条清凉的裙子，靠在落地窗前，安静地欣赏了一会儿。

层峦叠翠中有一片这么大的湖，实在是难得。

祁衍走到她身后，揽住她的腰，轻声道："我换了船票，一会儿我们从这边坐船过去，另一边有神社，还有日式料理。"

坐船的地方离酒店不远，船身很大，一次能乘很多人。

除他们之外，还有不少游客来这里度假，刚结婚的，全家一起的。

唐让让环视了一圈，目光温柔道："真应该带祁溪来，她会喜欢。"

"下次。"

祁衍揽住她，走到船边，向外张望。

湖面很宽，还能看到一些人坐着皮划艇、脚踏船在水里游玩。

唐让让感叹道："这地方真美，我能开直播吗？"

她作为不称职的主播，已经很久没在呦呦上直播了。

现在呦呦已经上市，排行榜上也再没有她的传说了。

雅美现在专职做电商，有了固定客源，也不需要天天辛苦地直播。

祁衍道："开吧。"

唐让让把软件打开，点开直播。

"好久没直播了，不知道还有多少人，我今天来了箱根山，觉得很好看，给大家看一看。"

她将镜头对准外面的风景，慢慢转了一圈。

观看的人数很少，进来人的速度也很缓慢。

但有些老粉还是记得唐让让的，一见关注列表里那个尘封已久的账号突然上线直播了，出于好奇，也会来看一眼。

【让让，有多久没见了。】

【好多年了吧，也亏得我还用这个软件。】

【好多老粉都不在了啊，实在是感叹。】

【对，我还记得Q大神呢，当初一掷千金送让让到榜首的，Q也再没出现过。】

【再进让让的直播间有些伤感，让让也三十多了，我也三十多了，现在都是两个孩子的妈了。】

【哈哈，当年大学那会儿成天想着减肥，现在结了婚，养了孩子，累得根本肥不起来。】

【唐让让，我的青春啊。】

【奶奶，你关注的播主终于开播了！】

…………

唐让让看着弹幕轻笑："抱歉大家，我因为三次元的事情一直没有直播，也很久没见你们了，好些 ID 我还记得，感谢你们在。"

【在啊，呦呦挺好用的，我一直在。】

【让让啊，现在新人主播太多了，你很难哎。】

【对，而且吃播也流行起大胃王那种了，超级能吃。】

【说起来,让让算是平台第一波红的主播吧。】

【时过境迁。】

唐让让挂着下巴:"没关系啊,我没事业心,红不红的无所谓。对了,一会儿我去吃日料,给你们看啊。"

她现在的直播热度,只有几百,说明充其量只有几十人观看。

但唐让让无所谓人数多少。

船只一路行驶过芦之湖,在另一个港口下了船,祁衍领着唐让让到了一家格外精致的小店。

吃饭是坐在榻榻米上的,桌面有个炉子,用来吃日式火锅。

老板和善地问了好,很快,把锅底端上来,送上了新鲜的蔬菜、和牛,还有两枚生鸡蛋。

他比画了下鸡蛋,又指了指碗,笑眯眯地望着唐让让。

唐让让微怔:"是把鸡蛋放到碗里生吃吗?"

老板大概听懂了她说什么,连忙点头。

祁衍低声道:"无菌蛋,一点也不腥,就是生吃的。"

过了片刻,老板又送上了一盘炸天妇罗,一份小盒的纳豆,还有一碟新鲜的生鱼片。

唐让让把手机立在一边,给网友们看了一圈:"正宗的日料,其实太生的东西我吃不惯,但入乡随俗,准备尝一尝。"

她刚准备单手打鸡蛋,祁衍拿走她的碗,熟练道:"我来。"

他的一只手臂不巧入镜,眼尖的网友兴奋道:

【嗷嗷嗷,那是祁总吗?】

【是祁衍吧!】

【让让能不能给我们看看祁总啊,我们好奇!】

【对啊,老粉都知道,自从你和祁总的恋情曝光之后,就不怎么直播了。】

【祁总像传说中一样高冷吗?瑟瑟发抖。】

…………

唐让让抬起眼,用询问的目光看着祁衍:"粉丝想看看你,行吗?"

祁衍轻笑:"有什么不行的,我又不是没露过面。"

唐让让这才调转镜头,对准祁衍:"他在打鸡蛋。"

祁衍停下手中的动作,酝酿片刻,缓声道:"大家好,谢谢你们支持我老婆。"说罢,他又低下头,专心致志地搅鸡蛋,往锅里下牛肉。

唐让让把镜头调回来,舔了舔下唇:"好啦。"

粉丝们格外兴奋:

【祁总真的好帅啊!】

【对,那种成功男人的气质,镜头都挡不住!】

【让让也很美,你们俩真配。】

【嘤嘤嘤,又有好吃的,又有老公陪,我酸了。】

【对啦让让,你们结婚多久了?】

唐让让眨眨眼:"十年了。"

【啊,那有孩子了吗?】

唐让让点头:"有个女儿,叫祁溪,现在还在上补习班。"

【女儿一定也很可爱吧,啥时候让我们见见啊。】

唐让让想了片刻:"等她再大一点吧,现在怕影响她的生活。"

和粉丝聊了一会儿,唐让让才依依不舍关掉直播,开始专心吃饭。

日式火锅的口味很清淡,煮熟的牛肉裹着蛋液竟然出奇地好吃。

唐让让一连吃了一大盘,直到肚子都鼓起来了,才靠在椅子上,放下筷子。

祁衍抽出纸巾,替她擦了擦嘴:"我们得早点回去,最后一班船是五点多,晚上还有花火大会要看。"

八月,是日本各地举办花火大会的时间。

各式各样的漂亮烟花绽放在空中,吸引着无数游客观看。

他们去了神社参观,赶上了最后一班船回酒店。

休息一会儿后,又吃了酒店提供的晚餐。

花火大会就在芦之湖上举行,酒店的户外温泉就可以看到。

祁衍包了一个私汤，和唐让让一起换了衣服，披着浴巾，走进温泉里。

山中的夜是有点儿凉的，空气中带着浓浓的露水味道，青翠的枝叶一路蔓延到温泉边，仿佛一层浅浅的围栏。

唐让让缓缓浸在温泉里，长发柔软地漂散在水中。

她轻轻地吸了一口气，潮湿清冽。

祁衍从背后搂住她，安静地坐在她身边。

两人根本不需说什么话，这么静谧的夜，这么清凉的山景，时间仿佛都凝固住了，有那么一瞬间，似乎可以放下所有的负担，格外轻松。

温泉的热气缓缓升起，氤氲在唐让让脸上，把她的皮肤蒸腾得更加细腻。

祁衍在她脸上轻啄了一口："要开始了。"

话音刚落，宁静漆黑的湖面上突然亮起一道红光，随即，绚烂的烟花在半空中炸开，火光淋漓，散落在湖面上。

紧接着，第二道、第三道，缤纷的颜色染满了整片天空。

唐让让靠在祁衍肩膀，目不转睛地盯着沸反盈天的夜空。

远远地，几乎能听见河边上人们的欢呼声。

烟花是让人喜悦的，就连唐让让都觉得胸口沸腾了起来。

她侧过头，贴着祁衍的耳朵："谢谢你带我来这儿，我好喜欢。"

祁衍揉了揉她的头发，手指顺着她的发丝滑到水里："我工作太忙了，很少带你旅游，辛苦你了。"

唐让让抬眸，眉目含情，眼睛湿润。

暑期补习班里，祁溪拄着下巴，百无聊赖地写着作业。

爸妈出去玩了，就留她一个。

晚上还要去小叔叔家住，弟弟阿肆现在正是闹腾的年纪，精力旺盛，和小叔叔一样。

阿肆很长一段时间都直叫阿肆，没有起大名。

后来不得不上学了，才开始头疼大名的问题。

因为祁溪的名字里有个"溪"字,为了保持和谐统一,阿肆的大名叫"祁朝河"。

太没创意了,她觉得应该叫祁闹闹,这才完美符合堂弟的个性。

同学赵又沥走了过来,坐在她面前:"晚上一起吃饭吗?"

祁溪嘟了嘟嘴:"不哦,我去小叔叔家。"

赵又沥眼底闪过一丝失望,凝眉道:"你这几天一直在你小叔叔家。"

祁溪点头:"对,我爸妈去箱根山玩了,把我留在国内。"

赵又沥思索片刻:"这个时候,日本正在举行花火大会吧,几千发烟火,各个城市都有,很漂亮,你爸妈一定是去看烟火的。"

祁溪瞬间觉得自己更可怜了。

烟火,她也喜欢看啊,为什么不带她去。

假期补习班什么的,她根本就不用上,老师讲的东西太简单了,她听一遍就记住了。

"真的啊?我也想看烟火。"

祁溪沮丧地趴在桌子上,把笔一扔。

赵又沥垂眸,攥了攥手指,低声道:"你想看吗?你要是想看,我可以带你去看。"

祁溪抬头:"去日本吗?我还没办签证呢。"

赵又沥笑:"不在日本,如果你晚上跟我一起吃饭,我就带你去看。"

祁溪犹豫了一下,还是点头答应了。

她不信,就京市管得这么严,赵又沥到哪里去弄烟火呢。

晚上一起吃了饭,祁溪期待道:"好了吧,我的烟火呢赵同学。"

赵又沥递给她一张纸巾,站起身来:"等等,我马上把烟火给你,但你要闭上眼睛。"

祁溪不知道他要搞什么,但还是听话地闭上了眼睛。

片刻之后,她觉得眼睛上一沉,一个东西戴在了眼前。

她本能地睁开眼,眼前一片绚烂的烟花炸开,在空中显现出格外漂亮的

形状。

VR眼镜。

赵又沥在她身边解释："我找的花火大会的视频，就是今年的。"

祁溪一边看着，一边哭笑不得："什么啊，赵又沥，这是假的。"

但看起来像真的一样。

赵又沥拿来的这个VR眼镜价格不菲，效果很好，如果忽视眼睛上的紧缚感，忽略耳边的声音，就仿佛置身花火大会一样。

祁溪虽然这么说，却看得格外认真。

赵又沥却在她身边认真地点了点头："将来，我一定带你去看真的。"

他的声音很轻，带着少年人的稚嫩。

祁溪仰头靠在椅子上，长发披散，微微摇晃。

她看得太专注了，没听清赵又沥的话。

祁溪问道："你说什么呀赵又沥？"

赵又沥低头看着祁溪弯起的唇角，目光格外柔和。

祁溪依旧念念叨叨：

"京市不允许放烟花，我早就知道你弄不到真的。"

"但我还是跟你出来吃饭了，我好吧。"

"咦，这个VR效果不错啊，要不给你也看看？"

"赵又沥。"

"赵又沥……"

"赵又沥！"

她每次叫，身边都会无一例外地传来应答。

祁溪已经习惯了，反正只要她需要，赵又沥总会满足她。

Extra 02
一念真心

唐汀汀站在卫生间的镜子前，撑着洗手台，喘了半天气。

她刚刚催吐完，把浑身的力气都用光了，但到底清醒了不少。

她对着镜面看了看自己憋红的脸，然后扯了张纸巾，擦了擦唇角，忍不住骂了一句："浑蛋。"

唐汀汀带着手底下刚签的女艺人宋宋见导演和制片人，结果制片人这边带来的一个老男人竟然对宋宋动手动脚的，关键是小姑娘才十八岁，吓得脸都白了。

唐汀汀当然不能让手下人受这种委屈，但制片人的话语权挺大的，还真不能得罪，所以只能自己把锅接过来，你推我挡，周旋了一晚上。

她实在喝得受不了了，才把宋宋拽出来陪她上厕所，缓口气。

宋宋站在她身边，低头抹着眼泪："唐总，我对不起你。"

唐汀汀转过头看了她一眼，瞪着通红的双眼，低声道："跟你有什么关系，坚强点！"

宋宋凝着眉，哭得梨花带雨，小声道："唐总，你喝这么多，我怕他们对你有非分之想。"

要是普通的经纪人拦了这么多次，挡了这么多杯酒，对方早就发火了。

但之所以拉锯到现在还能表面上和颜悦色，还不是因为唐总漂亮，还是不亚于明星的那种漂亮。

对方虽然有点儿不悦，但是能灌唐总酒想必心里也是爽的。

唐汀汀把纸巾团了团，扔进垃圾桶里："我毕竟在圈里有点儿知名度，他们还不至于对我下手。不过真不能再待了，我找个理由撤吧。"

这次的合作看起来是谈不成了。

哪怕对方真的同意合作，她也不放心把艺人送过去。

她知道有些经纪人会暗示艺人对潜规则妥协，这样能爬得快一点，爬上去了，一切就好了。

他们仗着艺人对自己的信任，毫无底线地摧毁着新人。

但唐汀汀绝不会做这种事。

因为她经历过，知道这种事情会留下一辈子难以磨灭的伤痛。

唐汀汀颤颤睫毛，拿出口红给自己唇上补了颜色，又用香水喷了喷，盖住身上浓烈的酒气，然后站直身子，把醉意隐藏在明亮犀利的眼神下。

"走。"

她踩着高跟鞋，率先走了出去。

宋宋赶紧跟在唐汀汀身后，不由自主地扯了扯裙子，把露出来的腿再遮住一些。

回到包厢里，菜香混合着烟酒气，熏得人难受。

赵制片招了招手："汀汀啊，怎么去了这么久，你们俩不在我们都没动筷子。"

唐汀汀勾唇一笑："这都九点了，我和宋宋减肥呢。"

赵制片脸喝得通红，大着舌头道："胡说，你们俩都这么瘦，减什么肥。"说着，他又把酒杯递到了宋宋面前。

唐汀汀一垂眸，脸上还带着笑，不容分说地接过了赵制片的那杯酒。

"星创对艺人身材管理要求很严，每周都要检查，宋宋又是偶像，脸和身材都不能崩，您就别为难她了。"

赵制片有些不乐意:"汀汀,你这就不对了,喝一次酒也不会怎么样,何况小孩年纪小,新陈代谢快着呢。"

唐汀汀仰头把那杯酒干了,然后擦擦唇角:"明天她有广告拍,喝水肿了广告方要骂死她了。孩子出道不容易,谁都得罪不起,您体谅一下。"

赵制片深吸了一口气,脸色有点儿沉。

话都说到这份上了,唐汀汀还是不松劲儿。

看来哪怕是闹翻了都不能占到一点便宜。

赵制片冷不丁道:"行吧,您的艺人忙,但是我们的时间也很紧,女主角的事还要再考虑一下。"

宋宋站在唐汀汀身后,暗暗抓着唐汀汀的衣角,手脚冰凉。

这个片子的阵容很强大,如果不是剧本对女主角的年龄要求很高,也轮不到她身上。

她知道公司为了争取这个角色花了很大力气,也动用不少关系。

哪怕像唐汀汀这么出名的经纪人,都亲自出马过来跟项目组周旋,还被迫喝了这么多酒。

就因为她不肯忍受小摸小碰,所有人的努力都要付诸东流。

她怕唐汀汀妥协,把她送到剧组里,叫天天不应,叫地地不灵。

又怕唐汀汀不妥协,那所有的责任,恐怕都要落到唐汀汀身上。

唐汀汀沉默半晌,手指把玩着手里的透明酒杯。

突然,她把杯子重重地蹾在桌面上,冷冰冰道:"好啊,那您考虑吧。但也希望您知道,这个圈子,没谁能只手遮天,风水,是轮流转的。"

说罢,她攥着宋宋的手腕,头也不回地出了门。

她的力气很大,捏得宋宋都有点儿痛了。

可是手腕虽然痛,但心里却有了底,暖洋洋的。

她明白自己是被唐总保护了,这一切的后果,唐总已经做好承担的准备了。

刚才那句话,算是彻底和对方撕破了脸。

以后恐怕这个制片人,再也不会找星创的艺人合作了。

宋宋小声问道:"唐总,顾总会不会找您的麻烦?"

唐汀汀将外套披上,单手撑着墙,眼中晦涩不清,淡淡道:"不会,我到底是老顾带出来的,他算我半个师父,不会怎么样的。"

宋宋长出一口气:"那我就放心了。如果您因为我被处罚,我真的良心不安一辈子。"

唐汀汀轻笑,没说话。

其实得罪合作方对经纪人来说,是大事。

影响的甚至可能是整个公司的利益。

但这个行业里的乱象总要有人站出来反对、抗争,哪怕形单影只,也绝不能退缩。

如果连她这个地位的人,都不敢说一个"不"字,那这个行业的人,才是真的没救了。

唐汀汀一鼓作气冲了出来,现在才发现眼前有点儿晕。

她向前走了两步,发现路都走不直了。

她意识到,自己大概是醉了。

幸好出来得早,要是真醉在酒桌上,那恐怕连她都不能全身而退了。

宋宋赶紧扶住她:"唐总,您没事吧?"

唐汀汀咬着牙,晃荡着,含混不清道:"找个没人的地方,我歇会儿,歇会儿就好。"

晚上九点,路对面的星巴克还没关门。

宋宋努力扶着唐汀汀,左摇右晃地走到了星巴克里面。

星巴克的员工已经开始打扫卫生了,看见她们不由得一皱眉。

喝得醉醺醺的在这儿,总归不是什么好事情。

但两个姑娘都挺漂亮的,他们也不能撵人。

也幸好宋宋现在还不红,基本没什么人认识她。

她放心大胆地把唐汀汀扶到沙发上:"唐总,我去给您要杯水吧,您醒醒酒，然后我送您回家。"

唐汀汀点点头。

宋宋立刻起身跑到了收银台："不好意思，我姐姐喝多了，请问能不能给我做杯热茶？"

店员皱皱眉："我们已经下班了。"

宋宋双手合十，虔诚道："实在不好意思，我们马上就走，但能不能帮我做一杯，给她醒醒酒。"

她的哀求实在是太真挚了，店员不忍心，抽出一个杯子："好吧，破例给你做一杯。"

宋宋立刻从兜里掏出一百块钱："谢谢了，这些钱都给你。"

店员摆摆手："我们系统都锁了，现在不收钱，送你了。"

宋宋又连连道谢。

热茶很快做好了，她小心地捧着，回到沙发旁，轻声唤道："唐总？"

唐汀汀睡着了。

店里的灯光太暗，沙发太软，实在太适合睡觉了。她神经一松，就趴在桌子上昏睡了过去。

宋宋慌了："唐总，您醒醒，我先送您回家。"

唐汀汀喝太多了，听到宋宋在叫她，可实在是睁不开眼睛。

宋宋没办法，只能拿着手机给认识的人打电话。可她刚来公司没多久，能联系上的人实在不多。助理又请假了，唐汀汀的助理她也不知道电话。

宋宋急得满头是汗，翻了翻微信里的联系人，她一眼看到了那个虽然刚加了好友但是一句话没说过的小顾总。

小顾总是顾总的儿子，唐汀汀的顶头上司兼同事。

看平时两人关系还不错，宋宋定了定神，准备求助小顾总。

她写："小顾总您好，我是公司艺人宋宋，今天晚上我和唐总跟赵制片和刘导一起吃饭，唐总喝多了，现在睡着了，您看公司能不能弄辆车来接下我们？"

顾野跟两个朋友在外谈事情,他们正准备去附近酒吧一起喝一杯。

结果手机一响,他就看到了宋宋发来的消息。

顾野明确表示过,没有跟艺人不清不楚搞暧昧的意思,也警告过经纪人看住公司新签的人,别找事,别惹事。

按理说,公司的这些艺人应该心里都有谱儿,没事的时候是不会私信他的。

所以收到宋宋的消息他还挺惊讶的。

第一反应是排斥。

他处理的都是公司层面的大事,至于艺人的事情,大多是唐汀汀在管。

顾野单手插着兜,边走边点开了消息,几秒之后,他停住了脚步。

身边两个朋友还诧异:"小顾总,怎么不走了?"

顾野皱着眉头,神情有点儿严肃:"不去了,我有点儿事。"

朋友顿了顿,暧昧道:"哟,这是谁说话这么好使啊,一条消息就能把你找回去。"

"对啊,介绍给哥们儿认识认识,以前怎么没发现你还有这秘密。"

顾野甩开他们攀着他肩膀的手,淡淡道:"别闹,不是你们想的那样。"

朋友们显然不信,但也没多为难他,只是一脸似笑非笑地望着他。

顾野倒是有点儿庆幸自己没喝酒。

他飞快地回了宋宋消息,让她发定位过来,然后去取了自己的车,直奔唐汀汀的方向。

唐汀汀在饭局上喝醉了?

这是多久没发生过的事了。

以唐汀汀现在的知名度,有点儿眼色的合作方,都不会灌她酒。

顾野眸色愠怒,一个急转弯,绕了条不堵的小路。

除非……是有人故意逼艺人喝酒了,或者公开表示想要从艺人身上得到点什么。

唐汀汀一定是同情心作祟，才帮着挡酒。

顾野听说过，唐汀汀的酒量很好，几乎从没喝多过。

喝酒误事，也正因为她这么自律，所以顾延亭才放心把那么多的东西交给她。

宋宋给顾野传了定位后，就把大衣脱下来，披在了唐汀汀身上。

她蹲下身，守在唐汀汀身边，声音里带了哭腔："唐总，都是我不好，我给您惹麻烦了。"

醉醺醺的唐汀汀皱了皱眉，隐约听到有人在说话，是个女孩。

但她脑子已经短路了，本能地以为是自己的妹妹唐让让。

唐汀汀枕着胳膊，眼睛都没睁开，伸手摸了摸宋宋的脑袋。

她以前就是这么安慰自己妹妹的。

宋宋怔了怔，抬起眼，看着唐总纤细的手指，感动得无以复加。

自从入了这个圈之后，宋宋见识过太多的无可奈何。

没有名气没有背景的女演员，简直就是这个圈子的底层，任何有点儿手腕的人都可以把她们玩弄于股掌之中。

但唐总不一样，唐总是真的对她好。

她从来没见过这样的前辈，博学优雅，美丽大方，还温柔善良。

宋宋一边冷得发抖，一边哽咽着。

正在这时，顾野赶到了。

顾野披着一件深绿色的大衣，神色严肃，看着趴在桌上的唐汀汀。

唐汀汀今天穿的休闲西装，下面配了一条西装裙，她整个人软在桌面上，神志不清。

被打理得整整齐齐的头发顺着耳际滑下来。

喝这么多。

顾野心里的不悦再次加深了。

宋宋怯生生地叫人："小顾总，实在抱歉，麻烦您了。"

顾野的脸色实在是不好看，宋宋有点儿怕他。

她担心自己是不是打扰到他了。以前听人说小顾总挺随和的，也很喜欢跟人开玩笑。

顾野问："为什么被灌这么多？"

宋宋站起身来，紧张道："本来他们是想灌我，但是唐总不让，后来还跟制片和导演闹翻了。小顾总，唐总也不是有意的，实在是对方太过分了，您别处罚唐总，都怪我。"

顾野心道，果然，她就是不忍心年轻女孩被那帮老男人欺负。

其实这种事在圈里总是无法避免的，甚至很多艺人一开始不愿意，经历了圈里的锤打之后，也只能被迫接受了。

但唐汀汀似乎格外坚持。

顾野走过去，看了看唐汀汀身上披的那件外衣，勉强只够盖住她上半身。

他把自己的外衣脱下来，换下了宋宋那件，把唐汀汀整个裹了起来。

他低声道："你自己回家没问题吧，唐总我带走了。"

宋宋赶紧点头："我没问题的，谢谢小顾总，谢谢。"

唐汀汀迷迷糊糊的，听女孩子一直在说谢谢。

她伸手本能地一抓，然后轻轻拍了拍那人的手背，示意对方不要再谢了。

顾野低头看了看自己被抓住的手，感觉半边身子都要僵硬了。

唐汀汀的手指很凉，但很软，细长的，温柔的，像小扇子一样轻轻拍着他。

他感受了片刻，弓下身子，小心翼翼地将唐汀汀抱了起来。

想要抱一个喝醉了并不懂得配合的人，挺难的。

但好在唐汀汀很瘦、很轻，顾野抱着她甚至有些怀疑，那些肉她都吃到哪里去了。

唐汀汀在他怀中呢喃道："让让，别闹。"

顾野低头，看了看她红彤彤的醉颜，目光温柔了片刻。

他一直知道唐汀汀好看，但从不知道她这么诱人。

仿佛摆在眼前的禁果，让人忍不住采撷。

但他又不敢采撷,因为她太珍贵了。

怪不得,怪不得陆敬宏一直都忘不了她。

只是他不理解,有这样的唐汀汀在身边,陆敬宏为什么要出轨。

他花了好大力气才从顾延亭口中得知,当年是陆敬宏出轨了,两个人才分手的。而顾延亭看中唐汀汀的工作能力,就把陆敬宏赶到一边儿去了。

唐汀汀倒在他的怀里,疲累得睁不开眼睛,但还是本能地靠着他的肩膀,将自己往他怀里缩了缩。

她意识不到这是谁,脑袋里还能想起的唯一一个人,就是妹妹唐让让了。

顾野抱着她,有点儿爱不释手。但他还是将她小心翼翼地放到了车里,然后直奔最近的一家五星级酒店。

他虽然知道唐汀汀家的地址,但这么晚了,她家人肯定都休息了。

而且唐汀汀醉成这副样子,如果被唐雅芝看见,大概会很担忧她。

顾野把车停在酒店门口,他抱起后座的唐汀汀,走进了大厅。

唐汀汀被强光晃得一皱眉,恍惚睁开了眼,看见了顾野的脸。

啊,顾野。

她现在没办法做过多的思考,又闭眼睡了过去。

顾野把身份证递给前台,前台工作人员狐疑地看着他。

顾野知道对方怀疑自己,因为唐汀汀太漂亮了,现在又昏睡着,一身酒气。

他解释道:"我是星创公司的总经理,这位是我朋友,被人灌醉了,我把人送到房间就走。"

前台勉强笑了笑,给他们开了一间双床房,说:"不好意思,没有大床房了。"

顾野知道她是什么意思,酒店绝对不可能没大床房,但就是怕他是坏人,对唐汀汀图谋不轨。

他有点儿好笑,如果是真的图谋不轨,双床房就挡得住他吗?

"谢了。"

他又微微向上托了下唐汀汀,唐汀汀皱了皱眉,像小猫似的揽住了他的

胸膛。

"让让，别乱动，我困。"

顾野艰难地捏着房卡，低头看了看她。

真是无奈，到现在，她还把他当成唐让让。

他抱着她上楼，刷开房门，小心翼翼地将她放在床上。

唐汀汀一翻身，身上披的大衣掉了。

修身的小西装紧紧地束缚着她，她难受地抓了抓，但是手指上的力气根本扯不开衣服。

顾野咽了咽口水，望着暖黄色灯光下的唐汀汀，心里不住地发颤。

"我……我不是故意想碰的啊，我想让你睡得舒服一点。"

他谨慎地伸出手，轻轻帮唐汀汀解开上衣的扣子，她里面穿的是白色的衬衫，紧紧贴在身上，只有胸脯的地方，一起一伏。

顾野的眼睑抖了抖，抓着唐汀汀的手，把她的西服外衣脱了下来，然后轻轻地帮她解开衬衫的扣子。

反正她里面还穿着内衣呢，也不算偷看。

彻底松开了唐汀汀身上的束缚，顾野赶紧抓起被子，将唐汀汀的皮肤给遮上了。

他觉得浑身有些燥热，急需出去吹吹冷空气。

他还是第一次，和唐汀汀这么亲近。

平时唐汀汀都恨不得躲他远远的，还是这时候乖。

下面的裙子他就没办法帮唐汀汀脱了，不过好在外套脱了，唐汀汀就舒服多了，躺在被子里，安稳地睡了。

顾野垂着眸，打量她片刻，甚至有些不舍得走。

他觉得能在这儿看她一晚也挺好的。

但他却不得不走，楼下的前台可还怀疑他呢。

顾野蹲下身，凑到唐汀汀脸前，深吸一口气："不让亲，我偏要亲。"

说罢，他在唐汀汀的唇上啄了一口。

这是他第二次亲唐汀汀了,上次是鬼使神差,这次却是心知肚明。

吻过之后,他拿起自己的外衣,将房卡放在床头柜上,转身出了门。

唐汀汀一直睡到第二天中午。

宿醉过后的眼睛又酸又疼,她眯着眼睛,艰难地看了看周围的环境。

但她来不及细想,一溜烟冲进了卫生间。

昨天喝了太多酒,如果不是陷入了沉睡,她早就爬起来了。

在卫生间,唐汀汀的意识才渐渐恢复。

这里是酒店。

她揉了揉太阳穴,在洗手台擦了擦脸,看着镜子里宿醉后的自己,开始回忆昨天晚上发生的事。

她记得她和制片人闹翻后带着宋宋出来了,怎么现在会在酒店里?

她那么强的防备心,哪怕是喝醉了,也不会留在有威胁的地方。

是宋宋把她送到这里来的?衣服也是宋宋帮忙脱的吧?

她想应该是。

唐汀汀安心了。

她把带着酒气的衣服都脱下来,挂到门口,走进浴缸,开始冲洗。

她已经很久没喝醉过了,贸然喝多,还真是难受。

她的脑袋现在都还有点儿胀痛,想事情想不真切。

水流顺着她的头顶滑下来,流过她的睫毛、侧脸、嘴唇。

唐汀汀觉得格外舒服。

不过今天是工作日,她一定是迟到了,上午的工作肯定堆积了起来。

她洗完澡,刷了牙,重新走出卫生间,人已经清醒多了。

再看手机,上面果然有很多未接来电。

有自己助理的,还有陆敬宏的。

她没回,先是给宋宋打了电话。

宋宋立刻就接了:"唐总,您怎么样,我看您上午都没来公司。"

唐汀汀柔声道:"我没事了,昨天……谢谢你了。"

宋宋低声道:"谢我什么呀,该是我谢谢您。"

唐汀汀笑:"谢谢你送我去酒店,费用告诉我,我拿公司去报销。"

刚工作的小艺人,自己还租房子呢,手里的钱肯定没有这么多。

唐汀汀绝不能让她花钱。

宋宋一怔,讷讷道:"不是我送您去的,我是打电话让小顾总来帮忙的。"

唐汀汀愣了。

顾野?

她的脑袋又开始疼起来。

她恍惚也有点儿印象,自己一抬眼,看见了顾野的脸。

但她以为那时候她在梦里。

所以是顾野抱着她,一路送来酒店的?他还帮她解开了衣服?

唐汀汀脸色一变。

宋宋小声问:"唐总,您没事吧?"

唐汀汀睫毛抖了抖:"没事,我先挂了。"

她一屁股坐在了床上,狠狠地揉了揉脸。

喝酒误事,果然误事。

关键是她都不知道顾野具体做了什么,这让她不知道哪里该难受。

唐汀汀浑身不适,缓了半天,才渐渐平静下来。

毕竟,她没有亲眼看到。

所以其实也还好,反应不是那么强烈。

这还是她第一次,跟男人接触之后,没有那么强烈的恶心感,虽然是无意识的。

唐汀汀拢了拢头发,开始给自己的心理医生打电话。

"您好,我是唐汀汀。我昨天跟异性有了些亲密的接触,但我喝多了,具体的情况还不清楚。"

医生沉默了片刻,软声问道:"那你现在感觉怎么样?"

唐汀汀皱着眉："好像因为没看到，所以也没有那么难受，毕竟我真的一点记忆都没有。"

"对方是个什么样的人呢？"

唐汀汀答："是我的上司，也算是同事，我和他不算太熟，他之前在办公室趁我睡着的时候偷亲过我，当时我的反应很强烈，立刻就去医院进行心理疏导了。"

"对方对你的感情是什么样的呢？"

"他……"

唐汀汀恍惚了。

她最初以为顾野是跟她作对，故意激怒她，想要赶走她。

但这么长时间看下来，好像不是那回事。

心理医生道："他喜欢你。"

唐汀汀咽了咽唾沫，垂下了头。

心理医生道："你明知道他喜欢你，但这次你却没有那么大的反应，说明你潜意识里，接受了他的喜欢。"

唐汀汀反驳道："我绝对没有接受，我和他是不可能的，我和谁都是不可能的。"

心理医生道："我的意思是，你认可了他对你的示好，但是因为你的问题，你不能给予反馈。"

唐汀汀道："是的，所以有时候我也躲着他。"

心理医生想了片刻，又问："那你为什么不干脆拒绝他呢？"

唐汀汀怔了怔："他那个性格……"恐怕被拒绝了也不会有什么反应吧。

但她在知道顾野对她有别样的心思后，还真的没有义正词严地拒绝过。

心理医生建议："或许，你可以把自己的问题告诉他，看他是什么反应。"

唐汀汀皱眉："我怎么可能告诉他这种事！"

"唐女士，你不要把它当成一种忌讳，等你可以正大光明地面对它的时候，才是你彻底战胜它的时候。"

顾野这个人,和唐汀汀之前遇到的所有男人都不太一样。

他表现得不像陆敬宏那么温柔,儒雅,文质彬彬,举止得体。

虽然后来证明,陆敬宏只是在她面前装成那个样子。

顾野连装都不装。

他把最真实的样子,实实在在展露在唐汀汀面前。

他玩世不恭,油嘴滑舌,心思深沉,嫉妒心强。

时而还有点儿死缠烂打蛮不讲理的架势。

无论从哪个角度上来说,顾野都不是唐汀汀喜欢的类型。

他虽然和陆敬宏同父异母,可骨子里,却完全不一样。

可偏偏这样的顾野,时常让她无计可施。

他蹭着要跟她去参加婚礼,胡搅蛮缠地拉她一起逛美术馆,连吃顿铁板烧都要秀一下耍瓶子的功夫。

可他在公司艺人面前又显得格外严肃,一本正经。

唐汀汀时常觉得他是分裂的,但偏偏,他能逗得她心情好。

和陆敬宏谈恋爱的时候,唐汀汀觉得自己更像是找到了一个学习伙伴。

两个人有同样的目标,同样的冲劲儿,互相比着学习,努力从对方那里汲取更多的知识。

她的所有成就感来自自身的提升,还有对陆敬宏能做到同样优秀的欣慰。

但是顾野却教会了她怎么玩,怎么享受生活,怎么把辛辛苦苦赚到手的钱花出去。

他拉着她去看音乐剧,介绍她吃人均一千多的私房菜,哄着她在郊区马场养了一匹自己的小矮马,甚至还从潘家园淘了一个赝品玉佛瓶……

自从认识顾野以后,唐汀汀花钱如流水。

以前公司里总有人打趣,经纪人有命赚钱没命花。

现在她总算知道怎么花了,能花钱的地方实在是太多了,京市能玩的地方也实在太多了。

顾野变着花样逗她玩，无非是喜欢她。

可她却不能再这么装作不懂地享受下去了。

她得趁顾野只是对她有点儿兴趣，但没陷进去的时候及时喊停。

她不能因为自己羞于开口的隐疾，让顾野一直蒙在鼓里。

这对顾野也不公平。

唐汀汀抓了抓自己的头发，深吸一口气，站起身来，拿好东西直奔顾野的办公室。

自从陆敬宏到公司之后，顾野上赶着在顾延亭面前表现，成天待在办公室里，很少出去跟朋友疯玩。

他实在看不上陆敬宏，更不允许陆敬宏从他手里夺走任何东西。

唐汀汀轻轻敲了敲门，推门进去。

顾野正坐在办公桌后面闭目养神，一抬眼看见唐汀汀，他眼前一亮。

"哟，不容易啊，让唐总亲自来我办公室一趟。"

唐汀汀垂了垂眸，转回身，把办公室的门给锁上了。

顾野玩味笑道："怎么，想起来昨天谁送的你，今天是特意来感谢的？"

唐汀汀找了个椅子坐下，也没跟他客气，抽出纸杯接了杯温水喝。

"是，但也不是，今天有些话想跟顾总说。"

顾野收敛起笑容："你放心，我知道是那个制片人不是东西，你别以为我爸会为难你，这事儿传不到他那儿。"

这些年顾延亭渐渐放权了，把手里大部分事情都交给了顾野。

还有一小部分，交给了陆敬宏。

他自己做了半个甩手掌柜，还美其名曰想要考察顾野的能力。

唐汀汀轻笑："我不在乎什么处罚，只不过这个制片人和导演还算是出名的，只要我在星创一天，他们就都不会用星创的艺人，这对公司来说是个很大的损失，有什么后果我承担，但我不是来找你说这件事的。"

顾野半眯着眼，打量唐汀汀："那是什么事儿？"

他心里隐隐打鼓，觉得唐汀汀要说的，可能是件大事儿。

唐汀汀酝酿片刻，抬起眼睛，直言道："顾野，你是不是有点儿喜欢我？"

顾野呼吸一滞，脸色僵硬了片刻，这才慢慢舒缓下来。

也是，正常人都能看出来他喜欢唐汀汀，这没什么可隐瞒的。

"是。"

唐汀汀得到了肯定的答案，点了点头，又问："你知道我和陆敬宏为什么分手吗？"

顾野道："因为他出轨，背着你跟别的女人上床，他活该。"

唐汀汀微怔。

她没想到顾野连这段隐情都清楚。

不过想想也是，当初她和陆敬宏闹分手的时候，声势挺大的，公司高层都有耳闻，只要顾野找个年龄大的高层套个话，也就知道了。

唐汀汀眨了眨眼睛，手指捏着纸杯的力道紧了一些。

"那你知道他为什么出轨吗？"

顾野不屑一顾地撇了撇嘴："陆敬宏本来就是一个道貌岸然的伪君子，他不出轨才出奇了呢。"

唐汀汀下定决心，平静道："陆敬宏虽然不是个东西，但我得承认，当初他的确是喜欢我的。他之所以出轨，是因为我没办法让他得到满足。"

顾野皱着眉，问道："什么意思？"

陆敬宏是疯了还是瞎了？

唐汀汀从哪个方面论，都几乎像艺术品一样完美，陆敬宏竟然还觉得不满足？

唐汀汀道："我是个柏拉图，我一辈子都无法跟人有亲密行为。陆敬宏是实在忍不了了，才出轨的。"

顾野呆住了。

他当然知道柏拉图是什么，只是从来没遇到过。

唐汀汀怎么会是柏拉图呢？

唐汀汀见他惊到了，继续道："我不是天生的柏拉图，小时候，我曾经受过伤害,心理上就无法再接受异性带有特殊意味的触碰。我大概能理解你们男性对于性的渴望,所以顾野,不要喜欢我,我满足不了任何人。"

顾野依旧没有说话。

他脑子里很乱,也很震惊。

原来陆敬宏和唐汀汀分开是因为这个,原来唐汀汀以前还被人欺负过。

唐汀汀站起身,温柔地笑笑:"顾野,谢谢你的欣赏,但是很遗憾,我注定不会和任何人在一起。"

顾野的反应唐汀汀早就想到了。

他是对的。

任何一个正常的男人,都接受不了无法和身边的女人亲近。

就像陆敬宏说的,一个月可以,三个月可以,甚至一年都可以忍。

但是三年呢,五年呢,十年呢?

时间是最残酷的,没有什么感情熬得过它。

没有什么人爱别人胜过爱自己。

唐汀汀放下纸杯,得体地推开门,离开了。

从这一刻起,她和顾野再也不会有什么纠葛。

顾野也不会继续缠着她了。

这样挺好,从工作关系上来说,他们不适合有什么感情纠葛。

从私人角度上说,如果老顾知道顾野也和陆敬宏一样看上了她,估计要气死。

她也就没办法在星创工作了。

一切都很好,但唐汀汀不知道为什么,心里竟然有点儿酸涩。

好像失去了什么,再也找不回来了。

不过她安慰自己,人总是这样,希望别人对自己好,永远好,一下子失去了,就会觉得很难受。

但是过段时间,重新适应没有的生活,就会再次习惯了。

她笑了笑,径直回到了自己办公室。

她还有太多工作没处理完,她的生命,她的时间,还是全部奉献给工作最好。

金钱永远不会辜负她。

这之后顾野一直都没有来打扰唐汀汀,唐汀汀心里挺安宁的。

年前,她有一个重要的影视项目要谈,不巧,跟她一起搭档的正是陆敬宏。

陆敬宏回到星创的这段时间,一直没接触到什么公司的核心业务。

顾延亭无非是让他牵线搭桥,跑腿卖力,连策划影视作品都要靠他个人的力量。

这么举步维艰,无疑是有人在背后使绊子,那人就是顾野。

陆敬宏知道顾野很看不惯他,很希望他消失在星创。

但是怎么可能呢。

他再怎么说,也是顾延亭的儿子,虽然是私生子。

陆敬宏一边咬着牙跟顾野较劲,一边揣着和唐汀汀复合的心思。

他以前知道唐汀汀能干,有才能,可没想到她这么有才能。

如果唐汀汀肯助他一臂之力,那彻底掌控星创,也不是不可能。

唐汀汀毕竟跟他谈过恋爱,他自认很了解她。

她不过是嘴硬一点,人高冷一点,但心还是软的。

如果跟她硬来,她宁可伤得头破血流也不会松口。

如果放软姿态,一切就还是有可能的。

陆敬宏心里还是喜欢唐汀汀的,甚至当年出轨的时候也喜欢。

他会把其他女人想象成唐汀汀,仿佛弥补了他们之间的不足。

可惜……唐汀汀不愿意这样自欺欺人下去。

想当年,她可是愿意为了自己付出一切的。

陆敬宏摸了摸下巴,回想起当年唐汀汀对他的好,他还是觉得很自豪。

"陆总,你对这个影视项目有什么看法?"

被人问问题,陆敬宏才回过神来,他咳嗽了两声,看了看PPT,凝眉道:

"这个项目……现在男频大 IP 似乎不吃香吧,我看都哑火了好几部,目前我们的主要受众还是女性观众,女性喜欢的是霸道总裁爱上我的那种浪漫剧情,不是一个男人从底层爬到巅峰的励志故事。"

"那……唐总你以为呢?"

唐汀汀冷冷扫了一眼陆敬宏,才道:"所有不看投资成本谈回报率的做法都是泛泛而谈,这部作品不需要大量的特效制作,虽然主角是男人,但是没有男频主角一贯的浮夸作风,还是有投资的可能性,不过我们还要综合分析,这个项目值不值得把演员的档期花在上面。"

陆敬宏笑了笑:"尴尬就尴尬在这儿。其实不少男演员都挺想演一部大男主的戏,可是事实告诉我们,只有女主的镶边霸总才有红的可能。"

唐汀汀没说话。

陆敬宏的市场敏锐度是可以的,他选择项目的手段也是成熟的。

看来他不想做这个项目,换句话说,这个项目不够赚钱。

出品方还在争取:"但这的确是个大 IP,拥有不少读者,我相信只要找个长得好看点的小鲜肉,利润翻倍是没问题的,而且我们选择的剧组氛围也特别好,创作能力特别强。"

唐汀汀问:"编剧的剧本写了多少了?"

现在的影视剧,剧本都交给编剧工作室来写,往往一个剧是好几个人分开完成的,在衔接和逻辑上有着致命的问题。

甚至开机的时候,剧本也才做了几章,接下来就要边拍边写,拍过的东西几乎没有更改的可能,出 bug 了,就要靠后面的剧本魔改。

这也是不少大长篇 IP 扑街的原因。

出品人笑了笑:"写了大半了。你们放心,剧本完全尊重原著,星创选择这个项目绝对没问题的。"

陆敬宏若有所思:"哦,大半了。"

"因为原著确实太长了,四百万字,编剧能写大半已经不容易了,我看了,质量是有保证的。"

陆敬宏转头问自己的助理："昨天交过来的那个《穿过宇宙来爱你》的爱情剧本写多少了？"

助理低声道："陆总，剧本已经全部完成了，原著一共才十七万字，编剧扩写了一点，写了四十八集。"

陆敬宏点点头："这本言情剧多少钱来着？"

助理道："五百万，百分之三十的分成。"

陆敬宏笑了："还有什么？"

助理道："能塞四个咱们公司的新人做配角。"

唐汀汀勾唇，轻轻摇了摇头。

对方出品人脸都白了。

陆敬宏站起身来，客气道："不好意思，你们也看到了，星创是个大公司，需要养不少人吃饭呢，这种长篇巨著我们就不碰了，希望以后有合作的机会。"

唐汀汀也道："不是说星创对这种项目不感兴趣，而是在我们看来，可能还不够成熟，剧组准备不够成熟，市场也不够成熟，国内的玄幻剧想要达到《冰与火之歌》的那种水平，还要克服很多困难。"

送走了出品方，唐汀汀准备回家。

今天妹夫祁衍出差，唐让让回家住，妈妈让她早点儿回去，晚上给她们包饺子。

陆敬宏一下拦住了唐汀汀："难得我们的意见一致。"

唐汀汀深吸一口气，淡淡道："这是专业。"

陆敬宏深情地望着她，柔声道："你和我还能好好聊一次天吗？"

唐汀汀抬眸，冷笑："我们似乎没什么可聊的。"

陆敬宏摇头："怎么会呢汀汀，我一直很关心你。人的感情是很复杂的，没有纯粹的爱恨，没有纯粹的喜怒，你越是对我不理不睬、横眉冷对，说明你越是放不下我。"

唐汀汀眯了眯眼，仿佛听到了天方夜谭："陆总真的是想多了，我只是不习惯跟前男友叙旧盘感情。"

陆敬宏冷不丁道:"顾野这段时间跟你走得挺近的,他是想追你吧。"

唐汀汀疏离道:"我和他没关系。"

陆敬宏从嗓子眼儿挤出一丝笑意:"我和顾野总归有那么一点相似之处,欣赏女人的眼光是一致的,他也喜欢你这种类型,只不过他还不知道你的秘密。"

唐汀汀抬腿往外走:"我没有兴致跟你聊这种话题。"

陆敬宏突然大声说道:"很遗憾吧,顾野是接受不了的,他从小就纸醉金迷,身边美女也没少过,比我还能疯,让他一辈子没有性生活是不可能的。你现在跟他站在一起对付我,实在是太失策了。如果有一天他发现自己没法跟你在一起,他还会对你好吗?那时候你在星创的身份多尴尬,你想过没有?"

唐汀汀停住脚步:"我只是个打工的,不靠跟谁在一起过日子。"

陆敬宏道:"唐汀汀,你躲着顾野是正确的,他也给不了你希望。"

大门"嘭"地关上,挡住了陆敬宏的话。

唐汀汀走在清冷的深冬小路上,步伐逐渐慢了下来。

不错,陆敬宏说得对,她不能从任何人那里寻找希望。

顾野最终还是远离她了。

她在掌心哈了哈气,空气清冽且潮湿,地面上还粘着泥泞的枯黄落叶。

新年就快要到了。

年复一年,她还要应付各种亲戚对她终身大事的关怀,实在是让人头疼。

唐汀汀吸了吸鼻子,踩着高跟鞋小跑起来。

今天有饺子,真好,她喜欢吃饺子。

人生中总还能找出些值得开心的事情。

她所有的温暖,都来自家庭。

唐让让打来电话:"姐,我在国贸商城里面逛街呢,你路过的时候来接我一下呗。"

唐汀汀一边夹着手机一边打开车门:"好,我马上来。"

唐汀汀今年二十九岁,马上就要到三十岁了。

三十岁,人生就要迈向另一个阶段了。

不是可以奢望奇迹的年纪了。

唐汀汀再次在私下场合见到顾野,是在唐让让的婚礼上。

顾野作为男方祁衍的朋友出席,和她隔着一排。

非工作场合下的顾野又恢复了那股松散诙谐的模样,逗得身边的人哈哈大笑。

唐汀汀听到了笑声,却没有回头。

台上的妹妹穿着婚纱,格外圣洁美丽,司仪在宣读结婚誓言,她还要偷偷摆手跟唐汀汀打招呼。

唐雅芝凑到唐汀汀耳边,轻声问:"后排那个是不是小顾啊?"

唐汀汀淡淡地回了一声:"嗯。"

唐雅芝看了看唐汀汀的脸色,谨慎地问:"那……你最近怎么都不提小顾了呢?"

唐汀汀无奈一笑:"我提他干吗?"

唐雅芝到底是唐汀汀的母亲,一看她这副神态,就知道和顾野没戏了。

唐雅芝心里一沉:"小顾他……惹你生气了?"

唐汀汀摇摇头,颇有些心虚道:"妈我实话跟你说了吧,我跟他从来都没有什么,他是我上司。"

唐雅芝瞪大了眼睛,还是有些不敢置信:"上司?他这么年轻?不是,他怎么能是你上司呢?"

她一直以为顾野是唐汀汀手下的员工,两人因为是办公室恋情,又女强男弱才一直秘而不宣。

她甚至还一直心疼汀汀,如果不是因为小时候落下的毛病,也不至于找一个比自己年纪小,事业上刚起步的毛头小子。

唐汀汀长长的睫毛微垂，尽量平静道："他是顾总的儿子，星创的继承人，陆敬宏……同父异母的兄弟。"

虽然她说得很漫不经心，听在唐雅芝耳朵里，已经足够爆炸了。

唐雅芝的脸都白了，她转过脸，用余光扫了顾野一眼，然后绷着嘴唇道："好，咱们不跟他们家纠缠，不提了好，不提了好。"

其实唐汀汀知道，唐雅芝这么说也是为了让她宽心，怕她伤心。

但她没有什么可伤心的。

因为从一开始她就知道结局，所以从不敢放太多感情进去。

这样在收手的时候，才有体面的余地。

不过谈话至此，唐汀汀知道，自己再也不会有此类困扰了。

顾野也终于可以从妈妈念叨的名单里被剔除出去了。

大快人心。

婚礼进行到最后一步，让让和祁衍交换戒指。

戒指是祁衍早就买好的，既精致又昂贵，唐让让的手又软又白，戴上戒指显得皮肤格外娇嫩，吹弹可破。

然后，祁衍吻了唐让让，唐让让屏住呼吸，软在祁衍怀里。

唐汀汀眼中恍惚有泪光闪烁。

一边的唐雅芝已经啜泣起来了。

在这一刻，唐汀汀才深刻地意识到，妹妹真的嫁人了，以后就要跟祁衍生活在一块儿了。

孩子长大了，总是要离家的。

只是这种分别，辛酸中又带着无尽的喜悦。

唐汀汀很欣慰，这些年，家里人的生活过得越来越好。

他们家从挣扎在温饱线上，到现在时不时能出国旅游，唐汀汀对自己很满意。

她有很好地守护这个家，很好地保护自己的家人，让父母过得富足，让妹妹无忧无虑地长大。

现在,她终于可以把一部分责任交出去了。

今后,让让就是祁衍来照顾了。

唐汀汀压抑住自己心头的怅然若失,转过头来安慰唐雅芝:"妈你不至于,现在又不是旧社会,嫁人了就很少回娘家。"

唐雅芝笑笑,抹掉眼泪:"我就是觉得,太快了,你们长大得太快了,俩小姑娘,一转眼,都这么大了。"

唐汀汀轻轻拍了拍唐雅芝的肩膀:"挺好的。"

唐雅芝看看台上的小女儿,又看了看身边的大女儿。

其实唐汀汀根本不知道她为什么哭。

她是为了唐汀汀辛酸。

两个女儿,同人不同命。

让让很甜,从小就阳光开朗,生活也过得格外顺畅些。再加上有祁衍的关心呵护,她的感情生活里从没有半点委屈。

但汀汀就命苦得多,小时候摊上那种糟心事,长大了也一直背负着格外沉重的心事。

汀汀长得那么温柔、美丽,为什么在情感上这么坎坷,为什么就没有人愿意一直爱汀汀,对汀汀好呢?

唐雅芝也没解释,就让唐汀汀认为她是在哭让让的出嫁吧。

唐汀汀专注地望着台上,根本没有察觉,顾野的目光一直落在她身上。

他坐在后面,观察着唐汀汀的一举一动。

她撩头发,她低头看手机,她鼓掌,她拍唐雅芝的肩膀。

顾野把她的每个动作都记得清清楚楚。

然后,坐立难安。

自从唐汀汀跟他说了所有的事,他就去找了心理医生咨询。

他最开始还是很难相信这种事情会落在唐汀汀身上,那么优秀高傲,自信大方的唐汀汀。

心理医生说，这种病想要治愈不是一朝一夕的事情，在她年龄小的时候没有经过及时疏导，这些年心魔加深，人又已经成年了，医生也只能努力尝试。

而唐汀汀如果是特别有主见、意志力特别坚定的人，治疗的时间会更加漫长。

顾野心疼得肝儿都颤。

他甚至私下里去找了陆敬宏。

那是在唐汀汀跟他坦白的第三天。

他背着唐汀汀，独自将陆敬宏约了出来。

陆敬宏没什么意外，优雅地坐在椅子上，抿了口柠檬水，颇有些得意地笑道："真没想到，有一天你会主动请我吃饭，弟弟。"

顾野额上青筋跳了跳。

他实在无法忍受父亲的滥情，更受不了这些没来由冒出来的兄弟。

那些没有什么存在感混吃等死的也就算了，偏偏陆敬宏是个有野心的，妄想取代他。

"我可没有你这个兄弟，我家的户口本上，只有三个人。"顾野冷冷道。

陆敬宏自然不会被顾野激怒，他半垂着眼，无所谓道："户口本上没有，难道基因里面也没有吗？"

顾野冷冷地扫了他一眼。

陆敬宏继续道："我知道你讨厌我，我甚至理解你的讨厌，可惜你就从来没站在我的角度上看待过我们之间的关系。你以为我多珍惜和顾延亭之间的亲情吗？你以为我有多喜欢骨子里他的基因吗？同样都是他的儿子，为什么你一出生就什么都有，而我只能被养在犄角旮旯，被遗忘和嫌弃着，呵，你想过我的处境吗？"

顾野翻了个白眼儿："我没兴趣，今天找你来也没想跟你讨论这个。"

陆敬宏耸耸肩，颇有些无趣道："好吧。"

顾野咬了咬牙，深吸一口气道："你和唐汀汀为什么分手？"

陆敬宏微怔，随即笑容加深了："原来是因为这个。我就知道你喜欢她，

看来顾延亭的基因还是有点儿作用的，让我们都喜欢这个类型的女人。"

顾野目光凛冽："为什么分手？"

陆敬宏平静道："因为我出轨，她接受不了。"

顾野顿了顿，又问："她的病是怎么回事？"

陆敬宏恍然，神色中终于不再那么气定神闲，他的手指一抖，喃喃道："她连这个都跟你说了？"

顾野倾了倾身，手指死死扣住桌板："到底是谁害了她？她为什么会变成这样？"

陆敬宏眼睑颤了颤，喉结一动："我如果知道是谁害了她，早就弄死那个人了。要不是那个混账，我和唐汀汀就不会分手，我也不会出轨，我们早就结婚了，永远相亲相爱在一起。"

顾野沉声道："放屁！"

陆敬宏嗤笑一声："你不想相信也没用。你根本不知道当年唐汀汀有多爱我，在学校的时候，她怕我累，帮我总结笔记，划重点，我胃不好，她就在宿舍改电路，买变压器给我熬粥，后来因为我，她宁可把嘴唇都咬出血了，也要强迫自己不要躲开我的拥抱。"

顾野的眼睛都要红了，拳头颤抖着，咬牙切齿道："你怎么忍心！"

陆敬宏收敛起笑容："忍心？最开始我当然不忍心，我恨不得拿出所有的东西讨好她，但是，顾野，谈恋爱几年，连点情侣之间的亲密都不能有，哪个男人能受得了呢？久病床前无孝子，话糙理不糙，当初再多的心疼、不舍，到最后也都变成了埋怨，变成了出轨的理由，虽然我依旧爱她，但我的生命里不能只有她一个了。"

顾野毫不顾忌地骂道："狗屁！"

陆敬宏苦笑："顾野，我挺讨厌你的，但是看在汀汀的份儿上，我还是要劝你，离她远一点。你和我没什么不同，所有人都没什么不同，除了吃饭喝水睡觉，人类再没有能坚持一生的习惯了。你现在有多喜欢她，将来就会伤害她多深。只有我才懂得如何跟她相处，我们还有可以回首的旧情，而你什么都没有。"

顾野脸色铁青,有些狠戾地笑道:"你怎么知道我跟你一样,你怎么知道我不能坚持。"

陆敬宏一摊手,说:"你看,你都用上'坚持'这个词了,不觉得可悲吗?况且,你以为跟自己兄弟的前女友在一起,是什么好听的佳话吗?你觉得顾延亭会怎么想?他当初那么不在乎我,听说我跟唐汀汀在一起了,听说我们俩不能有自己的孩子,你都不知道他那是什么脸色,你想想换到你身上,呵呵,顾延亭一定会毫不犹豫地把唐汀汀扫地出门,让她永远不出现在你面前。"

顾野抬眼:"你以为我在乎吗?"

陆敬宏摇头:"你太不了解唐汀汀了,你不在乎,可她在乎。她为了自己的事业,为了成功付出了多少,只有我能懂,因为我是陪她拼搏过的,你这种从小锦衣玉食的纨绔子弟,永远都不会懂。"

陆敬宏从钱包里抽出两百块钱,放在了桌面上。

"对了,顺便提醒你,如果你还要坚持缠着唐汀汀,我不介意亲自告诉顾延亭。我是为了汀汀,为了让她不受到你的伤害,为了守护她努力奋斗得来的一切。"

陆敬宏说完,理了理西装,转身离开了咖啡厅。

顾野沉默地坐在沙发上,一语不发。

他坐了整整一天,从天光大亮到黑夜降临。

当月亮从云层后露出身影,月光静谧地洒在京市大地的时候,顾野终于开始动了。

他拨通祁衍的电话,哑声道:"祁哥,我不想等了,我要马上取代顾延亭。"

两个月过去了。

一个震撼人心的消息传遍整个星创,甚至连小半个娱乐圈都震颤了一下。

星创传媒易主了!

公司股份在几个月前就一直被秘密收购着,甚至连顾延亭手里都抛出去了百分之二十。

因为接连三个电影投资失败,公司需要太多的资金周转,顾延亭虽然心疼,但还是把手里的股份卖出不少。

但他心里一直有底气,他想的是,自己手里的股份,加上儿子顾野的,还是占了大半,不会撼动星创的根基。

可他万万没想到,收购他股份的人就是顾野!

在前两天的高层董事会上,这件事一挑明,顾延亭几乎半天没喘上气来。顾野亲自将他请下了台,毫不留情地取代了他的位置。

顾延亭年纪还不大,他还能在这个岗位上拼搏十年,并不想早早当个领分红的闲散董事。

他从没想到顾野会对他下手。

因为星创将来本身就是要留给顾野的,只是或早或晚的事情,顾野又何苦那么心急。

回到家里,顾延亭怒不可遏,拿起桌上的果盘朝顾野砸过去。

他像个泼妇一样怒吼,胡搅蛮缠,大叫着让顾野把公司还给他,骂顾野是白眼狼。

顾野冷冷地听着,踩着地上碎掉的玻璃碴子,慢慢走到顾延亭面前。

"还给你是不可能的,星创现在是我的。你说你要把星创给我,可陆敬宏也进了公司,我妈死之后,那些外头的私生子,真是越来越肆无忌惮了。"

在感情这件事上,顾延亭自知理亏,他就只是指着顾野的鼻子:"狼崽子!我真是瞎了眼了,没有心的东西!"

顾野靠在沙发边,隐忍道:"其实我没有这么急的,我也想给你充足的缓冲余地,我也不想让我们父子之间闹得这么僵,毕竟平心而论,你还是对我挺好的。可惜……"

顾延亭喘着粗气道:"可惜什么!"

顾野笑:"可惜我想娶一个人进门,我怕你针对她,不得不把你赶下台了。"

顾延亭瞪着眼睛,松弛的眼皮带着深深的褶皱:"谁?!"

顾野走过来,轻轻地抚着他的胸脯:"爸,别气坏了身子,她可是很尊敬很感谢你的,一直把你当成对她有知遇之恩的师父。如果你能祝福我们,对她多点照顾和关心,她一定会很开心的。"

顾延亭呆住了。

他简直无法思考。

顾野说的这个人……是唐汀汀吗?

怎么可能是唐汀汀!她可是……可是陆敬宏的前女友!

顾野紧紧扣着顾延亭的双肩,一下一下地按揉着:"爸爸,你既然做不了一个好丈夫,那不如试着做个好公公,虽然你现在不管公司的事情了,但你放心,我和汀汀一定会好好发展星创的。"

顾延亭腾地站了起来:"你知不知道她是你哥哥的前女友!你知不知道唐汀汀不能跟你生孩子!"

顾野凉薄地一抬眼:"所以呢?像你一样生那么多孩子很好吗?我讨厌孩子,厌恶孩子,本来我也没想要孩子,唐汀汀简直是老天赐给我的,没有人比她跟我更合适了。"

顾延亭脸上的肌肉都在颤。

他指着顾野道:"我跟别人的私情对你就有那么大的影响吗?你又不是不知道,我对你妈妈怎么样,我对你怎么样!别人都是逢场作戏,我只对你们母子是真心的!"

顾野恨恨道:"你的那些事,你以为我妈不知道?她为什么那么早死,那是因为她从来都不开心!"

顾延亭见顾野提到他母亲的死,整个人都瘫软下来。

顾延亭以前一直以为自己和顾野之间唯一的隔阂,就是妻子的死。

其实不是,裂痕,从很早就开始了。在他还没有察觉的时候,在他还在沾沾自喜的时候,顾野已经恨上他了。

顾延亭觉得心寒，也心痛。那些看似父慈子孝的日日夜夜，顾野其实一直想着如何取代他。

顾延亭想生气，想发疯，想闹个天翻地覆。可一切都无济于事了。

他没什么可以威胁顾野的地方，而顾野始终还是他儿子。他唯一付出真感情、喜爱、善待、疼惜的儿子。

如果他连顾野都放弃了，那他就真的失去所有的亲人了。那些私生子，只会更恨他。

顾延亭突然觉得自己挺悲哀的。

他一直认为自己是人生赢家，有钱，有地位，有长相。家里红旗不倒，外头彩旗飘飘。那些企图靠着孩子上位的女人，都被他毫不留情地抛弃了。

他怎么允许自己有这种污点。可经年一过，他什么好都没落下。所有人都算计他，恨他，埋怨他。

没人真心对待他。

最可笑的是，真真切切关心他，把他当成师父孝敬的，似乎只有唐汀汀。因为最初的知遇之恩，唐汀汀一直没忘。

实在是太可笑了。

公司风云突变后，闹得人心惶惶。顾野做的第一件事就是把陆敬宏给开了，毫不留情。

陆敬宏显然也没想到，顾野会这么狠，顾延亭会这么废物。他是做好了打算，要在顾延亭面前做出一番成绩的。

可现在顾延亭自顾不暇，更不用说给他什么了。

多年努力付之一炬，陆敬宏恨得牙痒痒。

没有了利益纠葛，陆敬宏本性毕露，他先是找到顾延亭，毫不顾忌地大骂了顾延亭一通，把这些年的怨气通通发泄掉，然后恨恨地警告顾延亭和顾野，有朝一日他一定会回来，让他们一无所有。

顾延亭接连被两个儿子骂，已经有些麻木了。

他惆怅几日,终于病倒了。

顾野把他送到高级疗养院,美其名曰放松心情,实则不让他再接触公司的核心业务。

新官上任三把火,谁知道这把火会不会烧到自己身上。

那段时间,连公司的茶水间里都没有人闲聊八卦了。

唐汀汀的助理私下里跟她说:"现在咱们公司的变动很大啊,看来小顾总整改的决心很大。"

唐汀汀继续点头:"是啊,新领导新面貌。"

助理又道:"我有好几个小姐妹还担心自己被开呢,有传言说小顾总要裁员。"

唐汀汀抬眼,叹了口气:"消息真是越传越乱。怎么可能呢,现在星创正在发展中,需要的人只会越来越多。"

助理又问:"还有艺人方面,你说咱的重点培养名单会换吗?小顾总的喜好是啥啊?"

唐汀汀垂下眸,说:"这我就不清楚了,换不换都无所谓,我们只是照常打工。"

"哦……"助理意味深长地点了点头。

她就是觉得,对于公司现在翻天覆地的变化,唐总表现得太平静了。

难道唐总就不担心吗?

老顾对唐总那么好,把唐总当亲闺女似的,一路提拔唐总,让唐总稳坐公司的艺人经纪总负责人。

那小顾总呢?

小顾总怎么也不会比老顾对唐总好了。

往后风云突变,还不知道是谁上位呢。

唐汀汀整理完公司的商务资源和影视资源,拿着厚厚的一沓文件正准备出门。

大门一开,顾野从外面进来了。

唐汀汀愣了一下，但很快恢复了镇定。

其实也不是不尴尬。

毕竟有过那么还没开始的一段，上下级的感情变了质，现在低头不见抬头见，还要装一本正经。

不过，唐汀汀最善于装正经了。

唐汀汀淡笑，疏离道："小顾总，我正准备去找您呢。正好，这是已经整理过的我们公司现有的商务资源和影视资源，以及艺人的变现能力评估。目前空窗期的艺人有……具体的您再看一下。"

唐汀汀把手里的资料递过去，指尖捏着文件的右下角，递给顾野。

她在刻意保持距离。

顾野成了领导，就不能再像以前那样什么都说了。

领导嘛，总是有过于强烈的自尊，有时候稍不留神，就觉得别人对他不够尊重。

唐汀汀工作了这么多年，对这些男领导摸得门儿清。

顾野也不会例外。

正想着，顾野随手把那些资料扔在了桌子上。

唐汀汀一皱眉。

顾野舔了舔下唇，神色有点儿紧张："汀汀，我有大事跟你说。"

唐汀汀挑了挑眉，觉得"汀汀"这个叫法实在是太暧昧了，不符合他们之间公事公办的关系。

不过既然有大事，她也就没计较那个称呼。

"你说。"唐汀汀凝视着顾野，认认真真一本正经地等待着他的大事。

大概和人事变动有关，又或者跟公司的投资重心有关。

"咱俩啥时候公开好呢？我觉得宜早不宜迟，趁着现在公司的人都忙着适应新环境，让他们顺便也适应咱俩的关系得了。"顾野说着说着，眼睛变得亮晶晶的。

唐汀汀满脸问号："你说什么？"

顾野抱怨道:"这两个月可把我忙坏了。你都不知道,陆敬宏那个混账玩意儿竟然威胁我,说我靠近你他就去我爸那儿告状,幸好我顺利地把我爸给搞退休了,不然真的憋死我了。"

唐汀汀:"……"

顾野走过来,扯扯唐汀汀的手指:"牵手没事吧?我找心理医生咨询了,他说你这个情况要慢慢调整,主要是心理调整,情绪调整,可能时间很长,也可能很短,但需要身边的人帮助。我帮着你慢慢恢复,不要着急,如果不能恢复也没什么,我讨厌小孩子,一点也不想要孩子,咱俩过就挺好,还不麻烦。"

唐汀汀:"……"

顾野又道:"你倒是说句话啊。我跟我爸坦白了,说咱俩要结婚,把我爸给气医院去了,你下次见到他悠着点,别对他那么好了,他那人典型的给脸不要脸,你越冷着他他越往上凑。"

唐汀汀十分想揉揉脑袋,好好消化一下顾野的话。

顾野捏了捏她的手心:"对了,我想问问,我要是对着你照片……你会难受吗?"

唐汀汀:"不会。"

顾野咧嘴一笑:"那我就放心了。"

唐汀汀心道,你还挺能凑合。

顾野想了想,继续问道:"那我要是还趁你睡着了偷偷亲你,你会生气吗?"

唐汀汀:"不会。"

睡着了什么都不知道,只要别让她看到,她就不会有反应。

顾野长出一口气:"妥了,晚安吻也有了。"

唐汀汀陷入沉思。

她什么时候说要跟顾野在一起了?

他都想了些什么东西。

顾野微微弓着身子，小心翼翼道："我保证会永远对你好的。我跟陆敬宏那人渣不一样，我要是辜负你，你就拿刀把我……"

唐汀汀眯了眯眼："小顾总，要不资料你再看一下呢？"

顾野委屈道："我马上就看，你整理的我肯定看。但是，你能早点跟我结婚吗？我上次看你妹和祁哥结婚，我都羡慕死了，明明应该咱俩先结婚的啊，结果我还不能跟你坐一起，我问祁哥能不能让我跟你爸换个位置，坐你旁边，祁哥还把我骂了一顿，说我要占他便宜。我犯得着占他便宜吗，以后我不是他姐夫吗？"

唐汀汀深吸了一口气："顾野，一起吃午饭吗？"

顾野抿唇一笑："吃，我请你。"

顾野和陆敬宏是完全不一样的两种人。

若是以前，顾野绝对是唐汀汀最不喜欢的那类人。

他小心眼儿，爱吃醋，平时表现得像个浪荡公子，随口就是撩人的话，油嘴滑舌，怎么看怎么不靠谱。

但他也很简单，什么情绪都表现出来，不用她猜，不用她揣度。

他城府不深，很坦诚，把自己好的坏的都展现在她面前。

而且他很重承诺。

不像陆敬宏那样，会拿爱来要挟她克服心理障碍，顾野从不越雷池一步。

有时候唐汀汀觉得顾野可怜，想要勉强自己一下，跟顾野抱抱亲亲，就因为难受的时候抖了一下，顾野立刻松开了她。

他大概被陆敬宏当时形容的给吓到了，后来偷偷躲在厕所里哭，觉得自己没忍住，对不起她。

顾野到底是个年轻健康的男性，该有的念头还是有的，但怕引起唐汀汀的不适，让她想起小时候不好的事情，所以从来都不让唐汀汀察觉到。

和顾野同居以后，唐汀汀发现了一件很奇怪的事。

她和顾野睡在一起，虽然什么都没做，但她还是渐渐习惯了身边有顾野的味道。

这是她和陆敬宏在一起的时候,没有培养出来的感觉。

她得时刻提防着陆敬宏有什么亲热举动,所以她不安心也不放心。

但她却相信顾野不会做那种事。

习惯了他的味道之后,顾野在她眼中已经不算是单纯的异性了,更像是半个亲人。

所以渐渐地,她可以接受顾野像唐明治一样,摸摸她的头。

然后,是靠在顾野的怀里看书。

再然后,是在天冷没有来暖气的时候相拥取暖。

后来,她和顾野接吻,没有了应激反应。

一瞬间,仿佛打开了一个阀门,源源不断的感情倾泻而出,越来越多的禁忌被相继打破。

五年之后,唐汀汀三十四岁。

她怀孕了。

顾野还别别扭扭地说:"完了,我不喜欢小孩子啊!"

唐汀汀倒是无所谓,她没有不喜欢,但也没有多喜欢。

当然,让让家的祁溪除外,她就很喜欢祁溪。

但是因为晚孕,拿掉可能会对身体有影响,唐雅芝和唐明治又十分期盼,所以这个孩子就留下了。

唐汀汀三十五岁的时候,已经算是高龄产妇了。

一大家子的人严阵以待,守在她身边,生怕她出点儿什么意外。

祁溪站在唐让身边,天真地问:"大姨怀的是男宝宝还是女宝宝啊?"

唐汀汀淡笑地看着她:"你猜。"

祁溪凝眉深思:"我猜是女宝宝。"

唐汀汀若有所思地点点头:"小溪这么厉害,那你猜宝宝叫什么名字呢?"

祁溪又蹙眉:"我脑袋里猜,宝宝叫小狐。"

小狐出生后,果然是个女孩。

顾野改了朋友圈个性签名——

我最喜欢小孩子了!

Exclusive Extra 01
梦境之中

唐让让做了一个很沉的梦。

在梦里她回到了那个冬日暖阳的大一早晨。

她照例被陶可拉扯着起床,拎着牙膏牙刷,胳膊里夹着洗面奶,脖子后面搭着条暖黄色的毛巾,迷迷糊糊地往水房蹭。

陶可一边扯着她的胳膊一边催:"快点啊唐让让,跑操要迟到了!"

唐让让上下眼皮直打架,仰着脖子,拖鞋在水泥地上磨出"哒哒"的声响。

她满不在乎地嘟囔道:"迟到就迟到好了……"

大冬天的把人从被窝里拽出来跑操,简直是丧尽天良。

陶可气得跺脚:"你不要奖学金啦!"

这一声把唐让让叫得清醒过来。

她揉了揉眼睛,微微打了个哆嗦,喃喃道:"对,为了奖学金!"

她老老实实地裹好睡衣,跟陶可小跑着到水房洗漱。

手忙脚乱地梳洗过后,她把睡衣往床上一扔,背起书包火急火燎地跑出了门。

另外两个室友早就走了。

导员大概是知道,冬天来了,所有人都逃不开被窝的诱惑,所以查得格

外严。

唐让让和陶可跑得上气不接下气，才勉强在规定时间内赶到操场。

导员在她们名字后面打了个钩，就催她们赶紧去跑圈。

唐让让已经跑得很累了，此刻也只能不情不愿地撇撇嘴，小跑起来。

日光是浓烈的橙黄色，人的影子浸在满地的日光里，仿佛洇开的水墨画，时而拉长时而缩短。

陶可一边跑着一边轻轻戳了戳唐让让的胳膊。

唐让让缩了缩胳膊，莫名其妙道："干吗？"

陶可贼兮兮地笑道："你没看见二班的两个男生一直看你吗？"说罢，她就指了个方向。

唐让让却连看一眼的兴趣都没有，倦倦道："看来你真的很喜欢晨跑啊。"

陶可不满道："干什么啊？你是不是性冷淡，怎么谁对你有好感你都没兴趣？"

唐让让轻喘着气，鼻尖冻得红扑扑的，听闻只是淡淡道："我为什么要感兴趣，我又不喜欢他们。"

"那你喜欢谁啊？"

那你……喜欢谁啊。

唐让让的步速逐渐慢了下来。

她的脑海里出现了一个人的模样。

他很安静，也很强势，喜欢固执地将她扯到身边，不做什么，就静静地看着她。

她有时候抬头朝那人笑一笑，他也会弯一弯眼睛。

他甚至连嘴角都不动，眼睛弯着的弧度也很小。

但她就是知道他很开心，他很喜欢她陪着。

可她……最后却没有陪着他了。

她总是很容易放弃什么东西，对他也是。

因为她的人生从没失去过什么,所以也并不觉得失去有多可怕。

就像所有需要告别的朋友同学,只要她很开心地说再见,留下那些美好的记忆,前面也总会有新鲜的、同样美好的,等着她。

可直到现在她才隐约明白。

他是不一样的。

全世界她再也找不出第二个祁衍了。

祁衍。

唐让让也没想到,她居然会把和祁衍有关的事情记得那么清楚。

其实他们已经有很久没见了,久到,她觉得祁衍也会忘了她。

陶可见她一副傻乎乎的模样,忍俊不禁道:"怎么了你,难道你真有喜欢的人啊?"

唐让让立刻回神,下意识地摇了摇头:"没有啊。"

陶可搂住她的肩膀,仰着脖子意气风发道:"大学嘛,是一定要谈一次恋爱的,像你这么迟钝可怎么办啊,好男人都被别人抢走了。"

唐让让歪着脖子夹了夹陶可的手:"抢走……就抢走呗,以后我就跟着你!"

陶可立刻怕怕地缩回手,还佯装生气地在唐让让身上拍了拍:"什么鬼啊,你可别赖着我!"

唐让让朝她吐了吐舌头:"喊。"

陶可:"怎么啦?"

唐让让:"看不起你。"

陶可:"哼!"

说着说着,周围的杂音少了,连操场上那股浓郁的晨露味道也淡了。

太阳逐渐褪去了颜色,升得越来越高,眼前是一片虚无的白。

唐让让下意识地遮住眼睛。

她是色盲,眼睛也不是很好,被这种强光照着,很容易发酸流泪。

她等了好久，直至那股强烈的光线逐渐淡去，她眼前依旧是一片花白。

然后慢慢地，世界有了色彩。

她低头，看见了自己手里捧的实验报告。

这个实验……应该是大三时候做的吧？

她已经大三了？

那说明她已经和祁衍在一起了！

唐让让多少有些雀跃，还不待她多想几秒，身后有人拍了她肩膀一下。

"哎，同学，是给老师送实验报告来的吧，快去吧。"

"哦哦！"唐让让几乎没看清这位同学的面孔，就匆匆跑进了办公室。

办公室里飘着丝丝缕缕的烟雾。

老教授靠在椅子上，半眯着眼睛吞云吐雾。

唐让让捂住鼻子，但还是被熏得难受。

她走上前去，把实验报告放在了老师的桌上。

这是她班所有人的作业，她只是代人送一下，送完了就可以出去了。

还不等她走出门口，就听另一位教授道："哎，你听没听过那个新闻？"

那位老师靠着窗口，手里端着一杯茶，茶水很热，飘着热气，他试探了两下，还没喝进去。

老教授漫不经心道："什么新闻？"

"好像祁家的那位要订婚了。"

"你说，祁衍吗？"

"对对对，是叫这个名字。他这几年在国内名声不小啊，年纪轻轻能一手创造出那么大的产业，这脑袋真是天才的脑袋。"

"啊，他家里有资源的，父母都不是一般人，你以为一般人那么容易成功啊。"

"嘿，这你就不知道了，他跟父母的关系不好，发展起来之后还吞了他妈的半壁江山呢。"

"真的啊，真狠心啊，这不是白眼狼吗？"

"反正人家成功了,谁敢说他白眼狼。这次订婚的对象也很厉害的,好像叫乔夏斐,家里是书香门第,强强联合。"

唐让让的一颗心沉到底,她觉得自己的五脏六腑都像一块海绵,现在这块海绵吸足了水,又沉又闷,让人喘不过气来。

她喃喃道:"祁衍……订婚了?"

老教授诧异地转过脸来看她,皱眉道:"你是谁啊?"

唐让让歪着头,认真得有点儿心疼,她看向教授,含笑问道:"祁衍怎么会订婚呢?"

他不是应该……和她在一起的吗?

她记得祁衍来学校找她,又带着她实习,他们早就和好了,她前不久还在跟祁衍撒娇。

难道这一切都是梦吗?

教授尴尬地一笑:"他刚从宾夕法尼亚访学回来,可能是在国外认识的未婚妻吧,人家觉得门当户对,彼此喜欢当然就订婚了。"

唐让让的睫毛颤了颤,难以置信地摇摇头。

她慌张地翻着手机,她有祁衍的电话,有祁衍的微信,她可以直接问他的。

这个莫名其妙的订婚一定是谎言。

可她翻遍了整个手机,却再也找不到祁衍的一条消息,他从她的手机里蒸发了。

但幸好,她背过他的手机号。

她立刻给那个电话拨了过去。

是空号。

那是个空号。

不是祁衍,没有祁衍。

她感觉到了空前的恐慌。

来不及跟教授们解释什么,她就发疯似的往外跑,一边跑,一边登录了自己的呦呦直播账号。

祁衍化身粉丝Q，这些年一直默默支持着她，把她从一个透明的小主播，捧成呦呦最大流量的美食主播。

她现在依旧是流量最大的美食主播，没有祁衍的话，怎么可能做到呢。

她翻到自己的账号，几百万的粉丝还在。

她忍不住欣慰地一笑，可再去看打赏榜，居然没有了Q的名字。

Q这些年给她刷了巨额的钱，是当之无愧的打赏榜第一名。

怎么可能……连Q都消失了呢？

唐让让呆住了。

祁衍不会也从她的生活中消失了吧？

她随手拦了一辆车，直奔祁衍家在郊区的别墅，那是她和祁衍相遇的地方，是她和祁衍所有纠葛的开始，这个地方不应该消失，不然她不会还记得祁衍这个人。

京市的路上堵着，唐让让煎熬了四十多分钟，才停在祁衍的别墅门前。

还在。

还在的。

她熟悉的大门，熟悉的建筑风格，这么多年都没有变过，这是祁衍给她留下的。

唐让让刚想迈步过去，就见一辆豪车急刹在她身边。

很快，车门打开，她一眼就看见了从里面迈步出来的祁衍。

他还是那么优雅得体，一颦一笑都带着诱惑人的力量。

唐让让几乎就要喊出他的名字，可下一秒，副驾驶就下来一个女人。

女人含笑望着祁衍，很自然地凑过去，挽住祁衍的胳膊，而祁衍就任女人挽着，没有一点排斥。

他脸上的笑容淡淡的，其实并没有怎么笑，甚至是有些疏离。但他仍然要求自己，做好一个未婚夫的本分。

唐让让的眼圈红了。

她的嗓子里仿佛堵了块棉花，涩涩的，一句话都说不出来。她就僵硬地站在原地，看祁衍目不斜视地将她略过。

他没有停顿，没有皱眉，他完完全全没有认出唐让让，他彻底把唐让让排除在生活之外了。

六年了。

从分开那时到现在已经六年了，他怎么可能还记得唐让让，还喜欢唐让让。

唐让让瑟缩地伸了伸手，却在他未婚妻提防的眼神中停住了动作。

她忍了几秒，突然不管不顾地号啕大哭起来。

怎么会这样呢？怎么会都是梦呢？

"让让？让让！"

低沉的声音从耳边传来，唐让让缓缓睁开眼睛。

祁衍单手撑着脑袋，侧躺在她身边，用手指轻柔地擦去她眼角的泪水。

"怎么回事，做噩梦了？"

唐让让抽了抽鼻子，梦里的感受实在是太真实了，她真的难受得无法呼吸，现在还不能从那种揪心的疼痛中缓解过来。

她带着浓重的鼻音喃喃道："祁衍，你还是我的吗？"

祁衍忍俊不禁："你在梦里把我卖了？"

唐让让摇摇头："我梦见你并没有去A大找我，我也没有去找你，然后你跟别人订婚了，可那时候我才知道我根本受不了你不是我的。"

祁衍垂眸望着她，纤长的睫毛微微卷曲着，眼底带着安抚的笑意。

"怎么会跟别人订婚，要是没有你，我大概不会结婚的。"

唐让让像小猫似的缩进他怀里，紧紧地搂着他。

"祁衍，当初你要是没去找我可怎么办啊。"

祁衍轻轻拍着她的背，回抱着她，用被子把她牢牢地裹起来，无奈道："我始终不能忘记你，怎么可能不去找你。能忍住不去找你的祁衍，不是真的祁衍。"

兜兜转转,数年过去。

两个人相爱,无非是向对方的方向走过去。

如果距离是一百步,唐让让哪怕待在原地不动,他也不会偏离轨迹。

Exclusive Extra 02
打拳记

祁总闲得没事的时候,喜欢教老婆一些防身技能。

比如拳击。

他倒不指望唐让让能够以一敌十,路见不平,只要在关键时候能来两下,把人镇住就好。

他不舍得让别的教练矫正唐让让的姿势,怕他们要求太严,语气太狠,没办法,只能自己上。

唐让让也很认真。

这时候她刚给祁溪断了奶,身体正处于减重恢复阶段,正需要运动来燃烧热量。

拳击这个运动蛮好,又能减肥又能减压。

唐让让戴上手套和头盔,朝祁衍伸出拳头,面色严肃。

可祁衍怎么看怎么觉得她就像一块奶糕。

整个人通体白嫩,还甜丝丝地飘着一股乳香味儿。

唐让让本来就脸圆手圆,以前体重很轻的时候已经足够娃娃脸了,现在更是显得软萌可爱。

一拳打过来,祁衍轻而易举就用拳套挡住了。

出拳也软绵绵的，根本没什么力量。

他小时候要是在教练面前这么练拳击，恐怕第二天就被折腾死。

"再来，出拳的速度要快，收拳的速度也要快，不然你的胳膊很容易被我抓住，一旦被抓住，就不好挣脱了。"

唐让让理直气壮道："我挺快的啊，不信你看！"

她趁祁衍不注意，一拳飞快地朝祁衍的肚子打了过来。

祁衍要是能被她打中，从小的精英教育也白学了。

他一侧身，闪开唐让让的拳，趁她没收回胳膊的时候，双手突然抱住她的小臂，抬到唇边吻了一口。

唐让让顿时一僵，继而面颊绯红。

她颠颠地凑过来，蹭蹭祁衍的腿，呢喃道："你怎么耍赖呢？"

祁衍眼底含笑，戏谑道："我看你也不想躲开我，速度这么慢。"

唐让让哼了一声："谁说的，我再练练就好了。"

祁衍只好松开她："你个子比我矮，如有必要，攻击男性的时候最好朝下面攻击。"

唐让让眨眨眼："那可不行，我可舍不得。"

祁衍走过去，用拳套在她鼻尖上轻轻碰了一下："放心，你打不到我。"

唐让让皱了皱鼻子，又用手推了下头盔，好奇地问："那我什么时候能打到你？"

祁衍琢磨了一下，如果不耍赖的话……

"过几个月？"

唐让让顿时哀号："怎么那么难啊。"她突然撇了撇嘴，小声嘟囔，"我觉得打拳有点儿无聊了，一点竞技感都没有。"

祁衍垂眸，饶有兴致地打量她："你想怎样才有竞技感？"

唐让让扬起下巴，凑得离祁衍特别近："就是不用管那些规则和技术，随便打咯。我肯定能打到的。"

祁衍静默了片刻，勾唇道："好。"

唐让让一挑眉,眼中射出惊讶的神采,难以置信地重复道:"好?"

祁衍是个十分讲究规则的人,他自己的生物钟都十年如一日不曾变过,对于定下的规则遵守得近乎严苛。

但他现在居然愿意放下规则。

唐让让兴致来了,当即跟祁衍拉开距离:"来吧!"

她直接扎了个马步,不知道又是从哪里学的招式。

祁衍背手站好,朝她点点头:"来。"

唐让让一个冲刺,朝祁衍的肩头打来。

她个子矮,向上出拳真的不得劲儿,就这个角度最舒服。

祁衍躲了一下,抬起拳套轻轻碰了碰唐让让的侧腰。

但是他根本没有用任何力气,以至于唐让让都没察觉,他完全可以一招制敌。

她觉得自己完全可以乘胜追击,所以出拳根本毫无章法,上一下下一下左一下右一下,祁衍连连后退,有时候故意卖个破绽,让她的拳落在自己身上。

每次唐让让能打到他就会特别兴奋,还扯着脖子朝台下的教练喊:"我是不是得分了?"

教练尴尬一笑。

祁衍却一本正经地哄着她:

"嗯,这拳出得不错,我都没想到。"

"这一拳好,临时变向,让人应接不暇。"

"很有天赋嘛。"

"孩子有你教我就放心了。"

"这拳打得很准,起码具有初级拳手的水平了。"

台下教练受不了这股肉麻劲儿,转了个身,不忍再看下去。

祁总简直哄老婆哄得没有底线了。

这软绵绵的拳头能打谁呢,还初级拳手的水平。

教练百无聊赖地蹲在地上,听着祁总陪老婆打了一个小时的"王八拳"。

终于结束，祁总老婆累得浑身是汗，但仍然一脸兴奋地在祁总唇上亲了一口。

"我好喜欢打拳啊！"

教练突然反应过来——

这大概就是祁总能找到老婆的原因吧。

你偏爱的我都有